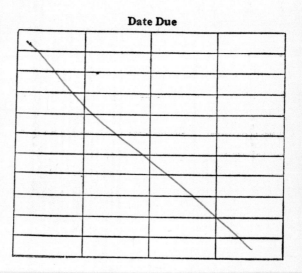

MODERN RUSSIAN SHORT STORIES

Modern Russian Short Stories

SELECTED AND EDITED BY

GEORGE GIBIAN

Cornell University

AND

MICHAEL SAMILOV

Yale University

HARPER & ROW, PUBLISHERS

NEW YORK, EVANSTON, AND LONDON

Contents

Preface

THE EIGHTEEN STORIES by thirteen authors included in this reader have been chosen with two criteria in mind: their literary value and interest, and their suitability as models of various types of writing for classes in second-year and more advanced Russian courses.

We have tried to select stories that the student will find interesting to read, that will give him insight into some of the best writers of Russia, and that represent various literary schools and trends in the Russian literature of the past century. We hope the volume may be found useful in both language and literature courses.

Four classics of the nineteenth century are included: by Dostoevsky, Tolstoy, Chekhov, and Saltykov-Shchedrin. The other works represent the most lively and valuable authors of the twentieth century, particularly some of the younger Soviet Russian authors who rarely find their way into school anthologies. At the same time, we have avoided those short stories that have become old chestnuts in Russian readers, frequently used in language courses, and available in other editions.

We are particularly grateful to Miss Natalie Lukkanen, who prepared the glossary. A special feature of this reader is the completeness of its vocabulary. It contains all the words in the stories (except pronouns, numerals, and proper names), and common and frequently used words as well. It should save much time for the students and increase the ease with which they can read even the more difficult stories in this volume.

The words in the stories are provided with stress marks. Footnotes explain important idioms and difficult-to-translate expressions and phrases.

The teacher knows best his own students' abilities and will be able to judge the degree of difficulty that various stories are likely to present. Much depends on the students' grasp of grammar and their familiarity with idiomatic constructions. The language of some of the stories is very idiomatic, colloquial, even specialized; that of others is simple. The variety of the language of the stories is, in the editors' opinion, one of the special features of this anthology.

Since the glossary is complete and the brief footnotes explain particularly obscure constructions, the entire collection ought to be suitable reading for students in intermediate and advanced classes. If some guidance to the relative degree of difficulty of the stories is desired, the following opinion is offered: for students least experienced in reading Russian, the easiest stories will be those by Tolstoy, Chekhov, Saltykov-Shchedrin, Gorky, and Nagibin. Slightly more difficult are those by Paustovsky, Nekrasov, Aksyonov, and Dostoevsky. The most difficult stories, to be taken up last, are those by Zamiatin, Babel, Zoshchenko, and Kazakov.

GEORGE GIBIAN
MICHAEL SAMILOV

MODERN RUSSIAN SHORT STORIES

Michael Saltykov-Shchedrin

THE SATIRICAL element is strong in Russian medieval and oral (folk) literature. In the eighteenth century, satirical journals sprang up and satirical plays were written. There was always much in Russian life which deserved to be attacked, and literature was one of the means of criticizing and protesting. Satire, the indirect exposure of abuses (personal or social) by exaggeration and oblique, implicit attack, rather than overt statement, flourished in nineteenth-century Russia. The more the various authors were possessed by a strong desire to reform society and to improve the individual, the more darkly they tended to depict conditions in the Russia of their days.

Michael Saltykov-Shchedrin (1826–1889) wrote predominantly in the satirical vein. (His real name was Saltykov. He assumed Shchedrin as his author's name.) He served with considerable success in the civil service, rising to the post of vice-governor of a province. Then, after 1868, he devoted himself to literature and became recognized as one of the leaders of the radical movement. His *Provincial Sketches* (1856–1857), *History of a Town* (1869–1870), and *Old Years in Poshekhonie* (1887–1889) chronicle stupidity, mediocrity, and corruption in a humorous fashion. His best-known work, *The Golovlyovs* (Господа Головлёвы, 1872–1876), is the story of the progressive moral, physical, and economic disintegration of a family. Its indictment of the Golovlyovs is unrelieved by any ray of light. Among the several unforgettable but depressing characters, Yudushka the Bloodsucker, as Porfiry is nicknamed, stands out. He is one in the world's gallery of great hypocrites and misers, worthy to stand beside Molière's Miser and Tartuffe, Pushkin's Avaricious Knight, and Shakespeare's Shylock. Yudushka's simpering pieties and his relentless drive to dominate and crush his relatives are presented most powerfully.

Saltykov's fables and fairy tales, particularly those entitled *Innocent Stories*, are outstanding nineteenth-century Russian examples of "Aesopian language," the disguising of criticism and political comment under outwardly harmless, naïve storytelling. They have satirical power as well as humor. *How One Muzhik Fed Two Generals* (1869) is one of the best known of Saltykov's stories. It combines the fantastic and the simple, the realistic and the exaggerated. The fable borrows many turns of phrase from Russian folk tales. In capsule form and humorously, it pillories the parasitical life of the bureaucracy and at the same time quietly suggests to the peasant that he is bound by a rope of his own manufacture. It is a tiny allegory of conditions in Russia, particularly of the relationship of the social classes. The whimsicality in no way detracts from the pointedness of its satire.

Михаи́л Евгра́фович Салтыко́в-Щедри́н

ПО́ВЕСТЬ О ТОМ, КАК ОДИ́Н МУЖИ́К ДВУХ ГЕНЕРА́ЛОВ ПРОКОРМИ́Л

Жи́ли да бы́ли два генера́ла, и так как о́ба бы́ли легко-мы́сленны, то в ско́ром вре́мени, по щу́чьему веле́нию,[1] по моему́ хоте́нию, очути́лись на необита́емом о́строве.

Служи́ли генера́лы всю жизнь в како́й-то регистрату́ре; там роди-ли́сь, воспита́лись и соста́рились, сле́довательно ничего́ не понима́ли. Да́же слов никаки́х не зна́ли, кро́ме: «прими́те увере́ние в соверше́нном моём почте́нии и пре́данности».

Упраздни́ли регистрату́ру за нена́добностью и вы́пустили генера́лов на во́лю. Оста́вшись за шта́том, посели́лись они́ в Петербу́рге, в Подья́ческой у́лице, на ра́зных кварти́рах; име́ли ка́ждый свою́ куха́рку и получа́ли пе́нсию. То́лько вдруг очути́лись на необита́емом о́строве, просну́лись и ви́дят: о́ба под одни́м одея́лом лежа́т. Разуме́ется, снача́ла ничего́ не по́няли и ста́ли разгова́ривать, как бу́дто ничего́ с ни́ми и не случи́лось.

[1] A proverbial expression meaning "arbitrarily." (Literally: "at the command of a pike.")

— Стра́нный, ва́ше превосходи́тельство, мне ны́нче сон сни́лся, — сказа́л оди́н генера́л, — ви́жу, бу́дто живу́ я на необита́емом о́строве . . .

Сказа́л э́то да вдруг как вско́чит! Вскочи́л и друго́й генера́л.

— Го́споди! да что ж э́то тако́е! где мы! — вскри́кнул о́ба не свои́м го́лосом.

И ста́ли друг дру́га ощу́пывать, то́чно ли не во сне, а наяву́ с ни́ми случи́лась така́я ока́зия. Одна́ко, как ни стара́лись увери́ть себя́, что всё э́то не бо́льше, как сновиде́ние, пришло́сь убеди́ться в печа́льной действи́тельности.

Перед ни́ми с одно́й стороны́ расстила́лось мо́ре, с друго́й стороны́ лежа́л небольшо́й клочо́к земли́, за кото́рым стла́лось всё то же безграни́чное мо́ре.   Запла́кали генера́лы в пе́рвый раз по́сле того́, как закры́ли регистрату́ру.

Ста́ли о́ни друг дру́га рассма́тривать и уви́дели, что они́ в ночны́х руба́шках, а на ше́ях у них виси́т по о́рдену.

— Тепе́рь бы кофейку́ испи́ть хорошо́! — мо́лвил оди́н генера́л, но вспо́мнил, кака́я с ним неслы́ханная шту́ка случи́лась, и во второ́й раз запла́кал.

— Что же мы бу́дем, одна́ко, де́лать? — продолжа́л он сквозь слёзы. — Е́жели тепе́рича докла́д написа́ть — кака́я по́льза из э́того вы́йдет?

— Вот что, — отвеча́л друго́й генера́л, — пойди́те вы, ва́ше превосходи́тельство, на восто́к, а я пойду́ на за́пад, а к ве́черу опя́ть на э́том ме́сте сойдёмся; мо́жет быть, что́-нибудь и найдём.

Ста́ли иска́ть, где восто́к и где за́пад. Вспо́мнили, как нача́льник одна́жды говори́л: е́сли хо́чешь сыска́ть восто́к, то встань глаза́ми на се́вер, и в пра́вой руке́ полу́чишь иско́мое. На́чали иска́ть се́вера, станови́лись так и сяк, перепро́бовали все стра́ны све́та, но так как всю жизнь служи́ли в регистрату́ре, то ничего́ не нашли́.

— Вот что, ва́ше превосходи́тельство; вы пойди́те напра́во, а я нале́во; э́так-то лу́чше бу́дет! — сказа́л оди́н генера́л, кото́рый, кро́ме регистрату́ры, служи́л ещё в шко́ле вое́нных кантони́стов[2] учи́телем каллигра́фии и, сле́довательно, был поумне́е.

Ска́зано — сде́лано. Пошёл оди́н генера́л напра́во и ви́дит — расту́т дере́вья, а на дере́вьях вся́кие плоды́. Хо́чет генера́л доста́ть хоть одно́ я́блоко, да все так высоко́ вися́т, что на́добно лезть.

[2] Students at a military school for the sons of lower ranks in the early nineteenth century.

Попро́бовал поле́зть — ничего́ не вы́шло, то́лько руба́шку изорва́л. Пришёл генера́л к ручью́, ви́дит: ры́ба там, сло́вно в садке́ на Фонта́нке, так и киши́т и киши́т.

«Вот кабы э́такой-то ры́бки да на Подья́ческую!» — поду́мал генера́л и да́же в лице́ измени́лся от аппети́та.

Зашёл генера́л в лес — а там ря́бчики сви́щут, тетерева́ току́ют, за́йцы бе́гают.

— Го́споди! еды́-то! еды́-то! — сказа́л генера́л, почу́вствовав, что его́ уже́ начина́ет тошни́ть.

Де́лать не́чего, пришло́сь возвраща́ться на усло́вленное ме́сто с пусты́ми рука́ми. Прихо́дит, а друго́й генера́л уж дожида́ется.

— Ну, что, ва́ше превосходи́тельство, промы́слили что́-нибудь?

— Да вот нашёл ста́рый ну́мер «Моско́вских ведомосте́й», и бо́льше ничего́!

Легли́ опя́ть спать генера́лы, да не спи́тся им натоща́к. То беспоко́ит их мысль, кто за них бу́дет пе́нсию получа́ть, то припомина́ются ви́денные днём плоды́, ры́бы, ря́бчики, тетерева́, за́йцы.

— Кто бы мог ду́мать, ва́ше превосходи́тельство, что челове́ческая пи́ща в первонача́льном ви́де лета́ет, пла́вает и на дере́вьях растёт? — сказа́л оди́н генера́л.

— Да, — отвеча́л друго́й генера́л, — призна́ться, и я до сих пор ду́мал, что бу́лки в том са́мом ви́де родя́тся, как их у́тром к ко́фею подаю́т.

— Ста́ло быть, е́сли, наприме́р, кто хо́чет куропа́тку съесть, то до́лжен снача́ла её излови́ть, уби́ть, ощипа́ть, изжа́рить . . . То́лько как всё э́то сде́лать?

— Как всё э́то сде́лать? — сло́вно э́хо повтори́л друго́й генера́л.

Замолча́ли и ста́ли стара́ться засну́ть; но го́лод реши́тельно отгоня́л сон. Ря́бчики, инде́йки, порося́та так и мелька́ли перед глаза́ми, со́чные, слегка́ подрумя́ненные, с огурца́ми, пи́кулями и други́м сала́том.

— Тепе́рь я бы, ка́жется, свой со́бственный сапо́г съел! — сказа́л оди́н генера́л.

— Хороши́ то́же перча́тки быва́ют, когда́ до́лго но́шены! — вздохну́л друго́й генера́л.

Вдруг о́ба генера́ла взгляну́ли друг на дру́га: в глаза́х их свети́лся злове́щий ого́нь, зу́бы стуча́ли, из груди́ вылета́ло глухо́е рыча́ние. Они́ на́чали ме́дленно подполза́ть друг к дру́гу и в одно́ мгнове́ние о́ка остервени́лись. Полете́ли кло́чья, разда́лся визг и о́ханье;

генера́л, кото́рый был учи́телем каллигра́фии, откуси́л у своего́ това́рища о́рден и неме́дленно проглоти́л. Но вид теку́щей кро́ви как бу́дто образу́мил их.

— С на́ми кре́стная си́ла! — сказа́ли они́ о́ба ра́зом. — Ведь э́так мы друг дру́га съеди́м!

— И как мы попа́ли сюда́! кто тот злоде́й, кото́рый над на́ми таку́ю шту́ку сыгра́л!

— На́до, ва́ше превосходи́тельство, каки́м-нибудь разгово́ром развле́чься, а то у нас тут уби́йство бу́дет! — проговори́л оди́н генера́л.

— Начина́йте! — отвеча́л друго́й генера́л.

— Как, наприме́р, ду́маете вы, отчего́ со́лнце пре́жде восхо́дит, а пото́м захо́дит, а не наоборо́т?

— Стра́нный вы челове́к, ва́ше превосходи́тельство; но ведь и вы пре́жде встаёте, идёте в департа́мент, там пи́шете, а пото́м ложи́тесь спать?

— Но отчего́ же не допусти́ть таку́ю перестано́вку: сперва́ ложу́сь спать, ви́жу разли́чные сновиде́ния, а пото́м встаю́?

— Гм . . . да . . . А я, призна́ться, как служи́л в департа́менте, всегда́ так ду́мал: вот тепе́рь у́тро, а пото́м бу́дет день, а пото́м подаду́т у́жинать — и спать пора́!

Но упоминове́ние об у́жине обо́их пове́ргло в уны́ние и пресекло́ разгово́р в са́мом нача́ле.

— Слы́шал я от одного́ до́ктора, что челове́к мо́жет до́лгое вре́мя свои́ми со́бственными со́ками пита́ться, — на́чал опя́ть оди́н генера́л.

— Как так?

— Да так-с. Со́бственные свои́ со́ки бу́дто бы произво́дят други́е со́ки, э́ти в свою́ о́чередь ещё произво́дят со́ки, и так да́лее, поку́да, наконе́ц, со́ки совсе́м не прекратя́тся . . .

— Тогда́ что ж?

— Тогда́ на́добно пи́щу каку́ю-нибудь приня́ть . . .

— Тьфу!

Одни́м сло́вом, о чём ни начина́ли генера́лы разгово́р, он постоя́нно своди́лся на воспомина́ние об еде́, и э́то ещё бо́лее раздража́ло аппети́т. Положи́ли: разгово́ры прекрати́ть и, вспо́мнив о на́йденном ну́мере «Моско́вских ведомостей», жа́дно приняли́сь чита́ть его́.

«Вчера́, — чита́л взволно́ванным го́лосом оди́н генера́л, — у почте́нного нача́льника на́шей дре́вней столи́цы был пара́дный обе́д. Стол сервиро́ван был на сто персо́н с ро́скошью изуми́тельною. Дары́ всех стран назна́чили себе́ как бы рандеву́ на э́том волше́бном пра́зднике. Тут была́ и «шекснинска сте́рлядь золота́я»,[3] и пито́мец лесо́в кавка́зских, фаза́н, и, столь ре́дкая в на́шем се́вере в феврале́ ме́сяце, земляни́ка . . .»

— Тьфу ты, го́споди! да неу́жто ж, ва́ше превосходи́тельство, не мо́жете найти́ друго́го предме́та? — воскли́кнул в отча́янии друго́й генера́л и, взяв у това́рища газе́ту, прочёл сле́дующее:

«Из Ту́лы пи́шут: вчера́шнего числа́, по слу́чаю пои́мки в реке́ У́пе осетра́ (происше́ствие, кото́рого не запо́мнят да́же старожи́лы, тем бо́лее что в осетре́ был опо́знан ча́стный при́став Б.), был в зде́шнем клу́бе фестива́ль. Вино́вника торжества́ внесли́ на грома́дном деревя́нном блю́де, обло́женного огу́рчиками и держа́щего в па́сти кусо́к зе́лени. До́ктор П., бы́вший в тот же день дежу́рным старшино́ю, забо́тливо наблюда́л, дабы все го́сти получи́ли по куску́. Подли́вка была́ са́мая разнообра́зная и да́же почти́ прихотли́вая . . .»

— Позво́льте, ва́ше превосходи́тельство, и вы, ка́жется, не сли́шком осторо́жны в вы́боре чте́ния! — прерва́л пе́рвый генера́л и, взяв в свою́ о́чередь газе́ту, прочёл:

«Из Вя́тки пи́шут: оди́н из зде́шних старожи́лов изобрёл сле́дующий оригина́льный спо́соб приготовле́ния ухи́: взяв живо́го нали́ма, предвари́тельно его́ вы́сечь; когда́ же от огорче́ния пе́чень его́ увеличи́тся . . .»

Генера́лы пони́кли голова́ми. Всё, на что бы они́ ни обрати́ли взо́ры, — всё свиде́тельствовало об еде́. Со́бственные их мы́сли злоумышля́ли про́тив них, и́бо как они́ ни стара́лись отгоня́ть представле́ния о бифште́ксах, но представле́ния э́ти пробива́ли себе́ путь наси́льственным о́бразом.

И вдруг генера́ла, кото́рый был учи́телем каллигра́фии, озари́ло вдохнове́ние . . .

— А что, ва́ше превосходи́тельство, — сказа́л он ра́достно, — е́сли бы нам найти́ мужика́?

— То есть как же . . . мужика́?

— Ну да, просто́го мужика́ . . . каки́е обыкнове́нно быва́ют мужики́!   Он бы нам сейча́с и бул́ок бы по́дал, и ря́бчиков бы нало́вил, и ры́бы!

[3] Opening lines of G. R. Derzhavin's "Приглаше́ние к обе́ду."

— Гм . . . мужика́ . . . но где же его́ взять, э́того мужика́, когда́ его́ нет?

— Как нет мужика́ — мужи́к везде́ есть, сто́ит то́лько поиска́ть его́! Наве́рное, он где-нибудь спря́тался, от рабо́ты отлы́нивает!

Мысль э́та до того́ ободри́ла генера́лов, что они́ вскочи́ли, как встрёпанные, и пусти́лись отыска́ть мужика́.

До́лго они́ броди́ли по о́строву без вся́кого успе́ха, но, наконе́ц, о́стрый за́пах мяки́нного хле́ба и ки́слой овчи́ны навёл их на след. Под де́ревом, брю́хом кве́рху и подложи́в под го́лову кула́к, спал грома́днейший мужичи́на и са́мым наха́льным о́бразом уклоня́лся от рабо́ты. Негодова́нию генера́лов преде́ла не́ было.

— Спишь, лежебо́к! — наки́нулись они́ на него́. — Небо́сь, и у́хом не ведёшь, что тут два генера́ла вторы́е су́тки с го́лода умира́ют! сейча́с марш рабо́тать!

Встал мужичи́на: ви́дит, что генера́лы стро́гие. Хоте́л было дать от них стречка́,[4] но они́ так и закочене́ли, вцепи́вшись в него́.

И зача́л он перед ни́ми де́йствовать.

Поле́з сперва́-на́перво на де́рево и нарва́л генера́лам по деся́тку са́мых спе́лых я́блоков, а себе́ взял одно́, ки́слое. Пото́м покопа́лся в земле́ — и добы́л отту́да карто́фелю; пото́м взял два куска́ де́рева, потёр их друг об дру́жку — и извлёк ого́нь. Пото́м из со́бственных воло́с сде́лал сило́к и пойма́л ря́бчика. Наконе́ц развёл ого́нь и напёк сто́лько ра́зной прови́зии, что генера́лам пришло́ да́же на мысль: не дать ли и тунея́дцу части́чку?

Смотре́ли генера́лы на э́ти мужи́цкие стара́ния, и сердца́ у них ве́село игра́ли. Они́ уже́ забы́ли, что вчера́ чуть не у́мерли с го́лоду, а ду́мали: вот как оно́ хорошо́ быть генера́лами — нигде́ не пропадёшь!

— Дово́льны ли вы, господа́ генера́лы? — спра́шивал ме́жду тем мужичи́на-лежебо́к.

— Дово́льны, любе́зный друг, ви́дим твоё усе́рдие! — отвеча́ли генера́лы.

— Не позво́лите ли тепе́рь отдохну́ть?

— Отдохни́, дружо́к, то́лько свей пре́жде верёвочку.

Набра́л сейча́с мужичи́на ди́кой конопли́, размочи́л в воде́, поколоти́л, помя́л — и к ве́черу верёвка была́ гото́ва. Э́тою верёвкою генера́лы привяза́ли мужичи́ну к де́реву, чтоб не убёг, а са́ми легли́ спать.

[4] escape

Прошёл день, прошёл другой; мужичина до того изловчился, что стал даже в пригоршне суп варить. Сделались наши генералы весёлые, рыхлые, сытые, белые. Стали говорить, что вот они здесь на всём готовом живут, а в Петербурге между тем пенсии ихние всё накапливаются да накапливаются.

— А как вы думаете, ваше превосходительство, в самом ли деле было вавилонское столпотворение, или это только так, одно иносказание? — говорит, бывало, один генерал другому, позавтракавши.

— Думаю, ваше превосходительство, что было в самом деле, потому что иначе как же объяснить, что на свете существуют разные языки!

— Стало быть, и потоп был?

— И потоп был, потому что в противном случае как же было бы объяснить существование допотопных зверей? Тем более, что в «Московских ведомостях» повествуют . . .

— А не почитать ли нам «Московских ведомостей»?

Сыщут нумер, усядутся под тенью, прочтут от доски до доски, как ели в Москве, ели в Туле, ели в Пензе, ели в Рязани, — и ничего, не тошнит!

Долго ли, коротко ли, однако генералы соскучились. Чаще и чаще стали они припоминать об оставленных ими в Петербурге кухарках и втихомолку даже поплакивали.

— Что-то теперь делается в Подьяческой, ваше превосходительство? — спрашивал один генерал другого.

— И не говорите, ваше превосходительство! всё сердце изныло! — отвечал другой генерал.

— Хорошо-то оно хорошо здесь — слова нет! а всё, знаете, как-то неловко барашку без ярочки! да и мундира тоже жалко!

— Ещё как жалко-то! Особливо как четвёртого класса, так на одно шитьё посмотреть, голова закружится!

И начали они нудить мужика: представь да представь их в Подьяческую! И что ж! оказалось, что мужик знает даже Подьяческую, что он там был, мёд-пиво пил, по усам текло, в рот не попало!

— А ведь мы с Подьяческой генералы — обрадовались генералы.

— А я, коли видели: висит человек снаружи дома, в ящике на верёвке, и стену краской мажет, или по крыше, словно муха, ходит — это он самый я и есть! — отвечал мужик.

И на́чал мужи́к на боба́х разводи́ть,[5] как бы ему́ свои́х генера́лов пора́довать за то, что они́ его́, тунея́дца, жа́ловали и мужи́цким его́ трудо́м не гнуша́лися! И вы́строил он кора́бль не кора́бль, а таку́ю посу́дину, чтоб мо́жно бы́ло океа́н-мо́ре переплы́ть вплоть до са́мой Подья́ческой.

— Ты смотри́, одна́ко, кана́лья, не утопи́ нас! — сказа́ли генера́лы, уви́дев пока́чивавшуюся на волна́х ладью́.

— Бу́дьте поко́йны, господа́ генера́лы, не впервой! — отвеча́л мужи́к и стал гото́виться к отъе́зду.

Набра́л мужи́к пу́ху лебя́жьего мя́гкого и устла́л им дно ло́дочки. Устла́вши, уложи́л на дно генера́лов и, перекрести́вшись, поплы́л. Ско́лько набра́лись стра́ху генера́лы во вре́мя пути́ от бурь да от ве́тров ра́зных, ско́лько они́ руга́ли мужичи́ну за его́ тунея́дство — э́того ни перо́м описа́ть, ни в ска́зке сказа́ть. А мужи́к всё гребёт да гребёт да ко́рмит генера́лов селёдками.

Вот, наконе́ц, и Нева́-ма́тушка, вот и Екатери́нинский сла́вный кана́л, вот и Больша́я Подья́ческая! Всплесну́ли куха́рки рука́ми, уви́девши, каки́е у них генера́лы ста́ли сы́тые, бе́лые да весёлые! Напи́лись генера́лы ко́фею, нае́лись сдо́бных бу́лок и наде́ли мунди́ры. Пое́хали они́ в казначе́йство, и ско́лько тут де́нег загребли́ — того́ ни в ска́зке сказа́ть, ни перо́м описа́ть!

Одна́ко и об мужи́ке не забы́ли; вы́слали ему́ рю́мку во́дки да пята́к серебра́: весели́сь, мужичи́на!

1869

---

[5] think hard

Fyodor Dostoevsky

THE FOUR GREAT novels of Dostoevsky—*Crime and Punishment* (1866), *The Idiot* (1868–1869), *The Possessed* (*Бесы*, also translated as *The Devils*, 1871–1872), and *The Brothers Karamazov* (1879–1880)—together with Tolstoy's *War and Peace* and *Anna Karenina*—are the works of Russian literature which are the most widely known throughout the world. Since Dostoevsky's works were translated into French towards the end of the nineteenth century and into English somewhat later, he has had a cataclysmic effect on psychology and on literary taste in the West. He has influenced innumerable writers of the twentieth century, in many countries. Virginia Woolf described her first encounter with the Russian novel as being similar to the experience of seeing naked men crawl from a train wreck. The absence in Dostoevsky of various reticences conventional in nineteenth-century Western fiction seemed to many readers to amount to a complete baring of the depths of the human heart and mind.

The Legend of the Grand Inquisitor, a section of *The Brothers Karamazov*, is a political prophecy of twentieth-century totalitarian movements. It shows startling insight into the "flight from freedom," the drive towards uniformity of worship and conviction, which has since been analyzed by Erich Fromm and others.

Dostoevsky (1821–1881) became successful as a writer early in his life. He became involved in an underground political discussion group which circulated forbidden publications. He was arrested and sentenced to ten years in Siberia. Later, with changed political views, he resumed his literary career, spent years in Europe (mainly Germany), and continued to suffer from poverty. His intellectual development took him from his youthful radicalism to the extremes of nationalism and Russian Orthodox ideology. In his work as editor and journalist, his reactionary and chauvinistic views are sometimes difficult to swallow; in his fiction, they are transmuted into art of the highest order.

The philosophical novella *The Dream of a Ridiculous Man* illustrates Dostoevsky's visionary drive; it was one of Dostoevsky's last works, and was printed in April 1877 in his magazine *Diary of a Writer*. Similar to his *Notes from the Underground* and the early drafts of *Crime and Punishment*, the novella is narrated in the first person. As is characteristic in Dostoevsky, the protagonist swings between despair and exultation, fall and salvation. The concern with extremes here takes the form, on the one hand, of feeling indifference to life, despair, and alienation, and, on the other hand, of yearning for the existence of unsullied "children of the sun" who are serene and "unstained by the Fall." The two impulses are finally resolved in a dialectical manner, thesis-antithesis-synthesis, through the hero's dedication of the remainder of his life to the preaching of love for life. More explicitly than in most of his other works, Dostoevsky in this visionary tale presents his aversion to "separation, isolation, individuality, mine and thine" («*разъединéние, обособлéние, лúчность, моё и твоё*»).

The encounter with the little girl, who is like an angel or a personification of the Spirit of the Earth, leads the protagonist to a return to the bosom of Mother-Earth and of Life. Whereas the philosopher Descartes started his systematic inquiry with a *tabula rasa*, a void, the "Ridiculous Man" begins with an existentialist or psychopathic *dégagement*—blankness, complete indifference. But, whereas Descartes then proceeds on the road towards a reconstruction of philosophy by stating "I think, therefore I am," Dostoevsky's hero, after not having cared if he lived or died, makes his first step towards reattachment to life when he feels pity for the girl. Dostoevsky seems to be saying, "I feel compassion, therefore I am." After living on the rungs of a ladder, compassion eventually leads, through suggestions of the need first to fall and to suffer, towards the goal of "rapture, infinite and boundless rapture."

Фёдор Михайлович Достоевский

СОН СМЕШНОГО ЧЕЛОВЕКА

Фантастический рассказ

I

Я смешной человек. Они меня называют теперь сумасшедшим. Это было бы повышение в чине, если б я всё ещё не оставался для них таким же смешным, как и прежде. Но теперь уж я не сержусь, теперь они все мне милы, и даже когда они смеются надо мной — и тогда чём-то даже особенно милы. Я бы сам смеялся с ними, — не то что над собой, а их любя, если б мне не было так грустно, на них глядя. Грустно потому, что они не знают истины, я знаю истину. Ох, как тяжело одному знать истину! Но они этого не поймут. Нет, не поймут.

А прежде я тосковал очень оттого, что казался смешным. Не казался, а был. Я всегда был смешон, и знаю это, может быть, с самого моего рождения. Может быть, я уже семи лет знал, что я смешон. Потом я учился в школе, потом в университете, и что же — чем больше я учился, тем больше я научался тому, что я смешон. Так что для меня вся моя университетская наука как бы для того только и существовала под конец, чтобы доказывать и объяснять мне, по мере того как я в неё углублялся, что я смешон. Подобно как в науке, шло и в жизни. С каждым годом нарастало и укреплялось во мне то же самое сознание о моём смешном виде во всех отношениях. Надо мной смеялись все и всегда. Но не знали они никто и не догадывались о том, что если был человек на земле, больше всех знавший про то, что я смешон, так это был сам я, и вот это-то было для меня всего обиднее, что они этого не знают, но тут я сам был виноват: я всегда был так горд, что ни за что и никогда не хотел никому в этом признаться.[1] Гордость эта росла во мне с годами, и если б случилось так, что я хоть перед кем бы то ни было позволил бы себе признаться, что я смешной, то, мне кажется, я тут же, в тот же вечер, раздробил бы себе голову из ре-

[1] to admit that

вольве́ра. О, как я страда́л в моём о́трочестве о том, что я не вы́-
держу и вдруг ка́к-нибудь призна́юсь сам това́рищам. Но с тех пор,
как я стал молоды́м челове́ком, я хоть и узнава́л с ка́ждым го́дом
всё бо́льше и бо́льше о моём ужа́сном ка́честве, но почему́-то стал
немно́го споко́йнее. И́менно почему́-то, потому́ что я и до сих пор
не могу́ определи́ть почему́. Мо́жет быть, потому́, что в душе́ мое́й
нараста́ла стра́шная тоска́ по одному́ обстоя́тельству, кото́рое бы́-
ло уже́ бесконе́чно вы́ше всего́ меня́: и́менно — э́то бы́ло пости́г-
шее меня́ одно́ убежде́ние в том, что на све́те везде́ *всё равно́*.[2] Я
о́чень давно́ предчу́вствовал э́то, но по́лное убежде́ние яви́лось в
после́дний год ка́к-то вдруг. Я вдруг почу́вствовал, что мне *всё
равно́* бы́ло бы, существова́л ли бы мир, и́ли е́сли б нигде́ ничего́ не́
было. Я стал слы́шать и чу́вствовать всем существо́м мои́м, что
ничего́ при мне не́ было. Снача́ла мне всё каза́лось, что зато́ бы́ло
мно́гое пре́жде, но пото́м я догада́лся, что и пре́жде ничего́ то́же не́
было, а то́лько почему́-то каза́лось. Ма́ло-пома́лу я убеди́лся, что
и никогда́ ничего́ не бу́дет. Тогда́ я вдруг переста́л серди́ться на
люде́й, и почти́ стал не примеча́ть их. Пра́во, это обнару́живалось
да́же в са́мых ме́лких пустяка́х: я, наприме́р, случа́лось, иду́ по
у́лице и натыка́юсь на люде́й. И не то чтоб от заду́мчивости: об
чём мне бы́ло ду́мать, я совсе́м переста́л тогда́ ду́мать: мне бы́ло
всё равно́. И добро́ бы я разреши́л вопро́сы;[3] о, ни одного́ не раз-
реши́л, а ско́лько их бы́ло? Но мне ста́ло *всё равно́*, и вопро́сы все
удали́лись.

И вот, по́сле того́ уж, я узна́л и́стину. И́стину я узна́л в про́шлом
ноябре́, и и́менно тре́тьего ноября́, и с того́ вре́мени я ка́ждое
мгнове́ние моё по́мню. Это бы́ло в мра́чный, са́мый мра́чный
ве́чер, како́й то́лько мо́жет быть. Я возвраща́лся тогда́ в оди́нна-
дцатом часу́ ве́чера домо́й, и и́менно, по́мню, я поду́мал, что уж не
мо́жет быть бо́лее мра́чного вре́мени. Да́же в физи́ческом отно-
ше́нии. Дождь лил весь день, и э́то был са́мый холо́дный и мра́ч-
ный дождь, како́й-то да́же гро́зный дождь, я э́то по́мню, с я́вной
враждебностью к лю́дям, а тут вдруг, в оди́ннадцатом часу́, пере-
ста́л, и начала́сь стра́шная сы́рость, сыре́е и холодне́е, чем когда́
дождь шёл, и ото всего́ шёл како́й-то пар, от ка́ждого ка́мня на
у́лице и из ка́ждого переу́лка, е́сли загляну́ть в него́ в са́мую глубь,
пода́льше, с у́лицы. Мне вдруг предста́вилось, что е́сли б поту́х

---

[2] nothing matters
[3] there would be some excuse if I had solved the problems

везде́ газ, то ста́ло бы отра́днее, а с га́зом грустне́е се́рдцу, потому́ что он всё э́то освеща́ет. Я в э́тот день почти́ не обе́дал и с ра́ннего ве́чера просиде́л у одного́ инжене́ра, а у него́ сиде́ли ещё дво́е прия́телей. Я всё молча́л и, ка́жется, им надое́л. Они́ говори́ли об чём-то вызыва́ющем и вдруг да́же разгорячи́лись. Но им бы́ло всё равно́, я э́то ви́дел, и они́ горячи́лись то́лько так. Я им вдруг и вы́сказал э́то: «Господа́, ведь вам, говорю́, всё равно́». Они́ не оби́делись, а все надо мно́й засмея́лись. Э́то отто́го, что я сказа́л без вся́кого упрёка и про́сто потому́, что мне бы́ло всё равно́. Они́ и уви́дели, что мне всё равно́, и им ста́ло ве́село.

Когда́ я на у́лице поду́мал про газ, то взгляну́л на не́бо. Не́бо бы́ло ужа́сно тёмное, но я́вно мо́жно бы́ло различи́ть разо́рванные облака́, а ме́жду ни́ми бездо́нные чёрные пя́тна. Вдруг я заме́тил в одно́м из э́тих пя́тен звёздочку и стал при́стально гляде́ть на неё. Э́то потому́, что э́та звёздочка дала́ мне мысль: я положи́л в э́ту ночь уби́ть себя́. У меня́ э́то бы́ло твёрдо поло́жено ещё два ме́сяца наза́д, и как я ни бе́ден, а купи́л прекра́сный револьве́р и в тот же день заряди́л его́. Но прошло́ уже́ два ме́сяца, а он всё лежа́л в я́щике; но мне бы́ло до того́[4] всё равно́, что захоте́лось, наконе́ц, улучи́ть мину́ту, когда́ бу́дет не так всё равно́, для чего́ так — не зна́ю. И, таки́м о́бразом, в э́ти два ме́сяца я ка́ждую ночь, возвраща́ясь домо́й, ду́мал, что застрелю́сь. Я всё ждал мину́ты. И вот тепе́рь эта звёздочка дала́ мне мысль, и я положи́л, что э́то бу́дет *непреме́нно* уже́ в э́ту ночь. А почему́ звёздочка дала́ мысль — не зна́ю.

И вот, когда́ я смотре́л на не́бо, меня́ вдруг схвати́ла за ло́коть э́та де́вочка. У́лица уже́ была́ пуста́ и никого́ почти́ не́ было. Вдали́ спал на дро́жках изво́зчик. Де́вочка была́ лет восьми́, в плато́чке и в одно́м пла́тьишке, вся мо́края, но я запо́мнил осо́бенно её мо́крые разо́рванные башмаки́, и тепе́рь по́мню. Они́ мне осо́бенно мелькну́ли в глаза́. Она́ вдруг ста́ла дёргать меня́ за ло́коть и звать. Она́ не пла́кала, но ка́к-то отры́висто выкри́кивала каки́е-то слова́, кото́рые не могла́ хорошо́ вы́говорить, потому́ что вся дрожа́ла ме́лкой дро́жью в озно́бе. Она́ была́ от чего́-то в у́жасе и крича́ла отча́янно: «Ма́мочка! ма́мочка!» Я оберну́л бы́ло к ней лицо́, но не сказа́л ни сло́ва и продолжа́л идти́, но она́ бежа́ла и дёргала меня́, и в го́лосе её прозвуча́л тот звук, кото́рый у о́чень испу́ганных дете́й означа́ет отча́яние. Я зна́ю э́тот звук. Хоть она́ и

[4] to such an extent

не догова́ривала слова́, но я по́нял, что её мать где́-то помира́ет и́ли что́-то там с ни́ми случи́лось, и она́ вы́бежала позва́ть кого́-то, найти́ что́-то, чтоб помо́чь ма́ме. Но я не пошёл за ней, и, напро́тив, у меня́ яви́лась вдруг мысль прогна́ть её. Я снача́ла ей сказа́л, чтоб она́ отыска́ла городово́го. Но она́ вдруг сложи́ла ру́чки и, всхли́пывая, задыха́ясь, всё бежа́ла сбо́ку и не покида́ла меня́. Вот тогда́-то я то́пнул на неё и кри́кнул. Она́ прокрича́ла лишь: «Ба́рин, ба́рин!...», но вдруг бро́сила меня́ и стремгла́в перебежа́ла у́лицу: там показа́лся то́же како́й-то прохо́жий, и она́, ви́дно, бро́силась от меня́ к нему́.

Я подня́лся в мой пя́тый эта́ж. Я живу́ от хозя́ев, и у нас номера́.[5] Ко́мната у меня́ бе́дная и ма́ленькая, а окно́ черда́чное, полукру́глое. У меня́ клеёнчатый дива́н, стол, на кото́ром кни́ги, два сту́ла и поко́йное кре́сло, ста́рое-преста́рое, но зато́ вольте́ровское. Я сел, зажёг све́чку и стал ду́мать. Ря́дом, в друго́й ко́мнате, за перегоро́дкой, продолжа́лся содо́м.[6] Он шёл у них ещё с тре́тьего дня. Там жил отставно́й капита́н, а у него́ бы́ли го́сти — челове́к шесть стрю́цких,[7] пи́ли во́дку и игра́ли в штос ста́рыми ка́ртами. В про́шлую ночь была́ дра́ка, и я зна́ю, что дво́е из них до́лго таска́ли друг дру́га за́ во́лосы. Хозя́йка хоте́ла жа́ловаться, но она́ бои́тся капита́на ужа́сно. Про́чих жильцо́в у нас в номера́х всего́ одна́ ма́ленькая ро́стом и ху́денькая да́ма, из полковы́х, прие́зжая, с тремя́ ма́ленькими и заболе́вшими уже́ у нас в номера́х детьми́. И она́ и де́ти боя́тся капита́на до о́бмороку и всю ночь трясу́тся и кре́стятся, а с са́мым ма́леньким ребёнком был от стра́ху како́й-то припа́док. Этот капита́н, я наве́рно зна́ю, остана́вливает ино́й раз прохо́жих на Не́вском и про́сит на бе́дность. На слу́жбу его́ не принима́ют, но, стра́нное де́ло (я ведь к тому́[8] и расска́зываю это), капита́н во весь ме́сяц, с тех пор как живёт у нас, не возбуди́л во мне никако́й доса́ды. От знако́мства я, коне́чно, уклони́лся с са́мого нача́ла, да ему́ и самому́ ску́чно со мной ста́ло с пе́рвого же ра́зу, но ско́лько бы они́ ни крича́ли за свое́й перегоро́дкой и ско́лько бы их там ни́ было, — мне всегда́ всё равно́. Я сижу́ всю ночь и, пра́во, их не слы́шу, — до того́ о них забыва́ю. Я ведь ка́ждую ночь не сплю до са́мого рассве́та, и вот уже́ э́так год. Я проси́живаю всю ночь у

[5] I rent from my landlord, and we live in rented rooms.
[6] uproar, row
[7] drunkard, person of ill repute, derelict. Dostoevsky defines this word in *Дневни́к писа́теля*, November, 1877.
[8] a propos of this

стола́ в кре́слах и ничего́ не де́лаю. Кни́ги чита́ю я то́лько днём. Сижу́ и да́же не ду́маю, а так, каки́е-то мы́сли бро́дят, а я их пуска́ю на во́лю. Све́чка сгора́ет в ночь вся. Я сел у стола́ ти́хо, вы́нул револьве́р и положи́л перед собо́ю. Когда́ я его́ положи́л, то, по́мню, спроси́л себя́: «Та́к ли?», и соверше́нно утверди́тельно отве́тил себе́: «Так». То́ есть застрелю́сь. Я знал, что уж в э́ту ночь застрелю́сь наве́рно, но ско́лько ещё просижу́ до тех пор за столо́м — э́того не знал. И уж коне́чно бы застрели́лся, е́сли б не та де́вочка.

II

Ви́дите ли: хоть мне и бы́ло всё равно́, но ведь боль-то я, наприме́р, чу́вствовал. Уда́рь меня́ кто, и я бы почу́вствовал боль. Так то́чно и в нра́вственном отноше́нии: случи́сь что-нибудь о́чень жа́лкое, то почу́вствовал бы жа́лость, так же как и тогда́, когда́ мне бы́ло ещё в жи́зни не всё равно́. Я и почу́вствовал жа́лость да́веча: уж ребёнку-то я бы непреме́нно помо́г. Почему́ ж я не помо́г де́вочке? А из одно́й яви́вшейся тогда́ иде́и: когда́ она́ дёргала и зва́ла меня́, то вдруг возни́к тогда́ пе́редо мной вопро́с, и я не мог разреши́ть его́. Вопро́с был пра́здный, но я рассерди́лся. Рассерди́лся всле́дствие того́ вы́вода, что е́сли я уже́ реши́л, что в ны́нешнюю ночь с собо́й поко́нчу, то, ста́ло быть,[9] мне всё на све́те должно́ было стать тепе́рь, бо́лее чем когда́-нибудь, всё равно́. Отчего́ же я вдруг почу́вствовал, что мне не всё равно́, и я жале́ю де́вочку? Я по́мню, что я её о́чень пожале́л; до како́й-то да́же стра́нной бо́ли, и совсе́м да́же невероя́тной в моём положе́нии. Пра́во, я не уме́ю лу́чше переда́ть э́того тогда́шнего моего́ мимолётного ощуще́ния, но ощуще́ние продолжа́лось и до́ма, когда́ уже́ я засе́л за столо́м, и я о́чень был раздражён, как давно́ уже́ не́ был. Рассужде́ние текло́ за рассужде́нием. Представля́лось я́сным, что е́сли я челове́к, и ещё не нуль, и пока́ не обрати́лся в нуль, то живу́, а сле́довательно, могу́ страда́ть, серди́ться и ощуща́ть стыд за свои́ посту́пки. Пусть. Но ведь е́сли я убью́ себя́, наприме́р, че́рез два часа́, то что мне де́вочка и како́е мне тогда́ де́ло и до стыда́ и до всего́ на све́те? Я обраща́юсь в нуль, в нуль абсолю́тный. И неуже́ли созна́ние о том, что я сейча́с *соверше́нно* не бу́ду существова́ть, а ста́ло быть, и ничто́ не бу́дет существова́ть, не могло́ име́ть ни мале́йшего влия́ния ни на чу́вство жа́лости к де́вочке, ни на чу́вство стыда́ по́сле сде́ланной по́длости?

---

[9] it follows

Ведь я потому-то и затопал и закричал диким голосом на несчастного ребёнка, что, «дескать, не только вот не чувствую жалости, но если и бесчеловечную подлость сделаю, то теперь могу, потому что через два часа всё угаснет». Верите ли, что потому закричал? я теперь почти убеждён в этом. Ясным представлялось, что жизнь и мир теперь как бы от меня зависят. Можно сказать даже так, что мир теперь как бы для меня одного и сделан: застрелюсь я, и мира не будет, по крайней мере для меня. Не говоря уже о том, что, может быть, и действительно ни для кого ничего не будет после меня, и весь мир, только лишь угаснет моё сознание, угаснет тотчас, как призрак, как принадлежность лишь одного моего сознания, и упразднится, ибо, может быть, весь этот мир и все эти люди — я-то сам один и есть. Помню, что, сидя и рассуждая, я обёртывал все эти новые вопросы, теснившиеся один за другим, совсем даже в другую сторону и выдумывал совсем уж новое. Например, мне вдруг представилось одно странное соображение, что если б я жил прежде на луне, или на Марсе, и сделал бы там какой-нибудь самый срамный и бесчестный поступок, какой только можно себе представить, и был там за него поруган и обесчещен так, как только можно ощутить и представить лишь разве иногда во сне, в кошмаре, и если б, очутившись потом на земле, я продолжал бы сохранять сознание о том, что сделал на другой планете, и, кроме того, знал бы, что уже туда ни за что и никогда не возвращусь, то, смотря с земли на луну, — было бы мне *всё равно* или нет? Ощущал ли бы я за тот поступок стыд или нет? Вопросы были праздные и лишние, так как револьвер лежал уже передо мною, и я всем существом моим знал, что *это* будет наверно, но они горячили меня, и я бесился. Я как бы уже не мог умереть теперь, чего-то не разрешив предварительно. Одним словом, эта девочка спасла меня, потому что я вопросами отдалил выстрел. У капитана же между тем стало тоже всё утихать: они кончили в карты, устраивались спать, а пока ворчали и лениво доругивались. Вот тут-то я вдруг и заснул, чего никогда со мной не случалось прежде, за столом в креслах. Я заснул совершенно мне неприметно. Сны, как известно, чрезвычайно странная вещь: одно представляется с ужасающею ясностью, с ювелирски мелочною отделкой подробностей, а через другое перескакиваешь, как бы не замечая вовсе, например через пространство и время. Сны, кажется, стремит не рассудок, а желание, не голова, а сердце, а между тем какие хитрейшие вещи проделывал иногда мой рассудок во сне! Между тем с ним происходят во сне вещи совсем непостижимые. Мой брат, например, умер пять лет назад. Я иногда его вижу во сне: он принимает участие в моих делах, мы очень заинтересованы, а между тем я ведь вполне, во всё продолжение сна, знаю и помню, что брат мой помер и схоронен. Как же я не дивлюсь тому, что он хоть и мёртвый, а всё-таки тут подле меня и со мной хлопочет? Почему разум мой совершенно допускает всё это? Но довольно. Приступаю к сну моему. Да, мне приснился тогда этот сон, мой сон третьего ноября! Они дразнят меня теперь тем, что ведь это был только сон. Но неужели не всё равно, сон или нет, если сон этот возвестил мне Истину? Ведь если раз узнал истину и увидел её, то ведь знаешь, что она истина и другой нет и не может быть, спите вы или живёте. Ну и пусть сон, и пусть, но эту жизнь, которую вы так превозносите, я хотел погасить самоубийством, а сон мой, сон мой, — о, он возвестил мне новую, великую, обновлённую, сильную жизнь!

Слушайте.

III

Я сказал, что заснул незаметно и даже как бы продолжая рассуждать о тех же материях. Вдруг приснилось мне, что я беру револьвер и, сидя, наставляю его прямо в сердце, — в сердце, а не в голову; я же положил прежде непременно застрелиться в голову, и именно в правый висок. Наставив в грудь, я подождал секунду или две, и свечка моя, стол и стена передо мною вдруг задвигались и заколыхались. Я поскорее выстрелил.

Во сне вы падаете иногда с высоты, или режут вас, или бьют, но вы никогда не чувствуете боли, кроме разве если сами как-нибудь действительно ушибётесь в кровати, тут вы почувствуете боль и всегда почти от боли проснётесь. Так и во сне моём: боли я не почувствовал, но мне представилось, что с выстрелом моим всё во мне сотряслось и всё вдруг потухло, и стало кругом меня ужасно черно. Я как будто ослеп и онемел, и вот я лежу на чём-то твёрдом, протянутый, навзничь, ничего не вижу и не могу сделать ни малейшего движения. Кругом ходят и кричат, басит капитан, визжит хозяйка, — и вдруг опять перерыв, и вот уже меня несут в закрытом гробе. И я чувствую, как колыхается гроб, и рассуждаю об этом, и вдруг меня в первый раз поражает идея, что ведь я умер, совсем умер, знаю это и не сомневаюсь, не вижу и не движусь, а между тем чувствую и рассуждаю. Но я скоро мирюсь с этим и по обыкновению, как во сне, принимаю действительность без спору. И вот меня зарывают в землю. Все уходят, я один, совершенно один. Я не движусь. Всегда, когда я прежде наяву представлял себе, как меня похоронят в могиле, то собственно с могилой соединял лишь одно ощущение сырости и холода. Так и теперь я почувствовал, что мне очень холодно, особенно концам пальцев на ногах, но больше ничего не почувствовал.

Я лежал и, странно, — ничего не ждал, без спору принимая, что мёртвому ждать нечего. Но было сыро. Не знаю, сколько прошло времени, — час, или несколько дней, или много дней. Но вот вдруг на левый закрытый глаз мой упала просочившаяся через крышу гроба капля воды, за ней через минуту другая, затем через минуту третья, и так далее и так далее, всё через минуту. Глубокое негодование загорелось вдруг в сердце моём, и вдруг я почувствовал в нём физическую боль. «Это рана моя, — подумал я, — это выстрел, там пуля...» А капля всё капала, каждую минуту и прямо на закрытый мой глаз. И я вдруг воззвал, не голосом, ибо был недвижим, но всем существом моим к властителю всего того, что совершалось со мною:

— Кто бы ты ни был, но если ты есть, и если существует что-нибудь разумнее того, что теперь совершается, то дозволь ему быть и здесь. Если же ты мстишь мне за неразумное самоубийство моё безобразием и нелепостью дальнейшего бытия, то знай, что никогда и никакому мучению, какое бы ни постигло меня, не сравниться с тем презрением, которое я буду молча ощущать, хотя бы в продолжение миллионов лет мученичества!...

Я воззвал и смолк. Целую почти минуту продолжалось глубокое молчание, и даже ещё одна капля упала, но я знал, я беспредельно и нерушимо знал и верил, что непременно сейчас всё изменится. И вот вдруг разверзлась могила моя. То есть я не знаю, была ли она раскрыта и раскопана, но я был взят каким-то тёмным и неизвестным мне существом, и мы очутились в пространстве. Я вдруг прозрел: была глубокая ночь, и никогда, никогда ещё не было такой темноты! Мы неслись в пространстве уже далеко от земли. Я не спрашивал того, который нёс меня, ни о чём, я ждал и был горд. Я уверял себя, что не боюсь, и замирал от восхищения при мысли, что не боюсь. Я не помню, сколько времени мы неслись, и не могу́ предста́вить: соверша́лось всё так, как всегда́ во сне, когда́ переска́киваешь через простра́нство и вре́мя и через зако́ны бытия́ и рассу́дка, и остана́вливаешься лишь на то́чках, о кото́рых гре́зит се́рдце. Я по́мню, что вдруг увида́л в темноте́ одну́ звёздочку. «Это Си́риус?» — спроси́л я, вдруг не удержа́вшись, и́бо я не хоте́л ни о чём спра́шивать. «Нет, э́то та са́мая звезда́, кото́рую ты ви́дел ме́жду облака́ми, возвраща́ясь домо́й», — отвеча́ло мне существо́, уноси́вшее меня́. Я знал, что оно́ име́ло как бы лик челове́ческий. Стра́нное де́ло, я не люби́л э́то существо́, да́же чу́вствовал глубо́кое отвраще́ние. Я ждал соверше́нного небытия́ и с тем вы́стрелил себе́ в се́рдце. И вот я в рука́х существа́, коне́чно не челове́ческого, но кото́рое *есть*, существу́ет: «А, ста́ло быть, есть и за гро́бом жизнь!» — поду́мал я с стра́нным легкомы́слием сна, но су́щность се́рдца моего́ остава́лась со мно́ю во всей глубине́: «И е́сли на́до *быть* сно́ва, — поду́мал я, — и жить опя́ть по чьей-то неустрани́мой во́ле, то не хочу́, чтоб меня́ победи́ли и уни́зили!» — «Ты зна́ешь, что я бою́сь тебя́, и за то презира́ешь меня́», — сказа́л я вдруг моему́ спу́тнику, не удержа́вшись от унизи́тельного вопро́са, в кото́ром заключа́лось призна́ние, и ощути́в, как уко́л була́вки, в се́рдце моём униже́ние моё. Он не отве́тил на вопро́с мой, но я вдруг почу́вствовал, что меня́ не презира́ют и на́до мной не смею́тся, и да́же не сожале́ют меня́ и что путь наш име́ет цель неизве́стную и таи́нственную и каса́ющуюся одного́ меня́. Страх нараста́л в моём се́рдце. Что-то не́мо, но с муче́нием сообща́лось мне от моего́ молча́щего спу́тника и как бы проница́ло меня́. Мы несли́сь в тёмных и неве́домых простра́нствах. Я давно́ уже́ переста́л ви́деть знако́мые гла́зу созве́здия. Я знал, что есть таки́е звёзды в небе́сных простра́нствах, от кото́рых лучи́ дохо́дят на зе́млю лишь в ты́сячи и миллио́ны лет. Мо́жет быть, мы уже́ пролета́ли э́ти простра́нства. Я ждал чего́-то в стра́шной, изму́чившей моё се́рдце тоске́. И вдруг како́е-то знако́мое и в вы́сшей сте́пени зову́щее чу́вство сотрясло́ меня́: я уви́дел вдруг на́ше со́лнце! Я знал, что э́то не могло́ быть *наше* со́лнце, породи́вшее *нашу* зе́млю, и что мы от на́шего со́лнца на бесконе́чном расстоя́нии, но я узна́л почему́-то, всем существо́м мои́м, что э́то соверше́нно тако́е же со́лнце, как и на́ше, повторе́ние его́ и двойни́к его́. Сла́дкое, зову́щее чу́вство зазвуча́ло восто́ргом в душе́ мое́й: родна́я си́ла све́та, того́ же, кото́рый роди́л меня́, отозвала́сь в моём се́рдце и воскреси́ла его́, и я ощути́л жизнь, пре́жнюю жизнь, в пе́рвый раз по́сле мое́й моги́лы.

— Но éсли э́то — со́лнце, éсли э́то совершéнно такóе же со́лнце, как нáше, — вскричáл я, — то где же земля́? — И мой спу́тник указáл мне на звёздочку, сверкáвшую в темнотé изумру́дным блéском. Мы неслúсь пря́мо к ней.

— И неужéли возмóжны такúе повторéния во вселéнной, неужéли такóв прирóдный закóн? . . . И éсли э́то там земля́, то неужéли онá такáя же земля́, как и нáша . . . совершéнно такáя же, несчáстная, бéдная, но дорогáя и вéчно любúмая, и таку́ю же мучúтельную любóвь рождáющая к себé в сáмых неблагодáрных дáже дéтях свойх, как и нáша? . . . — вскрúкивал я, сотрясáясь от неудержú- мой, востóрженной любвú к той роднóй прéжней землé, котóрую я покúнул. Óбраз бéдной дéвочки, котóрую я обúдел, промелькну́л передо мнóю.

— Увúдишь всё, — отвéтил мой спу́тник, и какáя-то печáль послы́шалась в его слóве. Но мы бы́стро приближáлись к планéте. Онá рослá в глазáх мойх, я ужé различáл океáн, очертáния Еврóпы, и вдруг стрáнное чу́вство какóй-то велúкой, святóй рéвности возгорéлось в сéрдце моём: «Как мóжет быть подóбное повторéние и для чегó? Я люблю́, я могу́ любúть лишь ту зéмлю, котóрую я остáвил, на котóрой остáлись бры́зги крóви моéй, когдá я, неблаго- дáрный, вы́стрелом в сéрдце моё погасúл мою́ жизнь. Но никогдá, никогдá не переставáл я любúть ту зéмлю, и дáже в ту ночь, расставáясь с ней, я, мóжет быть, любúл её мучúтельнее, чем когдá-либо. Есть ли мучéние на э́той нóвой землé? На нáшей землé мы úстинно мóжем любúть лишь с мучéнием и тóлько через му- чéние! Мы úначе не умéем любúть и не знáем инóй любвú. Я хочу́ мучéния, чтоб любúть. Я хочу́, я жáжду, в сию́ минýту, целовáть, обливáясь слезáми лишь одну́ ту зéмлю, котóрую я остáвил, и не хочу́, не принимáю жúзни ни на какóй инóй! . . .»

Но спу́тник мой ужé остáвил меня́. Я вдруг, совсéм как бы для меня́ незамéтно, стал на э́той другóй землé в я́рком свéте сóлнеч- ного, прелéстного, как рай, дня. Я стоя́л, кáжется, на однóм из тех острóвов, котóрые составля́ют на нáшей землé грéческий Архи- пелáг, или где-нибудь на прибрéжье материкá, прилегáющего к э́тому Архипелáгу. О, всё бы́ло тóчно так же, как у нас, но, казáлось, всю́ду сия́ло какúм-то прáздником и велúким, святы́м и достúгну- тым, наконéц, торжествóм. Лáсковое изумру́дное мóре тúхо плескáло о берегá и лобызáло их с любóвью, я́вной, вúдимой, почтú сознáтельной. Высóкие, прекрáсные дерéвья стоя́ли во всей роскоши своего цвета, а бесчисленные листочки их, я убеждён в том, приветствовали меня тихим, ласковым своим шумом, и как бы выговаривали какие-то слова любви. Мурава горела яркими ароматными цветами. Птички стадами перелетали в воздухе и, не боясь меня, садились мне на плечи и на руки и радостно били меня своими милыми, трепетными крылышками. И, наконец, я увидел и узнал людей счастливой земли этой. Они пришли ко мне сами, они окружили меня, целовали меня. Дети солнца, дети своего солнца, — о, как они были прекрасны! Никогда я не видывал на нашей земле такой красоты в человеке. Разве лишь в детях наших, в самые первые годы их возраста, можно бы было найти отдалённый, хотя и слабый отблеск красоты этой. Глаза этих счастливых людей сверкали ясным блеском. Лица их сияли разумом и каким-то восполнившимся уже до спокойствия сознанием, но лица эти были веселы; в словах и голосах этих людей звучала детская радость. О, я тотчас же, при первом взгляде на их лица, понял всё, всё! Это была земля, не осквернённая грехопадением, на ней жили люди не согрешившие, жили в таком же раю, в каком жили по преданиям всего человечества, и наши согрешившие прародители, с тою только разницею, что вся земля здесь была повсюду одним и тем же раем. Эти люди, радостно смеясь, теснились ко мне и ласкали меня; они увели меня к себе, и всякому из них хотелось успокоить меня. О, они не расспрашивали меня ни о чём, но как бы всё уже знали, так мне казалось, и им хотелось согнать поскорее страдание с лица моего.

IV

Видите ли что, опять-таки: ну, пусть это был только сон! Но ощущение любви этих невинных и прекрасных людей осталось во мне навеки, и я чувствую, что их любовь изливается на меня и теперь оттуда. Я видел их сам, их познал и убедился, я любил их, я страдал за них потом. О, я тотчас же понял, даже тогда, что во многом не пойму их вовсе; мне, как современному русскому прогрессисту и гнусному петербуржцу, казалось неразрешимым то, например, что они, зная столь много, не имеют нашей науки. Но я скоро понял, что знание их восполнялось и питалось иными проникновениями, чем у нас на земле, и что стремления их были тоже совсем иные. Они не желали ничего и были спокойны, они не стреми́лись к позна́нию жи́зни так, как мы стреми́мся созна́ть её, потому́ что жизнь их была́ воспо́лнена. Но зна́ние их бы́ло глу́бже и вы́сшее, чем у на́шей нау́ки; и́бо нау́ка на́ша и́щет объясни́ть, что тако́е жизнь, сама́ стреми́тся созна́ть её, чтоб научи́ть други́х жить; они́ же и без нау́ки зна́ли, как им жить, и э́то я по́нял, но я не мог поня́ть их зна́ния. Они́ ука́зывали мне на дере́вья свои́, и я не мог поня́ть той сте́пени любви́, с кото́рою они́ смотре́ли на них: то́чно они́ говори́ли с себе́ подо́бными существа́ми. И зна́ете, мо́жет быть я не ошибу́сь, е́сли скажу́, что они́ говори́ли с ни́ми! Да, они́ нашли́ их язы́к, и убеждён, что те понима́ли их. Так смотре́ли они́ и на всю приро́ду — на живо́тных, кото́рые жи́ли с ни́ми ми́рно, не напада́ли на них и люби́ли их, побеждённые их же любо́вью. Они́ ука́зывали мне на звёзды и говори́ли о них со мно́ю о чём-то, чего́ я не мог поня́ть, но я убеждён, что они́ как бы чём-то соприкаса́лись с небе́сными звёздами, не мы́слью то́лько, а каки́м-то живы́м путём. О, э́ти лю́ди и не добива́лись, чтоб я понима́л их, они́ люби́ли меня́ и без того́, но зато́ я знал, что и они́ никогда́ не пойму́т меня́, а потому́ почти́ и не говори́л им о на́шей земле́. Я лишь целова́л при них ту зе́млю, на кото́рой они́ жи́ли, и без слов обожа́л их сами́х, и они́ ви́дели э́то и дава́ли себя́ обожа́ть, не стыдя́сь, что я их обожа́ю, потому́ что мно́го люби́ли са́ми. Они́ не страда́ли за меня́, когда́ я, в слеза́х, поро́ю целова́л их но́ги, ра́достно зна́я в се́рдце своём, како́ю си́лой любви́ они́ мне отве́тят. Поро́ю я спра́шивал себя́ в удивле́нии: как могли́ они́, всё вре́мя, не оскорби́ть тако́го, как я, и ни ра́зу не возбуди́ть в тако́м, как я, чу́вства ре́вности и за́висти? Мно́го раз я спра́шивал себя́, как мог я, хвасту́н и лжец, не говори́ть им о мои́х позна́ниях, о кото́рых, коне́чно, они́ не име́ли поня́тия, не жела́ть удиви́ть их и́ми, и́ли хотя́ бы то́лько из любви́ к ним? Они́ бы́ли ре́звы и ве́селы, как де́ти. Они́ блужда́ли по свои́м прекра́сным ро́щам и леса́м, они́ пе́ли свои́ прекра́сные пе́сни, они́ пита́лись лёгкою пи́щею, плода́ми свои́х дере́вьев, мёдом лесо́в свои́х и молоко́м их люби́вших живо́тных. Для пи́щи и для оде́жды свое́й они́ труди́лись лишь немно́го и слегка́. У них была́ любо́вь и рожда́лись де́ти, но никогда́ я не замеча́л в них поры́вов того́ *жесто́кого* сладостра́стия, кото́рое постига́ет почти́ всех на на́шей земле́, всех и вся́кого, и слу́жит еди́нственным исто́чником почти́ всех грехо́в на́шего челове́чества. Они́ ра́довались явля́вшимся у них де́тям, как но́вым уча́стникам в их блаже́нстве. Ме́жду ни́ми не́ было ссор и не́ было ре́вности, и они́ не понима́ли да́же, что э́то значит. Их дети были детьми всех, потому что все составляли одну семью. У них почти совсем не было болезней, хотя и была смерть; но старики их умирали тихо, как бы засыпая, окружённые прощавшимися с ними людьми, благословляя их, улыбаясь им и сами напутствуемые их светлыми улыбками. Скорби, слёз при этом я не видал, а была лишь умножившаяся как бы до восторга любовь, но до восторга спокойного, восполнившегося, созерцательного. Подумать можно было, что они соприкасались ещё с умершими своими даже и после их смерти и что земное единение между ними не прерывалось смертью. Они почти не понимали меня, когда я спрашивал их про вечную жизнь, но видимо были в ней до того убеждены безотчётно, что это не составляло для них вопроса. У них не было храмов, но у них было какое-то насущное, живое и беспрерывное единение с Целым вселенной; у них не было веры, зато было твёрдое знание, что когда восполнится их земная радость до пределов природы земной, тогда наступит для них, и для живущих и для умерших, ещё большее расширение соприкосновения с Целым вселенной. Они ждали этого мгновения с радостью, но не торопясь, не страдая по нём, а как бы уже имея его в предчувствиях сердца своего, о которых они сообщали друг другу. По вечерам, отходя ко сну, они любили составлять согласные и стройные хоры. В этих песнях они передавали все ощущения, которые доставил им отходящий день, славили его и прощались с ним. Они славили природу, землю, море, леса. Они любили слагать песни друг о друге и хвалили друг друга, как дети; это были самые простые песни, но они выливались из сердца и проницали сердца. Да и не в песнях одних, а, казалось, и всю жизнь свою они проводили лишь в том, что любовались друг другом. Это была какая-то влюблённость друг в друга, всецелая, всеобщая. Иных же их песен, торжественных и восторженных, я почти не понимал вовсе. Понимая слова, я никогда не мог проникнуть во всё их значение. Оно оставалось как бы недоступно моему уму, зато сердце моё как бы проникалось им безотчётно и всё более и более. Я часто говорил им, что я всё это давно уже прежде предчувствовал, что вся эта радость и слава сказывалась мне ещё на нашей земле зовущею тоскою, доходившею подчас до нестерпимой скорби; что я предчувствовал всех их и славу их в снах моего сердца и в мечтах ума моего, что я часто не мог смотреть, на земле нашей, на заходящее солнце без слёз ... Что в ненависти моей к людям нашей земли заключа́лась всегда́ тоска́: заче́м я не могу́ ненави́деть их, не любя́ их, заче́м не могу́ не проща́ть их, а в любви́ мое́й к ним тоска́: заче́м не могу́ люби́ть их, не ненави́дя их? Они́ слу́шали меня́, и я ви́дел, что они́ не могли́ предста́вить себе́ то, что я говорю́, но я не жале́л, что им говори́л о том: я знал, что они́ понима́ют всю си́лу тоски́ мое́й о тех, кого́ я поки́нул. Да, когда́ они́ гляде́ли на меня́ свои́м ми́лым, прони́кнутым любо́вью взгля́дом, когда́ я чу́вствовал, что при них и моё се́рдце станови́лось столь же неви́нным и правди́вым, как и их сердца́, то и я не жале́л, что не понима́ю их. От ощуще́ния полноты́ жи́зни мне захва́тывало дух, и я мо́лча моли́лся на них.

О, все тепе́рь смею́тся мне в глаза́ и уверя́ют меня́, что и во сне нельзя́ ви́деть таки́е подро́бности, каки́е я переда́ю тепе́рь, что во сне моём я ви́дел или прочу́вствовал лишь одно́ ощуще́ние; порождённое мои́м же се́рдцем в бреду́, а подро́бности уже́ сам сочини́л, просну́вшись. И когда́ я откры́л им, что, мо́жет быть, в са́мом де́ле так бы́ло — Бо́же, како́й смех они́ по́дняли мне в глаза́ и како́е я им доста́вил весе́лье! О да, коне́чно, я был побеждён лишь одни́м ощуще́нием того́ сна, и оно́ то́лько одно́ уцеле́ло в до кро́ви ра́ненном се́рдце моём: но зато́ действи́тельные о́бразы и фо́рмы сна моего́, то есть те, кото́рые я в са́мом де́ле ви́дел в са́мый час моего́ сновиде́ния, бы́ли воспо́лнены до тако́й гармо́нии, бы́ли до того́ обая́тельны и прекра́сны, и до того́ бы́ли и́стинны, что, просну́вшись, я, коне́чно, не в си́лах был воплоти́ть их в сла́бые слова́ на́ши, так что они́ должны́ бы́ли как бы стушева́ться в уме́ моём, а ста́ло быть, и действи́тельно, мо́жет быть, я сам, бессозна́тельно, принуждён был сочини́ть пото́м подро́бности и, уж коне́чно, искази́в их, осо́бенно при тако́м стра́стном жела́нии моём поскоре́е и хоть ско́лько-нибудь их переда́ть. Но зато́ как же мне не ве́рить, что всё э́то бы́ло? Бы́ло, мо́жет быть, в ты́сячу раз лу́чше, светле́е и ра́достнее, чем я расска́зываю? Пусть э́то сон, но всё э́то не могло́ не быть. Зна́ете ли, я скажу́ вам секре́т: всё э́то, быть мо́жет, бы́ло во́все не сон! И́бо тут случи́лось не́что тако́е, не́что до тако́го у́жаса и́стинное, что э́то не могло́ бы пригре́зиться во сне. Пусть сон мой породи́ло се́рдце моё, но ра́зве одно́ се́рдце моё в си́лах бы́ло породи́ть ту ужа́сную пра́вду, кото́рая пото́м случи́лась со мной? Как бы мог я её оди́н вы́думать или пригре́зить се́рдцем? Неуже́ли же ме́лкое се́рдце моё и капри́зный, ничто́жный ум мой могли́ возвы́ситься до тако́го открове́ния пра́вды! О, суди́те са́ми: я до сих пор скрыва́л, по тепе́рь доскажу́ и э́ту пра́вду. Де́ло в том, что я . . . развра́тил их всех!

V

Да, да, ко́нчилось тем, что я разврати́л их всех! Как э́то могло́ соверши́ться — не зна́ю, но по́мню я́сно. Сон пролете́л через тысячеле́тия и оста́вил во мне лишь ощуще́ние це́лого. Зна́ю то́лько, что причи́ною грехопаде́ния был я. Как скве́рная трихи́на, как а́том чумы́, заража́ющий це́лые госуда́рства, так и я зарази́л собо́й всю э́ту счастли́вую, безгре́шную до меня́ зе́млю. Они́ научи́лись лгать и полюби́ли ложь и позна́ли красоту́ лжи. О, э́то, мо́жет быть, начало́сь *неви́нно*, с шу́тки, с коке́тства, с любо́вной игры́, в са́мом де́ле, мо́жет быть, с а́тома, но э́тот а́том лжи прони́к в их сердца́ и понра́вился им. Зате́м бы́стро роди́лось сладостра́стие, сладостра́стие породи́ло ре́вность, ре́вность — жесто́кость . . . О, не зна́ю, не по́мню, но ско́ро, о́чень ско́ро бры́знула пе́рвая кровь: они́ удиви́лись и ужасну́лись, и ста́ли расходи́ться, разъединя́ться. Яви́лись сою́зы, но уже́ друг про́тив дру́га. Начали́сь уко́ры, упрёки. Они́ узна́ли стыд и стыд возвели́ в доброде́тель. Родило́сь поня́тие о че́сти, и в ка́ждом сою́зе подняло́сь своё зна́мя. Они́ ста́ли му́чить живо́тных, и живо́тные удали́лись от них в леса́ и ста́ли им врага́ми. Начала́сь борьба́ за разъедине́ние, за обособле́ние, за ли́чность, за моё и твоё. Они́ ста́ли говори́ть на ра́зных языка́х. Они́ позна́ли скорбь и полюби́ли скорбь, они́ жа́ждали муче́ния и говори́ли, что и́стина достига́ется лишь муче́нием. Тогда́ у них яви́лась нау́ка. Когда́ они́ ста́ли злы, то на́чали говори́ть о бра́тстве и гума́нности и по́няли э́ти иде́и. Когда́ они́ ста́ли престу́пны, то изобрели́ справедли́вость и предписа́ли себе́ це́лые ко́дексы, чтоб сохрани́ть её, а для обеспече́ния ко́дексов поста́вили гильоти́ну. Они́ чуть-чуть лишь по́мнили о том, что потеря́ли, да́же не хоте́ли ве́рить тому́, что бы́ли когда́-то неви́нны и сча́стливы. Они́ смея́лись да́же над возмо́жностью э́того пре́жнего их сча́стья и называ́ли его́ мечто́й. Они́ не могли́ да́же предста́вить его́ себе́ в фо́рмах и о́бразах, но стра́нное и чуде́сное де́ло: утра́тив вся́кую ве́ру в бы́вшее сча́стье, назва́в его́ ска́зкой, они́ до того́ захоте́ли быть неви́нными и счастли́выми вновь, опя́ть, что па́ли перед жела́ниями се́рдца своего́, как де́ти, обоготвори́ли э́то жела́ние, настро́или хра́мов и ста́ли моли́ться свое́й же иде́е, своему́ же «жела́нию», в то же вре́мя вполне́ ве́руя в неисполни́мость и неосуществи́мость его́, но со слеза́ми обожа́я его́ и поклоня́ясь ему́. И, одна́ко, е́сли б то́лько могло́ так случи́ться, чтоб они́ возврати́лись в то неви́нное и счастли́вое состоя́ние, кото́рое они́ утра́тили, и е́сли б кто вдруг им показа́л его́ вновь и спроси́л их: хотя́т ли они́ возврати́ться к нему́? — то они́ наве́рно бы отказа́лись. Они́ отвеча́ли мне: «Пусть мы лжи́вы, злы и несправедли́вы, мы *зна́ем* э́то и пла́чем об э́том, и му́чим себя́ за э́то са́ми, и истяза́ем себя́ и нака́зываем бо́льше, чем да́же, мо́жет быть, тот милосе́рдый Судья́, кото́рый бу́дет суди́ть нас и и́мени кото́рого мы не зна́ем. Но у нас есть нау́ка, и через неё мы оты́щем вновь и́стину, но при́мем её уже́ созна́тельно, зна́ние вы́ше чу́вства, созна́ние жи́зни — вы́ше жи́зни. Нау́ка даст нам прему́дрость, прему́дрость откро́ет зако́ны, а зна́ние зако́нов сча́стья — вы́ше сча́стья». Вот что говори́ли они́, и по́сле слов таки́х ка́ждый возлюби́л себя́ бо́льше всех, да и не могли́ они́ и́наче сде́лать. Ка́ждый стал столь ревни́в к свое́й ли́чности, что изо всех сил стара́лся лишь уни́зить и умали́ть её в други́х, и в том жизнь свою́ полага́л. Яви́лось ра́бство, яви́лось да́же доброво́льное ра́бство: сла́бые подчиня́лись охо́тно сильне́йшим, с тем то́лько, чтоб те помога́ли им дави́ть ещё слабе́йших, чем они́ са́ми. Яви́-лись пра́ведники, кото́рые приходи́ли к э́тим лю́дям со слеза́ми и говори́ли им об их го́рдости, о поте́ре ме́ры и гармо́нии, об утра́те и́ми стыда́. Над ни́ми смея́лись и́ли побива́ли их каме́ньями. Свята́я кровь лила́сь на поро́гах хра́мов. Зато́ ста́ли появля́ться лю́ди, кото́рые на́чали приду́мывать: как бы всем вновь так соедини́ться, чтобы ка́ждому, не перестава́я люби́ть себя́ бо́льше всех, в то же вре́мя не меша́ть никому́ друго́му, и жить таки́м о́бразом всем вме́сте как бы и в согла́сном о́бществе. Це́лые во́йны подняли́сь из-за э́той иде́и. Все вою́ющие твёрдо ве́рили в то же вре́мя, что нау́ка, прему́дрость и чу́вство самосохране́ния заста́вят, наконе́ц, челове́ка соедини́ться в согла́сное и разу́мное о́бщество, а потому́ пока́, для ускоре́ния де́ла, «прему́дрые» стара́лись поскоре́е истре-би́ть всех «непрему́дрых» и не понима́ющих их иде́ю, чтоб они́ не меша́ли торжеству́ её. Но чу́вство самосохране́ния ста́ло бы́стро ослабева́ть, яви́лись гордецы́ и сладостра́стники, кото́рые пря́мо потре́бовали всего́ иль ничего́. Для приобрете́ния всего́ прибега́-лось к злоде́йству, а е́сли оно́ не удава́лось — к самоуби́йству. Яви́лись рели́гии с ку́льтом небытия́ и саморазруше́ния ра́ди ве́чного успокое́ния в ничто́жестве. Наконе́ц э́ти лю́ди уста́ли в бессмы́сленном труде́, и на них ли́цах появи́лось страда́ние, и э́ти лю́ди провозгласи́ли, что страда́ние есть красота́, и́бо в страда́нии лишь мысль. Они́ воспе́ли страда́ние в пе́снях свои́х. Я ходи́л между ни́ми, лома́я ру́ки, и пла́кал над ни́ми, но люби́л их, мо́жет быть, ещё бо́льше, чем пре́жде, когда́ на ли́цах их ещё не́ было страда́ния и когда́ они́ бы́ли неви́нны и столь прекра́сны. Я полюби́л их осквернённую и́ми зе́млю ещё бо́льше, чем когда́ она́ была́ ра́ем, за то лишь, что на ней яви́лось го́ре. Увы́, я всегда́ люби́л го́ре и скорбь, но лишь для себя́, для себя́, а об них я пла́кал, жале́я их. Я простира́л к ним ру́ки, в отча́янии обвиня́я, проклина́я и презира́я себя́. Я говори́л им, что всё э́то сде́лал я, я оди́н; что э́то я им принёс развра́т, зара́зу и ложь! Я умоля́л их, чтоб они́ распя́ли меня́ на кресте́, я учи́л их, как сде́лать крест. Я не мог, не в си́лах был уби́ть себя́ сам, но я хоте́л приня́ть от них му́ки, я жа́ждал мук, жа́ждал, чтоб в э́тих му́ках пролита́ была́ моя́ кровь до ка́пли. Но они́ лишь смея́лись на́до мной и ста́ли меня́ счита́ть под коне́ц за юро́дивого. Они́ опра́вдывали меня́, они́ говори́ли, что получи́ли лишь то, чего́ са́ми жела́ли, и что всё то, что есть тепе́рь, не могло́ не быть. Наконе́ц, они́ объяви́ли мне, что я становлю́сь им опа́сен и что они́ поса́дят меня́ в сумасше́дший дом, е́сли я не замолчу́. Тогда́ скорбь вошла́ в мою́ ду́шу с тако́ю си́лой, что се́рдце моё стесни́лось, и я почу́вствовал, что умру́, и тут . . . ну вот тут я и просну́лся.

Бы́ло уже́ у́тро, то есть ещё не рассвело́, но бы́ло о́коло шесто́го ча́су. Я очну́лся в тех же кре́слах, све́чка моя́ догоре́ла вся, у капита́на спа́ли, и круго́м была́ ре́дкая в на́шей кварти́ре тишина́. Пе́рвым де́лом я вскочи́л в чрезвыча́йном удивле́нии; никогда́ со мной не случа́лось ничего́ подо́бного, да́же до пустяко́в и мелоче́й:[10] никогда́ ещё не засыпа́л я, наприме́р, так в мои́х кре́слах. Тут вдруг, пока́ я стоя́л и приходи́л в себя́, — вдруг мелькну́л пе́редо мной мой револьве́р, гото́вый, заряжённый, — но я в оди́н миг оттолкну́л его́ от себя́! О, тепе́рь жи́зни и жи́зни! Я по́днял ру́ки и воззва́л к ве́чной и́стине; не воззва́л, а запла́кал; восто́рг, неизмери́мый восто́рг поднима́л всё существо́ моё. Да, жизнь и — про́поведь! О про́поведи я пореши́л в ту же мину́ту и уж, коне́чно, на всю жизнь! Я иду́ проповедовать, я хочу́ проповедовать, — что? Исти́ну, и́бо я ви́дел её, ви́дел свои́ми глаза́ми, ви́дел всю её сла́ву!

[10] even as to trifling details

И вот с тех пор я и проповедую! Кроме того — люблю всех, которые надо мной смеются, больше всех остальных. Почему это так — не знаю и не могу объяснить, но пусть так и будет. Они говорят, что я уж и теперь сбиваюсь, то есть коль уж и теперь сбился так, что ж дальше-то будет? Правда истинная: я сбиваюсь и, может быть, дальше пойдёт ещё хуже. И, уж конечно, собьюсь несколько раз, пока отыщу, как проповедовать, то есть какими словами и какими делами, потому что это очень трудно исполнить. Я ведь и теперь всё это как день вижу, но послушайте: кто же не сбивается! А между тем ведь все идут к одному и тому же,[11] по крайней мере все стремятся к одному и тому же, от мудреца до последнего разбойника, только разными дорогами. Старая это истина, но вот что тут новое; я и сбиться-то очень не могу. Потому что я видел истину, я видел и знаю, что люди могут быть прекрасны и счастливы, не потеряв способности жить на земле. Я не хочу и не могу верить, чтобы зло было нормальным состоянием людей. А ведь они все только над этой верой-то моей и смеются. Но как мне не веровать: я видел истину, — не то что изобрёл умом, а видел, видел, и *живой образ* её наполнил душу мою навеки. Я видел её в такой восполненной целости, что не могу поверить, чтоб её не могло быть у людей. Итак, как же я собьюсь? Уклонюсь, конечно, даже несколько раз, и буду говорить даже, может быть, чужими словами, но не надолго: живой образ того, что я видел, будет всегда со мной и всегда меня поправит и направит. О, я бодр, я свеж, я иду, иду, и хотя бы на тысячу лет. Знаете, я хотел даже скрыть, вначале, что я развратил их всех, но это была ошибка — вот уже первая ошибка! Но истина шепнула мне, что я *лгу*, и охранила меня и направила. Но как устроить рай — я не знаю, потому что не умею передать словами. После сна моего потерял слова. По крайней мере все главные слова, самые нужные. Но пусть: я пойду и всё буду говорить, неустанно, потому что я всё-таки видел воочию, хотя и не умею пересказать, что я видел. Но вот этого насмешники и не понимают: «Сон, дескать,[12] видел, бред, галлюсинацию». Эх! Неужто это премудро? А они так гордятся! Сон? что такое сон? А наша-то жизнь не сон? Больше скажу: пусть, пусть это никогда не сбудется и не бывать раю[13] (ведь уже это-то я

---

[11] strive for the same thing
[12] they say
[13] this will never happen and paradise is impossible

понима́ю!) — ну, а я всё-таки бу́ду пропове́довать. А ме́жду тем так э́то про́сто: в оди́н бы день, *в один бы час* — всё бы сра́зу устро́илось! Гла́вное — люби́ други́х как себя́, вот что гла́вное, и э́то всё, бо́льше ро́вно ничего́ не на́до: то́тчас найдёшь, как устро́иться. А ме́жду тем ведь э́то то́лько — ста́рая и́стина, кото́рую биллио́н раз повторя́ли и чита́ли, да ведь не ужила́сь же! «Созна́ние жи́зни вы́ше жи́зни, зна́ние зако́нов сча́стья — вы́ше сча́стья» — вот с чем боро́ться на́до! И бу́ду. Е́сли то́лько все захотя́т, то сейча́с всё устро́ится.

А ту ма́ленькую де́вочку я отыска́л . . . И пойду́! И пойду́!

1877

Leo Tolstoy

LEO TOLSTOY (1828–1910), who along with Dostoevsky is considered the best Russian novelist, was born into an aristocratic, landowning family. During his long life, he wrote novels, stories, religious and political pamphlets, and numerous letters, and kept diaries; his collected works fill 90 large volumes. Tolstoy's greatest novels, *War and Peace* (1863–1869) and *Anna Karenina* (1873–1876), were composed by him during a happy period of settled family life on his country estate. However, as he grew older, a profound moral crisis brought to a head by the contemplation of death made him question the purpose of life and led him to an extreme form of Christian anarchism. His *Confession* sets forth the history of his inner struggles and of the conversion, which took place around 1878–1879. Tolstoy devoted years of his life to composing tracts on education, pacifism, and nonviolent resistance; he opposed both the organized Orthodox Church and the Tsarist government of Russia, and became an influential leader of a worldwide movement. Gandhi in India and many Americans and Englishmen were among those influenced by Tolstoy's spiritual guidance.

Yet it would be wrong to draw a sharp line between Tolstoy as the passionate lover of life in all its manifestations when he was a young man, and Tolstoy as the stern, puritanical moral prophet when he was old. Both sides of his character coexisted in him from the beginning to the end. He enjoyed keenly the physical and animal side of the world, and he also sought spiritual perfection through abnegation; he was both a sensualist and a moralist. It is the tension between the two strivings which is in part responsible for the power of his works. As the story *The Devil* shows, Tolstoy can be a stern judge who starts with a keen awareness of the power (and attraction) of temptation; he is not one of those who preach abstinence while feeling little appetite to indulge.

31

Throughout his life, Tolstoy's passionate attachment to all aspects of life led him to see it clearly and deeply. At the same time his moral fervor has few equals in the Western world.

The Devil is a relatively late work, having been written in 1889–1890. It was never published in Tolstoy's lifetime; he considered it unfinished. The story illustrates Tolstoy's art of the exactly observed detail. The circumstances of the financial situation of the family—debts, legacies, living expenses—are reported meticulously. They form the rich underpinning of the moral problem of the story. There is typical Tolstoyan directness and matter-of-factness, particularly in narrating action, including the violent ending (or endings). Tolstoy wrote in one of his other works that the hero of all his writing, whom he loved above all else, was the truth. In *The Devil*, we feel his urge to tell things as they happened, analytically, with all the unsavory, discreditable side of human motivation and thinking laid bare and dissected, simply and unadornedly, yet furnished with all the details of social life and class (e.g. the upper-class ladies' conversations about medicine and health). A moral concern suffuses the story, spurring Tolstoy to more precise vision of things as they are, instead of leading to distortion and didacticism, as happens with lesser authors.

In *The Devil*, Tolstoy reveals the power of sexual attraction, associating it (through remarks implanted from an early point in the story onwards) first with the possibility, then certainty and inevitability, of destruction. D. S. Mirsky praised the "fierce sincerity and masterly construction" of the story. He wrote about it: "The terrible inevitableness of the hero's fall, his helplessness before his carnal instinct, grow like a terrible doom and are developed with supreme mastery."

How Much Land Does a Man Need (1885) is one of Tolstoy's best fables. Here the moral impulse is expressed with a particularly high degree of simplicity in writing. Tolstoy's hatred for the greed of corrupt civilization and his preference for simple people are connected with his admiration for Rousseau as well as with his religious, Christian convictions. In this story, as was Tolstoy's manner from the 1880s onwards, he pushes his striving towards simplicity still further than in *The Devil*. He strips away all but the essentials of narration with the masterful boldness and radicalism which only a great master in the last stage of artistic maturity dares to employ.

Tolstoy has been called a *нетовщик*, a man inclined to say *нет*, — to deny, to call out "Wrong! Not right!" to many objects—against the organization of society, manners, sins, individual motives and actions. He is a master of exposing, unmasking—of negative analysis—as well as a man most susceptible to physical stimuli, whether those of music, hunting, sex, mowing grass, or innumerable others. The analysis of motives in Tolstoy is deceptively plain and bare. In reading Tolstoy's accounts of human actions, we might mistakenly conclude that nothing could be easier than giving such utterly transparent statements of what happened, who did what, who thought what and said what. Yet nothing is more difficult to achieve than Tolstoyan simplicity. He arrives at it by countless revisions, rewritings, painstaking elimination of clichés, stereotypes, and by the seeking of the telling detail and the exact, direct phrase.

In *The Devil*, which of the two variant endings which Tolstoy wrote for the story do you prefer? Why?

Лев Николаевич Толстой

ДЬЯВОЛ

«А я говорю вам, что всякий, кто смотрит на женщину с вожделением, уже прелюбодействовал с нею в сердце своём.

Если же правый глаз твой соблазняет тебя, вырви его и брось от себя, ибо лучше для тебя, чтобы погиб один из членов твоих, а не всё тело твоё было ввержено в геенну.

И если правая твоя рука соблазняет тебя, отсеки её и брось от себя, ибо лучше для тебя, чтобы погиб один из членов твоих, а не всё тело твоё было ввержено в геенну»

(Матфея V, 28, 29, 30).

I

Евгения Иртенева ожидала блестящая карьера. Всё у него было для этого. Прекрасное домашнее воспитание, блестящее окончание курса на юридическом факультете Петербургского университета, связи по недавно умершему отцу с самым высшим обществом и даже начало службы в министерстве под покровительством министра. Было и состояние, даже большое состояние, но сомнительное. Отец жил за границей и в Петербурге, давая по шести́ ты́сяч сыновья́м — Евге́нию и ста́ршему, Андре́ю, служи́вшему в кавалерга́рдах, и сам прожива́л с ма́терью о́чень мно́го. То́лько ле́том он приезжа́л на два ме́сяца в име́нье, но не занима́лся хозя́йством, предоставля́я всё зае́вшемуся управля́ющему, то́же не занима́вшемуся име́ньем, но к кото́рому он име́л по́лное дове́рие.

По́сле сме́рти отца́, когда́ бра́тья ста́ли дели́ться, оказа́лось, что долго́в бы́ло так мно́го, что пове́ренный по дела́м сове́товал да́же, оста́вив за собо́й име́нье ба́бки, кото́рое цени́ли в сто ты́сяч, отказа́ться от насле́дства. Но сосе́д по име́нью, поме́щик, име́вший дела́ с старико́м Ирте́невым, то есть име́вший ве́ксель на него́[1] и приезжа́вший для э́того в Петербу́рг, говори́л, что, несмотря́ на долги́, дела́ мо́жно попра́вить и удержа́ть ещё большо́е состоя́ние. Сто́ило то́лько прода́ть лес, отде́льные куски́ пу́стоши и удержа́ть гла́вное золото́е дно — Семёновское с четырьмя́ ты́сячами десяти́н чернозёма, са́харным заво́дом и двумяста́ми десяти́н заливны́х луго́в, е́сли посвяти́ть себя́ э́тому де́лу и, посели́вшись в дере́вне, умно́ и расчётливо хозя́йничать.

И вот Евге́ний, съе́здив весно́ю (оте́ц у́мер посто́м) в име́нья и осмотре́в всё, реши́л вы́йти в отста́вку, посели́ться с ма́терью в дере́вне и заня́ться хозя́йством с тем, чтобы удержа́ть гла́вное име́нье. С бра́том, с кото́рым не́ был осо́бенно дру́жен, он сде́лался так: обяза́лся ему́ плати́ть ежего́дно четы́ре ты́сячи и́ли единовре́менно во́семьдесят ты́сяч, за кото́рые брат отка́зывался от свое́й до́ли насле́дства.

Так он и сде́лал и, посели́вшись с ма́терью в большо́м до́ме, горячо́ и осторо́жно вме́сте с тем взя́лся за хозя́йство.

Обыкнове́нно ду́мают, что са́мые обы́чные консерва́торы — э́то старики́, а нова́торы — э́то молоды́е лю́ди. Э́то не совсе́м справедли́во. Са́мые обы́чные консерва́торы — э́то молоды́е лю́ди. Молоды́е лю́ди, кото́рым хо́чется жить, но кото́рые не ду́мают и не име́ют вре́мени поду́мать о том, как на́до жить, и кото́рые поэ́тому избира́ют себе́ за образе́ц ту жизнь кото́рая была́.

Так бы́ло и с Евге́нием. Посели́вшись тепе́рь в дере́вне, его́ мечта́ и идеа́л бы́ли в том, чтобы воскреси́ть ту фо́рму жи́зни, кото́рая была́ не при отце́ — оте́ц был дурно́й хозя́ин, но при де́де. И тепе́рь и в до́ме, и в саду́, и в хозя́йстве он, разуме́ется, с измене́ниями, сво́йственными вре́мени, стара́лся воскреси́ть о́бщий дух жи́зни

---

[1] a promissory note from him

деда — всё на широкую ногу,[2] довольство всех вокруг и порядок и благоустройство, а для того чтоб устроить эту жизнь, дела было очень много: нужно было и удовлетворять требованиям кредиторов и банков и для того продавать земли и отсрочивать платежи, нужно было и добывать деньги, для того чтобы продолжать вести, где наймом, где работниками, огромное хозяйство в Семёновском с четырьмя тысячами десятин запашки и сахарным заводом; нужно было и в доме и в саду делать так, чтобы не похоже было на запущение и упадок.

Работы было много, но и сил было много у Евгения — сил и физических и духовных. Ему было двадцать шесть лет, он был среднего роста, сильного сложения с развитыми гимнастикой мускулами, сангвиник с ярким румянцем во всю щёку, с яркими зубами и губами и с негустыми, мягкими и вьющимися волосами. Единственный физический изъян его была близорукость, которую он сам развил себе очками, и теперь уже не мог ходить без пенсне, которое уже прокладывало чёрточки наверху горбинки его носа. Таков он был физически, духовный же облик его был такой, что чем больше кто знал его, тем больше любил. Мать и всегда любила его больше всех, теперь же, после смерти мужа, сосредоточила на нём не только всю свою нежность, но всю свою жизнь. Но не одна мать так любила его. Товарищи его с гимназии и университета всегда особенно не только любили, но уважали его. На всех посторонних он всегда действовал также. Нельзя было не верить тому, что он говорил, нельзя было предполагать обман, неправду при таком открытом, честном лице и, главное, глазах.

Вообще вся его личность много помогала ему в его делах. Кредитор, который отказал бы другому, верил ему. Приказчик, староста, мужик, который сделал бы гадость, обманул бы другого, забывал обмануть под приятным впечатлением общения с добрым, простым и, главное, открытым человеком.

Был конец мая. Кое-как Евгений наладил дело в городе об освобождении пустоши от залога, чтобы продать её купцу, и занял деньги у этого же купца на то, чтобы обновить инвентарь, то есть лошадей, быков, подводы. И, главное, на то, чтобы начать необходимую постройку хутора. Дело наладилось.[3] Возили лес, плотники

---

[2] in grand style
[3] The business was under control.

ужé рабóтали, и навóз возѝли на восьмѝдесяти подвóдах, но всё до сих пор висéло на нѝточке.

II

В середѝне э́тих забóт случѝлось обстоя́тельство хотя́ и не ва́жное, но в то врéмя помýчавшее Евгéния. Он жил свою́ мóло-дость, как живýт все молодьíе, здорóвые, нежена́тые лю́ди, то есть имéл сношéния с ра́зного рóда жéнщинами. Он был не развра́тник, но и не́ был, как он сам себé говорѝл, мона́хом. А предава́лся э́тому тóлько настóлько, наскóлько э́то бы́ло необходѝмо для физѝческого здорóвья и ýмственной свобóды, как он говорѝл. Началóсь э́то с шестна́дцати лет. И до сих пор шло благополýчно. Благополýчно в том смы́сле, что он не преда́лся развра́ту, не увлёкся ни ра́зу и нé был ни ра́зу бóлен. Была́ у негó в Петербýрге снача́ла швея́, потóм она́ испóртилась, и он устрóился ѝначе. И э́та сторона́ была́ так обеспéчена, что не смуща́ла егó.

Но вот в дерéвне он жил вторóй мéсяц и решѝтельно не знал, как емý быть. Невóльное воздержа́ние начина́ло дéйствовать на негó дýрно. Неужéли éхать в гóрод из-за э́того? И куда́? Как? Э́то однó тревóжило Евгéния Ива́новича, а так как он был увéрен, что э́то необходѝмо и что емý нýжно, емý действи́тельно станови́лось нýжно, и он чýвствовал, что он не свобóден и что он против вóли провожа́ет ка́ждую молодýю жéнщину глаза́ми.

Он счита́л нехорóшим у себя́ в своéй дерéвне сойтѝсь с жéнщиной ѝли дéвкой. Он знал по расска́зам, что и отéц егó и дед в э́том отношéнии совершéнно отделѝлись от другѝх помéщиков тогó врéмени и дóма не заводѝли у себя́ никогда́ никакѝх ша́шен с крепостны́ми, и решѝл, что э́того он не сдéлает; но потóм, всё бóлее и бóлее чýвствуя себя́ свя́занным и с ýжасом представля́я себé то, что с ним мóжет быть в городѝшке, и сообразѝв, что тепéрь не крепостны́е, он решѝл, что мóжно и здесь. Тóлько бы сдéлать э́то так, чтóбы никтó не знал, и не для развра́та, а тóлько для здорóвья, так говорѝл он себé. И когда́ он решѝл э́то, емý ста́ло ещё бес-покóйнее; говоря́ с ста́ростой, с мужика́ми, с столярóм, он невóль-но наводѝл разговóр на жéнщин и, éсли разговóр заходѝл о жéнщинах, то задéрживал на э́том. На жéнщин же он пригля́ды-вался бóльше и бóльше.

III

Но реши́ть де́ло самому́ с собо́й бы́ло одно́, привести́ же его́ в исполне́ние бы́ло друго́е. Самому́ подойти́ к же́нщине невозмо́жно. К како́й? где? Надо́ че́рез кого́-нибудь, но к кому́ обрати́ться? Случи́лось ему́ раз зайти́ напи́ться в лесну́ю карау́лку. Сто́рожем был бы́вший охо́тник отца́. Евге́ний Ива́нович разговори́лся с ним, и сто́рож стал расска́зывать стари́нные исто́рии про кутежи́ на охо́те. И Евге́нию Ива́новичу пришло́ в го́лову, что хорошо́ бы бы́ло здесь, в карау́лке и́ли в лесу́, устро́ить э́то. Он то́лько не знал как, и возьмётся ли за э́то ста́рый Дани́ла. «Мо́жет быть, он ужаснётся от тако́го предложе́ния, и я осрамлю́сь, а мо́жет, о́чень про́сто согласи́тся». Так он ду́мал, слу́шая расска́зы Дани́лы. Дани́ла расска́зывал, как они́ стоя́ли в отъе́зжем по́ле у дьячи́хи и как Пря́ничникову он привёл ба́бу.

«Мо́жно», — поду́мал Евге́ний.

— Ваш ба́тюшка, ца́рство небе́сное,[4] э́тими глу́постями не занима́лся.[5]

«Нельзя́», — поду́мал Евге́ний, но, чтобы иссле́довать, сказа́л:

— Как же ты таки́ми дела́ми нехоро́шими занима́лся?

— А что же тут худо́го? И она́ ра́да и мой Фёдор Заха́рыч дово́льны предово́льны. Мне рубль. Ведь как же и быть ему́-то?[6] То́же жива́я кость.[7] Чай вино́ пьёт.[8]

«Да, мо́жно сказа́ть», — поду́мал Евге́ний и то́тчас же приступи́л.

— А зна́ешь, — он почу́вствовал, как он багро́во покрасне́л, — зна́ешь, Дани́ла, я изму́чался. — Дани́ла улыбну́лся. — Я всё-таки не мона́х — привы́к.

Он чу́вствовал, что глу́по всё, что он говори́т, но ра́довался, потому́ что Дани́ла одобря́л.

— Что ж, вы бы давно́ сказа́ли, э́то мо́жно, — сказа́л он. — Вы то́лько скажи́те каку́ю.

— Ах, пра́во, мне всё равно́. Ну, разуме́ется, чтоб не безобра́зная была́ и здоро́вая.

[4] may he rest at peace
[5] concerned himself (*substandard*)
[6] How can he help it?
[7] He is also a live person.
[8] He must drink wine, no doubt.

— По́нял! — откуси́л Дани́ла. Он поду́мал. — Ох, хороша́ шту́чка есть,[9] — на́чал он. Опя́ть Евге́ний покрасне́л. — Хороша́ шту́чка. Изво́лите ви́деть, вы́дали её по о́сени, — Дани́ла стал шепта́ть, — а он ничего́ не мо́жет сде́лать. Ведь э́то на охо́тника что сто́ит.[10]

Евге́ний смо́рщился да́же от стыда́.

— Нет, нет, — заговори́л он. — Мне совсе́м не то ну́жно. Мне, напро́тив (что могло́ быть напро́тив?), мне, напро́тив, на́до чтобы то́лько здоро́вая, да поме́ньше хлопо́т — солда́тка и́ли э́дак . . .

— Зна́ю. Э́то, зна́чит, Степани́ду вам предоста́вить. Муж в городу́,[11] всё равно́ как солда́тка. А ба́бочка хоро́шая, чи́стая. Бу́дете дово́льны. Я и то ей на́месь[12] говорю́ — пойди́, а она́ . . .

— Ну, так когда́ же?

— Да хоть за́втра. Я вот пойду́ за табако́м и зайду́, а в обе́д приходи́те сюда́ а́ли за огоро́д к ба́не. Никого́ нет. Да и в обе́д весь наро́д спит.

— Ну, хорошо́.

Стра́шное волне́ние охвати́ло Евге́ния, когда́ он пое́хал домо́й. «Что тако́е бу́дет? Что тако́е крестья́нка? Что́-нибудь вдруг безобра́зное, ужа́сное. Нет, они́ краси́вы, — говори́л он себе́, вспомина́я тех, на кото́рых он загля́дывался. — Но что я скажу́, что я сде́лаю?»

Це́лый день он был не свой. На друго́й день в двена́дцать часо́в он пошёл к карау́лке. Дани́ла стоя́л в дверя́х и мо́лча значи́тельно кивну́л голово́й к ле́су. Кровь прилила́ к се́рдцу Евге́ния, он почу́вствовал его́ и пошёл к огоро́ду. Никого́. Подошёл к ба́не. Никого́. Загляну́л туда́, вы́шел и вдруг услыха́л треск сло́мленной ве́тки. Он огляну́лся, она́ стоя́ла в ча́ще за овра́жком. Он бро́сился туда́ через овра́г. В овра́ге была́ крапи́ва, кото́рой он не заме́тил. Он острека́лся и, потеря́в с но́су пенсне́, вбежа́л на противополо́жный буго́р. В бе́лой вы́шитой занаве́ске, кра́сно-бу́рой панёве, кра́сном я́рком платке́, с босы́ми нога́ми, све́жая, твёрдая, краси́вая, она́ стоя́ла и ро́бко улыба́лась.

— Тут круго́м тро́почка, обошли́ бы, — сказа́ла она́. — А мы давно́. Голомя́.[13]

[9] Quite a dish!
[10] Something for a connoisseur.
[11] Substandard for в го́роде.
[12] Substandard for наме́дни, "quite recently."
[13] Very much so.

Он подошёл к ней и, оглядываясь, коснулся её.

Через четверть часа они разошлись, он нашёл пенсне и зашёл к Даниле и в ответ на вопрос его: «Довольны ль, барин?» — дал ему рубль и пошёл домой. Он был доволен. Стыд был только сначала. Но потом прошёл. И всё было хорошо. Главное, хорошо, что ему теперь легко, спокойно, бодро. Её он хорошенько даже не рассмотрел. Помнил, что чистая, свежая, недурная и простая, без гримас. «Чья бишь она?[14] говорил он себе. — Печникова он сказал? Какая же это Печникова?* Ведь их два двора. Должно быть, Михайлы-старика сноха. Да, верно его. У него ведь сын живёт в Москве, спрошу у Данилы когда-нибудь».

С этих пор устранилась эта важная прежде неприятность деревенской жизни — невольное воздержание. Свобода мысли Евгения уже не нарушалась, и он мог свободно заниматься своими делами.

А дело, которое взял на себя Евгений, было очень нелёгкое: иногда ему казалось, что он не выдержит, и кончится тем, что всё-таки придётся продать именье, все труды его пропадут, и, главное, что окажется, что не выдержал, не сумел доделать того, за что взялся. Это больше всего тревожило его. Не успевал он заткнуть кое-как одной дыры как раскрывалась новая, неожиданная.

Во всё это время всё оказывались новые и новые неизвестные прежде долги отца. Видно было, что отец в последнее время брал где попало.[15] Во время раздела в мае Евгений думал, что он знает, наконец, всё. Но вдруг в середине лета он получил письмо, из которого оказывалось, что был ещё долг вдове Есиповой в двенадцать тысяч. Векселя не было, была простая расписка, которую можно было, по словам поверенного, оспаривать. Но Евгению и в голову не могло прийти отказаться от уплаты действительного долга отца только потому, что можно было оспаривать документ. Ему надо было узнать только наверное, действительный ли это был долг.

— Мама! что такое Есипова Калерия Владимировна? — спросил он у матери, когда они, по обыкновению, сошлись за обедом.

— Есипова? Да это воспитанница дедушки. А что?

Евгений рассказал матери про письмо.

* В дальнейшем вместо фамилии Печников фамилия Пчельников.

[14] Whose wife was she?

[15] at random

— Удивля́юсь как ей не со́вестно. Твой па́па ей ско́лько передава́л.

— Но должны́ мы ей?

— То есть как тебе́ сказа́ть? До́лгу нет, па́па по свое́й бесконе́чной доброте́ . . .

— Да, но па́па счита́л э́то до́лгом.

— Не могу́ я тебе́ сказа́ть. Не зна́ю. Зна́ю, что тебе́ и так тяжело́.

Евге́ний ви́дел, что Ма́рья Па́вловна сама́ не зна́ла, как сказа́ть, и как бы выпы́тывала его́.

— Из э́того я ви́жу, что на́до плати́ть, — сказа́л сын. — Я за́втра пое́ду к ней и поговорю́, нельзя́ ли отсро́чить.

— Ах, как мне жа́лко тебя́. Но, зна́ешь, лу́чше. Ты ей скажи́, что она́ должна́ подожда́ть, — говори́ла Ма́рья Па́вловна, очеви́дно успоко́енная и го́рдая реше́нием сы́на.

Положе́ние Евге́ния бы́ло осо́бенно тру́дно отто́го ещё, что мать, жи́вшая с ним, совсе́м не понима́ла его́ положе́ния. Она́ всю жизнь привы́кла жить так широко́,[16] что не могла́ предста́вить себе́ да́же того́ положе́ния, в кото́ром был сын, то есть того́, что ны́нче-за́втра дела́ могли́ устро́иться так, что у них ничего́ не оста́нется и сы́ну придётся всё прода́ть и жить и содержа́ть мать одно́й слу́жбой, кото́рая в его́ положе́нии могла́ ему́ дать мно́го-мно́го две ты́сячи рубле́й. Она́ не понима́ла, что спасти́сь от э́того положе́ния мо́жно то́лько уре́зкой расхо́дов во всём, и потому́ не могла́ поня́ть, заче́м Евге́ний так стесня́лся в мелоча́х, в расхо́дах на садо́вников, кучеро́в, на прислу́гу и стол да́же. Кро́ме того́, как большинство́ вдов, она́ пита́ла к па́мяти поко́йника чу́вства благогове́ния, далеко́ не похо́жие на те, кото́рые она́ име́ла к нему́, пока́ он был жив, и не допуска́ла мы́сли о том, что то, что де́лал и́ли завёл поко́йник, могло́ быть ху́до и изменено́.

Евге́ний подде́рживал с больши́м напряже́нием и сад, и оранжере́ю с двумя́ садо́вниками, и коню́шню с двумя́ кучера́ми. Ма́рья же Па́вловна наи́вно ду́мала, что не жа́луясь на стол, кото́рый гото́вил стари́к по́вар, и на то, что доро́жки в па́рке не все бы́ли чи́щены, и что вме́сто лаке́ев был оди́н ма́льчик, что она́ де́лает всё, что мо́жет мать, же́ртвующая собо́й для своего́ сы́на. Так и в э́том но́вом до́лге, в кото́ром Евге́ний ви́дел для себя́ почти́ что добива́ющий уда́р всем его́ предприя́тиям, Ма́рья Па́вловна

[16] grandly

вѝдела тóлько слу́чай, вы́казавший благорóдство Евгéния. Мáрья
Пáвловна не беспокóилась óчень о матерья́льном положéнии
Евгéния ещё и потому́, что онá былá увéрена, что он сдéлает
блестя́щую пáртию,[17] котóрая попрáвит всё. Пáртию же он мог
сдéлать сáмую блестя́щую. Онá знáла деся́ток семéй, котóрые
счáстливы бы́ли отдáть за негó дочь. И онá желáла как мóжно
скорéе устрóить это.

IV

Евгéний сам мечтáл о женѝтьбе, но тóлько не так, как мать:
мысль о том, чтóбы сдéлать из женѝтьбы срéдство поправлéния
свойх дел, былá отвратѝтельна ему́. Женѝться он хотéл чéстно, по
любвѝ. Он и пригля́дывался к дéвушкам, котóрых встречáл и знал,
прикѝдывал себя́ к ним, но судьбá его не решáлась. Мéжду тем,
чегó он никáк не ожидáл, сношéния его с Степанѝдой продолжáлись и получѝли дáже харáктер чегó-то установѝвшегося. Евгéний
так был далёк от распу́тства, так тяжелó бы́ло ему́ дéлать это
тáйное — он чу́вствовал — нехорóшее дéло, что он никáк не
устрáивался и дáже пóсле пéрвого свидáнья надéялся совсéм
бóльше не видáть Степанѝды: но оказáлось, что чéрез нéсколько
врéмени на негó опя́ть нашлó беспокóйство, котóрое припѝсывал
этому. И беспокóйство на этот раз ужé нé было безлѝчное; а ему́
представля́лись ѝменно те сáмые чёрные, блестя́щие глазá, тот же
груднóй гóлос, говоря́щий «голомя́», тот же зáпах чегó-то свéжего
и сѝльного и та же высóкая грудь, поднимáющая занавéску, и всё
это в той же орéховой и кленóвой чáще, облѝтой я́рким свéтом.
Как ни сóвестно бы́ло, он опя́ть обратѝлся к Данѝле. И опя́ть
назнáчилось свидáние в пóлдень в лесу́. В этот раз Евгéний бóльше
рассмотрéл её, и всё показáлось ему́ в ней привлекáтельно. Он
попрóбовал поговорѝть с ней, спросѝл о му́же. Действѝтельно, это
был Михáйлин сын, он жил в кучерáх[18] в Москвé.

— Ну что же, как же ты ... — Евгéний хотéл спросѝть, как онá
изменя́ет ему́.

— Чегó как же? — спросѝла она. Она, очевѝдно, былá умнá и
догáдлива.

— Ну как же вот ты ко мне хóдишь?

[17] brilliant match
[18] worked as a coachman

— Вóна,[19] — вéсело проговорúла онá. — Он, я чай, там гуля́е.[20] Что ж мне-то?

Очевúдно, онá самá на себя́ напускáла развя́зность, ýхарство. И э́то показáлось мúло Евгéнию. Но всё-таки он не назнáчил ей сам свидáнья. Дáже когдá она предложúла, чтобы сходúться помúмо Данúлы, к котóрому онá как-то недоброжелáтельно относúлась, Евгéний не согласúлся. Он надéялся, что э́то свидáние бы́ло послéднее. Онá емý нрáвилась. Он дýмал, что емý необходúмо такóе общéние и что дурнóго в э́том нет ничегó; но в глубинé душú у негó был судья́ бóлее стрóгий, котóрый не одобря́л э́того и надéялся, что э́то в послéдний раз, éсли же не надéялся, то по крáйней мéре не хотéл учáствовать в э́том дéле и приготáвливать себé э́то в другóй раз.

Так и шло всё лéто, в продолжéние котóрого он вúделся с ней раз дéсять и вся́кий раз через Данúлу. Бы́ло одúн раз, что ей нельзя́ бы́ло прийти́, потомý что приéхал муж, и Данúла предложúл другýю. Евгéний с отвращéнием отказáлся. Потóм муж уéхал, и свидáнья продолжáлись по-стáрому, сначáла через Данúлу, а потóм ужé пря́мо он назначáл врéмя, и онá приходúла с бáбой Прóхоровой, так как однóй нельзя́ ходúть бáбе. Одúн раз, в сáмое назнáченное врéмя свидáнья, к Мáрье Пáвловне приéхало семéйство с той дéвушкой, котóрую онá свáтала Евгéнию, и Евгéний никáк не мог вы́рваться. Как тóлько он мог уйти́, он пошёл как бýдто на гумнó и в обхóд тропúнкой в лес на мéсто свидáнья. Её нé было. Но на обы́чном мéсте всё, покýда моглá достáть рукá, всё бы́ло перелóмано, черёмуха, орéшень, дáже молодóй кленóк в кол толщинóю. Э́то онá ждалá, волновáлась и сердúлась и, игрáючи, оставля́ла емý пáмять. Он постоя́л, постоя́л и пошёл к Данúле просúть егó вы́звать её на зáвтра. Онá пришлá и былá такáя же, как всегдá.

Так прошлó лéто. Свидáнья всегдá назначáлись в лесý и одúн раз тóлько, уж·перед óсенью, в гумённом сарáе на их задвóрках. Евгéнию и в гóлову не приходúло, чтобы э́ти отношéния егó имéли какóе-нибудь для негó значéние. Об ней же он и не дýмал. Давáл ей дéньги, и бóльше ничегó. Он не знал и не дýмал о том, что по всей дерéвне уж знáли про э́то и завúдовали ей, что её домáшние брáли у ней дéньги и поощря́ли её и что её представлéние о грехé, под

<hr />

[19] look here
[20] Substandard for *гуля́ет*. "He must be having a good time there."

влия́нием де́нег и уча́стия дома́шних, совсе́м уничто́жилось. Ей
каза́лось, что е́сли лю́ди зави́дуют, то то, что она́ де́лает, хорошо́.
«Про́сто для здоро́вья на́до же, — ду́мал Евге́ний. — Поло́жим,
нехорошо́, и, хотя́ никто́ не говори́т, все и́ли мно́гие зна́ют. Ба́ба,
с кото́рой она́ хо́дит, зна́ет. А зна́ет, ве́рно рассказа́ла и други́м.
Но что же де́лать? Скве́рно я поступа́ю, — ду́мал Евге́ний, — да
что де́лать, ну да ненадо́лго».

Гла́вное, что смуща́ло Евге́ния, то э́то был муж. Снача́ла ему́
почему́-то представля́лось, что муж её до́лжен быть плох, и э́то как
бы опра́вдывало его́ отча́сти. Но он увида́л му́жа и был поражён.
Э́то был молодчи́на и щёголь, уж ника́к не ху́же, а наве́рно лу́чше
его́. При пе́рвом свида́нии он сказа́л ей, что ви́дел му́жа и что он
полюбова́лся им, како́й он молодчи́на.

— Друго́го тако́го нет в дере́вне, — с го́рдостью сказа́ла она́.
Э́то удиви́ло Евге́ния. Мысль о му́же с тех пор ещё бо́лее му́чала
его́. Случи́лось ему́ раз быть у Дани́лы, и Дани́ла, разговори́вшись,
пря́мо сказа́л ему́:

— А Миха́йла наме́дни спра́шивал меня́, пра́вда ли, что ба́рин
с сы́на женой живёт. Я сказа́л, не зна́ю. Да и то, говорю́, лу́чше с
ба́рином, чем с мужико́м.

— Ну, что ж он?

— Да ничего́, говори́т: погоди́ ж, дозна́юсь, я ей зада́м.

«Ну да е́сли бы муж верну́лся, я бы бро́сил», — ду́мал Евге́ний.
Но муж жил в го́роде, и отноше́ния пока́ продолжа́лись. «Когда́
на́до бу́дет, оборву́, и ничего́ не оста́нется», — ду́мал он.

И ему́ каза́лось э́то несомне́нным, потому́ что в продолже́ние
ле́та мно́го ра́зных веще́й о́чень си́льно занима́ли его́: и устро́йство
но́вого ху́тора, и убо́рка, и постро́йка, и, гла́вное, упла́та до́лга и
прода́жа пу́стоши. Всё э́то бы́ли предме́ты, кото́рые поглоща́ли
его́ всего́, о кото́рых он ду́мал, ложа́сь и встава́я. Всё э́то была́
настоя́щая жизнь. Сноше́ния же — он да́же не называ́л э́то свя́зью
— с Степани́дой бы́ло не́что совсе́м незаме́тное. Пра́вда, что, когда́
приступа́ло жела́ние ви́деть её, оно́ приступа́ло с тако́й си́лой, что
он ни о чём друго́м не мог ду́мать, но э́то продолжа́лось недо́лго,
устра́ивалось свида́нье, и он опя́ть забыва́л её на неде́ли, иногда́ на
ме́сяц.

О́сенью Евге́ний ча́сто е́здил в го́род и там сбли́зился с семе́й-
ством А́нненских. У А́нненских была́ дочь, то́лько что вы́шедшая
институ́тка. И тут, к вели́кому огорче́нию Ма́рьи Па́вловны,

случи́лось то, что Евге́ний, как она́ говори́ла, продешеви́л себя́, влюби́лся в Ли́зу А́нненскую и сде́лал ей предложе́ние.

С тех пор сноше́ния с Степани́дой прекрати́лись.

V

Почему́ Евге́ний вы́брал Ли́зу А́нненскую нельзя́ объясни́ть, как никогда́ нельзя́ объясни́ть, почему́ мужчи́на выбира́ет ту, а не другу́ю же́нщину. Причи́н бы́ло пропа́сть и положи́тельных и отрица́тельных. Причи́ной бы́ло и то, что она́ не была́ о́чень бога́тая неве́ста, каки́х сва́тала ему́ мать, и то, что она́ была́ наи́вна и жалка́ в отноше́ниях к свое́й ма́тери, и то, что она́ не была́ краса́вица, обраща́ющая на себя́ внима́ние, и не была́ дурна́. Гла́вное же бы́ло то, что сближе́ние с ней начало́сь в тако́й пери́од, когда́ Евге́ний был зрел к жени́тьбе. Он влюби́лся потому́, что знал, что же́нится.

Ли́за А́нненская снача́ла то́лько нра́вилась Евге́нию, но когда́ он реши́л, что она́ бу́дет его́ жено́ю, он почу́вствовал к ней чу́вство гора́здо бо́лее си́льное, он почу́вствовал, что он влюблён.

Ли́за была́ высо́кая, то́нкая, дли́нная. Дли́нное бы́ло в ней всё: и лицо́, и нос не вперёд, но вдоль по лицу́, и па́льцы, и ступни́. Цвет лица́ у ней был о́чень не́жный, бе́лый, желтова́тый, с не́жным румя́нцем, во́лосы дли́нные, ру́сые, мя́гкие и вью́щиеся, и прекра́сные, я́сные, кро́ткие, дове́рчивые глаза́. Эти глаза́ осо́бенно порази́ли Евге́ния. И когда́ он ду́мал о Ли́зе, он ви́дел всегда́ перед собо́й э́ти я́сные, кро́ткие, дове́рчивые глаза́.

Такова́ она́ была́ физи́чески; духо́вно же он ничего́ не знал про неё, а то́лько ви́дел э́ти глаза́. И э́ти глаза́, каза́лось, говори́ли ему́ всё, что ему́ ну́жно бы́ло знать. Смысл же э́тих глаз был тако́й.

Ещё с институ́та, с пятна́дцати лет, Ли́за постоя́нно влюбля́лась во всех привлека́тельных мужчи́н и́ была́ оживлена́ и сча́стлива то́лько тогда́, когда́ была́ влюблена́. Вы́шедши из институ́та, она́ то́чно так же влюбля́лась во всех молоды́х мужчи́н, кото́рых встреча́ла, и, разуме́ется, влюби́лась в Евге́ния, как то́лько узна́ла его́. Эта-то её влюблённость и дава́ла её глаза́м то осо́бенное выраже́ние, кото́рое так плени́ло Евге́ния.

В э́ту же зи́му в одно́ и то же вре́мя она́ уже́ была́ влюблена́ в двух молодых людей и краснела и волновалась не только когда они входили в комнату, но когда произносили их имя. Но потом, когда её мать намекнула ей, что Иртенев, кажется, имеет серьёзные виды,[21] влюбленье её в Иртенева усилилось так, что она стала почти равнодушной к двум прежним, но когда Иртенев стал бывать у них, на бале, собрании, танцевал с ней больше, чем с другими, и, очевидно, желал узнать только, любит ли она его, тогда влюбленье её в Иртенева сделалось чем-то болезненным, она видела его во сне и наяву в тёмной комнате, и все другие исчезли для неё. Когда же он сделал предложение и их благословили, когда она поцеловалась с ним и стали жених с невестой, тогда у ней не стало других мыслей, кроме него, других желаний, кроме того, чтобы быть с ним, чтобы любить его и быть им любимой. Она и гордилась им, и умилялась перед ним и перед собой и своей любовью, и вся млела и таяла от любви к нему. Чем больше он узнавал её, тем больше и он любил её. Он никак не ожидал встретить такую любовь, и эта любовь усиливала ещё его чувство.

VI

Перед весной он приехал в Семёновское посмотреть и распорядиться по хозяйству, а главное по дому, где шло убранство для женитьбы.

Марья Павловна была недовольна выбором сына, но только потому, что партия эта не была так блестяща, как она могла бы быть, и потому, что Варвара Алексеевна, будущая тёща, не нравилась ей. Добрая ли она была, или злая, она не знала и не решила, но то, что она была не порядочная женщина, не comme il faut, не леди, как говорила себе Марья Павловна, это она увидала с первого знакомства, и это огорчало её. Огорчало за то, что она ценила эту порядочность по привычке, знала, что Евгений очень чуток на это, и предвидела для него много огорчений от этого. Девушка же ей нравилась. Нравилась, главное, потому, что она нравилась Евгению. Надо было любить её. И Марья Павловна готова была на это, и совершенно искренно.

---

[21] has serious intentions

Евгений застал мать радостной, довольной. Она устраивала всё в доме и сама собиралась уехать, как только он привезёт молодую жену. Евгений уговаривал её оставаться. И вопрос оставался нерешённым. Вечером, по обыкновению, после чая Марья Павловна делала пасьян. Евгений сидел, помогая ей. Это было время самых задушевных разговоров. Окончив один пасьян и не начиная новый, Марья Павловна взглянула на Евгения и, несколько заминаясь, начала так:

— А я хотела тебе сказать, Женя. Разумеется, я не знаю, но вообще я хотела посоветовать о том, что перед женитьбой надо непременно покончить все свои холостые дела, так чтобы ничего уже не могло беспокоить и тебя и, помилуй Бог, жену. Ты меня понимаешь?

И действительно, Евгений сейчас же понял, что Марья Павловна намекала на его сношения с Степанидой, которые прекратились с самой осени, и, как всегда одинокие женщины, приписывала этим сношениям гораздо большее значение, чем то, которое они имели. Евгений покраснел, и не от стыда столько, сколько от досады, что добрая Марья Павловна суётся — правда, любя, — но всё-таки суётся туда, куда ей не надо и чего она не понимает и не может понимать. Он сказал, что у него ничего нет такого, что бы нужно было скрывать, и что он именно так себя вёл всегда, чтобы ничто не могло помешать его женитьбе.

— Ну и прекрасно, дружок. Ты, Геня, не обижайся на меня, — сказала Марья Павловна, конфузясь.

Но Евгений видел, что она не кончила и не сказала то, что хотела. Так и вышло. Немного погодя она стала рассказывать о том, как без него её просили крестить у . . . Пчельниковых.

Теперь Евгений вспыхнул уж не от досады и даже не от стыда, а от какого-то странного чувства сознания важности того, что ему сейчас скажут, сознания невольного, совершенно несогласного с его рассуждениями. Так и вышло то, чего он ожидал. Марья Павловна, как будто не имея никаких других целей, кроме разговора, рассказала, что нынешний год родятся всё мальчики, видно к войне. И у Васиных, и у Пчельникова молодая бабочка первым — тоже мальчик. Марья Павловна хотела рассказать это незаметно, но ей самой сделалось стыдно, когда она увидала краску на лице сына и его нервные снимание, пощёлкивание и надевание пенсне и поспешное закуриванье папиросы. Она замолча́ла. Он то́же молча́л и не мог приду́мать, чем бы перерва́ть э́то молча́ние. Так что о́ба по́няли, что по́няли друг дру́га.

— Да, гла́вное в дере́вне на́до справедли́вость, чтоб не́ было люби́мцев, как у дя́ди твоего́.

— Ма́менька, — сказа́л вдруг Евге́ний, — я зна́ю, к чему́ вы э́то говори́те. Вы напра́сно трево́житесь. Для меня́ моя́ бу́дущая семе́йная жизнь така́я святы́ня, кото́рой я ни в како́м слу́чае не нару́шу. А то, что бы́ло в мое́й холосто́й жи́зни, то всё ко́нчено совсе́м. И я никогда́ не входи́л ни в каки́е свя́зи и никто́ не име́ет на меня́ никаки́х прав.

— Ну, я ра́да, — сказа́ла мать. — Я зна́ю твои́ благоро́дные мы́сли.

Евге́ний при́нял э́ти слова́ ма́тери как сле́дующую ему́ дань и замолча́л.

На друго́е у́тро он пое́хал в го́род, ду́мая о неве́сте, обо всём на све́те, но то́лько не о Степани́де. Но как бу́дто наро́чно, чтобы напо́мнить ему́, он, подъезжа́я к це́ркви, стал встреча́ть наро́д, ше́дший и е́хавший отту́да. Он встре́тил Матве́я-старика́ с Семё-ном, ребя́т, молоды́х де́вок, а вот две ба́бы, одна́ поста́рше и одна́ наря́дная, в я́рко-кра́сном платке́, и что́-то знако́мое. Ба́ба идёт легко́, бо́дро, и на руке́ ребёнок. Он поравня́лся, ба́ба ста́ршая поклони́лась по-стари́нному, останови́вшись, а молода́йка с ребён-ком то́лько нагну́ла го́лову, и, и́з-под платка́ блесну́ли знако́мые улыба́ющиеся, весёлые глаза́.

«Да, э́то она́, но всё ко́нчено, и не́чего смотре́ть на неё.[22] И ребё-нок, мо́жет быть, мой, — мелькну́ло ему́ в голове́. — Нет, вздор како́й. Муж был, она́ к нему́ ходи́ла». Он не стал высчи́тывать да́же. Так у него́ решено́ бы́ло, что э́то бы́ло ну́жно для здоро́вья, он плати́л де́ньги, и бо́льше ничего́; свя́зи како́й-нибу́дь ме́жду им и е́ю нет, не́ было, не мо́жет и не должно́ быть. Он не то чтобы за-мина́л го́лос со́вести, нет, пря́мо со́весть ничего́ не говори́ла ему́. И он не вспо́мнил о ней ни ра́зу по́сле разгово́ра ма́тери и встре́чи. И ни ра́зу по́сле и не встреча́л её.

На кра́сную го́рку[23] Евге́ний обвенча́лся в го́роде и то́тчас же с молодо́й жено́й уе́хал в дере́вню. Дом был устро́ен, как обыкно-ве́нно устра́ивают для молоды́х. Ма́рья Па́вловна хоте́ла уе́хать,

[22] it's no use looking at her
[23] the week after Easter week

но Евгéний, а глáвное Лúза упросúли её остáться. Тóлько онá перешлá во флúгель.

И так началáсь для Евгéния нóвая жизнь.

VII

Пéрвый год семéйной жúзни был трýдный год для Евгéния. Трýден он был тем, что делá, котóрые он отклáдывал кое-кáк во врéмя сватовствá, тепéрь, пóсле женúтьбы, все вдруг обрýшились на негó.

Вúпутаться из долгóв оказáлось невозмóжным. Дáча былá прó-данá, сáмые кричáщие долгú покрúты, но всё ещё оставáлись дол-гú, и дéнег нé было. Имéнье принеслó хорóший дохóд, но нýжно бúло послáть брáту и издержáть на свáдьбу, так что дéнег нé было, и завóд не мог идтú и нáдо бúло егó остановúть. Однó срéдство вúпутаться состоя́ло в том, чтóбы употребúть дéньги женú. Лúза, поня́в положéние мýжа, самá потрéбовала э́того. Евгéний согласúл-ся, но тóлько с тем, чтóбы сдéлать кýпчую на половúну имéнья на úмя женú. Так он и сдéлал. Разумéется, не для женú, котóрую э́то оскорбля́ло, а для тёщи.

Э́ти делá с рáзными перемéнами, то успéх, то неуспéх, бúло однó, что отравля́ло жизнь Евгéния в э́тот пéрвый год. Другóе бúло нездорóвье женú. В э́тот же пéрвый год, семь мéсяцев пóсле женúтьбы, óсенью, с Лúзой случúлась бедá. Онá вúехала в шара-бáне встречáть мýжа, возвращáвшегося из гóрода, смúрная лóшадь заигрáла, онá испугáлась, вúпрыгнула. Прыжóк был относúтельно счастлúвый, — онá моглá зацепúться за колесó, — но онá былá ужé берéменна, и в ту же ночь у неё началúсь бóли, и онá вúкинула и дóлго не моглá спрáвиться пóсле вúкидыша. Потéря ожидáемого ребёнка, болéзнь женú, свя́занное с э́тим расстрóйство жúзни и, глáвное, присýтствие тёщи, приéхавшей тóтчас же, как заболéла Лúза, — всё э́то сдéлало для Евгéния год э́тот ещё бóлее тяжёлым.

Но, несмотря́ на э́ти тяжёлые обстоя́тельства, к концý пéрвого гóда Евгéний чýвствовал себя́ óчень хорошó. Во-пéрвых, егó заду-шéвная мысль восстановúть упáвшее состоя́ние, возобновúть дé-довскую жизнь в нóвых фóрмах, хотя́ с трудóм и мéдленно, но при-водúлась в исполнéние. Тепéрь ужé рéчи не моглó быть о продáже за долгú всегó имéния. Имéние глáвное, хотя́ и перепúсанное на úмя женú, бúло спасенó, и éсли тóлько свёкла будет вúходна и це́ны хороши́, то к бу́дущему го́ду положе́ние нужды́ и напряже́ния мо́жет замени́ться соверше́нным дово́льством. Э́то бы́ло одно́.

Друго́е бы́ло то, что как ни мно́го он ожида́л от свое́й жены́, он ника́к не ожида́л найти́ в ней то, что он нашёл: э́то бы́ло не то, чего́ он ожида́л, но э́то бы́ло гора́здо лу́чше. Умиле́ний, восто́ргов влюблённых, хотя́ он и стара́лся их устра́ивать, не выходи́ло и́ли выходи́ло о́чень сла́бо; но выходи́ло совсе́м друго́е, то, что не то́лько веселе́е, прия́тнее, но ле́гче ста́ло жить. Он не знал, отчего́ э́то происхо́дит, но э́то бы́ло так.

Происходи́ло же э́то оттого́, что е́ю бы́ло решено́ то́тчас же по́сле обруче́нья, что из всех люде́й в ми́ре есть оди́н Евге́ний Ирте́нев вы́ше, умне́е, чи́ще, благоро́днее всех, и потому́ обя́занность всех люде́й служи́ть и де́лать прия́тное э́тому Ирте́неву. Но так как всех нельзя́ заста́вить э́то де́лать, то на́до по ме́ре сил де́лать э́то само́й. Так она́ и де́лала, и потому́ все её си́лы душе́вные всегда́ бы́ли напра́влены на то, что́бы узна́ть, угада́ть то, что он лю́бит, и пото́м де́лать э́то са́мое, что бы э́то ни́ было и как бы тру́дно э́то ни́ было.

И в ней бы́ло то, что составля́ет гла́вную пре́лесть обще́ния с лю́бящей же́нщиной, в ней бы́ло благодаря́ любви́ к му́жу яснови́денье его́ души́. Она́ чу́яла — ему́ каза́лось ча́сто лу́чше его́ самого́ — вся́кое состоя́ние его́ души́, вся́кий отте́нок его́ чу́вства и соотве́тственно э́того поступа́ла, ста́ло быть никогда́ не оскорбля́ла его́ чу́вства, а всегда́ умеря́ла тяжёлые чу́вства и уси́ливала ра́достные. Но не то́лько чу́вства, мы́сли его́ она́ понима́ла. Са́мые чу́ждые ей предме́ты по се́льскому хозя́йству, по заво́ду, по оце́нке люде́й она́ сра́зу понима́ла и не то́лько могла́ быть ему́ собесе́дником, но ча́сто, как он сам говори́л ей, поле́зным, незамени́мым сове́тчиком. На ве́щи, люде́й, на всё в ми́ре она́ смотре́ла то́лько его́ глаза́ми. Она́ люби́ла свою́ мать, но, увида́в, что Евге́нию быва́ло неприя́тно вмеша́тельство в их жизнь тёщи, она́ сра́зу ста́ла на сто́рону му́жа и с тако́й реши́тельностью, что он до́лжен был укроща́ть её.

Сверх всего́ э́того, в ней бы́ло про́пасть[24] вку́са, та́кта и, гла́вное, тишины́. Всё, что она́ де́лала, она́ де́лала незаме́тно, заме́тны бы́ли то́лько результа́ты де́ла, то есть всегда́ и во всём чистота́, поря́док и изя́щество. Ли́за то́тчас же поняла́, в чём состоя́л идеа́л жи́зни

[24] a great deal

её мужа, и старалась достигнуть и достигала в устройстве и порядке дома того самого, чего он желал. Недоставало детей, но и на это была надежда. Зимой они съездили в Петербург к акушёру, и он уверил их, что она совсем здорова и может иметь детей. И это желание сбылось. К концу года она опять забеременела. Одно, что не то что отравляло, но угрожало их счастью, была её ревность — ревность, которую она сдерживала, не показывала, но от которой она часто страдала. Не только Евгений не мог никого любить, потому что не было на свете женщин, достойных его (о том, что была ли она достойна его или нет, она никогда не спрашивала себя), но и ни одна женщина поэтому не могла сметь любить его.

VIII

Жили они так: он вставал, как всегда, рано и шёл по хозяйству,[25] на завод, где производились работы, иногда в поле. К десяти часам он приходил к кофею. Кофе пили на террасе Марья Павловна, дядюшка, который жил у них, и Лиза. После разговоров, часто очень оживлённых, за кофе, расходились до обеда. В два обедали. И после ходили гулять или ездили кататься. Вечером, когда он приходил из конторы, пили поздно чай, и иногда он читал вслух, она работала, или музицировали, или разговаривали, когда бывали гости. Когда он уезжал по делам, он писал и получал от неё письма каждый день. Иногда она сопутствовала ему, и это бывало особенно весело. В именины его и её собирались гости, и ему приятно было видеть, как она умела всё устроить так, что всем было хорошо. Он видел, да и слышал, что все любуются ею, молодой, милой хозяйкой, и ещё больше любил её за это. Всё шло прекрасно. Беременность она носила легко, и они оба, хотя и сами робея, начинали загадывать о том, как они будут воспитывать ребёнка. Способ воспитания, приёмы, всё это решал Евгений, и она только желала покорно исполнить его волю. Евгений же начитался медицинских книг и имел намерение воспитывать ребёнка по всем правилам науки. Она, разумеется, соглашалась на всё и готовилась, сшивала конверты тёплые и холодные и устраивала качку. Так наступил второй год их женитьбы и вторая весна.

25 went to supervise his farm

IX

Это было под Троицын день. Лиза была на пятом месяце и, хотя и береглась, была весела и подвижна. Обе матери, её и его, жили в доме под предлогом караулéния и оберегания её и только тревожили её своими пикировками. Евгений занимался особенно горячо хозяйством, новой обработкой в больших размерах свёклы.

Под Троицын день Лиза решила, что надо сделать хорошую очистку дома, которой не делали со Святой, и позвала в помощь прислуге двух подённых баб, чтоб вымыть полы, окна, и выбить мебель и ковры, и надеть чехлы. С раннего утра пришли бабы, поставили чугуны воды и принялись за работу. Одна из двух баб была Степанида, которая только что отняла[26] своего мальчика и напросилась через конторщика, к которому она бегала теперь, в поломойки. Ей хотелось хорошенько рассмотреть новую барыню. Степанида жила по-старому одна, без мужа, и шалила, как она шалила прежде с стариком Данилой, поймавшим её с дровами, потом с барином, теперь с молодым малым — конторщиком. Об барине она вовсе и не думала. «У него теперь жена есть, — думала она. — А лестно посмотреть барыню, её заведенье, хорошо, говорят, убрано».

Евгений, с тех пор как встретил её с ребёнком, не видал её. На подённую она не ходила, так как была с ребёнком, а он редко проходил по деревне. В это утро, накануне Троицына дня, Евгений рано, в пятом часу, встал и уехал на паровое поле, где должны были рассыпать фосфориты, и вышел из дома, пока ещё бабы не входили в него, а возились у печи с котлами.

Весёлый, довольный и голодный, Евгений возвращался к завтраку. Он слез с лошади у калитки и, отдав её проходившему садовнику, постёгивая хлыстом высокую траву, повторяя, как это часто бывает, произнесённую фразу, шёл к дому. Фраза, которую он повторял, была: «Фосфориты оправдают», — что, перед кем — он не знал и не думал.

На лужку колотили ковёр. Мебель была вынесена.

«Матушки! какую Лиза затеяла перечистку. Фосфориты оправдают. Вот так хозяйка. Хозяюшка! Да, хозяюшка, — сказал он сам себе, живо представив себе её в белом капоте, с сияющим от

[26] weaned

ра́дости лицо́м, како́е у неё почти́ всегда́ бы́ло, когда́ он смотре́л на неё. — Да, на́до перемени́ть сапоги́, а то фосфори́ты оправда́ют, то есть па́хнет наво́зом, а хозя́юшка-то-с в тако́м положе́нии. Отчего́ в тако́м положе́нии? Да, растёт там в ней ма́ленький Ирте́нев но́вый, — поду́мал он. — Да, фосфори́ты оправда́ют». И, улыба́ясь свои́м мы́слям, ткнул руко́й дверь в свою́ ко́мнату.

Но не успе́л он надави́ть на дверь, как она́ сама́ отвори́лась, и нос с но́сом он столкну́лся с ше́дшей ему́ навстре́чу с ведро́м, подо́ткнутой, босоно́гой и с высоко́ засу́ченными рукава́ми ба́бой. Он посторони́лся, чтобы пропусти́ть ба́бу, она́ то́же посторони́лась, поправля́я ве́рхом мо́крой руки́ сби́вшийся плато́к.

— Иди́, иди́, я не пойду́, ко́ли вы . . . — на́чал бы́ло Евге́ний и вдруг, узна́в её, останови́лся.

Она́, улыба́ясь глаза́ми, ве́село взгляну́ла на него́. И, обдёрнув панёву, вы́шла из две́ри.

«Что за вздор? . . . Что тако́е? . . . Не мо́жет быть», — хму́рясь и отря́хиваясь, как от му́хи, говори́л себе́ Евге́ний, недово́льный тем, что он заме́тил её. Он был недово́лен тем, что заме́тил её, а вме́сте с тем не мог оторва́ть от её пока́чивающегося ло́вкой, си́льной похо́дкой босы́х ног те́ла, от её рук, плеч, краси́вых скла́док руба́хи и кра́сной панёвы, высоко́ подо́ткнутой над её бе́лыми и́крами.

«Да что же я смотрю́, — сказа́л он себе́, опуска́я глаза́, чтоб не вида́ть её. — Да, на́до взойти́ всё-таки, взять сапоги́ други́е». И он поверну́лся наза́д к себе́ в ко́мнату; но не успе́л пройти́ пяти́ шаго́в, как, сам не зна́я как и по чьему́ прика́зу, опя́ть оглянулся, что́бы ещё раз увида́ть её. Она́ заходи́ла за́ угол и в то же мгнове́ние то́же огляну́лась на него́.

«Ах, что я де́лаю, — вскри́кнул он в душе́. — Она́ мо́жет поду́мать. Да́же наве́рно она́ уже́ поду́мала».

Он вошёл в свою́ мо́крую ко́мнату. Друга́я ба́ба, ста́рая, худа́я, была́ там и мы́ла ещё. Евге́ний прошёл на цы́почках че́рез гря́зные лу́жи к сте́нке, где стоя́ли сапоги́, и хоте́л выходи́ть, когда́ ба́ба то́же вы́шла.

«Эта вы́шла, и придёт та, Степани́да — одна́», — вдруг на́чал в нём рассужда́ть кто́-то.

«Бо́же мой! Что я ду́маю, что я де́лаю!» Он схвати́л сапоги́ и побежа́л с ни́ми в пере́днюю, там наде́л их, обчи́стился и вы́шел на терра́су, где уж сиде́ли о́бе мама́ши за ко́фе. Ли́за, очеви́дно, ждала́ его́ и вошла́ на терра́су из друго́й две́ри вме́сте с ним.

«Бо́же мой, е́сли бы она́, счита́ющая меня́ таки́м че́стным, чи́стым, неви́нным, е́сли бы она́ зна́ла!» — поду́мал он.

Ли́за, как всегда́, с сия́ющим лицо́м встре́тила его́. Но ны́нче она́ что́-то осо́бенно показа́лась ему́ бле́дной, жёлтой и дли́нной, сла́бой.

X

За ко́феем, как и ча́сто случа́лось, шёл тот осо́бенный да́мский разгово́р, в кото́ром логи́ческой свя́зи не́ было никако́й, но кото́рый, очеви́дно, чём-то свя́зывался, потому́ что шёл беспреры́вно.

О́бе да́мы пики́ровались, и Ли́за иску́сно лави́ровала ме́жду ни́ми.

— Мне так доса́дно, что не успе́ли вы́мыть твою́ ко́мнату до твоего́ прие́зда, — сказа́ла она́ му́жу. — А так хо́чется все перебра́ть.

— Ну как ты, спала́ по́сле меня́?

— Да, я спала́, мне хорошо́.

— Как мо́жет быть хорошо́ же́нщине в её положе́нии в э́ту невыноси́мую жару́, когда́ о́кна на со́лнце, — сказа́ла Варва́ра Алексе́евна, её мать. — И без жалузи́ и́ли марки́з. У меня́ всегда́ марки́зы.

— Да ведь здесь тень с десяти́ часо́в, — сказа́ла Ма́рья Па́вловна.

— От э́того и лихора́дка. От сы́рости, — сказа́ла Варва́ра Алексе́евна, не замеча́я того́, что она́ говори́т пря́мо проти́вное тому́, что говори́ла сейча́с. — Мой до́ктор говори́л всегда́, что нельзя́ никогда́ определи́ть боле́знь, не зна́я хара́ктера больно́й. А уж он зна́ет, потому́ что э́то пе́рвый до́ктор, и мы пла́тим ему́ сто рубле́й. Поко́йный муж не признава́л докторо́в, но для меня́ никогда́ он ничего́ не жале́л.

— Как же мо́жет мужчи́на жале́ть для же́нщины, когда́ жизнь её и ребёнка зави́сит, мо́жет быть . . .

— Да, когда́ есть сре́дства, то жена́ мо́жет не зави́сеть от му́жа. Хоро́шая жена́ покоря́ется му́жу, — сказа́ла Варва́ра Алексе́евна, — но то́лько Ли́за сли́шком ещё слаба́ по́сле свое́й боле́зни.

— Да нет, ма́ма, я себя́ прекра́сно чу́вствую. Что ж кипячёных сли́вок вам не по́дали?

— Мне не на́до. Я могу́ и с сыры́ми.

— Я спра́шивала у Варва́ры Алексе́евны. Она́ отказа́лась, — сказа́ла Ма́рья Па́вловна, как бу́дто опра́вдываясь.

— Да нет, я не хочу́ ны́нче. — И, как бу́дто чтоб прекрати́ть неприя́тный разгово́р и великоду́шно уступа́я, Варва́ра Алексе́евна обрати́лась к Евге́нию: — Ну что, рассы́пали фосфори́ты? Ли́за побежа́ла за сли́вками.

— Да я не хочу́, не хочу́.

— Ли́за! Ли́за! ти́ше, — сказа́ла Ма́рья Па́вловна. — Ей вре́дны э́ти бы́стрые движе́ния.

— Ничего́ не вре́дно, е́сли есть споко́йствие душе́вное, — сказа́ла, как бу́дто на что-то намека́я, Варва́ра Алексе́евна, хотя́ и сама́ зна́ла, что слова́ её не могли́ ни на что намека́ть.

Ли́за верну́лась со сли́вками. Евге́ний пил свой ко́фе и угрю́мо слу́шал. Он привы́к к э́тим разгово́рам, но ны́нче его́ осо́бенно раздража́ла бессмы́сленность его́. Ему́ хоте́лось обду́мать то, что случи́лось с ним, а э́тот ле́пет меша́л ему́. Напи́вшись ко́фе, Варва́ра Алексе́евна так и ушла́ не в ду́хе. Оста́лись одни́ Ли́за, Евге́ний и Ма́рья Па́вловна. И разгово́р шёл просто́й и прия́тный. Но чу́ткая любо́вью Ли́за то́тчас же заме́тила, что что-то му́чает Евге́ния, и спроси́ла его́, не́ было ли чего́ неприя́тного. Он не пригото́вился к э́тому вопро́су и немно́го замя́лся, отвеча́я, что ничего́. И э́тот отве́т ещё бо́льше заста́вил заду́маться Ли́зу. Что что-то му́чало и о́чень му́чало его́, ей бы́ло так же очеви́дно, как то, что му́ха попа́ла в молоко́, но он не говори́л, что же э́то тако́е бы́ло.

XI

По́сле за́втрака все разошли́сь. Евге́ний, по заведённому поря́дку, пошёл к себе́ в кабине́т. Он не стал ни чита́ть, ни писа́ть пи́сьма, а сел и стал кури́ть одну́ папиро́су за друго́ю, ду́мая. Его́ стра́шно удиви́ло и огорчи́ло э́то неожи́данно прояви́вшееся в нём скве́рное чу́вство, от кото́рого он счита́л себя́ свобо́дным, с тех пор как жени́лся. Он ни ра́зу с тех пор не испы́тывал э́того чу́вства ни к ней, к той же́нщине, кото́рую он знал, ни к како́й бы то ни́ было же́нщине, кро́ме как к свое́й жене́. Он в душе́ мно́го раз ра́довался э́тому своему́ освобожде́нию, и вот вдруг э́та случа́йность, така́я, каза́лось бы, ничто́жная, откры́ла ему́ то, что он не свобо́ден. Его́ му́чало тепе́рь не то, что он опя́ть подчини́лся э́тому чу́вству, что он желает её, — этого он и думать не хотел, — а то, что чувство это живо в нём и что надо стоять настороже против него. В том, что он подавит это чувство, в душе его не было и сомнения. У него было одно неотвеченное письмо и бумага, которую надо было составить. Он сел за письменный стол и взялся за работу. Окончив её и совсем забыв то, что его встревожило, он вышел, чтобы пройти на конюшню. И опять как на беду, по несчастной ли случайности, или нарочно, только он вышел на крыльцо, из-за угла вышла красная панёва и красный платок и, махая руками и перекачиваясь, прошла мимо его. Мало того, что прошла, она пробежала, миновав его, как бы играючи, и догнала товарку.

Опять яркий полдень, крапива, зады Даниловой караулки и в тени клёнов её улыбающееся лицо, кусающее листья, восстали в его воображении.

«Нет, это невозможно так оставить», — сказал он себе и, подождав того, чтобы бабы скрылись из виду, пошёл в контору. Был самый обед, и он надеялся застать ещё приказчика. Так и случилось. Приказчик только что проснулся. Он стоял в конторе, потягиваясь, зевал, глядя на скотника, что-то ему говорившего.

— Василий Николаевич!

— Что прикажете?

— Мне поговорить с вами.

— Что прикажете?

— Да вот кончите.

— Разве не принесёшь? — сказал Василий Николаевич скотнику.

— Тяжело, Василий Николаевич.

— Что это? — спросил Евгений.

— Да отелилась в поле корова. Ну ладно, я сейчас велю запречь лошадь. Вели Николаю Лысуху запречь, хоть в дроги.

Скотник ушёл.

— Вот видите ли, — краснея и чувствуя это, начал Евгений.

— Вот видите ли, Василий Николаевич. Тут, пока я был холостой, были у меня грехи . . . Вы, может быть, слышали . . .

Василий Николаевич улыбался глазами и, очевидно, жалея барина, сказал:

— Это насчёт Степашки?

— Ну да. Так вот что. Пожалуйста, пожалуйста, не берите вы её на подённую в дом. Вы понимаете, неприятно очень мне . . .

— Да это, видно, Ваня-конторщик распорядился.

— Так пожа́луйста . . . Ну так как же, рассы́пят остально́е? — сказа́л Евге́ний, что́бы скрыть свой конфу́з.

— Да вот пое́ду сейча́с.

Так и ко́нчилось э́то. И Евге́ний успоко́ился, наде́ясь, что как он про́жил год, не вида́в её, так бу́дет и тепе́рь. «Кро́ме того, Васи́лий ска́жет Ива́ну-конто́рщику, Ива́н ска́жет ей, и она́ поймёт, что я не хочу́ э́того», — говори́л себе́ Евге́ний и ра́довался тому́, что он взял на себя́ и сказа́л Васи́лью, как ни тру́дно э́то бы́ло ему́. «Да всё лу́чше, всё лу́чше, чем э́то сомне́ние, э́тот стыд». Он содрога́лся при одно́м воспомина́нии об э́том преступле́нии мы́слью.

XII

Нра́вственное уси́лие, кото́рое он сде́лал, что́бы, преодоле́в стыд, сказа́ть Васи́лью Никола́евичу, успоко́ило Евге́ния. Ему́ каза́лось, что тепе́рь всё ко́нчено. И Ли́за то́тчас же заме́тила, что он совсе́м споко́ен и да́же ра́достнее обыкнове́нного. «Ве́рно, его́ огорча́ла э́та пикиро́вка ме́жду мама́шами. В са́мом де́ле, тяжело́, в осо́бенности ему́ с его́ чувстви́тельностью и благоро́дством, слы́шать всегда́ э́ти недружелю́бные и дурно́го то́на намёки на что-то», — ду́мала Ли́за.

Сле́дующий день был Тро́ицын. Пого́да была́ прекра́сная, и ба́бы, по обыкнове́нию, проходя́ в лес завива́ть венки́, подошли́ к ба́рскому до́му и ста́ли петь и пляса́ть. Ма́рья Па́вловна и Варва́ра Алексе́евна вы́шли в наря́дных пла́тьях с зо́нтиками на крыльцо́ и подошли́ к хорово́ду. С ни́ми же вме́сте вы́шел в кита́йском сюртучке́ обрю́згший блудни́к и пья́ница дя́дюшка, жи́вший э́то ле́то у Евге́ния.

Как всегда́, был оди́н пёстрый, я́ркий цвета́ми кружо́к молоды́х баб и де́вок це́нтром всего́, а вокру́г него́ с ра́зных сторо́н, как оторва́вшиеся и враща́ющиеся за ним плане́ты и спу́тники, то девча́та, держа́сь рука́ с руко́й, шурша́ но́вым си́тцем расстега́ев, то ма́лые ребя́та, фы́ркающие чему́-то и бе́гающие взад и вперёд друг за дру́гом, то ребя́та взро́слые, в си́них и чёрных поддёвках и карту́зах и кра́сных руба́хах, с непрестаю́щим плева́ньем шелухи́ се́мечек, то дворо́вые и́ли посторо́нние, издалека́ погля́дывающие на хорово́д. Обе ба́рыни подошли́ к са́мому кру́гу и вслед за ни́ми Ли́за, в голубо́м пла́тье и таки́х же ле́нтах на голове́, с широ́кими рукава́ми, из кото́рых видне́лись её дли́нные бе́лые ру́ки с углова́тыми локтя́ми.

Евге́нию не хоте́лось выходи́ть, но сме́шно бы́ло скрыва́ться. Он вы́шел то́же с папиро́сой на крыльцо́, раскла́нялся с ребя́тами и мужика́ми и заговори́л с одни́м из них. Ба́бы между тем ора́ли во всю мочь[27] плясову́ю и подщёлкивали и подхло́пывали в ладо́ни и пляса́ли.

— Ба́рыня зову́т, — сказа́л ма́лый, подходя́ к не слыха́вшему зо́ва жены́ Евге́нию. Ли́за звала́ его́ посмотре́ть на пля́ску, на одну́ из пляса́вших баб, кото́рая ей осо́бенно нра́вилась. Э́то была́ Степа́ша. Она́ была́ в жёлтом расстега́е и в пли́совой безрука́вке, и в шёлковом платке́, широ́кая, энерги́ческая, румя́ная, весёлая. Должно́ быть, она́ хорошо́ пляса́ла. Он ничего́ не вида́л.

— Да, да, — сказа́л он, снима́я и надева́я пенсне́. — Да, да, — говори́л он. «Ста́ло быть,[28] нельзя́ мне изба́виться от неё», — ду́мал он.

Он не смотре́л на неё, потому́ что боя́лся её привлека́тельности и и́менно от э́того то, что он ме́льком ви́дел в ней, каза́лось ему́ осо́бенно привлека́тельным. Кро́ме того́, он ви́дел по блесну́вшему её взгля́ду, что она́ ви́дит его́ и ви́дит то, что он любу́ется е́ю. Он постоя́л, ско́лько ну́жно бы́ло для прили́чия, и, увида́в, что Варва́ра Алексе́евна подозвала́ её и что-то нескла́дно, фальши́во, называ́я её ми́лочкой, говори́ла с ней, поверну́лся и отошёл. Он отошёл и верну́лся в дом. Он ушёл, что́бы не вида́ть её, но, войдя́ на ве́рхний эта́ж, он, сам не зна́я как и заче́м, подошёл к окну́ и всё вре́мя, пока́ ба́бы бы́ли у крыльца́, стоя́л у окна́ и смотре́л, смотре́л на неё, упива́лся е́ю.

Он сбежа́л, пока́ никто́ не мог его́ ви́деть, и пошёл ти́хим ша́гом на балко́н и, на балко́не закури́в папиро́су, как бу́дто гуля́я, пошёл в сад по тому́ направле́нию, по кото́рому она́ пошла́. Он не сде́лал двух шаго́в в алле́е, как за дере́вьями мелькну́ла пли́совая безрука́вка на ро́зовом расстега́е и кра́сный плато́к. Она́ шла куда́-то с друго́й ба́бой. «Куда́-то они́ шли?»

И вдруг стра́стная по́хоть обожгла́ его́, как руко́й схвати́ла за се́рдце. Евге́ний, как бу́дто по чьей-то чужда́й ему́ во́ле, огляну́лся и пошёл к ней.

---

[27] for all they were worth
[28] that means; it seems

— Евге́ний Ива́ныч, Евге́ний Ива́ныч! Я к ва́шей ми́лости,[29] — заговори́л сза́ди го́лос, и Евге́ний, увида́в старика́ Само́хина, кото́рый рыл у него́ коло́дец, очну́лся и, бы́стро поверну́вшись, по-шёл к Само́хину. Разгова́ривая с ним, он поверну́лся бо́ком и увида́л, что они́ с ба́бой прошли́ вниз, очеви́дно к коло́дцу или под предло́гом коло́дца, и пото́м, побы́в там недо́лго, побежа́ли к хорово́ду.

XIII

Поговори́в с Само́хиным, Евге́ний верну́лся в дом уби́-тый,[30] то́чно соверши́вший преступле́ние. Во-пе́рвых, она́ поняла́ его́, она́ ду́мала, что он хо́чет ви́деть её, и она́ жела́ет э́того. Во-вторы́х, э́та друга́я ба́ба — э́та А́нна Про́хорова, — очеви́дно, зна́ет про э́то.

Гла́вное же то, что он чу́вствовал, что он побеждён, что у него́ нет свое́й во́ли, есть друга́я си́ла, дви́гающая им; что ны́нче он спа́сся то́лько по сча́стью, но не ны́нче, так за́втра, так послеза́втра он всё-таки поги́бнет.

«Да, поги́бнет, — он и́наче не понима́л э́того, — измени́ть свое́й молодо́й, лю́бящей жене́ в дере́вне с ба́бой, на виду́ всех, ра́зве э́то не была́ поги́бель, стра́шная поги́бель, по́сле кото́рой нельзя́ бы́ло жить бо́льше? Нет, на́до, на́до приня́ть ме́ры».

«Бо́же мой, Бо́же мой! Что же мне де́лать? Неуже́ли я так и по-ги́бну? — говори́л он себе́. — Ра́зве нельзя́ приня́ть мер? Да на́до же что́-нибудь сде́лать. Не ду́мать об ней, — прика́зывал он себе́. — Не ду́мать!» — и то́тчас же он начина́л ду́мать, и ви́дел её пе́ред собо́й, и ви́дел клено́вую тень.

Он вспо́мнил, что чита́л про ста́рца, кото́рый от собла́зна пе́ред же́нщиной, на кото́рую до́лжен был наложи́ть ру́ку, чтоб лечи́ть её, положи́л другу́ю ру́ку на жаро́вню и сжёг па́льцы. Он вспо́мнил э́то. «Да, я гото́в сжечь па́льцы лу́чше, чем поги́бнуть». И он, огляну́вшись, что никого́ нет в ко́мнате, зажёг спи́чку и положи́л па́лец в ого́нь. «Ну, ду́май о ней тепе́рь», — ирони́чески обрати́лся он к себе́. Ему́ ста́ло бо́льно, он отдёрнул закопчённый па́лец, бро́сил спи́чку и сам засмея́лся над собо́й. «Како́й вздор. Не э́то на́до де́лать. А на́до приня́ть ме́ры, что́бы не вида́ть её — уе́хать

---

[29] if you would be so kind
[30] in despair

самому́ или её удали́ть. Да, удали́ть! Предложи́ть её му́жу де́нег, чтоб он уе́хал в го́род или в друго́е село́. Узна́ют, бу́дут говори́ть про э́то. Ну что же, всё лу́чше, чем э́та опа́сность. Да, на́до сде́лать э́то», — говори́л он себе́ и всё, не спуска́я глаз, смотре́л на неё. «Куда́ э́то она́ пошла́?» — вдруг спроси́л он себя́. Она́, как ему́ показа́лось, ви́дела его́ у окна́ и тепе́рь, взгляну́в на него́, взяла́сь рука́ с руко́й с како́й-то ба́бой, пошла́ к са́ду, бо́йко разма́хивая руко́й. Сам не зна́я заче́м, почему́, всё ра́ди свои́х мы́слей, он пошёл в конто́ру.

Васи́лий Никола́евич, в наря́дном сюртуке́, напома́женный, сиде́л за ча́ем с жено́й и го́стьей в ковро́вом платке́.

— Как бы мне, Васи́лий Никола́евич, поговори́ть.

— Мо́жно. Пожа́луйте. Мы о́тпили.[31]

— Нет, пойдёмте со мной лу́чше.

— Сейча́с, то́лько дай карту́з возьму́. Ты, Та́ня, самова́р-то прикро́й, — сказа́л Васи́лий Никола́евич, ве́село выходя́.

Евге́нию показа́лось, что он был вы́пивши, но что же де́лать; мо́жет, э́то к лу́чшему, он уча́стливее взойдёт в его́ положе́ние.

— Я, Васи́лий Никола́евич, опя́ть о том же, — сказа́л Евге́ний, — об э́той же́нщине.

— Так что же. Я приказа́л, чтоб отню́дь не брать.

— Да нет, я вообще́ вот что ду́маю и вот о чём хоте́л с ва́ми посове́товаться. Нельзя́ ли их удали́ть, всё семе́йство удали́ть?

— Куда́ ж их удали́шь? — недово́льно и насме́шливо, как показа́лось Евге́нию, сказа́л Васи́лий.

— Да я так ду́мал, что дать им де́нег или да́же земли́ в Колто́вском, то́лько бы не́ было её тут.

— Да как же удали́шь? Куда́ он пойдёт с своего́ ко́реня?[32] Да и на что вам? Что она́ вам меша́ет?

— Ах, Васи́лий Никола́евич, вы пойми́те, что жене́ э́то ужа́сно бу́дет узна́ть.

— Да кто же ей ска́жет?

— Да как же жить под э́тим стра́хом? Да и вообще́ э́то тяжело́.

— И чего́ вы беспоко́итесь, пра́во? Кто ста́рое помянёт, тому́ глаз вон. А кто Бо́гу не гре́шен, царю́ не винова́т?

— Всё-таки лу́чше бы удали́ть. Вы не мо́жете поговори́ть с му́жем?

— Да не́чего говори́ть. Эх, Евге́ний Ива́нович, что вы э́то? И всё

---

[31] We've had our tea.
[32] Where would he go? His roots are here.

прошло́ и забы́лось. Чего́ не быва́ет? А кто же тепе́рь про вас ска́-
жет худо́е? Ведь вы в виду́.[33]

— Но вы всё-таки скажи́те.

— Хорошо́, я поговорю́.

Хотя́ он и знал вперёд, что из э́того ничего́ не вы́йдет, разгово́р
э́тот не́сколько успоко́ил Евге́ния. Он, гла́вное, почу́вствовал, что
он от волне́ния преувели́чил опа́сность. Ра́зве он шёл на свида́ние с ней? Оно́ и невозмо́жно. Он про́сто
шёл пройти́сь по́ са́ду, а она́ случа́йно вы́бежала туда́.

XIV

В э́тот же са́мый Тро́ицын день, после обе́да, Ли́за, гуля́я
по́ саду и выходя́ из него́ на луг, куда́ повёл её муж, чтобы показа́ть
кле́вер, переходя́ ма́ленькую кана́вку, оступи́лась и упа́ла. Она́
упа́ла мя́гко на́ бок, но о́хнула, и в лице́ её муж увида́л не то́лько
испу́г, но боль. Он хоте́л подня́ть её, но она́ отвела́ его́ ру́ку.

— Нет, погоди́ немно́го, Евге́ний, — сказа́ла она́, сла́бо улыба́ясь
и сни́зу ка́к-то, как ему́ показа́лось, с винова́тым ви́дом гля́дя на
него́. — Про́сто нога́ подверну́лась.

— Вот я всегда́ говорю́, — заговори́ла Варва́ра Алексе́евна.
— Ра́зве мо́жно в тако́м положе́нии пры́гать че́рез кана́вы?

— Да нет же, ма́ма, ничего́. Я сейча́с вста́ну.

Она́ вста́ла с по́мощью му́жа, но в ту же мину́ту она́ побледне́ла,
и на лице́ её вы́разился испу́г.

— Да, мне нехорошо́, — и она́ шепну́ла что́-то ма́тери.

— Ах, Бо́же мой, что наде́лали! Я говори́ла не ходи́ть, — кри-
ча́ла Варва́ра Алексе́евна. — Погоди́те, я пришлю́ люде́й. Ей не
на́до ходи́ть. Её на́до снести́.

— Ты не бои́шься, Ли́за? Я снесу́ тебя́, — сказа́л Евге́ний, об-
хвати́в её ле́вой руко́й. — Обойми́ мне ше́ю. Вот так.

И он, нагну́вшись, подхвати́л её под́ но́ги пра́вой руко́й и по́днял.
— Никогда́ он не мог забы́ть по́сле э́то страда́льческое и вме́сте
блаже́нное выраже́ние, кото́рое бы́ло на её лице́.

— Тебе́ тяжело́, ми́лый, — говори́ла она́, улыба́ясь. — Ма́ма-то
бежи́т, скажи́ ей!

---

[33] You are well thought of.

И она пригнулась к нему и поцеловала. Ей, очевидно, хотелось, чтобы и мама видела, как он несёт её.

Евгений крикнул Варваре Алексеевне, чтоб она не торопилась, что он донесёт. Варвара Алексеевна остановилась и начала кричать ещё пуще.

— Ты уронишь её, непременно уронишь. Хочешь погубить её. Нет в тебе совести.

— Да я прекрасно несу.

— Не хочу я, не могу я видеть, как ты моришь мою дочь. — И она забежала за угол аллеи.

— Ничего, это пройдёт, — говорила Лиза, улыбаясь.

— Да только бы не было последствий, как тот раз.

— Нет, я не об этом. Это ничего, а я о мама́. Ты устал, отдохни.

Но хотя ему и тяжело было, Евгений с гордой радостью донёс свою ношу до дому и не передал её горничной и повару, которых нашла и выслала им навстречу Варвара Алексеевна. Он донёс её до спальни и положил на постель.

— Ну, ты поди, — сказала она и, притянув к себе его руку, поцеловала её. — Мы с Аннушкой справимся.

Марья Павловна прибежала тоже из флигеля. Лизу раздели и уложили в постель. Евгений сидел в гостиной с книгой в руке, дожидаясь. Варвара Алексеевна прошла мимо него с таким укоризненным, мрачным видом, что ему сделалось страшно.

— Ну что? — спросил он.

— Что? Что же спрашивать? То самое, чего вы хотели, вероятно, заставляя жену прыгать через рвы.

— Варвара Алексеевна! — вскрикнул он. — Это невыносимо. Если вы хотите мучать людей и отравлять им жизнь, — он хотел сказать: то поезжайте куда-нибудь в другое место, но удержался.

— Как вам не больно это?

— Теперь поздно.

И она, победоносно встряхнув чепцом, прошла в дверь.

Падение действительно было дурное. Нога подвернулась неловко, и была опасность того, что опять будет выкидыш. Все знали, что делать ничего нельзя, что надо только лежать спокойно, но всё-таки решили послать за доктором.

«Многоуважаемый Николай Семёнович, — написал Евгений врачу, — вы так всегда добры были к нам, что, надеюсь, не откажете приехать помочь жене. Она в ...» и т. д. Написав письмо, он пошёл в конюшню распорядиться лошадьми и экипажем. Надо было приготовить одних лошадей, чтобы привезти, других — увезти. Где хозяйство не на большую ногу,[34] всё это не сразу можно устроить, а надо обдумать. Наладив всё сам и отправив кучера, он вернулся домой в десятом часу. Жена лежала и говорила, что ей прекрасно и ничего не болит; но Варвара Алексеевна сидела за лампой, заслонённой от Лизы нотами, и вязала большое красное одеяло с таким видом, который ясно говорил, что после того, что было, миру быть не может. «А что бы кто ни делал, я по крайней мере исполнила свою обязанность».

Евгений видел это, но, чтобы сделать вид, что он не замечает, старался иметь весёлый и беспечный вид, рассказывал, как он собрал лошадей и как кобыла Кавушка отлично пошла на левой пристяжке.

— Да, разумеется, самое время выезжать лошадей, когда нужна помощь. Вероятно, и доктора также свалят в канаву, — сказала Варвара Алексеевна, из-под пенсне взглядывая на вязанье, подводя его под самую лампу.

— Да ведь надо же было кого-нибудь послать. А я сделал как лучше.

— Да я очень хорошо помню, как меня мчали ваши лошади под поезд.

Это была её давнишняя выдумка, и теперь Евгений имел неосторожность сказать, что это не совсем так было.

— Недаром я всегда говорю, и князю сколько раз говорила, что тяжелее всего жить с людьми неправдивыми, неискренними; я всё перенесу, но только не это.

— Ведь если кому больнее всех, то уж, верно, мне, — сказал Евгений.

— Да это и видно.

— Что?

— Ничего, я петли считаю.

Евгений стоял в это время у постели, и Лиза смотрела на него и одной из влажных рук, лежавших сверх одеяла, поймала его руку и пожала. «Переноси её для меня. Ведь она не помешает нам любить друг друга», — говорил её взгляд.

— Не буду. Это так, — прошептал он и поцеловал её влажную

<hr>

[34] in grand style (*cf.* footnotes 2, 16)

длинную руку и потом милые глаза, которые закрывались, пока он целовал их.

— Неужели опять то же? — сказал он. — Как ты чувствуешь?

— Страшно сказать, чтоб не ошибиться, но чувство у меня такое, что он жив и будет жив, — сказала она, глядя на свой живот.

— Ах, страшно, страшно и думать.

Несмотря на настояния Лизы, чтоб он ушёл, Евгений провёл ночь с нею, засыпая только одним глазом и готовый служить ей. Но ночь она провела хорошо и, если бы не было послано за доктором, может быть и встала бы.

К обеду приехал доктор и, разумеется, сказал, что, хотя повторные явления и могут вызывать опасения, но, собственно говоря, положительного указания нет, но так как нет и противопоказания, то можно, с одной стороны, полагать, с другой же стороны, тоже можно полагать. И потому надо лежать, и хотя я и не люблю прописывать, но всё-таки это принимать и лежать. Кроме того, доктор прочёл ещё Варваре Алексеевне лекцию о женской анатомии, причём Варвара Алексеевна значительно кивала головой. Получив гонорар, как и обыкновенно, в самую заднюю часть ладони, доктор уехал, а больная осталась лежать на неделю.

XV

Бо́льшую часть времени Евгений проводил у постели жены, служил ей, говорил с ней, читал с ней и, что было труднее всего, без ропота переносил напа́дки Варвары Алексеевны и даже сумел из этих напа́док сделать предмет шутки.

Но он не мог сидеть дома. Во-первых, жена посылала его, говоря, что он заболеет, если будет сидеть всё с нею, а во-вторых, хозяйство всё шло так, что на каждом шагу требовало его присутствия. Он не мог сидеть дома, а был в поле, в лесу, в саду, на гумне, и везде не мысль только, а живой образ Степаниды преследовал его так, что он редко только забывал про неё. Но это было бы ничего; он, может быть, сумел бы преодолеть это чувство, но хуже всего было то, что он прежде жил месяцами не видя её, теперь же беспрестанно видел и встречал её. Она, очевидно, поняла, что он хочет возобновить сношения с нею, и старалась попадаться ему. Ни им, ни ею не было сказано ничего, и оттого и он и она не шли прямо на свиданье, а старались только сходиться.

Место, где можно было сойтись, это был лес, куда бабы ходили с мешками за травой для коров. И Евгений знал это и потому каждый день проходил мимо этого леса. Каждый день он говорил себе, что он не пойдёт, и каждый день кончалось тем, что он направлялся к лесу и, услыхав звук голосов, останавливаясь за кустом, с замиранием сердца выглядывал, не она ли это.

Зачем ему нужно было знать, не она ли это? Он не знал. Если бы это была она и одна, он не пошёл бы к ней, — так он думал, — он убежал бы; но ему нужно было видеть её. Один раз он встретил её: в то время как он входил в лес, она выходила из него с другими двумя бабами и тяжёлым мешком, полным травы, на спине. Немного раньше — и он бы, может быть, столкнулся с нею в лесу. Теперь же ей невозможно было на виду других баб вернуться к нему в лес. Но, несмотря на сознаваемую им эту невозможность, он долго, рискуя обратить этим на себя внимание других баб, стоял за кустом орешника. Разумеется, она не вернулась, но он простоял здесь долго. И, Боже мой, с какой прелестью рисовало ему её его воображение. И это было не один раз, а пятый, шестой раз. И что дальше, то сильнее. Никогда она так привлекательна не казалась ему. Да и не то что привлекательна; никогда она так вполне не владела им.

Он чувствовал, что терял волю над собою, становился почти помешанным. Строгость его к себе не ослаблялась ни на волос; напротив, он видел всю мерзость своих желаний, даже поступков, потому что хождение его по лесу был поступок. Он знал, что стоило ему столкнуться с ней где-нибудь близко, в темноте, если бы можно прикоснуться к ней, и он отдастся своему чувству. Он знал, что только стыд перед людьми, перед ней и перед собой держал его. И он знал, что он искал условий, в которых бы не был заметен этот стыд, — темноты или такого прикосновения, при котором стыд этот заглушится животной страстью. И потому он знал, что он мерзкий преступник, и презирал и ненавидел себя всеми силами души. Он ненавидел себя потому, что всё ещё не сдавался. Каждый день он молился Богу о том, чтобы Он подкрепил, спас его от погибели, каждый день он решал, что отныне он не сделает ни одного шага, не оглянется на неё, забудет её. Каждый день он придумывал средства, чтобы избавиться от этого наваждения, и употреблял эти средства.

Но всё было напрасно.

Одно́ из средств бы́ло постоя́нное заня́тие; друго́е бы́ло уси́ленная физи́ческая рабо́та и пост; тре́тье бы́ло представле́ние себе́ я́сное того́ стыда́, кото́рый обру́шится на его́ го́лову, когда́ все узна́ют э́то — жена́, тёща, лю́ди. Он всё э́то де́лал, и ему́ каза́лось, что он побежда́ет, но приходи́ло вре́мя, по́лдень, вре́мя пре́жних свида́ний и вре́мя, когда́ он её встре́тил за траво́й, и он шёл в лес. Так прошли́ мучи́тельные пять дней. Он то́лько вида́л её издалека́, но ни ра́зу не сошёлся с не́ю.

XVI

Ли́за понемно́гу поправля́лась, ходи́ла и беспоко́илась той переме́ной, кото́рая произошла́ в её му́же и кото́рой она́ не понима́ла.

Варва́ра Алексе́евна уе́хала на вре́мя, из чужи́х гости́л то́лько дя́дюшка. Ма́рья Па́вловна, как всегда́, была́ до́ма.

В тако́м полусумасше́дшем состоя́нии находи́лся Евге́ний, когда́ случи́лись, как э́то ча́сто быва́ет по́сле ию́ньских гроз, ию́ньские проливны́е дожди́, продолжа́вшиеся два дня. Дожди́ отби́ли от всех рабо́т. Да́же наво́з бро́сили вози́ть от сы́рости и гря́зи. Наро́д сиде́л по дома́м. Пастухи́ му́чались с скоти́ной и, наконе́ц, пригна́ли её домо́й. Коро́вы и о́вцы ходи́ли по вы́гону и разбега́лись по уса́дьбам. Ба́бы, босы́е и покры́тые платка́ми, шлёпая по гря́зи, бро́сились разы́скивать разбежа́вшихся коро́в. Ручьи́ текли́ везде́ по доро́гам, все ли́стья, вся трава́ бы́ли полны́ водо́й, из желобо́в текли́, не умолка́я, ручьи́ в пузы́рящиеся лу́жи. Евге́ний сиде́л до́ма с жено́й, кото́рая была́ осо́бенно скучна́ ны́нче. Она́ не́сколько раз допра́шивала Евге́ния о причи́не его́ недово́льства, он с доса́дой отвеча́л, что ничего́ нет. И она́ переста́ла спра́шивать, но огорчи́лась.

Они́ сиде́ли по́сле за́втрака в гости́ной. Дя́дюшка расска́зывал со́тый раз свои́ вы́думки про свои́х великосве́тских знако́мых. Ли́за вяза́ла ко́фточку и вздыха́ла, жа́луясь на пого́ду и на боль в поясни́це. Дя́дюшка посове́товал ей лечь, а сам попроси́л вина́. В до́ме Евге́нию бы́ло ужа́сно ску́чно. Всё бы́ло сла́бое, скуча́ющее. Он чита́л кни́гу и кури́л, но ничего́ не понима́л.

— Да, на́до пройти́сь посмотре́ть тёрки, вчера́ привезли́, — сказа́л он. Он встал и пошёл.

— Ты возьми́ зо́нтик.

— Да нет, у меня́ кожа́н. Да и я то́лько до варко́в.

Он наде́л сапоги́, кожа́н и пошёл к заво́ду; но не прошёл он два-
дцати́ шаго́в, как навстре́чу ему́ попа́лась она́ в высоко́ над бе́лыми
и́крами подо́ткнутой пане́ве. Она́ шла, приде́рживая рука́ми шаль,
кото́рой бы́ли заку́таны её голова́ и пле́чи.

— Что ты? — спроси́л он, в пе́рвую мину́ту не узна́в её. Когда́ он
узна́л, бы́ло уже́ по́здно. Она́ останови́лась и, улыба́ясь, до́лго
погляде́ла на него́.

— Телёнку³⁵ ищу́. Куда́ же э́то вы в нена́стье-то? — сказа́ла она́,
то́чно ка́ждый день вида́ла его́.

— Приходи́ в шала́ш, — вдруг, сам не зна́я как, сказа́л он. То́чно
кто́-то друго́й из него́ сказа́л э́ти слова́.

Она́ закуси́ла плато́к, кивну́ла глаза́ми и побежа́ла туда́, куда́
шла, — в сад, к шалашу́, а он продолжа́л свой путь с наме́реньем
заверну́ть за сире́невым кусто́м и идти́ туда́ же.

— Ба́рин, — послы́шался ему́ сза́ди го́лос. — Ба́рыня зову́т, на
мину́тку про́сят зайти́.

Это был Ми́ша, их слуга́.

«Бо́же мой, второ́й раз Ты спаса́ешь меня́», — поду́мал Евге́ний и
то́тчас же верну́лся. Жена́ напомина́ла ему́, что он обеща́л в обе́д
снести́ лека́рство больно́й же́нщине, так вот она́ проси́ла его́ взять
его́.

Пока́ собира́ли лека́рство, прошло́ мину́т пять. Пото́м, вы́йдя с
лека́рством, он не реши́лся идти́ в шала́ш, чтобы его́ не увида́ли из
до́ма. Но как то́лько вы́шел из ви́да, он то́тчас поверну́л и пошёл к
шалашу́. Он уже́ ви́дел в воображе́нии своём её посереди́не шалаша́,
ве́село улыба́ющуюся; но её не́ было, и в шалаше́ ничего́ не́ было,
что бы дока́зывало, что она́ была́. Он уже́ поду́мал, что она́ не при-
ходи́ла и не слыха́ла и не поняла́ его́ слов. Он пробурча́л их себе́ под
нос, как бы боя́сь, чтобы она́ услыха́ла их. «И́ли, мо́жет быть, и не
хоте́ла прийти́? И с чего́ он вы́думал, что она́ так и бро́сится к
нему́? У неё есть свой муж; то́лько я оди́н тако́й мерза́вец, что у
меня́ жена́, и хоро́шая, а я бе́гаю за чужо́ю». Так он ду́мал, си́дя в
шалаше́, протёкшем в одно́м ме́сте и ка́пающем с свое́й соло́мы.
«А что бы за сча́стье бы́ло, е́сли бы она́ пришла́. Одни́ здесь в э́тот
дождь. Хоть бы раз опя́ть обня́ть её, а пото́м будь что бу́дет.
Ах да, — вспо́мнил он, — е́сли была́, то по следа́м мо́жно найти́».
Он взгляну́л на зе́млю проби́той к шалашу́ и не заро́сшей траво́й

---

³⁵ Substandard for *тёлку*, "female calf."

тропи́нки, и све́жий след босо́й ноги́, ещё покати́вшейся, был на
ней. «Да, она́ была́. Но тепе́рь ко́нчено. Пря́мо, где ни уви́жу,
пойду́ к ней. Но́чью пойду́ к ней». Он до́лго сиде́л в шалаше́ и вы́-
шел из него́ изму́ченный и уби́тый. Он снёс лека́рство, верну́лся
домо́й и лёг у себя́ в ко́мнате, дожида́ясь обе́да.

XVII

Пе́ред обе́дом Ли́за пришла́ к нему́ и, всё приду́мывая, что
бы могло́ быть причи́ною его́ неудово́льствия, ста́ла говори́ть ему́,
что она́ бои́тся, что ему́ неприя́тно, что её хотя́т везти́ в Москву́
роди́ть, и что она́ реши́ла, что оста́нется здесь. И ни за что не
пое́дет в Москву́. Он знал, как она́ боя́лась и сами́х родо́в и того́,
чтобы не роди́ть нехоро́шего ребёнка, и потому́ не мог не умили́ть-
ся, ви́дя, как легко́ она́ всем же́ртвовала из любви́ к нему́. Всё бы́ло
так хорошо́, ра́достно, чи́сто в до́ме; а в душе́ его́ бы́ло гря́зно,
ме́рзко, ужа́сно. Весь ве́чер Евге́ний му́чался тем, что он знал, что,
несмотря́ на своё и́скреннее отвраще́ние к свое́й сла́бости, несмотря́
на твёрдое наме́рение перерва́ть, за́втра бу́дет то же са́мое.

— Нет, э́то невозмо́жно, — говори́л он себе́, ходя́ взад и вперёд
по свое́й ко́мнате. — Ведь должно́ же быть како́е-нибудь сре́дство
про́тив э́того. Бо́же мой! что де́лать?

Кто́-то на иностра́нный мане́р постуча́лся в дверь. Это, он знал,
был дя́дюшка.

— Взойди́те, — сказа́л он.

Дя́дюшка пришёл самопроизво́льно посло́м от жены́.

— Ты зна́ешь ли, что в са́мом де́ле я замеча́ю в тебе́ переме́ну, —
сказа́л он, — и Ли́зу, я понима́ю, как э́то му́чает. Я понима́ю, что
тебе́ тяжело́ оставля́ть всё на́чатое и прекра́сное де́ло, но что ты
хо́чешь, que veux tu? Я бы сове́товал вам е́хать. Поко́йней бу́дет и
тебе́ и ей. И зна́ешь ли, мой сове́т е́хать в Крым. Кли́мат акушёр
там прекра́сный, и в са́мый виногра́дный сезо́н вы попадёте.

— Дя́дюшка, — вдруг заговори́л Евге́ний, — мо́жете вы соблю-
сти́ мой секре́т, ужа́сный для меня́ секре́т, посты́дный секре́т?

— Поми́луй, неуже́ли ты сомнева́ешься во мне?

— Дя́дюшка! Вы мо́жете мне помо́чь. Не то что помо́чь, спасти́
меня́, — сказа́л Евге́ний. И мысль о том, что он откро́ет свою́
та́йну дя́дюшке, кото́рого он не уважа́л, мысль о том, что он по-
ка́жется ему́ в са́мом невы́годном све́те, уни́зится пе́ред ним, была́

ему́ прия́тна. Он чу́вствовал себя́ ме́рзким, винова́тым, и ему́ хо-
те́лось наказа́ть себя́.

— Говори́, мой друг, ты зна́ешь, как я тебя́ полюби́л, — заго-
вори́л дя́дюшка, ви́димо о́чень дово́льный и тем, что есть секре́т, и
что секре́т посты́дный, и что секре́т э́тот ему́ сообща́т, и что он
мо́жет быть поле́зен.

— Пре́жде всего́ я до́лжен сказа́ть, что я мерза́вец и негодя́й,
подле́ц, и́менно подле́ц.

— Ну, что ты, — надува́ясь го́рлом, на́чал дя́дюшка.

— Да как же не мерза́вец, когда́ я, Ли́зин муж, Ли́зин! — на́до
ведь знать её чистоту́, любо́вь, — когда́ я, её муж хочу́ измени́ть ей
с ба́бой?

— То есть отчего́ же ты хо́чешь? Ты не измени́л ей?

— Да, то есть всё равно́, что измени́л, потому́ что э́то не от меня́
зави́село. Я гото́в был. Мне помеша́ли, а то я тепе́рь бы . . . тепе́рь
бы. Я не зна́ю, что бы я сде́лал.

— Но позво́ль, ты объясни́ мне . . .

— Ну, да вот. Когда́ я был холосты́м, я име́л глу́пость войти́ в
сноше́ния с же́нщиной здесь, из на́шей дере́вни. То есть, как я
встреча́лся с ней в лесу́, в по́ле . . .

— И хоро́шенькая? — сказа́л дя́дюшка.

Евге́ний помо́рщился от э́того вопро́са, но ему́ так нужна́ была́
по́мощь вне́шняя, что он как бу́дто не слы́шал его́ и продолжа́л:

— Ну, я ду́мал, что э́то так, что я перерву́ и всё ко́нчится. Я и
перерва́л ещё до жени́тьбы и почти́ год и не вида́л и не ду́мал о ней,
— Евге́нию самому́ стра́нно бы́ло себя́ слу́шать, слу́шать описа́ние
своего́ состоя́ния, — пото́м вдруг, уж я не зна́ю отчего́, — пра́во,
иногда́ ве́ришь в при́вороты,[36] — я увида́л её, и червь зале́з мне в
се́рдце — гло́жет меня́. Я руга́ю себя́, понима́я весь у́жас своего́
посту́пка, то есть того́, кото́рый я вся́кую мину́ту могу́ сде́лать, и
сам иду́ на э́то, и е́сли не сде́лал, то то́лько Бог меня́ спаса́л. Вчера́
я шёл к ней, когда́ Ли́за позвала́ меня́.

— Как, в дождь?

— Да, я изму́чался, дя́дюшка, и реши́л откры́ться вам и проси́ть
ва́шей по́мощи.

— Да, разуме́ется, в своём име́нье э́то нехорошо́. Узна́ют. Я
понима́ю, что Ли́за слаба́, на́до жале́ть её, но заче́м в своём
име́нье?

[36] magic

Опять Евгений постарался не слыхать того, что говорил дядюшка, и приступил скорее к сущности дела.

— Да вы спасите меня от себя. Я вас вот о чём прошу. Нынче мне помешали случайно, но завтра, в другой раз мне не помешают. И она знает теперь. Не пускайте меня одного.

— Да, положим, — сказал дядюшка. — Но неужели ты так влюблён?

— Ах, совсем не то. Это не то, это какая-то сила ухватила меня и держит. Я не знаю, что делать. Может быть, я окрепну, тогда . . .

— Ну вот и выходит по-моему, — сказал дядюшка. — Поедемте-ка в Крым.

— Да, да, поедемте, а пока я буду с вами, буду говорить вам.

XVIII

То, что Евгений доверил дядюшке свою тайну и, главное, те мучения совести и стыда, которые он пережил после того дождливого дня, отрезвили его. Поездка в Ялту была решена через неделю. В эту неделю Евгений ездил в город доставать денег на поездку, распоряжался из дома и конторы по хозяйству, опять стал весел и близок с женою и стал нравственно оживать.

Так, ни разу после того дождливого дня не видав Степаниду, он уехал с женою в Крым. В Крыму они провели прекрасно два месяца. Евгению было столько новых впечатлений, что всё прежнее стёрлось, ему казалось, совсем из его воспоминания. В Крыму они встретили прежних знакомых и особенно сблизились с ними; кроме того, сделали новые знакомства. Жизнь в Крыму для Евгения была постоянным праздником и, кроме того, ещё была поучительна и полезна для него. Они сблизились там с бывшим губернским предводителем их же губернии, с умным, либеральным человеком, который полюбил Евгения и образовывал его и привлёк на свою сторону. В конце августа Лиза родила прекрасную, здоровую девочку, и родила неожиданно очень легко.

В сентябре Иртеневы поехали домой уже сам-четверт,[37] с ребёнком и кормилицей, так как Лиза не могла кормить. Совершенно свободный от прежних ужасов, Евгений вернулся к себе совсем новым и счастливым человеком. Пережив всё то, что переживают мужья при родах, он ещё сильнее полюбил жену. Чувство к

---

[37] foursome

ребёнку, когда он его брал на́ руки, бы́ло смешно́е, но́вое, о́чень
прия́тное, то́чно щеко́тное чу́вство. Ещё но́вое в его жи́зни тепе́рь
бы́ло то, что, кро́ме заня́тия хозя́йством, в его душе́ благодаря́
сближе́нию с Ду́мчиным (бы́вший предводи́тель) возни́к но́вый
интере́с зе́мский, отча́сти честолюби́вый, отча́сти созна́ния до́лга.
В октябре́ должно́ бы́ло быть э́кстренное собра́ние, в кото́ром его
должны́ бы́ли вы́брать. Прие́хав домо́й, он раз съе́здил в го́род,
друго́й раз к Ду́мчину.

О муче́ниях собла́зна и борьбы́ он забы́л и ду́мать и с трудо́м мог
восстанови́ть их в своём воображе́нии. Э́то представля́лось ему́
чем-то вро́де припа́дка сумасше́ствия, кото́рому он подве́ргся.

До тако́й сте́пени тепе́рь он чу́вствовал себя́ свобо́дным от э́того,
что он да́же не побоя́лся спроси́ть при пе́рвом слу́чае, когда́ они́
оста́лись одни́, у прика́зчика. Так как он уж говори́л с ним об э́том,
ему́ не со́вестно бы́ло спроси́ть.

— Ну что, Пче́льников Си́дор всё не живёт до́ма? — спроси́л он.

— Нет, всё в го́роде.

— А ба́ба его́?

— Да пуста́я бабёнка! Тепе́рь с Зино́веем пу́тается. Совсе́м
заболта́лась.

«Ну и прекра́сно, — поду́мал Евге́ний. — Как удиви́тельно мне
всё равно́ и как я измени́лся».

XIX

Соверши́лось всё, чего́ жела́л Евге́ний. Име́нье оста́лось за
ним, заво́д пошёл, вы́ход свекло́вицы был прекра́сный, и дохо́д
ожида́лся большо́й; жена́ благополу́чно родила́, и тёща уе́хала, и
его́ вы́брали единогла́сно.

Евге́ний по́сле избра́ния возвраща́лся домо́й из го́рода. Его́
поздравля́ли, он до́лжен был благодари́ть. И он обе́дал и вы́пил
бока́лов пять шампа́нского. Совсе́м но́вые пла́ны жи́зни тепе́рь
предста́вились ему́. Он е́хал домо́й и ду́мал о них. Бы́ло ба́бье
ле́то.[38] Прекра́сная доро́га, я́ркое со́лнце. Подъезжа́я к до́му,
Евге́ний ду́мал о том, как он всле́дствие э́того избра́ния займёт в
наро́де и́менно то положе́ние, о кото́ром он всегда́ мечта́л, то есть
тако́е, в кото́ром он в состоя́нии бу́дет служи́ть ему́ не одни́м
произво́дством, кото́рое даёт рабо́ту, но прямы́м влия́нием. Он

---

[38] Indian summer

представля́л себе́, как об нём че́рез три го́да бу́дут суди́ть его́ же и други́е крестья́не. «Вот и э́тот», — ду́мал он, проезжа́я в э́то вре́мя по дере́вне и гля́дя на мужика́ и ба́бу, кото́рые шли ему́ попере́к доро́ги с по́лным уша́том. Они́ останови́лись, пропуска́я таранта́с. Мужи́к был стари́к Пче́льников, ба́ба была́ Степани́да. Евге́ний взгляну́л на неё, узна́л её и с ра́достью почу́вствовал, что он оста́лся соверше́нно споко́йным. Она́ была́ всё так же милови́дна, но его́ э́то не тро́нуло ниско́лько. Он прие́хал домо́й. Жена́ встре́тила на крыльце́. Был чу́дный ве́чер.

— Ну что, мо́жно поздра́вить! — сказа́л дя́дюшка.

— Да, вы́брали.

— Ну и прекра́сно. Спры́снуть на́до.[39]

На друго́е у́тро Евге́ний пое́хал по хозя́йству, кото́рое он запусти́л. На ху́торе молоти́лка но́вая рабо́тала. Рассма́тривая её рабо́ту, Евге́ний ходи́л между баб, стара́ясь не замеча́ть их, но как он ни стара́лся, он ра́за два заме́тил чёрные глаза́ и кра́сный плато́к Степани́ды, носи́вшей соло́му. Ра́за два он покоси́лся на неё и почу́вствовал, что опя́ть что-то, но не мог дать себе́ отчёта. То́лько на друго́й день, когда́ он опя́ть пое́хал на гумно́ ху́тора и про́был там два часа́, чего́ совсе́м не ну́жно бы́ло, не перестава́я глаза́ми ласка́ть знако́мый краси́вый о́браз молодо́й же́нщины, он почу́вствовал, что он поги́б, поги́б совсе́м, безвозвра́тно. Опя́ть э́ти муче́нья, опя́ть весь э́тот у́жас и страх. И нет спасе́нья.

То, чего́ он ожида́л, то и случи́лось с ним. На друго́й день ве́чером он, сам не зна́я как, очути́лся у её задво́рков, про́тив её сенно́го сара́я, где оди́н раз о́сенью у них бы́ло свида́нье. Он, как бу́дто гуля́я, останови́лся тут, заку́ривая папиро́ску. Ба́ба сосе́дка увида́ла его́, и он, проходя́ наза́д, услыха́л, как она́ говори́ла кому́-то:

— Иди́, дожида́ется, сейча́с умере́ть,[40] стои́т. Иди́, ду́ра!

Он ви́дел, как ба́ба — она́ — побежа́ла к сара́ю, но ему́ нельзя́ уже́ бы́ло верну́ться, потому́ что его́ встре́тил мужи́к, и он пошёл домо́й.

XX

Когда́ он пришёл в гости́ную, всё ему́ показа́лось ди́ко и неесте́ственно. У́тром он встал ещё бо́дрый, с реше́нием бро́сить,

[39] We must celebrate.
[40] in greatest distress

забы́ть, не позволя́ть себе́ ду́мать. Но, сам не замеча́я как, он всё у́тро не то́лько не интересова́лся дела́ми, но стара́лся освобожда́ться от них. То, что пре́жде ва́жно бы́ло, ра́довало его́, бы́ло тепе́рь ничто́жно. Он бессозна́тельно стара́лся освободи́ться от дел. Ему́ каза́лось, что ну́жно освободи́ться для того́, чтобы обсуди́ть, обду́мать. И он освободи́лся и оста́лся оди́н. Но как то́лько оста́лся оди́н, так он пошёл броди́ть в сад, в лес. И все места́ э́ти бы́ли зага́жены воспомина́ниями, воспомина́ниями, захва́тывающими его́. И он почу́вствовал, что он хо́дит в саду́ и говори́т себе́, что обду́мывает что́-то, а он ничего́ не обду́мывает, а безу́мно, безоснова́тельно ждёт её, ждёт того́, что она́ каки́м-то чу́дом поймёт, как он жела́ет её, и возьмёт и придёт сюда́ и́ли куда́-нибудь туда́, где никто́ не уви́дит, и́ли но́чью, когда́ не бу́дет луны́, и никто́, да́же она́ сама́, не уви́дит, в таку́ю ночь она́ придёт, и он коснётся её те́ла . . .

«Да, вот и перерва́л когда́ захоте́л, — говори́л он себе́. — Да, вот и для здоро́вья сошёлся с чи́стой, здоро́вой же́нщиной! Нет, ви́дно, нельзя́ так игра́ть с ней. Я ду́мал, что я её взял, а она́ взяла́ меня́, взяла́ и не пусти́ла. Ведь я ду́мал, что я свобо́ден, а я не́ был свобо́ден. Я обма́нывал себя́, когда́ жени́лся. Всё бы́ло вздор, обма́н. С тех пор как я сошёлся с ней, я испыта́л но́вое чу́вство, настоя́щее чу́вство му́жа. Да, мне на́до бы́ло жить с ней.

Да, две жи́зни возмо́жны для меня́; одна́ та, кото́рую я на́чал с Ли́зой: слу́жба, хозя́йство, ребёнок, уваже́ние люде́й. Если э́та жизнь, то на́до, чтоб её, Степани́ды, не́ было. На́до усла́ть её, как я говори́л, и́ли уничто́жить её, чтоб её не́ было. А друга́я жизнь — э́то тут же. Отня́ть её у му́жа, дать ему́ де́нег, забы́ть про стыд и позо́р и жить с ней. Но тогда́ на́до, чтоб Ли́зы не́ было и Мими́ (ребёнка). Нет, что же, ребёнок не меша́ет, но чтоб Ли́зы не́ было, чтоб она́ уе́хала. Чтоб она́ узна́ла, прокляла́ и уе́хала. Узна́ла, что я променя́л её на ба́бу, что я обма́нщик, подле́ц. Нет, э́то сли́шком ужа́сно! Этого нельзя́. Да, но мо́жет и так быть, — продолжа́л он ду́мать, — мо́жет так бы́ть. Ли́за заболе́ет да умрёт. Умрёт, и тогда́ всё бу́дет прекра́сно.

Прекра́сно! О негодя́й! Нет, уж если умира́ть, то ей. Ка́бы она́ умерла́, Степани́да, как бы хорошо́ бы́ло.

Да, вот как отравля́ют и́ли убива́ют жён или любо́вниц. Взять револьве́р и пойти́ вы́звать и, вме́сто объя́тий, в грудь. И ко́нчено.

Ведь она́ чёрт. Пря́мо чёрт. Ведь она́ про́тив во́ли мое́й завладе́ла мно́ю. Уби́ть? да. То́лько два вы́хода: уби́ть жену́ и́ли её. Потому́ что так жить нельзя́.[41] Нельзя́. На́до обду́мать и предви́деть. Éсли оста́ться так, как есть, то что бу́дет?

Бу́дет то, что я опя́ть себе́ скажу́, что я не хочу́, что я бро́шу, но я то́лько скажу́, а бу́ду ве́чером на задво́рках, и она́ зна́ет, и она́ придёт. И и́ли лю́ди узна́ют и ска́жут жене́, или я сам скажу́ ей, потому́ что не могу́ я лгать, не могу́ я так жить. Не могу́. Узна́ется. Все узна́ют, и Пара́ша, и кузне́ц. Ну и что же, ра́зве мо́жно жить так? Нельзя́. То́лько два вы́хода: жену́ уби́ть или её. Да ещё . . .

Ах, да, тре́тий есть: себя́, — сказа́л он ти́хо вслух, и вдруг моро́з пробежа́л у него́ по ко́же. — Да, себя́, тогда́ не ну́жно их убива́ть». Ему́ ста́ло стра́шно и́менно потому́, что он чу́вствовал, что то́лько э́тот вы́ход возмо́жен. «Револьве́р есть. Неуже́ли я убью́ себя́? Вот чего́ не ду́мал никогда́. Как э́то стра́нно бу́дет».

Он верну́лся к себе́ в ко́мнату и то́тчас откры́л шкаф, где был револьве́р. Но не успе́л он откры́ть его́, как вошла́ жена́.

XXI

Он наки́нул газе́ту на револьве́р.

— Опя́ть то же, — с испу́гом сказа́ла она́, взгляну́в на него́.

— Что то же?

— То же ужа́сное выраже́ние, кото́рое бы́ло пре́жде, когда́ ты не хоте́л мне сказа́ть. Ге́ня, голу́бчик, скажи́ мне. Я ви́жу, ты му́чаешься. Скажи́ мне, тебе́ ле́гче бу́дет. Что бы ни было, всё лу́чше э́тих твои́х страда́ний. Ведь я зна́ю, что ничего́ дурно́го.

— Ты зна́ешь? Пока́.

— Скажи́, скажи́, скажи́. Не пущу́ тебя́.

Он улыбну́лся жа́лкой улы́бкой.

«Сказа́ть? Нет, э́то невозмо́жно. Да и не́чего говори́ть».

Мо́жет быть, он сказа́л бы ей, но в э́то вре́мя вошла́ корми́лица, спра́шивая, мо́жно ли идти́ гуля́ть. Ли́за вы́шла оде́ть ребёнка.

— Так ты ска́жешь. Я сейча́с приду́.

— Да, мо́жет быть . . .

Она́ никогда́ не могла́ забы́ть улы́бки страда́льческой, с кото́рой он сказа́л э́то. Она́ вы́шла.

---

[41] At this point begins the alternate ending.

Поспе́шно, кра́дучись, как разбо́йник, он схвати́л револьве́р, вы́нул из чехла́. «Он заряжён, да, но давно́, и одного́ заря́да недостаёт. Ну, что бу́дет».

Он приста́вил к виску́, замя́лся бы́ло, но как то́лько вспо́мнил Степани́ду, реше́ние не ви́деть, борьбу́, собла́зн, паде́ние, опя́ть борьбу́, так вздро́гнул от ужа́са. «Нет, лу́чше э́то». И пожа́л гаше́тку.

Когда́ Ли́за вбежа́ла в ко́мнату, — она́ то́лько что успе́ла спусти́ться с балко́на, — он лежа́л ничко́м на полу́, чёрная, тёплая кровь хлеста́ла из ра́ны, и труп ещё подра́гивал.

Бы́ло сле́дствие. Никто́ не мог поня́ть и объясни́ть причи́ны самоуби́йства. Дя́дюшке да́же ни ра́зу не пришло́ в го́лову, что причи́на име́ла что́-нибудь о́бщего с тем призна́нием, кото́рое два ме́сяца тому́ наза́д ему́ де́лал Евге́ний.

Варва́ра Алексе́евна уверя́ла, что она́ всегда́ предска́зывала э́то. Э́то бы́ло ви́дно, когда́ он спо́рил. Ли́за и Ма́рья Па́вловна о́бе ника́к не могли́ поня́ть, отчего́ э́то случи́лось, и всё-таки не ве́рили тому́ что говори́ли доктора́, что он был душе́внобольно́й. Они́ не могли́ ника́к согласи́ться с э́тим, потому́ что зна́ли, что он был бо́лее здравомы́слящ, чем со́тни люде́й, кото́рых они́ зна́ли.

И действи́тельно, е́сли Евге́ний Ирте́нев был душе́внобольно́й, то все лю́ди таки́е же душе́внобольны́е, са́мые же душе́внобольны́е — э́то несомне́нно те, кото́рые в други́х лю́дях ви́дят при́знаки сумасше́ствия, кото́рых в себе́ не ви́дят.

19 ноября́ 1889. Я́сная Поля́на

[ВАРИА́НТ КОНЦА́ ПО́ВЕСТИ ДЬЯ́ВОЛ][42]

. . . сказа́л он себе́ и, подойдя́ к столу́, доста́л из него́ револьве́р и, осмотре́в его́ — одного́ заря́да недостава́ло, — положи́л его́ в карма́н штано́в.

— Бо́же мой! что я де́лаю? — вдруг вскри́кнул он, и, сложи́в ру́ки, он стал моли́ться. — Го́споди, помоги́ мне, изба́вь меня́. Ты зна́ешь, что я не хочу́ дурно́го, но я не могу́ оди́н. Помоги́ мне, — говори́л он, крестя́сь на о́браз.

«Да я могу́ же владе́ть собо́й. Пойду́ похожу́ и обду́маю».

[42] See footnote 41.

Он вышел в переднюю, надел полушубок, калоши и вышел на крыльцо. Не замечая этого, шаги его направились мимо сада по полевой дороге к хутору. На хуторе всё ещё гудела молотилка и слышались крики погонщиков-мальчиков. Он вошёл в ригу. Она была тут. Он тотчас же увидал её. Она сгребала колос, и, увидав его, она, смеясь глазами, бойкая, весёлая, рысью побежала по раскиданному колосу, ловко сдвигая его. Евгений не хотел, но не мог не смотреть на неё. Он опомнился только, когда она перестала быть видима. Приказчик доложил, что теперь домолачивают слежавшиеся и что от этого дольше и выхода меньше. Евгений подошёл к барабану, изредка стучавшему при пропуске плохо распластанных снопов, и спросил приказчика, много ли таких слежавшихся снопов.

— Возов пять будет.

— Так вот что . . . — начал Евгений и не договорил. Она подошла вплоть к барабану, из-под него выгребая колос, и обожгла его своим смеющимся взглядом.

Взгляд этот говорил о весёлой, беззаботной любви между ними, о том, что она знает, что он желает её, что он приходил к её сараю, и что она, как всегда, готова жить и веселиться с ним, не думая ни о каких условиях и последствиях. Евгений почувствовал себя в её власти, но не хотел сдаваться.

Он вспомнил свою молитву и попытался повторить её. Он стал про себя говорить её, но тотчас же почувствовал, что это было бесполезно.

Одна мысль теперь поглотила его всего: как незаметно от других назначить ей свидание?

— Если нынче кончим, прикажете начинать новый скирд или уж до завтрова?[43] — спросил приказчик.

— Да, да, — отвечал Евгений, невольно направляясь за нею к вороху, к которому она с другой бабой пригребала колос.

«Да неужели я не могу овладеть собой? — говорил он себе. — Неужели я погиб? Господи! Да нет никакого Бога. Есть дьявол. И это она. Он овладел мной. А я не хочу, не хочу. Дьявол, да, дьявол».

Он подошёл вплоть к ней, вынул из кармана револьвер и раз, два, три раза выстрелил ей в спину. Она побежала и упала на ворох.

43 . . . or shall we leave it till tomorrow?

— Ба́тюшки! роди́мые! что ж э́то? — крича́ли ба́бы.

— Нет, я не неча́янно. Я наро́чно уби́л её, — закрича́л Евге́ний.

— Посыла́йте за станови́м.

Он пришёл домо́й и, ничего́ не сказа́в жене́, вошёл в свой кабине́т и за́перся.

— Не ходи́ ко мне, — крича́л он жене́ че́рез две́рь, — узна́ешь всё.

Че́рез час он позвони́л и у прише́дшего лаке́я спроси́л:

— Поди́ узна́й, жива́ ли Степани́да.

Лаке́й уж знал всё и сказа́л, что померла́ с час наза́д.

— Ну и прекра́сно. Тепе́рь оста́вь меня́. Когда́ прие́дет станово́й и́ли сле́дователь, скажи́.

Станово́й и сле́дователь прие́хали на друго́е у́тро, и Евге́ний, прости́вшись с жено́й и ребёнком, был отвезён в остро́г.

Его́ суди́ли. Это бы́ли пе́рвые времена́ суда́ прися́жных. И его́ призна́ли вре́менно душе́внобольны́м и приговори́ли то́лько к церко́вному покая́нию.

Он про́был в остро́ге де́вять ме́сяцев и в монастыре́ ме́сяц.

Он на́чал пить ещё в остро́ге, продолжа́л в монастыре́, и верну́лся домо́й рассла́бленным, невменя́емым алкого́ликом.

Варва́ра Алексе́евна уверя́ла, что она́ всегда́ предска́зывала э́то. Это бы́ло ви́дно, когда́ он спо́рил. Ли́за и Ма́рья Па́вловна о́бе ника́к не могли́ поня́ть, отчего́ э́то случи́лось, и всё-таки не ве́рили тому́, что говори́ли доктора́, что он был душе́внобольно́й, психопа́т. Они́ не могли́ ника́к согласи́ться с э́тим, потому́ что зна́ли, что он был бо́лее здравомы́слящий, чем со́тни люде́й, кото́рых они́ зна́ли.

И действи́тельно, е́сли Евге́ний Ирте́нев был душе́внобольно́й тогда́, когда́ он соверши́л своё преступле́ние, то все лю́ди таки́е же душе́внобольны́е, са́мые же душе́внобольны́е — э́то несомне́нно те, кото́рые в други́х лю́дях ви́дят при́знаки сумасше́ствия, кото́рых в себе́ не ви́дят.

1889–1890

Лев Николаевич Толстой

МНОГО ЛИ ЧЕЛОВЕКУ ЗЕМЛИ НУЖНО

I

Приехала из города старшая сестра к меньшей в деревню. Старшая за купцом была в городе, а меньшая за мужиком в деревне. Пьют чай сёстры, разговаривают. Стала старшая сестра чваниться — свою жизнь в городе выхвалять: как она в городе просторно и чисто живёт и ходит, как она детей наряжает, как она сладко ест и пьёт и как на катанья, гулянья и в театры ездит.

Обидно стало меньшей сестре, и стала она купеческую жизнь унижать, а свою крестьянскую возвышать.

— Не променяю я, — говорит, — своего житья на твоё. Даром что серо живём, да страху не знаем. Вы и почище живёте, да либо много наторгуете, либо вовсе проторгуетесь. И пословица живёт: барышу наклад — большой брат.[1] Бывает и то: нынче богат, а завтра под окнами находишься. А наше мужицкое дело вернее: у мужика живот тонок, да долог, богаты не будем, да сыты будем.

Стала старшая сестра говорить:

— Сытость-то какая — со свиньями да с телятами! Ни убранства, ни обращенья! Как ни трудись твой хозяин, как живёте в навозе, так и помрёте, и детям то же будет.

— А что ж, — говорит меньшая, — наше дело такое. Зато твёрдо живём, никому не кланяемся, никого не боимся. А вы в городу все в соблазнах живёте; нынче хорошо, а завтра подвернётся нечистый — глядь, и соблазнит хозяина твоего либо на карты, либо на вино, либо на кралю какую. И пойдёт всё прахом. Разве не бывает?

Слушал Пахом — хозяин — на печи, что бабы балакают.

— Правда это, — говорит, — истинная. Как наш брат сызмальства её, землю-матушку, переворачивает, так дурь-то в голову и не

---

[1] The proverb means that gain and loss must both be expected; loss must be accepted like one's older brother. An English equivalent : you must take the thick with the thin.

пойдёт. Одно горе — земли мало! А будь земли вволю, так я никого, и самого чёрта, не боюсь!

Отпили бабы чай, побалакали ещё об нарядах, убрали посуду, полегли спать.

А чёрт за печкой сидел, всё слышал. Обрадовался он, что крестьянская жена на похвальбу мужа навела: похваляется, что, была б у него земля, его и чёрт не возьмёт.

«Ладно, думает, поспорим мы с тобой; я тебе земли много дам. Землёй тебя и возьму».

II

Жила рядом с мужиками барынька небольшая. Было у ней сто двадцать десятин земли. И жила прежде с мужиками смирно — не обижала. Да нанялся к ней солдат отставной в приказчики и стал донимать мужиков штрафами. Как ни бережётся Пахом, а либо лошадь в овсы забежит, либо корова в сад забредёт, либо телята в луга уйдут — за всё штраф.

Расплачивается Пахом и домашних ругает и бьёт. И много греха от этого приказчика принял за лето Пахом. Уж и рад был, что скотина на двор стала, — хоть и жалко корму, да страху нет.

Прошёл зимой слух, что продаёт барыня землю и что ладит купить её дворник с большой дороги. Услыхали мужики, ахнули. «Ну, думают, достанется земля дворнику, замучает штрафами хуже барыни. Нам без этой земли жить нельзя, мы все у ней в кругу». Пришли мужики к барыне миром, стали просить, чтоб не продавала дворнику, а им отдала. Обещали дороже заплатить. Согласилась барыня. Стали мужики ладить миром всю землю купить; сбирались и раз и два на сходки — не сошлось дело. Разбивает их нечистый, никак не могут согласиться. И порешили мужики порознь покупать, сколько кто осилит. Согласилась и на это барыня. Услыхал Пахом, что купил у барыни двадцать десятин сосед и она ему половину денег на года рассрочила. Завидно стало Пахому: «раскупят, думает, всю землю, останусь я ни при чём». Стал с женой советовать.

— Люди покупают, надо, — говорит, — и нам купить десятин десяток. А то жить нельзя: одолел приказчик штрафами.

Обдумали, как купить. Было у них отложено сто рублей, да

жеребёнка про́дали, да пчёл полови́ну, да сы́на заложи́ли в рабо́т-ники, да ещё у свояка́ за́нял, и набрала́сь полови́на де́нег.

Собра́л Пахо́м де́ньги, облюбова́л зе́млю, пятна́дцать десяти́н с лесо́чком, и пошёл к ба́рыне торгова́ться. Вы́торговал пятна́дцать десяти́н; уда́рил по рука́м² и зада́ток дал. Пое́хали в го́род, ку́пчую закрепи́ли, де́ньги полови́ну о́тдал, остальны́е в два го́да обяза́лся вы́платить.

И стал Пахо́м с землёй. За́нял Пахо́м семя́н, посе́ял покупну́ю зе́млю; роди́ло́сь хорошо́. В оди́н год вы́платил долг и ба́рыне и свояку́. И стал Пахо́м поме́щиком: свою́ зе́млю паха́л и се́ял, на свое́й земле́ се́но коси́л, со свое́й земли́ ко́лья руби́л и на свое́й земле́ скоти́ну корми́л. Вы́едет Пахо́м на свою́ ве́чную зе́млю паха́ть или придёт всхо́ды и луга́ посмотре́ть — не нара́дуется. И трава́-то, ему́ ка́жется, растёт, и цветы́-то цвету́т на ней совсе́м ины́е. Быва́ло, проезжа́л по э́той земле́ — земля́ как земля́, а те-пе́рь совсе́м земля́ осо́бенная ста́ла.

III

Живёт так Пахо́м, ра́дуется. Всё бы хорошо́, то́лько ста́ли мужики́ у Пахо́ма хлеб и луга́ трави́ть. Че́стью проси́л, всё не унима́ются: то пастухи́ упу́стят коро́в в луга́, то ло́шади из ночно́го на хлеба́ зайду́т. И сгоня́л Пахо́м и проща́л, всё не суди́лся, пото́м наску́чило, стал в волостно́е жа́ловаться. И зна́ет, что от тесноты́, а не с у́мыслом де́лают мужики́, а ду́мает: «Нельзя́ же и спуска́ть, э́так они́ всё вы́травят. На́до поучи́ть».

Поучи́л так судо́м раз, поучи́л друго́й, оштрафова́ли одного́, друго́го. Ста́ли мужики́-сосе́ди на Пахо́ма се́рдце держа́ть; ста́ли друго́й раз и наро́чно трави́ть. Забра́лся како́й-то но́чью в лесо́к, деся́ток ли́пок на лы́ки сре́зал. Прое́хал по́ ле́су Пахо́м — глядь, беле́ется. Подъе́хал — луто́шки бро́шены лежа́т, и пе́нушки торча́т. Хоть бы из куста́ кра́йние сре́зал, одну́ оста́вил, а то подря́д, злоде́й, всё счи́стил. Обозли́лся Пахо́м: «Ах, ду́мает, вы́знать бы, кто э́то сде́лал; уж я бы ему́ вы́местил». Ду́мал, ду́мал, кто: «Бо́льше не́кому, ду́мает, как Сёмке». Пошёл к Сёмке на двор иска́ть, ничего́ не нашёл, то́лько поруга́лись. И ещё бо́льше уве́рил-ся Пахо́м, что Семён сде́лал. По́дал проше́ние. Вы́звали на суд.

² struck a bargain

Суди́ли, суди́ли — оправда́ли мужика́: ули́к нет. Ещё пу́ше оби́-
делся Пахо́м; с старшино́й и с су́дьями разруга́лся.

— Вы, — говори́т, — воро́в ру́ку тя́нете.[3] Ка́бы са́ми по пра́вде
жи́ли, не оправля́ли бы воро́в.

Поссо́рился Пахо́м и с су́дьями и с сосе́дями. Ста́ли ему́ и кра́с-
ным петухо́м[4] грози́ться. Ста́ло Пахо́му в земле́ жить просто́рней,
а в миру́ тесне́е.

И прошёл в то вре́мя слух, что идёт наро́д на но́вые места́. И
ду́мает Пахо́м: «Самому́ мне от свое́й земли́ идти́ неза́чем, а вот
ка́бы из на́ших кто пошли́, у нас бы просто́рнее ста́ло. Я бы их
зе́млю на себя́ взял, себе́ в круг пригна́л; житьё бы лу́чше ста́ло. А
то всё теснота́».

Сиди́т раз Пахо́м до́ма, захо́дит мужи́к прохо́жий. Пусти́ли но-
чева́ть мужика́, покорми́ли, разговори́лись — отку́да, мол, Бог
несёт? Говори́т мужи́к, что идёт сни́зу, из-за Во́лги, там в рабо́те
был. Сло́во за сло́во, расска́зывает мужи́к, как туда́ наро́д сели́ться
идёт. Расска́зывает, посели́лись там и́хние, приписа́лись в общество, и наре́зали им по де́сять десяти́н на ду́шу.[5]

— А земля́ така́я, — говори́т, — что посе́яли ржи, так соло́ма —
ло́шади не вида́ть, а густа́я, что горсте́й пять — и сноп. Оди́н
мужи́к, — говори́т, — совсе́м бе́дный, с одни́ми рука́ми пришёл, а
тепе́рь шесть лошаде́й, две коро́вы.

Разгоре́лось у Пахо́ма се́рдце. Ду́мает: «Что ж тут в тесноте́
бе́дствовать, ко́ли мо́жно хорошо́ жить. Прода́м здесь и зе́млю и
двор; там я на э́ти де́ньги вы́строюсь и заведе́нье всё заведу́. А
здесь в э́той тесноте́ — грех оди́н. То́лько самому́ всё путём вы́-
знать на́до».

Собра́лся на́ лето, пошёл. До Сама́ры плыл по Во́лге вниз на
парохо́де, пото́м пе́ший вёрст четы́реста прошёл. Дошёл до ме́ста.
Всё так то́чно. Живу́т мужики́ просто́рно, по де́сять десяти́н земли́
на ду́шу наре́зано, и принима́ют в о́бщество с охо́той. А ко́ли кто с
де́нежками, покупа́й, кро́ме наде́льной, в ве́чную, сколько хо́чешь,
по три рубля́ са́мой пе́рвой земли́; сколько хочешь, купи́ть мо́жно!

Разузна́л всё Пахо́м, верну́лся к о́сени домо́й, стал всё рас-
продава́ть. Про́дал зе́млю с барышо́м, про́дал двор свой, про́дал

---

[3] you side with thieves
[4] arson
[5] per person

скотину всю, выписался из общества, дождался весны и поехал с
семьёй на новые места.

IV

Приехал Пахом на новые места с семейством, приписался
в большое село в общество. Попоил стариков, бумаги все вы-
правил. Приняли Пахома, нарезали ему на пять душ надельной
земли пятьдесят десятин в разных полях, кроме выгона. Постро́ил-
ся Пахом, скотину завёл. Земли у него одной душевой против
прежнего втрое стало. И земля хлебородная. Житьё против того,
что на старине было, вдесятеро лучше. И пахотной земли и кормов
вволю. Скотины сколько хочешь держи.

Сначала, покуда строился да заводился, хорошо показалось
Пахому, да обжился — и на этой земле тесно показалось. Посеял
первый год Пахом пшеницу на душевой — хороша уродилась.
Разохотился он пшеницу сеять, а душевой земли мало. И какая
есть — не годится. Пшеницу там на ковыльной или залёжной земле
сеют. Посеют год, два и запускают, пока опять ковылём прорастёт.
А на такую землю охотников много, на всех и не хватает. Тоже
из-за неё споры; побогаче кто — хотят сами сеять, а бедняки от-
дают купцам за подати. Захотел Пахом побольше посеять. Поехал
на другой год к купцу, купил земли на год, Посеял побольше —
родилось хорошо; да далеко от села — вёрст за пятнадцать возить
надо. Видит — в округе купцы-мужики хуторами живут, богатеют.
«То ли дело, — думает Пахом, — коли бы тоже в вечность зем-
лицы купить да построить хутор. Всё бы в кругу было». И стал
подумывать Пахом, как бы земли в вечность купить.

Прожил так Пахом три года. Снимал землю, пшеницу сеял.
Года вышли хорошие, и пшеница хороша рожалась, и деньги
залёжные завелись. Жить бы да жить, да скучно показалось Пахому каждый год в людях землю покупать, из-за земли волово-
диться:[6] где хорошенькая землица есть, сейчас налетят мужики,
всю разберут; не поспел укупить и не на чём сеять. А то купил на
третий год с купцом пополам выгон у мужиков; и вспахали уж, да
засудились мужики, так и пропала работа. «Кабы своя земля была,
думает, никому бы не кланялся, и греха бы не было».

И стал Пахом разузнавать, где купить земли в вечность. И

[6] have trouble

попа́л на мужика́. Бы́ли ку́плены у мужика́ пятьсо́т десяти́н, да разори́лся он и продаёт задёшево. Стал Пахо́м ла́дить с ним. Толкова́л, толкова́л — сла́дился за ты́сячу пятьсо́т рубле́й, полови́ну де́нег обожда́ть. Совсе́м уж бы́ло пола́дили, да заезжа́ет раз к Пахо́му купе́ц прое́зжий на двор покорми́ть. По́пили чайку́, поговори́ли. Расска́зывает купе́ц, что е́дет он из да́льних башки́р. Там, расска́зывает, купи́л у башки́рцев земли́ ты́сяч пять десяти́н. И ста́ло всего́ ты́сяча рубле́й. Стал расспра́шивать Пахо́м. Рассказа́л купе́ц.

— То́лько, — говори́т, — старико́в ублаготвори́л. Хала́тов, ковро́в раздари́л рубле́й на сто, да ци́бик ча́ю, да попои́л винцо́м, кто пьёт. И по два́дцать копе́ек за десяти́ну взял. — Пока́зывает ку́пчую. — Земля́, — говори́т, — по ре́чке, и степь вся ковы́льная.

Стал расспра́шивать Пахо́м, как и что.

— Земли́, — говори́т купе́ц, — там не обойдёшь и в год: все башки́рская. А наро́д несмышлёный, как бара́ны. Мо́жно почти́ да́ром взять.

«Ну, — ду́мает Пахо́м, — что ж мне за мой ты́сячу рубле́й пятьсо́т десяти́н купи́ть да ещё долг на ше́ю забра́ть. А тут я за ты́сячу рубле́й чем завлада́ю!»

V

Расспроси́л Пахо́м, как прое́хать, и то́лько проводи́л купца́, собра́лся сам е́хать. Оста́вил дом на жену́, сам собра́лся с рабо́тником, пое́хал. Зае́хали в го́род, купи́ли ча́ю ци́бик, пода́рков, вина́ — всё, как купе́ц сказа́л. Е́хали, е́хали, вёрст пятьсо́т отъе́хали. На седьмы́е су́тки прие́хали на башки́рскую кочёвку. Всё так, как купе́ц говори́л. Живу́т все в степи́, над ре́чкой, в киби́тках во́йлочных. Са́ми не па́шут и хле́ба не едя́т. А в степи́ скоти́на хо́дит и ло́шади коряка́ми. За киби́тками жеребя́та привя́заны, и к ним два ра́за в день ма́ток пригоня́ют; кобы́лье молоко́ до́ят и из него́ кумы́с де́лают. Ба́бы кумы́с болта́ют и сыр де́лают, а мужики́ то́лько и зна́ют — кумы́с и чай пьют, бара́нину едя́т да на ду́дках игра́ют. Гла́дкие все, весёлые, всё ле́то пра́зднуют. Наро́д совсе́м тёмный и по-ру́сски не зна́ют, а ла́сковый.

То́лько увида́ли Пахо́ма, повы́шли из киби́ток башки́рцы, обступи́ли го́стя. Нашёлся перево́дчик. Сказа́л ему́ Пахо́м, что он об земле́ прие́хал. Обра́довались башки́рцы, подхвати́ли Пахо́ма, свели́ его́ в киби́тку хоро́шую, посади́ли на ковры́, подложи́ли под него́ поду́шек пухо́вых, се́ли круго́м, ста́ли угоща́ть ча́ем, кумы́сом. Бара́на заре́зали и бара́ниной накорми́ли. Доста́л Пахо́м из таранта́са пода́рки, стал башки́рцам раздава́ть. Одари́л Пахо́м башки́рцев пода́рками и чай раздели́л. Обра́довались башки́рцы. Лопота́ли, лопота́ли проме́ж себя́, пото́м веле́ли перево́дчику говори́ть.

— Веля́т тебе́ сказа́ть, — говори́т перево́дчик, — что они́ полюби́ли тебя́ и что у нас обы́чай тако́й — го́стю вся́кое удово́льствие де́лать и за пода́рки отда́ривать. Ты нас одари́л; тепе́рь скажи́, что тебе́ из на́шего полю́бится, чтоб тебя́ отдари́ть?

— Полюби́лась мне, — говори́т Пахо́м, — бо́льше всего́ у вас земля́. У нас, — говори́т, — в земле́ теснота́, да и земля́ вы́паханная, а у вас земли́ мно́го и земля́ хороша́. Я тако́й и не ви́дывал.

Переда́л перево́дчик. Поговори́ли, поговори́ли башки́рцы. Не понима́ет Пахо́м, что они́ говоря́т, а ви́дит, что ве́селы, крича́т что́-то, смею́тся, зати́хли пото́м, смо́трят на Пахо́ма, а перево́дчик говори́т:

— Веля́т, — говори́т, — они́ тебе́ сказа́ть, что за твоё добро́ ра́ды тебе́ ско́лько хо́чешь земли́ отда́ть. То́лько руко́й покажи́ каку́ю — твоя́ бу́дет.

Поговори́ли они́ ещё и что́-то спо́рить ста́ли. И спроси́л Пахо́м, о чём спо́рят. И сказа́л перево́дчик:

— Говоря́т одни́, что на́до об земле́ старшину́ спроси́ть, а без него́ нельзя́. А други́е говоря́т, и без него́ мо́жно.

VI

Спо́рят башки́рцы, вдруг идёт челове́к в ша́пке ли́сьей. Замолча́ли все и вста́ли. И говори́т перево́дчик:

— Э́то старшина́ са́мый.

Сейча́с доста́л Пахо́м лу́чший хала́т и поднёс старшине́ и ещё ча́ю пять фу́нтов. При́нял старшина́ и сел на пе́рвое ме́сто. И сейча́с ста́ли говори́ть ему́ что́-то башки́рцы. Слу́шал, слу́шал старшина́, кивну́л голово́й, чтоб они́ замолча́ли, и стал говори́ть Пахо́му по-ру́сски.

— Что ж, — говори́т, — мо́жно. Бери́, где полю́бится. Земли́ мно́го.

«Как же я возьму́, ско́лько хочу́, — ду́мает Пахо́м. — На́до же как ни есть закрепи́ть. А то ска́жут твоя́, а пото́м отни́мут».

— Благодари́м вас, — говори́т, — на до́бром сло́ве. Земли́ ведь у вас мно́го, а мне немно́жко на́до. То́лько бы мне знать, кака́я моя́ бу́дет. Уж ка́к-нибудь всё-таки отме́рять да закрепи́ть за мной на́до. А то в сме́рти-животе́ Бог во́лен. Вы, до́брые лю́ди, даёте, а придётся — де́ти ва́ши отни́мут.

— Пра́вда твоя́, — говори́т старшина́, — закрепи́ть мо́жно.

Стал Пахо́м говори́ть:

— Я вот слы́шал, у вас купе́ц был. Вы ему́ то́же земли́цы подари́ли и ку́пчую сде́лали; так и мне бы то́же.

Всё по́нял старшина́.

— Э́то всё мо́жно, — говори́т. — У нас и пи́сарь есть, и в го́род пое́дем, и все печа́ти прило́жим.

— А цена́ кака́я бу́дет? — говори́т Пахо́м.

— Цена́ у нас одна́: ты́сяча рубле́й за день.

Не по́нял Пахо́м.

— Кака́я же э́то ме́ра — день? Ско́лько в ней десяти́н бу́дет?

— Мы э́того, — говори́т, — не уме́ем счита́ть. А мы за день продаём; ско́лько обойдёшь в день, то и твоё, а цена́ дню ты́сяча рубле́й.

Удиви́лся Пахо́м.

— Да ведь э́то, — говори́т, — в день обойти́, земли́ мно́го бу́дет.

Засмея́лся старшина́.

— Вся твоя́! — говори́т. — То́лько оди́н угово́р: е́сли наза́д не придёшь в день к тому́ ме́сту, с како́го возьмёшься, пропа́ли твои́ де́ньги.

— А как же, — говори́т Пахо́м, — отме́тить, где я пройду́?

— А мы ста́нем на ме́сто, где ты облюбу́ешь, мы стоя́ть бу́дем, а ты иди́, де́лай круг; а с собо́й скрёбку возьми́ и, где на́добно, замеча́й, на угла́х я́мки рой, дерни́чки клади́, пото́м с я́мки на я́мку плу́гом прое́дем. Како́й хо́чешь круг забира́й, то́лько до захо́да со́лнца приходи́ к тому́ ме́сту, с како́го взялся́. Что обойдёшь, всё твоё.

Обра́довался Пахо́м. Пореши́ли нара́не выезжа́ть. Потолкова́ли, по́пили ещё кумы́су, бара́нины пое́ли, ещё ча́ю напили́сь; ста́ло де́ло к но́чи. Уложи́ли Пахо́ма спать на пухови́ке, и разошли́сь башки́рцы. Обеща́лись за́втра на зо́рьке собра́ться, до со́лнца на ме́сто вы́ехать.

VII

Лёг Пахо́м на пуховики́ и не спи́тся ему́, всё про зе́млю ду́мает. «Отхвачу́, ду́мает, палести́ну[7] большу́ю. Вёрст пятьдеся́т обойду́ в день-то. День-то ны́нче что год; в пяти́десяти верста́х земли́-то что́ бу́дет. Каку́ю похуже — прода́м или мужико́в пущу́, а лю́бенькую отберу́, сам на ней ся́ду. Плу́га два быко́в заведу́, челове́ка два рабо́тников принайму́; десяти́нок полсо́тни паха́ть бу́ду, а на остально́й скоти́ну нагу́ливать ста́ну». Не засну́л всю ночь Пахо́м. Пе́ред зарёй то́лько забы́лся. То́лько забы́лся — и ви́дит он сон. Ви́дит он, что лежи́т бу́дто он в э́той са́мой киби́тке и слы́шит — нару́жу гого́чет кто́-то. И бу́дто захоте́лось ему́ посмотре́ть, кто тако́й смеётся, и встал он, вы́шел из киби́тки и ви́дит — сиди́т тот са́мый старшина́ башки́рский перед киби́ткой, за живо́т ухвати́лся обе́ими рука́ми, зака́тывается, гого́чет на что-то. Подошёл он и спроси́л: «Чему́ смеёшься?» И ви́дит он, бу́дто э́то не старшина́ башки́рский, а купе́ц наме́дниш-ний, что к ним заезжа́л, об земле́ расска́зывал. И то́лько спроси́л у купца́: «Ты давно́ ли тут?» — а э́то уж и не купе́ц, а тот са́мый мужи́к, что на старине́ сни́зу заходи́л. И ви́дит Пахо́м, что бу́дто и не мужи́к э́то, а сам дья́вол, с рога́ми и с копы́тами, сиди́т, хохо́чет, а пе́ред ним лежи́т челове́к босико́м, в руба́хе и портка́х. И бу́дто погляде́л Пахо́м при́стальней, что за челове́к тако́й? И ви́дит, что челове́к мёртвый и что э́то — он сам. Ужасну́лся Пахо́м и просну́лся. Просну́лся. «Чего́ не присни́тся», — ду́мает. Огляде́лся; ви́дит в откры́тую дверь — уж бело́ стано́вится, света́ть начина́ет. «На́до, ду́мает, буди́ть наро́д, пора́ е́хать». Подня́лся Пахо́м, разбуди́л рабо́тника в таранта́се, веле́л запряга́ть и пошёл башки́рцев буди́ть.

— Пора́, — говори́т, — на степь е́хать, отмеря́ть.

Повстава́ли башки́рцы, собрали́сь все, и старшина́ пришёл. За́чали башки́рцы опя́ть кумы́с пить, хоте́ли Пахо́ма угости́ть ча́ем, да не стал он дожида́ться.

— Ко́ли е́хать, так е́хать, — говори́т, — пора́.

VIII

Собрали́сь башки́рцы, се́ли — кто верха́ми, кто в таранта́сы, пое́хали. А Пахо́м с рабо́тником на своём таранта́сике пое́хали и с собо́й скрёбку взя́ли. Прие́хали в степь, заря́ занима́ется.

[7] "Promised Land"; desirable property

Въéхали на бугорóк, по-башки́рски — на шихáн. Вы́лезли из тарантáсов, послезáли с лошадéй, сошли́сь в ку́чку. Подошёл старшинá к Пахóму, показáл рукóй.

— Вот, — говори́т, — вся нáша, что глáзом оки́нешь. Выбирáй любу́ю.

Разгорéлись глазá у Пахóма: земля́ вся ковы́льная, рóвная как ладóнь, чёрная как мак, а где лощи́нка — так разнотрáвье, травá по гру́ди.

Снял старшинá шáпку ли́сью, постáвил на зéмлю.

— Вот, — говори́т, — мéтка бу́дет. Отсю́да пойди́, сюдá приходи́. Что обойдёшь, всё твоё бу́дет.

Вы́нул Пахóм дéньги, положи́л на шáпку, снял кафтáн, в однóй поддёвке остáлся, перепоя́сался поту́же под брю́хо кушакóм, подтяну́лся, су́мочку с хлéбом за пáзуху положи́л, баклáжку с водóй к кушаку́ привязáл, подтяну́л голени́ща, взял скрёбку у рабóтника, собрался́ идти́. Ду́мал, ду́мал, в каку́ю стóрону взять, — вездé хорошó. Ду́мает: «Всё однó: пойду́ на восхóд сóлнца». Стал лицóм к сóлнцу, размя́лся, ждёт, чтобы показáлось онó из-за крáя. Ду́мает: «Ничегó врéмени пропускáть не стáну. Холодкóм и идти́ лéгче». Тóлько бры́знуло из-за крáя сóлнце, вски́нул Пахóм скрёбку на плечó и пошёл в степь.

Пошёл Пахóм ни ти́хо, ни скóро. Отошёл с версту́; останови́лся, вы́рыл я́мку и дерни́чки друг на дру́жку положи́л, чтоб примéтней бы́ло. Пошёл дáльше. Стал разминáться, стал и шáгу прибавля́ть. Отошёл ещё, вы́рыл ещё другу́ю я́мку.

Огляну́лся Пахóм. На сóлнце хорошó ви́дно шихáн, и нарóд стои́т, и у тарантáсов на колёсах ши́ны блестя́т. Угáдывает Пахóм, что вёрст пять прошёл. Согревáться стал, снял поддёвку, вски́нул на плечó, пошёл дáльше. Отошёл ещё вёрст пять. Теплó стáло. Взгляну́л на сóлнышко — уж врéмя об зáвтраке. «Однá упря́жка прошлá, — ду́мает Пахóм. — А их четы́ре в дню,[8] рáно ещё заворáчивать. Дай тóлько разу́юсь». Присéл, разу́лся, сапоги́ за пóяс, пошёл дáльше. Легкó идти́ стáло. Ду́мает: «Дай пройду́ ещё вёрст пятóк, тогдá влéво загибáть стáну. Мéсто-то хорошó óчень, кидáть жáлко. Что дáльше, то лу́чше». Пошёл ещё напрями́к. Огляну́лся — шихáн уж чуть ви́дно, и нарóд, как мураши́, на нём чернéется, и чуть блести́т что-то.

---

[8] Dialectal for *в день*.

«Ну, — думает Пахо́м, — в э́ту сто́рону дово́льно забра́л; на́до загиба́ть. Да и разопре́л — пить хо́чется». Останови́лся, вы́рыл я́мку побо́льше, положи́л дерни́чки, отвяза́л бакла́жку, напи́лся и загну́л кру́то вле́во. Шёл он, шёл, трава́ пришла́ высо́кая, и жа́рко ста́ло.

Стал Пахо́м устава́ть; погляде́л он на со́лнышко, ви́дит — са́мый обе́д. «Ну, ду́мает, отдохну́ть на́до». Останови́лся Пахо́м, присе́л. Пое́л хле́бца с водо́й, а ложи́ться не стал: ду́мает — ля́жешь, да и заснёшь. Посиде́л немно́го, пошёл да́льше. Снача́ла легко́ пошёл. От еды́ си́лы приба́вилось. Да уж жа́рко о́чень ста́ло, да и сон клони́ть стал; одна́ко всё идёт, ду́мает — час терпе́ть, а век жить.

Прошёл ещё и по э́той стороне́ мно́го, хоте́л уж загиба́ть вле́во, да глядь — лощи́нка подошла́ сыра́я; жаль броса́ть. Ду́мает: «Лён тут хоро́ш уроди́тся». Опя́ть пошёл пря́мо. Захвати́л лощи́нку, вы́копал я́мку за лощи́ной, загну́л второ́й у́гол. Огляну́лся Пахо́м на шиха́н: от тепла́ затума́нилось, кача́ется что-то в во́здухе и сквозь ма́ру чуть видне́ются лю́ди на шиха́не — вёрст пятна́дцать до них бу́дет. «Ну, — думает Пахо́м, — дли́нны сто́роны взял, на́до э́ту покоро́че взять». Пошёл тре́тью сто́рону, стал ша́гу приба́влять. Посмотре́л на со́лнце — уж оно́ к по́лднику подхо́дит, а по тре́тьей стороне́ всего́ версты́ две прошёл. И до ме́ста всё те же вёрст пятна́дцать. «Нет, ду́мает, хоть крива́я да́ча бу́дет, а на́до прямико́м поспева́ть. Не забра́ть бы ли́шнего. А земли́ и так уж мно́го. Вы́рыл Пахо́м поскоре́е я́мку и поверну́л прямико́м к шиха́ну.

IX

Идёт Пахо́м пря́мо на шиха́н, и тяжело́ уж ему́ ста́ло. Разопре́л и но́ги босико́м изре́зал и отби́л, да и подка́шиваться ста́ли. Отдохну́ть хо́чется, а нельзя́ — не поспе́ешь дойти́ до зака́та. Со́лнце не ждёт, всё спуска́ется да спуска́ется. «Ах, ду́мает, не оши́бся ли, не мно́го ли забра́л? Что, как не поспе́ешь?» Взгля́нет вперёд на шиха́н, взгля́нет на со́лнце: до ме́ста далеко́, а со́лнце уж недалеко́ от кра́я.

Идёт так Пахо́м, тру́дно ему́, а всё прибавля́ет да прибавля́ет ша́гу. Шёл, шёл — всё ещё далеко́; побежа́л ры́сью. Бро́сил подёвку, сапоги́, бакла́жку, ша́пку бро́сил, то́лько скрёбку де́ржит, ей попира́ется. «Ах, ду́мает, позари́лся я, всё де́ло погуби́л, не добегу́ до заката». И ещё ху́же ему́ от стра́ха дух захва́тывает. Бежи́т Пахо́м, руба́ха и портки́ от по́та к те́лу ли́пнут, во рту пересо́хло. В груди́ как ме́хи кузне́чные раздува́ются, а в се́рдце молотко́м бьёт, и но́ги как не свои́ — подла́мываются. Жу́тко ста́ло Пахо́му, ду́мает: «Как бы не помере́ть с нату́ги».

Помере́ть бои́тся, а останови́ться не мо́жет. «Сто́лько, ду́мает, пробежа́л, а тепе́рь останови́ться — дурако́м назову́т». Бежа́л, бежа́л, подбега́ет уж бли́зко и слы́шит визжа́т, га́йкают на него́ башки́рцы, и от кри́ка и́хнего у него́ ещё пу́ще се́рдце разгора́ется. Бежи́т Пахо́м из после́дних сил, а со́лнце уж к кра́ю подхо́дит, в тума́н зашло́; большо́е, кра́сное, кровяно́е ста́ло. Вот-вот зака́тываться ста́нет. Со́лнце бли́зко, да и до ме́ста уж во́все не далеко́. Ви́дит уж Пахо́м, и наро́д на шиха́не на него́ рука́ми маха́ет, его́ подгоня́ют. Ви́дит ша́пку ли́сью на земле́ и де́ньги на ней ви́дит; ви́дит и старшину́, как он на земле́ сиди́т, рука́ми за пу́зо де́ржится. И вспо́мнился Пахо́му сон. «Земли́, ду́мает, мно́го, да приведёт ли Бог на ней жить. Ох, погуби́л я себя́, ду́мает, не добегу́».

Взгляну́л Пахо́м на со́лнце, а оно́ до земли́ дошло́, уж кра́юшком заходи́ть ста́ло и дуго́й к кра́ю вы́резалось. Надда́л из после́дних сил Пахо́м, навали́лся наперёд те́лом, наси́лу но́ги поспева́ют подставля́ться, чтоб не упа́сть. Подбежа́л Пахо́м к шиха́ну, вдруг темно́ ста́ло. Огляну́лся — уж зашло́ со́лнце. А́хнул Пахо́м. «Пропа́ли, ду́мает, мой труды́». Хоте́л уж останови́ться, да слы́шит, га́йкают всё башки́рцы, и вспо́мнил он, что сни́зу ему́ ка́жет, что зашло́, а с шиха́на не зашло́ ещё со́лнце. Наду́лся Пахо́м, взбежа́л на шиха́н. На шиха́не ещё светло́. Взбежа́л Пахо́м, ви́дит — ша́пка. Перед ша́пкой сиди́т старшина́, гого́чет, рука́ми за пу́зо де́ржится. Вспо́мнил Пахо́м сон, а́хнул, подкоси́лись но́ги, и упа́л он наперёд, рука́ми до ша́пки доста́л.

— Ай, молоде́ц! — закрича́л старшина́. — Мно́го земли́ завладе́л!

Подбежа́л рабо́тник Пахо́мов, хоте́л подня́ть его́, а у него́ изо рта кровь течёт, и он мёртвый лежи́т.

Пощёлкали языка́ми башки́рцы, пожале́ли.

По́днял рабо́тник скрёбку, вы́копал Пахо́му моги́лу, ро́вно наско́лько он от ног до головы́ захвати́л — три арши́на, и закопа́л его́.

1885

Anton Chekhov

ANTON CHEKHOV (1860–1904) was one of those very few authors in the history of world literature who not only wrote in two different genres, but excelled in both of them—in his case, in drama and in the short story.

The grandson of a serf and the son of a grocer, Chekhov grew up in Taganrog, a small town near the Black Sea, and at the age of 19 moved to Moscow. He studied medicine, and some of his methods as a creator of fiction have been compared to the diagnostic procedures of an observant physician. While still a medical student, Chekhov began to write, at first specializing in comic sketches and short farces. He then gave up medicine and became a professional writer; after having numerous stories published in newspapers and in books, he wrote his four great plays, *The Seagull* (1896), *Uncle Vanya* (1897), *The Three Sisters* (1901), and *The Cherry Orchard* (1903).

A controversy has recently arisen over whether these plays are properly to be produced as lachrymose, pathetic plays of nonaction and frustration (the traditional interpretation) or whether they are dramas in which a strong element of the comic predominates. Their chief hallmarks are their superb creation of mood, the inconsequentiality of the dialogue when measured by the yardstick of strict contribution to the plot and logic, the absence of external action, the reliance upon inner (psychological) events, the outbursts of absurd or vaudeville humor, and, above all, the poignancy of human nonfulfillment which Chekhov dramatizes with warm sympathy. Chekhov's plays are among the few key influences on twentieth-century drama in any language. His short stories have also served as models to Western European and American twentieth-century authors, from Katherine Mansfield on.

Chekhov was closely connected with Stanislavsky's success in the now famous Moscow Art Theater, which first gained glory through its production of *The Seagull.* He married Olga Knipper, a leading actress, in 1901. Drama and theatrical life came to absorb much of Chekhov's interest.

The prose that Chekhov wrote in his later years was more serious than his earlier stories had been. He died in 1904, after having suffered from lung disease. His fame both as a playwright and short-story writer grew steadily after his death, in Russia and abroad.

Chekhov did not share the frequent Russian practice of using literature for open preaching. He opposed overt conclusion-drawing. He liked not to dot all the i's and cross the t's for the reader. Chekhov's attitude and literary method might be considered neutral. Some contemporaries called it indifferent and condemned him for it. Tolstoy, for example, considered a hands-off attitude on the writer's part immoral—an abdication of his moral obligations. Chekhov was attracted by the ironies of human existence and presented them in detail, as though matter-of-factly, and thereby all the more poignantly.

The Lady with a Pet Dog, for example, is based on the ironic twist inherent in the situation in which a man who is accustomed to light seductions and who has been frequently unfaithful to his wife discovers that for the first time in his life, after plunging into what at first seems another superficial affair, he is totally—and hopelessly—in love. The sadness of the story, the sense of a long stretch of days in which nothing essential will change, as though looking ahead into an infinitely long corridor, are also typical of Chekhov. Yet neither the sadness nor the irony would have been effective if Chekhov had not presented the characters and events with his finesse. Every detail is placed gently, nothing is overstated, all is prepared for. There is a plainness about the story, which, in contrast to Tolstoy's vigorous procedures, seems almost gentle, feminine—yet direct and powerful.

The Lady with a Pet Dog renders masterfully the specific, never repeated incidents (the meetings of the two lovers, the circumstances accompanying the events) as well as the general course of their lives—that is, it gives both the microscopic and macroscopic views. Much of the story depends on significant concrete details: the fence around Anna Sergeevna's house, the two high-school students smoking on the landing when the man and woman meet again at the opera, the man's conversation with his daughter on his way to meeting his mistress in a hotel. Chekhov's sympathy with the characters—with all human beings' desire to live, *пожить*, as he says in this story—pervades the story. Chekhov refrains from explicit moralizing and judging. Chekhov sees the characters he describes, feels with them, and pities them. In his stories, he expresses the attitudes which Gorky, in his remarkable reminiscences of meetings with Chekhov, states to have been visible in Chekhov's facial expression—a "sad and gentle smile, ... a lovable modesty and delicate sensitiveness."

Антон Павлович Чехов

ДАМА С СОБАЧКОЙ

I

Говорили, что на набережной появилось новое лицо: дама с собачкой. Дмитрий Дмитрич Гуров, проживший в Ялте уже две недели и привыкший тут, тоже стал интересоваться новыми лицами. Сидя в павильоне у Верне, он видел, как по набережной прошла молодая дама, невысокого роста блондинка, в берете; за нею бежал белый шпиц.

И потом он встречал её в городском саду и на сквере, по нескольку раз в день. Она гуляла одна, всё в том же берете, с белым шпицем; никто не знал, кто она, и называли её просто так: дама с собачкой.

«Если она здесь без мужа и без знакомых, — соображал Гуров, — то было бы не лишнее познакомиться с ней».

Ему не было ещё сорока, но у него была уже дочь двенадцати лет и два сына гимназиста. Его женили рано, когда он был ещё студентом второго курса, и теперь жена казалась в полтора раза старше его. Это была женщина высокая, с тёмными бровями, прямая, важная, солидная и, как она сама себя называла, мыслящая. Она много читала, не писала в письмах ъ, называла мужа не Дмитрием, а Димитрием, а он втайне считал её недалёкой, узкой, неизя́щной, боя́лся её и не люби́л быва́ть до́ма. Изменя́ть ей на́чал уже́ давно́, изменя́л ча́сто и, вероя́тно, поэ́тому о же́нщинах отзыва́лся почти́ всегда́ ду́рно, и когда́ в его́ прису́тствии говори́ли о них, то он называ́л их так:

— Ни́зшая ра́са!

Ему́ каза́лось, что он доста́точно нау́чен го́рьким о́пытом, что́бы называ́ть их как уго́дно, но всё же без «ни́зшей ра́сы» он не мог бы прожи́ть и двух дней. В о́бществе мужчи́н ему́ бы́ло ску́чно, не по себе́, с ни́ми он был неразгово́рчив, хо́лоден, но когда́ находи́лся среди́ же́нщин, то чу́вствовал себя́ свобо́дно и знал, о чём говори́ть с ни́ми и как держа́ть себя́, и да́же молча́ть с ни́ми ему́ бы́ло легко́. В его́ нару́жности, в хара́ктере, во всей его́ нату́ре бы́ло что-то привлека́тельное, неулови́мое, что́ располага́ло к нему́ же́нщин, мани́ло их; он знал об э́том, и самого́ его́ то́же кака́я-то си́ла влекла́ к ним.

О́пыт многокра́тный, в са́мом де́ле го́рький о́пыт, научи́л его́ давно́, что вся́кое сближе́ние, кото́рое внача́ле так прия́тно разнообра́зит жизнь и представля́ется ми́лым и лёгким приключе́нием, у поря́дочных люде́й, осо́бенно у москвиче́й, тяжёлых на подъём, нереши́тельных, неизбе́жно выраста́ет в це́лую зада́чу, сло́жную чрезвыча́йно, и положе́ние в конце́ концо́в стано́вится тя́гостным. Но при вся́кой но́вой встре́че с интере́сною же́нщиной э́тот о́пыт ка́к-то ускольза́л из па́мяти, и хоте́лось жить, и всё каза́лось так про́сто и заба́вно.

И вот одна́жды, под вечер, он обе́дал в саду́, а да́ма в бере́те подходи́ла не спеша́, что́бы заня́ть сосе́дний стол. Её выраже́ние, похо́дка, пла́тье, причёска говори́ли ему́, что она́ из поря́дочного о́бщества, за́мужем, в Я́лте в пе́рвый раз и одна́, что ей ску́чно здесь . . . В расска́зах о нечистоте́ ме́стных нра́вов мно́го непра́вды, он презира́л их и знал, что таки́е расска́зы в большинстве́ сочиня́ются людьми́, кото́рые са́ми бы охо́тно греши́ли, е́сли б уме́ли; но когда́ да́ма се́ла за сосе́дний стол в трёх шага́х от него́, ему́ вспо́мнились э́ти расска́зы о лёгких побе́дах, о пое́здках в го́ры, и соблазни́тельная мысль о ско́рой, мимолётной свя́зи, о рома́не с неизве́стною же́нщиной, кото́рой не зна́ешь по и́мени и фами́лии, вдруг овладе́ла им.

Он ла́сково помани́л к себе́ шпи́ца и, когда́ тот подошёл, погрози́л ему́ па́льцем. Шпиц заворча́л. Гу́ров опя́ть погрози́л.

Да́ма взгляну́ла на него́ и то́тчас же опусти́ла глаза́.

— Он не кусается, — сказала она и покраснела.

— Можно дать ему кость? — и когда она утвердительно кивнула головой, он спросил приветливо: — Вы давно изволили приехать в Ялту?

— Дней пять.

— А я уже дотягиваю здесь вторую неделю.

Помолчали немного.

— Время идёт быстро, а между тем здесь такая скука! — сказала она, не глядя на него.

— Это только принято говорить, что здесь скучно. Обыватель живёт у себя где-нибудь в Белёве или Жиздре — и ему не скучно, а приедет сюда: «Ах, скучно! ах, пыль!» Подумаешь, что он из Гренады приехал.

Она засмеялась. Потом оба продолжали есть молча, как незнакомые; но после обеда пошли рядом — и начался шутливый, лёгкий разговор людей свободных, довольных, которым всё равно, куда бы ни идти, о чём ни говорить. Они гуляли и говорили о том, как странно освещено море; вода была сиреневого цвета, такого мягкого и тёплого, и по ней от луны шла золотая полоса. Говорили о том, как душно после жаркого дня. Гуров рассказал, что он москвич, по образованию филолог, но служит в банке; готовился когда-то петь в частной опере, но бросил, имеет в Москве два дома... А от неё он узнал, что она выросла в Петербурге, но вышла замуж в С., где живёт уже два года, что пробудет она в Ялте ещё с месяц и за ней, быть может, приедет её муж, которому тоже хочется отдохнуть. Она никак не могла объяснить, где служит её муж, — в губернском правлении или в губернской земской управе, и это ей самой было смешно. И узнал ещё Гуров, что её зовут Анной Сергеевной.

Потом у себя в номере он думал о ней, о том, что завтра она, наверное, встретится с ним. Так должно быть. Ложась спать, он вспомнил, что она ещё так недавно была институткой, училась всё равно как теперь его дочь, вспомнил, сколько ещё несмелости, угловатости было в её смехе, в разговоре с незнакомым, — должно быть, это первый раз в жизни она была одна, в такой обстановке, когда за ней ходят и на неё смотрят, и говорят с ней только с одною тайною целью, о которой она не может не догадываться. Вспомнил он её тонкую, слабую шею, красивые серые глаза.

«Что-то в ней есть жалкое всё-таки», — подумал он и стал засыпать.

II

Прошла неделя после знакомства. Был праздничный день. В комнатах было душно, а на улицах вихрем носилась пыль, срывало шляпы. Весь день хотелось пить, и Гуров часто заходил в павильон и предлагал Анне Сергеевне то воды с сиропом, то мороженого. Некуда было деваться.

Вечером, когда немного утихло, они пошли на мол, чтобы посмотреть, как придёт пароход. На пристани было много гуляющих; собрались встречать кого-то, держали букеты. И тут отчётливо бросались в глаза две особенности нарядной ялтинской толпы: пожилые дамы были одеты, как молодые, и было много генералов.

По случаю волнения на море пароход пришёл поздно, когда уже село солнце, и, прежде чем пристать к молу, долго поворачивался. Анна Сергеевна смотрела в лорнетку на пароход и на пассажиров, как бы отыскивая знакомых, и когда обращалась к Гурову, то глаза у неё блестели. Она много говорила, и вопросы у неё были отрывисты, и она сама тотчас же забывала, о чём спрашивала; потом потеряла в толпе лорнетку.

Нарядная толпа расходилась, уже не было видно лиц, ветер стих совсем, а Гуров и Анна Сергеевна стояли, точно ожидая, не сойдёт ли ещё кто с парохода. Анна Сергеевна уже молчала и нюхала цветы, не глядя на Гурова.

— Погода к вечеру стала получше, — сказал он. — Куда же мы теперь пойдём? Не поехать ли нам куда-нибудь?

Она ничего не ответила.

Тогда он пристально поглядел на неё и вдруг обнял её и поцеловал в губы, и его обдало запахом и влагой цветов, и тотчас же он пугливо огляделся: не видел ли кто?

— Пойдёмте к вам . . . — проговорил он тихо.

И оба пошли быстро.

У неё в номере было душно, пахло духами, которые она купила в японском магазине. Гуров, глядя на неё теперь, думал: «Каких только не бывает в жизни встреч!» От прошлого у него сохранилось воспоминание о беззаботных, добродушных женщинах, весёлых от любви, благодарных ему за счастье, хотя бы очень короткое; и о таких, — как, например, его жена, — которые любили без искренности, с излишними разговорами, манерно, с истерией, с таким выраже́нием, как бу́дто то была́ не любо́вь, не страсть, а что́-то бо́лее значи́тельное; и о таки́х двух-трёх, о́чень краси́вых, холо́дных, у кото́рых вдруг промелька́ло на лице́ хи́щное выраже́ние, упря́мое жела́ние взять, вы́хватить у жи́зни бо́льше, чем она́ мо́жет дать, и э́то бы́ли не пе́рвой мо́лодости, капри́зные, не рассужда́ющие, вла́стные, не у́мные же́нщины, и когда́ Гу́ров охладева́л к ним, то красота́ их возбужда́ла в нём не́нависть, и кружева́ на их белье́ каза́лись ему́ тогда́ похо́жими на чешу́ю.

Но тут всё та же несме́лость, углова́тость нео́пытной мо́лодости, нело́вкое чу́вство; и бы́ло впечатле́ние расте́рянности, как бу́дто кто вдруг постуча́л в дверь. А́нна Серге́евна, э́та «да́ма с соба́чкой», к тому́, что произошло́, отнесла́сь ка́к-то осо́бенно, о́чень серьёзно, то́чно к своему́ паде́нию, — так каза́лось, и э́то бы́ло стра́нно и некста́ти. У неё опусти́лись, завя́ли черты́ и по сторона́м лица́ печа́льно висе́ли дли́нные во́лосы, она́ заду́малась в уны́лой по́зе, то́чно гре́шница на стари́нной карти́не.

— Нехорошо́, — сказа́ла она́. — Вы же пе́рвый меня́ не уважа́ете тепе́рь.

На столе́ в но́мере был арбу́з. Гу́ров отре́зал себе́ ломо́ть и стал есть не спеша́. Прошло́ по кра́йней ме́ре полчаса́ в молча́нии.

А́нна Серге́евна была́ тро́гательна, от неё ве́яло чистото́й поря́дочной, наи́вной, ма́ло жи́вшей же́нщины; одино́кая свеча́, горе́вшая на столе́, едва́ освеща́ла её лицо́, но бы́ло ви́дно, что у неё нехорошо́ на душе́.[1]

— Отчего́ бы я мог переста́ть уважа́ть тебя́? — спроси́л Гу́ров.

— Ты сама́ не зна́ешь, что́ говори́шь.

— Пусть Бог меня́ прости́т! — сказа́ла она́, и глаза́ у неё напо́лнились слеза́ми. — Э́то ужа́сно.

— Ты то́чно опра́вдываешься.

— Чем мне оправда́ться? Я дурна́я, ни́зкая же́нщина, я себя́ презира́ю и об оправда́нии не ду́маю. Я не му́жа обману́ла, а самоё себя́. И не сейча́с то́лько, а уже́ давно́ обма́нываю. Мой муж, быть мо́жет, че́стный, хоро́ший челове́к, но ведь он лаке́й! Я не зна́ю, что он де́лает там, как слу́жит, а зна́ю то́лько, что он лаке́й. Мне, когда́ я вы́шла за него́, бы́ло два́дцать лет, меня́ томи́ло любопы́тство, мне хоте́лось чего́-нибудь полу́чше; ведь есть же, — говори́ла я себе́, — друга́я жизнь. Хоте́лось пожи́ть! Пожи́ть и пожи́ть . . .

[1] she felt depressed

Любопытство меня жгло ... вы этого не понимаете, но, клянусь
Богом, я уже не могла владеть собой, со мной что-то делалось,
меня нельзя было удержать, я сказала мужу, что больна, и поехала
сюда ... И здесь всё ходила, как в угаре, как безумная ... и вот я
стала пошлой, дрянной женщиной, которую всякий может презирать.

Гурову было уже скучно слушать, его раздражал наивный тон,
это покаяние, такое неожиданное и неуместное; если бы не слёзы
на глазах, то можно было бы подумать, что она шутит или играет
роль.

— Я не понимаю, — сказал он тихо, — что же ты хочешь?

Она спрятала лицо у него на груди и прижалась к нему.

— Верьте, верьте мне, умоляю вас ... — говорила она. — Я
люблю честную, чистую жизнь, а грех мне гадок, я сама не знаю,
что делаю. Простые люди говорят: нечистый попутал.[2] И я могу
теперь про себя сказать, что меня попутал нечистый.

— Полно, полно ...[3] — бормотал он.

Он смотрел ей в неподвижные, испуганные глаза, целовал её,
говорил тихо и ласково, и она понемногу успокоилась, и весёлость
вернулась к ней; стали оба смеяться.

Потом, когда они вышли, на набережной не было ни души,
город со своими кипарисами имел совсем мёртвый вид, но море
ещё шумело и билось о берег; один баркас качался на волнах, и на
нём сонно мерцал фонарик.

Нашли извозчика и поехали в Ореанду.

— Я сейчас внизу в передней узнал твою фамилию: на доске
написано фон Дидериц, — сказал Гуров. — Твой муж немец?

— Нет, у него, кажется, дед был немец, но сам он православный.

В Ореанде сидели на скамье, недалеко от церкви, смотрели вниз
на море и молчали. Ялта была едва видна сквозь утренний туман,
на вершинах гор неподвижно стояли белые облака. Листва не шевелилась на деревьях, кричали цикады, и однообразный, глухой шум
моря, доносившийся снизу, говорил о покое, о вечном сне, какой
ожидает нас. Так шумело внизу, когда ещё тут не было ни Ялты, ни
Ореанды, теперь шумит и будет шуметь так же равнодушно и
глухо, когда нас не будет. И в этом постоянстве, в полном равнодушии к жизни и смерти каждого из нас кроется, быть может, залог

[2] the Devil has tempted me
[3] There, there. . . .

нашего вечного спасения, непрерывного движения жизни на земле, непрерывного совершенства. Сидя рядом с молодой женщиной, которая на рассвете казалась такой красивой, успокоенный и очарованный в виду этой сказочной обстановки — моря, гор, облаков, широкого неба, Гуров думал о том, как в сущности, если вдуматься, всё прекрасно на этом свете, всё, кроме того, что мы сами мыслим и делаем, когда забываем о высших целях бытия, о своём человеческом достоинстве.

Подошёл какой-то человек — должно быть,[4] сторож, — посмотрел на них и ушёл. И эта подробность показалась такой таинственной и тоже красивой. Видно было, как пришёл пароход из Феодосии, освещённый утренней зарёй, уже без огней.

— Роса на траве, — сказала Анна Сергеевна после молчания.

— Да. Пора домой.

Они вернулись в город.

Потом каждый полдень они встречались на набережной, завтракали вместе, обедали, гуляли, восхищались морем. Она жаловалась, что дурно спит и что у неё тревожно бьётся сердце, задавала всё одни и те же вопросы, волнуемая то ревностью, то страхом, что он недостаточно её уважает. И часто на сквере или в саду, когда вблизи их никого не было, он вдруг привлекал её к себе и целовал страстно. Совершенная праздность, эти поцелуи среди белого дня, с оглядкой и страхом, как бы кто не увидел, жара, запах моря и постоянное мельканье перед глазами праздных, нарядных, сытых людей точно переродили его; он говорил Анне Сергеевне о том, как она хороша, как соблазнительна, был нетерпеливо страстен, не отходил от неё ни на шаг, а она часто задумывалась и всё просила его сознаться, что он её не уважает, нисколько не любит, а только видит в ней пошлую женщину. Почти каждый вечер попозже они уезжали куда-нибудь за город, в Ореанду или на водопад; и прогулка удавалась, впечатления неизменно всякий раз были прекрасны, величавы.

Ждали, что приедет муж. Но пришло от него письмо, в котором он извещал, что у него разболелись глаза, и умолял жену поскорее вернуться домой. Анна Сергеевна заторопилась.

— Это хорошо, что я уезжаю, — говорила она Гурову. — Это сама судьба.

Она поехала на лошадях, и он провожал её. Ехали целый день.

4 probably

Когда́ она сади́лась в ваго́н курье́рского по́езда и когда́ про́бил второ́й звоно́к, она́ говори́ла:

— Да́йте, я погляжу́ на вас ещё . . . Погляжу́ ещё раз. Вот так.

Она́ не пла́кала, но была́ грустна́, то́чно больна́, и лицо́ у неё дрожа́ло.

— Я бу́ду о вас ду́мать . . . вспомина́ть, — говори́ла она́.

— Госпо́дь с ва́ми, остава́йтесь. Не помина́йте ли́хом.[5] Мы навсегда́ проща́емся, это так ну́жно, потому́ что не сле́довало бы во́все встреча́ться. Ну, Госпо́дь с ва́ми.

По́езд ушёл бы́стро, его́ огни́ ско́ро исче́зли, и че́рез мину́ту уже́ не́ было слы́шно шу́ма, то́чно всё сговори́лось наро́чно, чтобы прекрати́ть поскоре́е это сла́дкое забытьё, это безу́мие. И, оста́вшись оди́н на платфо́рме и гля́дя в тёмную даль, Гу́ров слу́шал крик кузне́чиков и гуде́ние телегра́фных про́волок с таки́м чу́вством, как бу́дто то́лько что просну́лся. И он ду́мал о том, что вот в его́ жи́зни бы́ло ещё одно́ похожде́ние и́ли приключе́ние, и оно́ то́же уже́ ко́нчилось, и оста́лось тепе́рь воспомина́ние . . . Он был растро́ган, гру́стен и испы́тывал лёгкое раска́яние; ведь эта молода́я же́нщина, с кото́рой он бо́льше уже́ никогда́ не уви́дится, не была́ с ним сча́стлива; он был приве́тлив с ней и серде́чен, но всё же в обраще́нии с ней, в его́ то́не и ла́сках сквози́ла те́нью лёгкая насме́шка, грубова́тое высокоме́рие счастли́вого мужчи́ны, кото́рый к тому́ же почти́ вдво́е ста́рше её. Всё вре́мя она́ называ́ла его́ до́брым, необыкнове́нным, возвы́шенным; очеви́дно, он каза́лся ей не тем, чем был на са́мом де́ле, зна́чит нево́льно обма́нывал её . . .

Здесь на ста́нции уже́ па́хло о́сенью, ве́чер был прохла́дный.

«Пора́ и мне на се́вер, — ду́мал Гу́ров, уходя́ с платфо́рмы. — Пора́!»

III

До́ма в Москве́ уже́ всё бы́ло по-зи́мнему, топи́ли пе́чи и по утра́м, когда́ де́ти собира́лись в гимна́зию и пи́ли чай, бы́ло темно́, и ня́ня ненадо́лго зажига́ла ого́нь. Уже́ начали́сь моро́зы. Когда́ идёт пе́рвый снег, в пе́рвый день езды́ на саня́х, прия́тно ви́деть бе́лую зе́млю, бе́лые кры́ши, ды́шится мя́гко, сла́вно, и в это вре́мя вспомина́ются ю́ные го́ды. У ста́рых лип и берёз, бе́лых от и́нея, добро́душное выраже́ние, они́ бли́же к се́рдцу, чем кипари́сы и па́льмы, и вблизи́ них уже́ не хо́чется ду́мать о гора́х и мо́ре.

[5] think kindly of me

Гу́ров был москви́ч, верну́лся он в Москву́ в хоро́ший моро́зный день, и когда́ наде́л шу́бу и тёплые перча́тки и прошёлся по Петро́вке и когда́ в суббо́ту ве́чером услы́шал звон колоколо́в, то неда́вняя пое́здка и места́, в кото́рых он был, утеря́ли для него́ всё очарова́ние. Ма́ло-пома́лу он окуну́лся в моско́вскую жизнь, уже́ с жа́дностью прочи́тывал по три газе́ты в день и говори́л, что не чита́ет моско́вских газе́т из при́нципа. Его́ уже́ тяну́ло в рестора́ны, клу́бы, на зва́ные обе́ды, юбиле́и, и уже́ ему́ бы́ло ле́стно, что у него́ быва́ют изве́стные адвока́ты и арти́сты и что в До́кторском клу́бе он игра́ет в ка́рты с профе́ссором. Уже́ он мог съесть це́лую по́рцию селя́нки на сковоро́дке . . .

Пройдёт како́й-нибу́дь ме́сяц, и А́нна Серге́евна, каза́лось ему́, покро́ется в па́мяти тума́ном и то́лько и́зредка бу́дет сни́ться с тро́гательной улы́бкой, как сни́лись други́е. Но прошло́ бо́льше ме́сяца, наступи́ла глубо́кая зима́, а в па́мяти всё бы́ло я́сно, то́чно расста́лся он с А́нной Серге́евной то́лько вчера́. И воспомина́ния разгора́лись всё сильне́е. Доноси́лись ли в вече́рней тишине́ в его́ кабине́т голоса́ дете́й, приготовля́вших уро́ки, слы́шал ли он рома́нс, или орга́н в рестора́не, или завыва́ла в ками́не мете́ль, как вдруг воскреса́ло в па́мяти всё: и то, что бы́ло на молу́, и ра́ннее у́тро с тума́ном на гора́х, и парохо́д из Феодо́сии, и поцелу́и. Он до́лго ходи́л по ко́мнате, и вспомина́л, и улыба́лся, и пото́м воспомина́ния переходи́ли в мечты́, и проше́дшее в воображе́нии меша́лось с тем, что бу́дет. А́нна Серге́евна не сни́лась ему́, а шла за ним всю́ду, как тень, и следи́ла за ним. Закры́вши глаза́, он ви́дел её, как живу́ю, и она́ каза́лась краси́вее, моло́же, нежне́е, чем была́; и сам он каза́лся себе́ лу́чше, чем был тогда́, в Я́лте. Она́ по вечера́м гляде́ла на него́ из кни́жного шка́фа, из ками́на, из угла́, он слы́шал её дыха́ние, ла́сковый шо́рох её оде́жды. На у́лице он провожа́л взгля́дом же́нщин, иска́л, нет ли похо́жей на неё . . .

И уже́ томи́ло си́льное жела́ние подели́ться с ке́м-нибу́дь свои́ми воспомина́ниями. Но до́ма нельзя́ бы́ло говори́ть о свое́й любви́, а вне до́ма — не́ с кем. Не с жильца́ми же и не в ба́нке. И о чём говори́ть? Ра́зве он люби́л тогда́? Ра́зве бы́ло что́-нибудь краси́вое, поэти́ческое, и́ли поучи́тельное, и́ли про́сто интере́сное в его́ отноше́ниях к А́нне Серге́евне? И приходи́лось говори́ть неопределённо о любви́, о же́нщинах, и никто́ не дога́дывался, в чём де́ло, и то́лько жена́ шевели́ла свои́ми тёмными бровя́ми и говори́ла:

— Тебе́, Дими́трий, совсе́м не идёт роль фа́та.[6]

Одна́жды но́чью, выходя́ из До́кторского клу́ба со свои́м партнёром, чино́вником, он не удержа́лся и сказа́л:

— Е́сли б вы зна́ли, с ка́кой очарова́тельной же́нщиной я познако́мился в Я́лте!

Чино́вник сел в са́ни и пое́хал, но вдруг оберну́лся и окли́кнул:

— Дми́трий Дми́трич!

— Что?

— А да́веча вы бы́ли пра́вы: осетри́на-то с душко́м![7]

Э́ти слова́, таки́е обы́чные, почему́-то вдруг возмути́ли Гу́рова, показа́лись ему́ унизи́тельными, нечи́стыми. Каки́е ди́кие нра́вы, каки́е ли́ца! Что за бестолко́вые но́чи, каки́е неинтере́сные, незаме́тные дни! Неи́стовая игра́ в ка́рты, обжо́рство, пья́нство, постоя́нные разгово́ры всё об одно́м. Нену́жные дела́ и разгово́ры всё об одно́м охва́тывают на свою́ до́лю лу́чшую часть вре́мени, лу́чшие си́лы, и в конце́ концо́в остаётся кака́я-то ку́цая,[8] бескры́лая жизнь, кака́я-то чепуха́, и уйти́ и бежа́ть нельзя́, то́чно сиди́шь в сумасше́дшем до́ме или в аре́стантских ро́тах!

Гу́ров не спал всю ночь и возмуща́лся, и зате́м весь день провёл с головно́й бо́лью. И в сле́дующие но́чи он спал ду́рно, всё сиде́л в посте́ли и ду́мал или ходи́л из угла́ в у́гол. Де́ти ему́ надое́ли, банк надое́л, не хоте́лось никуда́ идти́, ни о чём говори́ть.

В декабре́ на пра́здниках он собра́лся в доро́гу и сказа́л жене́, что уезжа́ет в Петербу́рг хлопота́ть за одного́ молодо́го челове́ка — и уе́хал в С. Заче́м? Он и сам не знал хорошо́. Ему́ хоте́лось повида́ться с А́нной Серге́евной и поговори́ть, устро́ить свида́ние, е́сли мо́жно.

Прие́хал он в С. у́тром и за́нял в гости́нице лу́чший но́мер, где весь пол был обтя́нут се́рым солда́тским сукно́м, и была́ на столе́ черни́льница, се́рая от пы́ли, со вса́дником на ло́шади, у кото́рого была́ по́днята рука́ со шля́пой, а голова́ отби́та. Швейца́р дал ему́ ну́жные све́дения: фон Ди́дериц живёт на Ста́ро-Гонча́рной у́лице, в со́бственном до́ме — э́то недалеко́ от гости́ницы, живёт хорошо́, бога́то, име́ет свои́х лошаде́й, его́ все зна́ют в го́роде. Швейца́р выгова́ривал так: Дры́дыриц.

Гу́ров не спеша́ пошёл на Ста́ро-Гонча́рную, отыска́л дом. Как раз про́тив до́ма тяну́лся забо́р, се́рый, дли́нный, с гвоздя́ми.

[6] You do not fit the role of a fop.
[7] smelled
[8] curtailed

«От такого забора убежишь»,[9] — думал Гуров, поглядывая то на окна, то на забор.

Он соображал: сегодня день неприсутственный, и муж, вероятно, дома. Да и всё равно, было бы бестактно войти в дом и смутить. Если же послать записку, то она, пожалуй, попадёт в руки мужу, и тогда всё можно испортить. Лучше всего положиться на случай. И он всё ходил по улице и около забора и поджидал этого случая. Он видел, как в ворота вошёл нищий и на него напали собаки, потом, час спустя, слышал игру на рояле, и звуки доносились слабые, неясные. Должно быть, Анна Сергеевна играла. Парадная дверь вдруг отворилась, и из неё вышла какая-то старушка, а за нею бежал знакомый белый шпиц. Гуров хотел позвать собаку, но у него вдруг забилось сердце, и он от волнения не мог вспомнить, как зовут шпица.

Он ходил, и всё больше и больше ненавидел серый забор, и уже думал с раздражением, что Анна Сергеевна забыла о нём и, быть может, уже развлекается с другим, и это так естественно в положении молодой женщины, которая вынуждена с утра до вечера видеть этот проклятый забор. Он вернулся к себе в номер и долго сидел на диване, не зная, что делать, потом обедал, потом долго спал.

«Как всё это глупо и беспокойно, — думал он, проснувшись и глядя на тёмные окна: был уже вечер. — Вот и выспался зачем-то. Что же я теперь ночью буду делать?»

Он сидел на постели, покрытой дешёвым серым, точно больничным, одеялом, и дразнил себя с досадой:

«Вот тебе и дама с собачкой . . . Вот тебе и приключение . . . Вот и сиди тут».

Ещё утром, на вокзале, ему бросилась в глаза афиша с очень крупными буквами: шла в первый раз «Гейша». Он вспомнил об этом и поехал в театр.

«Очень возможно, что она бывает на первых представлениях», — думал он.

Театр был полон. И тут, как вообще во всех губернских театрах, был туман повыше люстры, шумно беспокоилась галёрка; в первом ряду перед началом представления стояли местные франты, заложив руки назад; и тут, в губернаторской ложе, на первом месте сидела губернаторская дочь в боа, а сам губернатор скромно прятался за портьерой, и видны были только его руки; качался

---

[9] Such a fence will put one to flight.

за́навес, орке́стр до́лго настра́ивался. Всё вре́мя, пока́ пу́блика входи́ла и занима́ла места́, Гу́ров жа́дно иска́л глаза́ми.

Вошла́ и А́нна Серге́евна. Она́ се́ла в тре́тьем ряду́, и когда́ Гу́ров взгляну́л на неё, то се́рдце у него́ сжа́лось, и он по́нял я́сно, что для него́ тепе́рь на всём све́те нет бли́же, доро́же и важне́е челове́ка; она́, затеря́вшаяся в провинциа́льной толпе́, э́та ма́ленькая же́нщина, ниче́м не замеча́тельная, с вульга́рною лорне́ткой в рука́х, наполня́ла тепе́рь всю его́ жизнь, была́ его́ го́рем, ра́достью, еди́нственным сча́стьем, како́го он тепе́рь жела́л для себя́; и под зву́ки плохо́го орке́стра, дрянны́х обыва́тельских скри́пок, он ду́мал о том, как она́ хороша́. Ду́мал и мечта́л.

Вме́сте с А́нной Серге́евной вошёл и сел ря́дом молодо́й челове́к с небольши́ми ба́кенами, о́чень высо́кий, суту́лый; он при ка́ждом ша́ге пока́чивал голово́й и, каза́лось, постоя́нно кла́нялся. Веро́ятно, это был муж, кото́рого она́ тогда́ в Я́лте, в поры́ве го́рького чу́вства, обозвала́ лаке́ем. И в са́мом де́ле, в его́ дли́нной фигу́ре, в ба́кенах, в небольшо́й лы́сине бы́ло что́-то лаке́йски-скро́мное, улыба́лся он сла́дко, и в петли́це у него́ блесте́л како́й-то учёный значо́к,[10] то́чно лаке́йский но́мер.

В пе́рвом антра́кте муж ушёл кури́ть, она́ оста́лась в кре́сле. Гу́ров, сиде́вший то́же в парте́ре, подошёл к ней и сказа́л дрожа́щим го́лосом, улыба́ясь наси́льно:

— Здра́вствуйте.

Она́ взгляну́ла на него́ и побледне́ла, пото́м ещё раз взгляну́ла с у́жасом, не ве́ря глаза́м, и кре́пко сжа́ла в рука́х вме́сте ве́ер и лорне́тку, очеви́дно боря́сь с собо́й, что́бы не упа́сть в о́бморок. О́ба молча́ли. Она́ сиде́ла, он стоя́л, испу́ганный её смуще́нием, не реша́ясь сесть ря́дом. Запе́ли настра́иваемые скри́пки и фле́йта, ста́ло вдруг стра́шно, каза́лось, что из всех лож смо́трят. Но вот она́ вста́ла и бы́стро пошла́ к вы́ходу; он — за ней, и о́ба шли бестолко́во, по коридо́рам, по ле́стницам, то поднима́ясь, то спуска́ясь, и мелька́ли у них пе́ред глаза́ми каки́е-то лю́ди в суде́йских, учи́тельских и уде́льных мунди́рах, и все со значка́ми; мелька́ли да́мы, шу́бы на ве́шалках, дул сквозно́й ве́тер, обдава́я за́пахом таба́чных оку́рков. И Гу́ров, у кото́рого си́льно би́лось се́рдце, ду́мал: «О Го́споди! И к чему́ э́ти лю́ди, э́тот орке́стр . . .»

И в э́ту мину́ту он вдруг вспо́мнил, как тогда́ ве́чером на ста́нции, проводи́в А́нну Серге́евну, говори́л себе́, что всё ко́нчилось и

[10] university insignia

они́ уже́ никогда́ не уви́дятся. Но как ещё далеко́ бы́ло до конца́! На у́зкой, мра́чной ле́стнице, где бы́ло напи́сано «ход в амфитеа́тр», она́ останови́лась.

— Как вы меня́ испуга́ли! — сказа́ла она́, тяжело́ дыша́, всё ещё бле́дная, ошеломлённая. — О, как вы меня́ испуга́ли! Я едва́ жива́. Заче́м вы прие́хали? Заче́м?

— Но пойми́те, А́нна, пойми́те . . . — проговори́л он вполго́лоса, торопя́сь. — Умоля́ю вас, пойми́те . . .

Она́ гляде́ла на него́ со стра́хом, с мольбо́й, с любо́вью, гляде́ла при́стально, что́бы покре́пче задержа́ть в па́мяти его́ черты́.

— Я так страда́ю! — продолжа́ла она́ не слу́шая его́. — Я всё вре́мя ду́мала то́лько о вас, я жила́ мы́слями о вас. И мне хоте́лось забы́ть, забы́ть, но заче́м, заче́м вы прие́хали?

Повы́ше, на площа́дке, два гимнази́ста кури́ли и смотре́ли вниз, но Гу́рову бы́ло всё равно́, он привлёк к себе́ А́нну Серге́евну и стал целова́ть её лицо́, щёки, ру́ки.

— Что вы де́лаете, что вы де́лаете! — говори́ла она́ в у́жасе, отстраня́я его́ от себя́. — Мы с ва́ми обезу́мели. Уезжа́йте сего́дня же, уезжа́йте сейча́с . . . Заклина́ю вас всем святы́м, умоля́ю . . . Сюда́ иду́т!

По ле́стнице сни́зу вверх кто́-то шёл.

— Вы должны́ уе́хать . . . — продолжа́ла А́нна Серге́евна шёпотом. — Слы́шите, Дми́трий Дми́трич? Я прие́ду к вам в Москву́. Я никогда́ не была́ сча́стлива, я тепе́рь несча́стна и никогда́, никогда́ не бу́ду сча́стлива, никогда́! Не заставля́йте же меня́ страда́ть ещё бо́льше! Кляну́сь, я прие́ду в Москву́. А тепе́рь расста́немся! Мой ми́лый, до́брый, дорого́й мой, расста́немся!

Она́ пожа́ла ему́ ру́ку и ста́ла бы́стро спуска́ться вниз, всё огля́дываясь на него́, и по глаза́м её бы́ло ви́дно, что она́ в са́мом де́ле не была́ сча́стлива . . . Гу́ров постоя́л немно́го, прислу́шался, пото́м, когда́ всё ути́хло, отыска́л свою́ ве́шалку и ушёл из теа́тра.

IV

И А́нна Серге́евна ста́ла приезжа́ть к нему́ в Москву́. Раз в два-три ме́сяца она́ уезжа́ла из С. и говори́ла му́жу, что е́дет посове́товаться с профе́ссором насчёт свое́й же́нской боле́зни, — и муж ве́рил и не ве́рил. Прие́хав в Москву́, она́ остана́вливалась в «Славя́нском база́ре» и то́тчас же посыла́ла к Гу́рову челове́ка в кра́сной ша́пке. Гу́ров ходи́л к ней, и никто́ в Москве́ не знал об э́том.

Одна́жды он шёл к ней таки́м о́бразом в зи́мнее у́тро (посы́льный был у него́ накану́не ве́чером и не заста́л). С ним шла его́ дочь, кото́рую хоте́лось ему́ проводи́ть в гимна́зию, э́то бы́ло по доро́ге. Вали́л кру́пный мо́крый снег.

— Тепе́рь три гра́дуса тепла́, а ме́жду тем идёт снег, — говори́л Гу́ров до́чери. — Но ведь э́то тепло́ то́лько на пове́рхности земли́, в ве́рхних же слоя́х атмосфе́ры совсе́м друга́я температу́ра.

— Па́па, а почему́ зимо́й не быва́ет гро́ма?

Он объясни́л и э́то. Он говори́л и ду́мал о том, что вот он идёт на свида́ние, и ни одна́ жива́я душа́ не зна́ет об э́том и, вероя́тно, никогда́ не бу́дет знать. У него́ бы́ли две жи́зни: одна́ я́вная, кото́рую ви́дели и зна́ли все, кому́ э́то ну́жно бы́ло, по́лная усло́вной пра́вды и усло́вного обма́на, похо́жая соверше́нно на жизнь его́ знако́мых и друзе́й, и друга́я — протека́вшая та́йно. И по како́му-то стра́нному стече́нию обстоя́тельств, быть мо́жет случа́йному, всё, что бы́ло для него́ ва́жно, интере́сно, необходи́мо, в чём он был и́скренен и не обма́нывал себя́, что составля́ло зерно́ его́ жи́зни, происходи́ло та́йно от други́х, всё же, что бы́ло его́ ло́жью, его́ оболо́чкой, в кото́рую он пря́тался, что́бы скрыть пра́вду, как, наприме́р, его́ слу́жба в ба́нке, спо́ры в клу́бе, его́ «ни́зшая ра́са», хожде́ние с жено́й на юбиле́и, — всё э́то бы́ло я́вно. И по себе́ он суди́л о други́х, не ве́рил тому́, что ви́дел, и всегда́ предполага́л, что у ка́ждого челове́ка под покро́вом та́йны, как под покро́вом но́чи, прохо́дит его́ настоя́щая, са́мая интере́сная жизнь. Ка́ждое ли́чное существова́ние де́ржится на та́йне,[11] и, быть мо́жет, отча́сти поэ́тому культу́рный челове́к так не́рвно хлопо́чет о том, что́бы уважа́лась ли́чная та́йна.

Проводи́в дочь в гимна́зию, Гу́ров отпра́вился в «Славя́нский база́р». Он снял шу́бу внизу́, подня́лся наве́рх и ти́хо постуча́л в дверь. А́нна Серге́евна, оде́тая в его́ люби́мое се́рое пла́тье, утомлённая доро́гой и ожида́нием, поджида́ла его́ со вчера́шнего ве́чера; она́ была́ бледна́, гляде́ла на него́ и не улыба́лась, и едва́ он вошёл, как она́ уже́ припа́ла к его́ груди́. То́чно они́ не ви́делись го́да два, поцелу́й их был до́лгий, дли́тельный.

— Ну, как живёшь там? — спроси́л он. — Что но́вого?

— Погоди́, сейча́с скажу́ . . . Не могу́.

[11] depends on mystery

Она́ не могла́ говори́ть, так как пла́кала. Отверну́лась от него́ и прижа́ла плато́к к глаза́м.

«Ну, пуска́й попла́чет, а я пока́ посижу́», — поду́мал он и сел в кре́сло.

Пото́м он позвони́л и сказа́л, что́бы ему́ принесли́ ча́ю; и пото́м, когда́ пил чай, она́ всё стоя́ла, отверну́вшись к окну́ ... Она́ пла́кала от волне́ния, от скорбного созна́ния, что их жизнь так печа́льно сложи́лась; они́ ви́дятся то́лько та́йно, скрыва́ются от люде́й, как во́ры! Ра́зве жизнь их не разби́та?

— Ну, переста́нь! — сказа́л он.

Для него́ бы́ло очеви́дно, что э́та их любо́вь ко́нчится ещё неско́ро, неизве́стно когда́. А́нна Серге́евна привя́зывалась к нему́ всё сильне́е, обожа́ла его́, и бы́ло бы немы́слимо сказа́ть ей, что всё э́то должно́ же име́ть когда́-нибудь коне́ц; да она́ бы и не пове́рила э́тому.

Он подошёл к ней и взял её за́ плечи, что́бы приласка́ть, пошути́ть, и в э́то вре́мя уви́дел себя́ в зе́ркале.

Голова́ его́ уже́ начина́ла седе́ть. И ему́ показа́лось стра́нным, что он так постаре́л за после́дние го́ды, так подурне́л. Пле́чи, на кото́рых лежа́ли его́ ру́ки, бы́ли тёплы и вздра́гивали. Он почу́вствовал сострада́ние к э́той жи́зни, ещё тако́й тёплой и краси́вой, но, вероя́тно, уже́ бли́зкой к тому́, что́бы нача́ть блёкнуть и вя́нуть, как его́ жизнь. За что она́ его́ лю́бит так? Он всегда́ каза́лся же́нщинам не тем, кем был, и люби́ли они́ в нём не его́ самого́, а челове́ка, кото́рого создава́ло их воображе́ние и кото́рого они́ в свое́й жи́зни жа́дно иска́ли; и пото́м, когда́ замеча́ли свою́ оши́бку, то всё-таки люби́ли. И ни одна́ из них не была́ с ним сча́стлива. Вре́мя шло, он знако́мился, сходи́лся, расстава́лся, но ни ра́зу не люби́л; бы́ло всё, что уго́дно, но то́лько не любо́вь.

И то́лько тепе́рь, когда́ у него́ голова́ ста́ла седо́й, он полюби́л как сле́дует, по-настоя́щему — пе́рвый раз в жи́зни.

А́нна Серге́евна и он люби́ли друг дру́га, как о́чень бли́зкие, родны́е лю́ди, как муж и жена́, как не́жные друзья́; им каза́лось, что сама́ судьба́ предназна́чила их друг для дру́га, и бы́ло непоня́тно, для чего́ он жена́т, а она́ за́мужем; и то́чно э́то бы́ли две перелётные пти́цы, саме́ц и са́мка, кото́рых пойма́ли и заста́вили жить в отде́льных кле́тках. Они́ прости́ли друг дру́гу то, чего́ стыди́лись в своём про́шлом, проща́ли всё в настоя́щем и чу́вствовали, что э́та их любо́вь измени́ла их обо́их.

Пре́жде в гру́стные мину́ты он успока́ивал себя́ вся́кими рассужде́ниями, каки́е то́лько приходи́ли ему́ в го́лову, тепе́рь же ему́ бы́ло не до рассужде́ний, он чу́вствовал глубо́кое сострада́ние, хоте́лось быть и́скренним, не́жным . . .

— Переста́нь, моя́ хоро́шая, — говори́л он, — попла́кала — и бу́дет . . .[12] Тепе́рь дава́й поговори́м, что-нибу́дь приду́маем.

Пото́м они́ до́лго сове́товались, говори́ли о том, как изба́вить себя́ от необходи́мости пря́таться, обма́нывать, жить в ра́зных города́х, не ви́деться подо́лгу. Как освободи́ться от э́тих невыноси́мых пут?

— Как? Как? — спра́шивал он, хвата́я себя́ за́ голову. — Как?

И каза́лось, что ещё немно́го — и реше́ние бу́дет на́йдено, и тогда́ начнётся но́вая, прекра́сная жизнь; и обо́им бы́ло я́сно, что до конца́ ещё далеко́-далеко́ и что са́мое сло́жное и тру́дное то́лько ещё начина́ется.

1899

[12] enough

Maxim Gorky

IN official Soviet estimation, Gorky is the most revered Russian author of the twentieth century. His works, collected in a 30-volume edition, have been published frequently; every Soviet school child is given large doses of Gorky (works and adulation) in many grades. Yet to outside critics, the vast majority of Gorky's writings seem intolerably dreary. His long novels such as *Foma Gordeyev* (1899), *Klim Samgin* (1927–1936), and *Egor Bulychov* (1932) are pedestrian, endless, and boring; his many plays undramatic and uninspired. However, amid the mass of Gorky's production, there is a small number of truly remarkable works: his reminiscences of Chekhov, Tolstoy, and Andreyev; his autobiography; and a small number of short stories, of which *Twenty-six Men and a Girl* is one.

Maxim Gorky (he chose his last name as a pen name to suggest the bitterness of his attitude to Tsarist society—his real name was Alexey Maximovich Peshkov) was born in 1868 in what is now Gorky (then Nizhni Novgorod). He was the son of an upholsterer, became an orphan at an early age, and was brought up in squalor. He was one of the first Russian authors not born into the middle class or aristocracy; he knew life as a proletarian and even a vagabond. Gorky worked on Volga river boats and wandered over Russia, making his living in miscellaneous, lowly occupations. Largely self-educated, he wrote stories that caught the attention of established writers and quickly made him a popular success as well. His stories were of two clearly distinguishable types: rather sentimental, romantic tales (such as *Chelkash*, 1895); and crass naturalistic stories. *Twenty-six Men and a Girl* (1899) belongs to the latter category. It presents a stark picture of life among the downtrodden bakery workers. The subterranean place of work is expressive

107

of the inhuman conditions of existence under which they labor. Gorky depicts their lives exactly and simply. The worship of the young girl as one ray of beauty in the men's dark existence is an example of Gorky's tendency to romanticize his positive ideals. In this particular story, he does so successfully, whereas in many others, he lost control and became maudlin. Mirsky wrote about our story in his *History of Russian Literature*:

> The story is cruelly realistic. But it is traversed by such a powerful current of poetry, by such a convincing faith in beauty and freedom and in the essential nobility of man, and at the same time it is told with such precision and necessity, that it can hardly be refused the name of a masterpiece. It places Gorky—the young Gorky—among the true classics of our literature.

Among Gorky's plays, the most widely known throughout the world was *The Lower Depth* (*На дне*, 1902), a picture of hopeless "no exit" derelicts (hence the name of the play: the bottom of society) who languish in a slum tenement. Naturalistically produced by the Moscow Art Theater, the play strengthened Gorky's fame in Russia; it was also a great hit in the West. It now seems historically important as a continuation of Chekhovian tendencies in drama, applied to characters from the lowest social spheres, and as a predecessor of later socially conscious drama, as well as of the actionless, contemporary "Theater of the Absurd." By absolute standards, however, apart from their historical significance, Gorky's plays are poor theater.

On the other hand, Gorky's reminiscences of famous writers whom he had known and his long autobiography are unsurpassed literary achievements as well as documents of his epoch. In them, he demonstrates at its best his ability to reproduce exactly the behavior and speech of men around him. In the long run, he may be remembered for them and for a small handful of his stories.

Gorky had become a Marxist at an early age, joined the Social Democrat (later Bolshevik) party, and participated in pre-1917 movements against the Tsarist government. After the 1917 Revolution, he vacillated in his attitude towards the Soviet regime and left the country in 1921. He revisited the U.S.S.R. in the later 1920s and then returned permanently in 1929. He died in 1936 under still unexplained circumstances: according to the official Soviet version, he was killed by saboteurs hostile to the regime; according to emigré conjectures, he was murdered on Stalin's orders. During his stay in Russia from 1917 to 1921 and again from 1929 to his death, Gorky did much for writers, whom he defended against attacks and aided materially, particularly in the early years, when hunger and lack of clothing and heating made sheer physical survival problematic. He was a self-educated man of immense, perhaps naïve, faith in the power of education to transform humanity. Some of his literary views were primitive: he had a crudely utilitarian view of the function of literature. Nevertheless, in the small number of his works which deserve to survive, he showed immense literary power.

Макси́м Го́рький   (А. М. Пешко́в)

ДВА́ДЦАТЬ ШЕСТЬ И ОДНА́

Нас бы́ло два́дцать шесть челове́к — два́дцать шесть живы́х маши́н, за́пертых в сыро́м подва́ле, где мы с утра́ до ве́чера меси́ли те́сто, де́лая кре́ндели и су́шки. О́кна на́шего подва́ла упира́лись в я́му, вы́рытую пред ни́ми и вы́ложенную кирпичо́м, зелёным от сы́рости; ра́мы бы́ли заграждены́ снару́жи ча́стой желе́зной се́ткой, и свет со́лнца не мог проби́ться к нам сквозь стёкла, покры́тые мучно́й пы́лью. Наш хозя́ин заби́л о́кна желе́зом для того́, чтоб мы не могли́ дать кусо́к его́ хле́ба ни́щим и тем из на́ших това́рищей, кото́рые, живя́ без рабо́ты, голода́ли, — наш хозя́ин называ́л нас жу́ликами и дава́л нам на обе́д вме́сто мя́са — ту́хлую требуши́ну . . .

Нам бы́ло ду́шно и те́сно жить в ка́менной коро́бке под ни́зким и тяжёлым потолко́м, покры́тым ко́потью и паути́ной. Нам бы́ло тяжело́ и то́шно в то́лстых стена́х, разрисо́ванных пя́тнами гря́зи и пле́сени . . . Мы встава́ли в пять часо́в утра́, не успе́в вы́спаться, и — тупы́е, равноду́шные — в шесть уже́ сади́лись за стол де́лать кре́ндели из те́ста, пригото́вленного для нас това́рищами в то вре́мя, когда́ мы ещё спа́ли. И це́лый день с утра́ до десяти́ часо́в ве́чера одни́ из нас сиде́ли за столо́м, рассу́чивая рука́ми упру́гое те́сто и пока́чиваясь, чтоб не одеревене́ть, а други́е в э́то вре́мя

меси́ли муку́ с водо́й. И це́лый день заду́мчиво и гру́стно мурлы́-
кала кипя́щая вода́ в котле́, где кре́ндели вари́лись, лопа́та пе́каря
зло и бы́стро ша́ркала о под пе́чи, сбра́сывая ско́льзкие варёные
куски́ те́ста на горя́чий кирпи́ч. С утра́ до ве́чера в одно́й стороне́
пе́чи горе́ли дрова́ и кра́сный о́тблеск пла́мени трепета́л на стене́
мастерско́й, как бу́дто безмо́лвно смея́лся над на́ми. Огро́мная
печь была́ похо́жа на уро́дливую го́лову ска́зочного чудо́вища, —
она́ как бы вы́сунулась из-под по́ла, откры́ла широ́кую пасть, по́л-
ную я́ркого огня́, дыша́ла на нас жа́ром и смотре́ла на бесконе́чную
рабо́ту на́шу двумя́ чёрными впа́динами отду́шин над чело́м. Э́ти
две глубо́кие впа́дины бы́ли как глаза́ — безжа́лостные и бесстра́ст-
ные о́чи чудо́вища: они́ смотре́ли всегда́ одина́ково тёмным
взгля́дом, как бу́дто уста́в смотре́ть на рабо́в, и, не ожида́я от них
ничего́ челове́ческого, презира́ли их холо́дным презре́нием му́д-
рости.

Изо дня́ в день в мучно́й пыли́, в грязи́, ната́сканной на́шими
нога́ми со двора́, в густо́й паху́чей духоте́ мы рассу́чивали те́сто и
де́лали кре́ндели, сма́чивая их на́шим по́том, и мы ненави́дели
на́шу рабо́ту о́строй не́навистью, мы никогда́ не е́ли того́, что вы-
ходи́ло из-под на́ших рук, предпочита́я кренделя́м чёрный хлеб.
Си́дя за дли́нным столо́м друг про́тив дру́га, — де́вять про́тив
девяти́, — мы в продолже́ние дли́нных часо́в механи́чески дви́гали
рука́ми и па́льцами и так привы́кли к свое́й рабо́те, что никогда́ уже́
и не следи́ли за движе́ниями свои́ми. И мы до того́ присмотре́лись
друг к дру́гу, что ка́ждый из нас знал все морщи́ны на ли́цах това́-
рищей. Нам не о чём бы́ло говори́ть, мы к э́тому привы́кли и всё
вре́мя молча́ли, е́сли не руга́лись, — и́бо всегда́ есть за что обру-
га́ть челове́ка, а осо́бенно това́рища. Но и руга́лись мы ре́дко — в
чём мо́жет быть вино́вен челове́к, е́сли он полумёртв, е́сли он —
как истука́н, е́сли все чу́вства его́ пода́влены тя́жестью труда́? Но
молча́ние стра́шно и мучи́тельно лишь для тех, кото́рые всё уже́
сказа́ли и не́чего им бо́льше говори́ть; для люде́й же, кото́рые не
начина́ли свои́х рече́й, — для них молча́нье про́сто и легко́...
Иногда́ мы пе́ли, и пе́сня на́ша начина́лась так: среди́ рабо́ты вдруг
кто-нибудь вздыха́л тяжёлым вздо́хом уста́лой ло́шади и запева́л
тихо́нько одну́ из тех протя́жных пе́сен, жа́лобно-ла́сковый моти́в
кото́рых всегда́ облегча́ет тя́жесть на душе́ пою́щего. Поёт оди́н
из нас, а мы снача́ла мо́лча слу́шаем его́ одино́кую пе́сню, и она́
га́снет и гло́хнет под тяжёлым потолко́м подва́ла, как ма́ленький

ого́нь костра́ в степи́ сыро́й осе́нней но́чью, когда́ се́рое не́бо виси́т над землёй, как свинцо́вая кры́ша. Пото́м к певцу́ пристаёт друго́й, и — вот уже́ два го́лоса ти́хо и тоскли́во пла́вают в духоте́ на́шей те́сной я́мы. И вдруг сра́зу не́сколько голосо́в подхва́тят пе́сню, — она́ вскипа́ет как волна́, стано́вится сильне́е, гро́мче и то́чно раз-дви́га́ет сыры́е, тяжёлые сте́ны на́шей ка́менной тюрьмы́ . . .

Пою́т все два́дцать шесть; гро́мкие, давно́ спе́вшиеся голоса́ на-полня́ют мастерску́ю; пе́сне те́сно в ней: она́ бьётся о ка́мень стен, сто́нет, пла́чет и оживля́ет се́рдце ти́хой щеко́чущей бо́лью, бере-ди́т в нём ста́рые ра́ны и бу́дит тоску́ . . . Певцы́ глубоко́ и тя́жко вздыха́ют; ино́й неожи́данно оборвёт пе́сню и до́лго слу́шает, как пою́т това́рищи, и сно́ва влива́ет свой го́лос в о́бщую волну́. Ино́й, тоскли́во кри́кнув: «Эх!» — поёт, закры́в глаза́, и, мо́жет быть, густа́я, широ́кая волна́ зву́ков представля́ется ему́ доро́гой куда́-то вдаль, освещённой я́рким со́лнцем, — широ́кой доро́гой, и он ви́дит себя́ иду́щим по ней . . .

Пла́мя в печи́ всё трепе́щет, всё ша́ркает по кирпичу́ лопа́та пе́каря, мурлы́кает вода́ в котле́, и о́тблеск огня́ на стене́ всё так же дрожи́т, безмо́лвно смея́сь . . . А мы выпева́ем чужи́ми слова́ми своё тупо́е го́ре, тяжёлую тоску́ живы́х люде́й, лишённых со́лнца, тоску́ рабо́в. Так-то жи́ли мы, два́дцать шесть, в подва́ле большо́го ка́менного до́ма, и нам бы́ло до того́ тяжело́ жить, то́чно все три этажа́ э́того до́ма бы́ли постро́ены пря́мо на плеча́х на́ших . . .

Но, кро́ме пе́сен, у нас бы́ло ещё не́что хоро́шее, не́что люби́мое на́ми и, мо́жет быть, заменя́вшее нам со́лнце. Во второ́м этаже́ на́шего до́ма помеща́лась золотошве́йня, и в ней, среди́ мно́гих де́вушек-мастери́ц, жила́ шестнадцатиле́тняя го́рничная Та́ня. Ка́ждое у́тро к стеклу́ око́шечка, проре́занного в двери́ из сене́й к нам в мастерску́ю, — прислоня́лось ма́ленькое, ро́зовое ли́чико с голубы́ми, весёлыми глаза́ми и зво́нкий, ла́сковый го́лос крича́л нам:

— Ареста́нтики! да́йте кренделёчков!

Мы все обора́чивались на э́тот я́сный звук и ра́достно, добро-ду́шно смотре́ли на чи́стое деви́чье лицо́, сла́вно улыба́вшееся нам. Нам бы́ло прия́тно ви́деть приплю́снутый к стеклу́ нос и ме́лкие, бе́лые зу́бы, блесте́вшие из-под ро́зовых губ, откры́тых улы́бкой. Мы броса́лись откры́ть ей дверь, толка́я друг дру́га, и — вот она́, — весёлая така́я, ми́лая, — вхо́дит к нам, подставля́я свой передник, стои́т пред на́ми, склони́в немно́го на́бок свою́ голо́вку, стои́т и всё улыба́ется. Дли́нная и то́лстая коса́ кашта́новых воло́с, спуска́ясь через плечо́, лежи́т на груди́ её. Мы, гря́зные, тёмные, уро́дливые лю́ди, смо́трим на неё сни́зу вверх, — поро́г две́ри вы́ше по́ла на четы́ре ступе́ньки, — мы смо́трим на неё, подня́в го́ловы кве́рху и поздравля́ем её с до́брым у́тром, говори́м ей каки́е-то осо́бые слова́, — они́ нахо́дятся у нас то́лько для неё. У нас в разгово́ре с ней и голоса́ мя́гче и шу́тки ле́гче. У нас для неё — всё осо́бое. Пе́карь вынима́ет из пе́чи лопа́ту кренделе́й са́мых поджа́ристых и румя́ных и ло́вко сбра́сывает их в пере́дник Та́ни.

— Смотри́, хозя́ину не попади́сь! — предупрежда́ем мы её. Она́ плутова́то смеётся, ве́село кричи́т нам:

— Проща́йте, ареста́нтики! — и исчеза́ет бы́стро, как мышо́нок.

То́лько... Но до́лго по́сле её ухо́да мы прия́тно говори́м о ней друг с дру́гом — всё то же са́мое говори́м, что говори́ли вчера́ и ра́ньше, потому́ что и она́, и мы, и всё вокру́г нас тако́е же, каки́м оно́ бы́ло и вчера́ и ра́ньше... Э́то о́чень тяжело́ и мучи́тельно, когда́ челове́к живёт, а вокру́г него́ ничто́ не изменя́ется, и е́сли э́то не убьёт на́смерть души́ его́, то чем до́льше он живёт, тем мучи́тельнее ему́ неподви́жность окружа́ющего... Мы всегда́ говори́ли о же́нщинах так, что поро́й нам сами́м проти́вно бы́ло слу́шать на́ши гру́бо бессты́дные ре́чи, и э́то поня́тно, и́бо те же́нщины, кото́рых мы зна́ли, мо́жет быть, и не сто́или ины́х рече́й. Но о Та́не мы никогда́ не говори́ли ху́до; никогда́ и никто́ из нас не позволя́л себе́ не то́лько дотро́нуться руко́ю до неё, но да́же во́льной шу́тки не слыха́ла она́ от нас никогда́. Быть мо́жет, э́то потому́ так бы́ло, что она́ не остава́лась по́долгу с на́ми: мелькнёт у нас в глаза́х, как звезда́, па́дающая с не́ба, и исче́знет, а мо́жет быть — потому́, что она́ была́ ма́ленькая и о́чень краси́вая, а всё краси́вое возбужда́ет уваже́ние к себе́ да́же и у гру́бых люде́й. И ещё — хотя́ ка́торжный наш труд и де́лал нас тупы́ми вола́ми, мы всё-таки остава́лись людьми́ и, как все лю́ди, не могли́ жить без того́, чтобы не поклоня́ться чему́ бы то ни бы́ло. Лу́чше её — никого́ не́ было у нас, и никто́, кро́ме неё, не обраща́л внима́ния на нас, жи́вших в подва́ле, — никто́, хотя́ в до́ме обита́ли деся́тки люде́й. И наконе́ц — наве́рно, э́то гла́вное — все мы счита́ли её чем-то свои́м, чём-то таки́м, что существу́ет как бы то́лько благодаря́ на́шим кренделя́м; мы вмени́ли себе́ в обя́занность дава́ть ей горя́чие кре́ндели, и э́то ста́ло для нас ежедне́вной же́ртвой и́долу, э́то ста́ло почти́ свяще́нным обря́дом и с ка́ждым днём всё бо́лее прикрепля́ло нас к ней. Кро́ме кренделе́й, мы дава́ли Та́не мно́го сове́тов — тепле́е одева́ться, не бе́гать бы́стро по ле́стнице, не носи́ть тяжёлых вя́занок дров. Она́ слу́шала на́ши сове́ты с улы́бкой, отвеча́ла на них сме́хом и никогда́ не слу́шалась нас, но мы не обижа́лись на э́то: нам ну́жно бы́ло то́лько показа́ть, что мы забо́тимся о ней.

Ча́сто она́ обраща́лась к нам с ра́зными про́сьбами, проси́ла, наприме́р, откры́ть тяжёлую дверь в по́греб, наколо́ть дров, — мы с ра́достью и да́же с го́рдостью како́й-то де́лали ей э́то и всё друго́е, чего́ она́ хоте́ла.

Но когда́ оди́н из нас попроси́л её почини́ть ему́ его́ еди́нственную руба́ху, она́, презри́тельно фы́ркнув, сказа́ла:

— Вот ещё! Ста́ну я, как же!..[1]

Мы о́чень посмея́лись над чудако́м и — никогда́ ни о чём бо́льше не проси́ли её. Мы её люби́ли, — э́тим всё ска́зано. Челове́к всегда́ хо́чет возложи́ть свою́ любо́вь на кого́-нибудь, хотя́ иногда́ он е́ю да́вит, иногда́ па́чкает, он мо́жет отрави́ть жизнь бли́жнего свое́й любо́вью, потому́ что, любя́, не уважа́ет люби́мого. Мы должны́ бы́ли люби́ть Та́ню, и́бо бо́льше бы́ло не́кого нам люби́ть.

Поро́й кто́-нибудь из нас вдруг почему́-то начина́л рассужда́ть так:

— И что э́то мы балу́ем девчо́нку? Что в ней тако́го? а? О́чень мы с ней что-то во́зимся!

Челове́ка, кото́рый реша́лся говори́ть таки́е ре́чи, мы ско́ро и гру́бо укроща́ли — нам ну́жно бы́ло что́-нибудь люби́ть: мы нашли́ себе́ э́то и люби́ли, а то, что лю́бим мы, два́дцать шесть, должно́ быть незы́блемо для ка́ждого, как на́ша святы́ня, и вся́кий, кто идёт про́тив нас в э́том — враг наш. Мы лю́бим, мо́жет быть, и не то, что действи́тельно хорошо́, но ведь нас — два́дцать шесть, и поэ́тому мы всегда́ хоти́м дорого́е нам — ви́деть свяще́нным для други́х.

Любо́вь на́ша не ме́нее тяжела́, чем не́нависть... и, мо́жет быть, и́менно поэ́тому не́которые гордецы́ утвержда́ют, что на́ша не́нависть бо́лее ле́стна, чем любо́вь... Но почему́ же они́ не бегу́т от нас, е́сли э́то так?

Кро́ме кре́ндельной, у на́шего хозя́ина была́ ещё и бу́лочная; она́ помеща́лась в том же до́ме, отделённая от на́шей я́мы то́лько сте-

---

[1] Now what? I should do it, indeed!

ной; но бу́лочники — их бы́ло че́тверо — держа́лись в стороне́ от нас, счита́я свою́ рабо́ту чи́ще на́шей, и поэ́тому, счита́я себя́ лу́чше нас, они́ не ходи́ли к нам в мастерску́ю, пренебрежи́тельно подсме́ивались над на́ми, когда́ встреча́ли нас на дворе́; мы то́же не ходи́ли к ним: нам запреща́л э́то хозя́ин из боя́зни, что мы ста́нем красть сдо́бные бу́лки. Мы не люби́ли бу́лочников, потому́ что зави́довали им: их рабо́та была́ ле́гче на́шей, они́ получа́ли бо́льше нас, их корми́ли лу́чше, у них была́ просто́рная, све́тлая мастерска́я, и все они́ бы́ли таки́е чи́стые, здоро́вые — проти́вные нам. Мы же все — каки́е-то жёлтые и се́рые; тро́е из нас боле́ли сифили́сом, не́которые — чесо́ткой, оди́н был соверше́нно искривлён ревмати́змом. Они́ по пра́здникам и в свобо́дное от рабо́ты вре́мя одева́лись в пиджаки́ и сапоги́ со скри́пом, дво́е из них име́ли гармо́ники, и все они́ ходи́ли гуля́ть в городско́й сад, — мы же носи́ли каки́е-то гря́зные лохмо́тья и опо́рки или ла́пти на нога́х, нас не пуска́ла в городско́й сад поли́ция — могли́ ли мы люби́ть бу́лочников?

И вот одна́жды мы узна́ли, что у них запи́л пе́карь, хозя́ин рассчита́л его́ и уже́ на́нял друго́го и что э́тот друго́й — солда́т, хо́дит в атла́сной жиле́тке и при часа́х с золото́й цепо́чкой. Нам бы́ло любопы́тно посмотре́ть на тако́го щёголя, и в наде́жде уви́деть его́ мы, оди́н за други́м, то и де́ло ста́ли выбега́ть на двор.

Но он сам яви́лся в на́шу мастерску́ю. Пинко́м ноги́ уда́рив в дверь, он отвори́л её и, оста́вив откры́той, стал на поро́ге, улыба́ясь, и сказа́л нам:

— Бог на по́мощь! Здоро́во, ребя́та!

Моро́зный во́здух, врыва́ясь в дверь густы́м ды́мчатым о́блаком, крути́лся у его́ ног, он же стоя́л на поро́ге, смотре́л на нас све́рху вниз, и из-под его́ белоку́рых, ло́вко закру́ченных усо́в блесте́ли кру́пные, жёлтые зу́бы. Жиле́тка на нём была́ действи́тельно кака́я-то осо́бенная — си́няя, расши́тая цвета́ми, она́ вся как-то сия́ла, а пу́говицы на ней бы́ли из каки́х-то кра́сных ка́мешков. И цепо́чка была́ . . .

Краси́в он был, э́тот солда́т, высо́кий тако́й, здоро́вый, с румя́ными щека́ми, и больши́е, све́тлые глаза́ его́ смотре́ли хорошо́ — ла́сково и я́сно. На голове́ у него́ был наде́т бе́лый, ту́го накрахма́ленный колпа́к, а из-под чи́стого, без еди́ного пя́тнышка, пере́дника выгля́дывали о́стрые носки́ мо́дных, я́рко вы́чищенных сапо́г.

Наш пе́карь почти́тельно попроси́л его́ затвори́ть дверь; он не торопя́сь сде́лал э́то и на́чал расспра́шивать нас о хозя́ине. Мы наперебо́й друг пе́ред дру́гом сказа́ли ему́, что хозя́ин наш вы́жига, жу́лик, злоде́й и мучи́тель, — всё, что мо́жно и ну́жно бы́ло сказа́ть о хозя́ине, но нельзя́ написа́ть здесь. Солда́т слу́шал, шевели́л уса́ми и рассма́тривал нас мя́гким, све́тлым взгля́дом.

— А у вас тут девчо́нок мно́го ... — вдруг сказа́л он.

Не́которые из нас почти́тельно засмея́лись, ины́е ско́рчили сла́дкие ро́жи, кто́-то поясни́л солда́ту, что тут девчо́нок — де́вять штук.

— По́льзуетесь? — спроси́л солда́т, подми́гивая гла́зом.

Опя́ть мы засмея́лись, не о́чень гро́мко и сконфу́женным сме́хом ... Мно́гим бы из нас хоте́лось показа́ться солда́ту таки́ми же удалы́ми молодца́ми, как и он, но никто́ не уме́л сде́лать э́того, ни оди́н не мог. Кто́-то созна́лся в э́том, ти́хо сказа́в:

— Где уж нам ...

— Н-да, вам э́то тру́дно! — уве́ренно мо́лвил солда́т, при́стально рассма́тривая нас. — Вы чего́-то ... не того́ ... Вы́держки у вас нет ... поря́дочного о́браза ... ви́да, зна́чит! А же́нщина — она́ лю́бит вид в челове́ке! Ей что́бы ко́рпус был настоя́щий ... что́бы всё — аккура́тно! И прито́м она́ уважа́ет си́лу ... Рука́ что́бы — во!

Солда́т вы́дернул из карма́на пра́вую ру́ку с засу́ченным рукаво́м руба́хи, по ло́коть го́лую, и показа́л её нам ... Рука́ была́ бе́лая, си́льная, поро́сшая блестя́щей, золоти́стой ше́рстью.

— Нога́, грудь — во всём нужна́ твёрдость ... И опя́ть же — что́бы оде́т был челове́к по фо́рме ... как того́ тре́бует красота́ веще́й ... Меня́ вот — ба́бы лю́бят. Я их не зову́, не маню́, — са́ми по пяти́ сра́зу на ше́ю ле́зут ...

Он присе́л на мешо́к с муко́й и до́лго расска́зывал о том, как лю́бят его́ ба́бы и как он хра́бро обраща́ется с ни́ми. Пото́м он ушёл, и, когда́ дверь, взви́згнув, затвори́лась за ним, мы до́лго молча́ли, ду́мая о нём и о его́ расска́зах. А пото́м как-то вдруг все заговори́ли, и сра́зу вы́яснилось, что он всем нам понра́вился. Тако́й просто́й и сла́вный — пришёл, посиде́л, поговори́л. К нам никто́ не ходи́л, никто́ не разгова́ривал с на́ми так, дру́жески ... И мы всё говори́ли о нём и о бу́дущих его́ успе́хах у золотошве́ек, кото́рые, встреча́ясь с на́ми на дворе́, и́ли, оби́дно поджима́я гу́бы, обходи́ли нас сторо́нкой, и́ли шли пря́мо на нас, как бу́дто нас и не было на их доро́ге. А мы всегда́ то́лько любова́лись и́ми и на дворе́, и когда́ они́ проходи́ли ми́мо на́ших о́кон — зимо́й оде́тые в каки́е-то осо́бые ша́почки и шу́бки, а ле́том — в шля́пках с цвета́ми и с разноцве́тными зо́нтиками в рука́х. Зато́ ме́жду собо́ю мы говори́ли об э́тих де́вушках так, что е́сли б они́ слы́шали нас, то все взбеси́лись бы от стыда́ и оби́ды.

— Одна́ко как бы он и Таню́шку . . . не испо́ртил![2] — вдруг озабо́ченно сказа́л пе́карь.

Мы все замолча́ли, поражённые э́тими слова́ми. Мы ка́к-то забы́ли о Та́не: солда́т как бы загороди́л её от нас свое́й кру́пной, краси́вой фигу́рой. Пото́м начался́ шу́мный спор: одни́ говори́ли, что Та́ня не допу́стит себя́ до э́того, други́е утвержда́ли, что ей про́тив солда́та не устоя́ть, тре́тьи, наконе́ц, предлага́ли в слу́чае, е́сли солда́т ста́нет привя́зываться к Та́не, — переломра́ть ему́ рёбра. И наконе́ц все реши́ли наблюда́ть за солда́том и Та́ней, предупреди́ть де́вочку, что́бы она́ опаса́лась его́ . . . Э́то прекрати́ло спо́ры.

Прошло́ с ме́сяц вре́мени; солда́т пёк бу́лки, гуля́л с золотошве́йками, ча́сто заходи́л к нам в мастерску́ю, но о побе́дах над деви́цами не расска́зывал, а всё то́лько усы́ крути́л да сма́чно обли́зывался.

Та́ня ка́ждое у́тро приходи́ла к нам за «кренделёчками» и, как всегда́, была́ весёлая, ми́лая, ла́сковая с на́ми. Мы про́бовали загова́ривать с не́ю о солда́те, — она́ называ́ла его́ «пучегла́зым телёнком» и други́ми смешны́ми про́звищами, и э́то успоко́ило нас. Мы горди́лись на́шей де́вочкой, ви́дя, как золотошве́йки льнут к солда́ту; отноше́ние Та́ни к нему́ как-то поднима́ло всех нас, и мы, как бы руково́дствуясь её отноше́нием, са́ми начина́ли относи́ться к солда́ту пренебрежи́тельно. А её ещё бо́льше полюби́ли, ещё бо́лее ра́достно и добродушно встреча́ли её по утра́м.

Но одна́жды солда́т пришёл к нам немно́го вы́пивши, усе́лся и на́чал смея́ться, а когда́ мы спроси́ли его́, над чем это он смеётся?

— он объясни́л:

— Две подрали́сь из-за меня́ . . . Ли́дька с Гру́шкой . . . Ка-ак они́ себя́ изуро́довали, а? Ха-ха! За во́лосы одна́ другу́ю, да на пол её в сеня́х, да верхо́м на неё . . . ха-ха-ха! Ро́жи поцара́пали . . . порвали́сь . . . умо́ра! И почему́ э́то ба́бы не мо́гут че́стно би́ться? Почему́ они́ цара́паются? а?

[2] seduce

Он сиде́л на ла́вке, здоро́вый, чи́стый тако́й, ра́достный, сиде́л и всё хохота́л. Мы молча́ли. Нам он почему́-то был неприя́тен в э́тот раз.

— Н-нет, как мне везёт на ба́бу, а? Умо́ра! Мигнёшь, и — гото́ва! Ч-чёрт!

Его́ бе́лые ру́ки, покры́тые блестя́щей ше́рстью, подняли́сь и вновь упа́ли на коле́ни, гро́мко шлёпнув по ним. И он смотре́л на нас таки́м прия́тно удивлённым взгля́дом, то́чно и сам и́скренне недоумева́л, почему́ он так сча́стлив в дела́х с же́нщинами. Его́ то́лстая, румя́ная ро́жа самодово́льно и сча́стливо лосни́лась, и он всё сма́чно обли́зывал гу́бы.

Наш пе́карь си́льно и серди́то ша́ркнул лопа́той о шесто́к пе́чи и вдруг насме́шливо сказа́л:

— Не вели́кой си́лой ва́лят ёлочки, а ты сосну́ повали́...

— То есть — э́то ты мне говори́шь? — спроси́л солда́т.

— А тебе́...

— Что тако́е?

— Ничего́... прое́хало!

— Нет, ты погоди́! В чём де́ло? Кака́я сосна́?

Наш пе́карь не отвеча́л, бы́стро рабо́тая лопа́той в печи́: сбро́сит в неё сва́ренные кре́ндели, подде́нет гото́вые и с шу́мом швыря́ет на́ пол, к мальчи́шкам, нани́зывающим их на моча́лки. Он как бы позабы́л о солда́те и разгово́ре с ним. Но солда́т вдруг впал в како́е-то беспоко́йство. Он подня́лся на́ ноги и пошёл к пе́чи, риску́я наткну́ться гру́дью на черено́к лопа́ты, су́дорожно мелька́вший в во́здухе.

— Нет, ты скажи́ — кто така́я? Ты меня́ оби́дел... Я? От меня́ не отобьётся ни одна́, не-ет! А ты мне говори́шь таки́е оби́дные слова́...

Он действи́тельно каза́лся и́скренне оби́женным. Ему́, должно́ быть, не́ за что бы́ло уважа́ть себя́, кро́ме как за своё уме́нье совраща́ть же́нщин; быть мо́жет, кро́ме э́той спосо́бности, в нём не́ было ничего́ живо́го, и то́лько она́ позволя́ла ему́ чу́вствовать себя́ живы́м челове́ком.

Есть же лю́ди, для кото́рых са́мым це́нным и лу́чшим в жи́зни явля́ется кака́я-нибудь боле́знь их души́ и́ли те́ла. Они́ но́сятся с ней всё вре́мя жи́зни и лишь е́ю жи́вы; страда́я от неё, они́ пита́ют себя́ е́ю, они́ на неё жа́луются други́м и э́тим обраща́ют на себя́ внима́ние бли́жних. За э́то взима́ют с люде́й сочу́вствие себе́, и, кроме э́того, — у них нет ничего́. Отними́те у них э́ту боле́знь, вы́лечите их, и они́ бу́дут несча́стны, потому́ что лиша́тся еди́нственного сре́дства к жи́зни, — они́ ста́нут пу́сты тогда́. Иногда́ жизнь челове́ка быва́ет до того́ бедна́, что он нево́льно принужде́н цени́ть свой поро́к и им жить; и мо́жно сказа́ть, что ча́сто лю́ди быва́ют поро́чны от ску́ки.

Солда́т оби́делся, лез на на́шего пе́каря и выл:

— Нет, ты скажи́ — кто?

— Сказа́ть? — вдруг поверну́лся к нему́ пе́карь.

— Ну?

— Та́ню зна́ешь?

— Ну?

— Ну и вот! Попро́буй . . .

— Я?

— Ты!

— Её? Э́то мне — тьфу!

— Погляди́м!

— Уви́дишь! Х-ха!

— Она́ тебя́ . . .

— Ме́сяц сро́ку!

— Э́кий ты хвальби́шка, солда́т!

— Две неде́ли! Я покажу́! Кто така́я? Та́нька! Тьфу!. .

— Ну, пошёл прочь . . . меша́ешь!

— Две неде́ли — и гото́во! Ах ты . . .

— Пошёл, говорю́!

Наш пе́карь вдруг освирепе́л и замахну́лся лопа́той. Солда́т удивлённо попя́тился от него́, посмотре́л на нас, помолча́л и, ти́хо, злове́ще сказа́в: «Хорошо́ же!» — ушёл от нас.

Во вре́мя спо́ра мы все молча́ли, заинтересо́ванные им. Но когда́ солда́т ушёл, среди́ нас подня́лся оживлённый, гро́мкий го́вор и шум.

Кто-то кри́кнул пе́карю:

— Не де́ло ты зате́ял, Па́вел!

— Рабо́тай, знай! — свире́по отве́тил пе́карь.

Мы чу́вствовали, что солда́т заде́т за живо́е и что Та́не грози́т опа́сность. Мы чу́вствовали э́то, и в то же вре́мя всех нас охвати́ло жгу́чее, прия́тное нам любопы́тство — что бу́дет? Устои́т ли Та́ня про́тив солда́та? И почти́ все уве́ренно крича́ли:

— Та́нька? Она́ устои́т! Её го́лыми рука́ми не возьмёшь!

Нам стра́шно хоте́лось испро́бовать кре́пость на́шего божка́; мы напряжённо дока́зывали друг дру́гу, что наш божо́к — кре́пкий божо́к и вы́йдет победи́телем из э́того столкнове́ния. Нам, наконе́ц, ста́ло каза́ться, что мы ма́ло раззадо́рили солда́та, что он забу́дет о спо́ре и что нам ну́жно хороше́нько разбереди́ть его́ самолю́бие. Мы с э́того дня на́чали жить како́й-то осо́бенной, напряжённо не́рвной жи́знью, — так ещё не жи́ли мы. Мы це́лые дни спо́рили друг с дру́гом, как-то поумне́ли все, ста́ли бо́льше и лу́чше говори́ть. Нам каза́лось, что мы игра́ем в каку́ю-то игру́ с чёртом и ста́вка с на́шей стороны́ — Та́ня. И когда́ мы узна́ли от бу́лочников, что солда́т на́чал «приударя́ть[3] за на́шей Та́нькой», нам сде́лалось жу́тко хорошо́ и до того́ любопы́тно жить, что мы да́же не заме́тили, как хозя́ин, по́льзуясь на́шим возбужде́нием, наба́вил нам рабо́ты на четы́рнадцать пудо́в те́ста в су́тки. Мы как бу́дто да́же и не устава́ли от рабо́ты. И́мя Та́ни це́лый день не сходи́ло у нас с языка́. И ка́ждое у́тро мы жда́ли её с каки́м-то осо́бенным нетерпе́нием. Иногда́ нам представля́лось, что она́ войдёт к нам, — и уже́ э́то бу́дет не та, пре́жняя Та́ня, а кака́я-то друга́я.

Мы, одна́ко, ничего́ не говори́ли ей о происше́дшем спо́ре. Ни о чём не спра́шивали её и по-пре́жнему относи́лись к ней любо́вно и хорошо́. Но уже́ в э́то отноше́ние вкра́лось что́-то но́вое и чу́ждое пре́жним на́шим чу́вствам к Та́не — и э́то но́вое бы́ло о́стрым любопы́тством, о́стрым и холо́дным, как стально́й нож . . .

— Бра́тцы! Сего́дня срок! — сказа́л одна́жды у́тром пе́карь, становя́сь к рабо́те.

Мы хорошо́ зна́ли э́то и без его́ напомина́ния, но всё-таки встрепену́лись.

— Гляди́те на неё . . . сейча́с придёт! — предложи́л пе́карь.

Кто́-то с сожале́нием воскли́кнул:

— Да ведь ра́зве глаза́ми что уви́дишь!

И сно́ва ме́жду на́ми разгоре́лся живо́й, шу́мный спор. Сего́дня мы узна́ем наконе́ц, наско́лько чист и недосту́пен для гря́зи тот сосу́д, в кото́рый мы вложи́ли на́ше лу́чшее. В э́то у́тро мы ка́к-то сра́зу и впервы́е почу́вствовали, что действи́тельно игра́ем больши́ую игру́, что э́та про́ба чистоты́ на́шего божка́ мо́жет уничто́жить его́ для нас. Мы все э́ти дни слы́шали, что солда́т упо́рно и неотвя́зно пресле́дует Та́ню, но почему́-то никто́ из нас не спроси́л её, как она́ отно́сится к нему́? А она́ продолжа́ла аккура́тно ка́ждое

[3] to force one's attentions upon someone

у́тро явля́ться к нам за кренделька́ми и была́ всё така́я же, как всегда́.

И в э́тот день мы ско́ро услыха́ли её го́лос:

— Ареста́нтики! Я пришла́ . . .

Мы поторопи́лись впусти́ть её, и когда́ она́ вошла́, то, про́тив обыкнове́ния, встре́тили её молча́нием. Гля́дя на неё во все глаза́, мы не зна́ли, о чём нам говори́ть с ней, о чём спроси́ть её. И стоя́ли мы пред не́ю тёмной, молчали́вой толпо́й. Она́, ви́димо, удиви́лась непривы́чной для неё встре́че, — и вдруг мы уви́дели, что она́ побледне́ла, забеспоко́илась, как-то завози́лась на ме́сте и сда́вленным го́лосом спроси́ла:

— Что э́то вы . . . каки́е?

— А ты? — угрю́мо бро́сил ей пе́карь, не сводя́ с неё глаз.

— Что — я?

— Н-ничего́ . . .

— Ну, дава́йте скоре́е крендельки́ . . .

Никогда́ ра́ньше она́ не торопи́ла нас . . .

— Поспе́ешь! — сказа́л пе́карь, не дви́гаясь и не отрыва́я глаз от её лица́.

Тогда́ она́ вдруг поверну́лась и исче́зла в двери́.

Пе́карь взя́лся за лопа́ту и споко́йно мо́лвил, отворотя́сь к пе́чке:

— Зна́чит — гото́во! . . Ай да солда́т! . . Подле́ц! . .

Мы, как ста́до бара́нов, толка́я друг дру́гу, пошли́ к столу́, мо́лча усе́лись и вя́ло на́чали рабо́тать. Вско́ре кто-то сказа́л:

— А мо́жет, ещё . . .

— Ну-ну! Разгова́ривай! — закрича́л пе́карь.

Мы все зна́ли, что он челове́к у́мный, умне́е нас. И о́крик его́ мы по́няли, как уве́ренность в побе́де солда́та . . . Нам бы́ло гру́стно и неспоко́йно . . .

В двена́дцать часо́в, во вре́мя обе́да, пришёл солда́т. Он был, как всегда́, чи́стый и щеголева́тый и, как всегда́, смотре́л нам пря́мо в глаза́. А нам нело́вко бы́ло смотре́ть на него́.

— Ну-с, господа́ честны́е, хоти́те, я вам покажу́ солда́тскую у́даль? — сказа́л он, го́рдо усмеха́ясь. — Так вы выходи́те в се́ни и смотри́те в ще́ли . . . по́няли?

Мы вы́шли и, навали́вшись друг на дру́га, прильну́ли к ще́лям в доща́той стене́ сене́й, выходи́вшей на двор. Мы недо́лго жда́ли. Ско́ро спе́шной похо́дкой, с озабо́ченным лицо́м, по двору́ прошла́ Та́ня, перепры́гивая че́рез лу́жи та́лого сне́га и гря́зи. Она́ скры́лась

за две́рью на по́греб. Пото́м, не торопя́сь и посви́стывая, туда́ прошёл солда́т. Ру́ки у него́ бы́ли засу́нуты в карма́ны, а усы́ шевели́-
лись . . .

Шёл дождь, и мы ви́дели, как его́ ка́пли па́дали в лу́жи и лу́жи
мо́рщились под их уда́рами. День был сыро́й, се́рый — о́чень ску́ч-
ный день. На кры́шах ещё лежа́л снег, а на земле́ уже́ появи́лись
тёмные пя́тна гря́зи. И снег на кры́шах то́же был покры́т бу́рым,
грязнова́тым налётом. Дождь шёл ме́дленно, звуча́л он уны́ло.
Нам бы́ло хо́лодно и неприя́тно ждать . . .

Пе́рвым вы́шел с по́греба солда́т; он пошёл по́ двору ме́д-
ленно, шевеля́ уса́ми, засу́нув ру́ки в карма́ны, — тако́й же, как
всегда́.

Пото́м — вы́шла и Та́ня. Глаза́ у неё . . . глаза́ у неё сия́ли ра́до-
стью и сча́стьем, а гу́бы — улыба́лись. И шла она́, как во сне, по-
ша́тываясь, неве́рными шага́ми . . .

Мы не могли́ перенести́ э́того споко́йно. Все сра́зу мы бро́сились
к две́ри, вы́скочили на двор и засвиста́ли, заора́ли на неё зло́бно,
гро́мко, ди́ко.

Она́ вздро́гнула, увида́в нас, и вста́ла как вко́панная в грязь под
её нога́ми. Мы окружи́ли её и злора́дно, без у́держу, руга́ли её
поха́бными слова́ми, говори́ли ей бессты́дные ве́щи.

Мы де́лали э́то не гро́мко, не торопя́сь, ви́дя, что ей не́куда идти́,
что она́ окружена́ на́ми и мы мо́жем издева́ться над ней, ско́лько
хоти́м. Не зна́ю почему́, но мы не би́ли её. Она́ стоя́ла среди́ нас и
верте́ла голово́й то туда́, то сюда́, слу́шая на́ши оскорбле́ния. А
мы — всё бо́льше, всё сильне́е броса́ли в неё гря́зью и я́дом на́ших
слов.

Кра́ска сошла́ с её лица́. Её голубы́е глаза́, за мину́ту пред э́тим
счастли́вые, широко́ раскры́лись, грудь дыша́ла тяжело́, и гу́бы
вздра́гивали.

А мы, окружи́в её, мсти́ли ей, и́бо она́ огра́била нас. Она́ при-
надлежа́ла нам, мы на неё расхо́довали на́ше лу́чшее, и хотя́ э́то
лу́чшее — кро́хи ни́щих, но нас — два́дцать шесть, она́ — одна́, и
поэ́тому нет ей му́ки от нас, досто́йной вины́ её! Как мы её оскор-
бля́ли! . . Она́ всё молча́ла, всё смотре́ла на нас ди́кими глаза́ми, и
всю её би́ла дрожь.

Мы смея́лись, реве́ли, рыча́ли . . . К нам отку́да-то подбега́ли
ещё лю́ди . . . Кто́-то из нас дёрнул Та́ню за рука́в ко́фты . . .

Вдруг глаза́ её сверкну́ли; она́ не торопя́сь подняла́ ру́ки к голове́ и, поправляя во́лосы, гро́мко, но споко́йно сказа́ла пря́мо в лицо́ нам:

— Ах вы, ареста́нты несча́стные!..

И она́ пошла́ пря́мо на нас, так про́сто пошла́, как бу́дто нас и не́ было пред ней, то́чно мы не прегражда́ли ей доро́ги. Поэ́тому никого́ из нас действи́тельно не оказа́лось на её пути́.

А вы́йдя из на́шего кру́га, она́, не обора́чиваясь к нам, так же гро́мко, го́рдо и презри́тельно ещё сказа́ла:

— Ах вы, сво́-олочь . . .⁴ га́-ады . . .

И — ушла́, пряма́я, краси́вая, го́рдая.

Мы же оста́лись среди́ двора́, в грязи́, под дождём и се́рым не́бом без со́лнца . . .

Пото́м и мы мо́лча ушли́ в свою́ сыру́ю ка́менную я́му. Как ра́ньше — со́лнце никогда́ не загля́дывало к нам в о́кна, и Та́ня не приходи́ла бо́льше никогда́!..

1899

---

⁴ scum (vulgar curse), scoundrel

Evgeny Zamiatin

THE FIRST QUARTER of this century was in Russia a period of lively experimentation and innovation in the creative arts, just as it was in several Western countries. This was the age when Russian sculptors, painters, and musicians were in the forefront of international modernist movements, the time of the emergence of such figures as Kandinsky, Chagall, Malevich, and Stravinsky. In literature, a host of poets— Futurists, Symbolists, Acmeists, and members of other groups—participated in this creative upsurge.

Before 1917, most of these avant-garde artists were to one degree or another opposed to the political and social system of Tsarist Russia; sometimes the concept of being "revolutionary" in matters of art confused artists (and their public) into believing themselves to be "revolutionaries" in the political sphere as well. After 1917, many of the artists and writers emigrated. The arts continued, however, to be productive and interesting in the 1920s, until Stalin's consolidation of power around 1929, together with the First Five-Year Plan, brought an end to the flourishing period and established a dreary uniformity.

Evgeny Zamiatin (1884–1937) is one of the most outstanding prose writers of this early Soviet era. He was a naval engineer and spent some years in England. He was a Social Democrat before the Revolution and suffered imprisonment by the Tsarist government. However, after the Revolution, he quickly became opposed to the form which "dictatorship of the proletariat" assumed, and eventually, in 1931, was fortunate enough to be allowed to emigrate. He died in Paris in 1937.

Zamiatin was a convinced "broad-spectrum" revolutionary, who in an essay in 1924 ("On literature, revolution, and entropy") presented his theoretical argument for the necessity of constant change—in life and in literature. He wrote: "Euclid's world is very simple and Einstein's world is very difficult; nevertheless it is now impossible to return to Euclid's. No revolution, no heresy is comfortable and easy. Because it is a leap, it is a rupture of the smooth revolutionary curve, and a rupture is a wound, a pain. But it is a necessary wound. Most people suffer from hereditary sleeping sickness, and those who are sick with this ailment (entropy) must not be allowed to sleep, or they will go to their last sleep, the sleep of death."

Zamiatin's stories included in this anthology exemplify the leaps of his imagination. They are expressionistic fantasies. (Zamiatin himself called his method of writing "neorealism.") The realities of various epochs merge in his works; the juxtaposition of items taken from different realms of being produces surrealistic effects.

The most widely known work by Zamiatin, *We* (*Мы*), written in 1920 and never published in the U.S.S.R., was printed in Czechoslovakia in the middle 1920s, and appeared in translations into various languages. It is an anti-Utopia, set in the future, when a spaceship is being readied for launching in order to spread the new ideas to other planets. A grim warning against conformism, scientism, and rationalism, it served as a model for Orwell's *1984*. *We* showed keen insight into the frightening possibilities of totalitarianism. It presented an extremely developed technological state in which all individualism, freedom, and ultimately even imagination and spontaneously arising emotions, such as love, were eliminated as potential dangers to the rigidly controlled society.

Zamiatin, a prominent author in the 1920s, became an "unperson" after socialist realism was established as the proper Soviet method of writing in 1932. Having written that true writers are "lunatics, hermits, heretics, dreamers, rebels, or skeptics, not government officials," he hardly fitted into the new period. His name disappeared even from histories of literature and reference books. Since this rebellious individualist was critical of the Soviet system and since his writings—in their obscurity, experimentalism, stylistic ornateness, and use of fantasy, the dreamlike, and the grotesque—are antithetical to the writing officially encouraged in the U.S.S.R., Zamiatin was not rehabilitated even in the early 1960s, when many other previously condemned authors were resuscitated and reprinted.

A collection of Zamiatin's stories appeared in 1916. After the Revolution, he wrote many other stories and tales, among them *The Islanders*, the play *Fires of St. Dominic* (1923), more stories in 1926–1927, *The*

Flood (1930). His works constitute a corpus of remarkable, Kafka-like, vigorously expressionistic and surrealistic writing.

In such stories as *Мама́й* and *Драко́н*, Zamiatin compared the life of the Russians in a supposedly modern metropolis, Petersburg, under the terrible conditions of hunger and deprivation in 1920, with the life of prehistoric man and ancient heathen invaders. The dragon brings into twentieth-century circumstances the reminder of the legendary beast. *Мама́й* combines an account of conditions in Petersburg in Civil War days with slanting references to boats and to Mamay, the Tartar leader of the Golden Horde of the fourteenth century. Zamiatin was unusual in his day in mingling different layers of reality. He produced effects reminiscent of geology—as if strata of various epochs, normally widely separated, had through some geological shift come side by side, not in the earth, but in our consciousness, as in a nightmare. Only some recent dramatists, such as Ionesco in his *Rhinoceros*, or Beckett and other dramatists of "The Absurd," have made such shifts into an accepted and widely understood artistic convention.

Евге́ний Ива́нович Замя́тин

ДРАКО́Н

Лю́то заморо́женный, Петербу́рг горе́л и бре́дил. Бы́ло я́сно: неви́димые за тума́нной за́навесью, поскри́пывая, пош́рки-вая, на цы́почках бреду́т вон жёлтые и кра́сные коло́нны, шпи́ли и седы́е решётки. Горя́чечное, небыва́лое, ледяно́е со́лнце в тума́не — сле́ва, спра́ва, вверху́, внизу́ — го́лубь над загоре́вшимся до́мом. Из бредово́го, тума́нного, ми́ра выны́ривали в земно́й мир драко́-но-лю́ди, изрыга́ли тума́н, слы́шимый в тума́нном ми́ре как слова́, но здесь — бе́лые, кру́глые дымки́; выны́ривали и тону́ли в тума́не. И со скре́жетом несли́сь в неизве́стное вон из земно́го ми́ра трам-ва́и.

На трамвайной площадке временно существовал дракон с винтовкой, несясь в неизвестное. Картуз налезал на нос и, конечно, проглотил бы голову дракона, если б не уши: на оттопыренных ушах картуз засел. Шинель болталась до полу; рукава свисали; носки сапог загибались кверху — пустые. И дыра в тумане: рот.

Это было уже в соскочившем, несущемся, мире, и здесь изрыгаемый драконом лютый туман был видим и слышим:

— ... Веду его: морда интилигентная — просто глядеть противно. И ещё разговаривает, стервь,[1] а? Разговаривает!

— Ну, и что же — довёл?

— Довёл: без пересадки — в Царствие Небесное. Штычком.

Дыра в тумане заросла: был только пустой картуз, пустые сапоги, пустая шинель. Скрежетал и нёсся вон из мира трамвай.

И вдруг — из пустых рукавов — из глубины — выросли красные, драконьи лапы. Пустая шинель присела к полу — и в лапах серенькое, холодное, материализованное из лютого тумана.

— Мать ты моя! Воробьёныш замёрз, а? Ну, скажи ты на милость!

Дракон сбил назад картуз — и в тумане два глаза — две щёлочки из бредового в человечий мир.

Дракон изо всех сил дул ртом в красные лапы, и это были, явно, слова воробьёнышу, но их — в бредовом мире — не было слышно. Скрежетал трамвай.

— Стервь этакая: будто трепыхнулся, а? Нет ещё? А ведь отойдёт, ей-Бо ...[2] Ну ска-жи ты!

Изо всех сил дул. Винтовка валялась на полу. И в предписанный судьбою момент, в предписанной точке пространства серый воробьёныш дрыгнул, ещё дрыгнул — и спорхнул с красных драконьих лап в неизвестное.

Дракон оскалил до ушей туманно-пыхающую пасть. Медленно картузом захлопнулись щёлочки в человечий мир. Картуз осёл на оттопыренных ушах. Проводник в Царствие Небесное поднял винтовку.

Скрежетал зубами и нёсся в неизвестное, вон из человеческого мира, трамвай.

1918

1 cadaver (vulgar)
2 by God (truncated)

Евгений Иванович Замятин

МАМАЙ

По вечерáм и по ночáм — домóв в Петербýрге бóльше нет: есть шестиэтáжные кáменные корабли́. Одинóким шестиэтáжным ми́ром несётся корáбль по кáменным волнáм среди́ други́х одинóких шестиэтáжных мирóв; огня́ми бесчи́сленных каю́т сверкáет корáбль в разбунтовáвшийся кáменный океáн ýлиц. И, конéчно, в каю́тах не жильцы́: там — пассажи́ры. По корабéльному прóсто все незнакóмо-знакóмы друг с дрýгом, все — грáждане осаждённой ночны́м океáном шестиэтáжной респýблики.

Пассажи́ры кáменного корабля́ №. 40 по вечерáм несли́сь в той чáсти петербýргского океáна, что обознáчена на кáрте под и́менем Лáхтинской ýлицы. Óсип, бы́вший швейцáр, а ны́не — граждани́н Малафéев, стоя́л у парáдного трáпа и сквозь очки́ гляде́л туда́, во тьму́: и́зредка волнáми ещё прибивáло однóго, другóго. Мóкрых, засы́панных снéгом, вытáскивал их из тьмы граждани́н Малафéев и передвигáя очки́ на носý — регули́ровал для кáждого ýровень почтéния: бассéйн, откýда изливáлось почтéние — слóжным механи́змом был свя́зан с очкáми.

Вот — очки́ на кóнчике нóса, как у стрóгого педагóга: э́то — Петрý Петрóвичу Мамáю.

— Вас, Пётр Петрóвич, супрýга дожидáют[1] обéдать. Давнó уж. Как же э́то вы пóздно так?

Затéм очки́ плóтно, оборони́тельно усéлись в седлé: тот, носáтый из двáдцать пя́того — на автомоби́ле. С носáтым — óчень затрудни́тельно: «господи́ном» егó нельзя́, «товáрищем» — бýдто нелóвко. Как бы э́то так, чтобы онó . . .

— А, господи́н-товáрищ Мы́льник! Погóдка-то, господи́н-товáрищ Мы́льник . . . затрудни́тельная . . .

И, наконéц — очки́ навéрх, на лоб: на борт корабля́ вступáл Елисéй Елисéич.

[1] Obsequious plural.

— Ну, сла́ва Бо́гу! Благополу́чно? В шу́бе-то вы, не бо́йтесь — сни́мут? Позво́льте — обтряхну́ ...

Елисе́й Елисе́ич — капита́н корабля́: уполномо́ченный до́ма. И Елисе́й Елисе́ич — оди́н из тех су́мрачных Атла́сов, что, согну́вшись, страда́льчески смо́рщившись, се́мьдесят лет несу́т по Миллио́нной карни́з Эрмита́жа.

Сего́дня карни́з был, я́вно, еще тяжеле́е, чем всегда́. Елисе́й Елисе́ич задыха́лся:

— По всем кварти́рам ... Скоре́е ... На собра́ние ... В клуб ...

— Ба́тюшки! Елисе́й Елисе́ич, или опя́ть что ... затрудни́тельное?

Но отве́та не ну́жно: то́лько взгляну́ть на страда́льчески смо́рщенный лоб, на прида́вленные тя́жестью пле́чи. И граждани́н Малафе́ев, виртуо́зно управля́я очка́ми, побежа́л по кварти́рам. Наба́тный его стук у две́ри — был как труба́ арха́нгела: замерза́ли объя́тия, неподви́жными пу́шечными дымка́ми застыва́ли ссо́ры, на пути́ ко рту остана́вливалась ло́жка с су́пом.

Суп ел Пётр Петро́вич Мама́й. И́ли точне́е: его строжа́йше корми́ла супру́га. Восседа́я на кре́сле вели́чественно, ми́лостиво, многогру́до, буддоподо́бно — она́ корми́ла земно́го человечка со́зданным е́ю су́пом:

— Ну, скоре́й же, Пе́тенька, суп осты́нет. Ско́лько раз говори́ть: я не люблю́, когда́ за обе́дом с кни́гой ...

— Ну, А́ленька — ну, я сейча́с — ну, сейча́с ... Ведь шесто́е изда́ние! Ты понима́ешь: Богдано́вичевская «Ду́шенька» — шесто́е изда́ние! В двена́дцатом году́ при францу́зах всё целико́м сгоре́ло — и то́лько три экземпля́ра ... А э́то — четвёртый: понима́ешь?

Мама́й 1917 го́да — завоёвывал кни́ги. Десятиле́тним вихра́стым ма́льчиком он учи́л Зако́н Бо́жий, ра́довался пе́рьям, и его корми́ла мать; сорокале́тним лы́сеньким ма́льчиком — он служи́л в страхово́м о́бществе, ра́довался кни́гам, и его корми́ла супру́га.

Ло́жка су́пу — жертвоприноше́ние Бу́дде — и сно́ва земно́й человечек су́етно забы́л о Провиде́нии в обруча́льном кольце́ — и не́жно гла́дил, ощу́пывал ка́ждую бу́кву. «Въ то́чности про́тивъ пе́рваго изда́нія ... Съ одобре́нія Цензу́рнаго Комите́та» ... Ну, до чего́ прия́тное, до чего́ уми́льное ш на трёх то́лстеньких но́жках ...

— Ну, Пе́тенька, да что э́то? Кричу́-кричу́, а ты с свое́й кни́гой ... Огло́х, что ли: стуча́т.

Пётр Петро́вич — со всех ног в пере́днюю. В дверя́х — очки́ на ко́нчике но́са:

— Елисе́й Елисе́ич веле́ли — чтоб на собра́ние. Скоре́е.

— Ну вот, то́лько за кни́гу ся́дешь . . . Ну, что ещё тако́е? — у лы́сенького ма́льчика в го́лосе слёзы.

— Не могу́ знать. А то́лько чтоб скоре́е . . . — дверь каю́ты захло́пнулась, очки́ понесли́сь да́льше . . .

На корабле́ бы́ло я́вно неблагополу́чно: быть мо́жет, поте́рян курс; быть мо́жет, где́-нибудь в дни́ще — неви́димая пробо́ина, и жу́ткий океа́н у́лиц уже́ грози́т хлы́нуть внутрь. Где́-то вверху́, и впра́во, и вле́во — трево́жно, дро́бно стуча́т в две́ри каю́т; где́-то на полутёмных площа́дках — поту́шенные, вполго́лоса разгово́ры; и то́пот бы́стро сбега́ющих по ступе́нькам подо́шв: вниз, в каю́т-компа́нию, в домо́вый клуб.

Там — оштукату́ренное не́бо всё в таба́чных грозовы́х ту́чах. Ду́шная калори́ферная тишина́, чуть-чуть чей-то шо́пот. Елисе́й Елисе́ич позвони́л в колоко́льчик, согну́лся, намо́рщился — слы́шно бы́ло в тишине́, как хру́стнули пле́чи — по́днял карни́з неви́димого Эрмита́жа и обру́шил на́ головы, вниз:

— Господа́. По достове́рным све́дениям — сего́дня но́чью о́быски.

Гул, гро́хот сту́льев; чьи-то вы́стреленные го́ловы, па́льцы с пе́рстнями, борода́вки, ба́нтики, ба́ки. И на согну́вшегося Атла́са — ли́вень из таба́чных туч:

— Нет, позво́льте! — Мы обя́заны . . . — Как? И бума́жные де́ньги? — Елисе́й Елисе́ич, я предлага́ю, чтобы воро́та . . . — В кни́ги, са́мое ве́рное — в кни́ги . . .

Елисе́й Елисе́ич, согну́вшись, ка́менно выде́рживал ли́вень. И О́сипу, не повора́чивая головы́ (быть мо́жет, она́ и не могла́ поверну́ться):

— О́сип, кто ны́нче на дворе́ но́чью?

О́сипов па́лец ме́дленно, среди тишины́, пролага́л путь по расписа́нию на стене́: па́лец дви́гал не бу́квы, а тяжёлые Мама́евские шкафы́ с кни́гами.

— Ны́нче М. Граждани́н Мама́й, граждани́н Малафе́ев.

— Ну вот. Возьмёте револьве́ры — и в слу́чае, е́сли без о́рдера . . .

Ка́менный кора́бль № 40 нёсся по Ла́хтинской у́лице сквозь шторм. Кача́ло, свисте́ло, секло́ сне́гом в сверка́ющие о́кна каю́т, и где-то невидимая пробоина, и неизвестно: пробьётся ли корабль сквозь ночь к утренней пристани — или ко дну. В быстро пустеющей кают-компании пассажиры цеплялись за каменно-неподвижного капитана:

— Елисей Елисеич, а если в карманы? Ведь не будут же . . .

— Елисей Елисеич, а если я повешу в уборной, как пипифакс,[2] а?

Пассажиры юркали из каюты в каюту и в каютах вели себя необычайно: лёжа на полу, шарили рукою под шкафом; святотатственно заглядывали внутрь гипсовой головы Льва Толстого; вынимали из рамы пятьдесят лет на стене безмятежно улыбавшуюся бабушку.

Земной человечек Мамай — стоял лицом к лицу с Буддой и прятал глаза от всевидящего, пронизывающего трепетом ока. Руки у него были совершенно чужие, ненужные: куцые пингвиньи крылышки. Руки ему мешали уже сорок лет, и если бы не мешали сейчас — может, ему очень просто было бы сказать то, что надо сказать — и так страшно, так немыслимо . . .

— Не понимаю: ты-то чего струсил? Даже нос побелел! Нам-то что? Какие-такие тысячи у нас?

Бог знает, если бы у Мамая 1300 какого-то года были бы тоже чужие руки, и такая же тайна, и такая же супруга — может быть, он поступил бы так же, как Мамай 1917 года: где-то среди грозной тишины в уголку заскребла мышь — и туда со всех ног глазами кинулся Мамай 1917 года и, забившись в мышиную норь, продрожал:

— У меня . . . то есть — у нас . . . Че . . . четыре тысячи двести . . .

— Что-о? У тебя-а? Откуда?

— Я . . . я понемногу всё время . . . Я боялся у тебя каждый раз . . .

— Что-о? Значит, крал? Значит, меня обманывал? А я-то, несчастная — я-то думала: уж мой Петенька . . . Несчастная!

— Я — для книг . . .

— Знаю я эти книги в юбках! Молчи!

Десятилетнего Мамая мать секла только один раз в жизни: когда у только что заведенного самовара он отвернул кран — вода вытекла, всё распаялось — кран печально повис. И теперь второй раз в жизни чувствовал Мамай: голова зажата у матери под мышкой, спущены штаны — и . . .

[2] toilet paper

И вдруг мальчишечьим хитрым нюхом Мамай учуял, как заставить забыть печально повисший кран — четыре тысячи двести. Жалостным голосом:

— Мне нынче дежурить во дворе до четырёх. С револьвером. И Елисей Елисеич сказал, если без ордера — —

Мгновенно — вместо молниеносного Будды — многогрудая, сердобольная мать.

— Господи! Да что они — все с ума посошли? Это всё Елисей Елисеич. Ты смотри у меня — и в самом деле не вздумай . . .

— Не-ет, я только так, в кармане. Разве я могу? Я и муху-то . . . И правда: если Мамаю попадала муха в стакан — всегда возьмёт её осторожно, обдует и пустит — лети! Нет, это не страшно. А вот четыре тысячи двести . . . И снова — Будда:

— Ну, что мне за наказание с тобой! Ну, куда ты теперь денешь эти твои краденые — нет уж, молчи, пожалуйста — краденые, да . . .

Книги; калоши в передней; пипифакс; самоварная труба; ватная подкладка у Мамаевой шапки; ковёр с голубым рыцарем на стене в спальне; полураскрытый и ещё мокрый от снега зонтик; небрежно брошенный на столе конверт с наклеенной маркой и чётко написанным адресом воображаемому товарищу Гольдебаеву . . . Нет, опасно . . . И, наконец, около полночи решено всё построить на тончайшем психологическом рассчёте: будут искать где угодно — только не на пороге, а у порога шатается вот этот квадратик паркета. Кинжальчиком для разрезывания книг искусно поднят квадратик. Краденые четыре тысячи («Нет, уж пожалуйста — пожалуйста молчи!») завёрнуты в вощёную от бисквитов бумагу (под порогом может быть сыро) — и четыре тысячи погребены под квадратиком.

Корабль № 40 — весь как струна, на цыпочках, шопотом. Окна лихорадочно сверкают в тёмный океан улиц, и в пятом, во втором, в третьем этаже отодвигается штора, в сверкающем окне — тёмная тень. Нет, ни зги.[3] Впрочем, ведь там на дворе — двое, и когда начнётся — они дадут знать . . .

Третий час. На дворе тишина. Вокруг фонаря над воротами — белые мухи: без конца, без числа — падали, вились роем, падали, обжигались, падали вниз.

---

[3] nothing can be seen

Внизу́ — с очка́ми на ко́нчике но́са — филосо́фствовал гражда́ни́н Малафе́ев:

— Я — челове́к ти́хий, нату́рливый,[4] мне затрудни́тельно в э́такой во злобе́[5] жить. Дай, ду́маю, в Оста́шков к себе́ съе́зжу. Приезжа́ю — междунаро́дное положе́ние — ну, пря́мо невозмо́жное: все друг на дру́жку — чи́сто во́лки. А я так не могу́: я челове́к ти́хий . . .

В рука́х у ти́хого челове́ка — револьве́р, с шестью́ спрессо́ванными в патро́нах смертя́ми.

— А как же вы, О́сип, на япо́нской: убива́ли?

— Ну, на войне́! На войне́ — изве́стно.

— Ну, а как же штыко́м-то?

— Да как-как . . . Оно́ вро́де как в арбу́з: сперва́ ту́го идёт — ко́рка, а пото́м — ничего́, о́чень свобо́дно.

У Мама́я от арбу́за — моро́з по спине́.

— А я бы . . . Вот хоть меня́ самого́ сейча́с — ни за что!

— Погоди́те! Приспи́чит[6] — так и вы . . .

Ти́хо. Бе́лые му́хи вокру́г фонаря́. Вдруг и́здали — дли́нным кнуто́м винто́вочный вы́стрел, и опя́ть ти́хо, му́хи. Сла́ва Бо́гу: четы́ре часа́, ны́нче уже́ не приду́т. Сейча́с сме́на — и к себе́ в каю́ту, спать . . .

В Мама́евской спа́льне на стене́ — голубо́й кле́тчатый ры́царь замахну́лся голубы́м мечо́м и засты́л: перед глаза́ми у ры́царя соверша́лось челове́ческое жертвоприноше́ние.

На бе́лых полотня́ных облака́х поко́илась госпожа́ Мама́й — всеобъе́млющая, многогру́дая, буддоподо́бная. Вид её говори́л: сего́дня она́ ко́нчила сотворе́ние ми́ра и призна́ла, что всё — добро́ зело́,[7] да́же и э́тот ма́ленький челове́чек, несмотря́ на четы́ре ты́сячи две́сти. Ма́ленький челове́чек обречённо стоя́л во́зле крова́ти — иззя́бший, с покрасне́вшим но́сиком, ку́цые чужи́е пингви́ньи кры́лышки-ру́ки.

— Ну иди́ уж, иди́ . . .

Голубо́й ры́царь зажму́рил глаза́: так я́сно, до жу́ти — сейча́с перекре́стится челове́чек, вы́тянет вперёд ру́ки — и как в во́ду с голово́ю — булты́х![8]

[4] natural (*substandard*)
[5] Substandard for *зло́бе*.
[6] when it has to be
[7] very good (Church Slavonic)
[8] splash!

Корабль №. 40 благополучно пронёсся сквозь шторм и пристал
к утренней пристани. Пассажиры торопливо вытаскивали деловые
портфели, корзиночки для провизии и мимо Осиповых очков спеши́ли на берег: корабль у пристани — только до вечера, а там —
опять в океан.

Согнувшись, Елисей Елисеич пронёс мимо Осипа карниз невидимого Эрмитажа — и обрушил на Осипа сверху:

— Уж нынче ночью — наверное. Так пусть все и знают.

Но до ночи — ещё жить целый день. И в странном, незнакомом
городе — Петрограде — растерянно бродили пассажиры. Так
чем-то похоже — и так непохоже — на Петербург, откуда отплыли уже почти год и куда — Бог весть? — вернутся ли когда-нибудь? Странные, замёрзшие за ночь каменноснежные волны: горы
и ямы. Австралийские воины в странных лохмотьях, оружие на
верёвочках за плечами. Чужеземный обычай — ходить в гости с
ночёвкой: на улицах ночью — вальтер-скоттовские роб-рои. И вот
тут на Загородном — выжженные в снегу капельки крови . . . Нет,
не Петербург!

По незнакомому Загородному среди австралийцев бродил
Мамай. Пингвиньи крылышки мешали; голова висела — кран у
распаявшегося самовара; на левом стоптанном каблуке — снежный globus histericus,[9] мучителен каждый шаг.

И вдруг вздёрнулась голова, ноги загарцовали двадцатипятилетне, на щеках — маки: из окна улыбалась Мамаю — —

— Эй, зёва, с дороги! — австралийцы напролом краснороже
пёрли[10] с огромными торбами.

Мамай отскочил, не отрывая глаз от окна, и чуть только проперли — снова к окну: оттуда ему улыбалась — —

— «Да, ради этой — и украдёшь, и обманешь, и всё.»

Из окна улыбалась, раскинувшись соблазнительно, сладострастно — екатерининских времён книга: «Описательное изображеніе
прекрасностей Санкт-Питербурха». И небрежным движением, с
женским лукавством, давала заглянуть внутрь — туда, в тёплую

---

[9] In medical terminology, *globus hystericus* is a seeming ball in the throat experienced by a hysterical person. (Thus, a choking sensation.) Literally, however, the phrase is simply Latin for "hysterical ball"; by extension, therefore, we may conceive of a hysterically perceived ball growing on the foot, and by interpreting "*globus*" as "globe," we might possibly suspect that the hysterical ball is the world.

[10] pushed past, redfaced

ложбинку между двух упруго изогнутых, голубовато-мраморных страниц.

Мамай был двадцатипятилетне влюблён. Каждый день ходил на Загородный под окно и молча, глазами, пел серенады. Не спал по ночам — и хитрил сам с собой: будто оттого не спит, что под полом где-то работает мышь. Уходил по утрам — и всякое утро тот самый паркетный квадратик на пороге колол сладким гвоздём: под квадратиком погребено было Мамаево счастье, так близко, так далеко. Теперь, когда всё открылось про четыре тысячи двести, — теперь как же?

На четвёртый день, как трепыхающегося воробья — зажав сердце в кулак, Мамай вошёл в ту самую дверь на Загородном. За прилавком — седобородый, кустобровый Черномор, в плену у которого обитала она. В Мамае воскрес его войнственный предок: Мамай храбро двинулся на Черномора.

— А, господин Мамай! Давненько, давненько . . . У меня для вас кой-что отложено.

Зажав воробья ещё крепче, Мамай перелистывал, притворно-любовно поглаживал книги, но жил спиною: за спиной в витрине улыбалась она. Выбрав пожелтевший 1835 года «Телескоп», долго торговался Мамай — и безнадёжно махнул рукой. Потом, лисьими кругами рыская по полкам, добрался до окна — и так, будто между прочим:[11]

— Ну, а эта сколько?

Ек — воробей выпорхнул — держи! держи! Черномор програбил пальцами бороду:

— Да что же — для почину . . . с вас полтораста.

— Гм . . . Пожалуй . . . (Ура! Колокола! Пушки!) — Что же, пожалуй . . . Завтра принесу деньги и заберу.

Теперь надо через самое страшное: квадратик возле порога. Ночь Мамай пёкся на угольях: нужно, нельзя, можно, немыслимо, можно, нельзя, нужно . . .

Всеведущее, милостивое, грозное — Провидение в обручальном кольце пило чай.

— Ну кушай же, Петенька. Ну что ты такой какой-то . . . Не спал опять?

— Да. Мы . . . мыши . . . не знаю . . .

— Брось платок, не крути! Что это такое в самом деле!

---

[11] said, as though by the way,

— Я — я не кручу́ . . .

И вот вы́пит стака́н — не стака́н: бездо́нная, сорока-вёдерная бо́чка. Бу́дда на ку́хне принима́ла жертвоприноше́ние от куха́рки. Мама́й в кабине́те оди́н.

Мама́й ти́кнул, как часы́ — перед тем как проби́ть двена́дцать. Глотну́л во́здуху, прислу́шался, на цы́почках — к пи́сьменному столу́: там кинжа́льчик для книг. Пото́м в лихора́дке гно́миком ско́рчился на поро́ге, на лы́сине — ледяна́я роса́, запусти́л кинжа́льчик под квадра́т, ковырну́л — и . . . отча́янный вопль.

На вопль Бу́дда пригреме́ла из ку́хни — и у ног увида́ла: ты́квенная лы́синка, ни́же — ско́рченный гно́мик с кинжа́льчиком, и ещё ни́же — мельча́йшая бума́жная труха́.

— Четы́ре ты́сячи — мы́ши . . . Вон-вон она́! Вон!

Жесто́кий, беспоща́дный, как Мама́й 1300 како́го-то го́да, Мама́й 1917 го́да воспря́нул с кара́чек — и с мечо́м в у́гол у две́ри: в у́гол заби́лась вы́шарахнувшая из-под квадра́тика мышь. И мечо́м кровожа́дно Мама́й прогвозди́л врага́. Арбу́з: одну́ секу́нду ту́го — ко́рка, пото́м легко́ — мя́коть, и стоп: квадра́тик парке́та, коне́ц.

1920

Isaac Babel

IN their power, intensity, and compression, Babel's stories are unsurpassed in Russian (and perhaps any other) literature of this century. Working in the tradition of de Maupassant, Babel polished his stories until, accumulating hundreds of pages for a single brief sketch, he had found the perfect metaphor, the proper detail, the right cadence, for every sentence. His stories must be read as poetry rather than as prose; the recurrences of images, suggestions of language, and emotional connections, rather than the narrative sequence, constitute the real story. They organize experience analogically, rather than descriptively.

Violence in many forms is the center of Babel's universe. His stories present various attempts at grasping its significance. In his epistemology, one follows along the root of violence into the depths of life—or soul—in order to understand them. The care which Babel took in the paring down of his stories is rewarded by the sense of concentrated power which they give the attentive reader. Babel once said that the short story ought to be as clear and direct as an equation and that "no iron could enter the human heart in as icy a manner as a period put in the right place."

Isaac Babel (1894–1941?) grew up in a Jewish family in Odessa and then came to Petersburg as a young man. In the early 1920s he served with various Red military units, including Marshal Budyony's Cavalry Army (*Конармия*) in the war with Poland. A group of his stories uses that campaign as its material. In many of these stories, we find a Jewish, educated protagonist (much like Babel himself) serving alongside rough Cossack soldiers, wishing to be accepted by them, yet, despite his eagerness to be one of them and despite his Communist convictions, finding

136

difficulty in establishing some sense of community with them. The stories present a panorama of grim warfare. They abound in brutalities. Here and there, amid the calculatedly brusque, laconic sentences, Babel inserts brief, emotional flights. His world is an extremely vivid one—with attention focused on small concrete details, and on the extremes of elation and suffering.

The bulk of Babel's works is slim: two plays (*Zakat*, 1928, and *Mariya*, 1935); the Red Cavalry stories (*Konarmiya*), 1926; his Odessa stories, 1931; and a few stories belonging to neither category. In the 1930s Babel fell into disfavor, and was arrested in 1937. He died about 1941. Manuscripts of various works which were in his possession at the time of his arrest seem to have fallen into the hands of the police and very few of them have been preserved. After some 20 years of complete official oblivion, he was partially rehabilitated, and a one-volume edition of his works was published in Moscow in 1957.

The stories in this volume should not be taken as accurate autobiography. Though they may represent faithfully the emotional coloring of Babel's childhood, the factual details in them do not always correspond to his life. Both of them are stories of initiations: *The Story of My Dovecot* (1925) is about a boy's discovery of some essential truths about life, and *My First Goose* (1924) is about the price to be paid for acceptance by the Cossack soldiers. In each of them, the first-person narrator is a lonely figure, stationed between the group and the world. In each, he encounters a violent, brutal experience, and reacts to it, ultimately, in solitariness: in dreams, in one story; and, in the other, in lonely thoughts while staring down at a small piece of the earth.

Babel chooses shocking subject matter and then depicts it with the precision of an aesthete's etching tool. Hardness and delicacy coexist in his works. The curve of his stories, the profusion of metaphors, and striking individual images bring static delicacy into a brutal but lyrical world.

Исаак Эммануилович Бабель

ИСТОРИЯ МОЕЙ ГОЛУБЯТНИ

М. Горькому

В детстве я очень хотел иметь голубятню. Во всю жизнь у меня не было желания сильнее. Мне было девять лет, когда отец посулил дать денег на покупку тёсу и трёх пар голубей. Тогда шёл тысяча девятьсот четвёртый год. Я готовился к экзаменам в приготовительный класс Николаевской гимназии. Родные мои жили в городе Николаеве, Херсонской губернии. Этой губернии больше нет, наш город отошёл к Одесскому району.

Мне было всего девять лет, и я боялся экзаменов. По обоим предметам — по русскому и по арифметике — мне нельзя было получить меньше пяти. Процентная норма была трудна в нашей гимназии, всего пять процентов. Из сорока мальчиков только два еврея могли поступить в приготовительный класс. Учителя спрашивали этих мальчиков хитро; никого не спрашивали так замысловато, как нас. Поэтому отец, обещая купить голубей, требовал двух пятёрок с крестами. Он совсем истерзал меня, я впал в нескончаемый сон наяву, в длинный детский сон отчаяния, и пошёл на экзамен в этом сне и всё же выдержал лучше других.

Я был способен к наукам. Учителя, хоть они и хитрили, не могли отнять у меня ума и жадной памяти. Я был способен к наукам и получил две пятёрки. Но потом всё изменилось. Харитон Эфрусси, торговец хлебом, экспортировавший пшеницу в Марсель, дал за своего сына взятку в пятьсот рублей, мне поставили пять с минусом вместо пяти, и в гимназию на моё место приняли маленького Эфрусси. Отец очень убивался тогда. С шести лет он обучал меня всем наукам, каким только можно было. Случай с минусом привёл его в отчаяние. Он хотел побить Эфрусси или подкупить двух грузчиков, чтобы они побили Эфрусси, но мать отговорила его, и я стал готовиться к другому экзамену, в будущем году, в первый класс. Родные тайком от меня подбили учителя, чтобы он в один год прошёл со мною курс приготовительного и первого классов сразу, и так как мы во всём отчаивались, то я выучил наизусть три

кни́ги. Э́ти кни́ги бы́ли: грамма́тика Смирно́вского, зада́чник Евту-
ше́вского и уче́бник нача́льной ру́сской исто́рии Пуцыко́вича. По
э́тим кни́гам де́ти не у́чатся бо́льше, но я вы́учил их наизу́сть, от
строки́ до строки́, и в сле́дующем году́ на экза́мене из ру́сского
языка́ получи́л у учи́теля Карава́ева недосяга́емые пять с кресто́м.
Карава́ев э́тот был румя́ный негоду́ющий челове́к из моско́вских
студе́нтов. Ему́ едва́ ли испо́лнилось три́дцать лет. На му́жествен-
ных его́ щека́х цвёл румя́нец, как у крестья́нских ребя́т, сиде́ла боро-
да́вка у него́ на щеке́, из неё рос пучо́к пе́пельных коша́чьих воло́с.
Кроме Карава́ева, на экза́мене был ещё помо́щник попечи́теля
Пятни́цкий, счита́вшийся ва́жным лицо́м в гимна́зии и во всей
губе́рнии. Помо́щник попечи́теля спроси́л меня́ о Петре́ Пе́рвом, я
испыта́л тогда́ чу́вство забве́ния, чу́вство бли́зости конца́ и бе́здны,
сухо́й бе́здны, вы́ложенной восто́ргом и отча́янием.
О Петре́ Вели́ком я знал наизу́сть из кни́жки Пуцыко́вича и сти-
хо́в Пу́шкина. Я навзры́д сказа́л э́ти стихи́, челове́чьи ли́ца покати́-
лись вдруг в мои́ глаза́ и перемеша́лись там, как ка́рты из но́вой
коло́ды. Они́ тасова́лись на дне мои́х глаз, и в э́ти мгнове́ния,
дрожа́, выпрямля́ясь, торопя́сь, я крича́л пу́шкинские стро́фы изо
всех сил. Я крича́л их до́лго, никто́ не прерыва́л безу́много моего́
бормота́нья. Сквозь багро́вую слепоту́, сквозь свобо́ду, овладе́в-
шую мно́ю, я ви́дел то́лько ста́рое, склонённое лицо́ Пятни́цкого с
посеребрённой бородо́й. Он не прерыва́л меня́ и то́лько сказа́л
Карава́еву, ра́довавшемуся за меня́ и за Пу́шкина.
— Кака́я на́ция, — прошепта́л стари́к, — жидки́[1] ва́ши, в них
дья́вол сиди́т.
И когда́ я замолча́л, он сказа́л:
— Хорошо́, ступа́й, мой дружо́к . . .
Я вы́шел из кла́сса в коридо́р и там, прислони́вшись к небе́леной
стене́, стал просыпа́ться от су́дороги мои́х снов. Ру́сские ма́льчики
игра́ли вокру́г меня́, гимнази́ческий ко́локол висе́л неподалёку под
проле́том казённой ле́стницы, сто́рож дрема́л на прода́вленном
сту́ле. Я смотре́л на сто́рожа и просыпа́лся. Де́ти подбира́лись ко
мне со всех сторо́н. Они́ хоте́ли щёлкнуть меня́ или про́сто поиг-
ра́ть, но в коридо́ре показа́лся вдруг Пятни́цкий. Минова́в меня́,
он приостанови́лся на мгнове́ние, сюрту́к тру́дной ме́дленной вол-
но́й пошёл по его́ спине́. Я уви́дел смяте́ние на просто́рной э́той,
мяси́стой, ба́рской спине́ и дви́нулся к старику́.

[1] Pejorative term for Jews.

— Де́ти, — сказа́л он гимнази́стам, — не тро́гайте э́того ма́льчика, — и положи́л жи́рную, не́жную ру́ку на моё плечо́.

— Дружо́к мой, — оберну́лся Пятни́цкий, — переда́й отцу́, что ты при́нят в пе́рвый класс.

Пы́шная звезда́ блесну́ла у него́ на груди́, ордена́ зазвене́ли у лацка́на, большо́е чёрное мунди́рное его́ те́ло ста́ло уходи́ть на пря́мых нога́х. Оно́ сти́снуто бы́ло су́мрачными стена́ми, оно́ дви́галось в них, как дви́жется ба́рка в глубо́ком кана́ле, и исче́зло в дверя́х дире́кторского кабине́та. Ма́ленький служи́тель понёс ему́ чай с торже́ственным шу́мом, а я побежа́л домо́й, в ла́вку.

В ла́вке на́шей, по́лон сомне́ния, сиде́л и скрёбся мужи́к-покупа́тель. Уви́дев меня́, оте́ц бро́сил мужика́ и, не коле́блясь, пове́рил моему́ расска́зу. Он закрича́л прика́зчику закрыва́ть ла́вку и бро́сился на Собо́рную у́лицу покупа́ть мне ша́пку с гербо́м. Бе́дная мать едва́ отодра́ла меня́ от помеша́вшегося э́того челове́ка. Мать была́ бледна́ в ту мину́ту и испы́тывала судьбу́. Она́ гла́дила меня́ и с отвраще́нием отта́лкивала. Она́ сказа́ла, что о всех при́нятых в гимна́зию быва́ет объявле́ние в газе́тах и что бог нас покара́ет и лю́ди над на́ми посмею́тся, е́сли мы ку́пим фо́рменную оде́жду ра́ньше вре́мени. Мать была́ бледна́, она́ испы́тывала судьбу́ в мои́х глаза́х и смотре́ла на меня́ с го́рькой жа́лостью, как на кале́чку, потому́ что одна́ она́ зна́ла, как несча́стлива на́ша семья́.

Все мужчи́ны в на́шем роду́ бы́ли дове́рчивы к лю́дям и ско́ры на необду́манные посту́пки, нам ни в чём не́ было сча́стья. Мой дед был равви́ном когда́-то в Бе́лой Це́ркви, его́ прогна́ли отту́да за кощу́нство, и он с шу́мом и ску́дно про́жил ещё со́рок лет, изуча́л иностра́нные языки́ и стал сходи́ть с ума́ на восьмидеся́том году́ жи́зни. Дя́дька мой Лев, брат отца́, учи́лся в Воло́жинском ешибо́те,[2] в 1892 году́ он бежа́л от солда́тчины и похи́тил дочь интенда́нта, служи́вшего в Ки́евском вое́нном о́круге. Дя́дька Лев увёз э́ту же́нщину в Калифо́рнию, в Лос-А́нжелос, бро́сил её там и у́мер в дурно́м до́ме, среди́ не́гров и мала́йцев. Америка́нская поли́ция присла́ла нам по́сле сме́рти насле́дство из Лос-А́нжелоса — большо́й сунду́к, око́ванный кори́чневыми желе́зными обруча́ми. В э́том сундуке́ бы́ли ги́ри от гимна́стики, пря́ди же́нских воло́с, де́довский та́лес,[3] хлысты́ с золочёными набалда́шниками и цвето́чный чай в шкату́лках, отде́ланных дешёвыми жемчуга́ми. Изо всей

---

[2] Jewish religious school (yeshivah)
[3] tallith (*pr.* tallis *or* tallath), a shawl worn by orthodox Jews during prayer

семьй оставались только безумный дядя Симон, живший в Одессе, мой отец и я. Но отец мой был доверчивый к людям, он обижал их восторгами первой любви, люди не прощали ему этого и обманывали. Отец верил поэтому, что жизнью его управляет злобная судьба, необъяснимое существо, преследующее его и во всём на него не похожее. И вот только один я оставался у моей матери изо всей нашей семьй. Как все евреи, я был мал ростом, хил и страдал от ученья головными болями. Всё это видела моя мать, которая никогда не бывала ослеплена нищенской гордостью своего мужа и непонятной его верой в то, что семья наша станет когда-либо сильнее и богаче других людей на земле. Она не ждала для нас удачи, боялась купить форменную блузу раньше времени и только позволила мне сняться у фотографа для большого портрета.

Двадцатого сентября тысяча девятьсот пятого года в гимназии вывешен был список поступивших в первый класс. В таблице упоминалось и моё имя. Вся родня наша ходила смотреть на эту бумажку, и даже Шойл, мой двоюродный дед, пришёл в гимназию. Я любил хвастливого этого старика за то, что он торговал рыбой на рынке. Толстые его руки были влажны, покрыты рыбьей чешуёй и воняли холодными прекрасными мирами. Шойл отличался от обыкновенных людей ещё и лживыми историями, которые он рассказывал о польском восстании 1861 года. В давние времена Шойл был корчмарём в Сквире; он видел, как солдаты Николая Первого расстреливали графа Годлевского и других польских инсургентов. Может быть, он и не видел этого. Теперь-то знаю, что Шойл был всего только старый неуч и наивный лгун, но побасёнки его не забыты мной, они были хороши. И вот даже глупый Шойл пришёл в гимназию прочитать таблицу с моим именем и вечером плясал и топал на нашем нищем балу.

Отец устроил бал на радостях и позвал товарищей своих — торговцев зерном, маклеров по продаже имений и вояжёров, продававших в нашей округе сельскохозяйственные машины. Вояжёры эти продавали машины всякому человеку. Мужики и помещики боялись их, от них нельзя было отделаться, не купив чего-нибудь. Изо всех евреев вояжёры самые бывалые, весёлые люди. На нашем вечере они пели хасидские песни, состоявшие всего из трёх слов, но певшиеся очень долго, со множеством смешных интонаций. Прелесть этих интонаций может узнать только тот, кому приходилось встречать пасху у хасидов или кто бывал на

Волы́ни в их шу́мных синаго́гах. Кро́ме вояжёров, к нам пришёл ста́рый Ли́берман, обуча́вший меня́ то́ре и древнееврейскому языку́. Его́ называ́ли у нас мосье́ Ли́берман. Он вы́пил бессара́бского вина́ побо́лее, чем ему́ было на́до, шёлковые традицио́нные шнурки́ вы́лезли из-под кра́сной его́ жиле́тки, и он произнёс на дре́внееврейском языке́ тост в мою́ честь. Стари́к поздра́вил роди́телей в э́том то́сте и сказа́л, что я победи́л на экза́мене всех враго́в мои́х, я победи́л ру́сских ма́льчиков с то́лстыми щека́ми и сынове́й гру́бых на́ших богаче́й. Так в дре́вние времена́ Дави́д, царь иуде́йский, победи́л Голиа́фа, и подо́бно тому́ как я восторжествова́л над Голиа́фом, так наро́д наш си́лой своего́ ума́ победи́т враго́в, окружи́вших нас и жду́щих на́шей кро́ви. Мосье́ Ли́берман запла́кал, сказа́в э́то, пла́ча, вы́пил ещё вина́ и закрича́л: «вива́т!»[4] Го́сти взя́ли его́ в круг и ста́ли води́ть с ним стари́нную кадри́ль, как на сва́дьбе в еврейском месте́чке. Все бы́ли ве́селы на на́шем балу́, да́же мать пригу́била вина́, хоть она́ и не люби́ла во́дки и не понима́ла, как мо́жно её люби́ть; всех ру́сских она́ счита́ла поэ́тому сумасше́дшими и не понима́ла, как живу́т же́нщины с ру́сскими мужья́ми.

Но счастли́вые на́ши дни наступи́ли по́зже. Они́ наступи́ли для ма́тери тогда́, когда́ по утра́м до ухо́да в гимна́зию она́ ста́ла приготовля́ть для меня́ бутербро́ды, когда́ мы ходи́ли по ла́вкам и покупа́ли ёлочное моё хозя́йство — пена́л, копи́лку, ра́нец, но́вые кни́ги в карто́нных переплётах и тетра́ди в гля́нцевых обёртках. Никто́ в ми́ре не чу́вствует но́вых веще́й сильне́е, чем де́ти. Де́ти содрога́ются от э́того за́паха, как соба́ка от за́ячьего сле́да, и испы́тывают безу́мие, кото́рое пото́м, когда́ мы стано́вимся взро́слыми, называ́ется вдохнове́нием. И э́то чи́стое де́тское чу́вство со́бственничества над но́выми веща́ми передава́лось ма́тери. Мы ме́сяц привыка́ли к пена́лу и к у́треннему су́мраку, когда́ я пил чай на краю́ большо́го освещённого стола́ и собира́л кни́ги в ра́нец; мы ме́сяц привыка́ли к счастли́вой на́шей жи́зни, и то́лько по́сле пе́рвой че́тверти я вспо́мнил о голубя́х.

У меня́ всё бы́ло припасено́ для них — рубль пятьдеся́т копе́ек и голубя́тня, сде́ланная из я́щика де́дом Шо́йлом. Голубя́тня была́ вы́крашена в кори́чневую кра́ску. Она́ име́ла гнёзда для двена́дцати пар голубе́й, ра́зные пла́ночки на кры́ше и осо́бую решётку, кото́рую я приду́мал, чтобы удо́бнее бы́ло прима́нивать чужако́в. Всё

---

[4] (Latin *vivat*) long live!

было готово. В воскресе́нье двадца́того октября́ я собрался́ на Охо́тницкую, но на пути́ ста́ли неожи́данные препя́тствия.

Исто́рия, о кото́рой я расска́зываю, то есть поступле́ние моё в пе́рвый класс гимна́зии, происходи́ла о́сенью ты́сяча девятьсо́т пя́того го́да. Царь Никола́й дава́л тогда́ конститу́цию ру́сскому наро́ду, ора́торы в худы́х пальто́ взгроможда́лись на ту́мбы у зда́ния городско́й ду́мы и говори́ли ре́чи наро́ду. На у́лицах по нача́м раздава́лась стрельба́, и мать не хоте́ла отпуска́ть меня́ на Охо́тницкую. С утра́ в день двадца́того октября́ сосе́дские ма́льчики пуска́ли змей про́тив са́мого полице́йского уча́стка, и водово́з наш, забро́сив все дела́, ходи́л по у́лице напома́женный, с кра́сным лицо́м. Пото́м мы уви́дели, как сыновья́ бу́лочника Кали́стова вы́тащили на у́лицу ко́жаную кобы́лу и ста́ли де́лать гимна́стику посреди́ мостово́й. Им никто́ не меша́л, городово́й Семёрников подзадо́ривал их да́же пры́гать повы́ше. Семёрников был подпоя́сан шёлковым домотка́нным пояско́м, и сапоги́ его́ бы́ли начи́щены в тот день так блёстко, как не быва́ли они́ начи́щены ра́ньше. Городово́й, оде́тый не по фо́рме, бо́льше всего́ испуга́л мою́ мать, из-за него́ она́ не отпуска́ла меня́, но я пробрался́ на у́лицу задво́рками и добежа́л до Охо́тницкой, помеща́вшейся у нас за вокза́лом.

На Охо́тницкой, на постоя́нном своём ме́сте, сиде́л Ива́н Никоди́мыч, голубя́тник. Кро́ме голубе́й, он продава́л ещё кро́ликов и павли́на. Павли́н, распусти́в хвост, сиде́л на жёрдочке и поводи́л по сторона́м бесстра́стной голо́вкой. Ла́па его́ была́ обвя́зана кру́ченой верёвкой, друго́й коне́ц верёвки лежа́л прищемлённый Ива́на Никоди́мыча плетёным сту́лом. Я купи́л у старика́, как то́лько пришёл, па́ру вишнёвых голубе́й с затрёпанными пы́шными хвоста́ми и па́ру чуба́тых и спря́тал их в мешо́к за па́зуху. У меня́ остава́лось со́рок копе́ек по́сле поку́пки, но стари́к за э́ту це́ну не хоте́л отда́ть го́лубя и голу́бку крю́ковской поро́ды. У крю́ковских голубе́й я люби́л их клю́вы, коро́ткие, зерни́стые, дружелю́бные. Со́рок копе́ек была́ им ве́рная цена́, но охо́тник дорожи́лся и отвора́чивал от меня́ жёлтое лицо́, сожжённое нелюди́мыми страстя́ми птицело́ва. К концу́ то́рга, ви́дя, что не нахо́дится други́х покупщиков, Ива́н Никоди́мыч подозва́л меня́. Всё вы́шло по-мо́ему, и всё вы́шло ху́до.

В двена́дцатом часу́ дня или немно́гим по́зже по пло́щади прошёл челове́к в ва́леных сапога́х. Он легко́ шёл на разду́тых нога́х, в его́ исте́ртом лице́ горе́ли оживлённые глаза́.

— Ива́н Никоди́мыч, — сказа́л он проходя́ ми́мо охо́тника, — склада́йте⁵ инструме́нт, в го́роде иерусали́мские⁶ дворя́не конститу́цию получа́ют. На Ры́бной ба́белевского⁷ де́да на́смерть угости́ли.

Он сказа́л э́то и легко́ пошёл между кле́тками, как босо́й па́харь, иду́щий по меже́.

— Напра́сно, — пробормота́л Ива́н Никоди́мыч ему́ вслед, — напра́сно, — закрича́л он стро́же и стал собира́ть кро́ликов и павли́на и су́нул мне крю́ковских голубе́й за со́рок копе́ек. Я спря́тал их за па́зуху и стал смотре́ть, как разбега́ются лю́ди с Охо́тницкой. Павли́н на плече́ Ива́на Никоди́мыча уходи́л после́дним. Он сиде́л, как со́лнце в сы́ром осе́ннем не́бе, он сиде́л, как сиди́т июль на ро́зовом берегу́ реки́, раскалённый ию́ль в дли́нной холо́дной траве́. На ры́нке никого́ уже́ не́ было, и вы́стрелы греме́ли неподалёку. Тогда́ я побежа́л к вокза́лу, пересёк сквер, сра́зу опроки́нувшийся в мои́х глаза́х, и влете́л в пусты́нный переу́лок, уто́птанный жёлтой землёй. В конце́ переу́лка на кре́слице с колёсиками сиде́л безно́гий Мака́ренко, е́здивший в кре́слице по го́роду и продава́вший папиро́сы с лотка́. Ма́льчики с на́шей у́лицы покупа́ли у него́ папиро́сы, де́ти люби́ли его́, я бро́сился к нему́ в переу́лок.

— Мака́ренко, — сказа́л я, задыха́ясь от бе́га, и погла́дил плечо́ безно́гого, — не вида́л ты Шо́йла?

Кале́ка не отве́тил, гру́бое его́ лицо́, соста́вленное из кра́сного жи́ра, из кулако́в, из желе́за, просве́чивало. Он в волне́нии ёрзал на кре́слице, жена́ его́, Катю́ша, поверну́вшись ва́точным за́дом, разбира́ла ве́щи, валя́вшиеся на земле́.

— Чего́ насчита́ла? — спроси́л безно́гий и дви́нулся от же́нщины всем ко́рпусом, как бу́дто ему́ наперёд невыноси́м был её отве́т.

— Кама́шей⁸ четы́рнадцать штук, — сказа́ла Катю́ша, не разгиба́ясь, — пододея́льников шесть, тепе́рь чепцы́ рассчи́тываю . . .

— Чепцы́, — закрича́л Мака́ренко, задо́хся и сде́лал тако́й звук, как бу́дто он рыда́ет, — ви́дно, меня́, Катери́на, Бог сыска́л, что я за всех отве́тить до́лжен . . . Лю́ди полотно́ це́лыми шту́ками но́сят, у люде́й всё, как у люде́й, а у нас чепцы́ . . .

И в са́мом де́ле, по переу́лку пробежа́ла же́нщина с распали́вшимся краси́вым лицо́м. Она́ держа́ла оха́пку фе́сок в одно́й руке́ и

---

⁵ Substandard for *скла́дывайте*.
⁶ Jewish (literally, Jerusalemite)—sarcastic.
⁷ Adjective for proper name *Ба́бель*.
⁸ gaiters

штýку сукнá в другóй. Счастлúвым отчáянным гóлосом сзывáла
онá потерáвшихся детéй; шёлковое плáтье и голубáя кóфта воло-
чúлись за летáщим её тéлом, и онá не слýшала Макáренко, катúв-
шего за ней на крéсле. Безнóгий не поспевáл за ней, колёса егó
гремéли, он úзо всех сил вертéл рычажкú.

— Мадáмочка, — оглушúтельно кричáл он, — где брáли сарпúн-
ку, мадáмочка?

Но жéнщины с летáщим плáтьем ужé нé было. Ей навстрéчу из-
за углá вúскочила вихлáвая телéга. Крестьáнский пáрень стоáл
стоймá в телéге.

— Кудá лóди побеглú? — спросúл пáрень и пóднял крáсную
вожжý над клáчами, прúгавшими в хомутáх.

— Лóди все на Собóрной, — умолáюще сказáл Макáренко, —
там все лóди, душá-человéк; чегó наберёшь, — всё мне тащú, всё
покупáю...

Пáрень изогнýлся над передкóм, хлестнýл по пéгим клáчам.
Лóшади, как телáта, прúгнули грáзными своúми крýпами и пустú-
лись вскачь. Жёлтый переýлок снóва остáлся жёлт и пустынен;
тогдá безнóгий перевёл на менá погáсшие глазá.

— Менá, што ль, Бог сыскáл, — сказáл он безжúзненно, — я
вам, што ль, сын человéческий...

И Макáренко протянýл мне рýку, запáтнанную прокáзой.

— Чегó у тебá в тóрбе? — сказáл он и взял мешóк, согрéвший
моё сéрдце.

Тóлстой рукóй калéка растормошúл тýрманов и вúтащил на свет
вишнёвую голýбку. Запрокúнув лáпки, птúца лежáла у негó на
ладóни.

— Гóлуби, — сказáл Макáренко и, скрипá колёсами, подъéхал
ко мне, — гóлуби, — повторúл он и удáрил менá по щекé.

Он удáрил менá наóтмашь ладóнью, сжимáвшей птúцу. Катú-
шин вáточный зад повернýлся в моúх зрачкáх, и я упáл на зéмлю в
нóвой шинéли.

— Сéмя úхнее разорúть нáдо, — сказáла тогдá Катóша и разог-
нýлась над чепцáми, — сéмя úхнее я не могý навúдеть[9] и мужчúн
их вонóчих...

Онá ещё сказáла о нáшем сéмени, но я ничегó не слúшал бóльше.
Я лежáл на земле, и внýтренности раздáвленной птúцы стекáли с
моегó вискá. Онú теклú вдоль щёк, извивáясь, брúзгая и ослеплáя

_____
[9] Substandard for *ненавúжу*, "I hate."

меня́. Голуби́ная не́жная кишка́ ползла́ по моему́ лбу, и я закрыва́л после́дний незале́пленный глаз, что́бы не ви́деть ми́ра, расстила́вшегося пе́редо мной. Мир э́тот был мал и ужа́сен. Ка́мешек лежа́л пе́ред глаза́ми, ка́мешек, вы́щербленный, как лицо́ стару́хи с большо́й че́люстью, обры́вок бечёвки валя́лся неподалёку и пучо́к пе́рьев, ещё дыша́вших. Мир мой был мал и ужа́сен. Я закры́л глаза́, что́бы не ви́деть его́, и прижа́лся к земле́, лежа́вшей подо мной в успокои́тельной немоте́. Уто́птанная э́та земля́ ни в чём не была́ похожа́ на на́шу жизнь и на ожида́ние экза́менов в на́шей жи́зни. Где́-то далеко́ по ней е́здила беда́ на большо́й ло́шади, но шум копы́т слабе́л, пропада́л, и тишина́, го́рькая тишина́, поража́ющая иногда́ дете́й в несча́стье, истреби́ла вдруг грани́цу между мои́м те́лом и никуда́ не дви́гавшейся землёй. Земля́ па́хла сыры́ми не́драми, моги́лой, цвета́ми. Я услы́шал её запа́х и запла́кал без вся́кого стра́ха. Я шёл по чужо́й у́лице, заста́вленной бе́лыми коро́бками, шёл в убра́нстве окрова́влённых пе́рьев, оди́н в середи́не тротуа́ров, подметённых чи́сто, как в воскресе́нье, и пла́кал так го́рько, по́лно и сча́стливо, как не пла́кал бо́льше во всю мою́ жизнь. Побеле́вшие провода́ гуде́ли над голово́й, дворня́жка бежа́ла впереди́, в переу́лке сбо́ку молодо́й мужи́к в жиле́те разбива́л ра́му в до́ме Харито́на Эфру́сси. Он разбива́л её деревя́нным мо́лотом, зама́хивался всем те́лом и, вздыха́я, улыба́лся на все сто́роны до́брой улы́бкой опьяне́ния, по́та и душе́вной си́лы. Вся у́лица была́ напо́лнена хру́стом, тре́ском, пе́нием разлета́вшегося де́рева. Мужи́к бил то́лько зате́м, чтобы перегиба́ться, запотева́ть и крича́ть необыкнове́нные слова́ на неве́домом, неру́сском языке́. Он крича́л их и пел, раздира́л изнутри́ голубы́е глаза́, пока́ на у́лице не показа́лся кре́стный ход, ше́дший от ду́мы. Старики́ с кра́шеными борода́ми несли́ в рука́х портре́т расчёсанного царя́, хору́гви с гробовы́ми уго́дниками мета́лись над кре́стным хо́дом, воспламенё́нные стару́хи лете́ли вперёд. Мужи́к в жиле́тке, увида́в ше́ствие, прижа́л молото́к к груди́ и побежа́л за хору́гвями, а я, вы́ждав коне́ц проце́ссии, пробра́лся к на́шему до́му. Он был пуст. Бе́лые две́ри его́ бы́ли раскры́ты, трава́ у голубя́тни вы́топтана. Оди́н Кузьма́ не ушёл со двора́. Кузьма́, дво́рник, сиде́л в сара́е и убира́л мёртвого Шо́йла.

— Ве́тер тебя́ но́сит, как дурну́ю ще́пку, — сказа́л стари́к, уви́дев меня́, — убёг на це́лые ве́ки . . . Тут наро́д де́да на́шего, вишь, как тю́кнул . . .

Кузьма́ засопе́л, отверну́лся и стал вынима́ть у де́да из про́рехи штано́в судака́. Их бы́ло два судака́ всу́нуты в деда́: оди́н в про́реху штано́в, друго́й в рот, и хоть дед был мёртв, но оди́н суда́к жил ещё и содрога́лся.

— Де́да на́шего тю́кнули, никого́ бо́льше, — сказа́л Кузьма́, выбра́сывая судако́в ко́шке, — он весь наро́д из ма́тери в мать погна́л, изматери́л[10] до́чиста, тако́й сла́вный ... Ты бы ему́ пятако́в на глаза́ нанёс ...

Но тогда́, десяти́ лет о́т роду, я не знал, заче́м быва́ют на́добны пятаки́ мёртвым лю́дям.

— Кузьма́, — сказа́л я шёпотом, — спаси́ нас ...

И я подошёл к дво́рнику, о́бнял его́ ста́рую криву́ю спи́ну с одни́м по́днятым плечо́м и уви́дел де́да из-за э́той спины́. Шойл лежа́л в опи́лках, с разда́вленной гру́дью, с вздёрнутой бородо́й, в гру́бых башмака́х, оде́тых на бо́су но́гу. Но́ги его́, поло́женные врозь, бы́ли гря́зны, лило́вы, мёртвы. Кузьма́ хлопота́л вокруг них, он подвяза́л че́люсти и всё приме́ривался, чего́ бы ему́ ещё сде́лать с поко́йником. Он хлопота́л, как бу́дто у него́ в дому́ была́ обно́вка, и осты́л, то́лько расчеса́в бо́роду мертвецу́.

— Всех изматери́л, — сказа́л он, улыба́ясь, и огляну́л труп с любо́вью, — ка́бы ему́ тата́ры попа́лись, он тата́р погна́л бы, но тут ру́сские подошли́, и же́нщины с ни́ми, каца́пки,[11] каца́пам люде́й проща́ть оби́дно, я каца́пов зна́ю ...

Дво́рник подсы́пал поко́йнику опи́лок, сбро́сил пло́тницкий пере́дник и взял меня́ за́ руку.

— Идём к отцу́, — пробормота́л он, сжима́я меня́ всё кре́пче, — оте́ц твой с утра́ тебя́ и́щет, как бы не по́мер ...

И вме́сте с Кузьмо́й мы пошли́ к до́му податно́го инспе́ктора, где спря́тались мои́ роди́тели, убежа́вшие от погро́ма.

1925

---

[10] cursed out obscenely; really told them off (*substandard*)
[11] Ukrainian pejorative term for Russians.

Исаак Эммануилович Бабель

МОЙ ПЕРВЫЙ ГУСЬ

Савицкий, начдив шесть, встал, завидев меня, и я удивился красоте гигантского его тела. Он встал и пурпуром своих рейтуз, малиновой шапочкой, сбитой набок, орденами, вколоченными в грудь, разрезал избу пополам, как штандарт разрезает небо. От него пахло духами и приторной прохладой мыла. Длинные ноги его были похожи на девушек, закованных до плеч в блестящие ботфорты.

Он улыбнулся мне, ударил хлыстом по столу и потянул к себе приказ, только что отдиктованный начальником штаба. Это был приказ Ивану Чеснокову выступить с вверенным ему полком в направлении Чугунов — Добрыводка и, войдя в соприкосновение с неприятелем, такового уничтожить . . .

«. . . *Каковое уничтожение*, — стал писать начдив и измазал весь лист, — *возлагаю на ответственность того же Чеснокова вплоть до высшей меры, которого и шлёпну на месте, в чём вы, товарищ Чесноков, работая со мною на фронте не первый месяц, не можете сомневаться . . .*»

Начдив шесть подписал приказ с завитушкой, бросил его ординарцам и повернул ко мне серые глаза, в которых танцевало весёлье.

Я подал ему бумагу о прикомандировании меня к штабу дивизии.

— Провести приказом! — сказал начдив. — Провести приказом и зачислить на всякое удовольствие, кроме переднего. Ты грамотный?

— Грамотный, — ответил я, завидуя железу и цветам этой юности, — кандидат прав Петербургского университета . . .

— Ты из киндербальзамов,[1] — закричал он, смеясь, — и очки на носу. Какой паршивенький! . . Шлют вас, не спрося́сь, а тут режут за очки. Поживёшь с нами, што ль?

[1] mama's boy

— Поживу́, — отве́тил я и пошёл с квартирье́ром на село́ иска́ть ночле́га.

Квартирье́р нёс на плеча́х мой сундучо́к, дереве́нская у́лица лежа́ла пе́ред на́ми, кру́глая и жёлтая, как ты́ква, умира́ющее со́лнце испуска́ло на не́бе свой ро́зовый дух.

Мы подошли́ к ха́те с расписны́ми венца́ми, квартирье́р остано́вился и сказа́л вдруг с винова́той улы́бкой:

— Каните́ль тут у нас с очка́ми, и уня́ть нельзя́. Челове́к вы́сшего отли́чия — из него́ здесь душа́ вон. А испо́рть вы да́му, са́мую чи́стенькую да́му, тогда́ вам от бойцо́в ла́ска...

Он помя́лся с мои́м сундучко́м на плеча́х, подошёл ко мне совсе́м бли́зко, пото́м отскочи́л в отча́янии и побежа́л в пе́рвый двор. Казаки́ сиде́ли там на се́не и бри́ли друг дру́га.

— Вот, бойцы́, — сказа́л квартирье́р и поста́вил на зе́млю мой сундучо́к. — Согла́сно приказа́ния това́рища Сави́цкого, обя́заны вы приня́ть э́того челове́ка к себе́ в помеще́ние и без глу́постев, потому́ э́тот челове́к пострада́вший по учёной ча́сти...

Квартирье́р побагрове́л и ушёл, не обора́чиваясь. Я приложи́л ру́ку к козырьку́ и о́тдал честь казака́м. Молодо́й па́рень с льня́ным вися́чим во́лосом и прекра́сным ряза́нским лицо́м подошёл к моему́ сундучку́ и вы́бросил его́ за воро́та. Пото́м он поверну́лся ко мне за́дом и с осо́бенной сноро́вкой стал издава́ть посты́дные зву́ки.

— Ору́дия но́мер два нуля́, — кри́кнул ему́ каза́к поста́рше и засмея́лся, — крой бе́глым...

Па́рень истощи́л нехи́трое своё уме́ние и отошёл. Тогда́, по́лзая по земле́, я стал собира́ть ру́кописи и дыря́вые мои́ обно́ски, вы́валившиеся из сундучка́. Я собра́л их и отнёс на друго́й коне́ц двора́. У ха́ты, на кирпи́чиках, стоя́л котёл, в нём вари́лась свини́на, она́ дыми́лась, как дыми́тся издалека́ родно́й дом в дере́вне, и пу́тала во мне го́лод с одино́чеством без приме́ра. Я покры́л се́ном разби́тый мой сундучо́к, сде́лал из него́ изголо́вье и лёг на зе́млю, что́бы проче́сть в «Пра́вде» речь Ле́нина на Второ́м конгре́ссе Коминте́рна. Со́лнце па́дало на меня́ из-за зубча́тых приго́рков, казаки́ ходи́ли по мои́м нога́м, па́рень потеша́лся на́до мной без у́стали, излю́бленные стро́чки шли ко мне терни́стою доро́гой и не могли́ дойти́. Тогда́ я отложи́л газе́ту и пошёл к хозя́йке, сучи́вшей пря́жу на крыльце́.

— Хозя́йка, — сказа́л я, — мне жрать на́до...

Старуха подняла́ на меня́ разли́вшиеся белки́ полуослѐпших глаз и опусти́ла их сно́ва.

— Това́рищ, — сказа́ла она́, помолча́в, — от э́тих дел я жела́ю повѐситься.

— Го́спода Бо́га ду́шу мать,[2] — пробормота́л я тогда́ с доса́дой и толкну́л стару́ху кулако́м в грудь, — толкова́ть тут мне с ва́ми . . .

И, отверну́вшись, я уви́дел чужу́ю са́блю, валя́вшуюся непода- лёку. Стро́гий гусь шата́лся по́ двору́ и безмятѐжно чи́стил пѐрья. Я догна́л его́ и пригну́л к земле́, гуси́ная голова́ трѐснула под мои́м сапого́м, трѐснула и потекла́. Бѐлая ше́я была́ разо́стлана в наво́зе и кры́лья заходи́ли над уби́той пти́цей.

— Го́спода Бо́га ду́шу мать! — сказа́л я, копа́ясь в гусѐ са́блей. — Изжа́рь мне его́, хозя́йка.

Стару́ха, блестя́ слепото́й и очка́ми, подняла́ пти́цу, заверну́ла её в перѐдник и потащи́ла к ку́хне.

— Това́рищ, — сказа́ла она́, помолча́в, — я жела́ю повѐситься, — и закры́ла за собо́й дверь.

А на дворѐ казаки́ сидѐли уже́ вокру́г своего́ котелка́. Они́ сидѐли недви́жимо, прямы́е, как жрецы́, и не смотрѐли на гуся́.

— Па́рень нам подходя́щий, — сказа́л обо мне оди́н из них, ми- гну́л и зачерпну́л ло́жкой щи.

Казаки́ ста́ли у́жинать со сдѐржанным изя́ществом мужико́в, уважа́ющих друг дру́га, а я вы́тер са́блю песко́м, вы́шел за воро́та и верну́лся сно́ва, томя́сь. Луна́ висѐла над дворо́м, как дешёвая серьга́.

— Брати́шка, — сказа́л мне вдруг Суровко́в, ста́рший из казако́в, — сади́сь с на́ми снеда́ть, покѐле[3] твой гусь доспѐет . . .

Он вы́нул из сапога́ запасну́ю ло́жку и пода́л её мне. Мы похле- ба́ли самодѐльных щей и съѐли свини́ну.

— В газѐте-то что пи́шут? — спроси́л па́рень с льняны́м во́лосом и опроста́л мне мѐсто.

— В газѐте Лѐнин пи́шет, — сказа́л я, выта́скивая «Пра́вду», — Лѐнин пи́шет, что во всём у нас недоста́ча . . .

И гро́мко, как торжеству́ющий глухо́й, я прочита́л казака́м лѐнин- скую речь.

Вѐчер заверну́л меня́ в живи́тельную вла́гу су́меречных свои́х

[2] Part of an obscene curse.
[3] eat, while (*dialectal*)

простынь, вечер приложил материнские ладони к пылающему моему лбу.

Я читал и ликовал и подстерегал, ликуя, таинственную кривую ленинской прямой.

— Правда всякую ноздрю щекочет, — сказал Суровков, когда я кончил, — да как её из кучи вытащить, а он бьёт сразу, как курица по зерну.

Это сказал о Ленине Суровков, взводный штабного эскадрона, и потом мы пошли спать на сеновал. Мы спали шестеро там, согреваясь друг от друга, с перепутанными ногами, под дырявой крышей, пропускавшей звёзды.

Я видел сны и женщин во сне, и только сердце моё, обагрённое убийством, скрипело и текло.

1924

Constantine Paustovsky

A UNIVERSALLY respected figure, a knowledgeable, kind humanist, Constantine Paustovsky, born in Kiev in 1892, has been a powerful defender of those Russian writers of the 1950s and 60s who came under fire from strict-line Communist party critics and officials. In 1956 he defended Dudintsev's *Not by Bread Alone* and asserted that such bureaucrats as Drozdov, the character whom Dudintsev had pilloried in his novel, indeed existed and were very numerous in the Soviet hierarchy of industry and party life. Later he defended Yuri Kazakov and others. With the prestige of his literary accomplishments and age, he has been the protector of many young writers. In late 1961 he was connected with the publication in the provincial town of Kaluga of the remarkable anthology *Tarusskie stranitsy*.

Paustovsky's memoirs, published in installments over the past few years, describe his youth, in the remote days before and after the 1917 Revolution, and his life in later decades. They throw much light on the personalities and careers of such writers as Isaac Babel and Yuri Olesha.

Paustovsky's own works, beloved by millions of readers in the U.S.S.R., represent the Russian romantic tradition. The lyrical story in this volume is characteristic of Paustovsky's mellowness, his interest in feeling, and the bittersweet sadness which marks much of his writing. A suggestion of the mysterious and coincidental often hovers over his writings.

Many of Paustovsky's stories deal with nature. Native Russia, with its earth, fields, woods, and rivers, the little villages and small towns, populated by characters traceable to their ancestors in Turgenev and Pushkin, are his favorite subjects.

He has also written historical and biographical fiction. Paustovsky is remarkable for his skill in devising engrossing plots. Frequently he depends on what the critic Vera Alexandrova has called "the relay method of generation to generation jumps." A novel may proceed by leaps, with connections being explained later, from one widely separated point in time to another. Paustovsky has a predilection for exotic plots and heroic action. Several generations of Russians, especially during their youth, have been nurtured by Paustovsky's stories, in all of which we sense the presence of the author's extraordinarily impressionable mind.

Константи́н Гео́ргиевич Паусто́вский

ДОЖДЛИ́ВЫЙ РАССВЕ́Т

В На́волоки парохо́д пришёл но́чью. Майо́р Кузьми́н вы́-шел на палу́бу. Мороси́л дождь. На при́стани бы́ло пу́сто, — горе́л то́лько оди́н фона́рь.

«Где же го́род? — поду́мал Кузьми́н. — Тьма, дождь, — чорт зна́ет что!»

Он поёжился, застегну́л шине́ль. С реки́ задува́л холо́дный ве́тер.

Кузьми́н разыска́л помо́щника капита́на, спроси́л, до́лго ли парохо́д простои́т в На́волоках.

— Часа́ три, — отве́тил помо́щник. — Смотря́ по погру́зке. А вам заче́м? Вы же е́дете да́льше.

— Письмо́ на́до переда́ть. От сосе́да по го́спиталю. Его́ жене́. Она́ здесь, в На́волоках.

— Да, зада́ча! — вздохну́л помо́щник. — Хоть глаз вы́коли! Гудки́ слу́шайте, а то оста́нетесь.

Кузьми́н вы́шел на при́стань, подня́лся по ско́льзкой ле́стнице на круто́й бе́рег. Бы́ло слы́шно, как шурши́т в куста́х дождь. Кузьми́н постоя́л, что́бы глаза́ привы́кли к темноте́, уви́дел пону́рую ло́-шадь, криву́ю изво́зчичью проле́тку. Верх проле́тки был по́днят. Из-под него́ слы́шался храп.

— Эй, прия́тель, — гро́мко сказа́л Кузьми́н, — ца́рство бо́жие проспи́шь!

Извóзчик заворóчался, вы́лез, высмóркался, вы́тер нос полóй армякá и тóлько тогдá спроси́л:

— Поéдем, что ли?

— Поéдем, — согласи́лся Кузьми́н.

— А кудá везти́?

Кузьми́н назвáл у́лицу.

— Далекó, — забеспокóился извóзчик. — На горé. Не мéньше как на четверти́нку взять нáдо.

Он задёргал вожжáми, зачмóкал. Пролётка нéхотя трóнулась.

— Ты что же, еди́нственный в Нáволоках извóзчик? — спроси́л Кузьми́н.

— Двóе нас, старикóв. Остальны́е сражáются. А вы к комý?

— К Баши́ловой.

— Знáю, — извóзчик жи́во обернýлся. — К Óльге Андрéевне, дóктора Андрéя Петрóвича дóчке. Прóшлой зимóй из Москвы́ приéхала, посели́лась в отцóвском дóме. Сам Андрéй Петрóвич два гóда как пóмер, а дом и́хний . . .

Пролётка качнýлась, заля́згала и вы́лезла из ухáба.

— Ты на дорóгу смотри́, — посовéтовал Кузьми́н. — Не огля́дывайся.

— Дорóга действи́тельно . . . — пробормотáл извóзчик. — Тут днём éхать, конéчно, сробéешь. А нóчью ничегó. Нóчью ям не ви́дно.

Извóзчик замолчáл. Кузьми́н закури́л, отки́нулся в глубь пролётки. По пóднятому вéрху барабáнил дождь. Далекó лáяли собáки. Пáхло укрóпом, мóкрыми забóрами, речнóй сы́ростью. «Час нóчи, не мéньше», — подýмал Кузьми́н. Тóтчас где-то на колокóльне надтрéснутый кóлокол действи́тельно проби́л оди́н удáр.

«Остáться бы здесь на весь óтпуск, — подýмал Кузьми́н. — От однóго вóздуха всё пройдёт, все неприя́тности пóсле ранéния. Снять кóмнату в доми́шке с óкнами в сад. В такýю ночь откры́ть нáстежь óкна, лечь, укры́ться и слýшать, как дождь стучи́т по лопухáм».

— А вы не муж и́хний? — спроси́л извóзчик.

Кузьми́н не отвéтил. Извóзчик подýмал, что воéнный не расслы́шал его вопрóса, но вторóй раз спроси́ть не реши́лся. «Я́сно, муж — сообрази́л извóзчик. — А лю́ди болтáют, что онá мýжа брóсила ещё до войны́. Врут, нáдо полагáть».

— Но, сатана! — крикнул он и хлестнул вожжёй костлявую лошадь. — Нанялась тесто месить!

«Глупо, что пароход опоздал и пришёл ночью, — подумал Кузьмин. — Почему Башилов — его сосед по палате, когда узнал, что Кузьмин будет проезжать мимо Наволок, попросил передать письмо жене непременно из рук в руки? Придётся будить людей, бог знает, что ещё могут подумать!»

Башилов был высокий насмешливый офицер. Говорил он охотно и много. Перед тем как сказать что-нибудь острое, он долго и беззвучно смеялся. До призыва в армию Башилов работал помощником режиссёра в кино. Каждый вечер он подробно рассказывал соседям по палате об американских фильмах. Раненые любили рассказы Башилова, ждали их и удивлялись его памяти. В своих оценках людей, событий, книг Башилов был резок, очень упрям и высмеивал каждого, кто пытался ему возражать. Но высмеивал хитро — намёками, шутками, — и высмеянный обыкновенно только через час — два спохватывался, соображал, что Башилов его обидел, и придумывал ядовитый ответ. Но отвечать, конечно, было уже поздно.

За день до отъезда Кузьмина Башилов передал ему письмо для своей жены, и впервые на лице у Башилова Кузьмин заметил растерянную улыбку. А потом ночью Кузьмин слышал, как Башилов ворочался на койке и сморкался. «Может быть, он и не такой уж сухарь, — подумал Кузьмин. — Вот, кажется, плачет. Значит, любит. И любит сильно».

Весь следующий день Башилов не отходил от Кузьмина, поглядывал на него, подарил итальянскую офицерскую флягу, а перед самым отъездом они выпили вдвоём бутылку припрятанного Башиловым вина.

— Что вы на меня так смотрите? — спросил Кузьмин.

— Хороший вы человек, — ответил Башилов. — Вы могли бы быть художником, дорогой майор.

— Я топограф, — ответил Кузьмин, — а топографы по натуре — те же художники.

— Почему?

— Бродяги, — неопределённо ответил Кузьмин.

«Изгнанники, бродяги и поэты, — насмешливо продекламировал Башилов, — кто жаждал быть, но стать ничем не смог».

— Это из кого?

— Из Волóшина. Но не в этом дéло. Я смотрю на вас потому́, что завúдую. Вот и всё.

— Чему́ завúдуете?

Башúлов повертéл стакáн, откúнулся на спúнку сту́ла и усмехну́лся. Сидéли онú в концé гóспитального коридóра у плетёного стóлика. За окнóм вéтер гнул молоды́е дерéвья, шумéл лúстьями, нёс пыль. Из-за рекú шла нá город дождевáя ту́ча.

— Чему́ завúдую? — переспросúл Башúлов и положúл свою́ крáсную ру́ку нá руку Кузьминá. — Всему́. Дáже вáшей рукé. И не лéвой. А úменно прáвой.

— Ничегó не понимáю, — сказáл Кузьмúн и осторóжно убрáл свою́ ру́ку. Прикосновéние холóдной рукú Башúлова бы́ло ему́ неприя́тно. Но, чтобы Башúлов этого не замéтил, Кузьмúн взял буты́лку и нáчал наливáть винó.

— Ну, и не понимáйте! — отвéтил Башúлов сердúто.

Он помолчáл и заговорúл, опустúв глазá:

— Éсли бы мы моглú поменя́ться местáми! Но в óбщем всё это чепухá! Через два дня вы бу́дете в Нáволоках. Увúдите Óльгу Андрéевну. Онá пожмёт вам ру́ку. Вот я и завúдую. Тепéрь-то вы понимáете?

— Ну, что вы! — сказáл, растеря́вшись, Кузьмúн. — Вы тóже увúдите вáшу жену́.

— Онá мне не женá! — рéзко отвéтил Башúлов. — Хорошó ещё, что вы не сказáли «супру́га».

—Ну, извинúте, пробормóтал Кузьмúн.

— Онá мне не женá! — так же рéзко повторúл Башúлов. — Онá — всё! Вся моя́ жизнь. Ну, довóльно об этом!

Он встал и протяну́л Кузьмину́ ру́ку:

— Прощáйте. А на меня́ не сердúтесь. Я не ху́же другúх.

Пролётка въéхала на дáмбу. Темнотá стáла гу́ще. В стáрых вётлах сóнно шумéл, стекáл с лúстьев дождь. Лóшадь застучáла копы́тами по настúлу мостá.

«Далекó всё-таки!» — вздохну́л Кузьмúн и сказáл извóзчику:

— Ты меня́ подождú óколо дóма. Отвезёшь обрáтно на прúстань . . .

— Это мóжно, — тóтчас согласúлся извóзчик и подýмал: «Нет,

видáть, не муж. Муж бы навернякá остáлся нá день — другóй. Видáть, посторóнний».

Началáсь булы́жная мостовáя. Пролётка затряслáсь, задребез-
жáла желéзными поднóжками. Извóзчик свернýл на обóчину. Колёса мя́гко покати́лись по сырóму пескý. Кузьми́н снóва задýмался.
Вот Баши́лов позави́довал емý. Конéчно, никакóй зáвисти нé
бы́ло. Прóсто Баши́лов сказáл не то слóво. Пóсле разговóра с
Баши́ловым у окнá в гóспитале, наоборóт, Кузьми́н нáчал зави́до-
вать Баши́лову. «Опя́ть не то слóво?» — с досáдой сказáл про себя́
Кузьми́н. Он не зави́довал. Он прóсто жалéл. О том, что вот емý
сóрок лет, но нé бы́ло у негó ещё такóй любви́, как у Баши́лова.
Всегдá он был оди́н.

«Ночь, дождь шуми́т по пусты́м садáм, чужóй городóк, с лугóв
несёт тумáном, — так и жизнь пройдёт», — почемý-то подýмал
Кузьми́н.

Снóва ему захотéлось остáться здесь. Он люби́л рýсские городки́,
где с крылéчек видны́ зарéчные лугá, ширóкие взвóзы, телéги с сé-
ном на парóмах. Эта любóвь удивля́ла егó самогó. Вы́рос он на ю́ге,
в морскóй семьé. От отцá остáлось у негó пристрáстие к изыскá-
ниям, географи́ческим кáртам, скитáльчеству. Поэ́тому он и стал
топóграфом. Профéссию эту Кузьми́н считáл всё же случáйной и
дýмал, что éсли бы роди́лся в другóе врéмя, то был бы охóтником,
открывáтелем нóвых земéль, авантюри́стом. Емý нрáвилось так
дýмать о себé, но он ошибáлся. В харáктере у негó нé было ничегó,
что свóйственно таки́м лю́дям. Кузьми́н был застéнчив, мя́гок с
окружáющими. Лёгкая седина́ выдавáла егó вóзраст. Но, гля́дя на
этого хýденького, невысóкого офицéра, никтó бы не дал ему бóльше тридцати́ лет.

Пролётка въéхала, наконéц, в тёмный городóк. Тóлько в однóм
дóме, должнó быть, в аптéке, горéла за стекля́нной двéрью си́няя
лáмпочка. Ýлица пошлá в гóру. Извóзчик слез с кóзел, чтобы лошади бы́ло лéгче. Кузьми́н тóже слез. Он шёл, немнóго отстáв, за
пролёткой и вдруг почýвствовал всю стрáнность своéй жи́зни.
«Где я? — подýмал он. — Каки́е-то Нáволоки, глушь, лóшадь вы-
секáет и́скры подкóвами. Где-то ря́дом — неизвéстная жéнщина.
Ей нáдо передáть нóчью вáжное и, должнó быть, невесёлое письмó.
А два мéсяца назáд бы́ли фронт, Пóльша, ширóкая ти́хая Ви́сла.
Стрáнно как-то! И хорошó».

Горá окóнчилась. Извóзчик свернýл в боковýю ýлицу. Тýчи кóе-

где разошли́сь, и в черноте́ над голово́й то тут, то там зажига́лась
звезда́. Поблесте́в в лу́жах, она́ га́сла.

Проле́тка останови́лась о́коло до́ма с мезони́ном.

— Прие́хали! — сказа́л изво́зчик. — Звоно́к у кали́тки, с пра́вого
бо́ку.

Кузьми́н о́щупью нашёл деревя́нную ру́чку звонка́ и потяну́л её,
но никако́го звонка́ не услы́шал — то́лько завизжа́ла ржа́вая про́во-
лока.

— Ши́бче тяни́те! — посове́товал изво́зчик.

Кузьми́н сно́ва дёрнул за ру́чку. В глубине́ до́ма заболта́л коло-
ко́льчик. Но в до́ме бы́ло попре́жнему ти́хо, — никто́, очеви́дно, не
просну́лся.

— Ох-хо-хо! — зевну́л изво́зчик. — Ночь дождли́вая — са́мый
кре́пкий сон.

Кузьми́н подожда́л, позвони́л сильне́е. На деревя́нной галере́йке
послы́шались шаги́. Кто-то подошёл к две́ри, останови́лся, послу́-
шал, пото́м недово́льно спроси́л:

— Кто таки́е? Чего́ на́до?

Кузьми́н хоте́л отве́тить, но изво́зчик его́ опереди́л:

— Отворя́й, Ма́рфа, — сказа́л он. — К О́льге Андре́евне при-
е́хали. С фро́нта.

— Кто с фро́нта? — так же нела́сково спроси́л за две́рью го́лос.
— Мы никого́ не ждём.

— Не ждёте, а дождали́сь!

Дверь приоткры́лась на цепо́чке. Кузьми́н сказа́л в темноту́, кто
он и заче́м прие́хал.

— Ба́тюшки! — испу́ганно сказа́ла же́нщина за две́рью. — Бес-
поко́йство вам како́е! Сейча́с отомкну́. О́льга Андре́евна спит. Вы
зайди́те, я её разбужу́.

Дверь отвори́лась, и Кузьми́н вошёл в тёмную галере́йку.

— Тут ступе́ньки, — предупреди́ла же́нщина уже́ други́м, ла́ско-
вым го́лосом. — Ночь-то кака́я, а вы прие́хали! Обожди́те, не уши-
би́тесь. Я сейча́с ла́мпу засвечу́, — у нас по ноча́м огня́ не́ту.

Она́ ушла́, а Кузьми́н оста́лся на галере́йке. Из ко́мнат тяну́ло
за́пахом ча́я и ещё каки́м-то сла́бым и прия́тным за́пахом. На га-
лере́йку вы́шел кот, потёрся о но́ги Кузьмина́, промурлы́кал и ушёл
обра́тно в ночны́е ко́мнаты, как бы приглаша́я Кузьмина́ за собо́й.

За приоткры́той две́рью задрожа́л сла́бый свет.

— Пожа́луйте, — сказа́ла же́нщина.

Кузьмин вошёл. Женщина поклонилась ему. Это была высокая старуха с тёмным лицом. Кузьмин, стараясь не шуметь, снял шинель, фуражку, повесил на вешалку около двери.

— Да вы не беспокойтесь, всё равно Ольгу Андреевну будить придётся, — улыбнулась старуха.

— Гудки с пристани здесь слышно? — вполголоса спросил Кузьмин.

— Слышно, батюшка! Хорошо слышно. Неужто с парохода да на пароход! Вот тут садитесь, на диван.

Старуха ушла. Кузьмин сел на диван с деревянной спинкой, поколебался, достал папиросу, закурил. Он волновался, и непонятное это волнение его сердило. Им овладело то чувство, какое всегда бывает, когда попадаешь ночью в незнакомый дом, в чужую жизнь, полную тайн и догадок. Эта жизнь лежит, как книга, забытая на столе на какой-нибудь шестьдесят пятой странице. Заглядываешь на эту страницу и стараешься угадать: о чём написана книга, что в ней? Тургеневский ли это роман с его трепетом девичьей любви и солнцем за облетающими липами? А может быть, горькая повесть Катюши Масловой?

На столе действительно лежала раскрытая книга. Кузьмин встал, наклонился над ней и, прислушиваясь к торопливому шёпоту за дверью и шелесту платья, прочёл про себя давно забытые слова:

> И невозможное возможно,
> Дорога дальняя легка,
> Когда блеснёт в дали дорожной
> Мгновенный взор из-под платка . . .

Кузьмин поднял голову, осмотрелся. Низкая, тёплая комната опять вызвала у него желание остаться в этом городке.

Есть особенный простодушный уют в таких комнатах с висячей лампой над обеденным столом, белым матовым абажуром, оленьими рогами над картиной, изображающей собаку около постели больной девочки. Такие комнаты вызывают улыбку, — так всё старомодно, давно позабыто.

Всё вокруг, даже пепельница из розовой раковины, говорило о жизни долгой, устойчивой. Может быть, это ощущение устойчивой жизни — а её у Кузьмина никогда не было — и вызвало у него желание остаться здесь и жить так, как жили обитатели старого дома — неторопливо, в чередовании труда и отдыха, зим, вёсен, дождли́вых и со́лнечных дней. Жела́ние погрузи́ться в тече́ние жи́зни — я́сной, лишённой душе́вного разла́да, когда́ да́же ста́рость не пуга́ет и не вызыва́ет муче́ний, как не вызыва́ет их ле́тний ве́чер, постепе́нно то́нущий во тьме но́чи.

Но среди́ ста́рых веще́й бы́ли и други́е. На столе́ стоя́л буке́т полевы́х цвето́в — рома́шки, медуни́цы, ди́кой ряби́нки. Буке́т был со́бран, должно́ быть, неда́вно. На ска́терти лежа́ли но́жницы и отре́занные и́ми ли́шние сте́бли цвето́в.

И ря́дом — раскры́тая кни́га Бло́ка. «Доро́га да́льняя легка́». И чёрная ма́ленькая же́нская шля́па на роя́ле, на си́нем плю́шевом альбо́ме для фотогра́фий. Совсе́м не стари́нная, а о́чень совреме́нная шля́па. И небре́жно бро́шенные на столе́ ча́сики в ни́келевом брасле́те. Они́ шли бесшу́мно и пока́зывали полови́ну второ́го. И всегда́ немно́го печа́льный, осо́бенно в таку́ю по́зднюю ночь, за́пах духо́в.

Одна́ ство́рка окна́ была́ откры́та. За ней, за вазо́нами с бего́нией, поблёскивал от нея́ркого све́та, па́давшего из окна́, мо́крый куст сире́ни. В темноте́ перешёптывался сла́бый дождь. В жестяно́м жо́лобе торопли́во стуча́ли тяжёлые ка́пли.

Кузьми́н прислу́шался к сту́ку ка́пель. Века́ми му́чившая люде́й мысль о необрати́мости ка́ждой мину́ты пришла́ ему́ в го́лову и́менно сейча́с, но́чью, в незнако́мом до́ме, отку́да через не́сколько мину́т он уйдёт и куда́ никогда́ не вернётся.

«Ста́рость э́то, что ли?» — поду́мал Кузьми́н и оберну́лся.

На поро́ге ко́мнаты стоя́ла молода́я же́нщина в чёрном пла́тье. Очеви́дно, она́ торопи́лась вы́йти к нему́ и пло́хо причеса́лась. Одна́ коса́ упа́ла ей на плечо́, и же́нщина, не спуска́я глаз с Кузьми́на и смущённо улыба́ясь, подняла́ её и приколо́ла шпи́лькой к волоса́м на заты́лке. Кузьми́н поклони́лся.

— Извини́те, — сказа́ла же́нщина и протяну́ла Кузьми́ну ру́ку. — Я вас заста́вила ждать.

— Вы О́льга Андре́евна Баши́лова?

— Да.

Кузьми́н смотре́л на же́нщину. Его́ удиви́ли её мо́лодость и блеск глаз — глубо́кий и немно́го тума́нный.

Кузьми́н извини́лся за беспоко́йство, доста́л из карма́на ки́теля письмо́ Баши́лова, по́дал же́нщине. Она́ взяла́ письмо́, поблагодари́ла и, не чита́я, положи́ла его́ на роя́ль.

— Что же мы стойм! — сказала она. — Садитесь! Вот сюда, к столу. Здесь светлее.

Кузьмин сел к столу, попросил разрешения закурить.

— Курите, конечно, — сказала женщина. — Я тоже, пожалуй, закурю.

Кузьмин предложил ей папиросу, зажёг спичку. Когда она закуривала, на лицо её упал свет спички, и сосредоточенное это лицо с чистым лбом показалось Кузьмину знакомым.

Ольга Андреевна села против Кузьмина. Он ждал расспросов, но она молчала и смотрела за окно, где всё так же однотонно шумел дождь.

— Марфуша, — сказала Ольга Андреевна и обернулась к двери.

— Поставь, милая, самовар.

— Нет, что вы! — испугался Кузьмин. — Я тороплюсь. Извозчик ждёт на улице. Я должен был только передать вам письмо и рассказать кое-что ... о вашем муже.

— Что рассказывать! — ответила Ольга Андреевна, вытащила из букета цветок ромашки и начала безжалостно обрывать на нём лепестки. — Он жив — и я рада.

Кузьмин молчал.

— Останьтесь, — просто, как старому другу, сказала Ольга Андреевна. — Гудки мы услышим. Пароход отойдёт, конечно, не раньше рассвета.

— Почему?

— А у нас, батюшка, пониже Наволок, — сказала из соседней комнаты Марфа, — перекат большой на реке. Его ночью проходить опасно. Вот капитаны и ждут до света.

— Это правда, — подтвердила Ольга Андреевна. — Пешком до пристани всего четверть часа. Если итти через городской сад. Я вас провожу. А извозчика вы отпустите. Кто вас привёз? Василий?

— Вот этого я не знаю, — улыбнулся Кузьмин.

— Тимофей их привёз, — сообщила из-за двери Марфа. — Было слышно, как она гремит самоварной трубой. — Хоть чайку попейте. А то что же — из дождя да под дождь.

Кузьмин согласился, вышел к воротам, расплатился с извозчиком. Извозчик долго не уезжал, топтался около лошади, поправлял шлею.

Когда Кузьмин вернулся, стол уже был накрыт. Стояли синие старые чашки с золотыми ободками, кувшин с топлёным молоком, мёд, начатая бутылка вина. Марфа внесла самовар.

Óльга Андре́евна извини́лась за ску́дное угоще́ние, рассказа́ла, что собира́ется обра́тно в Москву́, а сейча́с пока́ что рабо́тает в На́волоках, в городско́й библиоте́ке. Кузьми́н всё ждал, что она́, наконе́ц, спро́сит о Баши́лове, но она́ не спра́шивала. Кузьми́н испы́тывал от э́того всё бо́льшее смуще́ние. Он дога́дывался ещё в го́спитале, что у Баши́лова разла́д с жено́й. Но сейча́с, после того́, как она́, не чита́я, отложи́ла письмо́ на роя́ль, он соверше́нно убеди́лся в э́том, и ему́ уже́ каза́лось, что он не вы́полнил своего́ до́лга перед Баши́ловым и о́чень в э́том винова́т. «Очеви́дно, она́ прочтёт письмо́ по́зже», — поду́мал он. Одно́ бы́ло я́сно: письмо́, кото́рому Баши́лов придава́л тако́е значе́ние и ради кото́рого Кузьми́н появи́лся в неуро́чный час в э́том до́ме, уже́ нену́жно здесь и неинтере́сно. В конце́ концо́в Баши́лову Кузьми́н не помо́г и то́лько поста́вил себя́ в нело́вкое положе́ние. Óльга Андре́евна как бу́дто догада́лась об э́том и сказа́ла:

— Вы не серди́тесь. Есть по́чта, есть телегра́ф, — я не зна́ю, заче́м ему́ пона́добилось вас затрудня́ть.

— Како́е же затрудне́ние! — поспе́шно отве́тил Кузьми́н и доба́вил, помолча́в: — Наоборо́т, э́то о́чень хорошо́.

— Что хорошо́?

Кузьми́н покрасне́л.

— Что хорошо́? — гро́мче переспроси́ла Óльга Андре́евна и подняла́ на Кузьмина́ глаза́. Она́ смотре́ла на него́, как бы стара́ясь догада́ться, о чём он ду́мает, — стро́го, пода́вшись вперёд, ожида́я отве́та. Но Кузьми́н молча́л.

— Но всё же, что хорошо́? — опя́ть спроси́ла она́.

— Как вам сказа́ть, — отве́тил, разду́мывая, Кузьми́н. — Это осо́бый разгово́р. Всё, что мы лю́бим в жи́зни, ре́дко случа́ется. Не зна́ю, как у други́х, но я сужу́ по себе́. Всё хоро́шее почти́ всегда́ прохо́дит ми́мо. Вы понима́ете?

— Не о́чень, — отве́тила Óльга Андре́евна и нахму́рилась.

— Как бы вам объясни́ть, — сказа́л Кузьми́н, сердя́сь на себя́. — С ва́ми то́же так, наве́рное, быва́ло. Из окна́ ваго́на вы вдруг уви́дите поля́ну в берёзовом лесу́, уви́дите, как осе́нняя паути́на забле́стит на со́лнце, и вам захо́чется вы́скочить на ходу́ из по́езда и оста́ться на э́той поля́не. Но по́езд прохо́дит ми́мо. Вы высо́вываетесь из окна́ и смо́трите наза́д, куда́ уно́сятся все э́ти ро́щи, луга́, лошадёнки, просёлочные доро́ги, и слы́шите нея́сный звон. Что звени́т — непоня́тно. Мо́жет быть, лес и́ли во́здух. Или гудя́т телеграфные провода́. А мо́жет быть, ре́льсы звеня́т от хо́да по́езда. Мелькнёт вот так, на мгнове́ние, а по́мнишь об э́том всю жизнь. Кузьми́н замолча́л. О́льга Андре́евна пододви́нула ему́ стака́н с вино́м:

— Пе́йте. Э́то ри́слинг.

— Я в жи́зни, — сказа́л Кузьми́н и покрасне́л, как всегда́ красне́л, когда́ ему́ случа́лось говори́ть о себе́, — всегда́ ждал вот таки́х неожи́данных и просты́х веще́й. И е́сли находи́л их, то быва́л сча́стлив. Не надо́лго, но быва́л.

— И сейча́с то́же? — спроси́ла О́льга Андре́евна.

— Да!

О́льга Андре́евна опусти́ла глаза́.

— Почему́? — спроси́ла она́.

— Не зна́ю то́чно. Тако́е у меня́ ощуще́ние. Я был ра́нен на Ви́сле, лежа́л в го́спитале. Все получа́ли пи́сьма, а я не получа́л. Про́сто мне не́ от кого бы́ло их получа́ть. Лежа́л, выду́мывал, коне́чно, как все выду́мывают, своё бу́дущее по́сле войны́. Обяза́тельно счастли́вое и необыкнове́нное. Пото́м вы́лечился, и меня́ реши́ли отпра́вить на о́тдых. Назна́чили го́род.

— Како́й? — спроси́ла О́льга Андре́евна.

Кузьми́н назва́л го́род. О́льга Андре́евна ничего́ не отве́тила.

— Сел на парохо́д, — продолжа́л Кузьми́н. — Дере́вни на берега́х, при́стани. И очерте́вшее созна́ние одино́чества. Ра́ди бо́га, не поду́майте, что я жа́луюсь. В одино́честве то́же мно́го хоро́шего. Пото́м На́волоки. Я боя́лся их проспа́ть. Вы́шел на па́лубу глухо́й но́чью и поду́мал: как стра́нно, что в э́той огро́мной, закры́вшей всю Росси́ю темноте́, под дождли́вым не́бом споко́йно спят ты́сячи ра́зных люде́й. И то́лько сейча́с, во сне, останови́лась их жизнь. И то не надо́лго. А день опя́ть начнёт тяну́ть и плести́ ни́тку, — как бы вам сказа́ть, — ни́тку судьбы́ у ка́ждого. И у вас и у меня́. Пото́м я е́хал сюда́ на изво́зчике и всё гада́л, кого́ я встре́чу.

— Чем же вы всё-таки сча́стливы? — спроси́ла О́льга Андре́евна.

— Так . . . — спохвати́лся Кузьми́н. — Вообще́ хорошо́.

Он замолча́л.

— Что же вы? Говори́те!

— О чём? Я и так разболта́лся, наговори́л ли́шнего.

— Обо всём, — отве́тила О́льга Андре́евна. Она́ как бу́дто не расслы́шала его́ после́дних слов. — О чём хоти́те, — доба́вила она́.

— Хотя́ всё это немно́го стра́нно.

Она́ вста́ла, подошла́ к окну́, отодви́нула занаве́ску. Дождь не стиха́л.

— Что стра́нно? — спроси́л Кузьми́н.

— Всё дождь! — сказа́ла О́льга Андре́евна и оберну́лась. — Вот вы — одино́кий челове́к. И я — то́же. И така́я вот встре́ча. И весь э́тот наш ночно́й разгово́р — ра́зве э́то не стра́нно?

Кузьми́н смущённо молча́л. О́льга Андре́евна подошла́ к календарю́, оторвала́ листо́к.

— Двена́дцатое ию́ня. Я постоя́нно забыва́ю, ско́лько дней в году́?

— Три́ста шестьдеся́т пять.

— Мне два́дцать во́семь лет. Э́то ско́лько же бу́дет дней?

Кузьми́н поду́мал, улыбну́лся:

— О́коло десяти́ ты́сяч.

— Ну, хорошо́. Отбро́сим пять ты́сяч дней на де́тство. Зна́чит, пять ты́сяч раз я ждала́ чего́-то чуде́сного. Ждала́, как и все ждут, — ка́ждый бо́жий день. Но никто́ мне не мог сказа́ть, никака́я гада́лка, когда́, наконе́ц, среди́ э́тих дней вы́падет са́мый па́мятный.

Она́ подняла́ на Кузьмина́ посветле́вшие глаза́ и спроси́ла:

— Я глу́пости говорю́, коне́чно?

Кузьми́н хоте́л отве́тить, что э́то во́все не глу́пости, но в сыро́м мра́ке за окно́м, где́-то под горо́й, загуде́л парохо́д.

— Ну, что ж, — как бу́дто с облегче́нием сказа́ла О́льга Андре́евна. — Вот и гудо́к!

Кузьми́н встал. О́льга Андре́евна не дви́галась.

— Погоди́те, — сказа́ла она́ споко́йно. — Дава́йте ся́дем перед доро́гой. Как в старину́.

Кузьми́н сно́ва сел. О́льга Андре́евна то́же се́ла, заду́малась, да́же отверну́лась от Кузьмина́. Кузьми́н, гля́дя на её высо́кие пле́чи, на тяжёлые во́лосы зако́лотые узло́м на заты́лке, на чи́стый изги́б ше́и, поду́мал, что е́сли бы не Баши́лов, то он никуда́ бы не уе́хал из э́того городка́, оста́лся бы здесь до конца́ о́тпуска и жил бы, волну́ясь и зна́я, что ря́дом живёт э́та ми́лая и о́чень гру́стная сейча́с же́нщина, живёт и ждёт са́мый па́мятный день.

О́льга Андре́евна вста́ла. В ма́ленькой прихо́жей Кузьми́н помо́г ей наде́ть плащ. Она́ наки́нула на го́лову плато́к.

Они́ вы́шли, мо́лча пошли́ по тёмной у́лице.

— Ско́ро рассве́т, — сказа́ла О́льга Андре́евна.

Над заре́чной стороно́й сине́ло водяни́стое не́бо. Кузьми́н заме́тил, что О́льга Андре́евна вздро́гнула.

— Вам хо́лодно? — встрево́жился он. — Зря вы пошли́ меня́ провожа́ть. Я бы и сам нашёл доро́гу.

— Нет, не зря, — ко́ротко отве́тила О́льга Андре́евна.

Дождь прошёл, но с крыш ещё па́дали ка́пли, посту́кивали по доща́тому тротуа́ру. В конце́ у́лицы тяну́лся городско́й сад. Кали́тка была́ откры́та. За ней сра́зу начина́лись густы́е, запу́щенные алле́и. В саду́ па́хло ночны́м хо́лодом, сыры́м песко́м. Э́то был ста́рый сад, чёрный от высо́ких лип. Ли́пы уже́ отцвета́ли и сла́бо па́хли. Оди́н то́лько раз ве́тер прошёл по са́ду, и весь он зашуме́л, бу́дто над ним проли́лся и то́тчас стих кру́пный и си́льный ли́вень.

В конце́ са́да был обры́в над реко́й, а за обры́вом — предрассве́тные дождли́вые да́ли, ту́склые огни́ ба́кенов внизу́, тума́н, вся грусть ле́тнего нена́стья.

— Как же мы спу́стимся? — спроси́л Кузьми́н.

— Иди́те сюда́!

О́льга Андре́евна сверну́ла по тропи́нке пря́мо к обры́ву и подошла́ к деревя́нной ле́стнице, уходи́вшей вниз, в темноту́.

— Да́йте ру́ку! — сказа́ла О́льга Андре́евна. — Здесь мно́го гни́лых ступе́нек.

Кузьми́н по́дал ей ру́ку, и они́ осторо́жно на́чали спуска́ться. Ме́жду ступе́нек росла́ мо́края от дождя́ трава́.

На после́дней площа́дке ле́стницы они́ останови́лись. Бы́ли уже́ видны́ при́стань, зелёные и кра́сные огни́ парохо́да. Свисте́л пар. Се́рдце у Кузьмина́ сжа́лось от созна́ния, что сейча́с он расста́нется с э́той незнако́мой и тако́й бли́зкой ему́ же́нщиной и ничего́ ей не ска́жет, — ничего́! Да́же не поблагодари́т за то, что она́ встре́тилась ему́ на пути́, подала́ ма́ленькую кре́пкую ру́ку в сыро́й перча́тке, осторо́жно свела́ его́ по ве́тхой ле́стнице и ка́ждый раз, когда́ над пери́лами све́шивалась мо́края ве́тка и могла́ заде́ть его́ по лицу́, она́ ти́хо говори́ла: «Нагни́те го́лову!» И Кузьми́н поко́рно наклоня́л го́лову.

— Попроща́емся здесь, — сказа́ла О́льга Андре́евна. — Да́льше я не пойду́.

Кузьми́н взгляну́л на неё. Из-под платка́ смотре́ли на него́ трево́жные, стро́гие глаза́. Неуже́ли вот сейча́с, сию́ мину́ту, всё уйдёт в про́шлое и ста́нет одни́м из томи́тельных воспомина́ний и в её и в его́ жи́зни?

О́льга Андре́евна протяну́ла Кузьмину́ ру́ку. Кузьми́н поцелова́л

её и почу́вствовал тот же сла́бый за́пах духо́в, что впервы́е услы́шал
в тёмной ко́мнате под шо́рох дождя́.

Когда́ он по́днял го́лову, О́льга Андре́евна что-то сказа́ла, но так
ти́хо, что Кузьми́н не расслы́шал. Ему́ показа́лось, что она́ сказа́ла
одно́ то́лько сло́во: «Напра́сно . . .» Мо́жет быть, она́ сказа́ла ещё
что́-нибудь, но с реки́ серди́то закрича́л парохо́д, жа́луясь на про-
мо́зглый рассве́т, на свою́ бродя́чую жизнь в дождя́х, в тума́нах.

Кузьми́н сбежа́л, не огля́дываясь, на бе́рег, прошёл через па́хну-
щую рого́жами и дёгтем при́стань, вошёл на парохо́д и то́тчас же
подня́лся на пусту́ю па́лубу. Парохо́д уже́ отва́ливал, ме́дленно
рабо́тая колёсами. Кузьми́н прошёл на корму́, посмотре́л на об-
ры́в, на ле́стницу — О́льга Андре́евна была́ ещё там. Чуть света́ло,
и её тру́дно бы́ло разгляде́ть. Кузьми́н по́днял ру́ку, но О́льга Анд-
ре́евна не отве́тила.

Парохо́д уходи́л все да́льше, гнал на песча́ные берега́ дли́нные
во́лны, кача́л ба́кены, и прибре́жные кусты́ лозняка́ отвеча́ли
торопли́вым шу́мом на уда́ры парохо́дных колёс.

1945

Mikhail Zoshchenko

MIKHAIL ZOSHCHENKO (1895–1958), a Leningrad writer of Ukrainian birth and descent, was one of the most beloved Soviet satirists in the 1920s and 30s. He is the inheritor of the great Russian nineteenth-century satirical tradition, which he brought up to date and domiciled in Soviet Russia. (His only Soviet colleagues in the field of satire who come close to him in their achievement were Ilf and Petrov, who collaborated in the rollicking novels *Little Golden Calf* and *Twelve Chairs*.) Zoshchenko's realm is the sketch and the short story. He wrote hundreds of them, and the Russian public never seemed to tire of his sharp humor. The officials, however, repeatedly cracked down on him.

The role of satire in Soviet Russia, indeed, is difficult: on one hand, writers are exhorted to use satire as a means of calling attention to abuses that the Party wants remedied or liquidated; on the other hand, the writer must be optimistic, positive, show appreciation of the steady upward development of Soviet life, and render reality in rosy colors. It is very easy for a satirist to be accused of slandering Soviet conditions. Zoshchenko ran afoul of bureaucratic requirements most seriously in 1946, when he (along with Anna Akhmatova, the lyrical poetess) was seriously attacked by Andrey Zhdanov and fell into deep disfavor. He was chosen as one of the chief targets of a resolution by the Central Committee of the Communist Party, accused of "wallowing in the mire of petty everyday affairs," and expelled from the Union of Writers. He was not arrested, however, but he failed ever to recover from the persecution, and died in 1958. After the de-Stalinization speech by Khrushchev at the Twenty-second Communist Party Congress, Zoshchenko was posthumously semirehabilitated, and several volumes of his stories (with some slight modifications and bowdlerizations) have been published in Soviet Russia.

The collections of stories published by Zoshchenko in the 1920s and

30s are too numerous to list. Most of them are remarkable above all for their language, in which most of their untranslatable humor lies. Zoshchenko's heroes (as well as narrators, who usually proceed in the manner of *сказ*) use not literary Russian, but a hodgepodge of currently popular journalese, Marxist tags (half-understood and ill-applied), folksy turns of phrase, pseudoscientific expressions, slogans, malapropisms, bureaucratic jargon—a mixture of stylistic levels resulting in humorous revelation of their crassness and lack of education, contrasting with their pretentiousness and self-importance.

The basis of Zoshchenko's stories is life's irony—the discrepancy between human claims and realities, or between aspirations and achievements. Sometimes he is aiming at individual failings; at other times, he is at least by implication indicting society's failures. In the latter cases, he is peculiarly vulnerable to official Soviet attacks. Zoshchenko's characters seldom live up to the ideals of the "New Soviet Man," as he is supposed to exist under the conditions of classless Soviet society. Like prerevolutionary men (or like men anywhere, any time), they have flaws—laughable and execrable. In the stories in this volume, Zoshchenko is poking fun (even if sad fun) at the shortcomings of medicine, at the dehumanization of man in a hospital, at human greed, brutishness, self-seeking. The story *Poor Liza* makes ironic allusions to N. M. Karamzin's lachrymose story under the same title, published in 1792, a story in which the heroine, a poor maiden, was seduced by a gentleman of the upper classes, who then abandoned her, with the result that she took her own life.

We should not rival Zoshchenko's official castigators in the Soviet Union in assuming that he means everything he says as an indictment specifically of the Soviet system. No doubt had he lived in any other country, he would have made its people and conditions the butt of his satire. He happened to live in Soviet Russia, and his stories deal with that milieu, its foibles and absurdities.

Михаил Михайлович Зощенко

ИСТОРИЯ БОЛЕЗНИ

Откровенно говоря, я предпочитаю хворать дома.

Конечно, слов нет, в больнице, может быть, светлей и культурней. И калорийность пищи, может быть, у них более предусмотрена. Но, как говорится, дома и солома едома.

А в больницу меня привезли с брюшным тифом. Домашние думали этим облегчить мои неимоверные страдания.

Но только этим они не достигли цели, поскольку мне попалась какая-то особенная больница, где мне не всё понравилось.

Всё-таки только больного привезли, записывают его в книгу, и вдруг он читает на стене плакат: «Выдача трупов от 3-х до 4-х».

Не знаю, как другие больные, но я прямо закачался на ногах, когда прочёл это воззвание. Главное, у меня высокая температура, и вообще жизнь, может быть, еле теплится в моём организме, может быть она на волоске висит — и вдруг приходится читать такие слова.

Я сказал мужчине, который меня записывал:

— Что вы, говорю, товарищ фельдшер, такие пошлые надписи вывешиваете? Всё-таки, говорю, больным не доставляет интереса это читать.

Фельдшер, или, как там его, — лекпом, удивился, что я ему так сказал, и говорит:

— Глядите: больной, и еле он ходит, и чуть у него пар изо рту не идёт от жара, а тоже, говорит, наводит на всё самокритику. Если, говорит, вы поправитесь, что вряд ли, тогда и критикуйте, а не то мы действительно от трёх до четырёх выдадим вас в виде того, что тут написано, вот тогда будете знать.

Хотел я с этим лекпомом схлестнуться, но поскольку у меня была высокая температура, тридцать девять и восемь, то я с ним спорить не стал. Я только ему сказал:

— Вот погоди, медицинская трубка, я поправлюсь, так ты мне

отве́тишь за своё наха́льство. Ра́зве, говорю́, мо́жно больны́м таки́е ре́чи слу́шать? Э́то, говорю́, мора́льно подка́шивает их си́лы.

Фе́льдшер удиви́лся, что тяжело́ больно́й так свобо́дно с ним объясня́ется, и сра́зу замя́л разгово́р. И тут сестри́чка подскочи́ла:

— Пойдёмте, говори́т, больно́й, на обмы́вочный пункт.

Но от э́тих слов меня́ то́же передёрнуло.

— Лу́чше бы, говорю́, называ́ли не обмы́вочный пункт, а ва́нна. Э́то, говорю́, краси́вей и возвыша́ет больно́го. И я, говорю́, не ло́шадь, чтоб меня́ обмыва́ть.

Медсестра́ говори́т:

— Да́ром что больно́й, а то́же, говори́т, замеча́ет вся́кие то́нкости. Наве́рно, говори́т, вы не вы́здоровеете, что во всё нос суёте.

Тут она́ привела́ меня́ в ва́нну и веле́ла раздева́ться.

И вот я стал раздева́ться и вдруг ви́жу, что в ва́нне, над водо́й уже́ торчи́т кака́я-то голова́. И вдруг ви́жу, что э́то как бу́дто стару́ха в ва́нне сиди́т, наве́рно из больны́х.

Я говорю́ сестре́:

— Куда́ же вы меня́, соба́ки, привели́ — в да́мскую ва́нну? Тут, говорю́, уже́ кто́-то купа́ется.

Сестра́ говори́т:

— Да э́то тут одна́ больна́я стару́ха сиди́т. Вы на неё не обраща́йте внима́ния. У неё высо́кая температу́ра, и она́ ни на что не реаги́рует. Так что вы раздева́йтесь без смуще́ния. А тем вре́менем мы стару́ху из ва́нны вы́нем и набурови́м вам све́жей воды́.

Я говорю́:

— Стару́ха не реаги́рует, но я, мо́жет быть, ещё реаги́рую. И мне, говорю́, определённо неприя́тно ви́деть то, что там у вас пла́вает в ва́нне.

Вдруг сно́ва прихо́дит э́тот лекпо́м. Говори́т:

— Я, говори́т, пе́рвый раз ви́жу тако́го привере́дливого больно́го. И то ему́, наха́лу, не нра́вится, и э́то ему́ нехорошо́. Умира́ющая стару́ха купа́ется, и то он прете́нзию выража́ет. А у неё, мо́жет быть, о́коло сорока́ температу́ры, и она́ ничего́ в расчёт не принима́ет и всё ви́дит, как сквозь си́то. И, уж во вся́ком слу́чае, ваш вид не заде́ржит её в э́том ми́ре ли́шних пять мину́т. Нет, говори́т, я бо́льше люблю́, когда́ к нам больны́е поступа́ют в бессозна́тельном состоя́нии. По кра́йней ме́ре, тогда́ им всё по вку́су, всем они́ дово́льны и не вступа́ют с на́ми в нау́чные пререка́ния.

Тут купа́ющаяся стару́ха подаёт го́лос:

— Вынима́йте, говори́т, меня́ из воды́, и́ли, говори́т, я сама́ сейча́с вы́йду и всех тут вас распатро́ню.[1]

Тут они́ заняли́сь стару́хой и мне веле́ли раздева́ться.

И пока́ я раздева́лся, они́ момента́льно напусти́ли горя́чей воды́ и веле́ли мне туда́ сесть.

И, зна́я мой хара́ктер, они́ уже́ не ста́ли спо́рить со мной и стара́лись во всём подда́кивать. То́лько по́сле купа́нья они́ да́ли мне огро́мное, не по моему́ ро́сту, бельё. Я ду́мал, что они́ наро́чно от зло́бы подбро́сили мне тако́й компле́кт не по ме́рке, но пото́м я уви́дел, что у них э́то — норма́льное явле́ние. У них ма́ленькие больны́е, как пра́вило, бы́ли в больши́х руба́хах, а больши́е — в ма́леньких.

И да́же мой компле́кт оказа́лся лу́чше, чем други́е. На мое́й руба́хе больни́чное клеймо́ стоя́ло на рукаве́ и не по́ртило о́бщего ви́да, а на други́х больны́х кле́йма стоя́ли у кого́ на спине́, а у кого́ на груди́, и э́то мора́льно унижа́ло челове́ческое досто́инство.

Но поско́льку у меня́ температу́ра всё бо́льше повыша́лась, то я не стал об э́тих предме́тах спо́рить.

А положи́ли меня́ в небольшу́ю пала́ту, где лежа́ло о́коло тридцати́ ра́зного со́рта больны́х. И не́которые, вида́ть, бы́ли тяжело́ больны́е. А не́которые, наоборо́т, поправля́лись. Не́которые свисте́ли. Други́е игра́ли в пе́шки. Тре́тьи ходи́ли по пала́там и по склада́м чита́ли чего́ напи́сано над изголо́вьем.

Я говорю́ сестри́це:

— Мо́жет быть, я попа́л в больни́цу для душевнобольны́х, так вы так и скажи́те. Я, говорю́, ка́ждый год в больни́цах лежу́, и никогда́ ничего́ подо́бного не ви́дел. Всю́ду тишина́ и поря́док, а у вас что база́р.

Та говори́т:

— Мо́жет быть, вас прика́жете положи́ть в отде́льную пала́ту и приста́вить к вам часово́го, чтоб он от вас мух и блох отгоня́л?

Я по́днял крик, чтоб пришёл гла́вный врач, но вме́сто него́ вдруг пришёл э́тот са́мый фе́льдшер. А я был в осла́бленном состоя́нии. И при ви́де его́ я оконча́тельно потеря́л своё созна́ние.

То́лько очну́лся я, наве́рно, так ду́маю, дня че́рез три.

Сестри́чка говори́т мне:

— Ну, говори́т, у вас пря́мо двужи́льный органи́зм. Вы, говори́т, сквозь все испыта́ния прошли́. И да́же мы вас случа́йно положи́ли

[1] I'll show you! (*slang*)

около откры́того окна́, и то вы неожи́данно ста́ли поправля́ться. И тепе́рь, говори́т, е́сли вы не зарази́тесь от свои́х сосе́дних больны́х, то, говори́т, вас мо́жно бу́дет чистосерде́чно поздра́вить с выздоровле́нием.

Одна́ко органи́зм мой не подда́лся бо́льше боле́зням, и то́лько я еди́нственно пе́ред са́мым вы́ходом захвора́л де́тским заболева́нием — ко́клюшем.

Сестри́чка говори́т:

— Наве́рно, вы подхвати́ли зара́зу из сосе́днего фли́геля. Там у нас де́тское отделе́ние. И вы, наве́рно, неосторо́жно поку́шали из прибо́ра, на кото́ром ел ко́клюшный ребёнок. Вот че́рез э́то вы и прихворну́ли.

В о́бщем, вско́ре органи́зм взял своё, и я сно́ва стал поправля́ться. Вско́ре они́ меня́ вы́писали, я верну́лся домо́й.

И тепе́рь хвора́ю до́ма.

1938

Михаи́л Миха́йлович Зо́щенко

БÉДНАЯ ЛИ́ЗА

Одна́ молода́я осо́ба, весьма́ неду́рненькая и развита́я брюне́тка, реши́ла в э́том году́ непреме́нно разбогате́ть.

То есть, не то чтобы она́ хоте́ла заполучи́ть ска́зочное бога́тство, как э́то ино́й раз быва́ет в стра́нах капита́ла, среди́ миллионе́ров и спекуля́нтов.

Нет, она́, коне́чно, э́того не хоте́ла. То есть, вообще́-то говоря́, она́ и́менно как раз э́того и хоте́ла. Но то́лько она́ не понима́ла, как э́то тепе́рь быва́ет. И потому́ она́ реши́ла име́ть то, что в преде́лах возмо́жного.

Она́ хоте́ла име́ть како́й-нибудь голубо́й фо́рдик с постоя́нным, что ли, шофёром. Станда́ртную да́чку. Не́который счёт в ба́нке. И, коне́чно, како́е-нибудь зна́тное положе́ние му́жа, чтоб ей быва́ть повсю́ду и всех вида́ть.

А муж у неё был обыкнове́нный инжене́р. То есть, он был гидро́лог. Э́то у них там что-то насчёт воды́. А е́сли э́то так, то он, коне́чно, никаки́х там осо́бых коло́нн не проекти́ровал, за что бы ему́ шли де́ньги и пре́мии как творцу́ но́вых иде́й и положе́ний. Коро́че говоря́, он жил помале́ньку на свои́ семьсо́т моне́т. И, бу́дучи энтузиа́стом своего́ де́ла, был до не́которой сте́пени вполне́ дово́лен.

Супру́гу же его́ не устра́ивала э́та су́мма. И, бу́дучи же́нщиной пра́здной и пу́стенькой, со сла́бым мировоззре́нием, она́ мечта́ла о ска́зочной ро́скоши и так да́лее.

А ей кто́-то сказа́л, что вообще́ как бу́дто писа́тели живу́т дово́льно недурно. Что не́которые из них име́ют пи́шущие маши́ны, отде́льные кварти́ры, да́чи, а ино́й раз да́же и автомоби́ли. И пусть она́ среди́ э́той просло́йки что́-нибудь себе́ пои́щет.

Но Ли́за не зна́ла, где ей э́того иска́ть. И потому́ она́ не без поспе́шности сошла́сь с одни́м пе́рвым попа́вшимся а́втором.

Но, ме́жду на́ми говоря́, э́тот инжене́р челове́ческих душ, как наро́чно, оказа́лся на ре́дкость несостоя́тельным и ограни́ченным субъе́ктом. И вдоба́вок он был люби́тель алкого́ля. Благодаря́ чему́ через ме́сяц он вы́разил жела́ние, чтобы она́ непреме́нно где́-нибудь служи́ла. Поско́льку он сам на себя́ не наде́ялся, создава́я сла́бые, ма́ловысо́кохудо́жественные кни́ги, не отража́ющие в по́лной ме́ре вели́чие эпо́хи.

В о́бщем он не оправда́л её наде́жд, и тогда́ она́ поки́нула э́того своего́ вы́родка, потеря́в при э́том ве́ру в литерату́ру и в её могу́щество.

В о́бщем она́ верну́лась к своему́ супру́гу. Но, верну́вшись, она́ не оста́вила свои́х пы́лких наде́жд и то́лько ждала́, чтоб что́-нибудь у неё поскоре́е случи́лось.

И вот как раз тогда́ её познако́мили с одни́м иностра́нцем.

Ей предста́вили его́ в рестора́не. И сказа́ли, что он интури́ст. И что он живёт в оте́ле, но э́тим не дово́лен и мечта́ет найти́ ко́мнату в ча́стном до́ме ме́сяца на́ два. Нет ли у неё тако́й?

И хотя́ у неё э́того не́ было, но она́, тем не ме́нее, кра́йне обра́довалась и реши́ла на два ме́сяца пересели́ть куда́-нибудь свою́ препо́до́бную ма́машу, чтоб то́лько ей не упусти́ть избало́ванного иностра́нца, не могу́щего прожива́ть в неую́тных шу́мных оте́лях, среди́ звонко́в и приходя́щих деви́ц.

В о́бщем э́тому интури́сту и изне́женному аристокра́ту она́ устро́ила у себя́ в кварти́ре ко́мнату. И хотя́ супру́г её не допуска́л до э́того, но она́ на своём настоя́ла. И тот к ним перее́хал со свои́м ослепи́тельным гардеро́бом, одеколо́ном, фотоаппара́том, брюко-держа́телем и так да́лее.

И вот Ли́за, ду́мая, что наступи́л гла́вный моме́нт в её жи́зни, сошла́сь с э́тим иностра́нцем.

И тот её исключи́тельно полюби́л. И сде́лал ей форма́льное пред-ложе́ние. На что она́ согласи́лась и да́же, сверх того́, о́чень тому́ обра́довалась, пря́мо до того́, что и описа́ть нельзя́.

И тогда́ она́ сра́зу бро́сила му́жа. И ста́ла с ним жить в мама́ши-ной ко́мнате.

И хотя́ её иностра́нец по-ру́сски почти́ не говори́л, а она́, наоборо́т, говори́ла то́лько по-ру́сски, тем не ме́нее э́то отню́дь не послу-жи́ло прегра́дой для их взаи́много междунаро́дного сча́стья.

В о́бщем она́ была́ сча́стлива и мечта́ла о Пари́же, Ло́ндоне, Средизе́мном мо́ре и так да́лее.

Но че́рез ме́сяц интури́ст, научи́вшись бо́лее сно́сно выража́ть по-ру́сски свои́ мы́сли, как-то раз осо́бенно разговори́лся о том, о сём на э́том языке́, и из разгово́ра она́ отча́сти вы́яснила, что тот во́все не собира́ется уезжа́ть в Евро́пу. А напро́тив, он да́же хо́чет тут обоснова́ться. И что по слу́чаю затрудни́тельных дел там у них за грани́цей закры́лось како́е-то предприя́тие, и он оста́лся как бы да́же без рабо́ты. Вот почему́ он и при́был в Сою́з, наде́ясь тут найти́ что́-нибудь по свое́й специа́льности.

Она́, побледне́в, попроси́ла повтори́ть э́ти гру́бые ру́сские фра́зы о том, о сём. И он сно́ва сказа́л ей то же са́мое, доба́вив, что у него́ есть больши́е наде́жды здесь у нас устро́иться, поско́льку он спе-циали́ст по шипу́чим и минера́льным во́дам. А тут в Сою́зе э́то как раз, наве́рное, о́чень всем на́до. И е́сли он тут устро́ится, тогда́ че́рез год они́ сме́ло смо́гут съе́здить в Пари́ж, е́сли уж она́ так э́того хо́чет.

Тогда́ она́, вспы́хнув, не без я́ду спроси́ла, заче́м же он при своём положе́нии, бу́дучи просты́м безрабо́тным, называ́ется интури́стом и при э́том не оставля́ет свои́х изне́женных привы́чек и не живёт в дешёвом но́мере. А свои́м ви́дом и поведе́нием смуща́ет окружа́ю-щих, допуска́я их де́лать ниве́сть каки́е вы́воды.

Тогда́ он заме́тил ей, что вот и́менно он как раз и перее́хал из оте́ля к ним ра́ди, так сказа́ть, эконо́мии.

Тогда́ она́ запла́кала, сказа́в, что если так, то в её сла́бой голове́ спу́тались все поня́тия об устро́йстве ми́ра. И что об интури́стах она́ была́ соверше́нно друго́го мне́ния. Она́ ду́мала, что они́ все без исключе́ния е́здят ра́ди при́хоти и любопы́тства, а не ра́ди того́, заче́м он при́был. Нехвата́ло, де́скать, ей ещё за безрабо́тных выходи́ть. Ведь э́того да́же у нас не́ту. А тут вот она́ нашла́ тако́го. Так уж лу́чше она́ вы́йдет за́муж за на́шего конто́рщика и бу́дет получа́ть свои́ сто целко́вых, чем что́-либо друго́е.

И она́ от оби́ды и униже́ния три дня пла́кала. И веле́ла интури́сту уе́хать в оте́ль, поско́льку ма́ма жила́ на у́лице.

В о́бщем она́ расста́лась с ним, поско́льку тем бо́лее её пе́рвый муж, как вы́яснилось, сде́лал каку́ю-то крупне́йшую эконо́мию на слу́жбе и за э́то получи́л де́сять ты́сяч рубле́й пре́мии, что и бы́ло объя́влено в газе́тах.

Одна́ко супру́г, не зна́я ещё, что она́ к нему́ вернётся, о́тдал э́ти де́ньги на строи́тельство. Он был большо́й энтузиа́ст и был отча́сти равноду́шен к деньга́м. Вот он и о́тдал э́ту су́мму госуда́рству.

А она́, верну́вшись и узна́в об э́том, до того́ расстро́илась, что супру́г боя́лся за це́лость её рассу́дка. И тогда́ она́, успоко́ившись, сно́ва затаи́ла в душе́ реше́ние найти́ что́-нибудь лу́чшее.

А ей кто́-то сказа́л, что тот са́мый злосча́стный писа́тель, с кото́рым она́ неда́вно жила́ и не была́ сча́стлива, неожи́данно си́льно пошёл в го́ру.[1] Он бро́сил писа́ть свои́ сла́бые вещи́цы и неожи́данно вдруг написа́л пье́ску, кото́рая по си́ле, говоря́т, не уступа́ла Бори́су Шекспи́ру или что́-нибудь вро́де э́того. И что он тепе́рь буква́льно великоле́пно зараба́тывает.

Она́, огорчи́вшись, что не подождала́ э́той хоро́шей полосы́, сно́ва хоте́ла сойти́сь с э́тим драмату́ргом. Но он, оказа́лось, уже́ име́л две семьи́ и был сравни́тельно сча́стлив.

Тогда́ она́, подойдя́ благодаря́ э́тому знако́мству не́сколько бли́же к театра́льным дела́м, нашла́ тут больши́е возмо́жности. Вдоба́вок её в теа́тре познако́мили с одни́м эстра́дным ко́миком, кото́рый, говоря́т, зараба́тывал о́чень, о́чень кру́пные де́ньги.

Она́ хоте́ла бы́ло сра́зу сойти́сь с э́тим ко́миком, но в после́дний

---

[1] his affairs improved greatly

момéнт испугáлась какóго-нибýдь надувáтельства и́ли подвóха с
его́ стороны́, врóде как бы́ло у ней с интури́стом и́ли чтó-нибудь
врóде э́того.

И тогдá онá не вы́шла за негó зáмуж, а реши́ла, éсли, на то по-
шлó, самá стать арти́сткой.

И онá стáла изучáть характéрные тáнцы, чтоб с ни́ми кáк-нибудь
выступáть на эстрáде и зарабáтывать, как другóе.

Но от хрони́ческих её неприя́тностей с интури́стом и писáтелем
у неё докторá нашли́ неврóз сéрдца и нéрвную сыпь на тéле. И по-
э́тому онá стáла учи́ться петь.

И сейчáс онá поёт. И ужé началá поря́дочно зарабáтывать в зак-
ры́тых концéртах и в домáх óтдыха.

А мýжу онá сказáла, что тепéрь онá с ним остáнется жить. Что
рáньше у неё бы́ли стáрые взгля́ды на дéньги и супрýжеские отношéния, но что сейчáс, получáя до ты́сячи рублéй и бóльше за своё
пéние, онá вполнé перевоспитáлась и дáже довóльна и идёт не прóтив самостоя́тельности жéнщин.

Но довóльство её продолжáлось до тех пор, покá ей не рассказá-
ли об её интури́сте. Ей сказáли, что э́тот её иностранéц нашёл
здесь по своéй рéдкой специáльности óчень хорóшее мéсто, полу-
чи́л прекрáсное содержáние, жени́лся на однóй деви́це и с ней вы́-
ехал к себé на рóдину для устрóйства свои́х дел и чтобы привести́
сюдá автомоби́ль.

Ей сказáли, что онá навéрно плóхо договори́лась с ним по-рýсски,
éсли упусти́ла такóй великолéпный экземпля́р.

Вот э́то извéстие онá действи́тельно перенеслá с трудóм. У неё
дáже врéменно пропáл гóлос.

Но чéрез две недéли онá снóва опрáвилась и сейчáс опя́ть поёт,
как умéет. Но сыпь на кóже у неё так и остáлась.

Вот каки́е бывáют бáрышни. И вот что с ни́ми инóй раз случáет-
ся, когдá они́ хотя́т получи́ть дéньги не так, как э́то у нас при́нято.

А что онá пóсле э́того стáла арти́сткой, то для неё э́то óчень хорошó, а для пýблики э́то навéрно весьмá посрéдственно.

И, конéчно, в таки́х слýчаях всегдá лýчше танцовáть, чем петь. И
молоды́е осóбы должны́ учи́тывать э́то горя́чее пожелáние пýблики.

1935

Victor Nekrasov

VICTOR NEKRASOV is the author of remarkable accounts of his travels in the West, a number of short stories, and of three novels so short that by Russian standards they are considered *повести* rather than *романы*. He has dealt directly and unhesitatingly with the chief concerns of Russian society at the time of writing, without, however, ever becoming a rebel or dissident. His most striking quality is his effort at complete honesty in his works.

Nekrasov was born in 1911 in Kiev, the setting of several of his works. He studied architecture and drama, and worked for four years in the theater. During the war, he fought with the combat engineers. In 1946 he published *In the Trenches of Stalingrad*, a craftsmanlike, engrossing narrative of day-to-day fighting, somewhat in the manner of Hemingway. Of still greater interest was his second book, *Native Town* (*В родном городе*), which describes the marital as well as black-market involvements of two war veterans who have been wounded, demobilized, and returned to Kiev as civilians. The city and its inhabitants bear the marks of war; all seems in an abnormal state of shock. The starkness of Nekrasov's presentation of his characters' psychology and the blunt honesty of the dialogue are the hallmarks of this novel.

Victor Nekrasov visited France and Italy in 1957 and described his travels in impressively impartial articles. He found much to admire in the West, while making it clear that he was a loyal Soviet citizen. In reporting his conversations in France and Italy and his reactions to Western architecture, manners, and institutions, Nekrasov often expressed the desire—which many Russians in the post-Stalinist period felt—for more contact with the outside world, as well as their aversion to official propaganda.

The story in this volume, *Sen'ka*, is one of several which Nekrasov published in the 1950s. They are written vividly, with Nekrasov's characteristic grasp of the striking concrete detail. *Sen'ka* also illustrates his understatement, reticence, and avoidance of the grandiloquent. In Nekrasov's war stories we frequently encounter the theme of *Sen'ka*: a character in the beginning fails or at least seems prone to fail, like the popular folk-tale character known to students of folklore as the "unpromising hero." He may be an inexperienced, gauche officer, an "egghead," or a weakling; but, by the end of the story, he always proves himself worthy.

One of Nekrasov's war stories, *The Second Night*, is particularly noteworthy in its revulsion against the killing which war entails.

A new departure for Nekrasov was his more recent novelette *Kira Georgievna*, which deals with artists and intellectuals in Moscow. The heroine, Kira, lost one husband to Stalin's secret police in the 1930s; she remarried, but is having an affair with another man, only to find her first husband returned from his Arctic prison camp. A stern, vivid picture is given of Kira's position between the three men, through which we are given an insight into her entire social milieu, as well as her personal morality or amorality. Her first husband, the ex-prisoner, is cast as the wisest of all the characters in the story.

In 1962, after a second series of visits abroad, this time to the United States as well as to Western Europe, Nekrasov again wrote descriptions of his travels, descriptions which were still more strikingly objective than those of the previous years. In a stern editorial in *Izvestiya*, Nekrasov found himself reprimanded for giving an impartial view of the capitalist world, and later he incurred the wrath of Khrushchev himself. Nekrasov's accounts of life in the West, accompanied by criticism of various conditions in the U.S.S.R., led to violent attacks on him in 1962 and 1963.

Nekrasov's combination of unflinching honesty and determination to remain utterly simple gives hope that, in future years, this talented writer of the middle generation may give us still more outstanding stories and novels.

Виктор Платонович Некрасов

СЕНЬКА

I

В первой половине дня Сенька кое-как ещё держал себя в руках, но когда после небольшого перерыва самолёты стали заходить не только со стороны солнца, а сразу со всех четырёх сторон, он почувствовал, что больше не может. Тело дрожало мелкой противной дрожью, и, если он чуть-чуть ослаблял челюсти, зубы начинали стучать друг о друга совсем так, как это было, когда он болел малярией. В животе что-то замирало. Во рту было сухо и горько от табачного дыма. Утром у него был ещё полный мешочек табаку, сейчас осталась одна пыль — трёхдневную норму он искурил за полдня.

«На две штуки осталось, — подумал Сенька, насыпая смешавшуюся с хлебными крошками пыль на бумажку, — а потом . . .»

Но он так и не успел додумать, что случится потом. Целая куча («Штук сто», — мелькнуло у Сеньки в голове) самолётов с красными лапами стали пикировать прямо на него. Он выронил мешочек, бумажку, засунул голову меж колён, стиснул зубы и, крепко зажмурив глаза, сидел так, пока не прекратились взрывы. Потом осторожно приоткрыл глаза и высунул голову из щели. Сквозь несущийся куда-то влево дым мелькнуло чёрное крыло самолёта с чёрным крестом. Сенька опять закрыл глаза. Но ничего не случилось. Самолёт улетел.

«Господи Боже мой . . . Да что же это такое . . . Господи Боже мой . . .»

Сенька стал искать бумажку, потом мешочек с табаком, потом скрутил цигарку, но пальцы дрожали, табак рассыпался, и цигарка получилась тоненькая и жалкая.

Мимо прополз Титков — пулемётчик второго взвода. Лицо у него было всё мокрое, с прилипшей ко лбу и щекам землёй. Правая рука болталась, как тряпка, и волочилась по земле. Он на минутку задержался у Сенькиной щели, затянулся его цигаркой и пополз дальше.

«Отвоева́лся», — поду́мал Се́нька, и ему́ сра́зу предста́вилось, как Шу́ра-санинстру́кторша перевя́зывает Титко́ву ру́ку, как трясётся он на подво́де в медсанба́т, как лежи́т там на соло́ме.

Над ро́щей опя́ть появи́лись самолёты. Проходи́вшие ми́мо Се́нькиной ще́ли каки́е-то бойцы́, увида́в самолёты, рассы́пались во все сто́роны. Кто-то тяжёлый и горя́чий вскочи́л пря́мо на Се́ньку и прижа́л его́ к земле́.

Бо́мбы рвали́сь до́лго, совсе́м ря́дом, а когда́ переста́ли рва́ться, Се́нька попыта́лся разогну́ться. Но тяжёлое лежа́ло на нём и не хоте́ло сполза́ть. Се́нька вы́ругался, но тяжёлое всё лежа́ло. Он упёрся рука́ми в зе́млю и свали́л тяжёлое в сто́рону. Здорове́нный бое́ц в расстёгнутой, соверше́нно мо́крой от по́та гимнастёрке лежа́л ря́дом и смотре́л на Се́ньку останови́вшимися, немига́ющими глаза́ми.

Се́ньке ста́ло стра́шно.

Вчера́, когда́ они́ на маши́нах е́хали на передову́ю, он ви́дел то́лько лошаде́й — взду́тых, с раскоря́ченными нога́ми лошаде́й, валя́вшихся на доро́ге. Люде́й, вероя́тно, убра́ли. А вот э́тот лежа́л совсе́м ря́дом, большо́й, тёплый ещё . . . И рука́ за го́лову заки́нута.

Ми́мо ще́ли оди́н за други́м, обве́шанные ми́нами и котелка́ми, согну́вшись, волоча́ за собо́й пулемёты, перебега́ли бойцы́. Самолёты де́лали второ́й захо́д.

«Опя́ть, сво́лочи . . .»

Гро́хот укати́лся куда́-то в сто́рону. Густа́я, уду́шливая пыль стели́лась по земле́. Ничего́ не́ было ви́дно — ни не́ба, ни ро́щи, — ничего́, то́лько ту́скло поблёскивал заты́лок винто́вки на бруствере́. Се́нька со зло́бой посмотре́л на неё.

«Па́лка», — поду́мал он и протяну́л к винто́вке ру́ку.

Он не принима́л никако́го реше́ния, он про́сто снял винто́вку с бруствера́, зажа́л её меж коле́н, взвёл куро́к, положи́л ру́ку на ду́ло, зажму́рил глаза́ и нажа́л крючо́к.

Он не услыха́л вы́стрела. Что-то си́льно толкну́ло и обожгло́ ладо́нь. И сра́зу всё те́ло охвати́ла сла́бость. Па́льцы беспо́мощно пови́сли. То́ненькими ручейка́ми по ним текла́ кровь и ка́пала на штани́ну. Большо́е кра́сное пятно́ расплыва́лось по коле́ну.

Кто-то кри́кнул над са́мым у́хом:

— Како́го чёрта стреля́ешь, ду́рья голова́!

Се́нька по́днял го́лову. Пе́ред ним сиде́л команди́р взво́да. Се́нька безразли́чно посмотре́л на него́, пото́м на́ руку, пото́м опя́ть на

него́. Лейтена́нт, ка́жется, что-то крича́л, но Се́нька ничего́ не слы́-
шал. Он смотре́л на се́рое от пы́ли, небри́тое лицо́, ви́дел, как
шевеля́тся гу́бы, блестя́т злы́е, колю́чие глаза́, но слов не слы́шал.
Он знал то́лько одно́: сейча́с он вы́лезет из э́той ще́ли и пойдёт
туда́, наза́д, к ре́чке, где нет самолётов, нет э́того бойца́ с останови́в-
шимися глаза́ми, нет всего́ э́того . . . И он сиде́л и слу́шал и ничего́
не говори́л, а пото́м, — он да́же не по́мнит, лейтена́нт ли ему́ при-
каза́л и́ли сам так реши́л, — напя́лил ска́тку, затяну́л и переки́нул
че́рез плечо́ мешо́к и, опершись о винто́вку, вы́лез из ще́ли. Бо́ли в
руке́ не чу́вствовал никако́й.
    Отку́да-то появи́лся мла́дший сержа́нт — Се́нька забы́л его́
фами́лию. Сиде́л тут же на ко́рточках.
    — Отведёшь его́ к команди́ру ро́ты, а пото́м в медсанба́т . . .
    Мла́дший сержа́нт что-то отве́тил и ткнул Се́ньку в бок прикла́-
дом автома́та.
    — Пошли́ . . .
    И они́ пошли́ — он и мла́дший сержа́нт.
    Команди́ра ро́ты не заста́ли, а замести́тель по строево́й приказа́л
пря́мо в медсанба́т вести́ — там уж зна́ют, что с таки́ми де́лать.
    — Пристрели́л бы на ме́сте, да патро́на жа́лко . . .
    То́лько когда́ они́ отошли́ шаго́в на сто, содержа́ние э́той фра́зы
дошло́ до Се́нькиного мо́зга. Он оберну́лся, но лейтена́нта уже́ не́
было. Они́ пошли́ да́льше. Впереди́ мая́чили телегра́фные столбы́ с
обо́рванными провода́ми.

II

    В медсанба́те у большо́й, забро́санной ве́тками пала́тки
толпи́лись бойцы́. Лежа́ли, сиде́ли, про́сто так слоня́лись. Забега́ли
и выбега́ли из пала́тки сёстры в гря́зных пятни́стых хала́тах. Боль-
ши́е кры́тые маши́ны пя́тились и урча́ли вокру́г пала́ток. Дво́е бой-
цо́в без руба́шек, руга́ясь, выноси́ли и кла́ли на маши́ны носи́лки с
ра́неными. Ра́неные молча́ли и с трево́гой смотре́ли на не́бо. Там,
над передово́й, — отсю́да до неё бы́ло киломе́тров шесть-семь, —
опя́ть пики́ровали самолёты. Са́мой передово́й не́ было ви́дно —
меша́л куста́рник, но распуска́вшиеся над ней буке́ты разры́вов
бы́ли видны́ отчётливо, и Се́нька почу́вствовал, как поползли́ мура́-
шки у него́ по спине́. Он отверну́лся и стал смотре́ть на маши́ну,
кото́рую грузи́ли.

Мла́дший сержа́нт сиде́л ря́дом и мо́лча кури́л. За всю доро́гу он не сказа́л ни сло́ва. Се́ньке хоте́лось попроси́ть у него́ закури́ть, но он не реши́лся.

«Отка́жет, должно́ быть», — поду́мал он и проглоти́л слюну́.

Ми́мо пробежа́л ма́ленький чёрненький челове́чек в хала́те и больши́х кру́глых очка́х. Он приостанови́лся на секу́нду и торопли́во, не гля́дя бро́сил:

— Леворучник?[1]

— Леворучник, — отве́тил мла́дший сержа́нт и встал.

— Дава́й сюда́ . . . — И челове́к в очка́х забежа́л в пала́тку.

В пала́тке бы́ло ду́шно и па́хло чем-то ре́зким и неприя́тным. Вдоль стен сиде́ли ра́неные бойцы́. Посреди́не стоя́ло два бе́лых стола́, покры́тых клеёнкой. На одно́м лежа́л бое́ц с заки́нутой наза́д голово́й. Был ви́ден то́лько шерша́вый, небри́тый подборо́док. Он ти́хо, моното́нно стона́л. Одно́й ноги́ у него́ не́ было, а вме́сто неё бы́ло что-то кра́сное, с завёрнутой ко́жей и куско́м торча́щей ко́сти. Высо́кий челове́к, то́же в хала́те, наклони́вшись, ковыря́лся в э́том кра́сном чём-то о́чень блестя́щим.

«Го́споди . . . — поду́мал Се́нька, — что же это тако́е? . .» — и почу́вствовал, что его́ начина́ет тошни́ть.

— Руба́шку скинь . . . и сюда́ сади́сь . . .

Ма́ленький в очка́х коле́ном пододви́нул табуре́тку. Се́нька с трудо́м — ле́вая рука́ ста́ла тяжёлая и неповоро́тливая, хотя́ и не боле́ла совсе́м, — снял че́рез го́лову ска́тку, пото́м стал стя́гивать гимнастёрку и нате́льную руба́ху. Рука́ ника́к не вытя́гивалась и пу́талась в рукаве́.

«И заче́м э́то? — поду́мал Се́нька. — Ведь у меня́ всё це́ло, рука́ то́лько . . . А он руба́ху заставля́ет . . .»

— На табуре́тку сади́сь. Ско́лько раз говори́ть на́до?

Се́нька сел и положи́л ру́ку на коле́но ладо́нью кве́рху. Кровь переста́ла идти́, но где, со́бственно говоря́, ра́на, он так и не мог поня́ть — всё залепи́лось, покры́лось гря́зью.

— Ско́лько лет? — спроси́л ма́ленький в очка́х, должно́ быть до́ктор.

Се́нька не по́нял, о чём его́ спроси́ли.

— Ну, како́го го́да?

— Я? С два́дцать четвёртого,[2] — нереши́тельно отве́тил Се́нька.

---

[1] A man with a self-inflicted wound in the left hand.
[2] born in '24

— Два́дцать четвёртого, а как бык здоро́вый, — сказа́л до́ктор и пощу́пал туги́е Се́нькины би́цепсы. — И не сты́дно тебе́?

Се́нька ничего́ не отве́тил.

— Одно́й руко́й двух фрицёв[3] заду́шишь, а ты вме́сто того́ . . .

— До́ктор не договори́л и бы́стрым движе́нием ущипну́л Се́ньку за живо́т, оттяну́л ко́жу и всади́л в неё большу́ю иглу́ с чём-то стекля́нным посреди́не. Се́нька вздро́гнул, но не от бо́ли, а от неожи́данности.

Пото́м до́ктор мо́крой ва́ткой до́лго мыл его́ ладо́нь, и э́то уже́ бы́ло бо́льно. Пото́м кому́-то, не обора́чиваясь, кри́кнул: «Су́хо . . .»

— и сестра́ в блестя́щих щи́пчиках принесла́ бинт, и до́ктор ту́го обмота́л ладо́нь.

— Всё . . . Одева́йся.

Се́нька натяну́л руба́ху, гимнастёрку и, не зна́я, мо́жно ли сади́ться на табуре́тку, отошёл немно́жко в сто́рону и стал смотре́ть, как со стола́ снима́ют ра́неного без но́ги.

— Ну, чего́ тебе́ ещё?

До́ктор сни́зу вверх смотре́л на него́, и Се́ньке ста́ло вдруг нело́вко.

— Где твой . . . что привёл тебя́?

— Там . . . на дворе́.

— Скажи́, чтоб в четвёртую пала́тку отвёл.

Се́нька вы́шел.

В четвёртой пала́тке оказа́лся то́лько оди́н ра́неный. Он спал на соло́ме, раски́нув но́ги и положи́в бе́лую, перебинто́ванную ру́ку на живо́т. У вхо́да стоя́л часово́й.

Се́нька взбил соло́му, положи́л в го́лову ска́тку и растяну́лся ря́дом с ра́неным. Со двора́ доноси́лись гудки́ автомаши́н. Где-то совсе́м недалеко́ всё ещё громыха́ло. Се́нька лежа́л и смотре́л на зелёное, свиса́ющее над его́ голово́й полотно́ пала́тки. Пото́м закры́л глаза́ и до́лго лежа́л с закры́тыми глаза́ми . . .

. . . Подбежа́л ста́рый, одногла́зый, с обле́злым хвосто́м Цыга́н. Повиля́л хвосто́м, лизну́л ру́ку и побежа́л да́льше . . . Пото́м появи́лась больша́я ми́ска с пельме́нями. Они́ бы́ли о́чень горя́чие, а мать подкла́дывала ещё и ещё. Из-за окна́ доноси́лась гармо́шка. Он торопи́лся дое́сть пельме́ни, чтоб пойти́ с ребя́тами на Енисе́й, но вспо́мнил, что оте́ц веле́л почини́ть крыльцо́. Стал иска́ть топо́р . . .

[3] "Jerries" (*Germans*)

Кто-то вошёл и вы́шел из пала́тки. Сéнька откры́л глаза́, но в пала́тке ужé никого́ нé было. То́лько пола́ пала́тки сла́бо раска́чивалась. Спя́щий ря́дом боéц что-то бормота́л во сне. Сéнька опя́ть закры́л глаза́.

    . . . Енисéй — широ́кий-широ́кий. И ма́ленькая ло́дочка на нём. В ней отéц. Здесь таки́х рек нет. Всё ма́ленькие каки́е-то, закисшие, жёлтые. И лесо́в здесь нет. Ра́зве э́то леса́? Дубки́, оси́нки . . . И вообщé ни черта́ не поймёшь.

Сказа́ли, нéмца приéхали бить . . . А где нéмец? Привезли́ с вéчера, велéли окопа́ться. Сказа́ли, что э́то ужé передова́я и за той вот со́почкой пéрвый эшело́н нахо́дится. Но ни эшело́на, ни нéмцев Сéнька не уви́дел. Поу́жинал сухаря́ми из мешка́ — ку́хня где-то застря́ла сза́ди, — стал копа́ть себé око́пчик. Грунт был мя́гкий, хоро́ший. Сéнька бы́стро вы́копал око́пчик на всю длину́ лопа́ты, сдéлал брустве́р в ту сто́рону, где сказа́ли — нéмцы, замаскирова́л бурья́ном, на дно положи́л мя́гкой паху́чей травы́ и лёг спать — до утра́ команди́р взво́да разреши́л спать. И Сéнька заснýл, пристро́ив винто́вку мéжду колéнями.

А ýтром . . . Как начало́сь . . . Как начало́сь . . .

Политрýк всё говори́л, что нéмец штыка́ бои́тся. И Сéнька так научи́лся рабо́тать штыко́м, что чýчело из земли́ чуть ли не с ко́рнем вырыва́л. И грана́ту во всём батальо́не да́льше всех броса́л, да́льше команди́ра батальо́на да́же . . . Но вот броса́л, броса́л, два мéсяца броса́л — а что то́лку? Нéмец во́все в во́здухе оказа́лся — ни штыко́м, ни грана́той не доста́нешь.

Лежа́вший ря́дом боéц зашевели́лся, переверну́лся в сто́рону Сéньки, почмо́кал губа́ми и просну́лся. Нéкоторое врéмя он лёжа смотрéл на Сéньку, пото́м сел, поджа́л но́ги и спроси́л:

— Из три́дцать седьмо́го?

— Из три́дцать девя́того.

— Это что во второ́м эшело́не лежи́т?

Сéнька кивну́л голово́й. Боéц улыбну́лся. У негó чёрные рéдкие зýбы, мéлкие морщи́ны на всём лицé и ма́ленькие блестя́щие гла́зки с коро́ткими, прямы́ми ресни́цами. Лéвая ладо́нь так же, как и у Сéньки, была́ перевя́зана и подвя́зана к шéе.

— Сам? — боéц глаза́ми указа́л на Сéнькину ру́ку.

Сéнька почу́вствовал, что у́ши у негó стано́вятся горя́чими, и ничегó не отвéтил.

— Ты не бо́йся . . . Говори́.

Сéнька переложи́л рýку на другóе колéно — онá стáла вдруг ныть — и устáвился в кóнчик своегó сапогá.

— Да ты что — немóй? И́ли контýзило? Звать тебя́ как?

— Сéнькой.

— Семён, знáчит. А фами́лия?

— Короткóв фами́лия.

— Ну, а меня́ Ахрамéев — Фили́пп Фили́ппович Ахрамéев. Бýдем знакóмы. — И он протяну́л рýку.

Сéнька пожáл сухýю, горя́чую ладóнь.

— Бои́шься, что ли? — боéц кри́во улыбнýлся и похлóпал здорóвой рукóй Сéньку по колéну. — Зря . . . Зря бои́шься. Сойдёт. С месячи́шко отдохнём, а там . . . мáло-мáло заживёт и стрекачá дади́м. До излечéния всё равнó суди́ть не бýдут. Э́то уж я знáю, — он потянýлся и зевнýл. — А мóжет, и отбрéшемся ещё.

Сéнька молчáл.

Боéц вы́тащил из-под солóмы плóскую желéзную корóбочку, в котóрой нéмцы нóсят ружéйные принадлéжности, и лóвко однóй рукóй и губáми свернýл цигáрку.

— Тебé, прáвда, малéнько хужéй.[4] Мы хоть на передовóй всё врéмя толкли́сь, а у вас, в три́дцать девя́том, крóме бомбёжки, ни чертá . . . Пулевóе ранéние. Начнýтся вопрóсы, расспрóсы . . . Ты чéрез котелóк стреля́л?

— Чéрез какóй котелóк? — не пóнял Сéнька.

— Чéрез котелóк, спрáшиваю, стреля́л или чéрез мóкрую тря́пку?

— Нет. Прóсто так . . . — Сéнька опя́ть почýвствовал свои́ ýши.

— Эх, головá ты . . . — вздохнýл боéц. — Рáзве дéлают так? Котелóк, тря́пка — они́ ж ожóг скрывáют. А ожóг — что? Пéрвая ули́ка, — и он опя́ть зевнýл. — А в óбщем, ни хренá, драпанём,[5] не тужи́ . . . — Он вы́тянулся на солóме и мóлча стал кури́ть, сплёвывая в стóрону крóшки махóрки.

Сéнька взял «сорокóвку», докури́л её до сáмых пáльцев и вскóре заснýл.

III

Вéчером принесли́ пшеннóго сýпа с кускóм хлéба, а потóм пришёл полковóй хи́мик — стáрший лейтенáнт, — вы́нул лист

---

4 Substandard for *хýже*.
5 does not matter, we'll escape (*slang*)

бума́ги и, присе́в на ко́рточки, стал спра́шивать Се́ньку, где он родился́, ско́лько ему́ лет, где учи́лся и ещё мно́го вопро́сов. Се́нька на всё отвеча́л, а ста́рший лейтена́нт запи́сывал. Пото́м ста́рший лейтена́нт прочёл запи́санное и веле́л подписа́ться на ка́ждом листо́чке. Се́нька подписа́л. Ста́рший лейтена́нт аккура́тно сложи́л листо́чки попола́м, всу́нул в планше́тку и, ничего́ не говоря́, ушёл.

«За челове́ка не счита́ет», — поду́мал Се́нька и вспо́мнил, как он когда́-то угоща́л э́того са́мого ста́ршего лейтена́нта дома́шней, кре́пкой махо́рочкой и как тот по́сле э́того всегда́ при встре́че с Се́нькой ве́село говори́л: «Ну как, орёл, поку́рим, что ли, твое́й сиби́рской, кре́пенькой?»

Сейча́с о махо́рке он да́же не заикну́лся.

— Дознава́тель, — сказа́л из своего́ угла́ Ахраме́ев, — ерундо́вина . . . Вот когда́ сле́дователь бу́дет, тогда́ узна́ешь.

— А что, ещё и сле́дователь бу́дет? — спроси́л Се́нька.

— А как же! Он-то уж поговори́т, будь уве́рен, — сказа́л Ахраме́ев и встал. — Вы́йдем-ка посмо́трим, что на бо́жьем све́те де́лается.

Они́ вы́шли. Се́ли у вхо́да в пала́тку.

У перевя́зочной всё так же толкли́сь бойцы́ — запылённые, в вы́цветших гимнастёрках, чёрных от гря́зи бинта́х.

Ми́мо прошёл бое́ц, опира́ясь на па́лочку.

— Ну, как там, брато́к? — спроси́л Ахраме́ев.

— Не ви́дишь, что ли . . . — Бое́ц кивну́л голово́й в сто́рону передово́й и спроси́л, где регистри́руют.

Над передово́й оди́н за други́м пики́ровали неме́цкие самолёты. Каки́е-то но́вые, не похо́жие на у́тренние — ма́ленькие, двукры́лые, то́чно ба́бочки. Они́ до́лго кружи́лись оди́н за други́м, пото́м ка́мнем, совсе́м отве́сно па́дали вниз.

— Хозя́ева . . . Хозя́ева в во́здухе . . . Ты то́лько посмотри́. — Ахраме́ев в сердца́х[6] сплю́нул. — Что хотя́т, то и де́лают.

Се́нька ничего́ не отве́тил. Он посмотре́л на желтова́тое о́блако, плыву́щее над передово́й, и у него́ опя́ть мура́шки по спине́ пошли́.[7]

— Пойди́ вот потяга́йся с ни́ми. Сего́дня у́тром оди́н наш «ястребо́к» в бой вступи́л. Так они́ его́, бедня́жку, так гоня́ли, так гоня́ли . . . А пото́м сби́ли. Туда́ куда́-то, за лес упа́л. — Ахраме́ев протя́жно вздохну́л. — Не война́, а уби́йство сплошно́е.

---

6 angrily
7 his spine tingled

Сёнька, скосившись, посмотрел на Ахрамеева. Тот сидел, под-жав к подбородку колени, и тоже смотрел туда, где бомбят. Потом взглянул на Сёньку:

— Вот я на тебя смотрю. Парень здоровый — кровь с молоком. Тебе жить надо. Жить. А тебя под бомбы, как скотину, гонят. Я вот старик, а и то жить хочу. Кому умирать охота! Да по-бестолко-вому ещё . . . Мясорубка — вот что это, а не война.

— Нельзя так говорить, — сказал Сёнька, не поворачиваясь.

Ахрамеев даже рассмеялся мелким, сухим смешком.

— Нельзя, говоришь? А руку зачем продырявил? Чтоб немца сдержать, что ли? Ты уж хвостом не верти. Сделал так сделал. И правильно сделал. Голова, значит, ещё работает у тебя. А посидел бы ещё на передовой, совсем бы её лишился, или вот так, как этого, на носилках приволокли бы. — И он подбородком указал на ране-ного на носилках.

Это был тот самый без ноги, которого Сёнька видел в перевязоч-ной. Лицо у него было совсем белое и ещё гуще обросло бородой. Он держался руками за края носилок и при каждом шаге носиль-щиков морщился.

«Что теперь парень делать будет? — подумал Сёнька. — Ни па-хать, ни плотничать . . . Сиди весь век и на других смотри . . .» Или без руки . . . Сёнька видел одного — обе руки оторвало. По локти. По малой нужде и то сам ходить не мог — просил, чтоб помогли.

Сёнька сжал кулак. Посмотрел на него. Хороший кулак. И рука хорошая. Крепкая. Сёньке вдруг ужасно захотелось поработать топором. Отец говорил, хороший плотник из него получится — и сила есть, и точность, и глаз хороший. Руки — это всё. Нельзя без рук жить . . . И Сёнька опять сжал кулак и посмотрел на него.

Ахрамеев что-то говорил. Сёнька поймал только конец фразы:

— . . . За месяц чего только не случится. Время, время надо про-тянуть. Вот что надо. А там . . .

Сёнька посмотрел на Ахрамеева. Тот по-прежнему сидел, под-жав ноги к подбородку. И Сёнька вдруг почувствовал, что ещё минута, и он ударит кулаком по этому жёлтому, морщинистому лицу. Он даже не знал, почему и за что, Ахрамеев ничего ему не сделал. Он так же, как и Сёнька, выстрелил себе в ладонь, чтобы . . .

Сёнька встал и пошёл в палатку. Стоявший у входа часовой при-стально посмотрел на него.

«Чего он смо́трит? Люде́й, что ли, не ви́дел. Его́ бы туда́, к бо́мбам побли́же . . .»

Когда́ Ахраме́ев зашёл в пала́тку, Се́нька сде́лал вид, что спит.

IV

Весь сле́дующий день Се́нька просиде́л у вхо́да в пала́тку и смотре́л туда́, где рву́тся бо́мбы.

С передово́й шли ра́неные, и он иска́л среди́ них знако́мых. Про- шло́ не́сколько челове́к из пя́той и шесто́й ро́ты. Он хоте́л их остано- ви́ть, но почему́-то не сде́лал э́того. Они́ прошли́ в перевя́зочную, а Се́нька продолжа́л сиде́ть и смотре́ть туда́, за куста́рник, где клуби́лось и громыха́ло не́бо, где оста́лись Тимо́шка и Синцо́в, и команди́р взво́да, и ещё челове́к два́дцать ребя́т, с кото́рыми он вме́сте жил, и из одного́ котелка́ ел, и впятеро́м оди́н бычо́к кури́ли.

А мо́жет, их уже́ и в живы́х нет. А те, что живы́е, уви́дят его́, Се́ньку, и . . .

На тре́тий день в перевя́зочной он уви́дел старшину́ свое́й ро́ты. В Татья́новке, под Купя́нском, они́ жи́ли с ним в одно́й ха́те. Се́нь- ка да́же реме́нь ему́ свой подари́л — хоро́ший, жёлтый, совсе́м но́вый. Неплохо́й был старшина́. Бойцы́ всегда́ бы́ли сы́ты. А что ещё бойцу́ от старшины́ на́до? Чтоб корми́л хорошо́ и бельё ча́ще меня́л. А что руга́ется, так э́то уж им, старшина́м, так поло́жено. А Пушко́в хоть и мно́го руга́лся, но о бойца́х забо́тился кре́пко.

По́сле перевя́зки Се́нька подошёл к Пушко́ву. Он стоя́л у стола́ и ждал, пока́ фе́льдшер напи́шет ему́ каку́ю-то бума́жку.

— Здра́вствуйте, това́рищ старшина́, — негро́мко сказа́л Се́нька и поднёс ру́ку к пило́тке.

Старшина́ огляну́лся и посмотре́л на него́, пото́м на его́ ру́ку.

— То́же ра́нило? — спроси́л Се́нька и стал глаза́ми иска́ть, куда́ же старшину́ ра́нило.

— Нет, — ко́ротко отве́тил тот и отверну́лся.

Се́нька переступи́л с ноги́ на́ ногу, посмотре́л на таку́ю знако́- мую, широ́кую спи́ну, на свой постаре́вший реме́нь и опя́ть спро- си́л:

— Ну, как там? . . На передово́й . . .

Старшина́ ничего́ не отве́тил, стоя́л и смотре́л, как фе́льдшер пи́шет бума́жку: тот бы́стро-бы́стро води́л перо́м по ней.

«Не расслы́шал», — поду́мал Се́нька и опя́ть собра́лся зада́ть тот же вопро́с: уж о́чень ему́ хоте́лось знать, жи́вы ли Тимо́шка и Синцо́в. Но тут старшина́ кру́то поверну́лся и с разго́на налете́л на него́.

«Сейча́с обла́ет», — поду́мал Се́нька. Но тот не обла́ял, даже сло́ва не сказа́л, а, засо́вывая бума́жку в боково́й карма́н, пошёл к вы́ходу. Се́нька постоя́л, пото́м то́же вы́шел.

Старшина́ стоя́л у подво́ды и, насви́стывая, взбива́л се́но.

«Подойти́ к нему́, попроси́ться — возьмёт, мо́жет ...»

Старшина́ снима́л с лошаде́й мешки́ с овсо́м и вставля́л мундшту́ки.

«Так пря́мо и скажу́. Что уго́дно пуска́й де́лают. Грана́ты могу́ броса́ть. Патро́ны подноси́ть ...»

Он вы́тер вы́ступивший вдруг на лбу пот и подошёл к пово́зке. Старшина́ уже́ сиде́л в ней, ума́щиваясь.

— Това́рищ старшина́ ...

Пушко́в поверну́лся.

Лицо́ у него́ бы́ло уста́лое и како́е-то ста́рое. Он здо́рово похуде́л за после́дние дни.

— Чего́ тебе́?

— Возьми́те меня́, това́рищ старшина́ ...

Бо́льше он ничего́ не смог сказа́ть.

— Тебя́?

Се́нька мотну́л голово́й. Во рту пересо́хло, и язы́к вдруг стал большо́й и неповоро́тливый. Старшина́ попра́вил шине́ль под собо́й.

— Пошёл, Сирко́ ... — и дёрнул во́жжи.

Подво́да затрясла́сь по уха́бам, подыма́я ту́чи пы́ли, пото́м скры́лась за поворо́том. Се́нька проводи́л её глаза́ми, вошёл в пала́тку и до обе́да лежа́л, уткну́вшись лицо́м в соло́му.

Бо́льше он ни к кому́ уже́ не подходи́л.

V

На передово́й что-то измени́лось. Стрельба́ прибли́зилась. В ро́щицу и вокру́г неё снача́ла ре́дко, а пото́м всё ча́ще и ча́ще нача́ли па́дать снаря́ды. Ра́неных ста́ло так мно́го, что и́ми запо́лнили не то́лько их с Ахраме́евым пала́тку, но раскла́дывали их пря́мо на земле́ в куста́х. Доктора́ и сёстры сбива́лись с ног. Операцио́нная рабо́тала кру́глые су́тки без вся́кого переры́ва. Во́зле неё выраста́ли го́ры бинто́в и ва́ты, и над ни́ми ту́чами рои́лись зелёные жи́рные му́хи, и два ра́за в день э́ти го́ры куда́-то выноси́ли, а че́рез час-два они́ опя́ть выраста́ли.

— Пло́хо де́ло, — говори́ли бойцы́. — Авиа́ция одолева́ет, дохну́ть не даёт . . .

Бойцы́ бы́ли из ра́зных полко́в, из ра́зных диви́зий, но все говори́ли одно́ — жмут не́мцы, спа́су нет.

Ря́дом с Се́нькой положи́ли ху́денького с на́голо вы́бритой кру́глой голово́й сержа́нта-разве́дчика. У него́ бы́ли больши́е, чёрные, вероя́тно когда́-то о́чень весёлые глаза́. Ра́нен он был в о́бе ноги́. Четырьмя́ оско́лками. Пя́тый сиде́л где-то в ключи́це. Лежа́л он всё вре́мя на спине́, но не стона́л и не жа́ловался, то́лько воды́ всё проси́л — у него́ был жар.

— Где э́то тебя́ так разде́лало? — наско́лько мог, уча́стливо спроси́л Се́нька, — ему́ о́чень жа́лко бы́ло ху́денького сержа́нта.

— На ми́не подорва́лся, в разве́дке, — сказа́л сержа́нт и, тяжело́ дыша́ и помину́тно ка́шляя, стал расска́зывать, как он с тремя́ разве́дчиками, — команди́ра взво́да уби́ло, и он его́ замени́л, — пошёл за «языко́м», как они́ доста́ли э́того «языка́», а на обра́тном пути́ сби́лись, попа́ли в ми́нное по́ле, и вот то́лько он оди́н и оста́лся жив — всех четверы́х, с фри́цем вме́сте, на клочки́ разорва́ло.

Се́нька мо́лча слу́шал и сочу́вственно смотре́л на сержа́нта.

«Како́й он ху́денький, совсе́м паца́н», — ду́мал он и сра́внивал свою́ му́скулистую жи́листую ру́ку с то́ненькой, совсе́м как у де́вочки, руко́й сержа́нта, выгля́дывавшей из рва́ного рукава́.

— Повезло́ тебе́, — сказа́л Се́нька.

— Повезло́, — улыбну́лся сержа́нт.

— А ты давно́ вою́ешь?

— Я? Дай бог.[8] С пе́рвого дня. От са́мой грани́цы. Тре́тий раз вот уже́ ра́нен.

— Тре́тий раз? — удиви́лся Се́нька.

— Тре́тий. Под Смоле́нском, под Рже́вом и вот здесь тепе́рь.

— И всё живо́й остаёшься?

— Как ви́дишь, — сержа́нт ме́дленно, с нату́гой улыбну́лся, ему́, по-ви́димому, тру́дно бы́ло улыба́ться. — Води́чки не́ту?

— Я сейча́с принесу́, — сказа́л Се́нька и побежа́л на ку́хню.

Когда́ он верну́лся, сержа́нт лежа́л и тяжело́ дыша́л. Лицо́ его́ ста́ло совсе́м кра́сным.

[8] I'll say!

— Жар, должно́ быть, — сказа́л Сéнька и поднёс кру́жку к су-
хи́м, потрéскавшимся губа́м сержа́нта. Тот с трудо́м сдéлал нéсколько глотко́в, отки́нулся наза́д и сла́бо вы́ругался.

— Оби́дно, чёрт возьми́! — он опя́ть вы́ругался. — Не уви́жу
бóльше ребя́т. Перебью́т всех, пока́ вы́здоровею.

— Мóжет, и не всех, — сказа́л Сéнька.

— Да и в полк другóй пошлю́т. Всё равнó не уви́жу.

— Тебé что — кóсти переби́ло?

— Кóсти. На обéих нога́х кóсти.

Сéнька смотрéл на егó нóги — обмóтанные во всю длину́, тóл-
стые и каки́е-то квадра́тные, тóлько кóнчики па́льцев выгля́дывали.

— Да, дóлго тебé лежа́ть.

— Дóлго, — вздохну́л сержа́нт и опя́ть попроси́л пить. — С пол-
гóда прова́люсь. Как колóда. А ребя́та воева́ть бу́дут . . .

Бóльше он ничегó не сказа́л. Закры́л глаза́ и дóлго лежа́л с закры́тыми глаза́ми и тяжелó дыша́л.

«Как бы не пóмер», — поду́мал Сéнька, и ему́ ещё бóлее жа́лко
ста́ло ху́денького сержа́нта. Он осторóжно припóднял бри́тую гóлову егó, — она́ была́ горяча́, как огóнь, — и подложи́л свою́
ска́тку.

Нóчью сержа́нт стал брéдить — вспомина́ть Полта́ву, Кла́шу,
руга́ть какóго-то старшину́, — и Сéнька всю ночь меня́л ему́ холóдную, мóкрую тря́пку на лбу. К утру́ бред прошёл, жар отпусти́л,
и часа́ два сержа́нт спал спокóйно. Сéнька тóже вздремну́л.

Тóлько у́тром замéтил Сéнька, что у сержа́нта на груди́ Кра́сная
Звезда́. На однóм уголкé эма́ль облупи́лась. «Такóй молóденький —
и ужé óрден», — поду́мал Сéнька и побежа́л за за́втраком.

— За что э́то ты óрден получи́л? — спроси́л потóм Сéнька, кормя́
сержа́нта с лóжечки.

— За что даю́т, за то и получи́л, — уклóнчиво отвéтил Никола́й,
— сержа́нта зва́ли Никола́ем, — и облиза́л лóжку.

— И давнó получи́л?

— Давнó.

«Смéлый, должнó быть, — поду́мал Сéнька. — По мóрде вида́ть,
что смéлый. А ведь такóй ху́денький, хли́пкий».

Пóсле за́втрака Никола́ю захотéлось опра́виться,[9] и Сéнька бéгал
за су́дном, — онó бы́ло однó на весь санба́т, и на негó была́ óче-
редь, — и помога́л Никола́ю с ним сла́дить.

[9] to relieve himself

— Ты мирова́я[10] ня́ня, — сказа́л Никола́й, и Се́ньке э́то бы́ло ужа́сно прия́тно.

Когда́ Никола́я унесли́ на перевя́зку, Се́нька нарва́л све́жей травы́ и подложи́л под плащ-пала́тку, на кото́рой Никола́й лежа́л. А на обе́д вы́клянчил у по́вара ли́шний кусо́к мя́са, но у Никола́я не́ было аппети́та, и пришло́сь ему́ самому́ съесть.

— Аппети́тец у тебя́ — дай бог, — улыбну́лся Никола́й.

Се́нька смути́лся и отста́вил котело́к.

— А мне вот не ле́зет ничего́. Тошни́т чего́-то.

— Э́то от жа́ру.

— А вот пить . . . Ведро́ бы зара́з вы́пил.

— Дать? — спроси́л Се́нька и потяну́лся за кру́жкой.

— Дай.

Никола́й, мо́рщась от бо́ли, но с аппети́том вы́пил поллитро́вую кру́жку, отки́нулся на ска́тку и стал смотре́ть на голубо́й ослепи́тельный кусо́к не́ба, видне́вшийся в отве́рстие пала́тки.

Часа́м к трём, когда́ со́лнце ста́ло осо́бенно припека́ть, Никола́й попроси́л, чтобы его́ вы́несли на двор, — пала́тка накали́лась, и у него́ заболе́ла голова́. Се́нька вы́просил у лейтена́нта, лежа́вшего в углу́, плащ-пала́тку и растяну́л её так между куста́ми, что со́лнце совсе́м не меша́ло Никола́ю. Сам он пристро́ился ря́дом, отгоня́л лопухо́м от Никола́я мух, скру́чивал ему́ папиро́сы, — он дово́льно ло́вко научи́лся э́то де́лать руко́й и коле́ном, — и бе́гал на ку́хню прику́ривать.

Над голово́й вре́мя от вре́мени пролета́ли самолёты и бомби́ли большо́й кудря́вый лес киломе́трах в пяти́ отсю́да — там стоя́ла артилле́рия и кака́я-то кавалери́йская часть.

Так они́ лежа́ли — Се́нька на живо́те, Никола́й на спине́ — и говори́ли о «ю́нкерсах», об артилле́рии, о кавале́рии, о том, как пло́хо прихо́дится ей в э́ту войну́. Никола́й здо́рово разбира́лся во всех ви́дах самолётов, учи́л Се́ньку, как отлича́ть «ю́нкерс» от «хе́йнкеля» и «мессершми́тта-110», как на́до стреля́ть в самолёт, когда́ он ни́зко лети́т. Пото́м им надое́ло разгова́ривать, и они́ про́сто лежа́ли и смотре́ли на не́бо, следя́ за кося́ками летя́щих бомбардиро́вщиков.

Подъе́хали две маши́ны с ра́неными. Их бы́стро разгрузи́ли под дере́вьями, а маши́ны загна́ли в кусты́. Опя́ть ста́ло пу́сто, то́лько часово́й у пала́тки ходи́л взад и вперёд, перекла́дывая винто́вку из руки́ в ру́ку.

[10] universal, excellent (*slang*)

— И чего́ э́то он всё хо́дит и хо́дит? — спроси́л вдруг Никола́й, смотря́ на часово́го. — На передово́й люде́й не хвата́ет, а он здесь торчи́т.

— Поло́жено так, должно́ быть, — укло́нчиво отве́тил Сéнька и стал вози́ться с плащ-пала́ткой. — Перетяну́ть, что ли, а то со́лнце захо́дит.

— Мо́жет, дезерти́ры тут с на́ми лежа́т? А? Как ты ду́маешь? Сéнька ничего́ не отве́тил. Сто́я на коле́нях, он натя́гивал плащ-пала́тку.

— А ты зна́ешь, — помолча́в, сказа́л Никола́й, — по-мо́ему, тот, что ря́дом с тобо́й лежи́т, самостре́льщик. Вид у него́ како́й-то тако́й . . .

— Мо́жет быть, — неопределённо отве́тил Сéнька. — Тебé воды́ не принести́? — Сéнька встал. — Там, на ку́хне, свéжей, ка́жется, привезли́.

— Не сто́ит, не хо́чется. А я вот с ни́ми бы не ца́цкался.[11] Ле́чат чего́-то их, во́зятся. Кому́ э́то на́до? Лю́ди там, — он кивну́л голово́й в ту сто́рону, где день и ночь громыха́ло, — из ко́жи вон ле́зут, де́ржат, а э́ти сво́лочи о шку́ре свое́й то́лько ду́мают . . . Пострéля́л бы их всех к чёртовой ма́тери. Дай-ка я докурю́.

Сéнька протяну́л оку́рок.

— И, зна́ешь, — Никола́й с трудо́м поверну́л го́лову, чтоб уви́деть Сéньку, — их сра́зу отличи́ть мо́жно. Мо́рды воро́тят, в глаза́ не смо́трят. Чу́вствуют вину́ свою́, га́ды, — он вдруг засмея́лся. — Вот у тебя́ то́же лéвая ладо́нь — совсéм самостре́льщик. Тебя́ чем э́то? Пу́лей или оско́лком?

— Пу́лей, — чуть слы́шно отве́тил Сéнька и побежа́л с котелко́м на ку́хню.

VI

Вéчером пришёл прика́з переходи́ть на друго́е мéсто. Вся ночь ушла́ на перее́зд. Сéнька сам устро́ил Никола́я в маши́не и éхал всё врéмя ря́дом, подде́рживая его́. Никола́й лежа́л у са́мой каби́ны, там мéньше трясло́. На уха́бах он крéпко хвата́л Сéнькину ру́ку, но ни ра́зу не пи́кнул. Доро́га была́ отврати́тельная.

На но́вом мéсте Никола́я с Сéнькой чуть не разлучи́ли. Сéнька до́лго бéгал за ста́ршим врачо́м, команди́ром батальо́на, но те

[11] I should not mollycoddle (pamper) them.

даже и слушать не хотели, отмахивались — дел и так по горло: машина с инструментами застряла в дороге, а новые раненые стали уже поступать. Только под самое утро Сенька договорился с каким-то фельдшером, и Николая положили в Сенькину палатку, хотя в ней, кроме него и Ахрамеева, были только «черепники».[12]

Весь следующий день они спали.

Вечером пришёл старший врач, грузный, с сонными маленькими глазами армянин, посмотрел на Сенькину руку, сказал, что недельки через две выписывать уже можно, а Николая велел записать в список для эвакуации.

— Придётся поваляться, молодой человек. Боюсь, как бы лёгкое не было задето.

Николай только вздохнул.

Но прошёл день, и ещё день, и ещё один, а Николая всё не эвакуировали. Машин было всего три — две полуторки и одна трёхтонка — и в первую очередь отправляли «животиков»[13] и «черепников». Раненых с каждым днём становилось всё больше и больше. Фронт медленно, но упорно двигался на восток. Круглые сутки гудела артиллерия. Над передовой висела авиация.

Дни стояли жаркие. Одолевали мухи. По вечерам — комары. Раскалённый воздух дрожал над потрескавшейся землёй. Серые от пыли листья беспомощно висели над головой. Медленно ползло по бесцветному от жары и пыли небу ленивое июльское солнце.

Сеньку в палатке прозвали Николаевым адъютантом. Он ни на шаг не отходил от него — мыл, кормил, поил, выносил судно. Спёр[14] на кухне большую медную кружку, чтоб у Николая всё время под руками была холодная вода, приносил откуда-то вишни, усиленно пичкал где-то раздобытым стрептоцидом, отдавал свою порцию водки, говоря, что не может в такую жару пить, и Николай с трудом, морщась, глотал её, хотя ему тоже не хотелось, — просто чтоб не обижать Сеньку.

Николаю становилось лучше. Температура упала — выше 37,5 — 37,6 не подымалась. По вечерам, когда все в палатке засыпали и только наиболее тяжёлые ворочались и стонали, Сенька с Николаем долго болтали в своём углу. Сенька полюбил эти вечера.

---

12 "skull cases"
13 "stomach cases"
14 stole (*slang*)

Где-то над са́мой голово́й успокои́тельно стрекота́ли ночны́е «ку-
куру́зники»,[15] а они́ лежа́ли и перемиги́вались папиро́сами.

— Ты за лиси́цами охо́тился? — спра́шивал Сéнька.

— Нет, не охо́тился, — отвеча́л Никола́й.

— А за медведя́ми?

— И за медведя́ми не охо́тился.

— Приезжа́й тогда́ по́сле войны́ ко мне. Я тебя́ научу́ охо́титься.
У нас там горноста́и, куни́цы есть, а бéлок . . .

И Сéнька со всéми подро́бностями расска́зывал, как он с отцо́м
на охо́ту в тайгу́ ходи́л на це́лую недéлю, и как медвéдь чуть не
оторва́л хвост Цыга́ну, и с тех пор шерсть из негó ста́ла вылеза́ть
и хвост совсéм стал гóлый.

Никола́й слу́шал, иногда́ пока́шливая, пото́м спра́шивал:

— А за куку́шками ты охо́тился?

— Кто ж за ни́ми охо́тится? Кому́ они́ нужны́? — смея́лся Сéнька.

— А я вот охо́тился.

— Врёшь.

— Зачéм вру? Они́ там больши́е, жи́рные, пуда́ в три-четы́ре
вéсом.

— Где ж э́то таки́е куку́шки?

— В Финля́ндии таки́е куку́шки.

— А ты и в Финля́ндии был?

— Был. Кя́кисальми — слыха́л? Нет? Тем лу́чше. Я доброво́ль-
цем тогда́ был. Вот э́ти два па́льца отморо́зил тогда́. И на ногé,
на лéвой, четы́ре.

— Ты и о́рден там получи́л? — спроси́л Сéнька.

— Там . . .

Сéнька вы́ждал немно́го, ду́мая, что Никола́й ещё что-нибудь
ска́жет, но Никола́й ничего́ не говори́л. Тогда́ Сéнька спроси́л:

— А за что ты его́ получи́л?

— Чуда́к ты, Сéнька. За что да за что. За войну́, конéчно.

— Нет . . . За что и́менно?

— Чёрт его́ зна́ет. В развéдку ходи́л. «Языка́» лови́л.

«Врёт, — поду́мал Сéнька, — навéрное, танк подби́л или генера́-
ла в плен взял . . .»

Нéкоторое врéмя они́ лежа́ли мо́лча, прислу́шиваясь к зво́ну

---

[15] low- flying aircraft

ночны́х кузне́чиков. По́лы пала́тки бы́ли припо́дняты, и над голова́ми ви́дны бы́ли звёзды. Где-то сверка́ли зарни́цы.

— Эх, Се́нька, Се́нька... — ти́хо сказа́л Никола́й. — Жаль, что не в одно́й ча́сти мы с тобо́й. Взял бы я тебя́ к себе́. Хоро́ший бы разве́дчик из тебя́ получи́лся. Раз охо́тник — зна́чит, и разве́дчик. Помкомвзво́дом[16] бы назна́чил.

— Я ка́рту не уме́ю чита́ть, — сказа́л Се́нька.

— Научи́лся бы. — Никола́й, помолча́в, вздохну́л. — А за́втра меня́ эвакуи́руют. Э́то уже́ то́чно. До́ктор сказа́л. В тыл повезу́т. Ты воева́ть бу́дешь, а я ме́сяца четы́ре бока́ отлёживать где-нибудь в Челя́бинске, — и опя́ть помолча́л. — А до чего́ не хо́чется, Се́нька, е́сли бы ты знал...

Се́нька ничего́ не отве́тил.

Бо́льше всего́ в жи́зни ему́ хоте́лось сейча́с быть у Никола́я помкомвзво́дом. Ох, как бы он у него́ рабо́тал... И обяза́тельно бы сде́лал что́-нибудь о́чень геро́йское. Так, чтоб все о нём заговори́ли. И о́рден бы ему́ да́ли. И чтоб обяза́тельно геро́йский э́тот посту́пок на глаза́х у Никола́я был сде́лан. И́ли нет, наоборо́т. Он придёт пото́м, по́сле геро́йского посту́пка к Никола́ю, а на груди́ — о́рден. Всё равно́ како́й — Кра́сная Звезда́ или Кра́сное Зна́мя, — Кра́сное Зна́мя, коне́чно, лу́чше. И Никола́й спро́сит его́: «За что о́рден получи́л, Се́нька?» А он небре́жно так, закури́вая, ска́жет: «За что даю́т, за то и получи́л». И ско́лько бы Никола́й ни допы́тывался, ни за что бы не сказа́л...

На сле́дующий день Никола́я то́же не эвакуи́ровали. Где-то разбомби́ли мост, и маши́ны ста́ли ходи́ть вкругову́ю. К тому́ же одна́ полома́лась, и рабо́тали тепе́рь то́лько две.

Це́лый день шёл дождь. Пала́тка была́ дыря́вая — посе́чена оско́лками, — и дождь то́ненькими стру́йками, то́чно душ, ороша́л бойцо́в. Но никто́ не ворча́л — уж бо́льно жара́ надое́ла.

— Да и ребя́та на передово́й отдохну́т ма́лость, — смея́лись ра́неные, — ме́ньше бу́дут го́ловы кве́рху задира́ть.

Се́нька доста́л в сосе́дней пала́тке потрёпанную, без нача́ла и конца́ кни́жечку — пье́су Го́голя «Жени́тьба» — и, водя́ па́льцами по стро́чкам, чита́л вслух. И хотя́ чита́л он ме́дленно, запина́ясь — меша́ли каки́е-то незнако́мые бу́квы, всем о́чень нра́вилось, и смея́лись дру́жно и ве́село.

---

[16] assistant platoon leader (for *помощник командира взвода*)

Как раз когда́ Сéнька дошёл до того́ мéста, где Подколёсин в окно́ вы́скочил, в пала́тку вошёл красноармéец.

— Тебé чего́? — стро́го спроси́л Сéнька, не отрыва́я па́льца от кни́ги, чтоб не потеря́ть мéста. — Ви́дишь, за́няты лю́ди.

Красноармéец равноду́шно посмотрéл на Сéньку, прислони́л винто́вку к подпира́вшему пала́тку шесту́ и стал иска́ть что-то в карма́не.

— Ну, до́лго иска́ть бу́дешь?

Красноармéец нашёл наконéц ну́жную бума́жку и таки́м же равноду́шным, как и глаза́ его́, го́лосом сказа́л:

— Самострéльщики тут кото́рые? На двор выходи́. Слéдователь вызыва́ет . . .

У Сéньки запры́гали бу́квы перед глаза́ми. Он да́же не расслы́шал, как произнесли́ его́ фами́лию. Он встал и, ни на кого́ не гля́дя, вы́шел из пала́тки.

Пото́м он стоя́л перед каки́м-то лейтена́нтом с у́сиками. Лейтена́нт что-то спра́шивал. Сéнька отвеча́л. Пото́м лейтена́нт велéл ему́ сесть. Он сел и стал вырыва́ть из бинта́ бéлые ни́точки одну́ за друго́й. Го́лос у лейтена́нта был ти́хий и споко́йный, но говори́л он о́чень по-городско́му, и Сéнька не всё понима́л. Слова́ лейтена́нта как-то не задéрживались в нём, проходи́ли наскво́зь. Он сидéл на травé, поджа́в по-турéцки но́ги, смотрéл на кру́глое, ро́зовое, чи́сто вы́бритое лицо́ лейтена́нта, на то́ненькие, как две ни́точки, у́сики и ждал, когда́ ему́ разреша́т уйти́. И когда́ лейтена́нт встал и стал застёгивать планшéтку, Сéнька по́нял, что разгово́р ко́нчился, что ему́ мо́жно идти́, и то́же встал.

В пала́тку он не вошёл. Он лёг на траву́ под расщéпленным ду́бом и пролежа́л там до са́мого вéчера. Нéсколько раз подходи́л к нему́ Ахрамéев. Сéнька дéлал вид, что спит. В послéдний раз Ахрамéев пришёл и усéлся ря́дом. Сéнька лежа́л с закры́тыми глаза́ми, слу́шая, как во́зится и покря́хтывает ря́дом Ахрамéев, пото́м поверну́лся и посмотрéл ему́ пря́мо в глаза́.

— Чего́ тебé на́до от меня́?

Ахрамéев пожева́л губа́ми и кри́во улыбну́лся.

— Как чего́? Врéмя наста́ло . . .

— Како́е врéмя?

Ахрамéев опя́ть кри́во усмехну́лся.

— Како́е врéмя . . . Дра́пать[17] врéмя . . . Часа́ чéрез два стем-

---

[17] to escape (*slang*)

нéет . . . А тут селó в трёх киломéтрах. Найдём дýру какýю-нибудь
— и . . .

Сéнька почýвствовал, как лицó, ýши, шéя его залива́ются крóвью.

— Иди́ ты к . . . — и сжал кула́к.

Ахрамéев что-то ещё хотéл сказа́ть, но запну́лся, и́скоса как-то
посмотрéл на Сéньку, встал и, стряхну́в с колéн зéмлю, бы́стро
зашага́л к пала́тке. Сéнька переверну́лся на живóт и уткну́лся лицóм в сóгнутые ру́ки.

Когда́ совсéм стемнéло, Сéнька верну́лся в пала́тку. Он дóлго
стоя́л у вхóда, прислу́шиваясь, что дéлается внутри́. Потóм вошёл.
Никола́й ужé спал, закры́вшись шинéлью. Сéнька принёс свéжей
воды́ из ку́хни, лёг на свою́ солóму и всю ночь пролежа́л с
откры́тыми глаза́ми. Под у́тро он всё-таки засну́л.

Проснýлся пóздно, когда́ все ужé поза́втракали. У изголóвья
стоя́л котелóк ка́ши, Никола́й лежа́л и смотрéл куда́-то вверх.
Сéнька встал. Никола́й да́же не пошевельну́лся. Сéнька вы́шел и
принёс чай. Потóм ти́хо спроси́л Никола́я:

— Ку́шать бу́дешь?

Никола́й ничегó не отвéтил. Лежа́л и смотрéл вверх.

Цéлый день Сéнька пролежа́л под ду́бом. Когда́ верну́лся, Никола́я ужé нé было. На егó мéсте лежа́л другóй. Котелóк с осты́вшей ка́шей, нетрóнутый, стоя́л на прéжнем мéсте.

VII

До сих пор в пала́тке не зна́ли, что Сéнька самострéльщик. То ли часовы́е об э́том никому́ не говори́ли, то ли откры́тое,
ясногла́зое, с рéдкими óспинками лицó его не внуша́ло подозрéния, то ли прóсто ка́ждый за́нят был сами́м собóй и свои́ми ра́нами,
— в пала́тке бы́ли в большинствé тяжелó ра́ненные, — но тóлько
никтó ничегó не знал. И да́же сейча́с, когда́ та́йна его раскры́лась,
нельзя́ бы́ло сказа́ть, чтóбы обита́тели пала́тки обижа́ли его или
ка́к-нибудь по-осóбенному относи́лись к нему́. Нет, э́того нé было.
Но чтó-то неулови́мое, кака́я-то неви́димая стена́ вы́росла мéжду
Сéнькой и окружа́ющими. На вопрóсы его отвеча́ли сдéржанно и
кра́тко. Са́ми в разговóр не вступа́ли. Ра́ньше по вечера́м бóйцы
проси́ли, чтоб он спел чтó-нибудь — у негó был неси́льный, но
чи́стый, прия́тный гóлос, — и он пел им негрóмко, чтобы не ме-

ша́ть осо́бо тяжёлым, ста́рые ру́сские пе́сни, кото́рым оте́ц учи́л его́. Сейча́с его́ не проси́ли уже́.

А как-то раз до́лго иска́ли нож, чтоб наре́зать хлеб, и хотя́ все зна́ли, что у Се́ньки есть замеча́тельный охо́тничий нож с костяно́й ру́чкой в пупы́рышках, никто́ у него́ не попроси́л, а взя́ли у часово́го.

И Се́нька мо́лча лежа́л в своём углу́, смотре́л на по́лзающих по паруси́новым стена́м мух и прислу́шивался к всё бо́лее приближа́ющейся артиллери́йской канона́де. При́бывшие ра́неные говори́ли, что не́мец бу́дто где́-то прорва́лся.

Ве́чером неме́цкий «кукуру́зник» сбро́сил на ро́щу не́сколько «трещо́ток».[10] Ра́неные ста́ли выполза́ть из пала́тки. Се́нька не шелохну́лся.

Всю ночь ми́мо ро́щи тяну́лась по доро́ге артилле́рия. Снача́ла тяжёлая на тра́кторах, пото́м поме́ньше, но то́же тяжёлая. Се́нька лежа́л на животе́ и смотре́л из-под завёрнутой полы́ пала́тки, как ползу́т, громыха́я, по доро́ге пу́шки, плету́тся одна́ за друго́й подво́ды. Пехо́ты не́ было. Шла артилле́рия. Всю ночь шла.

К утру́ кака́я-то часть заверну́ла в ро́щу. Комба́т и ста́рший врач, по́тные и злы́е, бе́гали взад и вперёд, руга́лись с артиллери́стами. Но артиллери́сты не слу́шали их и расставля́ли свои́ пу́шки вокру́г пала́ток, забра́сывая их ве́тками. Артиллери́сты то́же бы́ли по́тные и злы́е, голоса́ бы́ли у них хри́плые.

Це́лый день где́-то совсе́м недалеко́ стреля́ли пу́шки. Неме́цкие самолёты бомби́ли доро́ги и леса́. По доро́ге шли ра́неные. И уже́ не одино́чками, а гру́ппами — по два, по три, пять челове́к. Не́которые заходи́ли в ро́щу — на доро́ге стоя́л указа́тель с кра́сным кресто́м, — други́е шли да́льше, гря́зные, обо́рванные, с волоча́щимися по земле́ винто́вками.

К ве́черу медсанба́т стал свора́чиваться. Сня́ли пала́тки и сложи́ли их на опу́шке. Отку́да-то прие́хали больши́е, кры́тые брезе́нтом маши́ны.

Се́нька взял свою́ ска́тку, котело́к и, сто́я у доро́ги, смотре́л, как укла́дывают я́щики в маши́ну. Артиллери́сты одну́ за друго́й вытя́гивали свои́ пу́шки на доро́гу.

Кто́-то с большо́й су́мкой на боку́ — ка́жется, фе́льдшер из тре́тьей пала́тки — пробежа́л ми́мо Се́ньки.

— А ты чего́, краса́вец, стои́шь? Дава́й к большо́му ду́бу.

[18] incendiary bombs

— А там что?

Фельдшер крикнул что-то непонятное и побежал дальше.

Сенька пошёл к большому дубу. Там стояла шеренга человек в двадцать красноармейцев, и низенький майор в выцветшей солдатской пилотке и с большой рыжей, набитой бумагами полевой сумкой на боку говорил им что-то.

— На левый фланг... На левый фланг, — замахал он рукой Сеньке, направившемуся было к нему.

Сенька стал на левый фланг, рядом с долговязым, длинноусым бойцом. Голова у бойца была перевязана. Все стоявшие в шеренге были легко раненные: у кого рука, у кого голова, шея.

Майор прошёл вдоль строя и записал в маленькую книжечку фамилию и имя каждого и из какой кто части. Последним он записал Сеньку и сунул книжечку в карман.

— Зачем это он записывает? — спросил Сенька длинноусого.

Тот осмотрел его с ног до головы.

— Первый день, что ли, в армии? Не знаешь, зачем записывают?

«Неужели кончать[19] уже будут?» — подумал Сенька, и что-то тоскливое подступило к сердцу. Большая, забрызганная грязью машина, фыркая, выползла из кустов и остановилась под дубом. Все начали залезать в неё. Сенька тоже влез.

Майор выглянул из кабины и спросил:

— Все?

— Все... — ответило сразу несколько голосов из кузова.

— Поехали... — Майор хлопнул дверцей.

Машина тронулась.

— Куда это нас везут? — спросил Сенька кого-то, сидящего рядом на борту, — стало совсем уже темно, и лица превратились в белые расплывчатые пятна.

— На передовую, куда ж... — коротко ответил совсем молодой голос.

— На передовую? — Сенька почувствовал, как всё в нём замерло.

— Не слыхал, что ль, что майор говорил? В полк там какой-то. Пополнение. Всех ходячих...

Сенька схватил соседа за руку. У того даже хрустнуло что-то.

— Врёшь...

Сосед выругался и попытался отодвинуться.

19 to liquidate

— Пья́ный, что ли? На люде́й броса́ешься . . .

Се́нька ничего́ не отве́тил. Он уви́дел вдруг над собо́й не́бо, стра́шно большо́е и высо́кое, уви́дел звёзды, мно́го-мно́го звёзд, совсе́м таки́х же, как до́ма, на Енисе́е, и ему́ вдруг стра́шно захоте́лось рассказа́ть кому́-нибудь, как хорошо́ у них там, на Енисе́е, гора́здо лу́чше, чем здесь, как проснёшься иногда́ у́тром и две́ри нару́жу не откро́ешь — всё сне́гом замело́ . . .

Он ткнул сосе́да в бок.

— Ты отку́да сам?

— Чего́? — не рассльі́шал сосе́д.

— Сам отку́да — спра́шиваю.

— Воро́нежский. А что?

— Да ничего́. Про́сто так . . . А я вот из Сиби́ри, с Енисе́я . . . — он сде́лал па́узу, ожида́я, что сосе́д что́-нибудь ска́жет, но тот молча́л, держа́сь обе́ими рука́ми за борт. — Река́ така́я есть — Енисе́й. Не слыха́л? Весно́й разольётся — друго́го бе́рега не ви́дно, совсе́м мо́ре. А когда́ лёд тро́гается, вот красота́. Тут небо́сь и ре́ки не замерза́ют во́все . . .

Бое́ц ничего́ не отве́тил. Маши́на кру́то поверну́ла, и все навали́лись на пра́вый бок. Се́нька плотне́е надви́нул пило́тку, чтоб не снесло́, расстегну́л гимнастёрку и вдохну́л по́лной гру́дью све́жий, напоённый за́пахом мёда ночно́й во́здух.

— Холодо́к, хорошо́ . . .

— Че́рез час согре́ешься, — мра́чно бу́ркнул сосе́д и отверну́лся. Маши́на приба́вила ско́рость.

Они́ е́хали среди́ высо́ких неско́шенных хлебо́в, свора́чивая то впра́во, то вле́во, че́рез разру́шенные сёла, че́рез ро́щи и лесо́чки, наклоня́я го́ловы, чтоб ве́тки не би́ли по лицу́. Ве́тер свисте́л в уша́х, и где-то впереди́, то́чно зарни́цы, вспы́хивали кра́сные за́рева и ме́дленно всплыва́ли вверх, и зате́м па́дали ослепи́тельно я́ркие раке́ты.

Пото́м они́ до́лго сиде́ли у сте́нки како́го-то полуразру́шенного сара́я, и где-то совсе́м ря́дом строчи́л пулемёт и рвали́сь ми́ны, и кури́ть им стро́го-на́строго запрети́ли, а немно́го погодя́ пришли́ каки́е-то дво́е и разда́ли им винто́вки и грана́ты.

Се́нька винто́вки не взял, то́лько грана́ты — шесть «лимо́нок» и две «РГД». Расты́кал по карма́нам и пове́сил на по́яс.

Пото́м повели́ куда́-то че́рез огоро́ды к ре́чке. Посади́ли в транше́и. В транше́е бы́ло пу́сто. Э́то бы́ли ста́рые транше́и, они́ успе́ли уже́ обвали́ться и заросли́ траво́й.

«На той стороне́, ве́рно, не́мцы», — поду́мал Се́нька и спроси́л у сержа́нта, кото́рый их вёл, не́мцы ли на той стороне́.

— Не́мцы, не́мцы, а то кто ж. Вчера́ мы там бы́ли, а сего́дня не́мцы. Вот сиди́те и не пуска́йте их сюда́. Поня́тно?

И Се́нька сиде́л и смотре́л на тот бе́рег и щу́пал грана́ты в карма́не, а пото́м вы́нул и разложи́л их все пе́ред собо́й.

В груди́ его́ что-то дрожа́ло, он ду́мал о Никола́е, и ему́ хоте́лось обня́ть его́ изо всех сил и сказа́ть, что сего́дня что-то произойдёт. Что и́менно, он и сам ещё не знал, но что-то о́чень, о́чень ва́жное . . .

VIII

Под у́тро на той стороне́ реки́ что-то заурча́ло, бу́дто тра́кторы е́хали. Но бы́ло темно́, и ничего́ нельзя́ бы́ло разобра́ть. Пото́м переста́ло. Заква́кали лягу́шки. Вы́ползла луна́. Где-то сза́ди, в транше́е, послы́шался разгово́р. Дво́е команди́ров подошли́ к Се́ньке. Оди́н хрома́л и опира́лся на па́лочку.

— Како́й ро́ты, бое́ц?

— А мы не с рот . . . Мы с медсанба́та, — отве́тил Се́нька и вы́тянул ру́ки по швам.

— А-а-а . . . — неопределённо протяну́л хромо́й и, помолча́в, спроси́л. — Та́нки где гуде́ли?

«Зна́чит, та́нки, а во́все не тра́кторы». — Се́нька указа́л руко́й в ту сто́рону, отку́да доноси́лся звук.

— К мосту́ прут, сво́лочи, — сказа́л хромо́й.

Друго́й команди́р вы́ругался. У него́ был хри́плый, просту́женный го́лос.

— А куда́ ж? Коне́чно, к мосту́.

За реко́й опя́ть заурча́ло. Снача́ла ти́хо, пото́м гро́мче и гро́мче. Хромо́й облокоти́лся о бруствер и приложи́л ру́ку к у́ху.

— Штук де́сять, ника́к не ме́ньше.

— Часа́ че́рез три рассвете́т.

— Часа́ че́рез три, а то и ра́ньше.

— Ч-чёрт . . .

— Синя́вский что — уби́т?

— Уби́т.

— А Кру́тиков?

— И Кру́тиков . . . Эх, был бы Кру́тиков . . . К са́мому та́нку бы подпо́лз и на мосту́ бы подорва́л.

— И буты́лки ни одно́й со сме́сью?

— Бу́дто не зна́ешь . . .

Они́ помолча́ли.

— Пройдём во втору́ю . . . к Раго́зину.

Они́ ушли́.

Се́нька проводи́л их глаза́ми — не́которое вре́мя ещё бы́ло ви́дно, как мелька́ли их го́ловы над траншее́й, — и облокоти́лся о бру́ствер. Луна́ взошла́ уже́ высоко́, и на той стороне́ был ви́ден ка́ждый до́мик. Они́ смешно́ лепи́лись по са́мому отко́су — бе́рег был круто́й. Чуть леве́е видне́лась це́рковь. Из густо́й зе́лени выгля́дывала то́лько ма́ковка с кресто́м. Праве́е, вверх по тече́нию, че́рез ре́ку тяну́лось что-то чёрное и пло́ское — должно́ быть, мост. Из-за до́миков то тут, то там, осыпа́ясь золоты́м дождём, взвива́лись вверх раке́ты и, освети́в, как днём, бе́лые до́мики и ку́пы дере́вьев над реко́й, шипя́, га́сли в камыша́х. Лени́во строчи́ли пулемёты. Кра́сные и зелёные то́чки, догоня́я и перегоня́я друг дру́га, теря́лись где-то на э́той стороне́. Иногда́ о́коло це́ркви начина́л щёлкать миномёт, а пото́м отку́да-то сза́ди доноси́лись разры́вы мин. С на́шей стороны́ никто́ не отвеча́л.

Оди́н раз, когда́ взлете́ла раке́та, Се́нька увида́л трёх челове́к, бегу́щих к реке́, и по́нял, что э́то и есть не́мцы. Он чуть-чуть не бро́сил в них грана́ту, но во́время спохвати́лся — ре́чка была́ широ́кая, ме́тров во́семьдесят, ника́к не ме́ньше.

Опя́ть послы́шались чьи-то шаги́ по транше́е. Се́нька оберну́лся. Те же дво́е, что проходи́ли неда́вно.

— Ну как? — спроси́л оди́н из них, остана́вливаясь о́коло Се́ньки.

— Да ничего́. Стреля́ют помале́ньку, това́рищ . . . — Се́нька запну́лся, не зна́я, как обрати́ться.

— Лейтена́нт, — доко́нчил за него́ команди́р и спроси́л, нет ли у него́ спи́чек.

— «Катю́ша» то́лько, — отве́тил Се́нька.

— Дава́й «Катю́шу».

Се́нька поры́лся в карма́не, вы́тащил дли́нный, с полме́тра, фити́ль, кре́мень, металли́ческую пласти́нку для высека́ния огня́ — всё аккура́тно завёрнутое в тря́почку — и протяну́л лейтена́нту.

— Мы здесь ря́дом бу́дем, — сказа́л лейтена́нт и прошёл немно́го да́льше по транше́е.

Се́нька опя́ть облокоти́лся о бру́ствер и стал смотре́ть на противополо́жный бе́рег. Слы́шно бы́ло, как команди́ры до́лго высека́ли ого́нь — очеви́дно, не зажига́лся фити́ль, — пото́м оди́н из них спроси́л, кото́рый час.

— Три́дцать пять второ́го.

Помолча́ли.

— На́до реше́ние принима́ть, Ле́нька . . . Через ча́с бу́дет по́здно . . .

— На́до . . .

— Кого́ ж посла́ть? У меня́ три челове́ка всего́. Два из них ра́неные, а Степа́нов . . . да что о нём говори́ть . . .

— А грана́т ско́лько?

— Грана́т хва́тит. С га́ком хва́тит.[20] Я́щиков пять. Да броса́ть их на́до уме́ючи . . . Не́ту Кру́тикова. А Степа́нов то́лько по́лные штаны́ наде́лает.[21]

— А медсанба́товские?

— Что медсанба́товские . . . Одни́ кале́ки. С них спроси́ть-то не спро́сишь. Подведу́т то́лько.

Они́ до́лго молча́ли. Бы́ло ви́дно то́лько, как вспы́хивают папиро́сы. Пото́м тот, кото́рого зва́ли Ле́нька, сказа́л:

— Зна́чит . . . кому́-то из нас. Йли мне, или тебе́.

— Куда́ тебе́. С ного́й-то . . .

— Не нога́ми же кида́ть. Ру́ки здоро́вые. А ты ле́вой и на де́сять ме́тров не ки́нешь.

— Ки́ну йли не ки́ну — друго́й вопро́с, через ча́с та́нки уже́ здесь бу́дут.

И в подтвержде́ние его́ слов за реко́й опя́ть заурча́ло.

Се́нька при́стально посмотре́л в ту сто́рону, где урча́ло, ничего́ не уви́дел, собра́л с бруствера грана́ты, подтяну́л поту́же ремéнь, распра́вил скла́дки спе́реди, наде́л ска́тку че́рез плечо́ и, засо́вывая грана́ты в карма́н, подошёл к команди́рам.

Где-то вдалеке́ пропе́л пету́х.

Пе́рвый танк неуве́ренно как-то вы́лез из-за полуобвали́вшейся ха́ты и, то́чно поколеба́вшись, идти́ да́льше или не идти́, ме́дленно, перева́ливаясь с бо́ку на́ бок, попо́лз к мосту́. По нему́ никто́ не стреля́л. Пу́шек в полку́ уже́ не́ было.

Танк ме́дленно подпо́лз к мосту́. Останови́лся. Сде́лал три вы́стрела, — снаря́ды разорвали́сь где-то совсе́м недалеко́, за спино́й у Се́ньки, — и пошёл по насти́лу. Из-за ха́ты появи́лся друго́й танк.

---

[20] more than enough
[21] defecate in his pants (*vulgar*)

Се́нька взял свя́зку грана́т и взвёл центра́льную. Три други́е свя́зки лежа́ли ря́дом на траве́.

Танк ме́дленно полз, громыха́я гу́сеницами. Он был се́рый, и на боку́ у него́ был чёрный крест, обве́денный бе́лой кра́ской. Ря́дом с кресто́м я́рко-кра́сным пятно́м выделя́лся како́й-то нарисо́ванный зверь с за́дранными ла́пами.

«Совсе́м как на карти́нке, — вспо́мнил Се́нька изображе́ние та́нка, кото́рое ему́ пока́зывали в земля́нке. — Вот там ба́ки с горю́чим, там мото́р . . . Пе́рвую, зна́чит, под гу́сеницы, втору́ю в ба́ки, а да́льше . . .»

Се́нька стал на одно́ коле́но. Друго́й ного́й упёрся в како́й-то ко́рень. Меша́ли ве́тки куста́рника. Се́нька осторо́жно облома́л их, пото́м взял свя́зку грана́т и прове́рил взвод.

Танк полз по́ мосту. Мост изгиба́лся под ним, и, е́сли б не гро́хот гу́сениц, вероя́тно, бы́ло бы слы́шно, как он скрипи́т.

Танк прое́хал три проле́та. Оста́лось ещё два. Сза́ди на мост въезжа́л уже́ друго́й. Тре́тий полз по бе́регу.

Се́нька посмотре́л на не́бо — оно́ бы́ло чи́стое-чи́стое, без еди́ного о́блачка, — на бе́рег, на кусты́, на ослепи́тельно жёлтый песо́к у воды́, сти́снул зу́бы, размахну́лся как мо́жно сильне́е и бро́сил свя́зку пря́мо под гу́сеницы. Пото́м втору́ю. Пото́м встал во весь рост и бро́сил тре́тью.

Гига́нтский клубо́к пла́мени взметну́лся к не́бу.

С того́ бе́рега застрочи́л пулемёт.

Се́нька припа́л к земле́, нащу́пал руко́й четвёртую свя́зку, взвёл её и то́же бро́сил. Она́ не долете́ла до моста́, попа́ла в во́ду. Грома́дный фонта́н воды́ взви́лся к не́бу, и под Се́нькой задрожа́ла земля́.

Танк горе́л, пуска́я клубы́ густо́го, чёрного как са́жа ды́ма. Каки́е-то лю́ди бежа́ли по́ мосту в обра́тную сто́рону. Второ́й танк пя́тился наза́д.

Се́нька надви́нул на бро́ви пило́тку и, согну́вшись, побежа́л к видне́вшемуся сквозь со́сенки бе́лому до́мику.

Когда́ он подбега́л уже́ к са́мому до́мику, сза́ди что́-то оглуши́тельно гро́хнуло. Се́нька на бегу́ оберну́лся. Два проле́та моста́ охва́чены бы́ли огнём.

Та́нка бо́льше не́ было ви́дно.

Клубя́щийся чёрный столб ды́ма ме́дленно располза́лся по ослепи́тельно голубо́му не́бу.

1950

Vasily Aksyonov

DURING the period of de-Stalinization or the Thaw, roughly from 1954 to 1958, literature in Russia became much more interesting than it had been for the previous 15 or 20 years, but it still remained largely the same in many respects. It was still rather conservative and dull as far as its artistic side was concerned. Previously disapproved themes were now being discussed; new ideas were put forth concerning what is wrong and what is right in Soviet life; but the language, the method of narration, the writer's vision, and most of the artistic means continued to be unoriginal and conventional.

Vasily Aksyonov (born in 1932) is one of the writers who broke with this monotony. He is a young author who has spoken out with a new voice. A doctor by training, he devoted himself to writing after four years of medical practice—not a new thing in the history of Russian literature: Chekhov similarly replaced medicine with literature as his profession. He has written three short novels, each of which caused a great stir: *The Colleagues* (1960), *The Starry Ticket* (1961), and *Oranges from Morocco* (1963). In all of them, the protagonists are young people —students, boys and girls choosing careers or just finishing university education. The conflict (sometimes gulf) between the generations became in the 1950s and 60s one of the cardinal issues of Soviet life. It is of central concern to Aksyonov. His young people are not at all the stereotyped plaster saints or soot-black villains of conventional Stalinist fiction. They are irreverent, cynical, critical; they think for themselves; often they are at loose ends. They seek for themselves both a place in society and an ideology to live by—a set of principles to which they could really sincerely subscribe, and by which they could direct their behavior. Much in Soviet life seems unacceptable to them; they are unable to take seriously some of the big slogans that the previous generation of the "Fathers" followed. In the end, the young people may turn out to be as brave and loyal as anyone could possibly desire, but they behave as they do without recourse to idealistic stereotypes, and only after much soul-searching.

The Starry Ticket, the work through which Aksyonov became widely known in Russia, presents a group of young people who go to the Baltic shore and become involved in having fun, in love affairs, and in odd jobs. They do not have any proper, serious, "Soviet" goals in mind. Prospectors for oil, fishermen, and Moscow students are the heroes of *Oranges from Morocco.* The special Aksyonov touch is imparted to this novelette, as it is to the story in this volume, by his language.   The characters (and occasionally also the narrator) use slang. Their comments are full of wit and jocular allusions to current slogans. As a result of this linguistic originality, as well as of the provocative unorthodoxy of some of the incidents narrated (references to thefts, bad feeling between national groups, love affairs, the modishness of Polish films, admiration for modernistic art, dislike for school teachers), Aksyonov's works are among the liveliest published in Russia today.

Half way to the Moon (published in *Novy Mir,* 1962) has been considered by some critics to be influenced by Salinger (whom Aksyonov has stated he admires—along with Hemingway and Babel). The story mixes masterful social observation (e.g., the swaggering truck driver's language and reactions to people of superior social and educational background) with fantasy. It illustrates Aksyonov's subtle ear for how people of various occupations talk, and combines whimsy with wistfulness, humor with serious undertones, frivolity with earnestness. Here we have a prose writer who is a novelist of manners as well as a creator of characters and dashing plots.

In answer to a questionnaire, Aksyonov wrote: "The writer must, without forgetting the educational significance of literature, fear as the plague didacticism and preachy schemes. . . . I consider one of the most serious problems of today to be the overcoming of the inertia of the cult of personality in the life of society and in the heart of man."

Василий Павлович Аксёнов

НА ПОЛПУТИ К ЛУНЕ

— Может, вам кофе принести?

— Можно.

— По-восточному?

— А?

— Кофе по-восточному, — торжествующе пропела официантка и поплыла по проходу.

«Ерунда, баба как баба», — успокаивал себя Кирпиченко, глядя ей вслед.

«Ерунда, — думал он, морщась от головной боли, — осталось пятьдесят минут. Сейчас объявят посадку — и знать тебя не знали в этом городе. Город, тоже мне.[1] Город-городок. Не Москва. Может, кому он и нравится, мне лично не то, чтобы очень. Ну его![2] Может, в другой раз он мне понравится».

Вчера было сильно выпито. Не то, чтобы уж прямо «в лоскуты», но крепко. Вчера, позавчера и третьего дня. Всё из-за этого гада Банина и его дражайшей сеструхи.[3] Ну и раскололи[4] они тебя на твои трудовые рубли!

Банина Кирпиченко встретил третьего дня на аэродроме в Южном. Он даже не знал, что у них отпуска совпадают. Вообще ему мало было дела до Банина. В леспромхозе всё время носились с ним, всё время кричали: «Банин, Банин! Равняйтесь на Банина!» — но Валерий Кирпиченко не обращал на него особого внимания. Понятно, фамилию эту знал и личность была знакомая — электрик Банин, но в общем и целом человек это был незаметный, несмотря на весь шум, который вокруг него поднимали по праздникам.

«Вот так Банин! Ну и ну, вот тебе и Банин».

В леспромхозе были ребята, которые работали не хуже Банина, а

---

[1] some town!
[2] To hell with it!
[3] sister (*slang*)
[4] caused great expense (*slang*)

мо́жет быть, и дава́ли ему фо́ру[5] по всем статья́м, но ведь у нача́ль-
ства всегда́ так: как наце́лятся на одного́ челове́ка, так и пля́шут
вокру́г него́, таки́м ребя́там зави́довать не́чего, жале́ть на́до их. В
Баю́клах был тако́й Сини́цын, тоже на мотово́зе[6] рабо́тал, как и
Кирпиче́нко. Облюбова́ли его́ корреспонде́нты, шум подня́ли
стра́шный. Па́рень снача́ла вы́резки из газе́т собира́л, а пото́м не
вы́держал и в Оху́ смота́лся. Но Ба́нин ничего́, выде́рживал. Чи́-
стенький тако́й ходи́л, шу́стрый. В поря́дке тако́й мужичо́к, не
ви́дно его́ и не слы́шно. В про́шлом году́ весно́й привезли́ на рыбо-
комбина́т две́сти неве́ст с материка́ — сезо́нниц по рыборазде́лке.
Собрали́сь ребя́та к ним в го́сти, ле́зут в маши́ну, ору́т, шумя́т . . .
Смо́трят: в ку́зове в углу́ Ба́нин сиди́т, ти́хий тако́й, не ви́дно его́ и
не слы́шно.
«Ну, Ба́нин . . .»
На аэродро́ме в Ю́жном Ба́нин бро́сился к Кирпиче́нко, как к
лу́чшему дру́гу. Пря́мо захлёбываясь от ра́дости, он вопи́л, что
стра́шно рад, что в Хаба́ровске у него́ сестру́ха, а у неё подру́жки —
мировы́е де́вочки.[7] Он стал распи́сывать всё э́то де́ло подро́бно, и
у Кирпиче́нко потемне́ло в глаза́х. По́сле отъе́зда неве́ст из рыбо-
комбина́та за всю зи́му Вале́рий ви́дел то́лько двух же́нщин, точ-
не́е двух пожилы́х крокоди́лов — та́бельщицу и повари́ху.
«Ах ты, Ба́нин, Ба́нин . . .»
В самолёте он всё крича́л лётчикам:
— Эй, пило́ты, подбро́сьте уголька́!
Пря́мо узна́ть его́ бы́ло нельзя́, тако́й сати́рик . . .
«Ма́ло я тебе́ подки́нул, Ба́нин!»
Дом, в кото́ром жила́ ба́нинская сестру́ха, чуть высо́вывался из-
за сугро́ба. Горба́тую э́ту у́лицу, ви́дно, чи́стили специа́льные
маши́ны, а отва́лы сне́га не́ были вы́везены и почти́ скрыва́ли от
глаз ма́ленькие до́мики. До́мики лежа́ли сло́вно в транше́е. В скри-
пу́чем моро́зном во́здухе стоя́ли над тру́бами голубы́е дымки́, ко́со
торча́ли анте́нны и шесты́ со скворе́чниками. Это была́ соверше́нно
дереве́нская у́лица. Тру́дно бы́ло да́же пове́рить, что на холме́ по
проспе́кту хо́дит тролле́йбус.
Кирпиче́нко немно́го ошале́л ещё в аэропорту́, когда́ уви́дел
дли́нный ряд маши́н с зелёными огонька́ми и стекля́нную сте́ну

[5] outdid him (*colloquial*)
[6] tractor
[7] excellent girls (*slang*)

рестора́на, сквозь моро́зные узо́ры кото́рой просве́чивал чи́нный джаз. В гастроно́ме на гла́вной у́лице он совсе́м распоя́сался. Он выта́скивал зелёные полусо́тенные бума́жки, хохоча́, запи́хивал в карма́ны буты́лки, сгреба́л в оха́пку ба́нки консе́рвов. Развесёлый челове́к Ба́нин смея́лся ещё пу́ще Кирпиче́нко и то́лько подхва́тывал сыры́ и консе́рвы, а пото́м вступи́л в перегово́ры с завотде́лом и добы́л вяза́нку колбасы́. Ба́нин и Кирпиче́нко подкати́ли к до́мику на такси́, зава́ленном ра́зной снедью и буты́лками чече́но-ингу́шского коньяка́. В о́бщем к сестру́хе они́ при́были не с пусты́ми рука́ми.

Кирпиче́нко вошёл в ко́мнату — мохна́той ша́пкой под потоло́к, — опусти́л проду́кты на крова́ть, покры́тую бе́лым пике́йным одея́лом, вы́прямился и сра́зу уви́дел в зе́ркале своё кра́сное худо́е и недо́брое лицо́.

Лари́ска, ба́нинская сестру́ха, по ви́ду така́я пу́хленькая медсестри́чка, уже́ расстёгивала ему́ пальто́, пригова́ривая:

— Друзья́ моего́ бра́та — э́то мой друзья́.

Пото́м она́ наде́ла пальто́, бо́ты и куда́-то уча́пала.

Ба́нин рабо́тал што́пором и ножо́м, а Кирпиче́нко пока́ огля́дывался. Обстано́вка в ко́мнате была́ культу́рная: шифонье́р с зе́ркалом, комо́д, приёмник с радио́лой. Над комо́дом висе́л портре́т Вороши́лова, ещё довое́нный, без пого́н, с ма́ршальскими звёздами в петли́цах, а ря́дом гра́мота в ра́мке: «Отли́чному стрелку́ ВОХР[8] за успе́хи в боево́й и полити́ческой подгото́вке. УСВИТЛ»[9].

— Э́то ба́тина гра́мота, — поясни́л Ба́нин.

— А что, он у тебя́ во́хровцем[10] был?

— Был да сплыл, — вздохну́л Ба́нин. — По́мер.

Одна́ко грусти́л он недо́лго — стал крути́ть пласти́нки. Пласти́нки бы́ли знако́мые: «Рио-Ри́та», «Черномо́рская ча́йка», а одна́ кака́я-то францу́зская — три мужика́ пе́ли на ра́зные голоса́ и так здо́рово, как бу́дто прошли́ они́ весь бе́лый свет и ви́дели тако́е, что ты и не уви́дишь никогда́.

Пришла́ Лари́ска с подру́гой, кото́рую зва́ли То́мой. Лари́ска ста́ла наводи́ть на столе́ поря́док, бе́гала на ку́хню и наза́д, таска́ла каки́е-то огу́рчики и грибы́, а То́ма как се́ла в у́гол, так и окамене́ла, положи́ла ру́ки на коле́ни. Как с ней полу́чится, Кирпиче́нко не знал

---

[8] Guard in a concentration camp.
[9] Administration of the Northeast Corrective Labor Camps.
[10] See footnote 8.

и стара́лся не гляде́ть на неё, а как то́лько взгля́дывал, у него́ темне́ло в глаза́х.

— Ру́ки мёрзнут, но́ги зя́бнут, не пора́ ли нам деря́бнуть?[11] — с не́рвной весёлостью воскли́кнул Ба́нин. — Прошу́ к столу́, ле́ди и джентльме́ны.

Кирпиче́нко кури́л дли́нные папиро́сы «Со́рок лет Сове́тской Украи́ны», кури́л и пуска́л коле́чки. Лари́ска хохота́ла и нани́зывала их на мизи́нец. В ни́зкой ко́мнате бы́ло ду́шно. Кирпиче́нкины но́ги отсыре́ли в ва́ленках, наве́рное от них шёл пар. Ба́нин танцева́л с То́мой. Та за весь ве́чер не сказа́ла ни сло́ва. Ба́нин что-то ей шепта́л, а она́ кри́во усмеха́лась со́мкнутым ртом. Деви́ца была́ ста́тная, под капро́новой[12] ко́фточкой у неё просве́чивало ро́зовое бельё. В тёмных ора́нжевых круга́х пе́ред Кирпиче́нко расплыва́лись сте́ны, портре́т Вороши́лова, сло́ники на комо́де и пры́гали вы́пущенные им ды́мные коле́чки, и па́лец Лари́сы выпи́сывал каки́е-то непоня́тные зна́ки.

Ба́нин и То́ма ушли́ в другу́ю ко́мнату. Ти́хо щёлкнул за ни́ми англи́йский замо́к.

— Ха-ха-ха, — хохота́ла Лари́ска, — что же вы не танцева́ли, Вале́рий? На́до бы́ло танцева́ть.

Ко́нчилась пласти́нка, и наступи́ла тишина́. Лари́ска смотре́ла на него́, щу́ря косы́е кори́чневые глаза́. Из сосе́дней ко́мнаты доноси́лось сде́ржанное пови́згивание.

— От вас, Вале́рий, одно́ продово́льствие и никако́го удово́льствия, — хихи́кнула Лари́ска, и Кирпиче́нко вдруг уви́дел, что ей под три́дцать, что она́ вида́ла ви́ды.[13] Она́ подошла́ к нему́ и прошепта́ла:

— Пойдём танцева́ть.

— Да я в ва́ленках, — сказа́л он.

— Ничего́, пойдём.

Он подня́лся. Она́ поста́вила пласти́нку, и три францу́зских па́рня запе́ли на ра́зные голоса́ в ко́мнате, пропа́хшей тома́тами и чече́но-ингу́шским коньяко́м, о том, что они́ прошли́ весь бе́лый свет и ви́дели тако́е, что тебе́ и не уви́деть никогда́.

— То́лько не э́ту, — хри́пло сказа́л Кирпиче́нко.

---

[11] Have a drink? (*slang*)
[12] nylon
[13] "she's been around"

— А чего? — закричала Лариска. — Пластиночка что надо! Стиль!

Она закрутилась по комнате. Юбчонка её плескалась вокруг ног. Кирпиченко снял пластинку и поставил «Рио-Риту». Потом он шагнул к Лариске и схватил её за плечи.

Вот так всегда, когда пальцы скользят по твоей шее в темноте, кажется, что это пальцы луны, какая бы дешёвка[14] ни лежала рядом, — всё равно после этого, когда пальцы трогают твою шею — надо бы дать ей по рукам, — кажется ... чего только тебе ни кажется, а луна высоко и сквозь замёрзшее стекло похожа на расплывшийся желток, но этого не бывает никогда, и не обманывай себя, будет ли это, — тебе уже двадцать девять, и вся твоя неладная и ладная, вся твоя распрекрасная, жаркая, холодная жизнь, какая она ни на есть, когда пальчики на шее в темноте, кажется, что это ...

— Ты с какого года?[15] — спросила женщина.

— С тридцать второго.

— Ты шофёр, что ли?

— Ну.

— Много зарабатываешь?

Валерий зажёг спичку и увидел её круглое лицо с косыми коричневыми глазами.

— А тебе-то что?[16] — Он прикурил.

Утром Банин шлёпал по комнате в тёплом китайском белье. Он выжимал в стакан огурцы и бросал в блюдо сморщенные огуречные тельца. Тома сидела в углу, аккуратная и молчаливая, как и вчера. После завтрака они с Лариской ушли на работу.

— Законно повеселились, а, Валерий? — заискивающе засмеялся Банин. — Ну ладно, пошли в кино.

Они посмотрели подряд три картины, а потом завернули в гастроном, где Кирпиченко опять распоясался вовсю: вытаскивал красные бумажки и сваливал в руки Банина сыры и консервы.

Так было три дня и три ночи, а сегодня утром, когда девицы ушли, Банин вдруг сказал:

— Породнились мы, значит, с тобой, Валерий?

Кирпиченко поперхнулся огуречным рассолом.

---

[14] cheap thing
[15] What year were you born? (*substandard*)
[16] Why should you care? What's it to you?

— Чего́-о?

— Чего́-чего́! — вдруг заора́л Ба́нин. — С сестру́хой мое́й спишь или нет? Дава́й говори́, когда́ сва́дьбу игра́ть бу́дем, а то нача́льству сообщу́. Амора́лка,[17] по́нял? Кирпиче́нко че́рез весь стол уда́рил его́ по скуле́. Ба́нин отлете́л в у́гол, тут же вскочи́л и схвати́лся за стул.

— Ты, по́трох! — с рыча́ньем наступа́л на него́ Кирпиче́нко. — Да на ка́ждой дешёвке жени́ться . . .

— Шку́ра ла́герная![18] — завизжа́л Ба́нин. — Зека́![19] — И бро́сил в него́ стул.

И тут Кирпиче́нко ему́ показа́л. Когда́ Ба́нин, схвати́в тулу́п, вы́скочил на у́лицу, Кирпиче́нко, стуча́ зуба́ми от зло́бы, возбужде́ния и ди́кой тоски́, вы́тащил чемода́н, побросе́л в него́ свои́ шмо́тки,[20] наде́л пальто́ и све́рху тулу́п, вы́тащил из карма́на свою́ фото-ка́рточку (при га́лстуке и в са́мой лу́чшей ковбо́йке),[21] — бы́стро написа́л на ней: «Лари́се на до́брую и до́лгую па́мять», положи́л её в Лари́скиной ко́мнате на поду́шку и вы́шел вон. Во дворе́ Ба́нин, плюя́сь и матеря́сь,[22] отвя́зывал озвере́вшего пса. Кирпиче́нко от-швырну́л пса ного́й и вы́шел за кали́тку . . .

— Ну как вам ко́фе? — спроси́ла официа́нтка.

— Ничего́, влия́ет, — вздохну́л Кирпиче́нко и погла́дил её по руке́.

— Но-но, — улыбну́лась официа́нтка.

В э́то вре́мя объяви́ли поса́дку.

С лёгкой душо́й си́льными, больши́ми шага́ми шёл Кирпиче́нко к лётному по́лю. Да́льше пое́хали, да́льше, да́льше! Не для того́ в кой-то ве́ки берёшь о́тпуск, что́бы торча́ть в ду́шной халу́пе на гриба́х да на голла́ндском сы́ре. Есть ребя́та, кото́рые весь о́тпуск торча́т в таки́х вот до́миках, но он не дура́к. Он прие́дет в Москву́, ку́пит в ГУ́Ме три костю́ма и чехослова́цкие боти́нки, пото́м да́льше-да́льше, к Чёрному мо́рю — «ча́йка, черномо́рская ча́йка, моя́ мечта́», — бу́дет есть чебуре́ки и гуля́ть в одно́м пиджаке́.

Он ви́дел себя́ в э́тот моме́нт как бы со стороны́ — большо́й и

[17] immoral conduct
[18] Literally: skin = inmate of a concentration camp (*derogatory*)
[19] For *заключённый*, prisoner
[20] stuff (*slang*)
[21] cowboy-style shirt
[22] swearing obscenely

сильный, в пальто́ и тулу́пе, в онда́тровой ша́пке, в ва́ленках, ишь ты выша́гивает. Одна́ ба́ба, с кото́рой у него́ позапро́шлым ле́том бы́ло де́ло, говори́ла, что у него́ лицо́ инде́йского вождя́. Ба́ба э́та была́ нача́льником геологи́ческой па́ртии, на́до же. Хоро́шая така́я А́нна Петро́вна, вро́де бы доце́нт. Пи́сьма писа́ла, и он ей отвеча́л: «Здра́вствуйте, уважа́емая А́нна Петро́вна! Пи́шет вам ва́ми изве́стный Вале́рий Кирпиче́нко . . .» — и про́чие пе́чки-ла́вочки.[23]

Больша́я толпа́ пассажи́ров уже́ собрала́сь у турнике́тов. Неподалёку попры́гивала в свои́х бо́тиках Лари́ска. Лицо́ у неё бы́ло бе́лое и с синево́й, я́рко-кра́сные гу́бы, и ужа́сно глу́по вы́глядела бро́шка с бегу́щим оле́нем на воротнике́.

— Заче́м пришла́? — спроси́л Кирпиче́нко.

— П-проводи́ть, — е́ле вы́говорила Лари́ска.

— Ты, зна́ешь, конча́й, — ладо́нью обруби́л он. — Раска́лывали меня́ три дня со свои́м бра́тцем — ла́дно, а любо́вь тут не́чего крути́ть . . .[24]

Лари́ска запла́кала, и Вале́рий испуга́лся.

— Ну, чё ты, чё ты . . .

— Да, раска́лывали, — лепета́ла Лари́ска, — так уж и раска́лывали . . . Ну, ла́дно . . . зна́ю, что ты обо мне́ ду́маешь . . . я така́я и есть . . . а что мне тебя́ нельзя́ люби́ть, что ли?

— Конча́й.

— А я вот бу́ду, бу́ду! — почти́ закрича́ла Лари́ска. — Ты, Ва́ля, — она́ прибли́зилась к нему́, — ты ни на кого́ не похо́ж . . .

— Тако́й же я, как все, то́лько мо́жет . . . — И Кирпиче́нко ме́дленно растяну́л в улы́бке гу́бы.

Лари́ска отверну́лась и запла́кала ещё пу́ще. Вся её жа́лкая фигу́рка сотряса́лась.

— Ну, чё ты, чё ты . . . — растеря́лся Кирпиче́нко и погла́дил её по плечу́.

В э́то вре́мя толпа́ потяну́лась на лётное по́ле. И Кирпиче́нко пошёл, не огля́дываясь, ду́мая о том, что ему́ жа́лко Лари́ску, что она́ ему́ ста́ла не чужо́й, но, впро́чем, ка́ждая стано́вится не чужо́й, тако́й уж у него́ дура́цкий хара́ктер, а пото́м забыва́ешь, и всё норма́льно, норма́льно. Норма́льно — и то́чка.

Он шага́л в толпе́ пассажи́ров, гля́дя на ожида́вший его́ огро́мный сверка́ющий на со́лнце самолёт, и бы́стро-бы́стро всё забыва́л

[23] etc., etc. (*slang*)
[24] no use romancing (*substandard*)

— всю гáдость своегó трёхднéвного пребывáния здесь и э́ти пáльчики на своéй шéе. Егó на э́то не кýпишь. Так бы́ло всегдá. Егó не кýпишь и не сломáешь. Попадáлись и не дешёвки. Бы́ли у негó и прекрáсные жéнщины. Доцéнт, к примéру, — душá-человéк. Все они́ влюбля́лись в негó, и Валéрий понимáл, что происхóдит э́то не из-за егó жестóкости, а совсéм из-за другóго: мóжет быть, из-за егó молчáния, мóжет быть, из-за тогó, что кáждой хóчется стать для негó нахóдкой, потомý что они́, ви́димо, чýвствуют в э́ти минýты, что он хóдит, как слепóй, вы́тянув рýки. Но он всегдá так себé говори́л: не кýпите на э́ти штýчки, не сломáете, бы́ло дéло — и каю́к. И всё нормáльно. Нормáльно.

Самолёт был устрашáюще огрóмен. Он был огрóмен и тяжёл, как крéйсер. Кирпичéнко ещё не летáл на таки́х самолётах, и сейчáс у негó прóсто захвати́ло дух от восхищéния. Что он люби́л — э́то тéхнику. Он подня́лся по высочéнному трáпу. Дéвушка-бортпроводни́ца в си́нем костю́мчике и пилóтке посмотрéла егó билéт и сказáла, где егó мéсто. Мéсто бы́ло в пéрвом салóне, но на нём уже сидéл какóй-то тип, какóй-то очкáрик в шáпке пирожкóм.

— А ну-ка вали́сь отсю́да,[25] — сказáл Кирпичéнко ми́рно и показáл очкáрику билéт.

— Не мóжете ли вы сесть на моё мéсто? — спроси́л очкáрик. — Меня́ укáчивает в хвостé.

— Вали́сь, говорю́, отсю́да, — гáркнул на негó Кирпичéнко.

Могли́ бы быть повéжливей, — оби́делся очкáрик. Почемý-то он не вставáл.

Кирпичéнко сорвáл с негó шáпку и брóсил её в глубь самолёта, по направлéнию к егó мéсту, закóнному. Показáл в óбщем емý направлéние — тудá и вали́сь, занимáй соглáсно кýпленным билéтам.

— Граждани́н, почемý вы хулигáните? — сказáла бортпроводни́ца.

— Спокóйно, — сказáл Кирпичéнко.

Очкáрик в крáйнем изумлéнии пошёл разы́скивать шáпку, а Кирпичéнко зáнял своё закóнное мéсто.

Он снял тулýп и положи́л егó в ногáх, утверди́лся, так сказáть, на своéй плацкáрте.

Пассажи́ры входи́ли в самолёт оди́н за други́м, казáлось, им не бýдет концá. В самолёте игрáла лёгкая мýзыка. В люк вали́л сóлнечный морóзный пар. Бортпроводни́цы хлопотли́во пробегáли по

[25] Get out of here! (*substandard*)

прохо́ду, все, как одна́, в си́них костю́мчиках, длинноно́гие, в ту́-
фельках на о́стрых каблучка́х. Кирпиче́нко чита́л газе́ту. Про разо-
руже́ние и про Берли́н, про подгото́вку к чемпиона́ту в Чи́ли и про
снегозадержа́ние.

К окну́ се́ла кака́я-то ба́бка, перепоя́санная ша́лью, а ря́дом с
Кирпиче́нко за́нял ме́сто румя́ный моряче́к. Он всё шути́л:

— Ба́бка, завеща́ние написа́ла?.. — И крича́л бортпроводни́це:

— Де́вушка, кому́ сдава́ть завеща́ния?

Везёт Кирпиче́нко на таки́х сати́риков!

Наконе́ц захло́пнули люк, и зажгла́сь кра́сная на́дпись: «Не
кури́ть, пристегну́ть ремни́» — и что-то по-англи́йски, мо́жет, то же
са́мое, а мо́жет, и друго́е. Мо́жет, наоборо́т: «Пожа́луйста, кури́те.
Ремни́ мо́жно не пристёгивать». Кирпиче́нко не знал англи́йского.

Же́нский го́лос сказа́л по ра́дио:

— Прошу́ внима́ния! Команди́р корабля́ приве́тствует пассажи́-
ров на борту́ сове́тского ла́йнера ТУ-114. Наш самолёт-гига́нт вы-
полня́ет рейс Хаба́ровск — Москва́. Полёт бу́дет проходи́ть на
высоте́ де́вять ты́сяч ме́тров со ско́ростью семьсо́т киломе́тров в
час. Вре́мя в пути́ во́семь часо́в три́дцать мину́т. Благодарю́ за вни-
ма́ние. — И по-англи́йски: — Жу́рли шу́рли, лопс-дропс...[26]
Сэ́нкью.

— Вот как, — удовлетворённо сказа́л Кирпиче́нко и подмигну́л
морячку́. — Чин-чи́нарем.[27]

— А ты ду́мал, — сказа́л моряче́к так, как бу́дто самолёт — э́то
его́ со́бственность, как бу́дто э́то он сам всё устро́ил: объявле́ния
на двух языка́х и про́чий комфо́рт.

Самолёт повезли́ на взлётную доро́жку. Ба́бка сиде́ла о́чень со-
средото́ченная. За иллюмина́тором проплыва́ли аэродро́мные по-
стро́йки.

— Разреши́те взять ва́ше пальто́? — спроси́ла бортпроводни́ца.

Э́то была́ та са́мая, кото́рая прикри́кнула на Кирпиче́нко. Он по-
смотре́л на неё и обомле́л. Она́ улыба́лась. Над ним склони́лось её
улыба́ющееся лицо́ и во́лосы — тёмные, нет, не чёрные, тёмные и,
должно́ быть, мя́гкие, пло́тной и то́чной причёской похо́жие на мех,
на муто́н,[28] на нейло́н, на все сокро́вища ми́ра. Па́льцы её при-

---

[26] Nonsense syllables intended to indicate how English sounds to an uneducated
Russian.

[27] shipshape

[28] fleece

коснýлись к овчúне егó тулýпа, такúх не бывáет пáльцев. Нет, всё э́то бывáет в журнáльчиках, а знáчит, и не тóлько в них, но не бывáет так, чтоб бы́ло и всё э́то, и такáя улы́бка, и гóлос сáмой пéрвой жéнщины на землé, — такóго не бывáет.

— Пóнял, тулýп мой понеслá, — глýпо улыбáясь, сказáл Кирпичéнко морячкý, а тот подмигнýл емý и сказáл горделúво:

— В поря́дке кадр? То-то.

Онá вернýлась и забралá бáбкин полушýбок, морякóвский кожáн и Кирпичéнко пальтó. Всё срáзу охáпкой прижáла к своемý бóжьему тéлу и сказáла:

— Пристегнúте ремнú, товáрищи.

Заревéли мотóры. Бáбка обмирáла и втихомóлку крестúлась. Морячóк усúленно ей подражáл и косúл глáзом: смеётся ли Кирпичéнко? А тот ворáчивал шéю, гля́дя, как дéвушка, дéвушка, дéвушка нóсит кудá-то пальтó и шинéли. А потóм онá появúлась с поднóсом и угостúла всех конфéтами, а мóжет, и не конфéтами, а зóлотом, саморóдками, пилю́лями для сéрдца. А потóм, ужé в вóздухе, онá обнеслá всех водóй, слáдкой водóй и минерáльной, той сáмой водóй, котóрая стекáет с сáмых высóких и чúстых водопáдов. А потóм онá исчéзла.

— В префéр игрáешь? — спросúл морячóк. — Мóжно собрáть пýлечку.

Крáсная нáдпись погáсла, и Кирпичéнко пóнял, что мóжно курúть. Он встал и пошёл в нос, в закýток за штóркой, откýда ужé валúли клубы́ ды́ма.

— Сообщáем свéдения о полёте, — сказáли по рáдио. — Высотá дéвять ты́сяч мéтров, скóрость семьсóт пятьдеся́т киломéтров в час. Температýра вóздуха за бортóм мúнус пятьдеся́т вóсемь грáдусов. Благодарю́ за внимáние.

Внизý, óчень далекó, проплывáла кáменная, безжúзненная странá. Кирпичéнко дáже вздрóгнул, предстáвив себé, как в э́том ледянóм прострáнстве над жестóкой и пусты́нной землёй плывёт металлúческая сигáра, пóлная человéческого теплá, вéжливости, папирóсного ды́ма, глухóго гóвора и смéха, шýточек — такúх что оторвú да брось, минерáльной воды́, кáпель водопáда из плодорóдных краёв, и он сидúт здесь и кýрит, а где-то в хвостé, а мóжет быть и в середúне, разгýливает жéнщина, какúх на сáмом дéле не бывáет, до какúх тебé далекó, как до луны́.

Он стал дýмать о своéй жúзни и вспоминáть. Он никогдá рáньше не вспомина́л. Ра́зве, е́сли к сло́ву придётся, расска́жет каку́ю-нибудь ба́йку. А сейча́с вдруг поду́мал: «В четвёртый раз че́рез всю страну́ качу́ и впервы́е за свой счёт. Поте́ха!»

Ра́ньше всё бы́ли казённые перево́зки. В три́дцать девя́том, когда́ Вале́рий был ещё о́чень ма́леньким паца́нчиком,[29] весь их колхо́з из Ставропо́лья вдруг изъяви́л жела́ние пересели́ться в дальневосто́чное Примо́рье. Е́хали до́лго. Он немно́го по́мнит э́ту доро́гу: ки́слое молоко́ и ки́слые щи, мать стира́ла в углу́ теплу́шки и выве́шивала бельё нару́жу, оно́ трепа́лось за око́шком, как фла́ги, а пото́м начина́ло греме́ть, одубе́в от моро́за, а он пел: «Летя́т самолёты, сидя́т в них пило́ты и све́рху на зе́млю глядя́т . . .» Мать умерла́ в войну́, а оте́ц в сорок пя́том на Кури́лах пал сме́ртью хра́брых. В детдо́ме Вале́рий ко́нчил семиле́тку, пото́м ФЗО,[30] рабо́тал в ша́хте. «Дава́л стране́ угля́, ме́лкого, но мно́го» . . . В пятидеся́том году́ пошёл на действи́тельную, опя́ть его́ повезли́ че́рез всю страну́ — на э́тот раз в Приба́лтику. В а́рмии он осво́ил шофёрскую специа́льность и по́сле демобилиза́ции пода́лся с дружко́м в Новоросси́йск. Че́рез год его́ забра́ли. Кака́я-то сво́лочь спёрла запча́сти из гаража́, но там до́лго не разбира́лись — посади́ли его́ как «лицо́, материа́льно отве́тственное». Да́ли три го́да и повезли́ на Сахали́н. В ла́гере он был полтора́ го́да, освободи́ли по зачётам, а пото́м и суди́мость сня́ли. С э́того вре́мени он рабо́тал в леспромхо́зе. Рабо́та ему́ нра́вилась, де́нег плати́ли мно́го. Что он де́лал: тяну́л прице́пы на перева́л, а пото́м вниз на всех тормоза́х, пил спирт, смотре́л кино́, ле́том е́здил на та́нцы в рыбокомбина́т. Жил он в общежи́тии. Всегда́ он жил в общежи́тиях, каза́рмах, бара́ках. Ко́йки, ко́йки, просты́е и двухэта́жные, на́ры, рундуки́ . . . У него́ не́ было друзе́й, а «корешко́в»[31] полно́. Его́ поба́ивались, с ним шу́тки бы́ли пло́хи. Он недо́лго ду́мал пе́ред тем, как засвети́ть тебе́ фона́рь.[32] А на рабо́те он был передовико́м. Он люби́л те́хнику. Он вспомина́л маши́ны, на кото́рых ему́ приходи́лось рабо́тать, как вспомина́ют друзе́й: «Иван-ви́ллис» в а́рмии, а пото́м тяга́ч, пото́м полу́торный «га́зик», «Та́тра» и его́ тепе́решний ди́зель . . .[33] В города́х, в Ю́жно-Сахали́нске, в Пороиа́йске, в Ко́рсакове, он иногда́ остана́вливался на углу́ и смотре́л на о́кна но́вых домо́в, на

---

[29] kid (*slang*)
[30] factory school (*Фабри́чно-Заводско́е Обуче́ние*)
[31] pal (*slang*)
[32] give a black eye
[33] makes of cars: Willys jeep; G.A.Z. (Soviet); Tatra (Czech)

сти́льные то́ршеры и гарди́ны, и э́то наполня́ло его́ трево́гой. Он не счита́л свои́х лет и то́лько неда́вно по́нял, что че́рез не́сколько ме́сяцев ему́ минёт три́дцать. Ти́хо! В Москве́ он ку́пит три костю́ма, зелёную шля́пу и пое́дет на юг, как како́й-нибудь ИТР.[34] В кальсо́нах у него́ заши́ты аккредити́вы, де́нег — ваго́н. То-то бу́дет ве́село на ю́ге. Всё норма́льно. Норма́льно — и то́чка!

Он встал и пошёл её иска́ть. Куда́ она́ подева́лась? В са́мом де́ле, у пассажи́ров го́рло пересо́хло, а она́ стои́т и тре́плется по-англи́йски с каки́м-то капитали́стом.

Она́ болта́ла, щу́рила свои́ глаза́, улыба́лась свои́м ртом, ей, ви́дно, бы́ло прия́тно болта́ть по-англи́йски. Капитали́ст стоя́л ря́дом с ней, высоче́нный и худо́й, с седы́м ёжиком на голове́, а сам молодо́й. Пиджа́к у него́ был расстёгнут, от по́яса в карма́н шла то́нкая золота́я цепо́чка. Он говори́л раска́тисто, слова́ греме́ли у него́ во рту, сло́вно сту́каясь о зу́бы. Зна́ем мы э́ти разгово́рчики.

Он: Пое́дем, дорога́я, в Сан-Франци́ско и бу́дем там пить ви́ски.

Она́: Вы мно́го себе́ позволя́ете.

Он: В бана́ново-лимо́нном Сингапу́ре . . . Поня́тно?

Она́: Неуже́ли в са́мом де́ле? Когда́ под ве́тром кло́нится бана́н?

Он: Забра́лись мы на сто второ́й эта́ж, там бу́ги-ву́ги ла́бает[35] джаз.

Кирпиче́нко подошёл и оттёр капитали́ста плечо́м. Тот удиви́лся и сказа́л: «Ай эм со́ри», что́, коне́чно, означа́ло: «Смотри́, нарвёшься, парено́к».

— Споко́йно, — сказа́л Кирпиче́нко. — Мир — дру́жба.

Он знал поли́тику.

Капитали́ст что-то сказа́л ей че́рез его́ го́лову, должно́ быть: «Выбира́й, я и́ли он, Сан-Франци́ско и́ли Баю́клы».

А она́ ему́ с улы́бочкой: «Э́того това́рища я зна́ю, и оста́вьте меня́, я сове́тский челове́к».

— В чём де́ло, това́рищ? — спроси́ла она́ у Кирпиче́нко.

— Э́то, — сказа́л он, — го́рло пересо́хло. Мо́жно чем-нибудь промочи́ть?

— Пойдёмте, — сказа́ла она́ и пошла́ впереди́, как кака́я-то ко́зочка, как в кино́, как во сне, ах, как он соску́чился по ней, пока́ кури́л там, в носу́.

Она́ шла впереди́, как не зна́ю кто, и привела́ его́ в како́й-то вро́де

[34] technical specialist (*Инженерно-Технический Работник*)
[35] plays (*slang*)

бы буфе́т, а мо́жет быть, к себе́ домо́й, где никого́ не́ было и где высо́тное со́лнце с ми́рной я́ростью свети́ло сквозь иллюмина́тор, а мо́жет быть, че́рез окно́ в но́вом до́ме на девя́том этаже́. Она́ взяла́ буты́лку и налила́ в стекля́нную ча́шечку пузы́рящуюся во́ду. Она́ подняла́ э́ту ча́шечку, и та вся загоре́лась под высо́тным со́лнцем. А он смотре́л на де́вушку, и ему́ хоте́лось име́ть от неё дете́й, но он да́же не представля́л себе́, что с ней мо́жно де́лать то, что де́лают, когда́ хотя́т име́ть дете́й, и э́то бы́ло впервы́е, и его́ вдруг обожгло́ неожи́данное пе́рвое чу́вство сча́стья.

— Как вас звать? — спроси́л он с тем чу́вством, кото́рое быва́ло у него́ ка́ждый раз по́сле перева́ла — и стра́шно и всё позади́.

— Татья́на Ви́кторовна, — отве́тила она́. — Та́ня.

— А меня́, зна́чит, Кирпиче́нко Вале́рий, — сказа́л он и протяну́л ру́ку.

Она́ подала́ ему́ свои́ па́льцы и улыбну́лась.

— Вы не о́чень-то сде́ржанный това́рищ.

— Ма́лость есть, — сокрушённо сказа́л он.

Не́сколько секу́нд они́ мо́лча смотре́ли друг на дру́га. Её разбира́л смех. Она́ боро́лась с собо́й, и он то́же боро́лся, но вдруг не вы́держал и улыбну́лся так, как, наве́рное, никогда́ в жи́зни не улыба́лся.

В э́то вре́мя её позва́ли, и она́ побежа́ла по тра́пу вниз, в пе́рвый эта́ж самолёта.

Кирпиче́нко поверну́лся и уви́дел в како́м-то зе́ркале своё улыба́ющееся лицо́. «Ну и бу́дка[36] у тебя́, Вале́ра, — поду́мал он. — Стра́шное де́ло. На громи́лу похо́ж. Но де́вочка вро́де тебя́ не бои́тся. Уве́рен, что не бои́тся ни ка́пли».

Он пошёл по прохо́ду наза́д и уви́дел очка́рика, кото́рый пыта́лся тогда́ захвати́ть его́ зако́нное ме́сто. Очка́рик лежа́л в кре́сле, закры́в глаза́. У него́ бы́ло краси́вое лицо́, чи́стый мра́мор.

— Слышь, друг, — Кирпиче́нко толкну́л его́ в плечо́, — хо́чешь, занима́й мою́ плацка́рту.

Тот откры́л глаза́ и сла́бо улыбну́лся:

— Благодарю́ вас, мне хорошо́ . . .

Мо́жет, он не пе́рвый раз лета́л на таки́х самолётах, э́тот очка́рик, и за́нял ме́сто в пе́рвом сало́не для того́, что́бы смотре́ть, как открыва́ется дверь в ру́бку, и ви́деть там лётчиков, как они́ почёсы-

---

[36] face, head (*slang;* literally booth, box)

ваются, покуривают, посмеиваются, читают газеты и изредка взглядывают на приборы.

Таня начала разносить обед. Она и Валерию подала поднос и взглянула на него, как на знакомого.

— А где вы проживаете, Таня? — спросил он.

«Таня, Та-ня, Т-а-н-я».

— В Москве, — ответила она и ушла.

Кирпиченко ел, и всё ему казалось, что у него и бифштеке потолще, чем у других, и яблоко покрупнее, и хлеба она ему дала больше. Потом она принесла чай.

— Значит, москвичка? — опять спросил он.

— Ага, — шустренько так ответила она и ушла.

— Зря стараешься, земляк, — ухмыльнулся морячок. — Её небось в Москве стильный малый дожидается.

— Спокойно, — сказал Кирпиченко с ровным и широким ощущением своего благополучия и счастья.

Но, ей-богу же, не вечно длятся такие полёты, и сверху, с таких высот, самолёт имеет свойство снижаться. И кончаются смены, кончаются служебные обязанности, и вам возвращают пальто, и тоненькие пальчики несут ваш тулуп, и глаза блуждают уже где-то не здесь, и всё медленно пропадает, как пропадает завод в игрушках, и всё становится плоским, как журнальная страница, «Аэрофлот — ваш агент во время воздушных путешествий» — эко диво — все эти маникюры, и туфельки, и причёски.

Нет, нет, нет, ничего не пропадает, ничто не становится плоским, хотя мы уже и катим по земле . . .

Вот так-так, какая началась суета, а синяя пилотка где-то далеко . . .

— Не задерживайте, гражданин . . .

— Пошли, земляк . . .

— Ребята, вот она, и Москва . . .

— Москва, она и бьёт с носка . . .

— Ну, проходите же, в самом деле . . .

Всё ещё не понимая, что же это происходит с ним, Кирпиченко вместе с морячком вышел из самолёта, спустился по трапу и влез в автобус. Автобус покатился к зданию аэропорта, и быстро исчез из глаз «советский лайнер ТУ-114, самолёт-гигант», летающая крепость его непонятных надежд.

Такси летело по широченному шоссе. Здесь было двухрядное

движе́ние. Грузови́ки, фурго́ны, самосва́лы[37] жа́лись к обо́чине, а легкову́шки шли на большо́й ско́рости и обгоня́ли их, как стоя́чих. И вот ко́нчился лес, и Кирпиче́нко с морячко́м уви́дели розова́тые тысячегла́зые кварта́лы Юго-За́пада. Моряче́к заёрзал и положи́л Валéрию ру́ку на плечо́.

— Столи́ца! Ну, Валéрий!

— Слу́шай, наш самолёт обра́тно тепе́рь полети́т? — спроси́л Кирпиче́нко.

— Само́ собо́й. За́втра и полетя́т.

— С тем же экипа́жем, а?

Моряче́к насме́шливо присви́стнул.

— Конча́й. Эка не́видаль — моде́рная девчо́нка. В Москве́ таки́х миллио́н. Не психу́й.

— Да я про́сто так, — промя́млил Кирпиче́нко.

— Куда́ вам, ребяти́шки? — спроси́л шофёр.

— Дава́й в ГУМ! — га́ркнул Кирпиче́нко и сра́зу всё забы́л про самолёт.

Маши́на уже́ кати́ла по моско́вским у́лицам.

В ГУ́Ме он с хо́ду купи́л три костю́ма — си́ний, се́рый и кори́чне-вый. Он оста́лся в кори́чневом костю́ме, а свой ста́рый, ши́тый четы́ре го́да наза́д в ко́рсаковском ателье́, сверну́л в узело́к и оста́-вил в туале́те, в каби́нке. Моряче́к набра́л себе́ габарди́на на макин-то́ш и сказа́л, что бу́дет шить в Оде́ссе. Пото́м в гастроно́ме они́ вы́пили по буты́лочке шампа́нского к пошли́ на экску́рсию в Кремль. Пото́м они́ пошли́ обе́дать в «Национа́ль» и е́ли чёрт те что — жюлье́н — и пи́ли «КС».[38] Здесь бы́ло мно́го де́вушек, похо́жих на Та́ню, а мо́жет, и Та́ня сюда́ заходи́ла, мо́жет быть, она́ сиде́ла с ни́ми за сто́ликом и подлива́ла ему́ нарза́на, бе́гала на ку́хню и смотре́ла, как ему́ жа́рят бифште́кс. Во вся́ком слу́чае капитали́ст был здесь. Кирпиче́нко помаха́л ему́ руко́й, и тот привста́л и по-клони́лся. Пото́м они́ вы́шли на у́лицу и вы́пили ещё по буты́лке шампа́нского. Та́ня развива́ла бе́шеную де́ятельность на у́лице Го́рького. Она́ выпры́гивала из тролле́йбусов и забега́ла в магази́-ны, прогу́ливалась с пижо́нами по той стороне́, а то и улыба́лась с витри́н. Кирпиче́нко с морячко́м, кре́пко взя́вшись под руки, шли по у́лице Го́рького и улыба́лись. Моряче́к напева́л:

— Ма-да-гаска́р, моя́ страна́ . . .

[37] dump trucks
[38] *КС: Коньяк Старый* (Old Cognac: a brand name).

Это был час, когда сумерки уже сгустились, но ещё не зажглись фонари. Да в конце улицы, на краю земли горела весна. Да, там была страна сбывшихся надежд. Они удивлялись, почему девушки шарахаются от них.

Позже везде были закрытые двери, очереди, и никуда нельзя было попасть. Они задумались о ночлеге, взяли такси и поехали во Внуково. Они сняли двухкоечную комнату в аэропортовской гостинице, и только увидев белые простыни, Кирпиченко понял, как он устал. Он содрал с себя новый костюм и повалился на постель.

Через час его разбудил морячок. Он бегал по комнате, надраивая свои щёки механической бритвой «спутник», и верещал, кудахтал, захлёбывался:

— Подъём, Валера! Я тут с такими девочками познакомился, ах, ах . . . Вставай, пошли в гости! Они здесь в общежитии живут. Дело верное, браток, динамы не будет . . . У меня на это нюх . . . Вставай, подымайся! Ма-да-гаскар . . .

— Чего ты раскудахтался, как будто яйцо снёс! — сказал Кирпиченко, взял с тумбочки сигарету и закурил.

— Идёшь ты или нет? — спросил морячок уже в дверях.

— Выруби свет, — попросил его Кирпиченко.

Свет погас, и сразу лунный четырехугольник окна отпечатался на стене, пересечённый переплетением рамы и качающимися тенями голых ветвей. Было тихо, где-то далеко играла радиола, за стеной спросили: «У кого шестёрка есть?» — и послышался удар по столу. Потом с грохотом прошёл на посадку самолёт. Кирпиченко курил и представлял себе, как рядом с ним лежит она, как они лежат вдвоём уже после всего, и её пальцы гладят его шею. Нет, это и есть этот свет не как будто, а на самом деле, потому что всё непонятное, что с ним было в детстве, когда по всему телу проходят мураши, и его юность, и сопки, отпечатанные розовым огнём зари, и море в темноте, и талый снег, и усталость после работы, суббота и воскресное утро — это и есть она.

«Ну и дела», — подумал он, и его снова охватило ровное и широкое ощущение благополучия и счастья. Он был счастлив, что это с ним случилось. Одного только боялся: что пройдёт сто лет и он забудет её лицо и голос.

В комнату тихо вошёл морячок. Он разделся и лёг, взял с тумбочки сигарету, закурил, печально пропел:

— Ма-да-гаскар, моя страна, здесь, как и всюду, цветёт весна . . .

Эх, чёрт возьми, — с сердцем сказал он, — ну и жизнь! Вечный транзит . . .

— Ты с какого года плаваешь? — спросил Кирпиченко.

— С полста седьмого, — ответил морячок и снова запел:

> Мадагаскар, моя страна,
> Здесь, как и всюду, цветёт весна.
> Мы тоже люди,
> Мы тоже любим,
> Хоть кожа чёрная, но кровь красна . . .

— Спиши слова, — попросил Кирпиченко.

Они зажгли свет, и морячок продиктовал Валерию слова этой восхитительной песни. Кирпиченко очень любил такие песни.

На следующий день они закомпостировали[39] свои билеты: Кирпиченко на Адлер, морячок на Одессу. Позавтракали. Кирпиченко купил в киоске книгу Чехова и журнал «Огонёк».

— Слушай, — сказал морячок, — у неё в самом деле подружка хорошая. Может, съездим с ними в Москву?

Кирпиченко уселся в кресло и раскрыл книгу.

— Да нет, — сказал он, — ты езжай вдвоём, а я уж тут посижу, почитаю эту политику.

Морячок отмахал морской сигнал: «Понял, желаю успеха, ложусь на курс».[40]

Весь день Кирпиченко слонялся по аэропорту, но Тани не увидел. Вечером он проводил морячка в Одессу, ну выпили они по бутылке шампанского, потом проводил его девушку в общежитие, вернулся в аэропорт, пошёл в кассу и взял билет на самолёт-гигант ТУ-114, вылетающий рейсом 901 Москва — Хабаровск.

В самолёте всё было по-прежнему: объявления на двух языках и прочий комфорт, но Тани не оказалось. Там был другой экипаж. Там были девушки, такие же юные, такие же красивые, похожие на Таню, но все они не были первыми — Таня была первой, это после неё пошла вся эта порода.

Утром Кирпиченко оказался в Хабаровске и через час снова вылетел в Москву, уже на другом самолёте. Но и там Тани не было.

Так он летал на самолётах марки ТУ-114, на высоте девять тысяч метров, на скорости семьсот пятьдесят километров в час. Темпера-

---

[39] had them punched
[40] am setting course

ту́ра во́здуха за борто́м колеба́лась от ми́нус 50 до 60° по Це́льсию. Вся аппарату́ра рабо́тала норма́льно.

Он знал в лицо́ уже́ почти́ всех проводни́ц на э́той ли́нии и ко́е-ко́го из пило́тов. Он боя́лся, как бы и они́ его́ не запо́мнили.

Он боя́лся, как бы его́ не при́няли за шпио́на.

Он меня́л костю́мы. Рейс де́лал в си́нем, друго́й в кори́чневом, тре́тий в се́ром.

Он распоро́л кальсо́ны и переложи́л аккредити́вы в карма́н пиджака́. Аккредити́вов станови́лось всё ме́ньше.

Та́ни всё не́ было.

Бы́ло я́ростное высо́тное со́лнце, восхо́ды и зака́ты над сне́жной о́блачной пусты́ней. Была́ луна́, она́ каза́лась бли́зкой. Она́ и в са́мом де́ле была́ недалеко́.

Одно́ вре́мя он сби́лся во вре́мени и простра́нстве, переста́л переводи́ть часы́. Хаба́ровск каза́лся ему́ при́городом Москвы́, а Москва́ но́вым райо́ном Хаба́ровска.

Он о́чень мно́го чита́л. Никогда́ в жи́зни он не чита́л сто́лько.

Никогда́ в жи́зни он сто́лько не ду́мал.

Никогда́ в жи́зни он не пла́кал.

Никогда́ в жи́зни он так первокла́ссно не отдыха́л.

В Москве́ начина́лась весна́. За ши́ворот ему́ па́дали ка́пли с тех са́мых высо́ких и чи́стых водопа́дов. Он купи́л се́рый шарф в кру́пную чёрную кле́тку.

На слу́чай встре́чи он пригото́вил для Та́ни пода́рок — парфю́-ме́рный набо́р «1 Ма́я» и отре́з на пла́тье.

Я встре́тил его́ в зда́нии Хаба́ровского аэропо́рта. Он сиде́л в кре́сле, заки́нув но́гу на́ ногу, и чита́л Станюко́вича. На ру́чке кре́сла висе́ла аво́ська, по́лная апельси́нов. На обло́жке кни́ги под штормовы́ми паруса́ми лете́л кли́пер.

— Вы не моря́к? — спроси́л он меня́, огляде́в моё ко́жаное пальто́.

— Нет.

Я уста́вился на его́ удиви́тельное, внуша́ющее опасе́ние лицо́, а он прочёл ещё не́сколько строх и сно́ва спроси́л:

— Не жале́ете, что не моря́к?

— Коне́чно, доса́дно, — сказа́л я.

— Я то́же жале́ю, — усмехну́лся он. — Друг у меня́ моря́к. Вот присла́л мне радиогра́мму с мо́ря.

Он показа́л мне радиогра́мму.

— Агá, — сказáл я.

А он спроси́л, с хóду перейдя́ на «ты»:

— Сам-то с какóго гóда?

— С три́дцать вторóго, — отвéтил я.

Он весь просия́л:

— Слýшай, мы же с тобóй с одногó гóда!

Совпадéние действи́тельно бы́ло феноменáльное, и я пожáл егó рýку.

— Небóсь в Москвé живёшь, а? — спроси́л он.

— Угадáл, — отвéтил я. — В Москвé.

— Небóсь кварти́ра, да? Женá, пацáн, да? Прóчие пéчки-лáвочки?

— Угадáл. Всё так и есть.

— Пойдём позáвтракаем, а?

Я уж бы́ло пошёл с ним, но тут объяви́ли посáдку на мой самолёт. Я летéл в Петропáвловск. Мы обменя́лись адресáми, и я пошёл к самолёту. Я шёл по аэродрóмному пóлю, сгибáлся под вéтром и дýмал: «Какóй стрáнный пáрень».

А он в э́то врéмя взгляну́л на часы́, взял свою́ авóську и вы́шел. Он взял такси́ и поéхал в гóрод. Вмéсте с шофёром они́ éле нашли́ э́ту горбáтую деревéнскую ýлицу, потому́ что он не пóмнил её назвáния. Дóмики на э́той ýлице бы́ли похóжи оди́н на другóй, во всех дворáх брехáли здоровéнные псы, и он немнóго растеря́лся. Наконéц он вспóмнил тот дóмик. Он вы́шел из маши́ны, повéсил на штакéтник[41] авóську с апельси́нами, замаски́ровал её газéтой, чтóбы сосéди или прохóжие не спёрли э́то сокрóвище, и верну́лся к маши́не.

— Давáй, шеф, гони́! На самолёт как бы не опоздáть.

— Кудá лети́шь-то? — спроси́л шофёр.

— В Москвý, в столи́цу.

Тáню он уви́дел чéрез два дня на аэродрóме в Хабáровске, когдá ужé возвращáлся домóй на Сахали́н, когдá ужé кóнчились аккредити́вы и в кармáне бы́ло тóлько нéсколько крáсных бумáжек. Онá былá в бéлой шýбке, подпоя́санной ремешкóм. Онá смея́лась и éла конфéты, доставáя их из кулькá, и угощáла други́х дéвушек, котóрые тóже смея́лись. Он обесси́лел срáзу и присéл на свой чемодáн. Он смотрéл, как Тáня достаёт конфéты, снимáет обёртку и все дéвушки дéлают то же сáмое, и не понимáл, отчегó они́ все стоя́т

---

[41] fence

на ме́сте, смею́тся и никуда́ не иду́т. Пото́м он сообрази́л, что пришла́ весна́, что сейча́с весе́нняя ночь, а луна́ над аэродро́мом похо́жа на апельси́н, что сейча́с не хо́лодно и мо́жно вот так стоя́ть и про́сто смотре́ть на огни́, и смея́ться, и на мгнове́ние заду́мываться с конфе́той во рту . . .

— Ты чего́, Кирпиче́нко? — тро́нул его́ за плечо́ сахали́нский знако́мый Мане́вич, кото́рый то́же возвраща́лся из о́тпуска. — Пошли́! Поса́дка ведь уже́ объя́влена.

— Мане́вич, не зна́ешь ты, ско́лько до луны́ киломе́тров? — спроси́л Кирпиче́нко.

— Перебра́л ты, ви́дно, в о́тпуске, — серди́то сказа́л Мане́вич и пошёл.

Кирпиче́нко пойма́л его́ за полу́.

— Ты же молодо́й специали́ст, ˜Мане́вич, — умоля́юще сказа́л он, гля́дя на Та́ню, — ты ведь до́лжен знать . . .

— Да ты́сяч три́ста, что ли, — сказа́л Мане́вич, освобожда́ясь.

«Недалеко́, — поду́мал Кирпиче́нко. — Плёвое де́ло». Он смотре́л на Та́ню и представля́л себе́, как бу́дет он вспомина́ть её по доро́ге на перева́л, а на перева́ле вдруг забу́дет, там не до э́того, а по́сле, в конце́ спу́ска, вспо́мнит опя́ть и бу́дет уже́ по́мнить весь ве́чер и но́чью и у́тром проснётся с мы́слью о ней.

Пото́м он встал со своего́ чемода́на.

1962

Yuri Nagibin

In the Streetcar is a sketch which shows the most personal side of Nagibin's writing. Yuri Nagibin was born in 1920 and brought up in a Moscow intelligentsia family. From 1939 to 1941, he studied at the Institute of Cinematography, and later took part in World War II, first as a soldier, then as a "political worker" (commissar), and finally, after being wounded, as a war correspondent. He started writing stories in 1939, but became a professional writer only after the war. He is a prolific author; many collections of his stories have appeared in Russia. One of Nagibin's specialties is war stories, often rather conventional works with a clear, patriotic moral. In another category are the stories he wrote during the years of the Thaw, which are directed against Stalinism and the "cult of personality." Two such stories appeared in the collection *Literaturnaya Moskva*, vol. II, early in 1957—*Light in the Window* and *Khazar Ornament*—the first of which pillories sycophancy and kowtowing before high officials, who are given preferential treatment at the expense of ordinary people, and the other of which presents a model, nonbureaucratic Communist official, who is human, efficient, and intelligent.

Besides run-of-the-mill war stories and "protest" stories, Nagibin has written a host of works somewhat in the Chekhovian tradition—about children and adolescents, and about love—accounts of private lives.

Nagibin can be a subtle psychologist. He is interested in the nuances of emotional reactions, particularly of young people. Many of his stories deal with childhood memories. *In the Streetcar* (printed first in the magazine *Znamya* in 1956) illustrates Nagibin at his best: refraining from underscoring any point too heavily, content to present personal relations of two girls, especially the admiration, love, and worry on the part of the younger. Very little can be said to "happen" in the story.

There is no public or social theme. The intimate world of personal interaction preoccupies Nagibin in this sketch.

Nagibin's greatest achievements lie in his ability to convey sensitively the nuances of human relationships and a sense of atmosphere. He has written himself that his stories treat of "the beauty of the heart's generosity" and "the difficulties of communication" and that he has fought, as "poets of all times and nations have fought, for sincerity of feelings." While disapproving of the rest of what an American critic had written about him, Nagibin has stated he was pleased by having his fiction described as "the best and most serious new fiction, with its interest in the private, the psychological, the problematic, the irresoluble."

Юрий Маркович Нагибин

В ТРАМВАЕ

Я возвращался трамваем из пригорода, куда меня привело случайное дело. Прицепной вагон был пуст, я прошёл к передней площадке и занял место у открытого окна. Я очень люблю московские окраины, Москву моего детства. С добрым чувством смотрел я на пробегающие мимо деревянные домики с подрумяненными закатом окнами, на мощные старые деревья, первыми принявшие в густоту ветвей робкие сентябрьские сумерки, на водопроводные колонки посреди плоских, отражающих розовые облака луж. Пахло тёплой землёй, палым листом и чуть-чуть горьковато грибницей.

У новых домов, стоявших островком впереди города, как форпост, в вагон вошли две девушки, подняв тот лёгкий, нежный шум, который обычно сопутствует появлению очень юных, напоённых свежей и тёплой жизнью существ. В этом шуме был и шорох платьев — движения девушек были быстры и порывисты; и лёгкий, счастливый смешок — ведь им так повезло с трамваем; и слабая борьба, сопровождаемая щелчком сумочек, — кому платить за билеты. Победила старшая. Держа в пальцах ленточку билетов, она быстро прошла мимо меня на площадку, за ней подруга. Два мимолётных взгляда равнодушно скользнули по мне, оставив лёгкое и чуть смешное ощущение грусти. Трамвай дёрнуло на повороте, девушки столкнулись, вернее, младшая налетела на старшую. Та обернулась, поддержала её твёрдым, нежным, чуть покровительственным движением, и они вновь засмеялись, как будто это было невесть как забавно. Чувствовалось, они любят друг дружку, рады тому, что вместе, и все маленькие, незначительные подробности их встречи доставляют им искреннее удовольствие.

Девушки были примерно ровесницами, и всё же про одну из них хотелось сказать: старшая. Не только потому, что в отличие от подруги, носившей школьную форму, она была одета «по-взрослому» — голубая кофточка, чёрная плиссированная юбка, туфли на высоком каблуке, — но и потому, что такой её делал влюблённый, чуть снизу вверх, взгляд школьницы. Их отношения были отношениями старшей и младшей: мягко покровительственные с одной стороны и замирающе преданные с другой.

Старшая была выше, стройнее, темноволосая, с матовой, смугловатой кожей и тёмными глазами. Она принадлежала к тому типу девушек, что рано созревают и в десятом классе кажутся переростками, несколько смешными и нелепыми. Но, скинув с себя всё школьное, выходят в широкий мир в новом, неузнаваемом, пленительном образе, как бабочки из куколок. В другой девушке, рыжеватой блондинке, розовощёкой и зеленоглазой, было много неустоявшегося, зыбкого.

Девушки то и дело[1] прикасались друг к дружке: старшая, чтобы поправить на младшей смявшийся воротничок, убрать со лба выбившуюся прядку, словом, поддержать порядок во внешности подруги, поминутно нарушавшийся под действием переполнявших её разрушительных сил; младшая — оттого, что ей просто хотелось лишний раз коснуться таких запретных для неё вещей, как брошка, усыпанная мелкими голубыми камешками, перламутровые пуговки и замшевый ремешок.

Эти лёгкие, неприметные для них самих касания не мешали им вести сокровенный и, видимо, очень важный для них разговор, который они начали ещё раньше и теперь продолжали, едва ока-

[1] frequently

за́вшись на площа́дке. Гро́хот трамва́я покрыва́л всё, кро́ме отде́льных слов да бу́рных восклица́ний мла́дшей. Но не ну́жно бы́ло осо́бой проница́тельности, чтоб угада́ть нехи́трую де́вичью та́йну, кото́рую ста́ршая поверя́ла подру́ге. Доста́точно бы́ло словѐчка «он», произноси́мого ѐю стро́го и значи́тельно, а подру́гой — с замира́ющим, восто́рженным придыха́нием. «А он?» — говори́ла мла́дшая и че́рез секу́нду: «А ты?», и она́ огля́дывалась не из жела́ния убеди́ться, что их не подслу́шивают, а потому́, что её распира́ла го́рдость: э́то не шу́тка — быть пове́ренной настоя́щей, взро́слой любви́! В ней совсе́м не чу́вствовалось за́висти, — восто́рг, пре́данность, поклоне́ние. За́висть чу́вствовал я, до́брую за́висть к неве́домому мне дру́гу э́той молодо́й, краси́вой де́вушки. Я стара́лся предста́вить себе́ его́. Почему́-то он рисова́лся мне высо́ким, плечи́стым, светловоло́сым, чуть неуклю́жим и засте́нчивым. А мо́жет, он совсе́м некраси́вый, лохма́тый, с обезья́ньим и всё же удиви́тельно привлека́тельным, у́мным и до́брым лицо́м . . .

Ря́дом с на́шим ваго́ном, вро́вень с пере́дней площа́дкой, где стоя́ли де́вушки, дви́гался огро́мный, восьмито́нный грузови́к. Лито́й медве́дь ту́скло посвѐркивал на радиа́торе. Когда́ трамва́й ускоря́л ход, наддава́л и грузови́к, трамва́й шёл ме́дленней, притормя́живал грузови́к. В каби́не, небре́жно положи́в го́лую по ло́коть, му́скулистую ру́ку на крестови́ну руля́, сиде́л молодо́й шофёр, широкоску́лый, белозу́бый, загоре́лый и кудря́вый. Чуть вы́сунувшись из око́шка, он с открове́нным восхище́нием разгля́дывал де́вушек, встре́чный ве́тер пло́ско прижима́л туги́е ко́льца его́ воло́с к откры́тому сму́глому лбу.

Мла́дшая де́вушка что-то шепну́ла ста́ршей и, покоси́вшись на шофёра, рассмея́лась ти́хим, вну́тренним смешко́м. Та рассе́янно скользну́ла взгля́дом по каби́не грузовика́, по лицу́ па́рня и равноду́шно бро́сила:

— Мальчи́шка! . .

— Но как он на тебя́ смо́трит!

— О́чень ну́жно! . . Да он во́все не на меня́ смо́трит, а на тебя́.

— Ну да, посмо́трит кто на меня́, когда́ мы вме́сте! — э́то бы́ло ска́зано без за́висти и без оби́ды, про́сто как утвержде́ние и́стины.

Трамва́й кру́то сверну́л вле́во, в кле́новую алле́ю, а грузови́к отвали́лся впра́во, потому́ что алле́я не оставля́ла на мостово́й прое́зжей ча́сти для маши́н. В после́дний раз мелькну́ло загоре́лое, широкоску́лое лицо́ — шофёр наполови́ну вы́сунулся из каби́ны — и скры́лось.

— А ра́зве это хорошо́, что твой друг на сто́лько ста́рше тебя́? — спроси́ла мла́дшая де́вушка, ви́димо ду́мая о краси́вом шофёре.

— С ним так интере́сно! Он сто́лько зна́ет! Всю́ду быва́л. Мо́жешь себе́ предста́вить, он ви́дел Маяко́вского, да́же разгова́ривал с ним!...

— Ну? — мла́дшая де́вушка что-то сообража́ла про себя́. — Так он совсе́м пожило́й, вро́де на́шего Ви́ктора Степа́новича, по́мнишь, матема́тика? — Она́ засмея́лась.

— Ду́рочка, — мя́гко сказа́ла ста́ршая. — Ви́ктор Степа́нович похо́ж на матра́ц, а он краси́вый, лёгкий . . .

— Ну да? — зелёные до́брые глаза́ ста́ли совсе́м кру́глыми. — А ты его́ не бои́шься?

— Чего́ же мне боя́ться?

— Не зна́ю. Я бы ужа́сно боя́лась . . .

— А я ниско́лечко. Пра́вда! — и не в лад э́тим гордели́вым слова́м жа́лкая грима́ска сла́бости мелькну́ла на её краси́вом, ра́достно-оживлённом лице́.

Что-то приоткры́лось мне. Челове́к э́тот был мно́го ста́рше и куда́ сильне́е э́той де́вушки. Мне вспо́мнились обры́вки ра́нее услы́шанных фраз, когда́ де́вушки то́лько се́ли в ваго́н: «Он сказа́л: позвони́ . . .» «Он сказа́л: приезжа́й . . .» «Он не веле́л мне . . .»[2] И ни ра́зу не́ было, чтобы э́то повели́тельное нача́ло шло от неё. Да и вообще́ в том, что она́ говори́ла о нём, не́ было ра́венства, незави́симости. И грима́ска сла́бости, то́лько что подсмо́тренная мной, была́ как бы отраже́нием той подчинённости, кото́рую она́, быть мо́жет, сама́ не сознава́ла, но кото́рая ещё незнако́мым бре́менем дави́ла ей на ду́шу . . .

Не зна́ю почему́, меня́ прониза́ла жа́лость к э́тому ю́ному, краси́вому, незащищённому существу́. Я чуть наклони́лся вперёд. Де́вушки бы́ли так полны́ свои́м, что при́стальное внима́ние, с каки́м я стал прислу́шиваться к разгово́ру, не могло́ их спугну́ть.

Сле́ва от нас вы́силась кирпи́чная кла́дка стро́йки. Высоче́нный кран, описа́в огро́мное полукру́жье, пронёс на неви́димом тро́се клеть с кирпича́ми. Он был далеко́ от нас, но каза́лось, его́ ажу́рная стрела́, оцара́пав по-дневно́му све́тлое, хру́пкое не́бо, пролете́ла над пло́щадью, над трамва́ем, лёгким холодко́м пахну́ло в се́рдце.

[2] he forbade me

Глаза младшей девушки проследили за плавным лётом крана с радостным и строгим вниманием.

Старшая не видела ни этого крана, ни того, что подруга отвлеклась, её губы продолжали шевелиться, произнося неслышные слова, она была вся во власти своего, чуждая постороннему делу жизни.

И вновь за окнами затрепетала обожжённая осенью листва полунагих деревьев. «Берегись листопада!» — мелькнула на чугунном столбе дощечка с надписью. Трамвай пошёл тише, мягко и хрустко давя сухие листья, и опять стали мне слышны голоса моих случайных спутниц.

— Ты, правда, правда, поедешь с ним? — спрашивала младшая, сомкнув на груди сжатые в кулачки пальцы.

— Да! — тряхнув головой, ответила старшая.

— И вы поженитесь?!

— Мы будем, как муж и жена.

— Вы распишетесь? — спросила младшая восторженно.

Старшая девушка жалостливо улыбнулась:

— Разве в этом дело?

— Да как же так? — сказала младшая потрясённо. — Если муж и жена, то надо обязательно расписаться. Иначе какие же вы муж и жена? — Школьница, ещё не испытавшая чувства, которым была захвачена её подруга, стала словно бы старше, даже в голосе её появились какие-то новые, солидные, рассудительные нотки. Конечно, в этом было даже больше незрелости, чем в прежней наивной, взволнованной восторженности, и подруга это сразу почувствовала.

— И ничего-то ты не понимаешь! — протянула она, и впервые в тоне её мелькнуло пренебрежение.

Губы младшей вспухли и поползли. Она почувствовала, что слова, а главное, тон, каким это было сказано, отбрасывают её далеко-далеко, в тот полудетский мир, откуда на короткие и сладостные минуты её извлекло доверие старшей.

— Наверное, я дура, — сказала она смиренно. — Но почему у вас всё не так... не как у других? — Она покраснела в испуге, что слова её покажутся обидными.

Но старшая не обиделась. Напротив, глаза её сверкнули гордостью оттого, что подруга наконец-то поняла, что в её любви всё «не как у других».

— Ра́зве ду́маешь об э́том, когда́ лю́бишь? — сказа́ла она́. — Мне ра́ньше то́же каза́лось: е́сли я кого́ полюблю́, он бу́дет мои́м му́жем. Но ра́зве я зна́ла, что встре́чу тако́го челове́ка? Ты да́же не представля́ешь, како́й э́то челове́к, — совсе́м, совсе́м осо́бенный! — и вновь жа́лкая грима́ска сла́бости тро́нула уго́лки её рта. — Он, зна́ешь, как мне сказа́л? Это ещё когда́ я ничего́ не понима́ла и ду́мала вро́де тебя́, он сказа́л: «Одино́кий пу́тник идёт да́льше други́х!..»

— Я... я не понима́ю, — пробормота́ла подру́га, и что́-то похо́жее на страх мелькну́ло в её до́брых зеленова́тых глаза́х. Коне́чно же, она́ не понима́ла, но ощуще́ние чего́-то тёмного, та́йного, вражде́бного прони́кло в просто́й и я́сный мир её представле́ний, вы́звав в нём боле́зненную сму́ту. Мне показа́лось, э́тот страх нево́льно сообщи́лся от неё ста́ршей де́вушке. Знако́мая грима́ска сло́вно прикодо́лась к уголка́м её губ, но го́лос, подвла́стный чему́-то бо́лее си́льному, чем страх, звуча́л жа́лким, непро́чным торжество́м:

— А я вот понима́ю! Я не могу́ тебе́ объясни́ть, э́то о́чень сло́жно. Когда́-нибудь ты сама́ поймёшь, как я понима́ю!..

«Ничего́-то ты не понима́ешь! — хоте́лось мне сказа́ть ей. — Ты не понима́ешь да́же, что э́той зво́нкой фра́зой он за́годя развя́зывает себя́!»

Я смотре́л на неё, таку́ю но́венькую, чи́стую, незама́ранную ни сомне́нием, ни разочарова́нием, таку́ю дове́рчивую и краси́вую, и ду́мал: что, кро́ме беды́, мо́жет принести́ э́той де́вушке, едва́ вступа́ющей в жизнь, немолодо́й, искушённый, то́чно и хо́лодно зна́ющий свою́ цель челове́к?..

Высо́кие дома́ впереме́жку со стари́нными особняка́ми Замоскворе́чья сдержа́ли во́льный бег на́шего трамва́я. Тепе́рь мы дви́гались степе́нно, от светофо́ра к светофо́ру, включённые в напряжённый и стро́гий ритм у́личного движе́ния. Ста́ршая де́вушка забеспоко́илась. Она́ раскры́ла су́мочку, доста́ла пло́скую, под зо́лото, пу́дреницу с зе́ркальцем и, водя́ им о́коло своего́ лица́, осмотре́ла себя́ в ра́зных поворо́тах, тро́нула но́гтем мизи́нца ве́ки, бро́ви у виско́в, убрала́ пря́дку за́ ухо и спря́тала пу́дреницу, о́стро щёлкнув замко́м су́мки.

— Тебе́ уже́ сходи́ть? — оробе́в, спроси́ла подру́га.

— Да!..

В како́м-то сму́тном, безотчётном поры́ве мла́дшая де́вушка

подала́сь к ней всем те́лом, и тру́дно поня́ть, что бы́ло в э́том нево́льном движе́нии: жела́ние ли защити́ть, удержа́ть или переда́ть подру́ге свою́ встрево́женную не́жность, свою́ сла́бую си́лу. Но ста́ршая де́вушка не поняла́, да́же не заме́тила её поры́ва. Чуть отстраня́ющим движе́нием взяла́ она́ её ру́ку, слегка́ пожа́ла, вы́пустила и шагну́ла к вы́ходу.

Трамва́й кру́то затормози́л у остано́вки. Пре́жде чем он совсе́м останови́лся, де́вушка спры́гнула на мостову́ю, и вме́сте с мостово́й её отнесло́ наза́д.

Когда́ мы тро́нулись, я сно́ва уви́дел её. Упру́го и си́льно шага́я, она́ шла по тротуа́ру, высоко́ неся́ свою́ ма́ленькую краси́вую го́лову, прижима́я су́мочку к груди́. Она́ смотре́ла пря́мо пе́ред собо́й и не ви́дела, как, све́сившись с площа́дки и ло́мко вы́гнув спи́ну, подру́га провожа́ла её взгля́дом.

1956

Yuri Kazakov

Yuri Kazakov is one of the prominent members of the vague group called in Russia "Young Prose" (*«Молодáя прóза»*). Together with some works by Nagibin and Aksyonov, Kazakov's have attracted attention because of the human, private side of their topics and because of their literary qualities, rather than because of the daring of their themes—the latter being the main attractions of *One Day in the Life of Ivan Denisovich* by Alexander Solzhenitsyn, the stories by Tendryakov, and others.

Kazakov, born in 1927, has been publishing sketches and stories since 1953. He lives in Moscow, but has spent periods of time with the fishermen in the North and knows intimately the centuries-old towns along the river Oka in central Russia and the wooded areas around them. He has written newspaper reports, travelogues, and stories. Three collections of his stories have appeared thus far, in 1959, 1960, and 1961.

Kazakov limits his interests to a narrow range of subjects. He writes of hunting and the outdoors; of unusual, odd characters; and of love. Forests, rivers, the White Sea—such are his most frequent settings. His lyrical paragraphs often describe the impact of sights, sounds, and odors of natural surroundings. He reminds us of Turgenev and, in the twentieth century, of Prishvin and Paustovsky.

His stories are usually suffused with strong emotions. He is the master of the question unanswered, the suggestion which remains equivocal. The characters who particularly draw his attention are people living alone, in isolation from a group or at least engaging in an activity which detaches them from a community. His typical heroes are fishermen, hunters, boys or girls living by a deserted seashore. Egor in *Otshchepenets* is typical in this regard. Contrary to the conventionally approved procedure of Soviet fiction, Egor is in many ways a failure when

236

judged by the dominant values of Soviet society. He is a drunkard, he boasts, his work offers little future. As the title of the story says about him, he has "chipped" or splintered off. Unlike Arcturus, the disreputable Egor has mainly himself, not circumstances or fate, to blame for the course his life has taken. Nevertheless, Kazakov presents him as transported by intense emotion in his duets with Alenka. In music, he has found a means of self-expression, of creation of beauty. It saves and redeems his otherwise pitiful life.

Kazakov does not hesitate to attribute poetic sensibility to Egor rather than to some punctual bureaucrat, neat scientist, respectable New Soviet Man in factory or collective farm.

Paustovsky has called Kazakov one of the most promising younger prose writers: "It is sufficient to read only a couple of Kazakov's stories to come into contact with the sacred wellsprings of the people's life and poetry. The air of the immense, beloved country, the breath of our wonderful homeland, streams out of these stories." Stricter interpreters of the Party line, however, have reproached Kazakov with decadence, aestheticism, and pessimism. To most Soviet readers, Kazakov's stories are exciting in their "differentness" from the run of the mill Soviet literary production. He appears unusual and modern in the Soviet Russian setting because the Russians between 1928 and 1955 had grown accustomed to literature concentrating on problems of collective-farm and industrial production—on the characters' occupational and social involvements. Kazakov, then, presents a break with this dominant trend of the past quarter of a century. He (and a group of others) have chosen to probe the subjective experiences of their heroes, thus reviving the traditions of the great Russian writers of the nineteenth century, when one of the glories of literature in Russia was psychological and moral analysis.

Arcturus illustrates Kazakov's interest in downtrodden, handicapped creatures. Compassion has long been a striking trait of Russian culture and literature. Kazakov always displays a gentle sensitivity to human (and animal) suffering; he shows a strong feeling of solidarity with unfortunate beings. In *Arcturus*, however, he does not stop with pity, but shows the triumph of his protagonist over his misfortune. Arcturus, at first one of life's victims, later conquers. As a famous hunting dog, despite his blindness, he is also a triumphant hero. There is no irony in the dog's bearing the resounding name of a star. Kazakov expresses his admiration for Arcturus in flowing epic language.

Kazakov does not become involved in the public controversies in Soviet life. His stories do not concern themselves with taboo subjects, with political events. Working steadily and slowly, Kazakov composes stories of rare excellence, and a reading public of those Russians who are keenly interested in literature awaits his new works with eagerness. His language is vivid, idiomatic; the stories are rich in lyrical, physical descriptions. His paragraphs evoke an atmosphere into which his characters naturally fit. There are passages which are prose poems of natural description.

Юрий Па́влович Казако́в

АРКТУ́Р, ГО́НЧИЙ ПЁС

Па́мяти М. М. При́швина

I

Исто́рия появле́ния его́ в го́роде оста́лась неизве́стной. Он пришёл весно́й отку́да-то и стал жить. Он никому́ не надоеда́л, нико́му́ не навя́зывался и никому́ не подчиня́лся — он был свобо́ден. Говори́ли, что его́ бро́сили проезжа́вшие весно́й цыга́не.

Други́е говори́ли, что он приплы́л на льди́не в весе́ннее полово́дье. Он стоя́л, чёрный среди́ бело-голубо́го кро́шева, оди́н неподви́жный среди́ о́бщего движе́ния. А наверху́ лете́ли ле́беди и крича́ли: «Клинк-кланк!»

Лю́ди всегда́ с волне́нием ждут лебеде́й. И когда́ они́ прилета́ют, когда́ на рассве́те поднима́ются с разли́вов со свои́м вели́ким весе́нним кли́чем «клинк-кланк», лю́ди провожа́ют их глаза́ми, кровь начина́ет звене́ть у них в се́рдце, и они́ зна́ют тогда́, что пришла́ весна́.

Шурша́ и глу́хо ло́паясь, шёл по реке́ лёд, крича́ли ле́беди, а он стоя́л на льди́не, поджа́в хвост, насторожённый, неуве́ренный, вслу́шиваясь в то, что де́лалось круго́м. Когда́ льди́на подошла́ к бе́регу, он заволнова́лся, нело́вко пры́гнул, попа́л в во́ду, но бы́стро вы́брался на бе́рег и, отряхну́вшись, скры́лся среди́ шта́белей ле́са.

Так и́ли ина́че, но, появи́вшись весно́й, когда́ дни напо́лнены блеском солнца, звоном ручьёв и запахом коры, он остался жить в городе.

О его прошлом можно только догадываться.

Наверное, он родился где-нибудь под крыльцом, на соломе. Мать его, чистокровная сука из породы костромских гончих, низкая, с длинным телом, когда пришла пора, исчезла под крыльцом, чтобы совершить своё великое дело в тайне. Её звали — она не откликалась и ничего не ела, вся сосредоточенная в себе, чувствуя, что вот-вот должно совершиться то, что важнее всего на свете, важнее даже охоты и людей — её властелинов и богов.

Он родился, как и все щенки, слепым, был тотчас облизан матерью и положен поближе к тёплому животу, ещё напряжённому в родовых схватках. И пока он лежал, привыкая дышать, у него всё прибавлялись братья и сёстры. Они шевелились, кряхтели и пробовали скулить — такие же, как и он, дымчатые щенки с голыми животами и короткими дрожащими хвостиками. Скоро всё кончилось, всё нашли по соску и затихли — раздавались только сопение, чмокание и тяжёлое дыхание матери. Так началась их жизнь.

В своё время у всех щенят прорезались глаза, и они узнали с восторгом, что есть мир ещё более великий, чем тот, в котором они жили до сих пор. У него тоже открылись глаза, но ему никогда не суждено было увидеть света. Он был слеп, бельма толстой серой плёнкой закрывали его зрачки. Для него, слепого, настала горькая и трудная жизнь. Она была бы даже ужасной, если бы он мог осознать свою слепоту. Но он не знал того, что слеп, ему не надо было знать. Он принимал жизнь такой, какой она досталась ему.

Как-то случилось, что его не утопили и не убили, что было бы, конечно, милосердием по отношению к беспомощному, ненужному людям щенку. Он остался жить и претерпел великие мытарства, которые раньше времени закалили и ожесточили его тело и душу.

У него не было хозяина, который дал бы ему кров, кормил бы его и заботился о нём, как о своём друге. Он стал бездомным псом-бродягой, угрюмым, неловким и недоверчивым, — мать, выкормив его, скоро потеряла к нему, как и к его братьям, всякий интерес. Он научился выть, как волк, так же длинно, мрачно и тоскливо. Он был грязен, часто болел, рылся на свалках возле столовых, получал пинки и ушаты грязной воды наравне с такими же бездомными и голодными собаками.

Он не мог быстро бегать, ноги, его крепкие ноги, в сущности, не были ему нужны́. Всё вре́мя ему́ каза́лось, что он бежи́т навстре́чу чему́-то о́строму и жесто́кому. Когда́ он дра́лся с други́ми соба́ками, — а дра́лся он мно́жество раз на своём веку́, — он не ви́дел свои́х враго́в, он куса́л и броса́лся, ориенти́руясь на шум дыха́ния, на рыча́ние и визг, на шо́рох земли́ под ла́пами враго́в, и ча́сто броса́лся и куса́л впусту́ю.

Неизве́стно, како́е и́мя дала́ ему́ мать при рожде́нии, — ведь мать, да́же и соба́ка, всегда́ зна́ет свои́х дете́й по имена́м. Для люде́й он не име́л и́мени. Неизве́стно та́кже, оста́лся бы он жить в го́роде, ушёл бы или сдох где́-нибудь в овра́ге, но в судьбу́ его́ вмеша́лся челове́к, и всё перемени́лось.

II

В то ле́то я жил в ма́леньком се́верном го́роде. Го́род стоя́л на берегу́ реки́. По реке́ плы́ли бе́лые парохо́ды, гря́зно-бу́рые ба́ржи, дли́нные плоты́, широ́кие ка́рбасы[1] с запа́чканными чёрной смоло́й борта́ми. У бе́рега стоя́ла при́стань, па́хнувшая рого́жей, кана́том, сыро́й гни́лью и во́блой. На при́стани э́той ре́дко кто сходи́л, ра́зве то́лько при́городные колхо́зники в база́рный день да командиро́вочные, приезжа́вшие из о́бласти на лесозаво́д.

Вокру́г го́рода по ни́зким поло́гим холма́м раски́нулись леса́, могу́чие, нетро́нутые: лес для спла́ва руби́ли в верхо́вьях реки́. В леса́х попада́лись больши́е лугови́ны и глухи́е озёра с огро́мными ста́рыми со́снами по берега́м. Со́сны всё вре́мя тихо́нько шуме́ли. Когда́ же с Ледови́того океа́на задува́л прохла́дный, вла́жный ве́тер, нагоня́я ту́чи, со́сны гро́зно гуде́ли и роня́ли ши́шки, кото́рые кре́пко сту́кались о зе́млю.

Я снял ко́мнату на окра́ине, наверху́ ста́рого до́ма. Хозя́ин мой, до́ктор, был ве́чно за́нятый, молчали́вый челове́к. Ра́ньше он жил с большо́й семьёй. Но двух сынове́й его́ уби́ли на фро́нте, жена́ умерла́, дочь уе́хала в Москву́, до́ктор жил тепе́рь оди́н и лечи́л дете́й. Была́ у него́ одна́ стра́нность — он люби́л петь. Тонча́йшим фальце́том он вытя́гивал всевозмо́жные а́рии, сла́достно замира́я на высо́ких но́тах. Внизу́ у него́ бы́ли три ко́мнаты, но он ре́дко заходи́л туда́, обе́дал и спал на терра́се, а в ко́мнатах бы́ло су́мрачно, па́хло пы́лью, апте́кой и ста́рыми обо́ями.

Окно́ мое́й ко́мнаты выходи́ло в одича́вший сад, заро́сший смо-

[1] A type of boat used on the White Sea.

ро́диной, мали́ной, лопухо́м и крапи́вой вдоль забо́ра. По утра́м за окно́м вози́лись воробьи́, ту́чами налета́ли дрозды́ клева́ть сморо́дину, — до́ктор не гоня́л их и я́году не собира́л. На забо́р иногда́ взлета́ли сосе́дские ку́ры с петухо́м. Пету́х громогла́сно пел, вытя́гивая кве́рху ше́ю, дрожа́ хвосто́м, и с любопы́тством смотре́л в сад. Наконе́ц он не выде́рживал, слета́л вниз, за ним слета́ли ку́ры и поспе́шно начина́ли ры́ться во́зле сморо́динных кусто́в. Ещё в сад забреда́ли коты́ и, затая́сь во́зле лопухо́в, следи́ли за воробья́ми.

Я жил в го́роде уже́ неде́ли две, но всё ника́к не мог привы́кнуть к ти́хим у́лицам с деревя́нными тротуа́рами и прораста́вшей между до́сок траво́й, к скрипу́чим ступе́ням ле́стницы, к ре́дким гудка́м парохо́дов по ноча́м.

Э́то был необы́чный го́род. Почти́ всё ле́то стоя́ли в нём бе́лые но́чи. На́бережная и у́лицы его́ бы́ли негро́мки и заду́мчивы. По ноча́м во́зле домо́в раздава́лся отчётливый, дро́бный стук — э́то шли рабо́чие с ночно́й сме́ны. Шаги́ и смех влюблённых всю ночь слы́шались спя́щим. Каза́лось, что у домо́в чу́ткие сте́ны и что го́род, притаи́вшись, вслу́шивается в шаги́ свои́х обита́телей.

Но́чью наш сад пах сморо́диной и росо́й, с терра́сы доноси́лся ти́хий храп до́ктора, а не реке́ ка́тер пел гнуса́вым го́лосом: ду-ду-у . . .

Одна́жды в до́ме появи́лся ещё оди́н обита́тель. Вот как э́то произошло́.

Возвраща́ясь как-то с дежу́рства, до́ктор уви́дел слепо́го пса. С обры́вком верёвки на ше́е он сиде́л, заби́вшись между брёвнами, и дрожа́л. До́ктор и ра́ньше не́сколько раз ви́дел его́. Тепе́рь он останови́лся, рассмотре́л его́ во всех подро́бностях, почмо́кал губа́ми, посвиста́л, пото́м взял за верёвку и потащи́л слепо́го к себе́ домо́й.

До́ма до́ктор вы́мыл его́ тёплой водо́й с мы́лом и накорми́л. По привы́чке пёс вздра́гивал и поджима́лся во вре́мя еды́. Ел он жа́дно, спеши́л и дави́лся. Лоб и у́ши его́ бы́ли покры́ты побеле́вшими рубца́ми.

— Ну, тепе́рь ступа́й! — сказа́л до́ктор, когда́ пёс нае́лся, и подтолкну́л его́ с терра́сы.

Пёс упёрся и задрожа́л.

— Гм . . . — произнёс до́ктор и сел в кача́лку.

Наступи́л ве́чер, не́бо потемне́ло, но не га́сло совсе́м. Загоре́лись са́мые кру́пные звёзды. Го́нчий пёс улёгся на терра́се и задрема́л. Он был худ, рёбра выпира́ли, спина́ была́ о́строй, и лопа́тки стоя́ли торчком. Иногда он приоткрывал свои мёртвые глаза, настораживал уши и поводил головой, принюхиваясь. Потом снова клал морду на лапы и закрывал глаза.

А доктор растерянно рассматривал его и ёрзал в качалке, придумывая ему имя. Как его назвать? Или лучше избавиться от него, пока не поздно? На что ему собака! Доктор задумчиво поднял глаза — низко над горизонтом переливалась синим блеском большая звезда.

— Арктур . . . — пробормотал доктор.

Пёс шевельнул ушами и открыл глаза.

— Арктур! — снова сказал доктор с забившимся сердцем.

Пёс поднял голову и неуверенно замотал хвостом.

— Арктур! Иди сюда, Арктур! — уже властно и радостно позвал доктор.

Пёс встал, подошёл и осторожно ткнулся носом в колени хозяину. Доктор засмеялся и положил руку ему на голову. Так для слепого пса исчезло навсегда никогда не произнесённое имя, которым назвала его мать, и появилось новое имя, данное ему человеком.

Собаки бывают разные, как и люди. Есть собаки нищие, побирушки, есть свободные и угрюмые бродяги, есть глупо восторженные брехуны. Есть унижающиеся, подползающие к любому, кто свистнет им. Извивающиеся, виляющие хвостом, рабски умильные, — они бросаются с паническим визгом прочь, если ударить их или даже просто замахнуться.

Много я видел преданных собак, собак покорных, капризных, гордецов, стоиков, подлиз, равнодушных, лукавых и пустых. Арктур не был похож ни на одну из них. Чувство его к своему хозяину было необыкновенным и возвышенным. Он любил его страстно и поэтично, быть может, больше жизни. Но он был целомудрен и редко позволял себе раскрываться до конца.

У хозяина бывало минутами плохое настроение. Иногда он был равнодушным; часто от него раздражающе пахло одеколоном, запахом, никогда не встречающимся в природе. Но чаще всего он был добр, и тогда Арктур изнывал от любви, шерсть его становилась пушистой, а тело кололо как бы иголками. Ему хотелось вскочить и помчаться, захлёбываясь радостным лаем. Но он сдерживался. Уши его распускались, хвост останавливался, тело обмякало и замирало, только громко и часто колотилось сердце. Когда же хозяин начинал толкать его, щекотать, гладить и смеять-

ся преры́вистым, воркӳющим сме́хом, что э́то бы́ло за наслаж-
де́ние! Звӳки го́лоса хозя́ина бы́ли тогда́ протя́жными и коро́ткими,
бӳлькающими и шёпчущими, они́ бы́ли сра́зу похо́жи на звон воды́
и на ше́лест дере́вьев и ни на что не похо́жи. Ка́ждый звук рожда́л
каки́е-то и́скры и смӳтные за́пахи, как ка́пля рожда́ет дрожь воды́,
и Арктӳру каза́лось, что всё э́то уже́ бы́ло с ним, бы́ло так давно́,
что он ника́к не мог вспо́мнить, где же и когда́. Скоре́е всего́ тако́е
же ощуще́ние сча́стья бы́ло у него́, когда́ он слепы́м щенко́м соса́л
свою́ мать.

III

В ско́ром вре́мени я получи́л возмо́жность побли́же поз-
нако́миться с жи́знью Арктӳра и узна́л мно́го любопы́тного.

Мне ка́жется тепе́рь, что он как-то ощуща́л свою́ неполноце́н-
ность. С ви́ду он был совсе́м взро́слой соба́кой, с кре́пкими нога́ми,
чёрной спино́й и ры́жими подпа́линами на животе́ и на мо́рде. Он
был силён и вели́к для своего́ во́зраста, но во всех движе́ниях его́
сквози́ли неуве́ренность и напряжённость. И ещё мо́рде его́ и все-
мӳ те́лу была́ сво́йственна сконфу́женная вопроси́тельность. Он
прекра́сно знал, что все живы́е существа́, окружа́ющие его́, свобо́д-
нее и стреми́тельнее, чем он. Они́ бы́стро и уве́ренно бе́гали, легко́
и твёрдо ходи́ли, не спотыка́ясь и не натыка́ясь ни на что. Шаги́ их
по звӳку отлича́лись от его́ шаго́в. Сам он дви́гался всегда́ осто-
ро́жно, ме́дленно и не́сколько бо́ком — многочи́сленные предме́ты
прегражда́ли ему́ путь. Ме́жду тем кӳры, го́луби, соба́ки и воробьи́,
ко́шки и лю́ди и мно́гие други́е живо́тные сме́ло взбега́ли по ле́стни-
цам, перепры́гивали кана́вы, свора́чивали в переӳлки, улета́ли, ис-
чеза́ли в таки́х места́х, о кото́рых он и поня́тия не име́л. Его́ же
уде́лом бы́ли неуве́ренность и насторо́женность. Я никогда́ не
ви́дел его́ идӳщим или бегӳщим свобо́дно, споко́йно и бы́стро.
Ра́зве то́лько по широ́кой доро́ге, по́ лугу да по терра́се на́шего
до́ма . . . Но е́сли живо́тные и лю́ди бы́ли поня́тны ему́ и он, наве́р-
ное, как-то отождествля́л себя́ с ни́ми, то автомаши́ны, тра́кторы,
мотоци́клы и велосипе́ды бы́ли ему́ совсе́м непоня́тны и стра́шны.
Парохо́ды и катера́ возбужда́ли в нём огро́мное любопы́тство на
пе́рвых пора́х. И лишь поня́в, что ему́ никогда́ не разгада́ть э́той
та́йны, он переста́л обраща́ть на них внима́ние. То́чно так же ни-
когда́ не интересова́лся он самолётами.

Но е́сли не мог он ничего́ уви́деть, зато́ в чутьё не могла́ с ним сравни́ться ни одна́ соба́ка. Постепе́нно он изучи́л все за́пахи го́рода и прекра́сно ориенти́ровался в нём. Не́ было слу́чая, чтобы он заблуди́лся и не нашёл доро́гу домо́й. Ка́ждая вещь па́хла! За́пахов бы́ло мно́жество, и все они́ гро́мко заявля́ли о себе́. Ка́ждый предме́т пах по-сво́ему — одни́ неприя́тно, други́е безразли́чно, тре́тьи сла́достно. Сто́ило Аркту́ру подня́ть го́лову и поню́хать, он сра́зу же ощуща́л сва́лки и помо́йки, дома́, ка́менные и деревя́нные, забо́ры и сара́и, люде́й, лошаде́й и птиц так я́сно, как бу́дто ви́дел всё э́то.

Был на берегу́ реки́, за скла́дами, большо́й се́рый ка́мень, почти́ вро́сший в зе́млю, кото́рый Аркту́р осо́бенно люби́л обню́хивать. В его́ тре́щинах и по́рах заде́рживались са́мые удиви́тельные и неожи́данные за́пахи. Они́ держа́лись ино́й раз неде́лями, их мог вы́дуть то́лько си́льный ве́тер. Ка́ждый раз, пробега́я ми́мо э́того ка́мня, Аркту́р свора́чивал к нему́ и до́лго занима́лся обсле́дованием. Он фы́ркал, приходи́л в возбужде́ние, убега́л и сно́ва возвраща́лся, чтобы вы́яснить для себя́ дополни́тельную подро́бность.

И ещё он слы́шал тонча́йшие зву́ки, каки́х мы никогда́ не услы́шим. Он просыпа́лся по ноча́м, раскрыва́л глаза́, поднима́л у́ши и слу́шал. Он слы́шал все шо́рохи за мно́гие вёрсты вокру́г. Он слы́шал пе́ние комаро́в и зуде́ние в оси́новом гнезде́ на чердаке́. Он слы́шал, как шурши́т в саду́ мышь и ти́хо хо́дит кот по кры́ше сара́я. И дом для него́ не́ был молчали́вым и неживы́м, как для нас. Дом тоже жил: он скрипе́л, шурша́л, потре́скивал, вздра́гивал чуть заме́тно от хо́лода. По водосто́чной трубе́ стека́ла роса́ и, ска́пливаясь внизу́, па́дала на пло́ский ка́мень ре́дкими ка́плями. Сни́зу доноси́лся невня́тный плеск воды́ в реке́. Шевели́лся то́лстый слой брёвен в за́пани около лесозаво́да. Ти́хо поскри́пывали уклю́чины — кто-то переплыва́л ре́ку в ло́дке. Это была́ жизнь, во́все неве́домая и не слы́шная нам, но знако́мая и поня́тная ему́.

И ещё была́ у него́ одна́ осо́бенность: он никогда́ не визжа́л и не скули́л, напра́шиваясь на жа́лость, хотя́ жизнь была́ жестока́ к нему́.

Одна́жды я шёл по доро́ге из го́рода. Вечере́ло. Бы́ло тепло́ и ти́хо, как быва́ет у нас то́лько ле́тними споко́йными вечера́ми. Вдали́ поднима́лась пыль, слы́шались мыча́ние, то́нкие протя́жные кри́ки, хло́панье кнуто́в — с луго́в гна́ли ста́до.

Внеза́пно я заме́тил соба́ку, бежа́вшую с делови́тым ви́дом навстре́чу ста́ду. По осо́бенному, напряжённому и неуве́ренному бе́гу я сра́зу узна́л Аркту́ра. Ра́ньше он никогда́ не выбира́лся за преде́лы го́рода. «Куда́ э́то он бежи́т?» — поду́мал бы́ло я и заме́тил вдруг в приближа́вшемся уже́ ста́де необыча́йное волне́ние. Коро́вы не лю́бят соба́к. Страх и не́нависть к волка́м-соба́кам ста́ли у коро́в врождёнными. И вот, уви́дев бегу́щую навстре́чу тёмную соба́ку, пе́рвые ряды́ сра́зу останови́лись. Сейча́с же вперёд проти́снулся призёмистый па́левый бык с кольцо́м в носу́. Он расста́вил но́ги, пригну́л к земле́ рога́ и зареве́л, ика́я, дёргая ко́жей, выка́тывая кровяны́е белки́.

— Гри́шка! — закрича́л кто-то сза́ди. — Бежи́ скоре́я[2] вперёд, коро́вы ста́-али!

Аркту́р, ничего́ не подозрева́я, свое́й нело́вкой ры́сью подвига́лся по доро́ге и был уже́ совсе́м бли́зко к ста́ду. Испуга́вшись, я позва́л его́. С разбе́гу он пробежа́л ещё не́сколько шаго́в и кру́то осе́л, повора́чиваясь ко мне. В ту же секу́нду бык захрипе́л, с необыча́йной быстрото́й бро́сился на Аркту́ра и подде́л его рога́ми. Чёрный силуэ́т соба́ки мелькну́л на фо́не зари́ и шлёпнулся в са́мую гу́щу коро́в. Паде́ние его́ произвело́ впечатле́ние разорва́вшейся бо́мбы. Коро́вы бро́сились в сто́роны, хрипя́ и со сту́ком сшиба́ясь рога́ми. За́дние напира́ли вперёд, всё смеша́лось, пыль подняла́сь столбо́м. С напряже́нием и бо́лью ожида́л я услы́шать предсме́ртный визг, но не услыха́л ни зву́ка.

Тем вре́менем подбежа́ли пастухи́, захло́пали кнута́ми, закрича́ли на ра́зные голоса́, доро́га расчи́стилась, и я уви́дел Аркту́ра. Он валя́лся в пыли́ и сам каза́лся ку́чей пы́ли или ста́рой тря́пкой, бро́шенной на доро́ге. Пото́м он зашевели́лся, подня́лся и, шата́ясь, заковыля́л к обо́чине. Ста́рший пасту́х заме́тил его́.

— Ах, соба́ка! — злора́дно закрича́л он, вы́ругался и о́чень си́льно и ло́вко стегну́л Аркту́ра кнуто́м.

Аркту́р не взви́згнул, он то́лько поджа́лся, поверну́в на мгнове́ние к пастуху́ слепы́е глаза́, добра́лся до кана́вы, оступи́лся и упа́л.

Бык стоя́л поперёк доро́ги, взрыва́л зе́млю и реве́л. Пасту́х стегну́л и его́ так же си́льно и ло́вко, по́сле чего́ бык сра́зу успоко́ился. Успоко́ились и коро́вы, и ста́до не спеша́, поднима́я па́хнущую молоко́м пыль и оставля́я на доро́ге лепёхи[3] тро́нулось да́льше.

Я подошёл к Аркту́ру. Он был гря́зен и тяжело́ дыша́л, вы́валив

---

[2] Dialectal for *бежи́ скоре́е.*

[3] droppings

язы́к, — рёбра ходи́ли под ко́жей. На бока́х его́ бы́ли каки́е-то мо́к-
рые по́лосы. За́дняя ла́па, отда́вленная, дрожа́ла. Я положи́л ему́
ру́ку на́ голову, заговори́л с ним — он не отозва́лся. Всё его́ суще-
ство́ выража́ло боль, недоуме́ние и оби́ду. Он не понима́л, за что
его́ топта́ли и стега́ли. Обы́чно соба́ки си́льно скуля́т в таки́х слу-
чаях. Аркту́р не скули́л.

IV

И всё-таки Аркту́р так и оста́лся бы дома́шним псом и,
мо́жет быть, разжире́л бы и облени́лся, е́сли бы не счастли́вый случай, кото́рый прида́л всей его́ дальне́йшей жи́зни возвы́шенный и
герои́ческий смысл.

Случи́лось э́то так. Я пошёл у́тром в лес посмотре́ть на про-
ща́льные вспы́шки ле́са, за кото́рыми я уже́ знал, начнётся ско́рое
увяда́ние. За мно́ю увяза́лся Аркту́р. Не́сколько раз я прогоня́л его́.
Он сади́лся в отдале́нии, немно́го пережида́л и сно́ва бежа́л за
мной. Ско́ро мне надое́ло его́ непоня́тное упо́рство, и я переста́л
обраща́ть на него́ внима́ние.

Лес ошеломи́л Аркту́ра. Там, в го́роде, всё ему́ бы́ло знако́мо.
Там бы́ли деревя́нные тротуа́ры, широ́кие мостовы́е, до́ски на бере-
гу́ реки́, гла́дкие тропи́нки. Здесь же со всех сторо́н подступи́ли
вдруг к нему́ незнако́мые предме́ты: высо́кая, жесткова́тая уже́
трава́, колю́чие кусты́, гнилы́е пни, пова́ленные дере́вья, упру́гие
молоды́е ёлочки, шурша́щие опа́вшие ли́стья. Со всех сторо́н его́
что-то тро́гало, коло́ло, задева́ло, бу́дто сговори́лось прогна́ть из
ле́са. И пото́м — за́пахи, за́пахи! Ско́лько их, незнако́мых, стра́ш-
ных, сла́бых и си́льных, значе́ния кото́рых он не знал! И Аркту́р,
натыка́ясь на все э́ти паху́чие, шелестя́щие, потре́скивающие, ко-
лю́чие предме́ты, вздра́гивал, фу́кал но́сом и жа́лся к мои́м нога́м.
Он был растёрян и напу́ган.

— Ах, Аркту́р! — тихо́нько говори́л я ему́. — Бе́дный ты пёс! Не
зна́ешь ты, что на све́те есть я́ркое со́лнце, не зна́ешь, каки́е зелёные по утра́м дере́вья и кусты́ и как си́льно блести́т роса́ на траве́,
не зна́ешь, что вокру́г нас полно́ цвето́в — бе́лых, жёлтых, голубы́х
и кра́сных — и что среди́ седы́х еле́й и желте́ющей листвы́ так не́ж-
но красне́ют гро́здья ряби́ны и я́годы шипо́вника. Е́сли бы ты ви́дел
по ноча́м луну́ и звёзды, ты, мо́жет быть, с удово́льствием пола́ял
бы на них. Отку́да тебе́ знать, что ло́шади, и соба́ки, и ко́шки — все

ра́зных цвето́в, что забо́ры быва́ют кори́чневыми, и зелёными, и про́сто се́рыми, и как си́льно блестя́т стёкла о́кон при зака́те, каки́м о́гненным мо́рем разлива́ется тогда́ река́! Е́сли бы ты был норма́льным, здоро́вым псом, то хозя́ином твои́м был бы охо́тник. Ты слу́шал бы тогда́ по утра́м могу́чую песнь ро́га и ди́кие голоса́, каки́ми никогда́ не крича́т обыкнове́нные лю́ди. Ты гнал бы тогда́ зве́ря, захлёбываясь ла́ем, не по́мня себя́, и э́тим неи́стовым бе́гом по горя́чему сле́ду ты служи́л бы своему́ влады́ке охо́тнику, и вы́ше э́той слу́жбы не́ было бы ничего́ для тебя́. Ах, Аркту́р, бе́дный ты пёс!

Так, потихо́ньку разгова́ривая с ним, чтобы ему́ бы́ло не так стра́шно, я всё да́льше заходи́л в лес. Аркту́р ма́ло-пома́лу оправля́лся от испу́га и начина́л смеле́е обсле́довать кусты́ и пни. Ско́лько но́вого и необы́чного находи́л он, како́й восто́рг охва́тывал его́! Тепе́рь он, увлечённый свои́м ва́жным де́лом, уже́ не прижима́лся ко мне. И́зредка то́лько он остана́вливался, взгля́дывал в мою́ сто́рону мёртвыми, бе́лыми глаза́ми, прислу́шивался, жела́я удостове́риться, пра́вильно ли он поступа́ет, иду́ ли я за ним. Пото́м опя́ть принима́лся кружи́ть по́ лесу.

Ско́ро мы вы́шли на луг и пошли́ мелоча́ми.[4] Стра́шное волне́ние охвати́ло Аркту́ра. Куса́я траву́, спотыка́ясь на ко́чках, он мелька́л среди́ кусто́в. Он гро́мко дыша́л, лез напроло́м, не обраща́я бо́льше внима́ния ни на меня́, ни на колю́чие ве́тки. Наконе́ц он не вы́держал, зажму́рился, с тре́ском су́нулся в кусты́, пропа́л там, завози́лся, зафу́кал... «Кого́-то почу́ял!» — поду́мал я и останови́лся.

— Гам! — зво́нко и неуве́ренно разда́лось в куста́х. — Гам, гам!

— Аркту́р! — в беспоко́йстве позва́л я.

Но в э́тот моме́нт что́-то случи́лось. Аркту́р завизжа́л и с шу́мом ри́нулся в глубь кусто́в. Вой его́ бы́стро перешёл в аза́ртный лай, и по вздра́гивающим верху́шкам кусто́в бы́ло ви́дно, как он там продира́ется. Испуга́вшись за него́, я бро́сился наперехва́т, гро́мко оклика́я его́. Но мой крик, ви́димо, то́лько придава́л ему́ аза́рта. Спотыка́ясь, застрева́я в густоте́, задыха́ясь, перебежа́л я одну́ поля́ну, пото́м другу́ю, спусти́лся в лощи́ну и лощи́ной что есть си́лы бро́сился напере́з, вы́бежал на чи́стое ме́сто и сра́зу уви́дел Аркту́ра. Он вы́катился из кусто́в и мча́лся пря́мо на меня́. Он был неузнава́ем, бежа́л смешно́, высоко́ подпры́гивая, не так, как

---

4 small shrubbery, low growth

бегают обыкновенно собаки, но тем не менее гнал уверенно, азартно, лаял беспрестанно, захлёбываясь, срываясь на тонкий, щенячий голос.

— Арктур! — крикнул я.

Он сбился с хода, я успел подскочить и схватить его за ошейник. Он рвался, рычал, чуть не укусил меня, глаза его налились кровью, и мне великого труда стоило успокоить и отвлечь его. Он был сильно помят и поцарапан, держал левое ухо к земле — видимо, он всё-таки ударился где-то несколько раз, — но так велика была его страсть, так был он возбуждён, что и не почувствовал этих ушибов.

V

С этого дня жизнь его пошла другим чередом. С утра он пропадал в лесу, убегал туда один и возвращался иногда к вечеру, иногда на следующий день, каждый раз совершенно измученный, избитый, с налившимися кровью глазами. Он сильно вырос за это время, грудь раздалась, голос окреп, лапы стали сухими и мощными, как стальные пружины.

Как он гонял там один, как не разбивался, — этого я не мог понять. Он, наверное, чувствовал всё-таки, что в его одиноких охотах чего-то не хватает. Может быть, он ждал одобрения, поддержки со стороны человека, что так необходимо каждой гончей собаке.

Я ни разу не видел его вернувшимся из лесу сытым. Бег его, бег слепой, неловкой собаки, конечно же, был медлительным и неуверенным. Нет, никогда не догонял он своих врагов и не вонзал в них зубы! Лес ему был молчаливым врагом, лес стегал его по морде, по глазам, лес бросался ему под ноги, лес останавливал его. Только запах, дикий, вечно волнующий, зовущий, нестерпимо прекрасный и враждебный, доставался ему, только один след среди тысячи других вёл его всё вперёд и вперёд.

Как находил он дорогу домой, очнувшись от бешеного бега, от великих грёз? Какое чувство пространства и топографии, какой великий инстинкт нужен был ему, чтобы, очнувшись совершенно обессиленным, разбитым, задохнувшимся, сорвавшим голос, где-нибудь за много вёрст, в глухом лесу с шорохом трав и запахом сырых оврагов, добраться до дому!

Ка́ждой го́нчей соба́ке необходи́мо одобре́ние со стороны́ челове́ка. Соба́ка го́нит зве́ря и забыва́ет всё, но да́же в моме́нт наивы́сшей стра́сти она́ зна́ет, что где́-то там, впереди́, охва́ченный тако́й же стра́стью, перебега́ет по ла́зам её хозя́ин-охо́тник и что, когда́ придёт пора́, его́ вы́стрел реши́т всё. В таки́е мину́ты го́лос хозя́ина дича́ет от стра́сти и заража́ет соба́ку, он то́же ла́зит по куста́м, бе́гает, хри́пло по́рскает,[5] помога́ет соба́ке распу́тать след. А когда́ всё ко́нчено, хозя́ин броса́ет соба́ке па́занки,[6] смо́трит на неё ди́кими, хмельны́ми, счастли́выми глаза́ми, кричи́т с восто́ргом: «Но, ты! Ми́л-лая!» — и тре́плет за́ уши.

Арќту́р был одино́к в э́том смы́сле и страда́л. Любо́вь к хозя́ину боро́лась в нём с охо́тничьей стра́стью. Не́сколько раз я ви́дел, как ра́нним у́тром Арќту́р вылеза́л из-под терра́сы, где люби́л спать, побе́гав по́ саду, сади́лся под окно́м до́ктора и принима́лся ждать его́ пробужде́ния. Так де́лал он всегда́ ра́ньше, и е́сли до́ктор, просну́вшись в хоро́шем настрое́нии, выгля́дывал в окно́ и звал: «Арќту́р!» — что тогда́ выде́лывал э́тот пёс! Торже́ственно он подходи́л к са́мому окну́, задира́л вверх го́лову с подёргивающимся го́рлом и пока́чивался, переступа́я с ла́пы на ла́пу. Пото́м он проника́л в дом — там начина́лась кака́я-то возня́, слы́шались счастли́вые зву́ки, а́рии до́ктора и то́пот по ко́мнатам.

Он и тепе́рь ждал пробужде́ния до́ктора. Но тепе́рь что́-то друго́е си́льно беспоко́ило его́. Он не́рвно подра́гивал, встря́хивался, почёсывался, погля́дывал вверх, встава́л, опя́ть сади́лся и принима́лся тихо́нько скули́ть. Пото́м начина́л бе́гать во́зле терра́сы, де́лая все бо́льшие круги́, опя́ть сади́лся под окно́м, да́же ко́ротко взла́ивал от нетерпе́ния и, насторожи́в у́ши, наклоня́я попереме́нно го́лову то на одну́, то на другу́ю сто́рону, до́лго прислу́шивался. Наконе́ц он встава́л, не́рвно потя́гивался, зева́л, направля́лся к забо́ру и реши́тельно вылеза́л в дыру́. Немно́го спустя́ я ви́дел его́ далеко́ в по́ле, труси́вшим свое́й ро́вной, не́сколько напряжённой и неуве́ренной ры́сью. Направля́лся он к ле́су.

VI

Как-то раз шёл я с ружьём по высо́кому бе́регу у́зкого о́зера.

---

[5] Onomatopoeic verb.
[6] rabbit's feet

Утки в тот год необычайно разжирели, их было много, в низинах часто попадались бекасы, и охота была лёгкой и радостной.

Выбрав пень поудобнее, я присел отдохнуть, и когда стих набежавший перед тем лёгкий ветерок и наступил миг чистейшей, задумчивой тишины, я услышал очень далеко странные звуки. Было похоже будто кто-то равномерно бил в серебряный колокол, и этот тёплый малиновый звон, путаясь в ельниках, усиливаясь в борах, разносился по всему лесу, настраивая всё на торжественный лад. Постепенно звуки стали определяться, и, сосредоточившись, я понял, что где-то лает собака. Лай, доносившийся с противоположного берега озера, из глуши сосновых лесов, был чист, слаб и далёк; иногда он пропадал совсем, но потом опять упорно возобновлялся немного ближе и громче.

Я сидел на пне, посматривал кругом на жёлтые, засквозившие уже берёзы, на поседевший мох и далеко видные на нём багряные листья осины, слушал серебряный лай, и мне казалось, что вместе со мной его слушают затаившиеся белки, тетерева, и берёзы, и тесные зелёные ёлки, и озеро внизу, и вздрагивает сотканная пауками паутина. Скоро в этом прекрасном музыкальном лае мне почудилось что-то знакомое, и я понял вдруг, что это гонит Арктур.

Так вот когда пришлось мне услышать его! Слабое, серебряное эхо отдавалось от сосен, и от этого казалось, что лают несколько собак. Один раз Арктур, видимо, скололся и замолчал. Долгие минуты длилось это молчание, лес сразу стал пустым и мёртвым. Я как бы видел, как кружит пёс, помаргивая белыми глазами, доверяясь одному только чутью. А может, он ударился о дерево? Может быть, он лежит сейчас с разбитой грудью, не в силах подняться, окровавленный и тоскующий?

Но гон возобновился с новой силой, уже значительно ближе к озеру. Озеро это так расположено, что все тропы, все лазы ведут к нему, ни один не пройдёт мимо. Много интересного видел я возле этого озера. Теперь я тоже приготовился и ждал. Скоро на небольшую, бурую от конского щавеля луговину на другой стороне выскочила лиса. Она была грязно-серой, с мочалистым, тонким хвостом. На мгновение она остановилась с поднятой передней лапой, поставив торчком уши, — вслушивалась в приближавшийся гон. Потом, неторопливо пробежав луговиной, пошла на опушку, нырнула в овраг и скрылась в мелколесье. Сейчас же на луговину вылетел и Арктур. Он шёл немного стороной от её следа, беспреста́нно и зло подава́л го́лос и, как всегда́, высоко́ и нело́вко пры́гал на бегу́. Сле́дом за лисо́й он слете́л в овра́г, су́нулся в мелколе́сье, завизжа́л и завы́л там, замолча́л, выбира́ясь из како́го-то тру́дного ме́ста, пото́м опя́ть зала́ял ни́зко и равноме́рно, бу́дто заби́л в сере́бряный ко́локол.

Как в стра́нном теа́тре, промелькну́ли пе́редо мной ве́чно вражду́ющие соба́ка и зверь, исче́зли, и я опя́ть оста́лся оди́н с тишино́й и далёким ла́ем соба́ки.

VII

Сла́ва о необыкнове́нном го́нчем псе ско́ро разнесла́сь по го́роду и по всей окру́ге. Его́ ви́дели на далёкой реке́ Ло́сьве, в поля́х за лесны́ми холма́ми, на са́мых глухи́х лесны́х доро́гах. О нём говори́ли в дере́внях, на пристаня́х и перево́зе, о нём спо́рили за кру́жкой пи́ва спла́вщики и рабо́чие лесозаво́да.

К нам в дом ста́ли наве́дываться охо́тники. Как пра́вило, они́ не ве́рили слу́хам, они́ по себе́ зна́ли це́ну охо́тничьим расска́зам. Они́ осма́тривали Аркту́ра, рассужда́ли о его́ уша́х и ла́пах, о его́ вя́зкости, пара́тости и други́х охо́тничьих ста́тях; они́ выи́скивали у него́ недоста́тки и угова́ривали до́ктора прода́ть им соба́ку. Им стра́шно хоте́лось пощу́пать мы́шцы Аркту́ра, посмотре́ть его́ ла́пы и грудь, но Аркту́р сиде́л у ног до́ктора тако́й хму́рый и насторо́женный, что никто́ не осме́ливался протяну́ть к нему́ ру́ку. А до́ктор, красне́я и сердя́сь, в деся́тый раз уверя́л, что соба́ка непрода́жная, что пора́ бы всем знать об э́том. Охо́тники уходи́ли огорчённые, и на сме́ну им приходи́ли други́е.

Одна́жды Аркту́р, накану́не си́льно разби́вшись, лежа́л под терра́сой, когда́ в саду́ появи́лся стари́к. Ле́вый глаз его́ вы́тек и затяну́лся, тата́рская боро́дка сквози́ла, на голове́ был мя́тый треу́х,[7] на нога́х сби́тые охо́тничьи сапоги́. Уви́дев меня́, стари́к заморга́л, стащи́л ша́пку с головы́, поскрёб го́лову и посмотре́л на не́бо.

— Пого́ды-то ны́не, пого́ды . . . — неопределённо на́чал он и, кря́кнув, умо́лк.

Я догада́лся и спроси́л:

— Не за соба́чкой ли пришли́?

---

[7] warm cap with ear flaps

— Да и как же! — оживи́лся он и наде́л ша́пку. — Ведь э́то что, к приме́ру, получа́ется? На что до́ктору соба́ка? Ни к чему́ она́ ему́, а мне вот как нужна́ соба́чка! Ско́ро охо́ты и всё тако́е ... У меня́, слышь, у самого́ есть гонча́к, да плох — дура́к, след не де́ржит и го́лосу никако́го. А ведь э́то что! Сляпо́й[8]-то, а? Ведь э́то уму́ непостижи́мо, как выга́нивает! Ца́рская соба́ка, вот те крест свято́й![9]

Я посове́товал ему́ поговори́ть с хозя́ином. Он повздыха́л, вы́сморкался и ушёл в дом, а че́рез пять мину́т появи́лся о́чень кра́сный и растеря́нный. Останови́лся ря́дом со мной, кряхте́л, до́лго закури́вал. Пото́м нахму́рился.

— Что ж, отказа́ли вам? — спроси́л я, зара́нее зна́я отве́т.

— И не говори́! — огорчённо воскли́кнул он. — Ну что ты ска́жешь! Я с малоле́тства охо́тник — во, вишь, глаз потеря́л, — и сыновья́ у меня́ то́же, и всё тако́е. Нам, слышь, для де́ла соба́чка нужна́, для де́-ела! Нет, не даёт ... Пятьсо́т рубле́й сули́л — цена́-то какова́, а? — и не подходи́, не даёт! Чуть не зареве́л, а? Это мне реве́ть на́до! Охо́ты подхо́дят[10] — соба́ки нет!

Он растеря́нно огляде́л сад, забо́р, и вдруг на лице́ его́ что́-то мелькну́ло, что-то тако́е хи́трое и у́мное. Он сра́зу стал споко́йнее.

— Она́ где же помеща́ется у вас? — как бы невзнача́й поинтересова́лся он и замига́л гла́зом.

— Уж не укра́сть ли соба́чку хоти́те? — спроси́л я.

Стари́к смути́лся, снял ша́пку, подкла́дкой вы́тер лицо́ и пытли́во гля́нул на меня́.

— Прости́ го́споди! — сказа́л он и засмея́лся. — Ведь так с ва́ми и до греха́ дойдёшь. А ты ду́мал! Ну, на что ему́ соба́ка? Скажи́ ты вот!

Он тро́нулся бы́ло к вы́ходу, но по доро́ге останови́лся и ра́достно посмотре́л на меня́.

— А го́лос-то, го́-олос! Понима́ешь ты го́лос? Чи́стый ключ, я тебе́ говорю́!

Пото́м верну́лся, подошёл ко мне и зашепта́л, подми́гивал и кося́сь на о́кна до́ма:

— Погоди́, соба́чка-то моя́ бу́дет. На что ему́ соба́ка? Челове́к он у́мственный, не охо́тник ... Прода́ст он мне её, свято́й крест,

---

[8] Dialectal for *слепо́й.*
[9] by the Holy Cross!
[10] Spelled *подхо́дят.*

прода́ст! До покрова́-то далеко́, чего́-нибудь уду́маем. А ты говори́шь . . . Эх!

Едва́ стари́к ушёл, в сад вы́шел до́ктор.

— Что он тут вам говори́л? — волнова́лся он. — Ах, како́й проти́вный старика́шка! Како́й у него́ глаз, вы заме́тили? Пря́мо разбо́йничий!

До́ктор не́рвно потира́л ру́ки, ше́я у него́ покрасне́ла, седа́я пря́дка свали́лась на лоб. Аркту́р, услыха́в го́лос своего́ хозя́ина, вы́полз из-под терра́сы и, прихра́мывая, подошёл к нам.

— Аркту́р! — сказа́л до́ктор. — Ты ведь мне никогда́ не изме́нишь?

Аркту́р закры́л глаза́ и ткну́лся но́сом до́ктору в коле́ни. Он не мог стоя́ть от сла́бости и сел. Го́лову его́ тяну́ло кни́зу, он почти́ спал. До́ктор ра́достно посмотре́л на меня́, засмея́лся и потрепа́л Аркту́ра за́ уши. Он не знал, что го́нчий пёс уже́ измени́л ему́, измени́л с того́ са́мого моме́нта, когда́ попа́л со мной в лес.

VIII

Как бы́ло бы хорошо́, е́сли бы все прекра́сные исто́рии име́ли счастли́вый коне́ц! И ра́зве не заслу́живает геро́й, хотя́ бы то́лько го́нчий пёс, до́лгой, ра́достной жи́зни? Никто́ на земле́ не рожда́ется бесце́льно, и го́нчий пёс рожда́ется, чтобы гнать зверя-врага́, гнать за то, что тот не пришёл к челове́ку и не стал ему́ дру́гом, как пришла́ когда́-то соба́ка, а оста́лся на всё вре́мя ди́ким. Слепо́й пёс — не слепо́й челове́к, ему́ никто́ не помо́жет, он одино́к в темноте́, он бесси́лен и обречён само́й приро́дой, всегда́ жесто́кой к сла́бым, и е́сли он всё-таки стра́стно слу́жит гла́вному предназначе́нию, е́сли он живёт, что мо́жет быть лу́чше, вы́ше э́того! Но тако́й жи́знью Аркту́ру ма́ло пришло́сь пожи́ть . . .

А́вгуст подошёл к концу́, пого́да испо́ртилась, и я собра́лся уезжа́ть, когда́ пропа́л Аркту́р. У́тром он ушёл в лес и не верну́лся ни к ве́черу, ни на сле́дующий день, ни ещё через день.

Когда́ друг, кото́рый жил с тобо́й, кото́рого ви́дел ка́ждый день и к кото́рому ча́сто да́же невнима́тельно относи́лся, когда́ э́тот друг ухо́дит и не возвраща́ется бо́льше, на до́лю тебе́ остаю́тся одни́ воспомина́ния.

И я вспо́мнил все дни, проведённые с Аркту́ром вме́сте, его́ неуве́ренность, смуще́ние, его́ нело́вкий, не́сколько бо́ком, бег, его́ го́лос, привы́чки, ми́лые пустяки́, его́ влюблённость в хозя́ина, да́же за́пах чи́стой, здоро́вой соба́ки ... Я вспомина́л всё э́то и жале́л, что э́то был не мой пёс, что не я дал ему́ и́мя, что не меня́ он люби́л и не к моему́ до́му возвраща́лся в темноте́, очну́вшись от пого́ни за мно́го вёрст.

До́ктор осу́нулся за э́ти дни. Он сра́зу заподо́зрил да́вешнего старика́, и мы до́лго разы́скивали его́, пока́ наконе́ц не нашли́. Но стари́к кля́лся и божи́лся, что Аркту́ра в глаза́ не вида́л, ма́ло того́ — вы́звался иска́ть его́ вме́сте с на́ми.

Весть о пропа́же Аркту́ра мгнове́нно облете́ла весь го́род. Оказа́лось, что мно́гие зна́ют его́ и лю́бят и что все гото́вы помо́чь до́ктору в по́исках. Все бы́ли за́няты са́мыми разноречи́выми то́лками и слу́хами. Кто́-то ви́дел соба́ку, похо́жую на Аркту́ра, друго́й слы́шал в лесу́ его́ лай ...

Ребя́та, те, кото́рых до́ктор лечи́л, и те, кото́рых он совсе́м не знал, ходи́ли по лесу́, крича́ли, обсле́довали все лесны́е сторо́жки, стреля́ли и по де́сять раз в день наве́дывались к до́ктору узна́ть, не пришёл ли, не нашёлся ли чуде́сный го́нчий пёс.

Я не иска́л Аркту́ра. Мне как-то не ве́рилось, чтобы он мог заблуди́ться, — для э́того у него́ бы́ло сли́шком хоро́шее чутьё. И он сли́шком люби́л своего́ хозя́ина, чтобы приста́ть к како́му-нибудь охо́тнику. Он, коне́чно, поги́б ... Но как, где — э́того я не знал. Ма́ло ли где мо́жно найти́ свою́ смерть!

А че́рез не́сколько дней по́нял э́то и до́ктор. Он ка́к-то сра́зу поскучне́л, переста́л петь и ве́чером до́лго не спал. В до́ме без Аркту́ра ста́ло пу́сто и ти́хо, коты́ уже́ никого́ не боя́лись и свобо́дно разгу́ливали в саду́, ка́мень во́зле реки́ никто́ не обню́хивал бо́льше. Бесполе́зный, он уны́ло торча́л над землёй и черне́л от дожде́й, за́пахи его́ никому́ не́ были нужны́.

В день отъе́зда моего́ мы до́лго говори́ли с до́ктором о ра́зных ра́зностях. Об Аркту́ре мы стара́лись не вспомина́ть. Оди́н раз то́лько до́ктор пожале́л, что смо́лоду не стал охо́тником.

IX

Го́да че́рез два я опя́ть попа́л в те места́ и сно́ва посели́лся у до́ктора. Он по-пре́жнему жил оди́н. Никто́ не стуча́л когтя́ми по́ полу, не фу́кал но́сом и не молоти́л хвосто́м по плетёной ме́бели.

Дом молча́л, и в ко́мнатах так же па́хло пы́лью, апте́кой и ста́рыми обо́ями.

Но была́ весна́, и пусто́й дом не производи́л тя́гостного впечатле́ния. В саду́ ло́пались по́чки, ора́ли воробьи́, в ро́ще городско́го са́да с го́моном устра́ивались грачи́, до́ктор тонча́йшим фальце́том распева́л свои́ а́рии. По утра́м над го́родом стоя́л си́ний пар, река́ разлила́сь куда́ хвата́л глаз, на разли́вах отдыха́ли ле́беди и у́тром поднима́лись со свои́м ве́чным «клинк-кланк», гнуса́во сигна́лили ю́ркие катера́ и протя́жно гуде́ли упо́рные букси́ры. Бы́ло ве́село!

На друго́й день по прие́зде я пошёл на тя́гу. В лесу́ стоя́л золоти́стый тума́н, круго́м ка́пало, звене́ло, бу́лькало. Земля́ оголи́лась, си́льно и ре́зко па́хла, и ско́лько бы́ло други́х за́пахов — оси́новой коры́, гнию́щего де́рева, сыро́го листа́, — всех их переби́л си́льный и ре́зкий за́пах земли́.

Был прекра́сный ве́чер с о́гненным мо́рем зака́та, и вальдшне́пы лете́ли гу́сто. Я уби́л четырёх и е́ле отыска́л их на тёмном сло́е листвы́. Когда́ же не́бо позелене́ло и пога́сло и вы́сыпали пе́рвые звёзды, я ти́хо пошёл домо́й по знако́мой нее́зженой доро́ге, обходя́ широ́кие разли́вы, в кото́рых отража́лось не́бо, и го́лые берёзы, и звёзды.

Обходя́ оди́н из таки́х разли́вов по небольшо́й гри́вке, я вдруг заме́тил впереди́ что-то све́тлое и поду́мал снача́ла, что э́то после́дний клочо́к сне́га, но, подойдя́ бли́же, уви́дел лежа́вшие в разбро́с немно́гие ко́сти соба́ки. Се́рдце моё глу́хо застуча́ло, я стал всма́триваться, уви́дел оше́йник с позелене́вшей ме́дной пря́жкой ... Да, э́то бы́ли оста́нки Аркту́ра.

Разобра́вшись внима́тельно во всём, я уже́ в по́лных су́мерках догада́лся, как бы́ло де́ло. У не ста́рой ещё, но сухо́й ёлки был отде́льный ни́жний сук. Он, как и всё де́рево, высыха́л, осыпа́лся и облама́лся, пока́ наконе́ц не преврати́лся в го́лую, о́струю па́лку. На э́ту па́лку и наткну́лся Аркту́р, когда́ мча́лся по горя́чему, паху́чему сле́ду и не по́мнил уже́ и не знал ничего́, кро́ме э́того зову́щего всё вперёд, всё вперёд сле́да.

В по́лной темноте́ я пошёл да́льше, вы́шел на опу́шку, а отту́да, ча́вкая нога́ми по мо́крой земле́, и на доро́гу, но мы́слью всё возвраща́лся туда́, на ма́ленькую гри́вку[11] с сухо́й, обло́манной е́лью.

У охо́тников есть стра́нная любо́вь к зву́чным имена́м. Каки́х

[11] ridge

то́лько имён не встре́тишь среди́ охо́тничьих соба́к! Есть тут Диа́-
ны и Анте́и, Фе́бы и Неро́ны, Вене́ры и Ро́мулы ... Но, наве́рное,
никака́я соба́ка не была́ так досто́йна гро́мкого и́мени, и́мени не-
ме́ркнущей голубо́й звезды́.

1959

Ю́рий Па́влович Казако́в

ОТЩЕПЕ́НЕЦ

I

Размо́ренный жа́рким днём, нае́вшись недожа́ренной, не-
досо́ленной ры́бы, ба́кенщик Его́р спит у себя́ в сторо́жке.

Сторо́жка его́ нова́, пуста́. Да́же пе́чки нет, вы́резана то́лько по-
лови́на по́ла, нава́лены в сеня́х кирпичи́ и сыра́я гли́на. По бреве́н-
чатым стена́м виси́т из пазо́в па́кля, ра́мы но́вые, стёкла не
зама́заны, то́нко звеня́т, отзыва́ются парохо́дным гудка́м, и по́л-
зают по подоко́нникам муравьи́.

Просыпа́ется Его́р, когда́ сади́тся со́лнце и всё вокру́г наполня́ет-
ся тума́нным бле́ском, а река́ стано́вится неподви́жно-золото́й. Он
зева́ет, зева́ет со сла́дкой му́кой, замира́я, выгиба́ясь, напряга́ясь
чуть не до су́дорог. Почти́ не открыва́я глаз, торопли́во вя́лыми
рука́ми свёртывает папиро́су и заку́ривает. А закури́в, стра́стно,
глубоко́ затя́гивается, издава́я губа́ми всхли́пывающий звук, с нас-
лажде́нием ка́шляет со сна, кре́пко дерёт твёрдыми ногтя́ми грудь
и бока́ под руба́хой. Глаза́ его́ увлажня́ются, хмеле́ют, те́ло нали-
ва́ется бо́дрой мя́гкой исто́мой.

Накури́вшись, он идёт в се́ни и так же жа́дно, как кури́л, пьёт хо-
ло́дную во́ду, па́хнущую листо́м, корня́ми, оставля́ющую во рту
прия́тно-оско́менный вкус. Пото́м берёт вёсла, кероси́новые фонари́
и спуска́ется вниз, к ло́дке.

Ло́дка его́ наби́та мя́той осо́кой, набрала́ воды́, осе́ла кормо́й и отяжеле́ла. Его́р ду́мает, что на́до бы вы́лить во́ду, но вылива́ть лень, и, вздохну́в, погляде́в на зака́т, пото́м вверх и вниз по реке́, он расставля́ет но́ги, напряга́ется бо́льше, чем ну́жно, и спи́хивает ло́дку с бе́рега.

Плёс у Его́ра небольшо́й. Ему́ ну́жно заже́чь фонари́ на четырёх ба́кенах, два из кото́рых стоя́т наверху́, два — внизу́. Ка́ждый раз он до́лго сообража́ет, куда́ ловче́е снача́ла грести́; вверх и́ли вниз. Он и сейча́с заду́мывается. Пото́м, устра́иваясь, стучи́т вёслами, умина́ет осо́ку, пиха́ет нога́ми фонари́ и начина́ет выгреба́ть про́тив тече́ния. «Всё это тра́ли-ва́ли . . .[1]» — ду́мает он, размина́ясь, разогрева́ясь, гребя́ ре́зкими рывка́ми, бы́стро валя́сь наза́д и вы́прямля́ясь, погля́дывая на темне́ющие, розове́ющие, отражённые в споко́йной воде́ берега́, ло́дка оставля́ет за собо́й тёмный на зо́лоте воды́ след, аккура́тные завитки́ по бока́м.

Во́здух холоде́ет, ла́сточки но́сятся над са́мой водо́й, пронзи́тельно визжа́т, под берега́ми всплёскивает ры́ба, и при ка́ждом всплёске Его́р де́лает тако́е лицо́, бу́дто давно́ зна́ет и́менно э́ту ры́бу. С берего́в тя́нет за́пахом земляни́ки, се́на, роси́стых кусто́в, из ло́дки — ры́бой, кероси́ном и осо́кой, а от воды́ уже́ поднима́ется едва́ заме́тный тума́н и па́хнет глубино́й, потаённостью.

По о́череди зажига́ет и устана́вливает Его́р кра́сные и бе́лые фонари́ на ба́кенах, лени́во, карти́нно, почти́ не огреба́ясь, спуска́ется вниз и там зажига́ет. Ба́кены горя́т я́рко и далеко́ видны́ в наступа́ющих су́мерках. А Его́р уже́ торопли́во выгреба́ет вверх, приста́ёт во́зле сторо́жки, мо́ется, смо́трится в зе́ркало, надева́ет сапоги́, све́жую руба́ху, ту́го и набекре́нь нати́скивает морску́ю фура́жку, переезжа́ет на друго́й бе́рег, зача́ливает ло́дку у кусто́в, выхо́дит на луг и зо́рко смо́трит вперёд, на зака́т.

На лугу́ уже́ тума́н, и па́хнет сы́ростью.

Тума́н так пло́тен и бел, что и́здали ка́жется разли́вом. Как во сне, идёт, плывёт Его́р по плечи в тума́не, и то́лько верху́шки стого́в видны́, то́лько чёрная поло́ска ле́са вдали́ под беззву́чным не́бом, под га́снущим уже́ зака́том.

Его́р поднима́ется на цы́почки, вытя́гивает ше́ю и замеча́ет наконе́ц вдали́ ро́зовую косы́нку над тума́ном.

— Э-ей! — зву́чным те́нором оклика́ет он.

— А-а . . . — сла́бо доно́сится и́здали.

[1] "It's all a lot of nonsense."

Егóр ускоря́ет шаг, потóм пригиба́ется и бежи́т, бу́дто пе́репел, тропóй. Сверну́в с тропы́, он ложи́тся, обзеленя́я коле́нки и лóкти травóй, и с колотя́щимся сéрдцем всма́тривается в ту стóрону, где показа́лась ему́ рóзовая косы́нка. Прохóдит мину́та, две, но никогó нет, зву́ка шагóв не слы́шно, и Егóр не выде́рживает, поднима́ется, гляди́т повéрх тума́на. По-пре́жнему ви́дит он тóлько зака́т, полóску лéса, чёрные ша́пки стогóв — сму́тно и си́зо вокру́г негó. «Спря́талась!» — с нетерпели́вым востóргом ду́мает он, опя́ть ныря́ет в тума́н и крадётся в стóрону зака́та. Он надува́ется, сде́рживая дыха́ние, лицó налива́ется крóвью, фура́жка начина́ет рéзать ему́ лоб. Вдруг он ви́дит совсéм бли́зко сму́тную съёжившуюся фигу́рку и вздра́гивает от неожи́данности.

— Стой! — ди́ко вопи́т он. — Стой, убью́!

И, топоча́ сапога́ми, гóнится за ней, а она́ с ви́згом, со смéхом убега́ет от негó, роня́я что-то из су́мки. Он бы́стро догоня́ет её, вмéсте ва́лятся они́ на мя́гкие, па́хнущие свéжей землёй и гриба́ми кротóвые ку́чи и крéпко, сча́стливо обнима́ются в тума́не. Потóм поднима́ются, разы́скивают урóненное из су́мки и мéдленно бреду́т к лóдке.

По-пре́жнему тóлько гóловы их видны́ над тума́ном, и ужé обóим им ка́жется, что они́, как во сне, плыву́т куда́-то, охмелéв от звóна крóви в уша́х.

II

Егóр óчень мóлод, но ужé пья́ница.

Пья́ницей была́ и егó жена́ — распу́щенная, потрёпанная бабёнка,[2] горáздо ста́рше егó, утону́вшая óсенью в ледоста́в. Пошла́ в дерéвню за вóдкой, обра́тной дорóгой вы́пила, опьянéла, шла и пéла пéсни, подошла́ к рекé прóтив сторóжки, закрича́ла:

— Егóр, зара́за, выходи́, глянь на меня́!

Егóр вы́шел, ра́достный, в наки́нутом полушу́бке, в опóрках на бóсу нóгу, и ви́дел, как она́ шла, пома́хивая су́мкой, как приняла́сь пляса́ть посреди́ реки́, хотéл кри́кнуть, чтóбы скорéе шла, и не успéл: на егó глаза́х проломи́лся лёд, и мгновéнно ушла́ пóд воду жена́. В однóй руба́хе, ски́нув полушу́бок и опóрки, побежа́л он босикóм по льду и когда́ бежа́л, всё потрéскивал, мя́гко колыха́лся, подава́лся под ним лёд — упа́л, дополз на животé до полыньи́ и

[2] dissolute, shabby little woman

то́лько посмотре́л на чёрную дымя́щуюся во́ду, то́лько завы́л, за-
жму́рился и попо́лз обра́тно. А че́рез три дня заколоти́л сторо́жку
и ушёл на́ зиму к себе́ в дере́вню за три версты́, на другу́ю сто́рону.

Весно́й же, на разли́ве, перевози́л он как-то молоду́ю Алёнку из
Трубецко́го, и когда́ та ста́ла достава́ть де́ньги, Его́р вдруг торо-
пли́во сказа́л:

— Ну ла́дно, ла́дно . . . Э́то всё тра́ли-ва́ли . . . А ты когда́ зайди́
ко мне́-то: оди́н живу́, ску́чно. Да и постира́ть там чего́, а то
завши́веешь без ба́бы, а я тебе́ ры́бы дам.

А когда́ неде́ли две спустя́ Алёнка, возвраща́ясь отку́да-то к себе́
в дере́вню, зашла́ под ве́чер к нему́ в сторо́жку, у Его́ра так зако-
лоти́лось се́рдце, что он испуга́лся. И пе́рвый раз в жи́зни засуети́л-
ся Его́р из-за де́вки, побежа́л на у́лицу, развёл из ще́пок костеро́к
ме́жду кирпича́ми, поста́вил закопте́лый ча́йник, стал расспра́ши-
вать Алёнку про жизнь, замолка́я вдруг на полусло́ве, смуща́я её
до слёз и сам смуща́ясь, вы́мылся и наде́л чи́стую руба́ху в сеня́х, а
че́рез ре́ку перевёз её уже́ но́чью и далеко́ провожа́л луга́ми.

Тепе́рь Алёнка ча́сто прихо́дит к нему́ и ка́ждый раз остаётся в
сторо́жке дня на́ три. И когда́ она́ с ним, Его́р небре́жен и насме́-
шлив. Когда́ её нет, он скуча́ет, ме́ста себе́ не нахо́дит, всё ва́лится
у него́ из рук, он мно́го спит, и сны снятся ему́ нехоро́шие, трево́ж-
ные.

Его́р кре́пок, кадыка́ст, немно́го вял и слегка́ косола́п. Лицо́ у
него́ кру́пное, ры́хлое, неподви́жно-со́нное и горбоно́сое. На ле́т-
нем со́лнце, на ветру́ загоре́л он почти́ до черноты́, и се́рые глаза́
его́ ка́жутся си́ними. Хара́ктер у него́ стра́нный, взба́лмошный, и
он сам зна́ет и страда́ет от э́того. «Недоде́ланный я како́й-то, —
жа́луется он, вы́пив. — Чёрт меня́ де́лал на пья́ной козе́!»

Э́той весно́й он остаётся вдруг у себя́ в сторо́жке на Пе́рвое ма́я.
Почему́ не пошёл в дере́вню, как сперва́ хоте́л, он и сам не зна́ет.
Валя́ется на сби́той, неприбра́нной крова́ти, посви́стывает. То́нень-
ко вопя́т с того́ бе́рега:

— Его́-о-ор! . .

Его́р су́мрачно выхо́дит к воде́.

— Его́-орка, тебе́ веле́ли иди́-ить . . .[3]

— Кто веле́л-то? — помолча́в, кричи́т Его́р.

— Дя́дя . . . а-а́ся и дя́ди . . . е-е́дя . . .

— А для чего́ они́ сами́ не пришли́-и?

[3] to go (hyphenated word to give the effect of sound of howling) (*dialectal*)

— Они́ не о́-огут иди-ить, они́ пья-я́ный-и . . .[4]

Лицо́ Его́ра изобража́ет тоску́.

— Рабо́та у меня́, скажи́, рабо́-ота! — кричи́т он, хотя́ никако́й рабо́ты у него́, коне́чно, нет. «Эх, и гуля́ют сейча́с в дере́вне!» — го́рько ду́мает он и вообража́ет пья́ных родны́х, мать, столы́ с заку́ской, пироги́, беспреры́вную му́зыку, дрожжево́й вкус бра́ги, наря́дных де́вок, фла́ги на и́збах, кино́ в клу́бе, мра́чно плюёт в во́ду и ле́зет на обры́в, в сторо́жку.

— О-о-ор . . . иди́-и . . . — звени́т, ма́нит его́ с того́ бе́рега го́лос, но Его́р не слу́шает.

Отно́сится он ко всему́ с равноду́шием, с насме́шкой, лени́в необыкнове́нно, де́нег у него́ быва́ет мно́го, и достаю́тся они́ ему́ легко́. Моста́ поблизости нет, и Его́р перево́зит всех, беря́ за перево́з по рублю́, а в раздраже́нии — и по два. Рабо́та ба́кенщика, лёгкая, старико́вская, разврати́ла, избалова́ла его́ оконча́тельно.

Но иногда́ сму́тное беспоко́йство охва́тывает Его́ра. Ча́ще всего́ быва́ет э́то ве́чером. Лёжа ря́дом со спя́щей Алёнкой, вспомина́ет Его́р, как служи́л во фло́те на се́вере. Вспомина́ет корешей,[5] с кото́рыми, коне́чно, давно́ потеря́л вся́кую связь, вспомина́ет их голоса́, их ли́ца и да́же разгово́ры, но нея́сно, лени́во . . . Как-то они́ тепе́рь, что с ни́ми? Где живу́т и вспомина́ют ли его́?

Вспомина́ет Его́р ни́зкий су́мрачный бе́рег, Се́верное мо́ре, жу́ткое се́верное сия́ние зимо́й, си́зые ма́ленькие изуро́дованные ёлки, мох, песо́к; вспомина́ет, как горе́л по ноча́м мая́к, как ослепи́тельно и ды́мно мерца́л его́ свет, луча́ми скользя́ по мёртвому ле́су.

Ду́мается ему́ обо всём э́том равноду́шно и отдалённо. Иногда́ же его́ внеза́пно охва́тывает, бьёт стра́нная дрожь и стра́нные ди́кие мы́сли ле́зут в го́лову: что бе́рег и сейча́с тако́й же, и сейча́с стоя́т на нём бара́ки с ши́ферными кры́шами, сверка́ет по ноча́м мая́к, а в бара́ках моряки́, ко́йки в два я́руса, треск радиоприёмника, разгово́ры, писа́ние пи́сем, ку́рево . . . Всё, всё тако́е же, а его́ нет там, он да́же как бы и не́ жил там, не служи́л, а всё э́то так . . . наважде́ние, сон!

Тогда́ он встаёт, выхо́дит на бе́рег, сади́тся или ложи́тся под кусто́м, заверну́вшись в полушу́бок, и чу́тко слу́шает и смо́трит в темноту́ на отражённые в реке́ звёзды, на далёкие неподви́жные

---

[4] *пья́ные* (*cf.* footnote 3)
[5] "buddies" (*slang*)

я́ркие огоньки́ ба́кенов. Притворя́ться ему́ в таки́е мину́ты не перед кем, и лицо́ его стано́вится гру́стным, заду́мчивым. То́мно у него́ на се́рдце, хо́чется чего́-то, хо́чется уе́хать куда́-нибудь, хо́чется ино́й жи́зни.

На Трубецко́м плёсе ме́дленно возника́ет и так же ме́дленно пропада́ет густо́й, бархати́стый, трехтоно́вый гудо́к. Немно́го погодя́ пока́зывается парохо́д, я́рко озарённый све́том, торопли́во шлёпает пли́цами, шипи́т па́ром и сно́ва гуди́т. И шум его́, плеск, гуде́ние гу́лко, зноб́яще отдаю́тся в прибре́жных леса́х. Его́р смо́трит на парохо́д и ещё сильне́е тоску́ет.

Он вообража́ет да́льнюю доро́гу, вообража́ет, как спят по каю́там молоды́е же́нщины, па́хнущие духа́ми и е́дущие неизве́стно куда́. Он вообража́ет, как возле маши́нного отделе́ния сла́дко, мя́гко па́хнет па́ром, начи́щенной ме́дью и утро́бным маши́нным тепло́м. Па́лубы и пери́ла покры́ты росо́й, на мо́стике стоя́т зева́ющие ва́хтенные, перека́тывают руль. На ве́рхней па́лубе сидя́т одино́кие пассажи́ры, заверну́лись в пальто́, смо́трят в темноту́, на огоньки́ ба́кенов, на ре́дкие кра́сные костры́ рыбако́в, на за́рево фа́брики или электроста́нции — и всё э́то им ка́жется прекра́сным, чу́дным и так ма́нит сойти́ где́-нибудь на ма́ленькой при́стани, оста́ться в тишине́, в роси́стом хо́лоде. И обяза́тельно спит кто́-нибудь на ла́вке, натяну́в пиджа́к на́ голову, поджа́в но́ги, и просыпа́ется на секу́нду от гудко́в, от чи́стого во́здуха, от толчка́ парохо́да о при́стань . . .

Идёт мимо него́ жизнь! Что за звон стои́т в его́ се́рдце и над всей землёй? Что так ма́нит и будора́жит его́ в глухо́й вече́рний час? И почему́ так тоску́ет он и не ми́лы ему́ роси́стые луга́ и ти́хий плёс, не мила́ лёгкая, во́льная, ре́дкая рабо́та?

А ведь прекра́сна же его́ ро́дина — э́ти пы́льные доро́ги, исхо́женные, исто́птанные с младе́нчества, э́ти дере́вни — ка́ждая наосо́бицу, ка́ждая со свои́м го́вором, со свои́ми де́вками, дере́вня, куда́ так ча́сто ходи́л он вечера́ми, где он целова́лся, пря́чась во ржах, где дра́лся не ра́з до кро́ви, до беспа́мятства; прекра́сен же си́зый дым костра́ над реко́й, и огни́ ба́кенов, и весна́ с лило́вым сне́гом на поля́х, с му́тным необозри́мым разли́вом, с холо́дными зака́тами в полне́ба, с вороха́ми шурша́щих па́лых прошлого́дних ли́стьев по овра́гам! Прекра́сна и о́сень с её ску́кой, с до́ждиком, с паху́чим ночны́м ве́тром, с осо́бенным в э́то вре́мя ую́том сторо́жки!

Так что же просыпа́ется он, кто зовёт по ноча́м его́, бу́дто звёздный крик гуди́т по реке́: «Его́-о-ор!»? И жу́тко и зно́бко ему́, каки́е-
то да́ли зову́т его́, города́, шум, свет. Тоска́ по рабо́те, по
настоя́щему труду́ — до сме́ртной уста́лости, до сча́стья!

И, волоча́ полушу́бок, идёт он в сторо́жку, ложи́тся к Алёнке,
бу́дит её и жа́лко и жа́дно приника́ет, прижима́ется к ней, чу́вствует
то́лько её, как ребёнок, гото́вый запла́кать. Зажму́рившись, трётся
он лицо́м о её плечо́, целу́ет её в ше́ю, слабе́я от ра́дости, от горя́-
чей любви́ и не́жности к ней, чу́вствуя на лице́ отве́тные, бы́стрые
и не́жные её поцелу́и, уже́ не ду́мая ни о чём и ничего́ не жела́я, а
жела́я то́лько, чтобы так продолжа́лось всегда́.

Пото́м они шёпчутся, хотя́ мо́гут говори́ть гро́мко. И Алёнка,
как всегда́, угова́ривает Его́ра остепени́ться, бро́сить пить, по-
жени́ться, пое́хать куда́-нибудь, устро́иться на настоя́щую рабо́ту,
чтобы его́ уважа́ли, чтобы писа́ли про него́ в газе́тах.

И уже́ через полчаса́ — успоко́енный, лени́вый и насме́шливый,
— через полчаса́ бормо́чет Его́р своё люби́мое «тра́-ли-ва́ли», но
бормо́чет как-то рассе́янно, не оби́дно, жела́я вта́йне, чтобы она́
ещё и ещё шепта́ла, чтобы ещё и ещё угова́ривала его́ нача́ть но́вую
жизнь.

III

Ча́сто в сторо́жке у Его́ра ночу́ют прое́зжие, поднима́ющие-
ся и спуска́ющиеся по реке́ на мото́рках, на байда́рках и даже на
плота́х. Ка́ждый раз при э́том происхо́дит одно́ и то же: прое́зжие
глу́шат внизу́ мото́р, и кто-нибудь поднима́ется к Его́ру в сторо́-
жку.

— Здоро́во, хозя́ева! — найгранно бо́дро говори́т прое́зжий.
Его́р молчи́т, поса́пывая, ковыря́ет и́вовую ве́ршу.

— Здра́вствуйте! — уже́ слабе́е повторя́ет прое́зжий. — Пере-
ночева́ть нельзя́ ли у вас?

И опя́ть отве́том ему́ молча́ние. Его́р да́же дыша́ть перестаёт, так
за́нят ве́ршей.

— А ско́лько вас? — спустя́ до́лгое вре́мя спра́шивает он.

— Да тро́е то́лько . . . Мы ка́к-нибудь . . . — с ро́бкой наде́ждой
говори́т прое́зжий. — Мы запла́тим, не беспоко́йтесь . . .

Его́р равноду́шно, ме́дленно, с па́узами расспра́шивает, кто
таки́е, куда́ е́дут, отку́да . . . И когда́ спра́шивать уже́ не́чего, с
ви́димой неохо́той разреша́ет:

— Ну что ж, переночева́ть мо́жно.

Тогда́ все вылеза́ют из ло́дки, поды́скивают ме́сто, скла́дывают ве́щи, выта́скивают и перевора́чивают ло́дку, но́сят в сторо́жку рюкзаки́, кани́стры, котелки́, мото́р. В сторо́жке начина́ет па́хнуть бензи́ном, доро́гой, сапога́ми, де́лается те́сно. Его́р оживля́ется, подаёт ка́ждому ру́ку, чу́вствует прили́в весёлости, чу́вствует предстоя́щую вы́пивку. Начина́ет он суети́ться, начина́ет говори́ть без у́молку, преиму́щественно о пого́де, покри́кивает на Алёнку, разво́дит возле сторо́жки большо́й я́ркий костёр.

А когда́ разлива́ют во́дку, Его́р опуска́ет ресни́цы, гла́за его́ мерца́ют, ды́шит он ре́дко и ти́хо, страда́я и боя́сь, что ему́ недолью́т. Пото́м берёт свое́й кре́пкой тёмной руко́й со сби́тыми ногтя́ми стака́н, твёрдо и ве́село говори́т: «Со знако́мством!» — и выпива́ет, каменея лицо́м.

Пьяне́ет он бы́стро, ра́достно и легко́. Пьяне́ет — и начина́ет врать скла́дно, убеждённо, с наслажде́нием. Врёт он гла́вным о́бразом про ры́бу, так как убеждён почему́-то, что прое́зжие интересу́ются то́лько ры́бой.

— Ры́ба, — говори́т он, осторо́жно и как бы не́хотя заку́сывая, — у нас вся́кая . . . Пра́вда, ма́ло её ста́ло, н . . . но . . . — Он ха́кает, де́лает па́узу и понижа́ет го́лос, — . . . но кто уме́ет . . . Я вчера́, между про́чим, щу́ку пойма́л. Щучка́, пра́вду сказа́ть, небольша́я — полтора́ пу́да всего́ . . . У́тром пое́хал по ба́кенам, слы́шу, под бе́регом плескану́ла. Я сра́зу закиду́ху в во́ду, пока́ с ба́кенами вози́лся, она́ и села́: крючо́к аж[6] в пу́зо зашёл!

— Где же щу́ка-то? — спра́шивают его́.

— А я её тогда́ же в рабо́чий посёлок свёз, про́дал, — не моргну́в гла́зом, отвеча́ет Его́р и подро́бно опи́сывает, кака́я была́ щу́ка.

И е́сли кто́-нибудь усомни́тся — а сомнева́ются постоя́нно, и Его́р ждёт э́того с нетерпе́нием, — он вспы́хивает и уже́, как хозя́ин, тя́нется к буты́лке, налива́ет себе́ (ро́вно сто пятьдеся́т гра́ммов), бы́стро выпива́ет и тогда́ то́лько поднима́ет на усомни́вшегося хмельны́е, безду́мно-отча́янные глаза́ и говори́т:

— А хо́чешь, за́втра пое́дем? На чего́ спо́рим? У вас како́й мото́р-то?

— «М-72», — отвеча́ют ему́.

Его́р повора́чивается и мину́ту смо́трит на мото́р, прислонённый к углу́.

[6] even (*slang*)

— Э́тот? Ну, э́то тра́ли-ва́ли! — пренебрежи́тельно говори́т он.

— У Сла́вки — бо́линдер,[7] э́то у него́ мой, я ему́ привёз с фло́та, сам собра́л. Зверь, не мото́р: два́дцать киломе́тров в час! Э́то ещё про́тив воды́ ... Ну? Дава́й на мото́р! Ста́влю бо́линдер про́тив твое́й тра́ли-ва́ли! Ну? Оди́н тако́й поспо́рил — ружьё проспо́рил. Показа́ть ружьё? Заказна́я «ту́лка», бьёт, как зверь, я на неё зимо́й, — он секу́нду ду́мает, стекленея глаза́ми, — три́ста пятьдеся́т за́йцев взял! Ну?

И покоро́бленные, немно́го растеря́вшиеся го́сти, чтобы хоть как-то уколо́ть его́, то́тчас спро́сят о пе́чке:

— Что ж, па́рень, без пе́чки живёшь?

— Пе́чка? — уже́ кричи́т Его́р. — А кто мо́жет скласть? Ты мо́жешь? Склади́! Гли́на, кирпи́ч есть, матерья́л, сло́вом. Склади́, полтора́ста сра́зу даю́, как пить дать! Ну? Склади́![8] — наста́ивал он упо́рно, зна́я, ви́дя, что про́сьба его́ невыполни́ма, а раз невыполни́ма, то побе́да опя́ть его́. — Ну? Склади́!

И в ту же мину́ту, заме́тив, что во́дка ещё есть, что го́сти смею́тся, он выхо́дит в се́ни, надева́ет там морску́ю свою́ фура́жку с «кра́бом», распа́хивает во́рот руба́хи, чтобы видна́ была́ тельня́шка,[9] и вхо́дит сно́ва.

— Разреши́те? — спра́шивает он с пья́ной, нарочи́той почти́тельностью и тут же докла́дывает: — Боцманма́т Се́верного фло́та, при́был в ва́ше распоряже́ние! Дозво́льте поздра́вить с годовщи́ной пра́здника коммуни́зма и социали́зма. Все си́лы ла́геря ми́ра на борьбу́ с враго́м, и в честь э́того поднеси́те!

Ему́ подно́сят, а Алёнка, страда́я от стыда́ за него́, начина́ет стлать гостя́м, чу́вствуя на глаза́х горя́чие слёзы, дожида́ясь с нетерпе́нием, почти́ с бе́шенством, когда́ же Его́р начнёт поража́ть госте́й. И Его́р поража́ет.

Совсе́м осолове́вший, он сади́тся вдруг на ла́вку, прива́ливается к стене́, дви́гает лопа́тками, шебарши́т нога́ми, устра́иваясь поудо́бнее, отка́шливается, поднима́ет лицо́ и запева́ет.

И при пе́рвых же зву́ках его́ го́лоса мгнове́нно смолка́ют разгово́ры — непоня́тно, с испу́гом все смо́трят на него́! Не часту́шки поёт он и не совреме́нные пе́сни, хоть все их зна́ет и постоя́нно мурлы́чет, — поёт он на стари́нный ру́сский мане́р, врастя́жку, как бы не-

---

[7] Name of a motor.
[8] Substandard for *сложи́*.
[9] undershirt

охо́тно, как бы хриплова́то, как, слы́шал он в де́тстве, пева́ли старики́. Поёт пе́сню ста́рую, до́лгую, с бесконе́чными, за́ душу хвата́ющими «о-о-о . . .» и «а-а . . .» Поёт негро́мко, чуть игра́я, чуть коке́тничая, но сто́лько си́лы и пронзи́тельности в его́ ти́хом го́лосе, сто́лько настоя́щего ру́сского, бу́дто бы древнебыли́нного, что че́рез мину́ту забы́то всё — гру́бость и глу́пость Его́ра, его́ пья́н-ство и хвастовство́, забы́та доро́га и уста́лость, бу́дто сошли́сь вме́сте и про́шлое и бу́дущее, и то́лько необыча́йный го́лос звени́т, и вьётся, и тума́нит го́лову, и хо́чется без конца́ слу́шать, подпёр-шись руко́й, согну́вшись, закры́в глаза́, и не дыша́ть, и не сде́ржи-вать сла́дких слёз!

— В Большо́й теа́тр тебе́ на́до! В Большо́й теа́тр! — крича́т все сра́зу, когда́ Его́р конча́ет, и все возбуждённо, блестя́ глаза́ми, предлага́ют ему́ по́мощь, все хотя́т написа́ть куда́-то: на ра́дио, в газе́ту, позвони́ть кому́-то . . . Всем ра́достно, пра́зднично, а Его́р, счастли́вый от похва́л, уста́вший, уже́ слегка́ осты́вший, опя́ть не-бре́жен и насме́шлив, и кру́пное лицо́ его́ опя́ть ничего́ не выража́ет. Сму́тно представля́ет он себе́ Большо́й теа́тр, Москву́, летя́щую четвёрку коне́й, свет ме́жду коло́ннами, сия́ющий зал, зву́ки ор-ке́стра — как всё ви́дел он э́то в кино́, — лени́во потя́гивается и бормо́чет:

— Всё э́то тра́ли-ва́ли . . . теа́тры там вся́кие . . .

И на него́ да́же не обижа́ются: так велика́ тепе́рь его́ сла́ва, таки́м непоня́тным и си́льным ка́жется он тепе́рь гостя́м.

Но э́то ещё не вся сла́ва его́.

IV

Э́то не вся сла́ва его́, а то́лько че́тверть. А настоя́щая сла́ва у него́ быва́ет, когда́, как он сам говори́т, его́ затя́нет. Затя́гивает же его́ ра́за два в ме́сяц, когда́ осо́бенно ску́чно и не по себе́ ста-но́вится ему́.

Тогда́ хандри́т он с са́мого утра́, с са́мого же утра́ и пьёт. Пьёт, пра́вда, понемно́гу и вре́мя от вре́мени лени́во говори́т:

— Ну, чего́ . . . Дава́й, что ли, Э́то . . . А?

— Чего́? — притворя́ется непонима́ющей Алёнка.

— Споём, что ли . . . дуэ́том,[10] а? — вя́ло говори́т Его́р и взды-ха́ет.

10 Substandard for *дуэ́том*.

Алёнка пренебрежительно усмехается и ничего не отвечает. Она знает, что время ещё не пришло, что Егора ещё не окончательно затянуло. И она ходит по сторожке, всё что-то чистит, что-то моет, уходит на реку полоскать бельё, снова возвращается . . .

Наконец наступает время. Случается это обычно к вечеру. И Егор уже не просит «дуэта», он встаёт, нечёсаный, хмурый, смотрит в одно окошко, в другое, выходит, пьёт воду, потом суёт в карман бутылку с водкой, берёт полушубок.

— Далеко ль собрался? — невинно спрашивает Алёнка, но всё в ней начинает дрожать.

— Пошли! — грубо говорит Егор и косолапо перешагивает порог.

Лицо его бледнеет, ноздри разымаются, на висках обозначаются вены. Алёнка, покашливая, стягивая у горла шерстяной платок, идёт рядом. Она знает, что Егор выйдет сначала на обрыв, посмотрит вверх и вниз по реке, немного подумает, будто не зная, где приладиться, и пойдёт потом к любимому своему месту — к перевёрнутой дырявой плоскодонке, у самой воды, в берёзках. И там он будет петь с ней, но совсем не так петь, как пел гостям: им он пел немного небрежно, немного играя и далеко не в полный голос . . .

Егор и вправду останавливается на берегу и минуту думает, потом молча идёт к плоскодонке. Он стелет здесь полушубок, садится, опираясь спиной о борт лодки, раскорячивает и подвёртывает ноги и ставит между ног бутылку.

А закат прекрасен, а на лугах туман, как разлив, и черна полоска леса на горизонте, черны верхушки стогов. А ветви берёз над головой неподвижны, трава волгла, воздух спокоен и тёпел, но Алёнке уже зябко, прижимается она к Егору, а Егор берёт дрожащей рукой бутылку и глотает из неё, передёргиваясь и хакая. Рот его полон сладкой слюны.

— Ну . . . говорит он, вертит шеей, покашливает и предупреждает шёпотом: — Только втору давай смотри мне! . .

Он набирает полную грудь воздуха, напрягается и начинает заунывно и дрожаще чистейшим и высочайшим тенором:

> Вдо-о-оль по морю,
> мо-о-орю си-и-инему . . .

Алёнка зажмуривается, мучительно сотрясается, выжидая время, и вступает низко, звучно и точно — дух в дух:[11]

[11] in complete harmony

Плывёт ле́-ебедь со лебё-ёдушкой . . .

Но себя́, но своего́ ни́зкого, ма́тового, стра́стного го́лоса она́ и не слы́шит уже́ — где уж там! Чу́вствует она́ то́лько, как мя́гко, благода́рно да́вит, сжима́ет её плечо́ рука́ Его́ра, слы́шит то́лько его́ го́лос. Ах, что за сла́дость — пе́сня, что за му́ка! А Его́р, то обмяка́я, то напряга́ясь, то подпуска́я сиплоты́, то, наоборо́т, металли́чески-зву́чно, всё выгова́ривает ди́вные слова́, таки́е необыкнове́нные, таки́е простонаро́дно-знако́мые, бу́дто со́тню лет пе́тые:

Плывёт ле́-ебедь, не всколо-о-охнётся,
Жёлтым ме́лким песко́м
Не взворо-о-охнётся . . .

Ах, да что же э́то, и как бо́льно, как знако́мо всё э́то, бу́дто уж и зна́ла она́ всю-то свою́ жизнь зара́нее, бу́дто уж и жила́ когда́-то, давны́м-давно́, и пе́ла вот так же, и ди́вный го́лос Его́ра слу́шала! По каки́м да́лям, по како́му мо́рю плыла́ она́? Да с ним же, с ним, с Его́ром, шла по́ лугу под зака́том, под звезда́ми, по тума́ну, как во сне, вся ра́достная, без вина́ пья́ная!

Отку́ль[12] взя́лся си́зо-о-ой орёл . . .

Сто́нет и пла́чет Его́р, с глубо́кой му́кой отдаётся пе́нию, приклони́в у́хо, полуотверну́вшись от Алёнки. И дрожи́т его́ кады́к, и скорбны́ гу́бы. Ах, э́тот си́зой орёл! Заче́м, заче́м ки́нулся он на ле́бедя бе́лого, заче́м пони́кла трава́, подёрнулось всё тьмо́ю, заче́м попа́дали звёзды и всколыхну́лося мо́рюшко! Скоре́й бы коне́ц э́тим слеза́м, э́тому го́лосу, скоре́й бы коне́ц пе́сне!

И они́ пою́т, чу́вствуя одно́ то́лько, что вот сейча́с разорвётся се́рдце, сейча́с упаду́т они́ на тра́ву мёртвыми — и не на́до уж им живо́й воды́, не воскре́снуть им по́сле тако́го сча́стья и тако́й му́ки.

А когда́ они́ конча́ют, изму́ченные, опустошённые, счастли́вые, когда́ Его́р мо́лча ложи́тся голово́й ей на коле́ни и тяжело́ ды́шит, она́ целу́ет его́ бле́дное холо́дное лицо́ и ше́пчет, задыха́ясь:

— Его́рушка, ми́лый . . . Люблю́ тебя́, ди́вный ты мой, золото́й ты мой . . .

— А! Тра́ли-ва́ли . . . — хо́чет сказа́ть Его́р, но ничего́ не гово́рит. Во рту у него́ сла́дко и су́хо.

1959

12 from where (*dialectal*)

GLOSSARY

*Glossary**

A

абажу́р lamp shade
абсолю́тный absolute
авантюри́ст adventurer
авиа́ция aviation
австрали́ец Australian
авто́бус bus, omnibus
автома́т submachine gun
автомаши́на motor vehicle
автомоби́ль automobile
а́втор author
ага́ aha
а́гент agent
адвока́т lawyer
а́дрес address
адъюта́нт aide-de-camp, aide
аж (*slang*) even
ажу́рный delicate
аза́рт excitement; —но excitedly, recklessly; —ный excitable
аккредити́в letter of credit
аккура́тный accurate, neat, tidy
акуше́р obstetrician; **акуше́рка** midwife
алкого́лик alcoholic
алле́я path, lane
альбо́м album
америка́нский American
амора́льность amorality
амфитеа́тр amphitheater
анато́мия anatomy
англи́йский English
анте́нна antenna
антра́кт intermission

апельси́н orange
аппара́т apparatus; —у́ра apparatus
аппети́т appetite
апте́ка pharmacy
арбу́з watermelon
аре́ст arrest; —а́нт prisoner; —а́нтская ро́та convict labor gang
аристокра́т aristocrat
арифме́тика arithmetic
а́рия aria
а́рмия army
армя́к peasant's cloth coat
армяни́н Armenian
арома́тный aromatic
артиллери́йский *adj. of* **артилле́рия**
артилле́рия artillery
арти́ст artist
арха́нгел archangel
арши́н arshin (= 28 inches)
ателье́ (*n.*) dressmaking and tailoring establishment
атла́с satin; —ный (*adj.*)
а́том atom
афи́ша poster
а́хать, а́хнуть gasp, exclaim
а́хнуть *see* **а́хать**
аэродро́м airport, airfield; —ный (*adj.*)
аэропо́рт airport

Б

ба́ба (peasant) woman
ба́белевский *adj. of proper name* **Ба́бель**
бабёнка little woman

* This glossary does not contain personal, relative, interrogative pronouns; numerals; names of persons and places.

ба́бка old woman, grandmother

ба́бочка a young woman (somewhat contemptuous)

багрове́ть, побагрове́ть to grow/turn red/crimson

багр//о́вый crimson; **—я́ный** (*poetic*) crimson

база́р market; **—ный** (*adj.*)

байда́рка canoe

ба́йка (*colloq.*)=**ска́зка** tale, fairy tale

ба́к cistern, tank

ба́кен buoy

бакенба́рды side whiskers

ба́кенщик buoy keeper

ба́ки (*colloq.*)=**бакенба́рды** side whiskers

бакла́га flask

бал ball

бала́кать (*substandard*)=**болта́ть** to chat, to gab

балко́н balcony

балова́ть to spoil (someone)

бана́н banana; **—овый** (*adj.*)

банк bank

ба́нка tin can

бант bow, knot

ба́ня Russian type of steam bath

бараба́н drum

бараба́нить to patter (*said of rain*)

бара́к wooden barracks

бара́н ram, sheep; **—ина** mutton

бара́шек lamb

ба́ржа barge

ба́рин barin (nobleman), landowner, master

ба́рка wooden barge

барка́с launch, long boat

ба́рский lordly, grand; **б. дом** manor house

ба́рхат velvet; **—истый** velvety

ба́рыня landowner's wife, mistress

ба́рынька (*disdainful form*)=**ба́рыня**

бары́ш profit

ба́рышня young lady

бас bass

баси́ть to speak in a deep voice

бассе́йн basin; **б. реки́** river basin

баталья́н battalion

ба́тина *adj. of* **ба́тя**

ба́тюшк//а (*old form*)=**оте́ц** father; (*in address*)= my dear fellow; **—и (мой)** good gracious!

ба́тя (*colloq.*)=**оте́ц** father

башки́р Bashkir; **—ский язы́к** the Bashkir language

башма́к shoe

бег run, running; (*in sports*) race

бе́гать (**бежа́ть–побежа́ть**) to run

бе́глый ого́нь running fire

бего́ния (*f.*) (*bot.*) begonia

бед//а́ misfortune; **как на —у́** as ill-luck would have it

бе́дн//ость poverty; **—ый** poor; **—я́жка** (*f.*) poor thing

бе́дствовать to live in poverty

бежа́ть, побежа́ть (*see* **бе́гать**) to hurry, run (away)

без without

безвозвра́тный irretrievable, irrevocable

безвозме́здн//о free of charge; **—ый** gratuitous

безграни́чный boundless, infinite

безгре́шный sinless

бе́здна abyss, chasm

бездо́мный homeless

бездо́нный bottomless

безду́мный thoughtless, unthinking

безжа́лостный pitiless

безжи́зненный lifeless

беззабо́тный carefree, lighthearted

беззву́чный soundless

безли́чный without individuality, impersonal

безмо́лвный silent

безмяте́жный serene, tranquil

безнадёжный hopeless, desperate

безно́гий legless, one-legged

безобра́з//ие disgrace, infamy; **—ный** ugly, deformed; scandalous

безоснова́тельный groundless

безотчётный unaccountable

безрабо́тный unemployed

безразли́чн//о with indifference; **—ый** indifferent

безрука́вка sleeveless jacket

безу́м//ие folly, madness, insanity; **—ный** reckless, senseless, insane, mad

бека́с snipe

беле́ть, побеле́ть to become white, whiten

беле́ться to show white

бе́лка squirrel

белóк the white of the eye
белокýрый blond
бéлый white; б. свет the wide world
бельё (*n.*) linen, underwear
бельмó walleye
бензúн benzine, gasoline
бéрег bank, coast, shore
бередúть, разбередúть to irritate
берёз//а birch; —овый (*adj.*) б. лес birch forest
берéменн//ая pregnant; —ость pregnancy
берéт beret
берéчься to be careful, beware (of)
бесúться, взбесúть to be furious, fly into a rage
бесконéчн//о endlessly, infinitely; —ый endless, infinite
бескрылый wingless
беспáмят//ность (*f.*) forgetfulness; —ство unconsciousness
беспéчный untroubled, carefree
беспокóить (обеспокóить, побеспокóить) to worry, disquiet, disturb; —ся to worry
беспокóй//ный disturbing, restless; —ство anxiety, uneasiness, trouble, put to inconvenience
бесполéзн//о uselessly; —ый useless
беспóмощный helpless
беспощáдный merciless
беспредéльный boundless, infinite
беспрерыв//но continuously; —ый continuous, uninterrupted
беспрестáнно continually
бессúльный helpless, powerless
бессмысленн//ость (*f.*) senselessness; —ый senseless
бессознáтельн//ость (*f.*) unconsciousness; —ый unconscious
бесстрáстный impassive, passionless
бесстыдный shameless
бестáктный tactless
бестолкóв//ый stupid, incoherent, silly; по-б—ому stupidly
бéстолку in vain; говорúть б. to talk aimlessly
бесцвéтный colorless
бесцéльный aimless, purposeless
бесчеловéчный inhuman
бесчéстить, обесчéстить to disgrace, dishonor

бесчéстный dishonorable
бесчúсленный countless, innumerable
бесшýмный noiseless
бечёвка string
бéшен//ство fury, rage; —ый mad
библиотéка library
билéт ticket
бинт bandage
бинтовáть, забинтовáть to bandage
бисквúт biscuit
бить (побúть, пробúть) to beat, hit, shoot, strike; to sound, ring; to shiver; егó бьёт лихорáдка he is shivering with fever
бúться to fight, batter, beat
бифштéкс beefsteak
бúцепс biceps
благоговéйный reverential
благодарúть, поблагодарúть to thank
благодáрный grateful
благодаря thanks to, owing to
благополýч//ие well-being; —но well; —ный safe
благорóд//ный noble; —ство nobility
благословлять, благословúть to bless
благоустрóйство prosperity
блажéн//ный blissful; —ство felicity, blessedness
бледнéть, побледнéть to turn/grow pale
блéдный pale
блёкнуть, поблёкнуть to fade
блéск luster, brilliance
блеснýть to flash
блестéть to shine, glitter
блёстко glitteringly
блестящ//е brilliantly, splendidly; —ий brilliant, splendid, magnificent
блúже nearer, closer
блúжний (*m., decl. as adj.*) neighbor
блúзиться to draw near, approach
блúзк//ий near, close; быть —им to be dear to somebody
блúзко near, close
близорýк//ий nearsighted, myopic; —ость (*f.*) myopia
блúзость closeness, proximity
блондúнка blonde
блохá flea
блуднúк lecher
блуждáть to roam, wander

блу́за blouse
блю́до dish, plate
боа́ (n.) boa (scarf)
Бог God; Б. его́ зна́ет goodness knows; сла́ва —у thank God
богате́ть, разбогате́ть to grow rich
бога́т//ство wealth; —ый wealthy, rich
бога́ч rich man
бо́др//о cheerfully, briskly; —ый cheerful, vigilant, vigorous, hale
бое́ц fighter
Бо́ж//е (voc.) God; ка́ждый —ий день each blessed day
божи́ться, побожи́ться to swear
божо́к (small) idol
бой battle
бо́йкий sharp
бок side; по —ам on each side; с —у from the side; —ом sideways
бока́л glass, goblet
боков//о́й (adj. of бок) side; —а́я у́лица side street
бо́лее more, any more
боле́зненный unhealthy, morbid
боле́знь illness, disease
боле́ть to be ill, be ailing, ache, pain
бо́линдер name of a motor
болта́ть, сболта́ть to stir
болта́ть to chatter, blab
болта́ться (colloq.) to dangle, hang loosely
боль (f.) pain; головна́я б. headache
больни́//ца hospital; —чный (adj.)
бо́льно painful; ему́ б. it hurts him; ему́ б. слы́шать таки́е слова́ it hurts/grieves him to hear such words
бо́льно extremely
больно́й sick, ill (about a person or animal)
больно́й (n.) patient
бо́льше more, any more
большинство́ majority, most people
большо́й big, large
бо́мба bomb
бомбарди́ро́вщик bomber
бомбёжка bombing
бомби́ть, разбомби́ть to bomb
бор pine forest
бормота́ние mumble, muttering
бормота́ть, пробормота́ть to mutter
борода́ beard

борода́вка wart
боро́ться to fight, struggle, strive; б. с сами́м собо́й to wrestle with oneself
борт side, board; на —у́ on board; за —ом overboard
бортпроводни́ца stewardess
борьба́ struggle, fight
босико́м barefoot
босо́//й barefooted (said of a man); на бо́су но́гу on bare feet; —но́гий barefooted
боти́нок (pl. боти́нки) boot, high shoe
ботфо́рт jack boot, a Wellington boot
бо́ты high overshoes
бо́цман boatswain
бо́чка barrel
боя́знь (f.) fear
боя́ться to be afraid, fear
бра́га home-brewed beer
брасле́т bracelet
брат brother
бра́тство brotherhood
брать, взять to take
бра́ться, взя́ться to undertake, begin; отку́да ни возьми́сь there appears suddenly out of nowhere
бреве́нчатый timbered; б. дом log cabin
бревно́ log
бред delirium
бре́дить to be delirious, rave
бредово́й delirious
бре́мя burden, load
брести́ to make one's way, drag oneself along, stroll along
бреха́ть, брехну́ть (colloq.) to yelp, bark; to tell lies, lie
бреху́н (colloq.) liar
бри́тва razor
бри́тый clean-shaven
бри́ть, побри́ть to shave
бро́вь (f.) eyebrow
броди́ть to wander, roam, ramble
бродя́га (f.) tramp, hobo
бродя́чий vagrant
броса́ть, бро́сить to throw, hurl, fling; to abandon, give up, leave off, desert
брос//а́ться, бро́ситься to throw oneself (against, upon), rush (to), fall upon; —а́ться в глаза́ to be striking, be evident

бро́сить *see* броса́ть
бро́шка (*f.*), брошь (*f.*) brooch
бру́ствер parapet, breastwork
бры́згать (забры́згать, бры́знуть) to splash, spurt out, spatter
бры́зги splashes
бры́знуть *see* бры́згать
брю́ки trousers
брюне́тка brunette
брю́хо belly, paunch
брюшн//о́й abdominal; —о́й тиф typhoid fever
буго́р hillock, knoll; —о́к knob
бу́дет that'll do
буди́ть, разбуди́ть, пробуди́ть to wake, awake or awaken, rouse
бу́дка head (*slang*); *lit.* box, booth
будора́жить, взбудора́жить to disturb, excite
бу́дто as if, as though
бу́дущий future, next
бу́кв//а letter; —а́льный literally
буке́т bunch of flowers, bouquet
букси́р tug, tugboat
була́вка pin
бу́лка roll; сдо́бная б. bun
бу́лочн//ая bakery; —ик baker
булты́х plop (*usually into the water*)
булы́жн//ик cobblestone; —ый *adj.* *of* булы́жник
бу́лькать to gurgle
бума́га paper
бума́жка paper, pieces of paper
бума́жн//ый (*adj.* *of* бума́га): —ые де́ньги paper money
бунт riot
бунтова́ть, взбунтова́ть, взбунтова́ться to rebel, revolt
бура́вить to drill
бурча́ть, пробурча́ть to mutter, ramble
бу́рый brown
бурья́н (*m. sing. coll.*) tall weeds
бу́ря storm
бутербро́д sandwich
буты́лка bottle
буфе́т buffet, refreshment room
быва́лый worldly-wise, experienced
быва́ть to be, visit, go (*to a place*), happen, occur
бы́вший former
бык ox, bull
были́на bylina (*Russian epic*)

бы́ло nearly
бы́стро fast, quickly, rapidly
быстрота́ speed, quickness, rapidity
бы́стрый quick, rapid, fast
бытие́ being, existence
быть to be; (быть мо́жет) мо́жет быть perhaps, maybe
бычо́к cigarette stub; male calf; steer

В

в in, on
ваго́н coach, car
ва́жн//ость significance; —ый important, significant, pompous
ва́ленок a felt boot
ва́лен//ый felt; —ые сапоги́ felt boots
вали́ть, повали́ть, свали́ть to bring down, throw down, fell (*said of trees*)
вали́ться, повали́ться to fall heavily, fall in thick flakes
ва́льдшнеп woodcock
валя́ться, вы́валяться to lie about, be scattered about; в. в грязи́ to wallow in the mud
ва́нн//а bath; —ая bathroom
варёный boiled, cooked
вариа́нт version, variant
вари́ть, свари́ть to cook, boil; —ся, свари́ться to be boiling, be cooking
варки́ boiler room
ва́та cotton wool
ва́тный, ва́точный (*adj.* *of* ва́та) wadded, quilted
ва́хт//а watch; —енный watch; —енный команди́р officer of the deck
вбега́ть, вбежа́ть to come running; to run (into)
вбежа́ть *see* вбега́ть
вблизи́ close by, near by
вверх up, upwards; в. по реке́, тече́нию upstream, up the river
вверху́ above, overhead
веря́ть, вве́рить trust/entrust (with + dat.)
вво́лю (*adv.*) to one's heart content, in plenty
вдалеке́, вдали́ in the distance, far off (from something)
вдаль far, in the distance
вдвоём two (*together*)

вдоба́вок in addition (to)

вдова́ widow

вдоль along, lengthways

вдохнове́ние inspiration

вдруг suddenly, all at once

вду́мываться, вду́маться to consider, think over, ponder

ведёрный holding one pailful (*adj. of* ведро́)

ве́домость record, gazette

ведро́ bucket, pail

ведь you see, you know, but, but . . . it is

ве́ер fan

ве́жливо politely, courteously

ве́жлив//ость politeness; —ый polite, courteous

везде́ everywhere

везти́, повезти́ *see* вози́ть

везти́, повезти́: им везёт they are lucky

век time, lifetime; в ко́и-то —и once in a blue moon

ве́ко eyelid

ве́ксель (*m.*) promissory note

веле́ние (*poetic*) decree

веле́//ть to order, tell; он —л ему́ сде́лать это he ordered/told him to do this; он не —л мне he forbade me

вели́кий great, too big

великоду́шн//о magnanimously; —ый magnanimous, generous

великоле́пн//о splendidly; —ый splendid

великосве́тский society, high society (*adj.*)

велича́вый stately, majestic

вели́чественный majestic, sublime

вели́чие grandeur

велосипе́д bicycle

ве́на vein

вене́ц crown, row of logs, log

вено́к wreath

венча́ться (*impf. & pf.*) to be crowned (*part of Greek Orthodox wedding ceremony*)

ве́ра faith

верёвка cord, string

вереща́ть to chirp, squeal

ве́рит//ь, пове́рит//ь to believe, trust; —ся: мне не —ся I find it hard to believe

ве́рно probably, most likely

верну́ть to return, get back; —ся to return, come back; —ся наза́д come back

ве́рный correct, right, true, reliable

ве́ровать to believe

вероя́тно probably, very likely

верста́ verst (= 3,500 feet)

верте́ть to twirl, turn

верх top, head

ве́рхний upper

верхо́вье (*n.pl.*) upper reaches, river-head

верхо́м astride, on horseback

верху́шка top

ве́рша fishing basket, creel

верши́на top, summit

вес weight

весели́ть to cheer, gladden; —ся to enjoy oneself, have a good time

ве́село gaily, merrily

весёл//ость gaiety, joviality; —ый gay, lively, cheerful

весе́лье (*n.*) merriment

весе́нн//ий (*adj. of* весна́): —ее вре́мя springtime

весло́ oar, scull

весна́ spring

весно́ю, весно́й (*advs.*) in the spring

вести́, повести́ *see* води́ть; в. хозя́йство to manage a household; в. себя́ to conduct oneself

весть (*f.*) news

весть: Бог в. goodness knows, *lit.* God only knows; не в. что heaven knows what

весь all, everything

весьма́ highly, greatly

ветвь (*f.*) branch (*fig.*)

ве́тер wind

ве́тка branch, twig

ветла́ white willow, Huntingdon willow

ве́тхий dilapidated

ве́чер evening; к —у towards evening; по —а́м in the evenings (every evening)

вечере́//ть: —ет the day draws to a close; —ло night was falling

вечерко́м (*colloq.*) in the evening

вече́рн//ий (*adj. of* ве́чер): —яя заря́ evening glow

ве́чером in the evening

ве́чно always, eternally
ве́чн//ость eternity; —ый eternal, everlasting
ве́шалка rack, stand
ве́шать, пове́сить to hang something (on/upon something)
ве́шаться, пове́ситься to hang oneself
вещи́ца knick-knack
вещь (*f.*) thing
ве́ять to blow, flutter, smell of
взад: в. и вперёд up and down, to and fro
взаи́мный mutual, reciprocal
взба́лмошный unbalanced, extravagant, flighty
взбега́ть, взбежа́ть to run up
взбежа́ть *see* взбега́ть
взбеси́ться *see* беси́ться
взбива́ть, взби́ть to fluff up, shake up
взби́ть *see* взбива́ть
взвива́ть, взви́ть to raise; —ся, взви́ться to soar
взви́згивать, взви́згнуть to scream, screech
взви́згнуть *see* взви́згивать
взвод platoon
взвод notch, recess (*of a gun*)
взводи́ть, взвести́ to impute, saddle; в. куро́к to cock the gun
взво́дный *adj. of* взвод
взвоз uphill path
взволно́ванн//о with emotion, with agitation; —ый agitated
взворохну́ться to stir
взгляд look, glance, gaze
взгля́дывать, взгляну́ть to look (at), cast a glance (at, on)
взгроможда́ть, взгромозди́ть to pile up; взгромозди́ться to clamber up
вздёр//гивать, вздёрнуть to jerk up; —нутый: —нутый нос turned-up nose
вздор nonsense
вздох sigh
вздохну́ть *see* вздыха́ть
вздра́гивать, вздро́гнуть to start, quiver, wince
вздремну́ть (*pf.*) to take a nap
вздро́гнуть *see* вздра́гивать
вздува́ться, взду́ться to swell
взду́мать (*pf.*) (+*inf.*) to take it into one's head

взду́ться *see* вздува́ться
взду́тый bloated
вздыха́ть, вздохну́ть to sigh
взима́ть to levy, collect
взла́ивать (*see* ла́ять) to bark
взлёт flight, take-off
взлета́ть, взлете́ть to fly up, take wing
взлётн//ый (*adj. of* взлёт): —ая доро́жка take-off strip, runway
взметну́ть (*pf.*): в. кры́льями to flap the wings; —ся (*pf.*) to spring/jump up
взойти́ *see* всходи́ть *and* восходи́ть
взор look, gaze
взро́слый adult, grown-up
взрыв explosion
взрыва́ть, взорва́ть to blow up
взрыва́ть, взрыть to plough up
взыва́ть, воззва́ть to appeal (to somebody for something)
взя́тка bribe
взя́ть(ся) *see* бра́ть(ся); в. за́ руки to join hands
вид appearance, look, aspect; де́лать в. to pretend; в виду́ у кого́-л. to be in view; вида́ть —ы to be experienced
вид intention, sight
вид kind, sort
вид aspect
вида́ть to see; —ся, повида́ться to see, to see each other
ви́деть, уви́деть to see —ся, уви́деться to see each other
ви́димо apparently, evidently
ви́димый (*see* ви́деть) visible
видне́//ться: —ется, —лся can, could be seen
видн//о evidently, apparently; —ый visible, eminent
ви́ды: вида́ть в. to be experienced
ви́дывать *see* ви́деть
визг squeal, yell, yelp
визжа́ть to screech, yelp; пронзи́тельно в. to utter shrill screams
виля́ть, вильну́ть to wag
вина́ fault, guilt
вино́ wine
винова́тый guilty
вино́вник culprit; в. торжества́ hero of the festivities

виногра́дный grape (*adj.*)
винто́в//ка rifle; —очный, (*adj.*)
виртуо́з virtuoso; —ный masterly
висе́ть to hang; в. в во́здухе to be in the air
ви́ски (*m. and n., indecl.*) whisky
висо́к temple
вися́чий hanging, pendent; —ая ла́мпа hanging lamp
витри́на shop window
вить, свить to twist, weave; —ся to curl, wave
вихля́вый rickety
вихо́р tuft (*of hair*)
вихра́стый shockheaded
ви́хрем like the wind
вишнёвка cherry liqueur, brandy
вишнёвый (*adj. of* ви́шня) cherry-colored
ви́шня cherry
вкла́дывать, вложи́ть to put in, insert
включа́ть, включи́ть to include, switch on
включа́ться, включи́ться to join (in), take part (in)
вкола́чивание (*n.*) hammering-in
вко́панный (*participle of* вка́пывать): как в. rooted to the ground
вкра́дываться, вкра́сться to steal in/into, creep in/into
вкус taste
вла́га moisture
владе́ть to possess, be master (of); в. собо́й to control oneself
влады́ка (*m.*) lord, ruler, sovereign
вла́жный humid, moist, wet
властели́н lord, ruler, master, sovereign
власти́тель (*m.*) = властели́н
вла́стный commanding, authoritative
власть (*f.*) power
вле́во to the left
влеза́ть, влезть to get (in, into), climb (in, into)
влета́ть, влете́ть to fly (in, into), get (to, into)
влечь to draw, attract
влива́ть, влить to pour in
влия́ние influence
влия́ть, повлия́ть to influence
вложи́ть *see* вкла́дывать
влюби́ть(ся) *see* влюбля́ть(ся)

влюблённ//о lovingly, amorously; —ость amorousness, love; —ый in love (with); —ая па́ра loving couple
влюбля́ть, влюби́ть to make fall in love (with); —ся, влюби́ться to fall in love (with)
вменя́ть, вмени́ть to impute; в. что-л. в обя́занность кому́-л. to impose upon somebody the duty of doing something, to make it somebody's duty to do something
вме́сте together; в. с тем at the same time
вме́сто instead of
вмеша́тельство interference
вмеша́ться *see* вме́шиваться
вме́шиваться, вмеша́ться to interfere, intervene
внача́ле at first, in the beginning
вне outside (of)
внеза́пно suddenly
внести́ *see* вноси́ть
вне́шний outward, external
вне́шность appearance
вниз down, downward; гляде́ть в. to look down; в. по тече́нию downstream
внизу́ below, downstairs
внима́ние attention
внима́тельно attentively, carefully
вновь anew, again
вноси́ть, внести́ to bring in, carry in
вну́тренн//е inwardly; —ий inward, inner
вну́тренности (*pl.*) internal organs, insides
внутри́ inside
внутрь in, inside
внуша́ть, внуши́ть to inspire (with), fill (with); внуша́ть опасе́ния to fill with misgivings
во in; во цве́те свои́х лет in the prime of his life
во́бла Caspian roach
во́-время in/on time
во́все not . . . at all
вода́ water
води́ть to lead, conduct, pass (over)
води́ть: в. перо́м to write
во́дка vodka
водово́з water carrier
водопрово́д water pipe, water line

водопрово́дн/ый; —ая сеть water supply
водосто́чн//ый (*adj.* of водосто́к): —ая труба́ drainpipe
водяни́стый watery
воева́ть to be at war (with), fight
вое́нный military; в. о́круг military district
вое́нный (*m., decl. as adj.*) soldier, serviceman
вождь leader, chief
во́жжи (*f. pl.*) reins
воз cartload
возбуди́ть(ся) *see* возбужда́ться
возбужда́ть, возбуди́ть to excite, arouse, rouse; в. подозре́ния to arouse suspicion; —ся, возбуди́ться to become excited
возбужде́ние excitement, agitation
возбуждённый excited
возвести́ *see* возвеща́ть
возвеща́ть, возвести́ to announce, proclaim
возводи́ть, возвести́ to raise
возвра́т return
возврати́ть(ся) *see* возвраща́ть(ся)
возвраща́ть, возврати́ть to return, give back; —ся, возврати́ться to return, go/come back
возвы́сить(ся) *see* возвыша́ться
возвыша́ть(ся), возвы́сить(ся) to rise, elevate
возвы́шенный high, elevated, lofty
возгора́ться to flare up, be inflamed
возгоре́ться *see* возгора́ться
воздержа́ние abstention (from)
во́здух air
возду́шный air
возва́ние appeal, proclamation
воззва́ть *see* взыва́ть
вози́ть, везти́, *pf.* повезти́ to convey, carry, cart
вози́ться to romp, busy oneself (with), spend much time (over), look after (somebody)
возлага́ть, возложи́ть to place (on), entrust
во́зле by, near
возложи́ть *see* возлага́ть
возлюби́ть to come to love
возмо́жн//ость possibility; —ый possible

возмуща́ть, возмути́ть to make indignant, exasperate; —ся, возмути́ться to be indignant, be exasperated
возня́ fuss, bustle, noise
возобнови́ть *see* возобновля́ть
возобновля́ть, возобнови́ть to renew, resume
возража́ть, возрази́ть (про́тив) to object (to)
во́зраст age
во́ин soldier
во́инственный martial, warlike
вой (*m., only sing.*) howl
во́йлочный felt (cloth) (*adj.*)
война́ war
войти́ *see* входи́ть
вокза́л railway station
вокру́г around
во́лглый saturated
волк wolf
волна́ wave
волне́ние agitation, excitement
волнова́ть, взволнова́ть to agitate, trouble; —ся, взволнова́ться to be agitated, be worried
волну́ющий disturbing, stirring
воловоди́ться to linger
во́лос hair
волостно́й *adj. of* во́лость
во́лость a small rural district
волочи́ть to drag; —ся to drag, trail
волше́бный magic, enchanting
во́л//ьный free; Бог —ен it is God's will
во́л//я will, free will; отпуска́ть на —ю to set at liberty
вон out, get out!
вон there, over there
вонза́ть, вонзи́ть to plunge
вонь smell, stink
воня́ть to reek
вообража́//емый imaginary; —е́ние imagination
вообража́ть, вообрази́ть to imagine
вообще́ generally, on the whole
воо́чию with one's own eyes
вопи́ть to howl, wail
воплоти́ть(ся) *see* воплоща́ть(ся)
воплоща́ть, воплоти́ть to embody; —ся, воплоти́ться to be embodied, be personified
вопль howl, cry

вопро́с question, matter; —и́тельность interrogation; —и́тельный inquiring, interrogative
вор thief
воркова́//ние cooing
воркова́ть to coo
воробе́й sparrow
во́рот collar
ворота́ gate
вороти́ть: в. нос to turn up one's nose
воротни́к collar
во́рох pile, heap
воро́чать to move, shift; —ся to turn, toss and turn
ворча́ть to grumble, growl
восклиќнуть see восклица́ть
восклица́ние exclamation
восклица́ть, восклиќнуть to exclaim
воскреса́ть, воскре́снуть to rise again, rise from the dead
воскресе́нье Sunday
воскреси́ть see воскреша́ть
воскре́сный (adj. of воскресе́нье): в. день Sunday
воскреша́ть, воскреси́ть to raise from the dead
воспева́ть, воспе́ть to sing, glorify, celebrate
воспе́ть see воспева́ть
воспита́ние education, upbringing
воспи́танница pupil, ward
воспи́тывать, воспита́ть to educate, bring up; —ся, воспита́ться to be brought up
воспламене́ние ignition
воспо́лнить see восполня́ть
восполня́ть, воспо́лнить to fill up, supply
воспомина́ние memory, reminiscence
воспря́нуть (pf.) to cheer up, liven up, rise
восседа́ть to sit (solemnly)
восстава́ть, восста́ть (про́тив) to rise (against, on)
восстана́вливаться, восстанови́ться to rehabilitate oneself
восста́ние rising, revolt
восстанови́ться see восстана́вливаться
восста́ть see восстава́ть
восто́к east
восто́рг delight, rapture

восто́рженн//о enthusiastically; —ость enthusiasm; —ый enthusiastic
восторжествова́ть (над) to triumph (over)
восто́чный east, oriental
восхити́тельный ravishing, delightful
восхища́ться, восхити́ться to admire, be carried away
восхище́ние admiration, delight
восхо́д rising; в. со́лнца sunrise
восходи́ть, взойти́ to go back (to), to rise
вот here, there's/here's your . . . ; в. тебе́ here you are, take that!
вот-вот at any moment/minute
вощёный waxed
вояже́р commercial traveler
впада́ть, впа́сть to lapse (into), fall (into)
впа́дина hollow, cavity
впа́сть see впада́ть
впервы́е for the first time
вперёд forward!
впереди́ in front
вперемёжку alternately
впечатле́ние impression
вплоть: в. до right up to
вполго́лоса in a low voice
вполне́ quite, fully
впра́вду really
впро́чем however, though
впуска́ть, впусти́ть to let, admit
впусти́ть see впуска́ть
впусту́ю for nothing, in vain
враг enemy
вражде́бн//ость hostility; —ый hostile
враждова́ть to quarrel (with), be at war (with)
враста́ть, врасти́ to grow in
врастя́жку at full length, stretched out
врать to lie
врач physician
враща́ться to revolve, frequent
вре́дный harmful, unhealthy
вре́менно temporarily
вре́мя time
вро́вень level (with)
вро́де like, a kind of, a sort of
врождённый innate, inborn, native
врозь apart
врыва́ться, ворва́ться to burst (into)

вряд: в. ли hardly, it is doubtful whether
всади́ть *see* вса́живать
вса́дник rider, horseman
вса́живать, всади́ть to thrust (into)
всё: в. же still, all the same, nevertheless
всеве́дущий omniscient, all-knowing
всеви́дящий all-seeing
всевозмо́жный all sorts/kinds of
всегда́ always
всего́ only
вселе́нная (*f. decl. as adj.*) universe
всео́бщий universal, general
всеобъе́млющий universal, all-embracing
всё-таки still, nevertheless
всеце́ло entirely, completely
вска́кивать, вскочи́ть to jump, jump up, leap up
вска́чь at a gallop, full gallop
вски́дывать, вски́нуть to throw up, toss up
вски́нуть *see* вски́дывать
вскипа́ть, вскипе́ть to boil up
всколыхну́ть (*pf.*) to stir, rock; —ся to sway
вско́ре soon (after), shortly after
вскочи́ть *see* вска́кивать
вскри́кивать, вскри́кнуть to utter a scream; *pf. only* в. не свои́м го́лосом to utter a frenzied shriek
вскрича́ть (*pf.*) to exclaim, cry
вслед after, following
всле́дствие on account of
вслух aloud
вслу́шиваться, вслу́шаться to listen attentively
всма́триваться, всмотре́ться to take a good look, observe closely; при́стально в. to peer; observe closely
всо́вывать, всу́нуть to put, shove (into, in)
вспаха́ть *see* вспа́хивать
вспа́хивать, вспаха́ть to plough, till
всплеск, всплёск splash
всплёскивать, всплесну́ть to splash; всплесну́ть рука́ми to clasp one's hands
всплыва́ть, всплы́ть to come to light
вспомина́ть, вспо́мнить to recall, think of; —ся, вспо́мниться to remember, recall

вспо́мнить(ся) *see* вспомина́ть(ся)
вспуха́ть, вспу́хнуть to swell, become swollen
вспу́хнуть *see* вспуха́ть
вспы́хивать, вспы́хнуть to blaze up, flash
вспы́шка flash, outbreak
встава́ть, встать to get up, rise, stand up
вставля́ть, вста́вить to insert
встать *see* встава́ть
встрево́жить (*see* трево́жить) to disturb, trouble
встрево́житься to become anxious/troubled/worried
встрёпанный disheveled
встрепену́ться rouse oneself, start
встре́тить(ся) *see* встреча́ть(ся)
встре́ча meeting
встреча́ть, встре́тить to encounter, meet, greet; в. праздник to celebrate a holiday; —ся, встре́титься to meet, come across
встре́чный: в. ве́тер head wind
встря́хивать, встряхну́ть to shake, shake up; —ся, встряхну́ться to shake oneself
встряхну́ть(ся) *see* встря́хивать(ся)
вступа́ть, вступи́ть to enter, join, enter (into)
всу́нуть *see* всо́вывать
всхли́пывать, всхли́пнуть to sob
всходи́ть, взойти́ to rise, spring, sprout
всю́ду everywhere
вся́кий any, every, all sorts of, everyone
вта́йне secretly
втихомо́лку on the quiet, on the sly
втора́ second part
вторга́ться, вто́ргнуться to intrude (upon)
вульга́рный vulgar
вход entrance
входи́ть, войти́ to enter, go in
вцепи́ться *see* вцепля́ться
вцепля́ться, вцепи́ться to seize, grasp, cling
вчера́ yesterday; —шний (*adj.*)
въезжа́ть, въе́хать to drive (into, up)
выбега́ть, вы́бежать to run out
вы́бежать *see* выбега́ть

выбива́ть, вы́бить to knock out, kick out; —ся, вы́биться to get out; у неё во́лосы вы́бились из-под ша́пки her hair came out from under her hat

выбира́ть, вы́брать to choose, elect; —ся, вы́браться to get out

вы́бить(ся) *see* выбива́ть(ся)

вы́бор choice, selection

выбра́сывать(ся), вы́бросить(ся) to throw out

вы́брать(ся) *see* выбира́ть(ся)

выбрива́ть, вы́брить to shave

вы́бритый shaven

вы́брить *see* выбрива́ть

вы́бросить(ся) *see* выбра́сывать(ся)

выва́ливать, вы́валить to throw out, dump; —ся, вы́валиться to fall out

вы́весить *see* выве́шивать

выве́шивать, вы́весить to hang out, post up

вы́вод conclusion, inference

вывози́ть, вы́везти to remove; to export

вывора́чивать = вывёртывать to unscrew, twist, turn inside out

выга́нивать (гоня́ть, гнать) to drive, chase, pursue

выгиба́ть, вы́гнуть to bend; —ся, вы́гнуться to bend

вы́глядеть (*pf.*) (*colloq.*) (вы́смотреть) to find, discover

вы́глядеть to look like

выгля́дывать, вы́глянуть to look out, peep out

вы́гнутый curved, bent

вы́гнуть(ся) *see* выгиба́ть(ся)

выгова́ривать, вы́говорить to articulate, pronounce

вы́говор pronunciation

вы́говорить *see* выгова́ривать

вы́гон common pasture

выгреба́ть, вы́грести to row/pull against the wind

выдава́ть, вы́дать to give, distribute; —ся, вы́даться to protrude, be conspicuous

вы́дать(ся) *see* выдава́ть(ся)

выде́лывать, вы́делать to make, perform (*a trick, etc.*)

выделя́ться, вы́делиться to be distinguished, stand out

выдёргивать, вы́дернуть to pull out

вы́держать *see* выде́рживать

выде́рживать, вы́держать to bear, stand, endure, contain oneself; вы́держать экза́мен to pass an examination; вы́держать хара́ктер to be/stand firm

вы́держка self-control, tenacity

вы́дернуть *see* выдёргивать

выдува́ть, вы́дуть to blow out

вы́думать *see* выду́мывать

вы́думка invention, fiction

выду́мывать, вы́думать to invent, make up, fabricate

вы́дуть *see* выдува́ть

выезжа́ть, вы́ехать to leave, drive

вы́ехать *see* выезжа́ть

вы́ждать *see* выжида́ть

вы́жига cunning rogue

выжида́ть, вы́ждать to wait (for), bide one's time

выжима́ть, вы́жать to squeeze out

вы́звать *see* вызыва́ть

выздора́вливать, вы́здороветь to get better, recover

выздоровле́ние recovery

вы́знать (*substandard*) to find out

вызыва́ть, вы́звать to call, evoke, provoke, summon, rouse, draw; —ся, вы́зваться to volunteer, offer

вызыва́ющий provocative

выи́скивать, вы́искать to try to find out, discover

вы́йти *see* выходи́ть

вы́казать *see* выка́зывать

выка́зывать, вы́казать to manifest, display

выка́лывать, вы́колоть to prick out

выка́пывать, вы́копать to dig (up, out)

выка́рмливать, вы́кормить to bring up, nurse

вы́катить(ся) *see* выка́тывать(ся)

выка́тывать, вы́катить to roll out; в. глаза́ to open one's eyes wide; —ся, вы́катиться to roll out

выки́дывать, вы́кинуть to discard; (*med.*) to have a miscarriage

вы́кидыш miscarriage

вы́кинуть *see* выки́дывать

выкла́дывать, вы́ложить to lay out, spread out, tell

выкля́нчивать, вы́клянчить to obtain by incessant begging

вы́клянчить *see* выкля́нчивать
вы́копать *see* выка́пывать
вы́кормить *see* выка́рмливать
вы́красить *see* выкра́шивать
выкра́шивать, вы́красить to paint
выкри́кивать, вы́крикнуть to call out
вылеза́ть, вы́лезть to come out, crawl out, get out
вылета́ть, вы́лететь to start, leave (*said of an airplane*); to dash out, dart out: вы́летело рыча́ние the growl escaped
вылéчивать, вы́лечить to cure; —ся, вы́лечиться to be cured, recover (from)
вы́лечить(ся) *see* вылéчивать(ся)
вылива́ть, вы́лить to pour out, empty, overflow
вы́лить *see* вылива́ть
вы́ложить *see* выкла́дывать
вы́местить *see* вымеща́ть
вымеща́ть, вы́местить: в. зло́бу, доса́ду на ком-л. to vent one's anger, vexation on somebody
вымыва́ть(ся), вы́мыть(ся) to wash; to hollow out, wash away
вы́мыть(ся) *see* вымыва́ть(ся)
вынима́ть, вы́нуть to take out, pull out; —ся, вы́нуться to come out
выноси́ть, вы́нести to carry out
вынужда́ть, вы́нудить to force, oblige
вы́нуть(ся) *see* вынима́ть(ся)
выны́ривать *see* вы́нырнуть
вы́нырнуть (*pf.*) to come to the surface, emerge
выпада́ть, вы́пасть to slip out, fall out, occur
вы́пахать: в. зéмлю to exhaust the land
выпева́ть, петь to sing
выпива́ть, вы́пить to drink, toss off
вы́пивка (*colloq.*) carousal, drinking bout
выпира́ть, вы́переть to bulge out, protrude, stick out
вы́писать(ся) *see* выпи́сывать(ся)
выпи́сывать(ся), вы́писать(ся) to write out, order; в. из больни́цы to discharge from hospital
вы́пить *see* выпива́ть *and* пить
вы́плата payment
вы́платить *see* выпла́чивать

выпла́чивать, вы́платить to pay off, pay in full
выполза́ть, вы́ползти to creep out, crawl out
вы́полнить *see* выполня́ть
выполня́ть, вы́полнить to carry out, fulfill; в. долг to do one's duty
вы́порхнуть to flit out
вы́править(ся) *see* выправля́ть(ся)
выправля́ть, вы́править to straighten out; —ся, вы́правиться to become straight, straighten oneself
выпра́шивать, вы́просить (что-л. у кого́-л.) to get (something out of somebody); to get (somebody to give one something)
вы́просить *see* выпра́шивать
выпры́гивать, вы́прыгнуть to jump out, leap out
вы́прыгнуть *see* выпры́гивать
вы́прямиться *see* выпрямля́ться
выпрямля́ться, вы́прямиться to straighten itself, become straight, draw oneself up
выпуска́ть, вы́пустить to let out, exhale, set free, release
вы́пустить *see* выпуска́ть
вы́путаться *see* выпу́тываться
выпу́тываться, вы́путаться to extricate oneself, pull through
выпы́тывать, вы́пытать to elicit (something from somebody)
выпя́ливать, вы́пялить to stick out
вы́пялить *see* выпя́ливать
выпя́чивать, вы́пятить to stick out, thrust out, protrude
выража́ть(ся), вы́разить(ся) to express, voice, give voice (to)
выраже́ние expression
вы́разить(ся) *see* выража́ть(ся)
выраста́ть, вы́расти to grow up, grow out of, become
вы́расти *see* выраста́ть
вы́рваться *see* вырыва́ться
вы́резать, выреза́ть to cut out, engrave; —ся to carve out
вы́резка carving, cutting, clipping
вы́родок degenerate
вы́ронить to let fall, drop
выруба́ть, вы́рубить to cut down
вы́рубить (*see* выруба́ть): вы́руби свет shut the light

вы́ругать(ся) *see* **руга́ть(ся)**
вырыва́ть, вы́рвать to pull out
вырыва́ть, вы́рыть to dig
вырыва́ться, вы́рваться to break away
высека́ть, вы́сечь to carve, sculpture; **в. ого́нь** to strike fire (*from a flint*)
вы́сечь (*see* **сечь**) to whip, slash
вы́ситься (над) to rise above, tower (over)
вы́сказать(ся) *see* **выска́зывать(ся)**
выска́зывать, вы́сказать to state, tell, express; **—ся, вы́сказаться** to speak
выска́кивать, вы́скочить to jump out, leap out, dart out
вы́скочить *see* **выска́кивать**
вы́слать *see* **высыла́ть**
высма́тривать, вы́смотреть to look out (for)
высме́ивать, вы́смеять to make fun (of), deride
вы́сморкаться *see* **сморка́ться**
вы́смотреть *see* **высма́тривать**
высо́вывать, вы́сунуть to lean out; **—ся, вы́сунуться** to lean out, show oneself
высо́кий high, tall, lofty
высоко́ high
высокоме́рие arrogance, superciliousness
высота́ height, altitude
высо́тный high-altitude
высоче́нный very high
вы́спаться *see* **высыпа́ться**
выстра́ивать, вы́строить to draw up, form, set out; **—ся, вы́строиться** to draw up, set up, build up
вы́стрел shot
вы́стрелить *see* **стреля́ть**
вы́строить(ся) *see* **выстра́ивать(ся)**
выступа́ть, вы́ступить to advance forward, perform; **пот вы́ступил на лбу** sweat stood out on one's forehead
вы́сунуть(ся) *see* **высо́вывать(ся)**
вы́считать *see* **высчи́тывать**
высчи́тывать, вы́считать to calculate
вы́сш//ий higher; **—ее о́бщество,** fashionable society, high life
высыла́ть, вы́слать to send, banish, exile
высыпа́ть, вы́сыпать to empty, pour out, come out (*about stars*)

высыпа́ться, вы́спаться to have a good sleep
высыха́ть, вы́сохнуть to dry up, wither
выта́птывать, вы́топтать to tramp down
выта́скивать, вы́тащить to take out, pull out
вы́тащить *see* **выта́скивать**
вытека́ть, вы́течь to flow out, run out; **глаз в.** the eye came out
вы́тереть(ся) *see* **вытира́ть(ся)**
вытира́ть(ся), вы́тереть(ся) to wipe dry; (*colloq.*) to wear threadbare/out
вы́торговать *see* **выторго́вывать**
выторго́вывать, вы́торговать to bargain about a reduction; to manage to get
вы́травить *see* **вытравля́ть**
вытравля́ть, вы́травить to exterminate
выть to howl, wail
вытя́гивать, вы́тянуть to draw out, stretch, pull; **в. ше́ю** stretch out one's neck; **в. а́рии** to sing arias; **—ся, вы́тянуться** to stretch out
вы́тянуть: в. ру́ки по швам to stand at attention
вы́тянуть(ся) *see* **вытя́гивать(ся)**
выу́чивать, вы́учить to learn; **в. наизу́сть** to learn by heart
вы́учить *see* **выу́чивать**
выхва́ливать (*see* **хвали́ть**) to praise
выхва́тывать, вы́хватить to snatch out
вы́ход leaving; **при —е** on leaving; **в. из положе́ния** a way out of a situation
выходи́ть, вы́йти to go/come out, reach; **в. на грани́цу, на рубе́ж** to reach the frontier, line; **вы́шло, что** it turned out that; **окно́ выхо́дит в сад** the window opens on the garden; **в. за́муж (за)** to marry
вы́цвести *see* **выцвета́ть**
выцвета́ть, вы́цвести to fade
вы́чистить *see* **вычища́ть**
вычища́ть, вы́чистить to clean, polish
выша́гивать (*see* **шага́ть**) to pace
вы́шарахаться (*see* **шара́хаться**) to dash aside, shy (*horses*)

вышива́ть, вы́шить to embroider
вы́шить *see* вышива́ть
вы́щербленный chipped
вы́яснить(ся) *see* выясня́ть(ся)
выясня́ть, вы́яснить to clear up, find out; —ся, вы́ясниться to turn out
вяза́нка: в. дров bundle of firewood; в. колбасы́ sausage ring
вяза́нье knitting, crochetwork
вяза́ть, связа́ть to knit
вя́зкий tenacious, viscous
вя́зкость (*f.*) tenacity
вя́ло inertly
вя́лый languid
вя́нуть, завя́нуть to fade

Г

габарди́н gabardine
гад vile creature, wretch
гада́лка fortuneteller
гада́ть, погада́ть to tell fortunes, guess
га́д//кий nasty, vile;— ость filth, vile act, dirty trick, vile thing
газ gas
газе́та newspaper
га́зик (*slang*) small car
газо́н lawn (*grass*)
га́йкать to whoop
галере́я gallery
галёрка gallery (*in the theatre*)
галлюцина́ция hallucination
гало́ша galosh; —и (*pl.*) rubbers
га́лстук tie, necktie
гам = arf *or* bow-wow; what a Russian dog says
гара́ж garage
гаранти́ровать to guarantee
гардеро́б wardrobe
гарди́на curtain
га́ркать, га́ркнуть to shout
га́ркнуть *see* га́ркать
гармо́ника accordion
гармо́ния harmony
гармо́нь *see* гармо́ника
гарцева́ть to caracole, prance
га́снуть to die out, become dim
гастрономи́ческий: г. магази́н grocery and provision shop, delicatessen
гаше́тка trigger
гвоздь nail

где where (*place at which*)
где́-либо, где́-нибудь, где́-то somewhere, anywhere
генера́л general
географи́ческий geographic
геологи́ческий geological
герб coat-of-arms
герои́ческий heroic
геро́й hero
гига́нт giant; —ский gigantic
гидро́лог hydrologist
гильоти́на guillotine
гимнази́ст high-school boy
гимна́зия high school
гимнастёрка field shirt
гимна́стика gymnastics
ги́псовый plaster
ги́ря dumbbell
гла́вное above all, the chief/main thing is
гла́вный main, principal; это гла́вное that is the main/chief thing
гла́дить, погла́дить to stroke (*with affection*)
гла́дкий sleek, even, smooth
глаз eye; хоть г. вы́коли it is pitch-dark
гли́на clay
глода́ть to gnaw
глота́ть to swallow, gulp down
глотну́ть to take a sip
глото́к mouthful, sip
гло́хнуть, огло́хнуть to become/grow deaf
гло́хнуть, загло́хнуть to die away, subside
глубина́ depth, profundity, heart, interior
глубо́к//ий deep, profound; была́ —ая зима́ it was midwinter; —о deeply; —о (*short adj.*) it is deep
глубь (*f., only sing.*) depth
глу́п//о it is foolish, it is silly; foolishly, stupidly; —ость foolishness, stupidity, nonsense; —ый foolish, stupid, silly
глух//о́й deaf, remote, lonely, toneless; —а́я ночь still night; г. гул hollow/muffled rumble; в —о́м лесу́ in the depth of the woods
глуши́ть, заглуши́ть, оглуши́ть to throttle down the engine

глушь thicket, remote corner, wilderness

гляде́ть, погляде́ть to look (at), fasten one's eyes/gaze (upon)

гля́нуть to cast a look, throw a glance/look

гля́нцевый glossy

гнать to drive, pursue, chase; г. ста́до to drive a herd; —ся to chase, pursue

гнездо́ nest

гнило́й rotten

гниль (f., only sing.) rotten stuff, rot

гнить, сгнить to rot, decompose

гном dwarf

гнуса́в//о nasally; —ый nasal

гну́сный vile

гнуть, согну́ть to bend, bow; —ся, согну́ться to bend, stoop

гнуша́ться, погнуша́ться to shun, disdain

го́вор sound of talking, low murmur (of voices), dialect, conversation

говори́ть, сказа́ть, поговори́ть to say, tell, talk, speak; г. речь to make a speech

гогота́ть to roar with laughter

год year

года́ми for years, for years on end

годи́ться to be fit (for)

годова́лый a year old

годовщи́на anniversary

голени́ще top (of a boot)

голова́ head

головн//о́й (adj.) head; —а́я боль headache

го́лод hunger

голода́ть to starve, go without food, go hungry

голо́дный hungry

го́лос voice

голуби́ный adj. of го́лубь

голубова́тый bluish

голубо́й light blue

голу́бчик my dear fellow, my friend

го́луб//ь pigeon, dove; —я́тник pigeon hawk; —я́тня pigeonry, dovecot

го́лый bare, bald, naked

го́мон hubbub

гон chase

гонора́р fee

го́нчая hound

гоня́ть to chase, drive away

гор//а́ mountain, hill; идти́ в —у to rise in the world

гора́здо much, far; г. лу́чше much/far better

горба́т//ый hunchbacked; —ая у́лица bumpy street

горби́нк//а: нос с —ой aquiline nose, Roman nose

горбоно́сый hook-nosed

горделѝв//о haughtily, proudly; —ый haughty

горде́ц proud man

горди́ться to be proud, take pride (in), pride oneself (upon)

го́рд//ость pride; —ый proud

го́ре grief, sorrow

горе́ть to burn, shine, sparkle

горизо́нт horizon

го́рка hill, hillock

го́рло throat

го́рничная housemaid

горноста́й ermine

го́род town, city

городи́шко God-forsaken little town

городово́й policeman

городско́й adj. of го́род

го́рсть (f.) hollow of the hand, handful

го́рький (lit. & fig.) bitter

го́рько (short adj.) bitter

го́рько bitterly

горю́чее fuel (gasoline, benzine)

горя́чечный delirious; г. бред delirium

горя́ч//ий hot, ardent, passionate; —ее сочувствие heartfelt sympathy; г. след hot on the scent

горячи́ть, разгорячи́ть to excite; —ся, погорячи́ться, разгорячи́ться to get excited, get angry

горя́чка fever

горячо́ hotly, with heat; г. взя́ться за что-л. to set to something with ardor

го́спиталь hospital; —ный hospital

господа́ (pl.) gentlemen

Го́споди Lord! good heavens!

господи́н gentleman

Госпо́дь God, Lord; Госпо́дь с тобо́й God bless you.

гости́ная sitting room, living room
гости́ница hotel
гости́ть to stay with, be on a visit (to)
гóст//ь guest; идти в —и to visit, pay a visit
госудáрство state
готóвить, приготóвить to prepare (for); —ся, приготóвиться to get/ make ready (for), prepare
готóвый ready, prepared; на всем готóвом with board and lodging
грáбить, ограбить to rob
грáдус degree
граждани́н citizen
грамм gram
граммáтика grammar
грáмота certificate
грáмотный literate
гранáта grenade
грани́ца boundary, border
граф count
грач rook
грёза dream, daydream, fancy
грёзить to dream
грёзиться, пригрёзиться to dream (that . . .)
грем//éть to clatter, clank, resound; вы́стрелы —я́т shots ring out; г. чем-л. to make a noise
грести́, огребáться to row, scull
грех sin
грехопадéние fall (*into sin*)
грéческий Greek
греши́ть to sin
грéш//ник, —ница sinner
грéшный sinful
гриб mushroom; —ница mycelium (mushroom) spawn
гри́ва mane
гри́вка uphill road; мáленькая г. ridge
гримáса grimace
гроб coffin, grave
грозá thunderstorm
гроздь cluster, bunch (of)
грози́ть, погрози́ть, пригрози́ть to threaten; г. пáльцем to shake one's finger (at)
грóзн//о threateningly, sternly; —ый terrible, formidable, threatening
грозовóй *adj. of* грозá
гром thunder
громáдный huge, enormous

громи́ла burglar, thug
грóмк//ий loud, famous; —ое и́мя great/famous name; —о loud(ly)
громоглáсный loud
громыхáть to rumble
грóхот crash, roar
груби́ть, погруби́ть to be rude
грýб//о coarsely, rudely; —ость rudeness; —ый coarse, rude, crude
груднóй (*adj. of* грудь): г. гóлос chest voice
грудь breast, chest, bosom
грузи́ть(ся), нагрузи́ть(ся), погрузи́ть(ся) to load
грýзный heavy, corpulent
грузови́к truck
грýзчик loader, longshoreman
грунт soil, ground
грýппа group
грусти́ть to be sad, be melancholy
грýстно it is sad
грýстн//о sadly, sorrowfully; —ый melancholy, sad
грусть melancholy, sadness
грязновáтый rather dirty
грязный dirty, filthy
грязь (*f., only sing.*) dirt, mud
губá lip
губернáтор governor; —ский governor's
губéрн//ия province; —ский provincial
гудéние buzz(ing), drone, hooting
гудéть to buzz, drone, hoot, shriek
гудóк whistle
гул rumble
гýлкий resounding
гуля́нье outdoor fete
гуля́ть to go for a walk, take a walk; to have a good time
гумáнность humaneness
гумнó threshing floor
гýсеница caterpillar, (caterpillar) track
густóй thick, dense
густотá thickness, density; deepness
гусь goose
гýщ//а thicket; в сáмую —у in the very midst

Д

да yes
да but, oh but

да (*conj. colloq.*) and (besides); **он да я** he and I; **да ещё** and what is more

дабы́ in (order that)

дава́ть, да́ть to give, let, allow; **д. по рука́м** to slap (somebody's) hands; **дава́ться** to come easy, yield (to somebody), give up

да́веча lately, recently

да́вешний recent

дави́ть to weigh (on), crush; **—ся, подави́ться** to choke

давне́нько for quite a long time

да́вн//ий old, of long standing; **—ишний** (*colloq.*)=**да́вний**

давно́ long ago, for a long time

давны́м-давно́ very long ago

да́же even

да́лее further; **и так д.** and so on, and so forth, etc.

далёкий far, far away, distant, alien

далеко́ (*see* **далёкий**) it is far, it is a long way

далеко́ far (from), far off, a great distance away, far behind

даль (*f.*) distance

дальне́йший further, subsequent

да́льний distant, remote, subsequent

да́льше further, further than

да́ма lady

да́мба dam, dike

да́мский *adj. of* **дама**

дань tribute, contribution

дар gift

дари́ть, подари́ть to give, make a present (of)

да́ром for nothing, gratis

дать: **д. стречка́=убежа́ть** (*substandard*) to run away, escape

дать(ся) *see* **дава́ть(ся)**

да́ча country cottage, country house

двер//ь door; **в —я́х** in the doorway

дви́гать, дви́нуть to move, set in motion; **—ся, дви́нуться** to move, advance

движе́ние motion, movement, traffic

дви́нуть(ся) *see* **дви́гать(ся)**

двойни́к: **д. кого́-л.** (somebody's) double

двор yard, courtyard, household; **на —е́** out-of-doors, outside

дво́рник janitor

дворня́//га, —жка mongrel

дворо́вый menial worker, manor serf

дворяни́н nobleman, one who belongs to the gentry

двою́родный: **д. дед** great uncle; **д. брат** cousin

двужи́льный of great power

двукры́лый dipterous

двухря́дный two-lane (*road*)

дева́ть; деть to put, do (with)

дева́ться, де́ться to get to, disappear

деви́ца (**девушка**) girl

деви́чий girlish, maidenly

де́вка wench, girl

де́вочка girl, little girl

де́вушка girl, young lady

девчо́нка girl; *pejorative*, kid, thing

дёготь tar

дед grandfather; **—овский** (*adj.*)

де́душка=дед grandfather

дежу́рить to be on duty, watch

дежу́рный on duty, man on duty

дежу́рство duty

дезерти́р deserter

де́йствие action, operation

действи́тельн//о really, indeed; **—ость** reality; **—ый** real; **—ая слу́жба** active service

де́йствовать, поде́йствовать to act, work, have an effect (upon)

деклами́ровать, продеклами́ровать to recite (*usually a poem*)

де́лать, сде́лать to make, do; **д. соглаше́ние** to make an agreement; **д. вид** to pretend, make believe

де́латься, сде́латься to become, get

дели́ть(ся), раздели́ть(ся), подели́ть(ся) to divide, share (something with somebody)

де́ло affair, business, pursuit, deed, thing; **д. не в этом** that's not the point; **на са́мом —е** in fact/reality; **в са́мом —е** indeed, really; **—а бы́ло мно́го** there was much to be done

делови́тый businesslike

делово́й business; **д. человек,** businessman

демобилиза́ция demobilization

день day

де́ньги money

департа́мент department

депре́ссия depression, downturn in economic activity

дёргать, дёрнуть to pull, twitch
деревенеть, одеревенеть to become stiff/numb
деревенский rural, country
деревня village, country
дерево tree, wood
деревянный wooden
держать to hold, keep; д. себя (в руках) to hold oneself in hand, behave; —ся to hold (on), last, behave/conduct oneself
дёрн turf
дернина a turf, a sod
дёрнуть see дёргать
деребить, дерябить to yell, sing loudly and out of tune
дескать so to say, that is to say
десятина Russian measure of land (= 2·7 acres)
детдом (детский дом) children's home
дети children
детский (adj.) children, child
детство childhood
деть(ся) see девать(ся)
дешёвка a cheap thing
дёшево cheap, cheaply
дешёвый cheap
деятельность activity, work
джаз jazz
джентльмен gentleman
диван sofa
дивизия division
дивиться to marvel (at), wonder
дивный marvellous, wonderful
диво wonder
дизель diesel engine
дикий wild, queer, strange, terrifying
диктовать, отдиктовать, продиктовать to dictate
директор director, manager
директорский (adj. of директор) director's
дитя child
дичать, одичать to run wild, become wild, become antisocial
длин//а length; в —у lengthwise
длинноногий long-legged, lanky
длинноусый long-whiskered
длинный long, lanky
длительный long, prolonged
длиться, продлиться to last, linger
для for

дневной day, daily
—дневный of . . . days, . . . -day
днище bottom
дно bottom; золотое д. goldmine
до to, up to
добавить see добавлять
добавлять, добавить to add (to)
добегать, добежать to run (as far as, to, up to)
добежать see добегать
добивать to finish; —ся, добиться to achieve, strive (for)
добираться, добраться to get (to), reach
добить see добивать
добрать see добираться
добро good, kindness
добро all right, well; д. бы if at least
доброволец volunteer
добровольный voluntary, freewill
добродетель virtue
добродуш//ие good nature; —ный good-natured
доброта kindness, goodness
добрый kind, good
добывать, добыть to get, obtain
добыть see добывать
доверие faith, confidence, trust
доверчивый trustful
доверять, доверить to entrust (to); д. свои тайны кому-л. to take somebody into one's confidence
доверяться, довериться to trust, confide (in)
довести see доводить
доводить, довести to lead as far as, drive, bring (someone someplace)
довоенный prewar
довольно rather, enough; это д. хорошо it is rather good
довольный content/pleased (with)
довольство contentment, prosperity
догадка conjecture, guess
догадливый quick-witted, shrewd
догадываться, догадаться to guess, suspect
догнать see догонять
договаривать, договорить to finish saying/telling; —ся, договориться to come to an agreement/understanding
договорить(ся) see договаривать(ся)

догоня́ть, догна́ть to catch up, overtake
догора́ть, догоре́ть to burn
догоре́ть *see* догора́ть
доде́лать *see* доде́лывать
доде́лывать, доде́лать to finish, complete
доду́мать to think out, finish thinking
доеда́ть to finish eating
дое́сть *see* доеда́ть
дожда́ться: д. весны́ to wait until spring
дождеви́к raincoat
дождли́вый rainy, wet
до́ждь rain
дожда́ться to wait (for)
дозволя́ть, дозво́лить to permit, allow
дознава́ться, дозна́ться to find out
дознава́тель (*slang*) interrogator
дозна́ться *see* дознава́ться
дои́ть, подои́ть to milk
дойти́ *see* доходи́ть
дока́зывать, доказа́ть to prove, show
дока́нчивать, доко́нчить to finish, end
докла́дывать, доложи́ть to report (on)
доко́нчить *see* дока́нчивать
до́ктор doctor; —ский (*adj*.)
докуме́нт document
доку́ривать, докури́ть to finish smoking
докури́ть *see* доку́ривать
долг debt, duty
до́лгий long
до́лго (for) a long time
долговя́зый lanky
долета́ть, долете́ть to fly so far, fly (as far as a place)
долете́ть *see* долета́ть
до́лж//ен owe, must, ought (to); —но́ быть probably
долива́ть, доли́ть to add, pour some more, fill
доли́ть *see* долива́ть
доложи́ть *see* докла́дывать
до́ля part, share, portion
до́ля lot, destiny
дом house, home; —а at home
дома́шний home, domestic, homemade; my, yours, etc.; people, next of kin
домо́вый *adj. of* дом
домо́й home, homewards; ему́ пора́ д. it is time for him to go home

домола́чивать, домолоти́ть to finish threshing
доморо́щенный homebred, homegrown
домотка́нный homespun
донести́ to carry (as far as the place), bring (to)
донима́ть, доня́ть to harass, weary, worry
доноси́ться, донести́сь to reach one's ears, be heard
дополза́ть, доползти́ to creep, crawl
доползти́ *see* дополза́ть
дополни́тельный additional
допото́пный antediluvian, old-fashioned
допра́шивать, допроси́ть to interrogate, question
допроси́ть *see* допра́шивать
допуска́//ть, допусти́ть to permit, allow, tolerate; он не —ет э́той мы́сли he thinks it is most unlikely
допы́тываться, допыта́ться to elicit, try to find out
доро́г//а road, way, journey; мне с ва́ми по —е we go the same way
дорого́й dear
дорожи́ться to ask too high a price, overcharge
доро́жный *adj. of* доро́га
дору́гивать to abuse each other
доса́да vexation, annoyance; —но it is annoying, it is a pity
доска́ board, plank
досказа́ть *see* доска́зывать
доска́зывать, досказа́ть to finish telling/saying
доспева́ть, доспе́ть to ripen
доспе́ть *see* доспева́ть
достава́ть, доста́ть to reach, get, take out, produce; —ся, доста́ться to fall to one's lot
доста́вить *see* доставля́ть
доставля́ть, доста́вить to deliver, furnish, give, supply
доста́точно sufficiently
доста́ть(ся) *see* достава́ть(ся)
достига́ть, дости́чь, дости́гнуть to reach, attain, achieve
достове́рный authentic, reliable
досто́//инство dignity; —йный worthy, deserving

дотра́гиваться, дотро́нуться to touch
дотро́нуться *see* дотра́гиваться
дотя́гивать, дотяну́ть to drag, draw,
  live
дохну́ть to breathe
дохо́д profit, income
доходи́ть, дойти́ to reach
доце́нт assistant professor
до́чиста completely
до́чка (*colloq.*)=дочь daughter
дочь daughter
доща́тый (made) of planks/boards
доще́чка plate, small plank
дразни́ть to tease
дра́ка scuffle, brawl
драко́н dragon; —ий (*adj.*)
драмату́рг playwright
драпанём (*slang*) let us get away
дра́пать (*substandard*)=бежа́ть to run
  away, escape
драть to tear, scratch
дра́ться, подра́ться to fight (with)
древнееврейский Hebrew
дре́вний ancient, old
дрема́ть to doze, drowse
дро́бный fractional; д. стук abrupt,
  staccato knocking
дрова́ firewood
дро́ги hearse
дрожа́ть to quiver, tremble, shiver
дрожа́щий (*participle*) trembling, shivering
дро́жки (*pl.*) a light four-wheeled
  carriage
дро́жь (*f.*) trembling, quivering, chill,
  shiver
дрозд thrush
друг friend
друг: д. —а each other, one another;
  д. про́тив —а against each other;
  д. о —е about each other; д. к —у
  to each other; д. на —а against each
  other
друго́й other, another, different
дру́жба friendship
дружелю́бный friendly
дру́жеский friendly
дру́жн/о in a friendly manner, together; —ый friendly, harmonious
дры́гать to jerk
дрянно́й wretched, rotten
дуб oak tree

дуга́ arch
ду́дка fife
дует *substandard for* дуэт
ду́ло muzzle
ду́ма duma (*Russian representative
  body*)
ду́мать, поду́мать to think (of, about),
  believe
ду́ра=дура́к fool
дура́к fool
дура́цкий stupid, idiotic
дурне́ть, подурне́ть to lose one's good
  looks, grow uglier
ду́рно badly, bad, ill
дурно́й evil, bad, ill
ду́рочка little fool
дурь nonsense, folly
дуть, поду́ть to blow
дух spirit, breath; у него́ д. захва́ты-
  вает it takes his breath away; быть
  в —е to be in good spirits; д. в д.
  at the exact/same time, in complete
  harmony
духи́ perfume
духо́вный spiritual
духота́ stuffy air, oppressive heat
душ shower bath
душа́ soul; на ду́шу per head; быть
  —о́й to be the (life and) soul (of)
душевнобольно́й insane
душе́вн//ый spiritual; —ая боле́знь
  mental disease
душево́й per head
души́ть, задуши́ть to strangle, stifle
ду́шно it is stifling/stuffy in the room
ду́шный stuffy, swelteringly hot
душо́к musty smell, savor, smack
дуэ́т duet
дым smoke
дыми́ть, надыми́ть to smoke, fill with
  smoke
ды́мка haze, mist
ды́мный smoky
ды́мчатый smoke-colored
дыра́ hole
дыря́вый full of holes
дыха́ние breathing
дыша́ть to breathe; тяжело́ д. to
  gasp, blow
дья́вол devil
дьячо́к sexton
дьячи́ха wife of a sexton

дя́дюшка uncle
дя́дя uncle

Е

евре́й Jew
еда́ food, meal
едва́ hardly, scarcely
едине́ние unity
единовре́менно but once
единогла́сно unanimously
еди́нственн//о only; —ый only, sole, single
еди́ный indivisible, united
ежего́дно yearly
ежедне́вный daily
е́жели (*colloq.*) = е́сли if
ёжик crew cut
езда́ drive, ride
е́здить, е́хать, пое́хать ride, travel
ей-Бо́гу (*colloq.*) really and truly!
е́ле hardly
ёлка fir tree
ёлочный *adj. of* ёлка
ель spruce
е́льник fir grove
ёрзать fidget
ерунда́ nonsense
ерундо́вый foolish
е́сли if
есте́ственно it is natural
есть, съе́сть to eat
есть (*see* быть) is
е́хать *see* е́здить
ещё yet, still, only

Ж

жа́дничать to be greedy
жа́дно greedily, hungrily
жа́дн//ость greed, greediness; —ый greedy, avid
жа́жда thirst, craving
жа́ждать to crave (for), hunger (for)
жале́ть, пожале́ть to feel sorry (for), pity, be sorry (for), regret; ничего́ не ж. there is nothing that one would not do (for somebody)
жа́лкий pitiful, pitiable, sorry sight
жа́лко *see* жаль

жа́лобный mournful, plaintive, doleful; ж. го́лос sad/plaintive voice
жа́ловать, пожа́ловать to grant, favor, be gracious (to)
жа́ловаться, пожа́ловаться to complain (to, of)
жа́лост//ливый pitiful, compassionate; —ный *see* жа́лобный
жа́лость pity
жалузи́ Venetian blinds
жаль (it's a) pity; it grieves (someone that something); "(someone) is sorry (for someone)," *e.g.,* ему́ ж. её he is sorry for her; о́чень ж. too bad!
жар heat, fever
жара́ heat
жа́реный fried
жа́рить to fry
жа́рк//ий hot, ardent; —о hot, it is hot
жаро́вня brazier
жать to squeeze; —ся to press close, draw closer
жгу́чий burning
ждать to wait (for), expect, await
жела́ние (+*gen.*) wish (for), desire, hunger (for)
жела́ть, пожела́ть to wish, desire
желе́зный (*adj.*) iron
желе́зо iron
жёлоб = жо́лоб gutter
желте́ть, пожелте́ть to turn yellow; желтова́тый yellowish
желто́к egg yolk
жёлтый yellow, sallow
же́мчуг (*m. coll.*) pearl, pearls
жена́ wife; —тый married
жени́ть to marry (someone to somebody); —ся to marry, enter into matrimonial state
жени́тьба marriage
же́нский female, feminine, womanly
же́нщина woman
жердь perch, pole
жеребёнок colt
же́ртва sacrifice
же́ртвовать, поже́ртвовать to sacrifice, offer
жертвоприноше́ние offering, sacrifice
жесто́к//ий cruel, brutal, severe; —ость cruelty
жест//ь tin, tin plate; —яно́й (*adj.*)

жечь, сжечь to burn, consume
живи́тельный vivifying, bracing
жи́во vividly, quickly; promptly!
жив//**о́й** live, living, alive, vivacious, lively; **заде́ть за** —**о́е** to cut to the quick
живо́т stomach
живо́т life
живо́тик (*colloq.*) tummy, paunch
живо́тн//**ое** (*n., decl. as adj.*) animal, brute; —**ый** bestial, brutal
живу́щий living thing
жизнь (*f.*) life
жиле́тка vest
жиле́ц lodger, tenant
жи́листый sinewy, stringy
жир fat, grease; —**ный** fat, obese
жить to live
житьё life
жо́лоб gutter
жрать, сожра́ть to devour, gorge, guzzle
жрец heathen priest
жу́лик rogue, swindler
журна́л magazine
журна́льный journalistic
жу́тк//**ий** terrible, sinister; —**о** to feel awe-struck, to feel terrified
жуть (*f.*) horror
жюлье́н julienne (*French vegetable soup*)

3

за behind
заба́вно (*adv. & adj.*) amusing(ly); amusing; it is amusing
заба́вный amusing
забве́ние oblivion
забега́ть, забежа́ть to drop in (at somebody's place)
забежа́ть *see* **забега́ть**
забеспоко́иться to begin to feel anxious/uneasy
забива́ть, заби́ть to hammer (up, in); to stop up
забива́ться, заби́ться to hide; to become obstructed; **з. в у́гол** to hide in a corner
забинтова́ть *see* **бинтова́ть**
забира́ть, забра́ть to take away, capture, take possession, arrest

забира́ться, забра́ться to climb (on); to get (into)
заби́ть *see* **забива́ть**
заби́ть(ся) to begin to beat
заблесте́ть begin to shine
заблуди́ться to lose one's way, get lost
заблужда́ться to err, be mistaken
заболева́ние disease
заболева́ть, заболе́ть to fall ill
заболе́ть *see* **заболева́ть**
заболе́ть (*pf.*) to ache, hurt
заболта́//**ться** (*pf.*) (*colloq.*) to have a long chat, forget the time in chatting; —**л колоко́льчик** the bell began to ring
забо́р fence
забо́та trouble, anxiety
забо́титься, позабо́титься to look after, take care of
забо́тливый thoughtful
забра́сывать, заброса́ть to throw/cast/ hurl far away; to neglect, abandon
забра́сывать, забро́сить to shower, bespatter (with)
забра́ть(ся) *see* **забира́ть(ся)**
забрести́ to stray, wander, drop in
забро́сить *see* **забра́сывать**
забры́згать *see* **забры́згивать** *and* **бры́згать**
забры́згивать, забры́згать to splash, (with)
забыва́ть, забы́ть to forget, neglect; —**ся, забы́ться** to doze, forget, forget oneself
забы́ть *see* **забыва́ть**
забытьё unconsciousness, drowsiness, oblivion
забы́ться *see* **забыва́ться**
зава́ливать, завали́ть to fill up; to overload; to bury
заведе́ние institution, establishment
заве́дующий manager, *see also* **заvotд́ел**
заверну́ть(ся) *see* **завёртывать(ся)**
завёртывать, заверну́ть to wrap up, turn, roll up; —**ся, заверну́ться** to cover/wrap oneself up
завести́(сь) *see* **заводи́ть(ся)**
завеща́ние will, testament
завива́ть, зави́ть to wave, curl
зави́деть (*pf.*) to catch sight (of)
зави́дно feel envious, envy

завидовать, позавидовать to envy
завизжать (*pf.*) to begin to squeal/yell
зависеть (от) to depend (on)
зависть (*f.*) envy
завитушка curl, flourish
завладевать, завладеть to take possession (of)
завладеть *see* завладевать
завод factory; сахарный з. sugar refinery
заводить, завести to fall/get into the habit (of); to introduce; to bring, lead
заводить to wind up; з. граммофон to put on the gramophone
заводиться, завестись: у него завелись деньги he has got money (to spend)
завоёвывать, завоевать to conquer, win, try to get
завозиться (*pf.*) to begin to toss about
заволноваться (*pf.*) to become agitated, begin to fret
заворачивать = завёртывать to wrap up, turn
заворачивать, заворотить to turn, turn up, roll up
заворочаться (*pf.*) to begin to turn/toss (in bed)
завотдел (заведующий отделом) department manager
завтра tomorrow
завтрак breakfast, lunch
завтракать, позавтракать to have breakfast/lunch
завшиветь (*pf.*) to become/be lousy
завывать to howl
завыть (*pf.*) to begin to howl
завянуть *see* вянуть
загадывать, загадать to think (of), make plans
загаживать, загадить to besmear, dirty
загарцевать (*see* гарцевать) to prance
загибать, загнуть to turn (up, down), bend; —ся, загнуться to turn up
заглушать, заглушить to muffle; to alleviate; to grow over; to suppress
заглушить *see* заглушать *and* глушить
заглядывать, заглянуть to peep in, glance, look in
заглядываться, заглядеться to stare, be lost in contemplation

загнать *see* загонять
заговаривать, заговорить to begin to speak (with somebody), address (somebody); accost (somebody)
заговорить, заговаривать to begin to speak
загодя in good time
загонять, загнать to drive in, drive (into, under), tire out
загораживать(ся), загородить(ся) to block; to screen off, fence in
загорать, загореть to become tanned/sunburned; *impf. only*, to bake in the sun
загораться, загореться to burn (with), light up (*eyes*)
загорелый tanned
загореть(ся) *see* загорать(ся)
загородить(ся) *see* загораживать(ся)
заграждать, заградить to bar, obstruct
заграница foreign countries
загребать, загрести to rake up, accumulate; з. деньги to rake in money
загудеть (*pf.*) to begin to drone/hoot
зад back; повернуться к кому-л. —ом to turn one's back to somebody
задавать, задать to give, set; з. кому-л. вопрос to ask a question; задать ей to scold her, give her a hard time
задаток advance, deposit
задать *see* задавать
задача problem, task
задачник (арифметический) (book of) problems in arithmetic
задвигать (*pf.*) to begin to move
задворки backyard, out-of-the-way; на —ах in the background
задевать, задеть to touch, brush against; з. кого-л. за живое to sting somebody to the quick
задёргать (*pf.*) to begin to pull
задержать(ся) *see* задерживать(ся)
задерживать, задержать to detain, delay, keep, prolong; —ся, задержаться to linger, stay too long
задетый (*participle of* задевать) touch; у него задеты лёгкие his lungs are affected
задеть *see* задевать
задёшево (*substandard for* дёшево) cheaply

задира́ть, задра́ть to lift up, pull up
за́дний back, hinder
задохну́ться *see* задыха́ться
задребезжа́ть to begin to clink, begin to jar
задрема́ть (*pf.*) to doze off
задрожа́ть to begin to tremble/shiver
задува́ть, заду́ть to blow in/into/out
заду́маться *see* заду́мывать(ся)
заду́мчив//ость pensiveness; —ый thoughtful, pensive
заду́мываться, заду́маться fall into thought, ponder, begin to think
задуше́вный hearty, innermost; з. разгово́р heart-to-heart talk
задуши́ть (*see* души́ть) to choke
задыха́ться, задохну́ться to choke, suffocate, gasp; задыха́ясь breathlessly
заеда́ть, зае́сть to eat/take (something after something), worry
заезжа́ть, зае́хать to call on the way (on somebody at a place), visit
заёрзать (*pf.*) to begin to fidget
зае́сть *see* заеда́ть
зае́хать *see* заезжа́ть
зажа́ть *see* зажима́ть
заже́чь(ся) *see* зажига́ть(ся)
зажива́ть, зажи́ть to heal
зажига́ть, заже́чь to set fire (to), light; —ся, заже́чься to light up, catch fire
зажима́ть, зажа́ть to clutch, squeeze, grip
зажму́риваться, зажму́риться to screw up one's eyes, blink
зазвене́ть (*pf.*) to begin to ring/jingle
зазвуча́ть (*pf.*) to begin to sound/ring out
заигра́ть (*pf.*) to begin to play, prance
заика́ться, заикну́ться to stutter, mention, touch upon
заинтересо́ванный interested
заинтересова́ть to interest (somebody in something), excite curiosity
заи́скива//ть to ingratiate oneself, flatter; —ющий (*participle*) ingratiating, flatterer
зайти́ *see* заходи́ть
за́йцы *see* за́яц
зака́з order; —но́й made to order
закали́ть *see* закаля́ть

зака́лывать, заколо́ть to pin up
закаля́ть, закали́ть to temper, steel, temper/strengthen one's will
зака́пчивать, закопти́ть to blacken with smoke
зака́пывать, закопа́ть to bury
зака́т sunset
закати́ться *see* зака́тываться
зака́тываться, закати́ться (под, за) to set, roll (under, behind)
закача́ться (*pf*) to begin to swing/rock/sway
заки́дывать, заки́нуть: з. но́гу на́ ногу to cross one's legs; з. наза́д го́лову to throw/toss back one's head
заки́нуть *see* заки́дывать
закиса́ть, заки́снуть to turn sour, grow indifferent
заки́снуть *see* закиса́ть
закла́дывать, заложи́ть to put, lay, to mislay; (*colloq.*) to pile, heap; to pawn, mortgage
закла́дывать, заложи́ть to harness horses
заклина́ть to adjure, conjure; to charm
заключа́ться to consist
закова́ть *see* зако́вывать
зако́вывать, закова́ть to chain, put into irons
заковыля́ть (*pf.*) to begin to hobble
закола́чивать, заколоти́ть to board up, nail down
заколоти́ться to begin to beat; у него́ се́рдце заколоти́лось his heart began to thump
заколо́ть *see* зака́лывать
заколыха́ться to begin to rock/sway
зако́н law; Зако́н Бо́жий religious instruction
зако́нный legal, legitimate
закопа́ть *see* зака́пывать
закопте́лый smoky, sooty
закопчённый (*participle of* зака́пчивать) blackened with smoke
закочене́ть to become numb/stiff with the cold
закрепи́ть *see* закрепля́ть
закрепля́ть, закрепи́ть to secure, confirm
закрича́ть to begin to cry, shout
закружи́ть to turn, send whirling;

—ся (*see* кружи́ться): голова́ за-
кружи́лась the head began to spin
закру́чивать, закрути́ть to twirl, swirl,
wind around
закрыва́ть, закры́ть to shut, close,
cover; —ся, закры́ться to close,
shut, be closed/shut
закры́тый closed, private
закры́ть(ся) *see* закрыва́ть(ся)
заку́ривать, закури́ть to light a cigarette; —ся, закури́ться to become
lighted
закури́ть(ся), заку́ривать(ся)
закуси́ть *see* заку́сывать
заку́ска hors d'œuvres
заку́сывать, закуси́ть to have a snack
заку́тать(ся) *see* заку́тывать(ся)
заку́ток, у́гол corner
заку́тывать(ся), закута́ть(ся) to wrap
up; to muffle; to tuck up (*in bed*)
зал, за́ла hall
зале́жный untilled (*lands*)
залеза́ть, зале́зть to get (into), penetrate
залепи́ть *see* залепля́ть
залеп//ля́ть, залепи́ть to paste up,
close up; —ленный (*participle*)
closed up; —ся, залепи́ться to
paste, close up
заливно́й: з. луг water meadow
зало́г pledge, mortgage
заложи́ть *see* закла́дывать
заля́згать *see* ля́згать
зама́зать(ся) *see* зама́зывать(ся)
зама́зывать, зама́зать to paint over,
putty; з. окно́ to seal up the windows, putty the windows
замаскирова́ть(ся) *see* замаскиро́вы-
вать(ся)
замаскиро́вывать(ся), замаскирова́ть-
(ся) to disguise, hide, camouflage
замаха́ть to begin to weave/flap
зама́хиваться, замахну́ться to threat-
en, raise in a threatening manner; з.
те́лом to swing with one's whole
body
замахну́ться *see* зама́хиваться
замени́ть *see* заменя́ть
заменя́ть, замени́ть to substitute, replace
замерза́ть, замёрзнуть to freeze
замести́ *see* замета́ть

замести́тель (*m.*) substitute, proxy;
з. дире́ктора assistant director
замета́ть, замести́ to sweep, cover
заме́тить, замеча́ть to notice, note
заме́тн//о noticeably; —ый notice-
able, visible
замеча́тельный remarkable
замеча́ть, заме́тить to notice, observe,
mark
замига́ть to begin to blink, twinkle
замина́ться to hesitate, stutter, subdue
замира́ние dying down, going out; с
—м се́рдца with a sinking/palpitat-
ing heart
замира́ть, замере́ть to stand still,
stand numb, sink, die down/away
замо́к lock
замолка́ть, замо́лкнуть, замолча́ть
to become/fall silent, cease singing/
speaking
замолча́ть *see* замолка́ть
заморга́ть to begin to blink
заморо́женный frozen
замота́ть to begin to shake; з. хво-
сто́м to begin to wag its tail
за́муж: быть —ем за кем-л. to be
married to somebody
заму́чивать, заму́чить to torture, torment
заму́чить *see* заму́чивать
за́мшевый suede
замыслова́тый complicated
замя́ть to hush up, suppress; з. раз-
гово́р to change the subject of the
conversation; —ся to falter, become
confused
за́навес curtain
занаве́ска curtain
занима́ть, заня́ть to occupy, take up,
hold; —ся, заня́ться to be occupied (with), be engaged (in)
занима́ться, заня́ться to catch fire;
занима́ется заря́ the day is breaking
заня́тие occupation, pursuit
за́нятый (*participle of* занима́ть) busy,
occupied; ве́чно з. always busy; з.
ме́сто to take a seat, hold a position
заня́ть *see* занима́ть
заня́ться *see* занима́ться
заора́ть to begin to bawl/yell
за́пад west
за́пань creek, backwater

запасно́й spare

за́пах odor

запа́чкать (*see* па́чкать) to get dirty, soiled

запева́ла first singer

запева́ть, запе́ть to lead in singing, set give the tune

запере́ть *see* запира́ть

запе́ть to begin to sing; з. пе́сню break into song

запива́ть, запи́ть to wash down (with)

запива́ть, запи́ть to take to drinking

запина́ться, запну́ться to stammer, falter, stumble

запира́ть, запере́ть to lock, lock in

записа́ть *see* запи́сывать

запи́ска note

запи́сывать, записа́ть to take down, write down, note

за́пись entry

запи́ть *see* запива́ть

запи́хивать, запиха́ть, запихну́ть to push (in, into), cram

запла́кать to begin to cry

заплати́ть to pay

заполня́ть, запо́лнить to fill

заполучи́ть to secure for oneself, get

запомина́ть, запо́мнить to memorize, remember

запо́мнить *see* запомина́ть

запотева́ть, запоте́ть to become/get dim, misty, sweaty

запре́тный forbidden

запреща́ть, запрети́ть to forbid, prohibit

запроки́дывать, запроки́нуть to throw back; —ся, запроки́нуться to fall back

запроки́нуть(ся) *see* запроки́дывать-(ся)

запры́гать to begin to jump (up and down)

запряга́ть, запря́чь to harness; —ся, запря́чься to settle down (*to work*), buckle (to)

запря́чь(ся) *see* запряга́ть(ся)

запуска́ть, запусти́ть to thrust, fling

запуска́ть, запусти́ть· to neglect

запусти́ть *see* запуска́ть

запу́щен//ие neglect; —ность neglect —ный (*adj. & partic.*) neglected

запча́сти (запасны́е ча́сти) spare parts

запыли́ть to cover with dust; —ся to be covered with dust

запятна́/ть to spot, stain

запятна́ный spotted

зараба́тывать, зарабо́тать to earn

заража́ть, зарази́ть to infect, contaminate; —ся, зарази́ться to be infected

зара́з at one sitting

зара́за infection, pest

зарази́ть(ся) *see* заража́ть(ся)

зара́нее beforehand

зараста́ть, зарасти́ to be overgrown

зареве́ть to begin to roar/low

за́рево glow

заре́зать (*see* ре́зать) to murder, knife

заре́чный beyond, on the other side of the river

за́риться, поза́риться to covet

зарни́ца summer lightning

зарыва́ть, зары́ть to bury

заря́ dawn

заря́д charge

заряди́ть *see* заряжа́ть

заряжа́ть, заряди́ть to load, charge (*a weapon*)

засвети́ть to light; з. фона́рь (*substandard*) to give somebody a black eye

засвиста́ть, засвисте́ть to begin to whistle

засе́сть to sit down (to), stick (in)

заскво́зить (*see* сквози́ть) transparent

заскрести́(сь) to begin to scratch; мышь заскребла́сь the mouse began to scratch

заслоня́ть, заслони́ть to cover, shade, shield

заслу́живать, заслужи́ть to deserve, be worthy

засмея́ть to ridicule; —ся to begin to laugh

засну́ть *see* засыпа́ть

засо́вывать, засу́нуть to tuck in, push in, thrust

засопе́ть to begin to sniff

застава́ть, заста́ть to find (in)

заста́вить *see* заставля́ть

заставля́ть, заста́вить to force, make

заставля́ть, заста́вить to cram, fill, cluster

заста́ть *see* застава́ть

застёгивать, застегну́ть to button up, do up

застегну́ть *see* застёгивать

засте́нчивый bashful

застрева́ть, застря́ть to stick, get stuck

застрели́ть to shoot (down); —ся to shoot oneself

застря́ть *see* застрева́ть

застуча́ть to begin to knock, rap

застыва́ть, засты́ть, засты́нуть to thicken, freeze

засуди́ть to condemn, sue; —ся, to sue, have a law suit

засуети́ться to begin to bustle, start fussing

засу́нуть *see* засо́вывать

засу́чивать, засучи́ть to roll up

засучи́ть *see* засу́чивать

засчита́ть *see* засчи́тывать

засчи́тывать, засчита́ть to include, take into consideration

засыпа́ть, засну́ть to fall asleep

засыпа́ть, засы́пать to cover, bury

зата́ивать, затаи́ть to harbor, hide, conceal

затвори́ть(ся) *see* затворя́ть(ся)

затворя́ть, затвори́ть to shut; —ся, затвори́ться to shut, close, shut oneself (in, up)

затева́ть(ся), зате́ять(ся) to undertake

зате́м then, thereupon; з. что because, since

затеря́ть to lose, mislay; —ся to be lost, be mislaid

зате́ять(ся) *see* затева́ть(ся)

затиха́ть, зати́хнуть to calm down

зати́хнуть *see* затиха́ть

заткну́ть *see* затыка́ть

зато́ instead, but

зато́пать to begin to stamp one's feet

затормози́ть to put on the brakes

заторопи́ться to begin to bustle

затрепа́ть to bedraggle, wear out

затрепета́ть to begin to palpitate

затрудн//е́ние difficulty; —и́тельный difficult, embarrassing

затрудня́ть, затрудни́ть to give/cause (somebody) trouble

затрясти́ to begin to shake; —сь to begin to shake/tremble

затума́ниваться, затума́ниться to grow cloudy, grow dim

затума́ниться *see* затума́ниваться

затыка́ть, заткну́ть to stop up, plug, silence smb.

заты́лок nape of the neck, back of the head

затя́гивать, затяну́ть to tighten, cover; з. пе́сню to strike up a song

затя́гиваться, затяну́ться to skin over (*said of a wound*)

затяну́ть *see* затя́гивать

зауны́вный mournful

заурча́ть (*see* урча́ть) to murmur, rumble

зафу́кать (*see* фу́кать) to huff

захандри́ть (*see* хандри́ть to be blue (*mood*)

захвати́ть *see* захва́тывать

захва́т//ывать, захвати́ть to take, seize; от э́того у него́ дух —и́ло it took his breath away

захвора́ть to be taken ill

захлёбыв//аться, захлебну́ться to choke (with), swallow the wrong way; говори́ть —а́ясь to speak breathlessly; з. от сча́стья to be transported with joy

захло́пать (*colloq.*) to begin to clap

захло́пнуть(ся) *see* захло́пывать(ся)

захло́пываться, захло́пнуться to slam, close with a bang

захо́д: з. со́лнца sunset

заходи́ть, зайти́ to drop (in); to get (to a place), come; to turn; з. за у́гол to turn a corner; з. сли́шком далеко́ to go too far

заходя́щ//ий: —ее со́лнце the setting sun

захоте́ть(ся) *see* хоте́ть(ся)

захрипе́ть *see* хрипе́ть

зацепи́ть(ся) *see* зацепля́ть(ся)

зацепля́ть(ся), зацепи́ть(ся) to catch (on), string

зача́ливать to pull ashore

зача́ть (*see* нача́ть) to begin

заче́м why, what for

зачерпну́ть *see* заче́рпывать

заче́рпывать, зачерпну́ть to draw; to scoop; to spoon up/out, ladle out

зачёт test, examination

зачи́слить *see* зачисля́ть

зачисля́ть, зачи́слить to enlist, enroll; include —ся, зачи́слиться to join

зачмо́кать (*see* чмо́кать) to begin to make chumping sounds

зашага́ть to begin to walk

зашевели́ться to begin to stir/budge

зашепта́ть to begin to whisper

зашива́ть, заши́ть to sew up

зашуме́ть to begin to make noise

зашурша́ть *see* шурша́ть

защити́ть(ся) *see* защища́ть(ся)

защища́ть(ся) to defend, protect

заявля́ть, заяви́ть to announce, declare

за́я//ц hare; —чий (*adj.*)

зва́ный: з. обе́д dinner party

звать, позва́ть to call, invite, beckon

звезда́ star

звёздный starry

звене́ть to ring, jangle

звере́ть to become brutalized

зверь beast, brute, animal

звон ring, ringing, chime

звони́ть, позвони́ть to ring

зво́нкий ringing, clear

звоно́к bell

звук sound

звуча́ть to sound, be heard

зву́чн//ый loud, sonorous; —ый го́лос rich voice

зга: ни зги не ви́дно it is pitch-dark

зда́ние building

здесь here

зде́шний of this place

здорове́нный big, huge, robust

здо́рово magnificently

здоро́во hello

здоро́вый healthy

здоро́вье health

здравомы́слящий sober, sensible

здра́вст//овать to be well, prosper; —вуй(те) how do you do

зёва, зева́ка (*colloq.*) idler

зева́ть, зевну́ть, прозева́ть to yawn, miss, let slip

зелене́ть, позелене́ть to grow/turn green

зеленова́тый greenish

зеленогла́зый green-eyed

зелёный green

зе́лень (*f., only sing.*) greenery

зело́ = о́чень very

земля́ earth, ground, land

земля́к fellow-countryman

земляни́ка strawberries

земля́нка dugout

земно́й earthly

зе́мство Zemstvo (*elective district council of prerevolutionary Russia*)

зе́ркало mirror

зерни́стый grainy, granular

зерно́ grain

зима́ winter; —о́й in the winter

зи́мний wintry

зло evil, harm

зло maliciously, angrily

зло́ба spite, anger

злоба́ = зло́ба

зло́бный malicious, wicked

злове́щий sinister, ominous

злоде́й villain; —ство villainy

злой wicked, malicious

злора́дный gloating, full of malicious joy

злосча́стный ill-fated

злоумышля́ть to have evil intentions

змей serpent, dragon; запуска́ть змея́ to fly a kite

знак sign, token

знако́миться, познако́миться to make the acquaintance

знако́мство acquaintance

знако́мый familiar, acquainted (with)

знако́мый (*m., decl. as adj.*) acquaintance

зна́мя banner, standard

зна́ние knowledge

зна́тный distinguished

знать to know, be aware of; з. в лицо́ to know by sight, a familiar face

значе́ние significance, meaning, importance

зна́чит so, then, well, that is to say

значи́тельн//о considerably: —ый significant, important

значо́к badge

зноби́ть: его́ зноби́т he feels feverish

зов call

золоти́стый golden

зо́лото gold

золото́й gold, golden

золотошве́йная embroidery shop

золочёный gilded

зонт, зóнтик umbrella, sunshade
зóрко vigilantly, with a vigilant eye
зрачóк pupil (*of the eye*)
зрéлый mature
зря to no purpose
зуб tooth
зубчáтый jagged
зудéние: зудéние ос buzzing of wasps
зудéть itch
зы́бкий unsteady
зя́бкий sensitive to cold, chilly
зя́бнуть to suffer from the cold, shiver

И

и and
ибери́йский Iberian
и́бис ibis
и́бо for
и́ва willow
и́вовый *adj. of* ива
иглá needle
игóлка needle
игрá game
игрáть, сыгрáть to play; **и. роль** to play a part
игрýшка toy
идеáл ideal
идéя idea
и́дол idol
идти́, пойти́ (*see* ходи́ть) to go, proceed, suit, be on (*about play*); to go by (*time*); **кровь идёт из рáны** blood is coming from the wound; **снéг идёт** it is snowing
из from, out of
избá peasant hut
избáвить(ся) *see* избавля́ть(ся)
избавля́ть, избáвить to save, deliver; **—ся, избáвиться** to get rid (of), put an end (to)
избалóванный spoiled
избалóвывать, избаловáть to spoil
избирáть, избрáть to choose
изби́тый beaten up
избрáние election
извéстие news, tidings
извéст//но it is known, it is obvious; **—ный** well-known, known
извещáть, извести́ть to inform, notify
извивáться, изви́ться to cringe

извини́ть(ся) *see* извиня́ть(ся)
извин//я́ть, извини́ть to excuse, pardon; **—и́те!** I am sorry· **—я́ться, извини́ться** to apologize
извлекáть, извлéчь to extract, evoke (from)
извóзчик cabby (*cab driver*)
извóзчичья *adj. of* извозчик
извóлить to be pleased (to), if you please
изги́б curve
изгибáть, изогнýть to bend, curve; **—ся, изогнýться** to bend
изголóвье head of a bed
издавáть, издáть to utter, emit (*a sound*)
издалекá, и́здали from far away, from a distance
издáние edition, publication
издевáться to mock
издержáть(ся) *see* издéрживать(ся)
издéрживаться, издержáться to spend all one had
изжáрить, зажáрить to roast
из-за because
иззя́бший frozen/chilled to the marrow
излечéние recovery
изливáть, излить to pour out (*one's feelings, emotions*)
изли́шний unnecessary
излови́ть to catch
измáзать *see* измáзывать
измáзывать, измáзать to smear, soil, dirty
изменéние change
измени́ть(ся) *see* изменя́ть(ся)
изменя́ть, измени́ть to change
изменя́ть to betray, be false, be unfaithful (to)
измен//я́ться, измени́ться to change; **—и́ться в лицé** to change one's countenance
измýченный exhausted
измýчивать, измýчить to exhaust; **—ся, измýчиться** to be worried to death, be exhausted
измýчить(ся) *see* измýчивать(ся)
изнéженный coddled, delicate
изнутри́ from within/inside
изнывáть, изны́ть to pine (away) (with)
изны́ть *see* изнывáть

изобража́ть, изобрази́ть to depict, express
изображе́ние portrayal, picture
изобрета́ть, изобрести́ to invent, devise
изо́гнутый bent, curved
изогну́ть(ся) *see* изгиба́ть(ся)
изорва́ть *see* изрыва́ть
из-под from under
и́зредка now and then, from time to time
изре́зать *see* изре́зывать
изре́зывать, изре́зать to cut up
изрыва́ть, изорва́ть to tear (*to pieces*)
изрыга́ть, изры́гнуть to spit out
изуми́тельный amazing, wonderful
изум//и́ть(ся) *see* изумля́ть(ся)
изумле́ние surprise
изумля́ть, изуми́ть amaze, strike dumb; —ся, изуми́ться be amazed, be dumbfounded
изумру́д emerald; —ный (*adj.*)
изуро́дованный mutilated
изуро́довать *see* уро́довать
изуча́ть, изучи́ть to study
изъявля́ть, изъяви́ть to express; —ля́ть согла́сие to give one's consent
изъя́н defect
изыска́ние research; (*geol.*) prospecting
изя́щный elegant, graceful
ика́ть, икну́ть hiccup
икра́ calf (*of the leg*)
иллюмина́тор illuminator
име́ние estate
имени́ны (*pl.*) name day (*of one's patron saint*)
и́менно namely, just exactly
име́ть to have, mean; и. в виду́ to bear in mind; и. де́ло с кем-л. to have to do with somebody, deal with somebody
и́мя name
ина́че differently, otherwise
инвента́рь inventory; живо́й и. livestock
инде́йка turkey
инди́йский Indian
и́ней hoarfrost
инжене́р engineer
иногда́ sometimes

ино́й different, other; и. раз sometimes, at another time
иносказа́ние allegory
иностра́н//ец foreigner; —ный foreign
инспе́ктор inspector
инсти́нкт instinct
институ́тка schoolgirl (*of an institute for girls*)
инстру́кторша instructress
инстру́кция directions, instructions
инструме́нт tool; —ы (хирурги́ческие) surgical instruments
инсурге́нт insurgent
интеллиге́нтный cultured, educated
интенда́нт commissary
интере́с interest
интере́сно (*short adj.*) interesting
интере́сн//о interestingly; —ый interesting
интересова́ть to interest; —ся to be interested (in)
интона́ция intonation
интури́ст foreign tourist
ирони́ческий ironic
искажа́ть, искази́ть to distort, pervert; —ся, искази́ться to get, be distorted
искази́ть(ся) *see* искажа́ть(ся)
иска́ть to look (for), search, seek; и. глаза́ми кого́-л. to try to catch sight of somebody
исключе́ние exception
исключи́тельно exceptionally, exclusively
иско́мый sought for (after)
и́скоса askance, aslant
и́скра spark
и́скренн//ий sincere; —о sincerely; —ость sincerity
искривля́ть, искриви́ть to crook, distort
искури́ть to finish smoking
иску́сн//о skillfully; —ый skillful, clever
искушённый experienced
испи́ть, вы́пить to drink
исполне́ние fulfillment; приводи́ть в и. to carry out
испо́лнить(ся-) *see* исполня́ть(ся)
исполня́ть, испо́лнить to fulfill; —ся, испо́лниться to be fulfilled; ему́ испо́лнилось 20 лет he is 20 years of age

испо́ртить(ся) *see* по́ртить(ся); пого́да испо́ртилась the weather changed for the worse
испро́бовать to test, experience
испу́г fright, shock
испуга́ть(ся) *see* пуга́ть(ся)
испуска́ть, испусти́ть to emit, utter; испуска́ть дух to give up one's ghost
испыта́ние test, trial, ordeal
испыта́ть *see* испы́тывать
испы́тывать, испыта́ть to try, test; to experience, feel, tempt
иссле́довать to investigate, explore
иста́птывать, истопта́ть to trample, wear out
истерза́ть *see* терза́ть
истерза́ться = исстрада́ться to be worn out by suffering
исте́рика hysterics
истери́я hysteria
исте́ртый (*participle of* истра́ть) worn out
и́стина truth, absolute truth
и́стинн//о (*adv. & adj.*) truly; true; —ый true
исто́ма languor
истопта́ть *see* иста́птывать
исто́рия history, story, event
исто́чник source
истоща́ть to exhaust
истреб//и́ть *see* истребля́ть
истребле́ние annihilation
истребля́ть, истреби́ть to annihilate, exterminate
истука́н idol, statue
истяза́ть to torture
исходи́ть to go/walk/stroll all over
исчеза́ть, исче́знуть to disappear, vanish
исче́знуть *see* исчеза́ть
ита́к thus, so
италья́нский Italian
их their
ихний = их their
ию́ль July
ию́нь June; —ский (*adj.*)

К

к to, towards
каби́на booth, cockpit, cabin

кабине́т study
каблу́к heel
кабы́ (*substandard*) = е́сли-бы if
кавалерга́рд horse-guardsman
кавалери́йский *adj. of* кавале́рия
кавале́рия cavalry
кадр cadre
кадри́ль quadrille
ка́дры cadres, personnel
кады́к Adam's apple
ка́ждый each, every
ка́жется *see* каза́ться
каза́к Cossack
каза́рма barracks
каза́ться, показа́ться, ка́жется to seem, appear, strike (as)
казённый fiscal; на к. счёт at public expense/cost
казна́ treasury; —че́йство Treasury
как how
как as; к. бу́дто, к. бы if, as though; к. изве́стно as is known
ка́к-бы, ка́к-либо somehow
ка́к-нибудь somehow, anyhow
како́й what, such . . . as, whatever
како́й-нибудь some, some kind of
како́й-то some, a
ка́к-то somehow, one day, once
кале́ка cripple
календа́рь calendar
кали́тка wicket, gate
каллигра́фия calligraphy
калори́фер air stove
кало́рия calorie
кало́ша = гало́ша galosh
кальсо́ны drawers, pants
камене́ть, окамене́ть to petrify, harden into stone, freeze
каменосне́жный of stone and of snow
ка́менный lifeless, stony, stone
ка́мень stone
ками́н fireplace
камы́ш reed
кана́ва ditch, gutter
кана́л canal
кана́лья rascal
кана́т rope, cable
кандида́т candidate
кани́стр metal container
каните́ль long-drawn-out proceedings
канона́да cannonade

кантони́ст a boy attending an academy for sons of the lower ranks of the military
ка́пать drip, fall (in drops)
ка́пелька droplet
капита́л capital
капитали́ст capitalist, financier
капита́н captain
ка́пля drop, a bit
капо́т dressing gown
капри́з whim, caprice; —ный capricious
кара́ть, покара́ть to punish
карау́л guard, watch; —ка (*colloq.*) = карау́льня guardroom, guardhouse
карау́лить to guard
кара́чки (*colloq.*): на —ах on all fours
ка́рбасы: широ́кие к. type of boat used on the White Sea
карма́н pocket
ка́рта map, card; коло́да карт deck of cards
карти́н//а picture, painting; —ный pictorial, picturesque
карто́н pasteboards, cardboard
карто́н//ка cardboard box; —ный (*adj.*)
карто́фель potatoes
карту́з cap
карье́ра career
каса́ние contact
каса́ться, косну́ться to touch (upon), concern
ка́сса cashbox
ката́нье a drive
ката́ть, кати́ть, покати́ть (*pf.*) to roll, wheel, trundle
ката́ться to go for a drive
ката́ться, кати́ться, покати́ться to roll; к. по земле́ to roll on the ground
ка́тер cutter (*naut.*)
кати́ть, покати́ть, ката́ть to drive, roll, go through
кафта́н caftan
кача́лка rocking chair
кача́ть(ся), качну́ть(ся) to rock, swing
ка́чество quality, virtue
качну́ть(ся) *see* кача́ть(ся)
ка́ша porridge
ка́шлять to cough, to have a cough
кашта́н chestnut; —овый chestnut-colored

каю́к (*substandard*) = коне́ц end
каю́та room, cabin, stateroom
каю́т-компа́ния wardroom, messroom
квадра́тный square
кварта́л block
кварти́ра apartment
квартирье́р quartermaster
кве́рху upwards
кероси́н kerosene
киби́тка hooded cart/sledge
кива́ть, кивну́ть to nod (*one's head*), nod assent
кивну́ть *see* кива́ть
кида́ть(ся), ки́нуть(ся) to throw/fling oneself; to attack; к. со всех ног to rush (*as fast as one can*)
киломе́тр kilometer
кинжа́л dagger
кино́ cinema
кино́ motion picture
ки́нуть(ся) *see* кида́ть(ся)
кио́ск booth, kiosk, newsstand
кипари́с cypress
кипяти́ть(ся), вскипяти́ть(ся) to boil
кипячёный boiled
кирпи́ч brick
кирпи́чный (*adj. of* кирпи́ч) of brick
ки́сл//ый sour; —ые щи sauerkraut soup; —ое молоко́ buttermilk
ки́тель (*m.*) single-breasted jacket
кише́ть to swarm
кишка́ intestine
кла́дка laying; кирпи́чная к. brickwork
кла́няться, поклони́ться to bow (to, before), greet
класс class
класть, положи́ть, сложи́ть to lay (down), put (down), place
клева́ть, клю́нуть to peck, bite
кле́вер clover
клеёнчатый oilskin
клеймо́ stamp, mark, brand
клён maple
клено́вый *adj. of* клён
кле́тка cage, coop; check (*on material*) в —у checked
кле́тчатый checked
клеть (*f.*) cage
кли́мат climate
кли́пер clipper
клич call

клони́ть to incline, bend; **—ся** to bend
клочо́к scrap; **к. сне́га** last bit of snow; **к. земли́** plot/patch of land
клуб club, clubhouse
клуб puff; **к. ды́ма** puff of smoke
клуби́ться to swirl, smoke
клубо́к ball
клюв beak, bill
ключ source, spring
ключи́ца collarbone
кля́сться, покля́сться to swear, vow
кля́ча jade
кни́га book
кни́жный (*adj. of* кни́га): **к. шкаф** bookcase
кни́зу downwards
кнут whip
кобы́ла mare
ковбо́йка cowboy shirt
ковёр carpet
ковро́вый *adj. of* ковёр
ковы́ль feather grass; **—ный** feathergrass
ковыля́ть to hobble, toddle
ковырну́ть *see* ковыря́ть
ковыря́ть to peck, pick, tinker; **—ся** (*colloq.*) poke around
когда́-либо, когда́-нибудь some time, some day
когда́-то once (*upon a time*), sometime, formerly
ко́готь to claw
ко́декс code
ко́е-где́ here and there; **ко́е-ка́к** anyhow, haphazardly
ко́е-что́ something, a little
ко́жа skin
кожа́н leather coat
ко́жаный leather
коза́ goat
ко́злы (*pl.*) coach box
козырёк (cap) peak
кой: ни в ко́ем слу́чае under no conditions
ко́йка cot
коке́т//ка coquette; **—ство** coquetry
коке́тничать to flirt
коклю́ш whooping cough
кол stake, picket
колеба́ть, поколеба́ть to shake; **—ся** to fluctuate, hesitate
коле́но knee

колесо́ wheel
коле́чко ring
ко́ли if
коло́да block, log
коло́да deck of cards
коло́дец well
ко́лок//ол bell; **уда́рить в к.** to strike the bell; **—о́льня** church/bell tower; **—о́льчик** handbell, bell
коло́нка column
коло́нна column, pillar
ко́лос ear (*of rye, etc.*)
колоти́ть to strike, beat; **—ся** to beat (against)
коло́ть to thrust, stab, prick
колпа́к cap
колхо́з collective farm
колхо́зник collective farm worker
колыха́ться, колыхну́ться to sway, rock, flutter
кольцо́ ring
колю́ч//ий prickly, biting; **—ка** bur, thorn, prickle
команди́р commander, commanding officer
командиро́в//ка mission; **—очный** (*adj.*)
кома́р gnat, mosquito
комба́т (команди́р батальо́на) commanding officer
ко́мик comic actor
комите́т committee
коммуни́зм communism
ко́мнат//а room; **—ный** indoor
комо́д chest of drawers
компле́кт complete set
комфо́рт comfort
конве́рт envelope, cover
конгре́сс congress
кон//е́ц end, come to an end; **в —це́ —о́в** in the end, after all
коне́чно certainly, to be sure, surely
консерва́тор conservative
консе́рвы canned food
ко́нский *adj. of* конь
конститу́ция constitution
конто́ра office, bureau
конто́рщик clerk
конту́зить to shell-shock
конфе́та candy
конфу́з embarrassment, embarrassing position

конфу́зиться, сконфу́зиться to be shy, become ashamed
конце́рт concert
конча́ть, ко́нчить to end, finish; ко́нчить to graduate; —ся, ко́нчиться to come to an end; to expire, die
ко́нчено enough! done!; всё к. all is over
ко́нчик tip
ко́нчить(ся) *see* конча́ть
конь horse, steed
конья́к cognac
коню́шня stable
копа́ть to dig, dig out; —ся to rummage/dig (in)
копе́йка kopeck
копи́лка money box; bank
ко́поть soot
копы́то hoof
кора́ rind, bark
корабе́льный *adj. of* кора́бль
кора́бль (*m.*) ship, vessel, liner
ко́рень root
коре́ш friend, comrade
корзи́на basket
коридо́р corridor, passage
кори́чневый brown
ко́рка crust, peel
корм forage
корма́ stern, poop
корми́л//ец breadwinner; —ица wet nurse
корми́ть, накорми́ть, покорми́ть to feed, nurse
коро́б//ить, покоро́бить to warp
меня́ —ит от его́ слов his words jar me
коро́бка box
коро́ва cow
коро́ткий short
ко́ротко briefly, abruptly
ко́рпус body
корреспонде́нт correspondent
ко́рточк//и: сиде́ть на —ах to squat
ко́рчить(ся), ско́рчить(ся) to writhe, squirm, cower; к. ро́жи to make faces
корчма́ inn, pothouse; —рь innkeeper
коса́ braid
коси́ть, скоси́ть to mow, cut
коси́ть, скоси́ть to squint, look asquint

коси́ться, покоси́ться to look with a sideways glance
косну́ться *see* каса́ться
ко́со slantwise, obliquely
косо́й cross-eyed, squinting, slanting
косола́пый intoed, clumsy
костёр bonfire, campfire
костля́вый bony
кость bone
костю́м suit
костяно́й *adj. of* кость
косы́нка kerchief
кося́к doorpost, —ом at a slant
кося́к shoal, school
кот cat
котёл caldron, boiler
котело́к pot, messtin
ко́фе coffee
ко́фта woman's jacket
коче́вье camp of nomads
ко́чка mound
коша́чий *adj. of* ко́шка
ко́шка cat
кошма́р nightmare; —ный nightmarish, horrible
кощу́нство blasphemy
краб crab
кра́деный stolen
кра́ешек edge
край edge
край land
кра́йн//е extremely; —ий extreme; по —ей ме́ре at least; —ее изумле́ние utter surprise
кра́ля (*slang*) woman
кран faucet
кран crane
крапи́ва stinging nettle
краса́вец handsome man, very good-looking man, good-looker
краса́вица beautiful woman
краси́вый handsome
кра́ска paint, color
красне́ть, покрасне́ть to redden, grow/become red
красноарме́ец Red Army man
кра́сный red; К. Крест Red Cross
красота́ beauty
красть, укра́сть to steal
кра́сться to steal, slink, sneak
кра́шеный painted, colored
кредито́р creditor

кре́йсер cruiser
креме́нь flint
кре́ндель (*m.*) knot-shaped biscuit; —ная biscuit shop, bakery
кре́пк//ий strong, firm; к. сон sound sleep; —о strong
кре́пнуть, окре́пнуть to get stronger; to get firmly established
крепостно́й serf
кре́пость (*f.*) fortress
кре́пость (*f.*) strength
кре́сло armchair, easy chair; к. с коле́сиками wheel chair
крест cross; вот те к. свято́й! by the Holy Cross!
крести́ть, окрести́ть, перекрести́ть to christen; —ся, окрести́ться, перекрести́ться to be baptized; to cross oneself
кре́стн//ый (*adj. of* крест) —ое зна́мение sign of the cross; к. ход religious procession (*with icons and banners*)
крестови́на crosspiece
крестья́н//ин peasant; —ка (*f.*) peasant; —ский (*adj.*)
крива́я (*f., decl. as adj.*) curve
кри́в//о crookedly; —о́й crooked, lopsided
крик cry, shout, yell, scream
кри́кнуть *see* крича́ть
критикова́ть to criticize
крича́ть, кри́кнуть to shout, scream, yell, call
крова́ть (*f.*) bed
кровожа́дн//ость bloodthirstiness; —ый bloodthirsty
кров//ь blood; к. с молоко́м in blooming health; —яно́й blood-colored
крокоди́л crocodile
кро́лик rabbit
крот mole
кро́ме except, besides
кро́ткий gentle, meek
крото́вый *adj. of* крот
кроха́ crumb
кро́шево medley
кро́шка crumb, little one
круг circle, sphere
кру́гл//ый round; —ые су́тки around-the-clock

кругов//о́й circular; в —у́ю roundabout (way)
круго́м round, around
кру́жево lace
кружи́ть to whirl, circle, spin; —ся to spin, go round
кру́жка mug, cup
круп croup
кру́пный large, big, massive
крути́ть to spin, twirl; к. любо́вь to make love; —ся to turn, spin
кру́т//о steeply, suddenly, abruptly, sharply; —о́й steep, abrupt
кручёный twisted
крыло́ wing
крыльцо́ porch
кры́тый with a roof, covered
крыть, покры́ть to cover, roof; —ся to lie, be hidden, кро́й его́ бе́глым огнём get him with running fire
кры́ша roof
крючо́к hook, trigger
кря́кать, кря́кнуть to groan, cough a little
кря́кнуть *see* кря́кать
кряхте́ть to groan, cough a little
кто: к.-нибу́дь somebody, someone; к.-то somebody
кувши́н jug, pitcher
куда́ where (*place to which*); к.-ли́бо, к.-нибу́дь somewhere
куда́хтать to cackle
кудря́вый curly-headed
кузне́ц blacksmith
кузне́чик grasshopper
кузне́чный: к. мех bellows
ку́зов body (*of a carriage, car*)
ку́кла doll
куку́шка cuckoo
кула́к fist; сжима́ть к. to clench one's fist
кулёк bag
ку́льт cult, worship
культу́рный educated, cultured
кумы́с koumiss (*fermented mare's milk*)
куни́ца marten
купа́нье bathing
купа́ть, вы́купать to bathe, give a bath; —ся, вы́купаться to take a bath
купе́//ц merchant; —ческий (*adj.*)
купи́ть *see* покупа́ть

ку́пчая deed of purchase
ку́пы: к. дере́вьев groups of trees
ку́рево something to smoke
кури́ть to smoke; to burn; to distill
ку́рица hen, chicken
куропа́тка partridge
курс course, policy; уче́бный к. course of studies; око́нчить к. в университе́те to graduate from the university
курье́р messenger, express; —ский по́езд express train
куса́ть to bite, nibble
кусо́к piece, bit
куст bush, shrub; —а́рник shrubbery
кустобро́вый with bushy eyebrows
кутёж drinking bout
куха́рка cook
ку́хня kitchen
ку́цый short, scanty, curtailed
ку́ча heap
ку́чер coachman
ку́чка: к. люде́й small group of people
куша́к sash, belt
ку́шать to eat

Л

лави́ровать maneuvre
ла́вка bench
ла́вка shop, store
ла́герный adj. of ла́герь
ла́герь camp
лад harmony, way, manner
ла́дить (с) to agree (with), be on good terms (with)
ла́дить: ла́дить-купи́ть (substandard) to intend to buy
ла́дно in harmony/concord; all right!
ла́дный good
ладо́нь palm
ладо́ши: бить, хло́пать в л. to clap one's hands
ладья́ boat, small sailing vessel
лаз manhole
ла́зить, поле́зть, ле́зть to climb, clamber
лай barking, bark
ла́йнер liner
лаке́й footman, lackey; —ский servile

ла́мпа lamp
ла́мпочка electric lamp, bulb
ла́па paw, pad, dovetail
ла́поть (m.) bast shoe
ла́ска caress, kindness
ласка́ть, приласка́ть to caress, fondle
ла́сковый sweet, tender, affectionate
ла́сточка swallow
ла́цкан lapel
ла́ять to bark
лга́ть, солга́ть, налга́ть to lie
лгун liar
ле́бедь swan
лебя́жий (adj. of ле́бедь): л. пух swans'-down
левору́чник man with a self-inflicted wound in the left hand
ле́вый left, left-handed
лёгкий light, easy, slight
легко́ easily
лёгкое lung
легкомы́сленный lighthearted, thoughtless, flippant
легкомы́слие flippancy
лёд ice
ле́ди lady
ледоста́в the time of the year when rivers freeze
ледяно́й icy
лежа́ть to lie; л. в разбро́с to be scattered
лезть, поле́зть, ла́зить (к, в) to thrust oneself (upon); climb (into); не ле́зет в го́рло does not go down (about food); л. из ко́жи to go all out (in doing something)
лейтена́нт lieutenant
лека́рство medicine
лекпо́м (помо́щник ле́каря) doctor's assistant
ле́кция lecture (on, about)
лён flax
лени́в//о lazily; —ый lazy
ле́нта ribbon
лень laziness
лепесто́к leaf, petal
ле́пет babble
лепета́ть to babble
лепёхи droppings, turds
лепёшка flat cake, cookie
лепи́ть to fashion, shape; —ся to cling
лес forest, wood; —но́й (adj.)

лесозавод timber mill
леспромхоз (лесопромышленное хозяйство) forestry, timber industry
лестница stairs, staircase
лестный flattering
лета years, age; сколько ему лет how old is he?
летать, лететь, полететь to fly; лететь на всех парах to rush at full speed/ rush along
лететь see летать
летний (*adj. of* лето) summer
летный flying
лето summer; бабье л. Indian summer; —ом in the summer
летчик flier, pilot
лечить to treat, heal (*med.*)
лечь see ложиться
лжец liar
лживый untruthful
ли whether
либо or; л. . . . л. either . . . or
ливень (*m.*) heavy shower, downpour
лизать, лизнуть to lick
лизнуть see лизать
лик face, image
ликовать to rejoice
лиловый lilac, violet
лимонный (*adj. of* лимон) lemon
линия line
липа linden tree
липнуть to stick (to)
лиса fox; fox fur
лисий (*adj.*) foxy; л. мех fox fur
лисица fox
лист leaf (*tree*)
лист leaf, sheet (*paper, etc.*)
листва foliage
листопад fall of the leaves
литература literature
литой cast (*of iron, etc.*)
литр liter
лить to pour
литься to flow, pour
лихо evil; поминать кого-л. —м to bear a grudge against somebody; не поминайте —м think kindly of me
лихорад//ка fever; —очный feverish
лицо face, person, character
личн//о personally; —ость personality, identity; —ый personal

лишать, лишить to deprive of; —ся, лишиться to lose
лишить(ся) see лишать(ся)
лишний superfluous, unnecessary, spare
лишь only
лоб forehead
лобызать to kiss
ловить, поймать to catch
ловкий adroit, convenient, skillful
логический logical
лодка boat
ложа box (*in the theater*)
ложбина hollow
ложиться, лечь to lie (down), go to bed; л. спать to go to bed
ложка spoon
ложь lie, falsehood
лозняк willow bush
локоть (*m.*) elbow
ломать, сломать to break, fracture; л. руки to wring one's hands; —ся, сломаться, поломаться to break
ломкий fragile
ломоть chunk
лопат//а shovel; —ка shoulder blade
лопаться, лопнуть to break, burst
лопотать to mutter
лопух burdock
лорнет lorgnette
лоскут rag, scrap
лосниться to glisten, shine
лоток tray
лохматый shaggy-haired, disheveled
лохмотья rags
лошадь horse
лощина hollow, depression
луг meadow
луговина see луг
лужа puddle
лужок meadow
лукавство slyness, coyness
луна moon
лунный adj. of луна
лутошко a tree stripped of its bark
луч ray, beam
лучший better, best
лыко bast
лысый bald-headed
льдина block of ice, ice floe
льнуть, прильнуть to cling
льняной flaxen

любе́зный amiable, my man
любе́нькая = лу́чшая the best
люби́мый dear, loved
люби́ть to love, like
любова́ться, полюбова́ться to admire
любо́вница mistress
любо́вный amorous, loving
любо́вь love
любо́й any, every
любопы́тн//о interesting; —ый
  curious; —ство curiosity
лю́бящий loving
лю́ди people
люк hatchway
лю́стра chandelier
лю́тый fierce, severe
ля́зг clank
ля́згать to clank

M

магази́н shop, store
ма́зать to smear, spread
май May
майо́р major
мак poppy; poppy seed (*only sing.*)
макинто́ш mackintosh
ма́клер broker
ма́ковка dome, cupola
мала́ец Malayan
мале́йший slightest
ма́ленький small, little
мали́на raspberries
мали́новый raspberry, crimson
ма́ло little; м. того́ moreover
малоле́т//ний young; —ство infancy
ма́ло-пома́лу little by little
ма́лость trifle, somewhat, a bit
ма́лый small, slight, the little
ма́лый fellow, lad
ма́льч//ик boy, lad; —и́шеский boy-
  ish; —и́шка boy
мальчи́шечий *adj. of* ма́льчик
маляри́я malaria
мама́ша mother
мане́р manner
мане́рный affected, pretentious
маникю́р manicure
мани́ть to beckon, lure
ма́ра fog
ма́рка postage stamp

марки́за canvas awning
марш march; м. рабо́тать be off to
  work
ма́ршал marshal
ма́ршальский *adj. of* ма́ршал
мастери́ца skilled worker (*f.*)
мастерска́я workshop
мат mat
матема́тик mathematician
материа́л material
материализова́ть to materialize
материа́льный material
матери́к mainland, continent
матери́нский maternal
мате́рия matter
ма́тка dam (*of a horse*)
ма́товый mat
матра́ц mattress
ма́тушка (*old style*) mother; ма́тушки!
  Oh, my God!
мать mother
маха́ть, махну́ть to wave; to give up
  as lost/hopeless
махо́рка shag
маши́на machine
маши́нный *adj. of* маши́на
мая́к lighthouse
мая́чить to loom, to appear dimly
мгнове́н//ие moment; —но instantly
мгнове́нный instantaneous
ме́бель furniture
мёд honey
медве́дь bear
медици́н//а medicine; —ский medical
ме́дленн//о slowly; —ый slow
медли́тельн//о sluggishly; —ый slow
ме́дный copper
медсанба́т (медици́но-санита́рный ба-
  тальо́н) medical aid battalion
медсестра́ (медици́нская сестра́) nurse
медуни́ца lungwort
медь copper
межа́ boundary, bound
ме́жду between, among; м. тем
  meanwhile; м. про́чим by the way
междунаро́дный international
мезони́н attic
ме́лкий small, fine
мелколе́сье low wood
ме́лочный petty
ме́лочь (*f.*) trifle, details; small shrubbery, low growth

мелька́ние flashing
мелька́ть, мелькну́ть to flash by, appear for a moment
ме́льком in passing, cursorily; ви́деть м. to catch a glimpse of
ме́ньше smaller, less
ме́ньший, ма́лый, ма́ленький younger
меня́ть, поменя́ть to change; —ся, поменя́ться to change, switch
ме́р//а measure; по —е того́ как . . . as; по —е сил as far as possible; по кра́йней —е at least
мерза́вец scoundrel
ме́рзкий loathsome
ме́рзнуть to freeze
ме́рзость abomination, loathsome
ме́рка measure
мёртвый dead
мерца́ть to twinkle, shimmer
меси́ть, смеси́ть to knead
месте́чко borough, small town
ме́стн//ость district; —ый local
ме́сто place, spot, seat, post, job
ме́сяц month
металли́ческий metallic
мета́ться to rush about, toss
мете́ль (f.) snowstorm
ме́тка marking, mark
мех (pl. —а́) fur
мех (pl. —и́) bellows
механи́зм mechanism
механи́ческий mechanical
меч sword
мечта́ dream
мечта́ть to dream (of)
меша́ть, помеша́ть to hinder, disturb
меша́ться to mix, interfere (with)
мешо́к bag, sack
миг moment
мига́ть, мигну́ть to blink; —ну́ть кому́-л. to wink at somebody
мизи́нец the little finger
миллионе́р millionaire
ми́ло nice
милови́дный pretty
милосе́рд//ие mercy, charity; —ный merciful
ми́лостивый gracious, kind
ми́лост//ь favor, grace; —и про́сим welcome; скажи́те на м. you don't say so!
ми́лочка darling

ми́лый nice, sweet
ми́мо past, by
мимолётный fleeting; м. взгля́д passing glance
ми́на (military) mine
минера́льный mineral
министе́рство ministry
мини́стр Minister
ми́нный (military) mine
минова́ть to pass
миноме́т trench mortar
ми́нус minus
мину́та minute, moment
мину́ть to pass; ему́ ско́ро ми́нет два́дцать лет he will soon be twenty
мир peace
мир world, universe
мир village community
мири́ться, помири́ться to reconcile oneself (to something), accept the situation
ми́рный peaceful
мировоззре́ние world outlook, ideology
мирово́й adj. of мир
ми́ска basin
младе́нчество infancy
мла́дший younger
млеть to be thrilled (with)
мне́ние opinion
мно́гие many
мно́го a lot of, a great deal
мно́г//ое many things (pl.), a great deal; во —ом in many respects
многокра́тный repeated, multiple
многоуважа́емый respected, dear
многочи́сленный numerous
мно́жество great number
моги́ла grave
могу́чий mighty, powerful
могу́щество power
моде́рный modern
мо́дный stylish
мо́жет see мочь
мо́жет быть see мочь
мо́жно one may, one can, it is possible; как м. скоре́е as soon as possible
мозг brain
мой my, mine
мо́крый wet, soggy
мол pier

мол (*parenthetical exp., colloq.*) he says, they say, *etc.*
мо́лвить to say
моли́тва prayer
моли́ть to entreat; —ся to pray (for)
молниено́сный quick as lightning
моло́денький (*colloq.*) (very) young
молоде́ц fine fellow
молодо́й young
мо́лодост‖ь youth; не пе́рвой —и not in one's first youth
молодчи́на good lad! well done!
молоды́е newlyweds
молоко́ milk
молоти́лка threshing machine
молоти́ть, смолоти́ть to thresh, thrash; м. хвосто́м to lash the tail
мо́лот hammer, mallet
молото́к hammer; деревя́нный м. mallet
мо́лч‖а silently; —али́вый taciturn, silent, uncommunicative; —а́ние silence
молча́ть to be silent
мольба́ entreaty
моме́нт moment
момента́льн‖о instantly; —ый momentary
монасты́рь cloister, monastery
мона́х monk
моне́та coin
моното́нный monotonous
мора́ль moral; —ный moral
морг‖а́ть, моргну́ть to blink; гла́зом не —ну́в without batting an eyelid
мо́рда muzzle, snout, mug
мо́ре sea
мори́ть to exterminate, ruin
моро́женое ice cream
моро́з frost, freezing weather; скрипу́чий м. ringing frost; м. по ко́же подира́ет it gives one the creeps/shivers; —ный frosty
морос‖и́ть to drizzle; дождь —и́т it is drizzling
морско́й sea, marine
морщи́н‖а wrinkle; —истый wrinkled
мо́рщиться, намо́рщиться, смо́рщиться to knit one's brow, make a wry face; to shrivel
моря́к sailor; —о́вский (*adj.*)

москви́чка Muscovite
мост bridge
мостова́я roadway, pavement; булы́жная м. cobblestone road
мосье́ monsieur
моти́в tune
мотну́ть to shake
мото́р motor, engine
мото́рка motorboat
мотоци́кл motorcycle
мох moss
мохна́тый shaggy
моча́листый *adj. of* моча́ло
моча́л‖о bast; —ка bast (*a sponge for washing*)
мо́чь, смо́чь to be able, can, may; мо́жет быть maybe
мо́щн‖ость power; —ый powerful, mighty
мрак darkness
мра́морный marble
мра́чн‖ость gloom, darkness; —о gloomily; —ый gloomy, dark, somber
мсти́ть, отомсти́ть to revenge oneself, take vengeance
мудре́ц man of wisdom
му́др‖ость wisdom; —ый wise
муж husband
му́жественный manly, courageous
мужи́‖к peasant, man; —цкий (*adj.*)
мужчи́на man
музици́ровать to have some music; to play/make music
му́зык‖а music; —а́льный musical
му́ка torment, torture
мука́ meal, flour
мунди́р full-dress coat; uniform; уде́льный м. uniform of an official of government property
мунди́рный *adj. of* мунди́р
мундшту́к curb bit (*for a horse*)
мурава́ grass
мураве́й ant
мураши́=муравьи́ *or* мура́шки; м. по спине́ бе́гают it gives one the shivers
мура́шки the shivers; м. по спине́ бе́гают it gives one the shivers
мурлы́кать *see* промурлы́кать
му́скул muscle; —истый muscular
муто́н fleece
му́ха fly

мучéние torture, torment

мýченичество martyrdom

мучи́тель tormentor; —ный poignant, agonizing, painful

мýчить to torment, worry

мýчиться to suffer, struggle

мучнóй *adj. of* мукá

мча́ть to rush, whirl along; —ся to rush/speed/tear along

мы́ло soap

мы́слить to think

мысль thought, idea

мы́слящий thinking, intellectual

мытáрство ordeal

мыть, вы́мыть, помы́ть to wash

мы́ться, вы́мыться, помы́ться to wash oneself

мычáнье mooing

мыши́ный *adj. of* мышь

мы́шка: под мы́шкой under-the-arm

мы́шца muscle

мышь mouse

мя́гк//ий soft, mild, gentle; —о softly

мяки́нный *adj. of* мяки́на

мяки́на chaff

мя́коть (*f.*) pulp, flesh

мя́млить, промя́млить to mumble

мяси́стый fleshy

мя́со flesh, meat

мясорýбка mincing machine, slaughter house

мя́тый wrinkled, rumpled

мять, помя́ть to rumple, brake

мя́ться, помя́ться to hesitate

Н

на on, upon, in, for

набалдáшник handle

набáт alarm; —ный (*adj.*)

набегáть, набежáть to run/dash against; набегáл ветерóк blew on and off

набежáть *see* набегáть

набекрéнь aslant, at an angle; с шáпкой н. with one's hat cocked

нáбережная embankment, quay

набивáть, наби́ть to pack, fill (with)

набирáть, набрáть to gather, take, collect, pick up; —ся, набрáться to accumulate

наби́ть *see* набивáть

наблюдáть to observe, look (after), keep one's eye (on)

нáбок to one side

набрáть(ся) *see* набирáть(ся); набрáться стрáху to become frightened

навáливать, навали́ть to heap up, load; —ся, навали́ться to fall, pile up, bring all one's weight to bear (on)

навали́ть(ся) *see* навáливать(ся)

навéдываться, навéдаться to visit, call (on)

навéк, навéки forever

навéрно probably

вернякá for sure

навéрх up, upward, upstairs

наверхý above

навести́ *see* наводи́ть

нáвзничь backwards; лежáть н. to lie on one's back

навзры́д: плáкать н. to sob violently

нави́деть = ненави́деть to hate

наводи́ть, навести́ to direct; н. поря́док где-л. to put a place in order

навождéние delusion, obsession

навóз manure

навсегдá forever, for good

навстрéчу (*adv.*) meet, toward, meet halfway

навя́зывать, навязáть to fasten, thrust (on); —ся, навязáться to thrust oneself (upon)

нагибáть, нагнýть to bend; —ся, нагнýться to stoop, bend, bow

нагнýть(ся) *see* нагибáть(ся)

наговори́ть: н. мнóго to say a lot/too much; н. ли́шнее to talk too much

нáголо bare; стричь н. to crop close

нагоня́ть, нагнáть: н. тýчи to bring clouds

над over, at

надави́ть *see* надáвливать

надáвливать, надави́ть to press

надвигáть, надви́нуть to push/pull (up to, over); —ся, надви́нуться to approach, be near; to be imminent

надви́нуть(ся) *see* надвигáть(ся)

наддавáть, наддáть to add, increase

наддáть *see* наддавáть

надевáние putting on

надевáть(ся), надéть(ся) to put on, dress

наде́жда hope
наде́лать to make, do; to make a mess (*defecate*)
наде́льн//ый: —ая земля́ allotment
наде́ть(ся) *see* надева́ть(ся)
наде́яться to hope (for, to), rely (on)
на́до = ну́жно
на́добно = ну́жно
на́добный necessary
надоеда́ть, надое́сть to bother, bore, be tired of
надое́сть *see* надоеда́ть
надо́лго for a long time
на́дпись inscription
надра́ивать, надра́ить to scrub
надтре́снутый (*lit. & fig.*) cracked
надува́тельство (*colloq.*) swindle, trickery
надува́ть, наду́ть to fill up, inflate; —ся, наду́ться to swell out, distend
наеда́ться, нае́сться to eat one's fill
нае́сться *see* наеда́ться
нажа́ть *see* нажима́ть
нажима́ть, нажа́ть to press
наза́д back, backwards; тому́ н. ago
назва́ние name
назва́ть *see* называ́ть
назнача́ть, назна́чить to fix, appoint
назна́чить *see* назнача́ть
называ́ть, назва́ть to call, name; —ся, назва́ться to call oneself
наибо́лее most
найвн//ость naïveté; —ый naïve
наи́гранн//о affectedly; —ый affected
наизу́сть by heart
найти́(сь) *see* находи́ть(ся)
наказа́ние punishment; что за н.! what a nuisance!
наказа́ть *see* нака́зывать
нака́зывать, наказа́ть to punish
накаливаться, накали́ться to become heated
накану́не the day before
накану́не on the eve
нака́пливать(ся) = *see* накопля́ть(ся)
наки́дывать, наки́нуть to throw on; н. на to slip on; н. на (*colloq.*) to raise the price of
наки́дываться, наки́нуться (на) to fall (on, upon)
наки́нуть *see* наки́дывать
накла́д loss

накла́дывать, наложи́ть to put/lay (on, in)
накле́ивать, накле́ить to paste on
накле́ить *see* накле́ивать
наклоня́ть(ся), наклони́ть(ся) to bend, bow
наколо́ть to break (*a quantity of*); н. дров to chop some wood
наконе́ц at last!
накопля́ть(ся), накопи́ть(ся) to accumulate
накорми́ть *see* корми́ть
накрахма́ленный starched
накрыва́ть, накры́ть to cover; н. на стол to set the table
накури́ться to smoke to one's heart's content
налага́ть, наложи́ть to lay (on, upon); to impose/inflict (on, upon)
нала́дить *see* нала́живать
нала́живать, нала́дить to put right, adjust; н. дела́ to set things going
нале́во to the left
налеза́ть, нале́зть to fit; пальто́ не —а́ет на меня́ the coat is too small for me
налёт thin coating
налета́ть, налете́ть to fly (upon, against), bump against
налета́ть (*pf.*) to have flown (so many hours)
налете́ть *see* налета́ть
налива́ть, нали́ть to fill, pour out; —ся, нали́ться to fill (with); —ся кро́вью (*eyes*) to become bloodshot
нали́м eelpout
налови́ть to catch (*a quantity of*)
наложи́ть *see* накла́дывать *and* налага́ть
наме́дни the other day; —шный купе́ц the merchant one has seen the other day
намёк hint
намека́ть, намекну́ть hint
наме́рение intention, purpose
наме́сь = наме́дни the other day, lately
намо́рщиться *see* мо́рщиться
нанести́ to bring (*a quantity of*)
нани́зывать to string, thread
нанима́ть, наня́ть to hire, engage; —ся, наня́ться to apply for a job, become employed
наня́ть(ся) *see* нанима́ть(ся)

наоборо́т the other way, on the contrary
наосо́бицу special in its own way
нао́тмашь: уда́рить н. to give a violent backhand stroke; to hit hard
напада́ть, напа́сть to attack
напа́дки attacks
напа́ивать, напои́ть to make drunk, fill up
напева́ть, напе́ть to hum, sing
напека́ть to bake
напереба́й all at once; . . . interrupting one another
наперёд in advance, beforehand, in front
напере́ре́з so as to cut across somebody's path
напере́ть see напира́ть
наперехва́т to cut across
напива́ться, напи́ться to quench one's thirst, have something to drink, get drunk
напира́ть, напере́ть to press
написа́ть see писа́ть
напи́ться see напива́ться
напи́чкать see пи́чкать
напоённый: н. во́здух saturated air
напои́ть see напа́ивать and пои́ть
наполня́ть, напо́лнить to fill, inflate; —ся, напо́лниться to fill
наполови́ну half, halfway
напома́дить see пома́дить
напомина́ть, напо́мнить to remind (of)
напо́мнить see напомина́ть
направле́ние direction
направля́ть, напра́вить to direct; —ся, напра́виться to make one's way (to, toward, into)
напра́во to the right
напра́сно in vain, to no purpose
напра́шиваться to thrust/force oneself upon, ask for
наприме́р for example
напроло́м: идти́/де́йствовать н. to push one's way through, break through
напроси́ться see напра́шиваться
напро́тив on the contrary
напро́тив opposite
напряга́ться, напря́чься to strain/exert oneself
напряж//е́ние effort, tension; —ённость intensity, tenseness; —ённый strained, intense

напрями́к straight
напу́ганный frightened, scared
напуска́ть, напусти́ть to fill, put on
напусти́ть see напуска́ть
напу́тствовать (*impf. & pf.*) to admonish
напя́ливать, напя́лить to put on
наравне́ equally, on the same level
нара́доваться: не н. to dote
нараста́ть to grow, increase
нарва́ть to pick (*a quantity of*)
нарва́ться see нарыва́ться
наре́зать to cut, slice (*a quantity of*)
нареза́ть, наре́зать to slice
нарза́н Narzan (*type of mineral water*)
нарисова́ть see рисова́ть
наро́д people; —ный folk, national
наро́читый deliberate, intentional
наро́чно on purpose
нару́жность appearance
нару́жу outside
наруша́ть, нару́шить to break, disturb
на́ры plank bed
нарыва́ться, нарва́ться to get into trouble
наря́д attire, finery
наря́дный well-dressed
наряжа́ть, наряди́ть to dress up
насви́стывать (*colloq.*) to whistle
наси́лу (*colloq.*) with difficulty
наси́льно under compulsion
наси́льственный forcible
наскво́зь through
наско́лько how much?
наску́чить (*pf.*) to be bored, be tired of
наслажде́ние delight, enjoyment
насле́дство inheritance
на́смерть to death
насме́ш//ка mockery; —ливо mockingly; —ливый mocking; —ник scoffer, mocker
настава́ть, наста́ть to begin; наста́ла ночь night came/fell
наста́вить see наставля́ть
наставля́ть, наста́вить to point (to, at)
наста́ивать, настоя́ть to insist (on, upon)
наста́ть see настава́ть
на́стежь wide open
насти́л flooring; н. мо́ста decking, bridge floor

насто́лько so much, thus far; н. на-
ско́лько as much as
настора́живаться, насторожи́ться to
prick up one's ears
насторожé: быть н. to be on the alert
насторо́женный watchful
настоя́ни//е insistence; по его́ —ю at
his urgent request
настоя́ть *see* наста́ивать
настоя́щ//ее the present; —ий real,
genuine, true
настра́ивать, настро́ить to tune, incite (somebody); to dispose; —ся,
настро́иться to settle, make up one's
mind
на́строго very strictly
настроéние mood, humor
настро́ить (*pf.*) to build
наступа́ть to come, ensue
наступа́ть: н. на кого́-л. to attack
somebody
наступи́ть *see* наступа́ть
насу́щный vital, urgent
насчёт as regards, concerning
насчита́ть *see* насчи́тывать
насчи́тывать, насчита́ть to count
насыпа́ть to pour in (*a quantity of*)
натаска́ть to bring in (*a quantity of*)
натвори́ть: что ты —л! what have you
done
нате́льный worn next to the body
нати́скивать to pull down (*an article
of clothing*)
наткну́ться *see* натыка́ться
наторгова́ть to gain by selling, sell for
a certain amount of money
натоща́к on an empty stomach
нату́га effort, strain
нату́ра nature
нату́рливый (*substandard*) good-
natured
натыка́ться, наткну́ться to run
(against, into), stumble
натя́гивать(ся), натяну́ть(ся) to
stretch, pull on
натяну́ть(ся) *see* натя́гивать(ся)
нау́ка science, study, knowledge
науча́ться to learn
научи́ть to teach; —ся to learn
нау́чный scientific
наха́л impudent fellow
наха́льный impudent, insolent

наха́льство impudence
нахму́рить(ся) *see* хму́рить(ся)
находи́ть, найти́ to find, discover
находи́ть, найти́ to come (over, upon,
across)
находи́ться, найти́сь to be found, turn
up
находи́ться (*pf.*) to walk for a long
time; to tire oneself by walking
нахо́дка find
наце́ливать, наце́лить to aim; —ся,
наце́литься to take aim
на́ция nation, people
нача́ло beginning
нача́льник head, chief
нача́льный elementary, first
нача́льство authorities
нача́ть(ся) *see* начина́ть(ся)
начди́в (нача́льник диви́зии) head of
the division
начина́//ть, нача́ть to begin, start
(anew); —ся, нача́ться to begin, start
начита́ться to have read much
начища́ть, начи́стить to polish, shine
наш our
наяву́ in one's waking hours
небелёный unbleached
небе́сный heavenly
неблагода́рный ungrateful
неблагополу́чно unsuccessfully
неблагополу́чный unhappy, bad
не́бо sky
небольшо́й small
небо́сь it is most likely (that)
небре́жн//о carelessly; —ый careless,
negligent
небри́тый unshaven
небыва́лый unprecedented, fantastic
небытиé nonexistence
неве́домый unknown
неве́рн//о incorrectly; —ый incor-
rect, unsteady
невероя́тный incredible, unbelievable
невесёлый joyless, sad
неве́ста fiancée, bride
неве́сть goodness knows what/how
невзнача́й by chance
не́видаль: что за н. here is a wonder
indeed!
неви́димый invisible
неви́нн//ость innocence; —ый innocent, harmless

невменя́емый irresponsible
невнима́тельный careless, thoughtless
невня́тный indistinct
невоздержа́ние intemperance
невозмо́жн//**о** impossible; —**ость** impossibility; —**ый** impossible, the impossible
нево́льн//**о** involuntarily, unintentionally; —**ый** forced, involuntary, unintentional
невро́з neurosis
невы́годн//**о** disadvantageously; —**ый** disadvantageous
невыноси́м//**о** unbearably; —**ый** unbearable
невыполни́мый impracticable
невысо́кий not tall, short
негод//**ова́ние** indignation; —**у́ющий** indignant
негодя́й villain, scoundrel
не́гр Negro
негро́мкий low, quiet, not loud
негусто́й thin
неда́вн//**ий** recent; —**о** not long ago, recently, lately
недалёкий not too bright/clever
недалеко́ not far
неда́ром not without reason
недви́жим//**ость** (*f.*) immovables, immovable property; —**ый** immobile
неде́ля week
недоброжела́тельно with malevolence, ill-will
недо́брый unkind
недове́р//**ие** distrust; —**чивый** distrustful
недово́льн//**о** displeasure; —**ый** displeased
недово́льство discontent, displeasure
недоде́ланный unfinished
недожа́ренный insufficiently fried
недо́лго not long (*time*)
недолива́ть *see* **долива́ть**
недостава́ть, недоста́ть to be missing
недоста́//**ток** (*m.*) shortage, defect; —**ча** (*f.*) (*colloq.*)=**недоста́ток** shortage
недоста́точно insufficiently
недосту́пный inaccessible
недосяга́ем//**ость** (*f.*) inaccessibility; —**ый** inaccessible
недоумева́ть to be perplexed

недоуме́н//**ие** bewilderment; —**ный** puzzled
не́дра womb, bosom
недружелю́бие unfriendliness
недурно́й not bad-looking
неézженый untraveled
неесте́ственный unnatural
нежена́тый unmarried
неживо́й dead
не́жн//**ость** (*f.*) tenderness; —**ый** tender, loving, fond, delicate
незави́симость (*f.*) independence
незале́пленный unsealed
незама́ранный unsoiled
незамени́мый irreplaceable, indispensable
незаме́тный insignificant, inconspicuous, unaware
не́зачем (there is) no need
незащищённый unprotected
нездоро́вье ill health, indisposition
незнако́м//**ец** stranger; —**ый** unknown, unfamiliar; **быть** —**ым с кем-л.** not to be acquainted with somebody
незначи́тельный insignificant
незре́лость immaturity
незы́блемый firm, stable
неизбе́жн//**о** inevitably; —**ый** inevitable, inescapable
неизве́стн//**о** it is not known; —**ость** uncertainty, obscurity; —**ый** unknown, strange
неизме́нно invariably
неизмери́мый immeasurable
неимове́рный incredible
нейскренний insincere
неисполни́мость impracticability
нейстовый furious, violent
не́который some
некраси́вый homely, ugly
некста́ти inopportunely
не́куда nowhere (*i.e.* "to no place," *not* "in no place")
нела́дный wrong, bad
нела́сковый cold, reserved, not tender
нелёгкий difficult
неле́п//**ость** absurdity; —**ый** absurd, incongruous
нело́вкий awkward, inconvenient; **оказа́ться в** —**ом положе́нии** to be/find oneself in an awkward situation

неловко uncomfortable, awkward
нельзя it is impossible, one cannot, it is impossible
нелюдимый unsociable
немедленн//о immediately; —ый immediate
немеркнущий unfading
неметь, онеметь to become dumb; to grow numb
нем//ец, —ецкий German
немигающий unwinking
немногие not many, few
немногий a little
немного a little, some, somewhat, slightly
немножко a trifle, (just) a little bit
нем//о mutely; —ой dumb, mute
немолодой elderly
немота dumbness, muteness
немыслимый inconceivable, impossible
ненавидеть to hate, detest
ненависть hatred
ненадобн//о unwanted, unnecessary; —ость uselessness
ненадолго for a short time, not for long
ненастье bad/rainy weather
ненужн//о it is unnecessary; —ый useless
необдуманный rash, thoughtless
необитаемый uninhabited
необозримый boundless
необратим//ость irreversibility; —ый irreversible
необходим//о necessary; —ость necessity; —ый indispensable
необъяснимый inexplicable
необыкновенн//о unusually; —ый unusual, uncommon
необычайный extraordinary
необычный unusual
необязательный not obligatory
неожиданн//ость unexpectedness; —ый unexpected, sudden
неопределённ//о vaguely; —ость vagueness; —ый vague, uncertain
неопытный inexperienced
неосторожн//ость imprudence; —ый careless
неосуществимость nonrealizability, impracticability
неотвеченный unanswered

неотвязный constant
неохот//а reluctance; —но unwillingly
непереставаемый unceasing
неповоротливый clumsy
неподалёку near, not far (from)
неподвиж//о motionless; —ость immobility; —ый immovable, motionless, fixed, slow
неполноценн//ость inferiority; —ый defective, inferior
непонятн//о incomprehensibly; —ый incomprehensible, unintelligible, obscure
непостижим//ый incomprehensible; уму —о beyond understanding
непохожий unlike, having no resemblance (to)
неправда untruth, falsehood
неправдивый untruthful
непременно without fail, certain
непрерывный continuous
неприбранный untidy
непривычный unwonted, unusual
неприметный imperceptible
неприсутственный (in general) holiday
неприятель enemy
неприятн//ость trouble; —ый unpleasant, disagreeable
непродажная not for sale
непрочный not durable, insecure, fragile
неразговорчивый taciturn, reticent
неразрешимый insoluble
неразумный unwise
нервн//о nervously; —ый nervous
нерешённий undecided
нерешитель//о with hesitation; —ость indecision; —ый irresolute
нерушимый inviolable
несдержанн//ость lack of restraint; —ый unfulfilled, violent, lacking self-control, unrestrained; —ое слово broken promise
нескладно awkwardly
несколько somewhat, slightly; several, some
нескончаемый never-ending
неслыханный unheard of
неслышный inaudible, noiseless
несмелость timidity
несмотря in spite of, despite

несмышлёный slow-witted

несоглас//ие dissent, discord; —ный inconsistent, incompatible

несомнённо undoubtedly, beyond all question

несостоятельный needy, groundless

неспокойный uneasy, restless

несправедливый unjust, unfair

нестерпимый unbearable

нести to carry, bring; н. туманом to smell of fog

нестись *see* носиться

несчастливый unhappy, unfortunate, ill-fated

несчастный unhappy, unfortunate

несчастье misfortune

нет there are no, there is no

нетерпелив//о impatiently; —ый impatient

нетерпёние impatience

неторопливый unhurried, slow

нетронутый untouched; н. лес virgin forest

неуверенн//ость uncertainty; —ый uncertain

неудержимый irrepressible

неудовольствие displeasure

неужёли really? is it possible?

неужто *see* неужёли

неузнаваемый unrecognizable

неуклюжий clumsy, awkward

неуловимый elusive, difficult to catch

неумёстный inappropriate

неурочный inopportune, unseasonable

неуспёх ill-success, setback

неустанный unwearying

неустойчивый unsteady

неустранимый unavoidable

нёуч ignoramus

неуютный comfortless, not cozy

нехватать, нехватить not enough of; этого ещё —ло that is too much!

нехитрый simple, not difficult

нехороший bad

нехорошо badly

нехорошо it is bad/wrong

нёхотя unwillingly

нечаянно accidentally

нёчего there is nothing (+ *inf*.), it's no use

нечистый unclean, adulterated; (*in folklore*) devil

нёчисть (*in folklore*) evil spirits

нёчто something

неяркий pale

неясный vague

ни not a; ни за что for nothing

нивёсть = невёсть

нигдё nowhere (in no place)

низачто never

низина low place, depression

низкий low; base, mean; —ого роста short; н. голос deep voice

низко low

никак in no way

никакой none whatsoever

никелевый (*adj. of* никель) nickel

никогда never

никто nobody, no one

никуда nowhere

нисколечко (*diminutive of* нисколько) not the least little bit

нисколько not at all

нитка thread

ничком lie face downwards

ничто nothing, in no way

ничтож//ество nonentity; —ный insignificant, worthless

нищенский beggarly, wretched

нищий (*m., decl. as adj.*) beggar

нищий beggarly, indigent

новатор innovator

новенький new, brand-new

новый new

нога foot, leg; со всёх ног at top speed

ноготь (*m.*) fingernail, nail

нож knife

ножницы scissors

ноздря nostril

номер number, apartment, hotel room

норма standard, norm

нормальн//о normally; —ый normal

норь = нора hole

нос nose

нос bow, head

носатый big-nosed

носилки stretcher

носильщик porter, carrier

носить to carry, wear

носиться, нестись, понестись to rush, scud along, skim (over), ride at full speed; make very/too much (of); она носиться со своим сыном she fusses over her son

носо́к toecap
но́та note
ноч//ева́ть to spend the night, sleep;
—ёвка spending/passing the night;
оста́ться на —ёвку у кого́-л. to
sleep at somebody's home
ночле́г lodging for the night, shelter
ночн//о́е night watch (*of horses at
pasture*); —о́й *adj. of* ночь; —а́я
сме́на night shift; —а́я руба́шка
nightshirt
ночь night; —ю by night, at night
но́ша burden
ноя́брь November
нра́виться to please, like
нра́вственный moral
нра́вы morals, manners
нуди́ть to annoy; to whine
нужда́ need
ну́жно it is necessary, one should, one
ought to, to have to; о́чень мне н.
what do I care?
ну́жный necessary
нуль zero
ны́не now; —шний present; —шний
год this year
ны́нче (*colloq.*) today, tonight
нырну́ть *see* ныря́ть
ныря́ть, нырну́ть to dive
ны́ть to ache
нюх scent; у него́ хоро́ший н. he has
a good scent
ню́хать, поню́хать to smell
ня́ня nurse, nannie

О

о of, about
о against
обагря́ть, обагри́ть: о. кро́вью to
stain with blood; —ся, обагри́ться
to be/become stained with blood
обая́тельный fascinating, charming
обва́ливать(ся), обвали́ть(ся) to
crumble, cave in
обвали́ться *see* обва́ливаться
обвенча́ться (*pf.*) get married (*in
church*)
обвести́ *see* обводи́ть
обве́шивать, обве́шать to hang around
(with); to cover

обвиня́ть, обвини́ть to accuse, charge
(with)
обводи́ть, обвести́ to outline
обвя́зывать, обвяза́ть to tie
обгоня́ть, обогна́ть to leave behind,
pass, outdistance, outrun
обдава́ть, обда́ть to pour (over); to be
suddenly conscious of a smell
обдёргивать, обдёрнуть (*colloq.*) to
put in order, pull down; —ся to pull
one's dress into shape; play/produce/
pull out the wrong card
обдёрнуть(ся) *see* обдёргивать(ся)
обдува́ть, обду́ть to blow (on, around,
round)
обду́м//анно deliberately
обду́мывать, обду́мать to consider,
think over
обе́д lunch, dinner; —енный
(*adj.*)
обе́д//ать to dine, have one's dinner
обезу́меть to lose one's senses
обезья́на monkey
обезья́ний apelike
оберега́ть, обере́чь to guard, protect
оберну́ть(ся) *see* обёртывать(ся) and
обора́чиваться
обёртка wrapper, paper cover, dust
jacket
обёртывать, оберну́ть to wrap up,
turn
обёртываться, оберну́ться to turn out,
take a turn
обеспе́чение guarantee
обесси́ленный strengthless, weak
обесси́леть to grow weak, lose one's
strength
обеща́ть to promise
обже́чь(ся) *see* обжига́ть(ся)
обжива́ться, обжи́ться to make oneself at home, feel at home
обжига́ть, обже́чь to burn, scorch;
—ся, обже́чься to burn oneself
обжи́ться *see* обжива́ться
обжо́р//а (*m. & f. colloq.*) glutton;
—ство gluttony
обзеленя́ть to stain green
обзыва́ть, обозва́ть to call
оби́да offense, resentment
оби́деть(ся) *see* обижа́ть(ся)
оби́дно it is a pity
оби́дн//о offensive; —ый offensive

обижа́ть, оби́деть to offend, hurt; —ся, оби́деться to take offense feel/be hurt

оби́женный (*participle of* обижа́ть): у него́ был о. вид he seemed offended

обита́тель inhabitant, resident

обита́ть to dwell, inhabit, reside

о́блако cloud

обла́мываться, обломи́ться to break off, snap

о́бласть province, district

о́блач//ко cloud; —ный cloudy

облегч//а́ть, облегчи́ть to ease, lighten, relieve

облегче́ние relief

обле́злый shabby, bare

обле́ниваться, облени́ться to grow lazy

облета́ть, облете́ть to fly, speed, fall off

облете́ть *see* облета́ть

облива́ть, обли́ть to pour over, spill on; —ся, обли́ться to pour/spill over oneself

облиза́ть(ся) *see* обли́зывать(ся)

обли́зывать, облиза́ть, облизну́ть to lick, lick all over; —ся, облиза́ться, облизну́ться to lick one's lips

о́блик look, aspect, appearance

обли́ть(ся) *see* облива́ть(ся)

обло́жка cover

облока́чиваться, облокоти́ться to lean (against)

обломо́ть(ся) *see* обла́мывать(ся)

облупи́ть *see* облу́пливать, лупи́ть

облу́пливаться, облупи́ться to come off, peel

облюбова́ть to choose, select

обма́н fraud, deception

обману́ться *see* обма́нываться

обма́нщик deceiver, cheat

обма́нывать, обману́ть to deceive, cheat, betray

обма́нываться, обману́ться to be deceived, make a mistake

обма́тывать(ся), обмота́ть(ся) to wind (round)

обме́н exchange

обме́ниваться, обмени́ться, обменя́ться to exchange, swap

обмира́ть, обмере́ть to be struck with fear, horror

о́бморок fainting spell, swoon

обмота́ть(ся) *see* обма́тывать(ся)

обмыва́ть(ся), обмы́ться to wash, bathe

обмяка́ть, обмя́кнуть to become soft, become flabby

обнару́живать, обнару́жить to display, discover; —ся, обнару́житься to be revealed, be discovered

обнима́ть, обня́ть to embrace

обно́в//а new acquisition

обнови́ть(ся) *see* обновля́ть(ся)

обновлённый renewed, rejuvenated

обновля́ть(ся), обнови́ть(ся) to renovate, refresh; (*colloq.*) to put on for the first time

обноси́ть, обнести́ to serve around

обно́ски (*colloq.*) cast-off clothes

обню́хивать, обню́хать to sniff

обня́ть *see* обнима́ть

обоготвори́ть *see* обоготворя́ть

обоготворя́ть, обоготвори́ть to idolize

о́бод rim; —о́к thin border, thin rim

ободри́ть *see* ободря́ть

ободря́ть, ободри́ть to encourage, cheer up

обожа́ть to adore, worship

обожда́ть to wait (for a while)

обозли́ться to grow/get angry

обознача́ть, обозна́чить to designate, mark

обознача́ться, обозна́читься to appear

обо́и wallpaper

обойти́ *see* обходи́ть

оболо́чка cover, shell

обомле́ть to be stupefied

обора́чиваться, обороти́ться, оберну́ться to turn (around)

обо́рванный (*see* обрыва́ть) ragged

оборва́ть *see* обрыва́ть

оборони́тельный defensive

обоснова́ть(ся) *see* обосно́вывать(ся)

обосно́вывать, обоснова́ть to ground, base; —ся, обоснова́ться to settle (down)

обособле́ние isolation

обо́чина side of the road

обраба́тывать, обрабо́тать to work (up); treat

обрабо́тать *see* обраба́тывать

обрабо́тка processing, cultivation

обра́довать(ся) *see* ра́довать(ся) to be glad, rejoice

о́браз (*pl.* —ы) appearance, image; наси́льственным —ом with force; таки́м —ом thus; гла́вным —ом chiefly

о́браз (*pl.* —а́) icon

образе́ц standard, model

образова́ние education

образо́вывать, образова́ть to form, organize

образу́мить to bring to reason

обрати́ть, обраща́ть: о. внима́ние to pay attention

обра́тно back, backwards

обра́тн//ый reverse; в —ую сто́рону in the opposite direction

обращ//а́ть, обрати́ть to turn, pay attention; —ся, обрати́ться to accost, appeal (to somebody); turn (into), treat

обраще́ние address, manner

обрека́ть, обре́чь to doom

обречённост//ь predestination; чу́вство —и feeling of doom

обре́чь *see* обрека́ть

обруба́ть, обруби́ть to chop off, cut short

обруга́ть to curse, scold

о́бруч hoop

обруча́льн//ый: —ое кольцо́ wedding ring

обруче́ние betrothal

обру́шивать, обруша́ть to bring down; to come down; to fall (upon)

обры́в precipice

обрыва́ть, оборва́ть to tear off, break, pluck, cut

обры́вок snatch, scrap

обрю́зглый fat and flabby

обрю́згнуть to grow fat and flabby

обрю́згший flabby

обря́д rite, ceremony

обсле́дование inspection

обсле́довать to inspect

обстано́вка furniture; set (*theater*)

обстано́вка conditions, situation

обстоя́тельство circumstance

обступ//а́ть, обступи́ть to surround, cluster

обтря́хивать, отря́хивать to shake off

обтя́гвиать, обтяну́ть to cover, fit close

обуча́ть, обучи́ть to teach (somebody something), train

обхвати́ть *see* обхва́тывать

обхва́тывать, обхвати́ть to clench, grapple, clasp, surround

обхо́д round, beat

обходи́ть, обойти́ to go/pass (round)

обчи́стить(ся) *see* обчища́ть(ся)

обчища́ть(ся), обчи́стить(ся) to clean, brush

общежи́тие hostel, community

обще́ние intercourse

о́бщество society

о́бщий general, common

объяви́ть *see* объявля́ть

объявле́ние announcement, notice

объявля́ть, объяви́ть to declare, announce

объясне́ние explanation

объясн//и́ть(ся) *see* объясня́ть(ся)

объясня́ть, объясни́ть to explain; –ся, объясни́ться to have it out

объя́тие embrace

обыва́тель (*m.*) resident, inhabitant

обыва́тельский: о. взгляд narrow views

обыкнове́н//ие habit; по —ию as usual; —но usually; —ный ordinary

о́быск search

обы́ч//ай custom, usage; —но usually; —ный ordinary

обя́занность duty, responsibility

обяза́тельно without fail, be sure (to)

обяза́ть(ся) *see* обя́зывать(ся)

обя́зывать, обяза́ть to bind, oblige; —ся, обяза́ться to pledge oneself

овёс oats

овладева́ть, овладе́ть to seize, take possession (of)

овладе́ть *see* овладева́ть

овра́г ravine

овца́ sheep

овчи́на sheepskin

огло́хнуть (*see* гло́хнуть) to become deaf

оглуша́ть, оглуши́ть to deafen, stun

оглуши́тельный deafening

огляде́ть *see* огля́дывать

огля́дка (*colloq.*) looking back over

огля́дывать, огляде́ть to examine, look over; —ся, огляде́ться, огляну́ться to turn back, glance back

огляну́ть(ся) *see* огля́дывать(ся)

о́гненный fiery

оголя́ть(ся), оголи́ть(ся) bare, strip

огоне́к light

ого́нь (*m.*) fire, light

огоро́д kitchen garden

огорча́ть, огорчи́ть to grieve, disappoint

огорче́н//ие grief, disappointment; —ный disappointed

огорчи́ть(ся) *see* огорча́ть(ся)

огра́бить *see* гра́бить

ограни́ченный limited

огреба́ться *see* грести́

огро́мный enormous, huge

огуре́ц cucumber

одаря́ть, одари́ть to give presents

одева́ть, оде́ть to dress; —ся, оде́ться to dress oneself

оде́жда clothing

одеколо́н eau-de-cologne

одеревене́ть (*see* деревене́ть) to become stiff/numb

оде́тый dressed

оде́ть(ся) *see* одева́ть(ся)

одея́ло blanket

оди́н one, alone

одино́кий solitary, lonely

одино́чество loneliness

одино́чка lone person

одича́ть *see* дича́ть

одна́жды once, one day

одна́ко (*also* —ж *and* —же) however, though

одногла́зый one-eyed

однообра́зный monotonous

однотонный monotonous (*adj. of* "*monotone*")

одобре́ние approval

одобря́ть, одо́брить to approve

одолева́ть, одоле́ть to overpower, overcome

одоле́ть *see* одолева́ть

одубе́ть to become stiff

ожесточа́ть, ожесточи́ть to harden, embitter

ожесточи́ть *see* ожесточа́ть

ожива́ть, ожи́ть to come to life

оживлённый animated

оживля́ть, оживи́ть to enliven, vivify; —ся, оживи́ться to become animated

ожида́ние expectation, waiting

ожида́ть to wait (for)

ожо́г burn

озабо́ченный preoccupied

озаря́ть, озари́ть to illuminate; его́ озари́ло it dawned on him

о́зеро lake

означа́ть to mean, signify

озно́б shivering, fever

оказа́ть(ся) *see* ока́зывать(ся)

ока́зия oddity, unexpected turn

ока́зывать, оказа́ть to show, influence; —ся, оказа́ться to turn out, prove, it turned out

окамене́ть, камене́ть to become hard/stony

ока́нчивать, око́нчить to finish, end; —ся, око́нчиться to end (in), terminate (in)

ока́пывать, окопа́ть to dig round; —ся, окопа́ться to entrench

океа́н ocean

оки́дывать, оки́нуть: о. взо́ром, взгля́дом to take in at a glance, glance over

оки́нуть *see* оки́дывать

о́клик hail, call

оклика́ть to hail, call

окно́ window

о́ко eye; в одно́ мгнове́ние —а in an instant

око́вы fetters

око́вывать, окова́ть to bind

о́коло by, near, around, about

оконча́//ние graduation; —тельный final, definitive

око́нчить(ся) *see* ока́нчивать(ся)

око́п entrenchment

окопа́ть(ся) to entrench oneself

окра́ина outskirts

окре́пнуть *see* кре́пнуть

о́крик peremptory shout, hail, hello

окрова́вленный bloodstained

о́круг district; —а district

окружа́ть, окружи́ть to surround

окружа́ющий surrounding

окружи́ть *see* окружа́ть

окуна́ться, окуну́ться to dip, plunge

оку́рок cigarette butt

оле́ний *adj. of* оле́нь

оле́нь deer

олицетворя́ть, олицетвори́ть to personify

омерзе́ние loathing

онда́тровый raccoon (*adj.*)

онеме́ть (*see* неме́ть) to become numb

опада́ть, опа́сть to fall off/away

опа́здывать, опозда́ть to be late

опаса́ться to apprehend, fear

опасе́ние fear, apprehension

опа́сн//о dangerously; —ость danger, peril; —ый dangerous

о́пера opera

операцио́нная (*f., decl. as adj.*) operating room

опереди́ть *see* опережа́ть

опережа́ть, опереди́ть to leave behind, forestall

опи́лки sawdust

опира́ться, опере́ться to lean (upon, against)

описа́ние description, account

описа́тельный descriptive

описа́ть *see* опи́сывать

опи́сывать, описа́ть to describe, depict; to circumscribe

опозда́ть *see* опа́здывать

опознава́ть, опозна́ть to identify

опо́мниться to come to one's senses

опо́рок ragged footwear

оправда́ние excuse

оправда́ть *see* опра́вдывать

опра́вдывать, оправда́ть to justify, warrant; о. наде́жды to justify hope; —ся, оправда́ться to justify oneself

опра́вить(ся) *see* оправля́ть(ся)

оправля́ть, опра́вить to set right, put in order; —ся, опра́виться to recover

определённо definitely

определи́ть(ся) *see* определя́ть(ся)

определя́ть, определи́ть to diagnose, determine

определя́ться, определи́ться to be conditioned/determined

опроки́дываться, опроки́нуться to overturn

опроста́ть to empty

опуска́ть, опусти́ть to lower, sink; —ся, опусти́ться to sink, fall

опусте́ть *see* пусте́ть

опустоша́ть, опустоши́ть to devastate

опу́шка border/edge of the forest

о́пыт experiment

опьяне́ние intoxication

опьяне́ть (*see* пьяне́ть) to become intoxicated

опя́ть again

ора́нжевый orange

оранжере́я hothouse

ора́тор speaker

ора́ть to yell; о. во все го́рло to yell/ shout at the top of one's voice

орга́н organ (*musical instrument*)

органи́зм organism

о́рден order, decoration

о́рдер warrant, order

ордина́рец orderly

орёл eagle

оре́ховый *adj. of* оре́х

оре́шник (any) nut tree

оригина́льный original

ориенти́роваться to orient oneself

орке́стр orchestra

оробе́ть to become frightened, grow timid

ороша́ть, ороси́ть to irrigate, wash

ору́дие instrument, piece of ordnance, gun

ору́жие arms (*collectively*), weapon

осажда́ть, осади́ть to lay siege, besiege

осва́ивать, осво́ить to assimilate

освирепе́ть to become enraged

освеща́ть, освети́ть to light up, illuminate, throw light

освиде́тельствовать (*see* свиде́тельствовать) to testify, witness

освободи́ть(ся) *see* освобожда́ть(ся)

освобожда́ть, освободи́ть to dismiss, free; —ся, освободи́ться to get/become free; make oneself free

освобожде́ние release

осво́ить *see* осва́ивать

оседа́ть, осе́сть to settle, subside, sink low

осе́нний (*adj. of* о́сень) autumnal

о́сень autumn; —ю in autumn

осётр sturgeon

осетри́на sturgeon

оси́лить to overpower, manage

оси́н//а asp; —овый aspen

оси́ный wasp (*adj.*)
оска́л//ивать, оска́лить (*see* ска́лить):
о. зу́бы to show/bare one's teeth;
—иться to grin, show one's teeth
оскверня́ть, оскверни́ть to defile
оско́лок shell splinter
оско́минный *adj. to* оско́мина
оско́мина soreness in the mouth
оскорби́ть(ся) *see* оскорбля́ть(ся)
оскорбля́ть, оскорби́ть to insult, offend, outrage; —ся, оскорби́ться to take offense
ослабева́ть to become/grow weak
осла́бить *see* ослабля́ть
ослабля́ть, осла́бить to weaken, relax
ослеп//и́тельный dazzling, blinding; —лённый blinded, dazzled
ослѐпнуть to become blind
осма́тривать, осмотре́ть to examine, survey; —ся, осмотре́ться to look around
осме́ливаться, осме́литься to dare
осмотре́ть(ся) *see* осма́тривать(ся)
осо́ба person
осо́бенн//о particularly, especially; —ость peculiarity; —ый special, particular
особли́во = осо́бенно especially
особня́к private residence
осо́б//о specially; —ый special
осознава́ть, осозна́ть to realize
осо́ка sedge, carex
осолове́ть to be intoxicated
оспа́ривать, оспо́рить to dispute, call in question
о́спина pockmark
осрами́ть(ся) *see* срами́ть(ся)
остава́ться, оста́ться to remain, be left
оста́вить *see* оставля́ть
оставля́ть, оста́вить to leave, abandon
остально́й the rest of, the others
остана́вливать, останови́ть to stop, bring to a stop; —ся, останови́ться to come to a stop, pull up, be fixed
оста́нки remains
останови́ть(ся) *see* остана́вливать(ся)
оста́ться *see* остава́ться
остеклене́ть (*see* стеклене́ть) to become glassy, dull
остервене́ть to become enraged; —ся to become frenzied

осторо́жн//о carefully, cautiously; —ый careful, cautious
осточерте́ть: это ему́ осточерте́ло he is fed up with it
острека́ться (*substandard*) to get nettle-burns
остро́ sharply
о́стров island
остро́г jail
о́стрый sharp, acute
оступа́ться, оступи́ться to stumble
остыва́ть, остꙑ́ть to get cold, cool down
остꙑ́ть *see* остыва́ть
осу́нуться to get/grow pinched
осыпа́ться, осы́паться to crumble, fall
от from
отбива́ть, отби́ть to beat, bruise, repel; —ся, отби́ться to defend oneself (against)
отбира́ть, отобра́ть to select
отби́ть(ся) *see* отбива́ть(ся)
отбра́сывать, отбро́сить to cast away, throw off, discard
отбреха́ться to lie one's way out of a situation
отбро́сить *see* отбра́сывать
отва́л dump, drift
отва́ливать, отвали́ть to push off, cast off; —ся, отвали́ться to fall off
отвали́ть(ся) *see* отва́ливать(ся)
отвезти́ *see* отвози́ть
отверну́ться *see* отвёртываться and отвора́чиваться
отвёртываться, отверте́ть, отверну́ть to unscrew; *all reflex.* to become unscrewed
отве́сно steep
отвести́ *see* отводи́ть
отве́т answer
отве́т//ить, отвеча́ть to answer; —ный (*participle*) given in answer
отве́тственн//ость responsibility; —ый responsible
отвеча́ть, отве́тить to answer, reply
отвлека́ть, отвле́чь to distract, divert; —ся, отвле́чься to be distracted
отвле́чь(ся) *see* отвлека́ть(ся)
отводи́ть, отвести́ to draw aside, take back
отвоева́ться to be finished with fighting

отвози́ть, отвезти́ to take away, drive
отвора́чивать, отвороти́ть, отверну́ть
  to turn away; —ся, отвороти́ться,
  отверну́ться to turn away (from)
отвори́ть(ся) *see* отворя́ть(ся)
отворя́ть(ся), отвори́ть(ся) to open
отврати́тельный detestable, abominable
отвраще́ние aversion, disgust, loathing
отвя́зывать, отвяза́ть to untie, untether
отгова́ривать, отговори́ть to dissuade
  (from); —ся, отговори́ться to plead
  something
отговори́ть(ся) *see* отгова́ривать(ся)
отгоня́ть, отогна́ть to drive away/off,
  keep off, fight
отдава́ть, отда́ть to give, give up, return; о. честь to salute
отдава́ться, отда́ться to give oneself
  up, resound
отдави́ть (*pf.*) to crush
отдале́ние removal, distance
отдалённый distant, remote
отдали́ть(ся) *see* отдаля́ть(ся)
отдаля́ть, отдали́ть to postpone, remove; —ся, отдали́ться (от) to
  move away; (*fig.*) to shun
отда́ривать to repay with a present
отда́ть *see* отдава́ть
отде́л department
отде́лать(ся) *see* отде́лывать(ся)
отделе́ние section, room
отделённый *participle of* отделя́ть
отдели́ть(ся) *see* отделя́ть(ся)
отде́л//ка trimming
отде́лывать, отде́лать to trim;
  —ываться, отде́латься to escape (with
  something); get off
отде́льн//о separately; —ый separate
отделя́ть, отдели́ть to separate, detach; —ся, отдели́ться to separate,
  get detached, come off
отдёргивать, отдёрнуть to jerk back
отдира́ть, отодра́ть to tear off, pull
  away
отдохну́ть *see* отдыха́ть
отду́шина air hole
о́тдых rest, relaxation
отдыха́ть, отдохну́ть to rest, take a rest
отели́ться (*see* тели́ться) to give birth
  to a calf

оте́ль hotel
оте́ц father
отзыва́ть, отозва́ть to take aside/
  apart; —ся, отозва́ться to echo; to
  answer, speak
отказа́ть(ся) *see* отка́зывать(ся)
отка́зыва ть, отказа́ть to refuse, deny;
  —ся, отказа́ться to refuse, give up,
  relinquish
отка́шливаться, отка́шляться to clear
  one's throat
отки́дывать, отки́нуть to throw back;
  —ся, отки́нуться to lean back,
  settle back
отки́нуть(ся) *see* отки́дывать(ся)
откла́дывать, отложи́ть to put/set
  aside, put off, postpone
откли́каться, откли́кнуться to respond
отко́с slope
открове́ние revelation
открове́нный frank, blunt
открыва́тель discoverer
открыва́ть, откры́ть to open, discover; —ся, откры́ться to open,
  come to light
откры́тый open, frank
откры́ть(ся) *see* открыва́ть(ся)
отку́да where . . . from, from which
отку́да-то from somewhere
отку́ль (*dialectal*) = отку́да from where
откуси́ть *see* отку́сывать
отку́сывать, откуси́ть to bite off
отлёживать, отлежа́ть to grow numb;
  о. бока́ to loll around
отлета́ть, отлете́ть to be thrown off
отлете́ть *see* отлета́ть
отлича́ть, отличи́ть to distinguish;
  —ся, отличи́ться to differ (from)
отли́чие distinction, contradiction
отли́чн//о excellently, perfectly; —ый
  excellent
отложи́ть *see* откла́дывать
отлы́нивать to shirk
отмаха́ть *see* отма́хивать
отма́хивать, отмаха́ть, отмахну́ть to
  wave away; —ся, отмахну́ться to
  wave away
отме́ривать, отме́рить to measure off
отме́тить *see* отмеча́ть
отмеча́ть, отме́тить to mark, note
отмыка́ть, отомкну́ть to unlock, unbolt

отнести́ *see* относи́ть
отнима́ть, отня́ть to take away
относи́тельно relatively
относи́ть, отнести́ to take, attribute; —ся, отнести́сь to treat, regard; *only impf.*, to concern
отноше́ние attitude, relation
отны́не henceforth
отню́дь by no means
отня́тие: о. ребёнка от груди́ weaning the child
отня́ть(ся) *see* отнима́ть(ся)
отодвига́ть, отодви́нуть to move aside; —ся, отодви́нуться to move away
отодви́нуть(ся) *see* отодвига́ть(ся)
отодра́ть *see* отдира́ть
отожествля́ть, отожестви́ть to identify
отозва́ние recall
отозва́ть(ся) *see* отзыва́ть(ся)
отойти́ *see* отходи́ть
отомкну́ть *see* отмыка́ть
оторва́ть *see* отрыва́ть
отпеча́таться *see* отпеча́тываться
отпеча́тываться, отпеча́таться to leave an impression/imprint
отпива́ть, отпи́ть to take a sip, finish drinking
отплыва́ть, отплы́ть to sail
отпра́в//ить (*see* отправля́ть): —ка sending off, dispatch
отправля́ть, отпра́вить to dispatch; —ся, отпра́виться to set off, go
отпра́здновать (*see* пра́здновать) to celebrate
о́тпуск vacation, holiday
отпуска́ть, отпусти́ть to let go, let off, set free
отпусти́ть *see* отпуска́ть
отравля́ть, отра́вить to poison, spoil
отра́дный comforting
отража́ть, отрази́ть to reflect; —ся, отрази́ться to be reflected
отраже́ние reflection, reverberation
отражённый *participle of* отража́ть
отре́з dress length
отре́зать to cut off, snip off
отрезве́ть *see* трезве́ть
отрезви́ть(ся) *see* отрезвля́ть(ся)
отрезвля́ть, отрезви́ть to sober; —ся, отрезви́ться to become sober

отрица́тельный negative
о́трический adolescent
о́трочество adolescence
отрыва́ть, оторва́ть to tear off/away; blow off; —ся оторва́ться to tear off; о. от to tear oneself away (from)
отры́вистый abrupt, jerky
отря́хивать, отряхну́ть to shake down/off
отряхну́ть *see* отря́хивать
отска́кивать, отскочи́ть to jump aside/away
отскочи́ть *see* отска́кивать
отсро́чивать, отсро́чить to delay, postpone
отсро́чить *see* отсро́чивать
отсро́чка postponement
отстава́ть, отста́ть to fall/drop behind
отста́вка resignation; вы́йти в —y to resign
отставля́ть, отста́вить to set/put aside, discharge
отставно́й retired
отстега́ть *see* стега́ть
отстране́ние pushing aside, dismissal
отстрани́ть(ся) *see* отстраня́ть(ся)
отстраня́ть, отстрани́ть to push aside, remove; —ся, отстрани́ться to move away
отсыре́ть (*see* сыре́ть) to grow/become damp
отсю́да from here
отта́лкивать, оттолкну́ть to push away
отте́нок nuance
оттере́ть *see* оттира́ть
оттесня́ть, оттесни́ть to push aside
оттира́ть, оттере́ть to rub off/out
оттого́ that is why; о. что because
оттолкну́ть *see* отта́лкивать
оттопы́ренный bulging out, protruding
отту́да from there
оття́гивать, оттяну́ть to draw off
отхвати́ть *see* отхва́тывать
отхва́тывать, отхвати́ть to chop off
отходи́ть, отойти́ to leave, depart, move away
отходи́ть to recover, be all right again
отцвести́ *see* отцвета́ть
отцвета́ть, отцвести́ to finish blooming

отцо́в one's father's
отцо́вский paternal
отча́иваться, отча́яться to despair
отча́сти partly
отча́ян//ие despair; —но desperate-
ly; —ый desperate
отча́яться see отча́иваться
отчего́ why
отчёт account; не отдава́ть себе́ —а
be unaware, not realize
отчётливый distinct
отшвы́ривать, отшвырну́ть to fling
away, kick aside
отщепе́нец renegade
отъе́зд departure
отъезжа́ть, отъе́хать to drive off
отъе́хать see отъезжа́ть
отыска́ть(ся) see оты́скивать(ся)
оты́скивать, отыска́ть to find, look
for; —ся, отыска́ться to come up,
appear
отяжеле́ть (pf.) grow heavy
офице́р officer
официа́нтка waitress
о́ханье moaning
оха́пка armful; взять в оха́пку to
take in one's arms
о́хать, о́хнуть to moan
охвати́ть see охва́тывать
охва́тывать, охвати́ть to envelop,
seize
охва́ченный participle of охва́тывать
охладева́ть, охладе́ть to grow cold
охмеле́ть to grow/become tipsy
о́хнуть see о́хать
охо́та hunt, chase
охо́та wish; с —ой with willingness
охо́титься to hunt
охо́тник hunter, sportsman
охо́тник lover
охо́тничий hunting
охо́тно willingly
охрани́ть see охраня́ть
охраня́ть, охрани́ть (от) to guard
(from, against), protect (from); to
stand guard (over)
оцара́пать to scratch
оцени́ть (see цени́ть) to value, estimate, think highly (of)
оце́нка appraisal, valuation
очарова́ние charm, fascination
очаро́ванный charmed

очарова́тельный charming
очаро́вывать, очарова́ть to charm
очеви́дно it is obvious/evident
очеви́дно obviously, evidently
о́чень very
о́чередь (f.) turn
очерта́ние outline
очерте́ть = осточерте́ть
очи́стка cleaning
очка́рик a man with glasses (slang)
очки́ (pl.) (pair of) spectacles
очну́ться (pf.) to come to oneself, re-
gain consciousness
очути́ться (pf.) to find oneself, come
ошале́лый crazy
ошале́ть (see шале́ть) to lose one's
head
оше́йник collar; соба́чий о. dog collar
ошеломи́ть see ошеломля́ть
ошеломля́ть, ошеломи́ть to stun
ошиба́ться, ошиби́ться to be mistaken,
make a mistake
оши́бка mistake, error
оштрафова́ть (see штрафова́ть) to
fine
оштукату́рить (see штукату́рить) to
plaster
ощипа́ть pf. of ощи́пывать; see щипа́ть
ощи́пывать, ощипа́ть to pluck
ощу́пать see ощу́пывать
ощу́пывать, ощу́пать to feel, touch
о́щупью gropingly; иска́ть о. to
grope (for)
ощуща́ть, ощути́ть to feel
ощуще́ние sensation

П

павильо́н pavilion
па́дать, пасть, упа́сть to fall, drop,
sink
паде́ние fall, downfall
паз slot, groove
па́занки rabbit's feet
па́занок see паз
па́зуха bosom
па́кля tow
пала́та ward
пала́тка tent
па́левый pale-yellow, straw-yellow

па́лец finger
па́лка stick
па́луба deck
па́лый fallen
па́льма palm tree
пальто́ topcoat
па́мятный memorable
па́мять (*f., only sing.*) memory, remembrance
пане́ва the woolen skirt of a peasant woman
пани́ческий panicky
панталóны trousers
папирóс//а cigarette; —ный (*adj.*)
пар steam, vapor
па́ра pair
пара́дное front door
пара́дный main, front, gala
пара́тость speed in dogs and horses
па́рень lad, chap
парк park
парке́т parquet
парóв//óй lying fallow; —óе пóле fallow
парóм ferryboat, raft
парохóд steamer, steamship; **пасса́жирский п.** passenger ship; —ный *adj. of* парохóд
парте́р the pit (*of the theatre*), the stalls
па́ртия detachment, match
партнёр, —ша partner
па́рус sail; под —а́ми under sail
паруси́на canvas
парфюме́р perfumer; —ия perfumery; —ный *adj. of* парфюме́рия; —ный прибóр perfume set
парш//а́ tetter, mange; —и́вый lousy
парши́венький lousy
пассажи́р passenger
пасту́х shepherd
пасть (*see* па́дать): п. сме́ртью хра́брых to die a valiant death
пасть mouth (*of an animal*), jaw
па́сха Easter, Passover
пасья́нс patience; раскла́дывать п. to play solitaire
патрóн cartridge
па́уза pause, interval
пау́к spider
паути́на cobweb, web, gossamer
па́харь plowman

паха́ть to plow
пахну́ть to smell, reek
па́хота plowing
паху́чий odorous
паца́н chap, fellow; ма́ленький —чик (*slang*) kid
па́чкать, запа́чкать, испа́чкать to soil, dirty, stain
певе́ц singer
певи́ца singer
пе́гий skewbald
педагóг teacher
пе́карь baker
пельме́ни dumplings (*shells of dough enclosing meat*)
пена́л pencil case
пе́ние singing
пе́нсия pension
пенсне́ pince-nez
пе́нушко (пе́нюшко) fiber/filament of a tree
пень stump
пе́пельница ash tray
пе́пельный ashy
первокла́ссный first-class, first-rate
первонача́льный original, elementary
пе́рвый first, earliest; —ое ме́сто the head/most important place
перебега́ть, перебежа́ть to cross (running)
перебежа́ть *see* перебега́ть
перебива́ть, переби́ть to interrupt, break
перебинтóвывать, перебинтова́ть to bandage, change the bandage
перебира́ть, перебра́ть to look over/through, take too much of smth.
переби́ть to kill, break, beat
перебра́ть *see* перебира́ть
перева́л crossing, path
перева́ливаться: п. с бóку на бок to waddle
перевезти́ *see* перевози́ть
перевну́ть(ся) *see* перевёртывать(ся)
перевёртывать, переверну́ть, переверте́ть to turn over
перевёртываться, переверну́ться to turn over
переводи́ть, перевести́ to transfer, move
перевóдчик interpreter
перевóз transportation, ferry

перевози́ть, перевезти́ to transport, take/put across

перево́зка conveyance, transportation

перевора́чивать(ся) = перевёртывать(ся)

перевоспита́ть(ся) *see* перевоспи́тывать(ся)

перевоспи́тывать, перевоспита́ть to re-educate; —ся, перевоспита́ться to re-educate oneself

перевяза́ть *see* перевя́зывать

перевя́з//ка bandage, dressing; —оч-ный пункт dressing station

перевя́зывать, перевяза́ть to bandage

перегиба́ть, перегну́ть to bend; —ся, перегну́ться to lean over

перегна́ть *see* перегоня́ть

перегну́ть(ся) *see* перегиба́ть(ся)

перегово́ры negotiations

перегоня́ть, перегна́ть to outdistance, leave behind

перегоро́дка partition

пе́ред before, in front of

передава́ть, переда́ть to pass, give; to reproduce; to tell; to give/pay too much; to deliver; —ся, переда́ться to go over (to)

переда́ть(ся) *see* передава́ть(ся)

передвига́ть, передви́нуть to move, shift

передёргивать, передёрнуть: его пере-дёрнуло he was convulsed with pain; —ся, передёрнуться to be convulsed with pain

передёрнуть *see* передёргивать

пере́дний front, fore-part; п. край (оборо́ны) main line of resistance

пере́дник apron

пере́дняя anteroom

передова́я front line

передово́й headmost, forward, pro-gressive

передови́к: —и се́льского хозя́йства, промы́шленности foremost people in agriculture, industry

передо́к detachable front

перее́зд removal, moving, transporta-tion

переезжа́ть, перее́хать to cross (*from one place to another*)

переезжа́ть, перее́хать to move to a new place (*of residence*)

пережива́ть, пережи́ть to experience; to endure, suffer

пережида́ть, пережда́ть (что—л.) to wait till something is over

пережи́ть *see* пережива́ть

перейти́ *see* переходи́ть

перека́т shoal

перека́тывать, перекати́ть to roll/ move somewhere else

перека́чивать, перекача́ть to pump over, sway

переклада́ывать, переложи́ть to put/ place somewhere else, shift

перекрести́ться (*see* крести́ться) to cross oneself

перелета́ть, перелете́ть to fly over; п. с одного́ ме́ста на друго́е to fly from one place to another

перелётн//ый: —ая пти́ца bird of pass-age

перелива́ться to play; п. все́ми цве-та́ми to be iridescent/opalescent

перели́стывать, перелиста́ть to turn over, leaf

переложи́ть *see* перекла́дывать

переломáть to break

переме́на change

перемени́ть(ся) *see* переменя́ть(ся)

переменя́ть, перемени́ть to change; —ся, перемени́ться to change

перемеша́ть(ся) *see* переме́шивать(ся)

переме́шивать, перемеша́ть to mix; —ся, перемеша́ться to get mixed

перемеща́ть, перемести́ть to move somewhere else; —ся, перемести́ться to move

переми́гиваться, перемигну́ться to wink at each other

перенести́ *see* переноси́ть

переноси́ть, перенести́ to bear, stand, take

переночева́ть to spend the night

пе́репел quail

переписа́ть (*see* перепи́сывать): п. на кого́-л. что-л. to write out some-thing to somebody

перепи́сывать, переписа́ть to rewrite, recopy

переплёт binding

переплета́ться, переплести́сь to inter-lace, interweave

переплете́ние interlacing

переплыва́ть, переплы́ть to row/ferry across, sail across

переплы́ть *see* переплыва́ть

перепо́лнить *see* переполня́ть

переполня́ть, перепо́лнить to overfill, overbrim

перепоя́саться *see* перепоя́сываться

перепоя́сываться, перепоя́саться to gird oneself, wrap up

перепро́бовать to try, taste

перепры́гивать, перепры́гнуть to jump over

перепу́тать *see* перепу́тывать

перепу́тывать, перепу́тать to entangle, confuse

перерва́ть(ся) *see* перерыва́ть(ся)

перерожда́ть, перероди́ть to regenerate

переро́сток backward child, an overgrown child

переры́в interruption, break, interval

перерыва́ть(ся), перерва́ть(ся) to break, tear

перерыва́ть, переры́ть to dig up; to rummage (in); to dig again/anew

переса́дка transfer, change (*of train*)

пересека́ть, пересе́чь to cross, cut

пересели́ть(ся) *see* переселя́ть(ся)

переселя́ть, пересели́ть to move; —ся, пересели́ться to move, migrate

пересе́чь *see* пересека́ть

переска́з retelling, narration

переска́зывать, пересказа́ть to retell

переска́кивать, перескочи́ть to jump over, skip from one top to another

пересо́хнуть *see* пересыха́ть

переспра́шивать, переспроси́ть to ask again, ask to repeat

переспроси́ть *see* переспра́шивать

перестава́ть, переста́ть to stop, cease

перестано́вка rearrangement

переста́ть *see* переставать

переступа́ть, переступи́ть to step over; п. с ла́пы на ла́пу to shift from one paw to the other

пересыха́ть, пересо́хнуть to get dry, dry up; у него́ в го́рле пересо́хло his throat is dry

пере́ть (*substandard*)=идти to go

перетя́гивать, перетяну́ть to pull/draw somewhere else

перетя́гиваться, перетяну́ться to lace oneself too tightly

перетяну́ть(ся) *see* перетя́гивать(ся)

переу́лок side street

переходи́ть, перейти́ to get over, cross, pass on (to), turn (into); п. на ты to change to the informal address (thou)

перечи́стка (*substandard*) cleaning

переша́гивать, перешагну́ть to step over

перешёптываться to whisper to one another

пери́ла handrail, banister

пери́од period

перламу́тровый mother-of-pearl

перо́ feather, pen

пе́рстень ring

перча́тка glove

пёс dog

пе́сня song

песо́к sand

пёстрый motley, gay

песча́ный sandy

петли́ца buttonhole

пе́тля loop, stitch

пету́х rooster; пусти́ть кра́сного —а́ to set fire

петь, спеть, пропе́ть to sing

пехо́та infantry

печа́ль grief, sorrow; —но dismally, mournfully; —ный sad, mournful

печа́ть to seal, stamp

пе́чень liver

пе́чка = печь

печь stove, oven

печь(ся), испе́чь(ся), спе́чь(ся) to bake

пе́ший pedestrian, on foot

пе́шка pawn

пешко́м on foot

пи́во beer

пиджа́к jacket, coat

пике́йный piqué; —ое одея́ло piqué bedspread

пики́ровать to dive, swoop

пики́роваться to exchange caustic remarks

пикиро́вка exchange of caustic remarks

пи́кнуть to make a sound; не п. ни сло́ва not to say a word

пи́кули pickles

пило́т pilot

пило́тка (*mil.*) cap, military summer uniform cap, overseas cap

пилю́ля pill
пингви́н penguin; —ий (*adj.*)
пино́к kick
пиро́г pie
пирожо́к patty
пи́сарь clerk, scribe
писа́тель writer
писа́ть, написа́ть to write
пи́сьменный: п. стол desk
письмо́ letter
пита́ть to feed, entertain (a feeling); —ся to live (on)
пито́мец nurseling
пить, вы́пить to drink, take; п. чай, ко́фе, и т. п. to drink/take tea, coffee, etc.
пиха́ть, пихну́ть to push
пи́чкать, напи́чкать to stuff
пи́шущий *participle of* писать
пи́ща food
пла́вать, плыть to swim, sail
пла́вный smooth
плака́т poster
пла́кать to weep, сгу; го́рько п. to weep bitterly, cry one's heart out
пла́мя flame
план plan
плане́та planet
пла́нка lath, plank
планше́т map case
пласти́нка plate, record
плата́н (*bot.*) platan, plane tree
платёж payment
плати́ть to pay
плато́к kerchief; носово́й п. handkerchief
платфо́рма platform
пла́тье dress
плацка́рта reserved-seat ticket
плащ raincoat
плева́ть, плю́нуть to spit (out, upon); —ся to spit
плёвый trifling; —ое де́ло trifling matter
плен captivity; брать кого́-л. в плен to take somebody prisoner
плени́тельный fascinating, captivating
плени́ть(ся) *see* пленя́ть(ся)
плёнка film
пленя́ть(ся), плени́ть(ся) to be fascinated (by)
плёс pool, reach of river

пле́сень mold
плеск splash, swash
плесла́ть, плесну́ть to splash, flutter; —ся, плескну́ться to splash
плести́, сплести́ to weave
плести́сь drag one's feet, drag oneself along
плетёный wicker
плечи́стый broad-shouldered
плечо́ shoulder
пли́с velveteen; —овый velveteen
плиссиро́ванный pleated
пли́ца the paddle of a paddle-wheel boat
плод fruit
плодоро́дный fertile; —ая по́чва rich/fertile soil
пло́ский flat, trivial
плоскодо́нка flat-bottomed boat
плот raft
пло́тник carpenter
пло́тни//чать carpenter; —чий *adj. of* пло́тник; —цкий (плотничий) *adj. of* пло́тник
пло́тн//о tightly; —ый compact, dense, thick
пло́хо badly
плохо́й bad
площа́дка landing, platform
пло́щадь square
плуг plow
плутова́тый roguish
плуто́вка swindler
плыть *see* пла́вать
плю́нуть *see* плева́ть
плюш plush; —евый plush
пляса́ть to dance
пля́ска dancing
плясово́й dancing
по on, along
по a little, a bit
по in a ... manner/way; по-англи́йски in English; по-взро́слому in an adult fashion; по-мо́ему in my way, in my opinion; по-настоя́щему in reality, truly; по-ста́рому in the old way, old-fashioned
побагрове́ть to turn purple
поба́иваться to be rather afraid (of)
побала́кать (*see* поболта́ть) to chatter
побасёнка tale, story
побе́гать to run a little, run for a while

побе́да victory
победи́тель victor
победи́ть *see* побежда́ть
победоно́сн//о victoriously; —ый victorious
побежа́ть, бе́гать, бежа́ть to break into a run
побежда́ть, победи́ть to conquer, gain a victory (over)
побива́ть; п. камня́ми to stone (somebody)
побиру́шка beggar
поби́ть (*see* бить) to beat, beat up (somebody)
поблагодари́ть (*see* благодари́ть) to thank
побледне́ть (*see* бледне́ть) to become pale
поблёскивать to gleam
поблесте́ть to shine for a while
побли́зости near at hand, near
поболта́ть (*pf.*) (*colloq.*) to have a chat (with about)
побоя́ться to be afraid (of)
поброса́ть to throw up, desert, forsake
побы́ть to stay, remain
повали́ть (*see* вали́ть): п. де́рево to fell a tree
повали́ться (*see* вали́ться) to fall down
поваля́ть to roll; —ся to have a long lie in bed, to stay in bed for a long time
по́вар cook
повари́ха cook (*f.*)
поведе́ние conduct, behavior
повезти́ *see* везти́ and вози́ть
повели́тель sovereign; —ный imperative, authoritative
поверга́ть, пове́ргнуть to throw down, plunge; п. кого́-л. в уны́ние to depress somebody
пове́ренный attorney, confidant
пове́рить (*pf.*) (*see* ве́рить and поверя́ть)
поверну́ть(ся) *see* повора́чивать(ся)
поверте́ть (*see* верте́ть) to turn around
пове́рх over
пове́рхность surface
поверя́ть, пове́рить to trust (with); to verify, check up
повесел//е́ть (*pf.*) to become cheerful
повесели́ть to amuse; —ся to enjoy oneself

пове́сить(ся) *see* ве́шать(ся)
повествова́ть to narrate (about)
повести́ *see* поводи́ть
повести́ *see* вести́
по́весть narrative, tale, story
повздыха́ть (*see* вздыха́ть) to sigh
пови́димому apparently
пови́згивание whining
повиля́ть to wag (one's tail)
повиса́ть, пови́снуть to hang (by), hang down (over)
пови́снуть *see* повиса́ть
поводи́ть, повести́ to move
пово́зка vehicle
повора́чивать, поверну́ть to turn; —ся, поверну́ться to turn, swing
поворо́т turn, bend, curve
повсю́ду everywhere
повторе́ние repetition
повтори́ть(ся) *see* повторя́ть(ся)
повто́рный repeated
повторя́ть(ся), повтори́ть(ся) to repeat
повыша́ть, повы́сить to raise, heighten; —ся, повы́ситься to rise
повы́ше (just) a little higher
повыше́ние promotion
погаса́ть, пога́снуть to go out, grow dim; *pl. only* to be out
погаси́ть *see* гаси́ть and погаша́ть
пога́снуть *see* погаса́ть and га́снуть
погаша́ть, погаси́ть to liquidate; to pay off (*a debt*); to cancel (*stamps*)
погиба́ть, поги́бнуть to perish
поги́бель ruination
поги́бнуть *see* погиба́ть
погла́дить (*see* гла́дить) to stroke
погла́живать to stroke
поглоти́ть *see* поглоща́ть
поглоща́ть, поглоти́ть to take up, absorb; to engulf
погляде́ть, гляде́ть to have a look, look for a while
погля́дывать to look (on), glance (on), look from time to time
погна́ть to drive (out, away); to begin to drive
поговори́ть to have a talk, talk
пого́да weather
погод//и́ть to wait a little (with); немно́го —я́ a little later
пого́н shoulder strap

пого́нщик driver, teamster
пого́ня pursuit, chase
по́греб cellar
погреба́ть, погрести́ to bury
погро́м pogrom, massacre
погружа́ться, погрузи́ться to plunge (into)
погрузи́ться, погружа́ться (see грузи́ться) to load
погру́зка loading
погруби́ть (see груби́ть) to be rude
под hearth
под under
подава́ть, пода́ть to give, offer, serve; п. проше́ние to submit a petition; —ся, пода́ться (вперёд, наза́д, всто́рону) to draw/move (forward, back, aside); to give way
подави́ть see подавля́ть
пода́вленный depressed
подавля́ть, подави́ть to suppress; to neutralize; to depress, crush
пода́льше a little further on/away
подари́ть (see дари́ть) to give a present
пода́рок gift, present
податно́й tax, duty, poll tax; п. инспе́ктор assessor (of taxes)
по́дать (f., hist.) tax, duty assessment
пода́ть(ся) see подава́ть(ся)
подбега́ть, подбежа́ть to run up (to), come running up (to)
подбежа́ть see подбега́ть
подбива́ть, подби́ть to incite, put out of action, disable; подби́ть кого́-л. на что́-л. to persuade somebody to do something
подбира́ть, подобра́ть to pick up; —ся, подобра́ться to steal up (to), approach stealthily
подби́ть see подбива́ть
подборо́док chin
подбра́сывать, подбро́сить to toss up, throw up, add
подбро́сить see подбра́сывать
подва́л basement
подверга́ть(ся), подве́ргнуть(ся) to undergo; to subject to
подверну́ть(ся) see подвёртывать(ся)
подвёртывать, подверну́ть to tuck in; —ся, подверну́ться to turn up
подвести́ see подводи́ть

подвига́ться, подви́нуться to move, advance
подвижно́й mobile, lively, active
подви́нуться see подвига́ться
подвла́стный subject, dependent
подво́да cart
подводи́ть, подвести́ to bring, let down
подво́х dirty trick
подвяза́ть see подвя́зывать
подвя́зывать, подвяза́ть to tie up
подгоня́ть, подогна́ть to urge on, hurry
подгото́виться see подгота́вливаться
подгото́вка preparation
поддава́ть, подда́ть to kick; to give way; —ся, подда́ться to yield
подда́кивать, подда́кнуть to agree with everything that is said, say yes
подда́ть(ся) see поддава́ть(ся)
поддева́ть, подде́ть to wear under; to hook (with); (colloq.) to tease
поддёвка type of Russian coat (man's long-waisted coat)
поддержа́ть see подде́рживать
подде́рживать, поддержа́ть to maintain, keep up, support
подде́ржка support
подде́ть see поддева́ть
подева́ться (дева́ться) to disappear
подён//но by the day; —ный daily, by the day; —ая рабо́та day labor, time-labor
подёрги//вать, подёргать to pull; impf. only, to twitch; —ваться to twitch
подёрнуться (pf.) to be covered (with)
поджа́ристый brown, crisp
поджа́ть see поджима́ть
поджида́ть to wait (for)
поджима́ть, поджа́ть to purse up; п. гу́бы to purse up one's lips; п. хвост to have one's tail between one's legs; сиде́ть поджа́в но́ги to sit cross-legged; —ся, поджа́ться (от хо́лода) to shiver with cold
подзадо́ривать, подзадо́рить to set on, put up (to something)
подзыва́ть, подозва́ть to call up
подкати́ть(ся) see подка́тывать(ся)
подка́тывать, подкати́ть to drive to, drive/roll up to; —ся, подкати́ться to roll (under)

подка́шивать, подкоси́ть to cut; —ся, подкоси́ться: у него подкоси́лись но́ги his legs gave way under him

подки́дывать = подбра́сывать

подки́нуть = подбро́сить

подкла́дка lining

подкла́дывать, подложи́ть to lay (under), put

подко́ва horseshoe

подкоси́ть see подка́шивать

подкрепи́ть(ся) see подкрепля́ть(ся)

подкрепля́ть, подкрепи́ть to support, refresh; —ся, подкрепи́ться to fortify oneself; refresh oneself

по́дкуп bribery, subornation

подкупа́ть, подкупи́ть to bribe, graft, win over

подкупи́ть see подкупа́ть

подла́мываться, подломи́ться to break (under)

по́дле by the side of, next to

подле́ц scoundrel

подлива́ть, подли́ть to add, pour

подли́вка dressing

подли́за toady

подли́ть see подлива́ть

подложи́ть see подкла́дывать

подломи́ться see подла́мываться

по́длость meanness, baseness

подмета́ть to sweep

подми́гивать, подмигну́ть to wink, give a wink

поднести́ see подноси́ть

поднима́ть, подня́ть to raise, uplift, lift; п. шум, крик to make a noise, set up a clamor; —ся, подня́ться to get up, rise, climb, ascend

поднимать(ся) = подымать(ся)

подно́жка step, footboard

подно́с tray

подноси́ть, поднести́ to bring (to), hold up (to), present; п. к губа́м to raise to one's lips

подня́т//ь(ся) (see поднима́ть(ся): —ое плечо́ lopsided shoulder

подо́бн//о like, just as; —ый like, similar, such a/an

подогна́ть see подгоня́ть

пододвига́ть, пододви́нуть to push up, move up

пододви́нуть see пододвига́ть

пододея́льник blanket cover

подожда́ть to wait (for)

подозва́ть see подзыва́ть

подозрева́ть to suspect

подозре́ние suspicion

подойти́ see подходи́ть

подоко́нник window sill

подо́лгу long

подорва́ть see подрыва́ть

подоткну́ть see подтыка́ть

подо́шва sole

подпа́лина reddish spots on a dog

подпере́ть see подпира́ть

подпира́ть, подпере́ть to prop up; п. го́лову to rest one's arm under the chin

подпи́сывать, подписа́ть to sign

подполза́ть, подползти́ to creep up (to), creep (under)

подпоя́сать(ся) see подпоя́сывать(ся)

подпоя́сывать, подпоя́сать to belt, girdle; —ся, подпоя́саться to belt, girdle oneself

подпры́гивать, подпры́гнуть to jump up, leap

подпуска́ть, подпусти́ть to allow to approach/come near

подра́гивать to quiver

подража́ть to imitate

подра́ться see дра́ться

подро́бн//о in detail; —ость detail

подру́га friend (f.)

подрумя́нивать, подрумя́нить to make nice and brown

подрыва́ть, подорва́ть to blow up; —ся, подорва́ться to blow up

подря́д in succession

подска́кивать, подскочи́ть to run up (to)

подслу́шивать, подслу́шать to overhear, eavesdrop

подсма́тривать, подсмотре́ть to spy, notice, oversee

подсме́иваться (над) to laugh (at), make fun (of)

подсмотре́ть see подсма́тривать

подставля́ть, подста́вить to put/place under, hold up (to)

подстерега́ть, подстере́чь to be on watch, lie in wait

подступа́ть, подступи́ть to approach, come up (to); п. к се́рдцу to engulf the heart подступи́ть *see* подступа́ть

подсыпа́ть, подсы́пать to add, pour (in addition)

подта́лкивать, подтолкну́ть to push slightly

подтверди́ть(ся) *see* подтвержда́ть-(ся)

подтвержда́ть, подтверди́ть to confirm

подтвержде́ние confirmation

подтолкну́ть *see* подта́лкивать

подтыка́ть, подоткну́ть to tuck in

подтя́гивать, подтяну́ть to pull, pull up; —ся, подтяну́ться to brace oneself up

поду́мать (*see* ду́мать) to think

поду́мывать to think (of, about)

подурне́ть (*see* дурне́ть) to grow uglier, lose one's good looks

поду́шка pillow

подхвати́ть *see* подхва́тывать

подхва́тывать, подхвати́ть to catch, pick up; они́ подхвати́ли пе́сню they joined the song

подхло́пывать to clap a little

подхо́д approach

подходи́ть, подойти́ to come up, approach, come in; to fit, suit; to approach

подходя́щий (*participle*) suitable

подча́с sometimes, at times

подчинённость subordination

подчини́ть(ся) *see* подчиня́ть(ся)

подчиня́ть, подчини́ть to subject; —ся, подчини́ться to obey

подщёлкивать to snap a little

подъезжа́ть, подъе́хать to drive up (to)

подъём lifting, hoisting; тяжёл на п. sluggish

подъе́хать *see* подъезжа́ть

подыма́ть = поднима́ть

подыма́ться, поднима́ться to get up

поды́скивать, подыска́ть to find, try to find

поёжиться to shiver (*with cold*)

по́езд train

пое́здка journey, trip, excursion, outing

пое́сть to eat, have a snack

пое́хать, е́здить to go (*by conveyance*), set off, depart

пожале́ть (*see* жале́ть) to feel sorry for (somebody), sympathize

пожа́луй perhaps, very likely, may, I think

пожа́луйте welcome (in)

пожа́луйста please

пожа́ть *see* пожима́ть

пожева́ть to chew; п. губа́ми to move one's lips

пожела́ние wish, desire

пожелте́ть (*see* желте́ть) to turn yellow

пожени́ть to marry; —ся to marry, get married

пожило́й elderly

пожима́ть, пожа́ть to press; п. кому́-л. ру́ку to press somebody's hand

пожи́ть to live

по́за pose

позабыва́ть, позабы́ть to forget (about)

позабы́ть *see* позабыва́ть

поза́втракать (*see* за́втракать) to have breakfast, have lunch

позавчера́ the day before yesterday

позади́ behind

позапро́шлый before last

поза́риться (*see* за́риться) to covet

позва́ть (*see* звать) to call, invite

позво́лить *see* позволя́ть

позволя́ть, позво́лить to allow, permit; п. себе́ сли́шком мно́го to take liberties; to presume

позвони́ть (*see* звони́ть) to ring

по́здний late

по́здно late

поздра́вить *see* поздравля́ть

поздравля́ть, поздра́вить to congratulate

позелене́ть (*see* зелене́ть) to turn/become green

познава́ть, позна́ть to become acquainted (with)

познако́миться (*see* знако́миться) to make the acquaintance (of); *pf. only*, to get to know

позна́ние cognition, knowledge

позна́ть *see* познава́ть

позо́р shame, disgrace

поигра́ть to play (*a little*)

пои́мка catching, capture

поинтересова́ться *see* интересова́ться

поиска́ть to look (for)
по́иски search
пои́ть, напои́ть to give/treat to a drink
пойма́ть (*see* лови́ть) to catch
пойти́ (*see* идти́ and ходи́ть): он пошёл в отца́ he takes after his father; уж е́сли на то пошло́ for that matter, if it comes to that
пока́ for the present; п. что in the meantime, meanwhile
пока́ while, until, till
показа́ть(ся) *see* пока́зывать(ся)
пока́зывать, показа́ть to show; часы́ пока́зывают 10 the clock/watch is at ten; —ся, показа́ться to come in sight; to seem, appear
покара́ть (*see* кара́ть) to punish
поката́ться to go for a drive
покати́ться, ката́ться to roll off/away, start rolling
пока́тый sloping, slanting
покача́ть to rock, swing; п. голово́й to shake one's head
пока́чивать to rock/shake (slightly); —ся to rock; он шёл пока́чиваясь he walked with an unsteady step
пока́шливать to have a slight cough
покая́ние confession, penance
поко́ле = поку́да
покида́ть, поки́нуть to leave, desert
поки́нуть *see* покида́ть
поклоне́ние worship
поклони́ться (*see* кла́няться) to bow
поклоня́ться to worship
поко́иться to rest, lie
поко́й rest
поко́йни//к, —ца the deceased
поко́йный quiet, calm, comfortable
поколеба́ть (*see* колеба́ть) to hesitate
поколоти́ть to beat, give a beating
поко́нчить to finish (with), put an end (to); п. с чем-л. to put an end to something; п. с собо́й to commit suicide
покопа́ть(ся) (*see* копа́ться) to dig (in, around), rummage
покори́ть(ся) *see* покоря́ть(ся)
покорми́ть (*see* корми́ть) to feed
поко́рн//о obediently, humbly; —ый obedient
покоро́бить(ся) *see* коро́бить(ся)

покоря́ть, покори́ть to subjugate; —ся, покори́ться to submit, resign oneself (to)
покоси́ться to look askance
покрасне́ть (*see* красне́ть) to become red, blush
покри́кивать to shout
покро́в cover
покрови́тельств//енный patronizing; protective; —о patronage, protesting
покрыва́ть, покры́ть to cover, drown; —ся, покры́ться to cover oneself, get covered
покры́ть *see* крыть and покрыва́ть
покры́шка covering
покря́хтывать, кряхте́ть to cough a little, groan
покупа́тель, —ница buyer, customer
покупа́ть, купи́ть to buy
поку́пка purchase
покупно́й purchased
поку́пщик buyer
поку́ривать to smoke
покури́ть to have a smoke
поку́шать to eat
пол floor
пола́ flap
полага́ть to suppose, think, consider
полага́ться, положи́ться to rely (upon)
пола́дить to come to an understanding
пола́ять to bark a little
по́лдень noon
по́лдник afternoon
по́ле field
полев//о́й field; —ы́е цветы́ field flowers
поле́зн//о it is useful; —ый useful, healthy
поле́зть to start to climb
полёт flight
полете́ть (*see* лета́ть) to fly
по́лзать to creep, crawl
ползти́, поползти́ to creep along
поли́т//ик politician; —ика politics
полити́ческий political
политру́к political instructor
полице́йский police; п. уча́сток police station
поли́ция police
полк regiment
по́лка shelf

полков//о́й regimental; да́ма из —ы́х regimental officer's wife
полно́ brimful
по́лно enough, enough of this
полнота́ completeness, fullness
по́лночь midnight
по́лный full, brimful, absolute, packed
полово́дье floodtime
поло́гий gently sloping
положе́ние position, situation, condition, state, post; быть в положе́нии to be expecting (*a child*)
поло́женный (*see* класть) prescribed, authorized
поло́жим let us assume
положи́тельный positive, affirmative
положи́ть (*see* класть) to put, place, lay down; to decide, resolve
положи́ться *see* полага́ться
полома́ть break; —ся (*see* лома́ться) to break, break down
поломо́йка floor washer
полоса́ stripe, strip (*narrow piece*); wale (*from a whiplash*); period, spell (*time*); region, zone, belt
полоска́ть to rinse
полотно́ linen
полотня́ный linen
полпути́: на п. halfway
полу- half, semi-
полукру́г semicircle; —лый semicircular
полумёртвый half-dead
полунаго́й half-naked
полуобвали́вшийся = полуразру́шенный
полуосле́пший half-blind
полуотверну́ться to turn around half way
полуразру́шенный tumbledown
полураскры́тый half-open
полусло́во: поня́ть с полусло́ва to take the hint, be quick in the uptake
полутёмный half-dark
полуторато́нка one-and-a-half-ton truck
получа́ть, получи́ть to receive, get; —ся, получи́ться to come out; to turn out to be
получи́ть(ся) *see* получа́ть(ся)
полу́чше a little better, rather better
полушу́бок sheepskin coat
полчаса́ half an hour

полынья́ polynia (*unfrozen patch of water in the midst of ice*)
по́льза use; кака́я от э́того п.? what good will it do
по́льзоваться to make use (of)
полюби́ть to come to love, fall in love; —ся to catch the fancy
полюбова́ться (*see* любова́ться) to admire
поля́на glade, clearing
пома́ргивать, морга́ть to wink, wink (at somebody)
пома́да pomade
пома́дить to grease; to put on lipstick
помале́ньку little by little, so-so
помаха́ть (*pf.*) to wave (for a while); п. руко́й to give a (*cheery*) wave
пома́хивать to wave
поме́ньше (somewhat) less
поменя́ть(ся) *see* меня́ть(ся)
помере́ть *see* помира́ть
помести́ть(ся) *see* помеща́ть(ся)
поме́шанный crazy, madman
помеша́тельство madness, insanity
помеша́ть *see* меша́ть
помеша́ться to go mad
помеща́ть, помести́ть to place, locate; —ся, помести́ться to be accommodated/located
помеще́ние lodging, room
поме́щик landowner
поми́луй for goodness' sake
поми́мо besides
помина́ть, помяну́ть to mention; не́чего п. ста́рое to let bygones be bygones
помину́тно every moment
помира́ть, помере́ть to die
по́мнить to remember; —ся to remember; не п. себя́ to be beside oneself
помога́ть, помо́чь to help
помо́йка dust hole
помолча́ть to be silent (for a while)
помо́рщиться to make a wry face
помо́чь *see* помога́ть
помо́щник assistant, helper; п. капита́на mate
по́мощь help, assistance
помучи́ть to torment
помча́ть (*pf.*) to carry off/away; —ся to dart

помяну́ть   *see* помина́ть
помя́тый   knocked about
помя́ть (*see* мять) to thrash; **п. ко-
ноплю́**   to thrash the hemp
пона́добиться: ему́ п.   he needs
по-настоя́щему   in the right way, truly
понемно́гу   little by little
понести́ (*see* нести́) to rush along,
carry
понижа́ть, пони́зить   to lower
поника́ть, пони́кнуть   to droop; **п.
голово́й**   to hang one's head
пони́кнуть   *see* поника́ть
понима́ть, поня́ть   to understand, com-
prehend
понра́виться (*see* нра́виться) to like,
please
пону́рый   downcast, depressed
поня́тие   idea, notion
поня́тно   it is clear, it is understandable
поня́тный   intelligible, clear
поня́ть   *see* понима́ть
поощря́ть, поощри́ть   to encourage
попада́ть, попа́сть   to get, find oneself, hit; **где попа́ло** anywhere; **—ся,
попа́сться**   to be caught
попа́сть(ся)   *see* попада́ть(ся)
поперёк   across
попереме́нно   by turns, alternately
поперхну́ться   to choke (over)
попечи́тель   trustee, guardian
попла́кать   to cry/weep (for a while)
поплы́ть   *see* пла́вать
попола́м   in two, half-and-half
поползти́   *see* ползти́
пополне́ние   replenishment
попра́вить(ся)   *see* поправля́ть(ся)
поправле́ние   improvement
поправля́ть, попра́вить   to put/set
straight, mend; **—ся, попра́виться**
to recover
попре́жнему   as before
попро́бовать   *see* про́бовать
попроси́ть   *see* проси́ть
попроща́ться   *see* проща́ться
попры́гивать   to jump up and down
попыта́ться   *see* пыта́ться
попя́титься   *see* пя́титься
по́ра   pore
пора́   time, it is time; **до сих по́р** up
to now, till now
порабо́тать   to do some work

поравня́ться   to come alongside (of),
come up (with)
пора́довать(ся)   *see* ра́довать(ся)
поража́ть, порази́ть   to astonish, strike,
stagger; **—ся, порази́ться** to be sur-
prised/astonished
пораста́ть, порасти́   to overgrow
порва́ться   to be torn
пореши́ть (*see* реши́ть) to decide,
make up one's mind
поро́г   threshold
поро́да   type
породи́ть   *see* порожда́ть
породни́ть (*see* родни́ть); **—ся** (*see*
родни́ться) to become related
порожда́ть, породи́ть   to give birth
(to); to raise, engender
по́рознь   separately, apart
порозове́ть (*see* розове́ть) to turn
pink
поро́й   now and then, from time to time
поро́к   vice
поросёнок   sucking-pig
поро́ть   rip
поро́чный   depraved
порска́ть   to force an animal into the
field by shouting and cracking a hunting whip
по́ртить, испо́ртить   to spoil; **—ся,
испо́ртиться** to go bad, become
worse
портки́   pants
портре́т   portrait
портфе́ль   briefcase
портье́ра   portiere
пору́ганный   profaned
поруга́ться   to quarrel (with)
по-ру́сски   in Russian
порха́ть, порхну́ть   to flutter, fly about
по́рция   portion
поры́в   gust, burst; **в —е ра́дости** in
a burst of joy
поры́вистый   gusty, jerky
поры́ться (*see* ры́ться) to rummage
(in, for a while, etc.)
поря́док   order, customs
поря́доч//о   pretty well; **—ость** decency; **—ый** decent, respectable
посади́ть (*see* сади́ть and сажа́ть) to
plant
поса́дка   planting, imprisonment, seat-
ing of passengers

поса́пывать to sniff
посветле́ть (*see* светле́ть) to become/ grow light
посви́стывать to whistle
посвяти́ть *see* посвяща́ть
посвяща́ть, посвяти́ть to devote (to); to dedicate (to); to initiate (into); to ordain (into)
поседе́ть (*see* седе́ть) to go/grow/turn gray
посели́ть(ся) *see* посаля́ть(ся)
посёлок settlement; рабо́чий п. worker's settlement
посаля́ть, посели́ть to settle, lodge; —ся, посели́ться to settle, take up one's residence
посеребрённый silver-plated
посереди́не in the middle
посе́ять (*see* се́ять) to sow
посиде́ть to sit (for a while)
посине́ть (*see* сине́ть) to turn/grow/ become blue
поско́льку so far as, as far as
поскоре́е somewhat quicker
поскри́пывать to squeak a little
поскучне́ть to become sad, depressed
посла́ть *see* посыла́ть
по́сле after
после́дний last
после́дствие consequence
послеза́втра the day after tomorrow
посло́вица proverb
послужи́ть (*see* служи́ть) to serve
послу́шать (*see* слу́шать) to listen (to)
послы́шаться (*see* слы́шаться) to be heard
посма́тривать to look (at)
посме́иваться to chuckle, laugh (softly)
посме́ть (*see* сметь) to dare
посме́шище laughingstock
посмея́ться (*see* смея́ться) to laugh
посмотре́ть (*see* смотре́ть) to look
посове́товать(ся) *see* сове́товать(ся)
посо́л ambassador
посошли́: п. с ума́ (*substandard*) to go insane
поспева́ть, поспе́ть to have time, be in time
поспе́ть *see* поспева́ть
поспеши́ть (*see* спеши́ть) to hurry, make haste

поспе́шно in a hurry, hurriedly, hastily
поспе́шный prompt, hasty
поспо́рить (*see* спо́рить) to argue, bet
посреди́ in the middle of
посреди́не = посреди́
посре́дственн//о so-so, mediocre; —ый mediocre
поссо́риться (*see* ссо́риться) to quarrel (with)
пост fast, fasting; Lent
поста́вить (*see* ста́вить) to place, put down
постара́ться (*see* стара́ться) to try, make an effort
по-ста́рому as before
постёгивать to whip, lash (a little)
посте́ль bed
постепе́нно gradually, little by little
постига́ть, пости́гнуть, пости́чь to strike, overtake, befall
постира́ть to do some washing
пости́чь *see* постига́ть
постерони́ться (*see* сторони́ться) to stand/step aside
посторо́нний strange, extraneous, outsider
постоя́нн//о constantly, always; —ый constant, invariable
постоя́нство constancy
постоя́ть to stand (for a while), stand up (for)
пострада́вший victim
пострада́ть (*see* страда́ть) to suffer
постре́ливать to fire (intermittently), shoot
постреля́ть to shoot
постро́иться (*see* стро́иться) to build (a house, etc.) for oneself
постро́йка construction
посту́кивать to patter
поступа́ть, поступи́ть to act, enter, come in
поступле́ние entrance
посту́пок action, deed
постуча́ть to knock
посты́дный shameful, disreputable
посу́да plates and dishes
посу́дина vessel
посуди́ть: посуди́те са́ми you see, you be the judge
посули́ть, сули́ть to promise
посыла́ть, посла́ть to send

посы́льный messenger
посяга́ть, посягну́ть to encroach/infringe (on, upon)
пот sweat
потаённость mysteriousness
потащи́ть(ся) *see* таска́ть(ся)
потемне́ть to grow/become dark
потере́ть to rub; —ся to rub against (something)
поте́ря loss
потеря́ть(ся) *see* теря́ть(ся)
поте́ха fun
поте́чь to begin to flow
потеша́ть = те́шить
потеша́ться to amuse oneself, laugh (at)
потира́ть to rub; п. ру́ки to rub one's hands
потихо́ньку silently
потолкова́ть to talk (a little), have a talk (with, about)
потоло́к ceiling
пото́м afterwards, later on
потому́ that's why, because
потону́ть *see* тону́ть
пото́п deluge, flood
потопи́ть (*see* топи́ть) to sink
поторопи́ть(ся) *see* торопи́ть(ся) to hurry
потре́бовать (*see* тре́бовать) to demand
потрёпанный shabby, seedy
потре́скаться (*see* тре́скаться) to crackle
потре́скивать to crackle
по́трох *a rare form of* потроха́ (*pl.*) innards, giblets (*used to signify scoundrel*)
потряса́ть to shake, astound
потрясе́ние shock
по-туре́цки Turkish
потуши́ть (*see* туши́ть) to put out (light, flame, etc.)
потяга́ться to contend (with)
потя́гивать, потяну́ть to sip; to pull (*at a cigarette*)
потя́гиваться, потяну́ться to stretch oneself
потяну́ть(ся) *see* тяну́ть(ся)
поу́жинать (*see* у́жинать) to have supper; to have finished eating
поумне́ть (*see* умне́ть) to grow wiser, become more intelligent

поуча́ть to teach
поучи́тельный instructive, didactic
поха́бный obscene
похвала́ praise
похва́ливать to praise
похвали́ть *see* хвали́ть
похвали́ться *see* похваля́ться
похвальба́ brag, boasting
похваля́ться, похвали́ться to boast (of, about)
похища́ть, похи́тить to abduct
похлеба́ть to gulp
похло́пать (*see* хло́пать) to clap, flap
походи́ть to resemble, be like
походи́ть to walk (for a while)
похо́дка walk, gait, step
похожде́ние adventure
похо́жий resembling, not unlike, alike
похолоде́ть (*see* холоде́ть) to grow cold
похорони́ть (*see* хорони́ть) to bury
по́хоть lust
похуде́ть to lose weight, grow thin
поцара́пать to scratch
поцелова́ть (*see* целова́ть) to kiss
поцелу́й kiss
почему́ why
почему́-то for some reason
почерне́ть (*see* черне́ть) to turn black
почёсываться to scratch
почи́н initiative; для —а to make a beginning/start
починить (*see* чини́ть) to mend
почи́стить (*see* чи́стить) to clean
почита́ть to read (for a while)
по́чка bud
почмо́кать to smack one's lips
по́чта post, mail
почте́ние respect
почте́нный honorable
почти́ almost
почти́тельный respectful
почу́вствовать (*see* чу́вствовать) to feel, sense
почу́диться (*see* чу́диться) to seem, appear
почу́ять (*see* чу́ять) to feel, understand
поша́ркивать to shuffle one's feet
поша́тывать: его́ поша́тывает he is unsteady on his legs
поша́тываться to stagger, sway on one's feet

пошеве́ливать(ся) to stir
пошевели́ть(ся) (*pf.*) (*colloq.*) to stir/ move (a little)
пошевельну́ть(ся) = пошевели́ть(ся)
по́шлость commonplace, banality
по́шлый trite, banal
пошути́ть (*see* шути́ть) to joke
пощёлкивание clicking
пощёлкивать: п. языко́м to click one's tongue
пощу́пать (*see* щу́пать) to touch, feel
поэ́т poet; —и́ческий poetic
поэ́тому therefore
появи́ться *see* появля́ться
появле́ние appearance
появля́ться, появи́ться to appear, make one's appearance, emerge
по́яс belt
поясни́тельный explanation
поясни́ть *see* поясня́ть
поясня́ть, поясни́ть to explain, elucidate
пра́вда truth, true
правди́в//ость truthfulness; —ый truthful
пра́ведник just/righteous man, pious, religious
пра́вил//о rule; по всем —ам according to all the rules
пра́вильный right, correct
прави́тельство government
правле́ние board of administration
пра́во right, law
пра́во truly, indeed
правосла́вный Orthodox (*Greek Orthodox*)
пра́вый right, right-handed
пра́здн//ик holiday, feast; —ичный holiday, festive
пра́здновать, отпра́здновать to celebrate
пра́здн//ость idleness, inactivity; —ый useless, idle; unnecessary
прароди́тель ancestor
прах dust, earth
пре- very
пребыва́ние stay
превозноси́ть, превознести́ to extol
превосходи́тельство excellency
превраща́ть, преврати́ть to turn (to, into); —ся, преврати́ться to turn (into), change

прегра́да barrier, obstacle
прегражда́ть, прегради́ть to bar, block up
предава́ть, преда́ть to betray; —ся, преда́ться to give oneself up (to)
преда́ние legend
пре́данн//ость devotion; —ый devoted
преда́ть(ся) *see* предава́ть(ся)
предвари́тельно preliminarily, at first
предви́деть to foresee; —ся to be expected
предводи́тель marshal, leader
преде́л limit
предлага́ть, предложи́ть to offer, propose
предло́г pretense
предложе́ние offer, proposal
предложи́ть *see* предлага́ть
предме́т object, subject, topic
предназнач//а́ть, предназна́чить to intend, destine (for, to); —е́ние destination
пре́док ancestor, forefather
предоставля́ть, предоста́вить to let, offer
предписа́ние direction
предпи́сывать, предписа́ть to prescribe, direct
предполага́ть, предположи́ть to suppose, assume, presuppose
предпочита́ть, предпоче́сть to prefer
предприя́тие undertaking, enterprise, business
предрассве́тный preceding the dawn, heralding the dawn
предска́зывать, предсказа́ть to foretell, predict
предсме́ртный death, dying
предста́вить(ся) *see* представля́ть(ся)
представле́ние performance, idea, notion
представля́ть, предста́вить to present, imagine, picture, embody; предста́вить/доста́вить кого́-л. куда́-н. to take somebody somewhere; —ся, предста́виться to present itself, seem (to)
предстоя́ть to be coming, be in prospect
предупреди́тельный precautionary, courteous

предупрежда́ть, предупреди́ть to let know beforehand, warn

предусма́тривать, предусмотре́ть to foresee

предчу́вствие presentiment, feeling

предчу́вствовать to have a presentiment

пре́жде before, first

пре́жний previous, former; по-пре́жнему as before

презира́ть, презре́ть to despise, disdain

презре́ние contempt, scorn

презри́тельный contemptuous, disdainful

преиму́ществен//но mainly, chiefly, —ый principal

прекра́сно perfectly, excellently, well

прекра́сн//ое the beautiful; —ый beautiful, excellent

прекра́сность (archaic) the beautiful

прекрати́ть see прекраща́ть

прекраща́ть, прекрати́ть to stop, discontinue, put an end (to), break off; —ся, прекрати́ться to end, cease

преле́стный charming

пре́лесть charm, fascination

пре́мия premium, bonus, prize

прему́др//ость wisdom; —ый wise

пренебрега́ть, пренебре́чь to neglect, ignore

пренебреже́ние disdain

пренебрежи́тельный slighting, scornful

пренебре́чь see пренебрега́ть

преодолева́ть, преодоле́ть to get the better (of); to overcome

преподо́бие reverend

препя́тствие obstacle

прерва́ть(ся) see прерыва́ть(ся)

пререка́ние wrangle, arguing

прерыва́ть, прерва́ть to interrupt, break off; —ся, прерва́ться to be interrupted; to break

преры́вист//о in a broken way; —ый broken, interrupted

пресека́ть, пресе́чь to stop

пресле́довать to pursue, haunt, persecute

прессова́ние pressing, compressing

прессова́ть, спрессова́ть to compress

преступле́ние crime, offence

престу́пн//ик offender; —ый criminal

прете́нзия pretension, complaint

претерпева́ть, претерпе́ть to suffer, undergo

претерпе́ть see претерпева́ть

преувели́чивать, преувели́чить to exaggerate, overstate

преувели́чить see преувели́чивать

преферанс (префер) preference (card game)

при by, when, with

прибавля́ть, приба́вить to hasten, add, increase; п. ша́гу to hasten one's step; —ся, приба́виться to increase

прибега́ть, прибе́гнуть (к) to resort (to), have recourse (to), fall back (on)

прибега́ть, прибе́гнуть to come running

прибежа́ть (see прибега́ть) to come running

прибива́ть, приби́ть to be thrown (about a boat)

прибива́ть, приби́ть to nail

приближа́ть, прибли́зить to draw nearer, bring nearer; —ся, прибли́зиться to approach, draw nearer

прибли́зить(ся) see приближа́ть(ся)

прибо́р instrument, set, apparatus

прибре́жный coastline, riverside

прибре́жье coastline

прибыва́ть, прибы́ть to arrive

прибы́ть see прибыва́ть

прива́ливать, привали́ть to lean/rest; —ся, привали́ться to lean/rest

привезти́ see привози́ть

привере́дливый squeamish, fastidious

привести́(сь) see приводи́ть(ся)

приве́т regards; —ливый friendly

приве́тствовать to greet, salute, welcome

привлека́тельн//ость, attractiveness; —ый attractive, alluring

привлека́ть, привле́чь to draw, attract; п. на свою́ сто́рону to win round to one's opinion/cause

приводи́ть, привести́ to bring; п. в исполне́ние to put into effect, carry out; —ся, привести́сь to happen

привози́ть, привезти́ to bring

привола́кивать, приволочи́ть to bring, drag

привора́живать, приворожи́ть to bewitch, charm
приворо́т bewitching words
привстава́ть, привста́ть to raise oneself, stand up
привыка́ть, привы́кнуть to get accustomed/used (to)
привы́чка habit
привяза́ть(ся) *see* привя́зывать(ся)
привя́зывать, привяза́ть to tie, attach/ —ся, привяза́ться to become/get; be attached
пригиба́ть, пригну́ть to bend down; —ся, пригну́ться to bend down
приглаша́ть, пригласи́ть to invite
пригля́дывать, пригляде́ть to choose, find, look; —ся, пригляде́ться to look around for, gaze (at)
пригна́ть *see* пригоня́ть
пригну́ть(ся) *see* пригиба́ть(ся)
пригова́ривать (*colloq.*) to repeat, say again and again
пригова́ривать, приговори́ть (к) to sentence (to), condemn (to)
пригово́р sentence, verdict
приговори́ть *see* пригова́ривать
пригоня́ть, пригна́ть to bring home, drive home; пригна́ть зе́млю to add more land to one's holding
при́город suburb; —ный suburban
приго́рок hillock, knoll
при́горшня handful
приготови́тельный preparatory
приготови́ть(ся), *see* гото́вить(ся) to prepare
приготовле́ние preparation
приготовля́ть(ся)=гото́вить(ся) to prepare
пригреба́ть to rake
пригре́зиться (*see* гре́зиться) to dream (that . . .)
пригреме́ть (*substandard*) to come thundering
пригуби́ть to take a sip, taste
придава́ть, прида́ть to add, attach; п. значе́ние чему́-л. to attach an importance to something
прида́вливать, придави́ть to press down
прида́ть *see* придава́ть
приде́рживать, придержа́ть to hold (back)

приду́мать *see* приду́мывать
приду́мывать, приду́мать to think (of); to invent, fabricate
придыха́ние aspiration
прие́зд arrival, coming
приезжа́ть, прие́хать to arrive, come
прие́зжий visitor
прие́м way, mode
прие́мник receiver
прие́хать *see* приезжа́ть
прижа́ть(ся) *see* прижима́ть(ся)
прижима́ть, прижа́ть to press; п. к груди́ to clap/press to one's breast; —ся, прижа́ться to press oneself, snuggle up (to), cuddle up (to)
призе́мистый thickset, stocky
признава́ть, призна́ть to acknowledge, admit; —ся, призна́ться to confess, admit; призна́ться to tell the truth
при́знак sign, indication
призна́ние confession
призна́ть(ся) *see* признава́ть(ся)
при́зрак ghost, phantom
призы́в call, appeal
прийти́(сь) *see* приходи́ть(ся)
прика́з order; —а́ние order
прика́зывать *see* прика́зывать
прика́зчик shop assistant, salesman, steward
прика́зывать, приказа́ть to order, command; что прика́жете? at your service, what do you wish?
прика́лывать, приколо́ть to fasten/ attach with a pin
прикаса́ться, прикосну́ться to touch
прики́дывать, прики́нуть to compare; to estimate; to throw in
прикла́д butt, buttstock
прикла́дывать, приложи́ть to put, apply; п. ру́ку к козырьку́ to hold one's hand to the peak of one's cap; п. печа́ть to set/attach a seal
приклони́ть: он не зна́ет, где п. го́лову he does not know where to lay his head
приключе́ние adventure
приколо́ть *see* прика́лывать
прикомандирова́ть to attach
прикоснове́ние touch
прикосну́ться *see* прикаса́ться
прикрепля́ть, прикрепи́ть to attach (to)

прикри́кивать, прикри́кнуть to raise one's voice

прикрыва́ть, прикры́ть to cover, close/shut softly

прила́вок counter

прилага́емый subjoined

прила́живать, прила́дить to adopt, fit, adjust

приласка́ть to caress

прилета́ть, прилете́ть to come flying

прили́в flow, flood (of the tide)

прилива́ть, прили́ть (к) to flow (to); to rush (to)

прилипа́ть, прили́пнуть to stick/adhere (to)

прили́ть *see* **прилива́ть**

прили́чие decency, propriety

приложе́ние apposition, affixing

приложи́ть *see* **прикла́дывать**

прильну́ть (*see* **льну́ть**) to cling, stick (to)

прима́нивать, примани́ть to lure, entice

приме́р example; **без —а** unequalled

приме́рить(ся) *see* **примеря́ть(ся)**

приме́рно approximately, roughly

примеря́ть, приме́рить to try on, fit; **—ся, приме́риться** to aim

приме́тный conspicuous, prominent

примеча́ть, приме́тить to notice

принадлежа́ть to belong (to)

принадле́жность belonging, attribute

принаня́ть (*see* **нанима́ть**) to hire

принести́ *see* **приноси́ть**

приника́ть, прини́кнуть to nestle (against), nestle close (to)

принима́ть, приня́ть to take, accept, admit; **п. ме́ры** to take measures; **п. реше́ние** to decide; **это так при́нято** it is the custom; **прими́те моё уваже́ние** (*in letters*) yours respectfully

принима́ться, приня́ться to set, begin, start, undertake

приноси́ть, принести́ to bring, bring in

принужда́ть, прину́дить to compel, force

принуждённый constrained, forced

при́нцип principle

приню́хиваться, приню́хаться to sniff (at)

приня́ть(ся) *see* **принима́ть(ся)**

приобрете́ние acquisition

приостана́вливать, приостанови́ть to pause, stop, check; **—ся, приостанови́ться** to pause

приотворя́ть, приотвори́ть to open slightly; to open halfway

приоткрыва́ть(ся) = приотворя́ть(ся)

приоткры́ть(ся) = приотвори́ть(ся)

припада́ть, припа́сть to fall down; to press oneself (to)

припа́док fit, attack

припаса́ть, припасти́ to lay in store, lay up; to prepare

припа́сть *see* **припада́ть**

припека́ть to be hot (*about the sun*)

приписа́ть(ся) *see* **припи́сывать(ся)**

припи́ска addition, postscript

припи́сываться, приписа́ться to attach, attribute

приплыва́ть, приплы́ть to swim up, come swimming up

приплю́снутый flattened, flat

приподнима́ть, приподня́ть to raise/lift (a little)

приподня́ть *see* **приподнима́ть**

припомина́ть, припо́мнить to begin to remember, recall

припря́тать *see* **припря́тывать**

припря́тывать, припря́тать to hide

приро́да nature

приро́дный natural

приса́живаться, присе́сть to sit down, take a seat

присви́стывать, присви́стнуть to whistle

приседа́ть, присе́сть to squat; to curtsy

присе́сть *see* **приса́живаться** and **приседа́ть**

присла́ть *see* **присыла́ть**

прислоня́ть, прислони́ть to lean/rest (against); **—ся, прислони́ться** to lean/rest (against)

прислу́га domestic, household servant

прислу́шиваться, прислу́шаться to listen (to), lend an ear (to)

присма́тривать, присмотре́ть to look after, keep an eye (on); **—ся, присмотре́ться** to get accustomed (to)

присни́ться (*see* **сни́ться**) to dream (of)

приспи́чить when necessity comes; **ему́ приспи́чило е́хать за́втра** he took it into his head to leave tomorrow при́став police officer

пристава́ть, приста́ть to come along side (of), join, badger

приста́вить *see* приставля́ть

приставля́ть, приста́вить to put/set/lean (against)

приставно́й attached

при́сталь//но intently, fixedly; —ный intent

при́стань (*f.*) landing stage, pier; (*fig.*) refuge

приста́ть *see* пристава́ть

пристёгивать, пристегну́ть to fasten, button up

пристра́ивать, пристро́ить to attach/add to a building, place; —ся, пристро́иться to get a place, settle

пристра́стие liking (for), weakness (for)

пристре́ливать, пристрели́ть to shoot down

пристро́ить(ся) *see* пристра́ивать(ся)

приступа́ть, приступи́ть to come, set about, start; approach

пристя́жка = пристяжна́я side horse

прису́тствие presence

присыла́ть, присла́ть to send

прися́жный juror, juryman

притаи́ться to conceal oneself

притво́рн//о affectedly; —ый affected, feigned

притворя́ться, притвори́ться to pretend, feign

прито́м besides

притормози́ть to apply one's brakes

при́торный saccharine, sickly, luscious

притя́гивать, притяну́ть to attract, draw

приударя́ть, приуда́рить to run (after), make a play for

прихва́рывать, прихворну́ть to be unwell/indisposed/ailing

приходи́ть, прийти́ to come, arrive, give way, occur; п. к заключе́нию to come to the conclusion; прийти́ в отча́яние to despair; прийти́ в го́лову/на ум to cross one's mind

приходи́ться, прийти́сь to fit, have to; п. к сло́ву if the opportunity should arise

прихо́жая entrance hall

прихотли́в//ость whimsicality, capriciousness; —ый capricious, fanciful

при́хоть (*f.*) whim, caprice

прихра́мывать to limp, hobble

прице́п trailer

прицепно́й: п. ваго́н trailer

прича́ливать, прича́лить to moor

причём (я) what have I to do with it?

причёска coiffure

причёсываться, причеса́ться to comb one's hair

причи́на cause, reason

прищемля́ть, прищеми́ть to pinch, pin, press down

прия́тель friend

прия́тно it is pleasant

прия́тн//о pleasantly, agreeably; —ый pleasing, agreeable

про about

пробега́ть, пробежа́ть to pass (running), run by

пробива́ть, проби́ть to go (through), puncture, breach; проби́л ко́локол the bell sounded; —ся, проби́ться to fight/force/make one's way through

пробира́ться, пробра́ться to make one's way, steal (through, past)

проби́ть(ся) *see* пробива́ть(ся)

про́бный trial

про́бовать, попро́бовать to attempt/try

пробо́ина hole, gap

пробормота́ть (*see* бормота́ть) to mutter

пробра́ться *see* пробира́ться

пробужде́ние awakening

пробурча́ть (*see* бурча́ть) to mutter, ramble

пробы́ть to stray

прова́л downfall, failure

прова́ливаться, провали́ться to fall through, collapse

проваля́ться to lie about, lie

прове́рить *see* проверя́ть

проверя́ть, прове́рить to verify, check

провести́ *see* проводи́ть

провиде́ние Providence

прови́зия provisions

про́вод wire

проводи́ть *see* провожа́ть

проводи́ть, провести́ to build; to install, put in; to spend, pass

проводни́к guide

проводни́ца stewardess

провожа́//тый guide, conductor
провожа́ть, проводи́ть to accompany; п. глаза́ми to follow with one's eyes
провозглаша́ть, провозгласи́ть to proclaim
про́волока wire
прогвозди́ть to pierce
прогла́тывать, проглоти́ть to swallow, gulp down
прогна́ть see прогоня́ть
проговори́ть to say, utter, pronounce
прогоня́ть, прогна́ть to send away
програ́бить to run one's fingers through (something)
прогре́сс progress
прогресси́ст progressive
прогу́ливаться, прогуля́ться to stroll, promenade
прогу́лка walk
прогуля́ться see прогу́ливаться
продава́ть, прода́ть to sell
продави́ть to crush/break
прода́жа sale
прода́ть see продава́ть
продеклами́ровать (see деклами́ровать) to recite
проде́лывать, проде́лать to do, perform
продешеви́ть to sell too cheaply, undersell
продиктова́ть (see диктова́ть) to dictate
продово́льствие foodstuffs, groceries
продолжа́ть, продо́лжить to continue, go on (with); —ся, продо́лжиться to continue, last, go on, be in progress
продолже́ние continuation
продыря́вить see продыря́вливать
продыря́вливать, продыря́вить to make a hole, pierce
проезжа́ть, прое́хать to pass (by, through), go/drive (by, past, through)
прое́зжий: прое́зжая доро́га thoroughfare
прое́зжий passer-by
прое́кт project, design
проекти́ровать, запроекти́ровать, спроекти́ровать to design
прое́хать (see проезжа́ть): —ся to take a drive
прожива́ть, прожи́ть to live, reside, spend

прозва́ть see прозыва́ть
про́звище nickname
прозвуча́ть (see звуча́ть) to sound, to be heard
прозре́ть see прозрева́ть
прозыва́ть, прозва́ть to name, to nickname
производи́ть, произвести́ to make, carry out, produce; make/produce an impression
произво́дство production
произнесе́ние pronouncing, utterance
произнести́ see произноси́ть
произноси́ть, произнести́ to pronounce, utter, deliver
происходи́ть, произойти́ to happen, occur, rise (from)
происше́ствие event
пройти́ see проходи́ть
пройти́сь see проха́живаться
прока́за leprosy
прока́лывать, проколо́ть to pierce, perforate; —ся, проколо́ться to pierce through, perforate
прокла́дка laying, construction
прокла́дывать, проложи́ть to carve, make/dig
проклина́ть, прокля́сть to curse
прокля́тый cursed, damned
проко́л puncture, pinhole
проколо́ть(ся) see прока́лывать(ся)
прокорми́ть to keep, maintain, provide
прокрича́ть to shout, give a shout
пролага́ть: п. путь to pave the way
пролежа́ть to lie, spend the time lying
пролёт flight, wellhole, bridge span
пролета́ть, пролете́ть to fly (by, past, through)
пролётка droshky, cab
пролива́ть, проли́ть: п. свою́ кровь to shed one's blood; —ся, проли́ться to spill, pour down
проливно́й: п. дождь pouring/driving rain
проли́ть see пролива́ть
проложи́ть see прокла́дывать
прома́чивать, промочи́ть to wet; промочи́ть го́рло to have a drink
проме́ж between, among
промелькну́ть to flash, pass swiftly
проме́нивать, променя́ть to exchange
промо́зглый dank

промочи́ть *see* прома́чивать
промурлы́кать, мурлы́кать to purr
промышля́ть, промы́слить to find something, find out something; п. что́-нибудь to find out something
промя́млить (*see* мя́млить) to mumble
пронести́ *see* проноси́ть
пронести́сь *see* проноси́ться
пронизи́тельн//о shrilly, piercingly; —ость in a piercing fashion; —ый sharp, piercing
прониза́ть *see* прони́зывать
прони́зывать, прониза́ть to pierce (through), transpierce
проника́ть, прони́кнуть to penetrate, go/pass (through); —ся, прони́кнуться to be imbued, be filled
проникнове́ние penetration
прони́кнутый inspired, full (of)
прони́кнуть(ся) *see* проника́ть(ся)
проница́тельный perspicacious, astute
проница́ть to pierce
проноси́ть, пронести́ to carry (by, past, through)
проноси́ться, пронести́сь to shoot past, rush past
пропада́ть, пропа́сть to be lost, disappear; to be wasted
пропа́жа loss
про́пасть a lot (of), a great deal of (something)
пропа́сть *see* пропада́ть
пропа́хнуть to become permeated with the smell
пропе́ть (*see* петь) to sing
пропере́ть, пере́ть (*substandard*) to plod, to trudge, to push through
пропи́сывать, прописа́ть to prescribe
проплыва́ть, проплы́ть to sail (by, past)
пропове́довать to preach
про́поведь sermon, preaching
пропуска́ть, пропусти́ть to let pass, let slip, allow to pass
прораста́ние germination, overgrowth
прораста́ть, прорасти́ to sprout; be overgrown
прорва́ть(ся) *see* прорыва́ть(ся)
проре́зать(ся), проре́зать(ся) to cut, cut (through)
проре́ха split
прорыва́ть(ся), прорва́ть(ся) to burst, break (through)

проса́чивание oozing, seeping through
проса́чиваться, просочи́ться to seep through; to percolate
просве́чивать to be translucent
просёлок country road
просёлочный: —ая доро́га = просёлок
просиде́ть *see* проси́живать
проси́живать, просиде́ть to sit, spend the time in sitting
проси́ть, попроси́ть to ask (for something), beg (for something); п. к столу́ to call to the table
проси́ть to beam, brighten up
прослёживать, проследи́ть to trace, track, observe
просло́йка layer
просну́ться *see* просыпа́ться
просочи́ться *see* проса́чиваться
проспа́ть *see* просыпа́ть
проспе́кт avenue
проспо́рить to lose a bet
проста́ивать, простоя́ть to stay, stand
простира́ть, простере́ть to stretch, extend; to raise/reach out one's hands
прости́ть(ся) *see* проща́ть(ся)
про́сто simply; п.-на́просто simply
простоду́шие openheartedness
простоду́шный simplehearted
просто́й simple, common, ordinary
простонаро́дный of the (common) people
просто́рный spacious, loose, wide
простоя́ть *see* проста́ивать
простра́нство space
просту́женный: он просту́жен he has caught a cold
простыня́ sheet
просыпа́ть, проспа́ть to sleep away, oversleep
просыпа́ться, просну́ться to wake up
про́сьба request
протека́ть, проте́чь to leak, elapse
проте́чь *see* протека́ть
про́тив against, opposite
проти́вно it is disgusting
проти́вный opposite, contrary
проти́вный offensive, nasty; п. челове́к unpleasant person
противопоказа́ние contradictory evidence
противополо́жный opposite

проти́скиваться, проти́скаться, про-
ти́снуться to force/push one's way
(through)
проторгова́ться to be ruined in trade,
lose in trading
протя́гивать, протяну́ть to stretch,
reach out, extend, drawl
протя́жн//о at length, in a drawling
manner; —ый drawling, slow
протяну́ть see протя́гивать
профе́ссия profession
профе́ссор professor
про́филь profile
проха́живаться, пройти́сь to stroll,
walk up and down
прохла́да coolness
прохла́дно it is fresh/cool
прохла́дный fresh/cool
прохо́д passageway
проходи́ть, пройти́ to pass, go (by,
slip by); полёт бу́дет п. . . . the flight
will be at the altitude of . . .
прохо́жий passer-by
проце́нт percentage, rate; —ный
(adj.)
проце́ссия procession
прочесть see чита́ть and прочита́ть
to read, finish reading
про́чий other
прочита́ть to read, spend the time
reading, finish reading
прочь away
проше́дший past
прошепта́ть (see шепта́ть) to whisper
прошипе́ть (see шипе́ть) to whisper
прошлого́дний last year's, of last year
про́шлое the past
про́шлый bygone, last
проща́льный parting, farewell
проща́ние farewell
проща́ть, прости́ть to forgive
проща́ться, прости́ться, попроща́ться
to say good-bye, take one's leave, bid
farewell
проявля́ть, прояви́ть to display; to re-
veal, give evidence of; to develop;
—ся, прояви́ться to become ap-
parent
пружи́на spring
пры́гать, пры́гнуть to spring, jump
прыжо́к jump
пря́дка lock (of hair)

прядь lock (of hair)
пря́жа yarn, thread
пря́жка buckle, clasp
прямико́м cross-country
прямико́м: п. поспева́ть to make
straight across
пря́мо straight, directly, frankly/open-
ly, real, really
прямо́й straight, upright, straight forward, direct
пря́тать(ся), спря́тать(ся) to hide, conceal
психиа́тр psychiatrist; —и́ческий
psychiatric; —ия psychiatry
психова́ть (slang) to be nervous, to
panic
психо́лог psychologist; —и́ческий
psychologic
психопа́т psychopath
пти́ца bird
птицело́в fowler
пти́чий bird
пу́блика public, audience
пуга́ть, испуга́ть, пугну́ть to frighten,
scare; —ся, испуга́ться to be frightened, startled
пугли́вый fearful, easily frightened
пу́говица button
пуд pood (36.113 lbs. or 16.38 kg.)
пу́дра powder
пу́дреница compact (for face powder)
пу́зо belly
пузы́риться to bubble
пулево́й from a bullet
пулемёт machine gun
пулемётчик machine gunner
пу́лька pool
пу́ля bullet
пункт station
пупы́рышек pimple, uneven surface
пу́рпур purple
пуска́й=пусть
пуска́ть, пусти́ть to allow, let, permit,
set free, let out; п. коле́чки to blow
smoke rings; п. в ход что́-л. to start
something going; п. в прода́жу to
put up for sale
пусте́ть, опусте́ть to (become) empty
пусти́ть see пуска́ть
пу́сто be empty
пусто́й empty, deserted, frivolous
пу́стошь (f.) wasteland

пусты́нный desert, uninhabited
пусты́ня desert
пусть let (+ *inf.*)
пустя́к trifle, triviality
пу́тать to tangle, mix up, implicate; —ся to get entangled (with), hang around (*slang*)
путём properly; он никогда́ п. не поéст he never takes regular meals
путешéствие journey
пу́тник traveler
пу́ты chains
путь way, path, means
пух down
пу́хлый plump, chubby
пуховик featherbed
пухо́вый downy
пучегла́зый goggle-eyed
пучо́к bunch
пу́шечный gun
пуши́стый downy, fluffy
пу́шка gun, cannon
пу́ще more/worse than
пчела́ bee
пшени́ца wheat
пшённый millet
пыла́ть to blaze, flame
пы́лкий passionate
пыль dust
пы́льный dusty
пыта́ться, попыта́ться to attempt, try
пытли́вый inquisitive, searching
пы́шный magnificent, fluffy
пьéса play
пьянéть, опьянéть to get/grow intoxicated
пья́ница drunkard
пья́нство hard drinking, drunkenness
пья́ный drunk
пята́к five-copeck coin
пяти́ться, попяти́ться to move backward
пятни́стый spotted
пятно́ spot
пя́тнышко speck

Р

раб slave
рабо́та work
рабо́тать to work

рабо́тник worker
рабо́чий (*adj. & m. n., decl. as adj.*) worker
ра́бский servile, slavish
ра́бство slavery
равви́н rabbi
ра́венство equality
равно́ it is all the same; ему́ всё р. it is all the same to him; всё р. it does not matter
равно́ alike, in a like manner
равноду́ш//ие indifference; —но indifferently; —ный indifferent
равномéрно evenly, uniformly
равня́ть, сравня́ть to equalize, compare; —ся, сравня́ться to compete
рад glad; он рад he is glad
ра́ди for the sake of
радиа́тор radiator
ра́дио radio
радиогра́мма radiogram
радио́ла a combination radio-phonograph set
радиоприёмник radio receiver (a receiving set)
ра́довать, обра́довать, пора́довать to make glad/happy, rejoice; —ся, обра́доваться, пора́доваться to be glad, rejoice
ра́дост//но joyfully, happily; —ный glad, joyful; —ь joy, gladness
раз time; в друго́й р. another time
разба́ливаться, разболéться to ache, become ill
разба́лтываться, разболта́ться to get out of hand, blab too much
разбéг running start
разбега́ться, разбежа́ться to scatter
разбежа́ться *see* разбега́ться
разбереди́ть (*see* береди́ть) to irritate
разбива́ть, разби́ть to break, hurt; —ся, разби́ться to hurt/bruise oneself badly
разбира́ть, разобра́ть to dismantle, sort out, make out; его́ разбира́ет смех he was filled with laughter; —ся, разобра́ться to investigate, look (into), examine; to understand
разби́тый *participle of* разби́ть
разби́ть(ся) *see* разбива́ть(ся)
разбогатéть (*see* богатéть) to become rich

разбо́й robbery
разбо́йни//к robber; **—чий** (*adj.*); **—ческий** (*adj.*)
разболе́ться *see* **разба́ливаться**
разболта́ться *see* **разба́лтываться**
разбомби́ть (*see* **бомби́ть**) to bomb
разбро́с: в р. scattered
разбунтова́ться (*see* **бунтова́ть**) to rebel, revolt
ра́зве really, do you think; unless, save perhaps
разве́дка secret service, reconnaissance
разве́дчик scout, intelligence officer
разверза́ться, разве́рзнуться to open
развесёлый merry, glad
развива́ть, разви́ть to develop
развито́й developed, intelligent
разви́ть(ся) *see* **развива́ть(ся)**
развлека́ть, развле́чь to entertain, amuse; **—ся, развле́чься** to have a good time, amuse oneself
разводи́ть, развести́ to separate; to dilute; to conduct
разводи́ть, развести́ to divorce
разводи́ть, развести́ to cultivate
развра́т depravity; **—ник** debauchee
разврати́ть(ся) *see* **развраща́ть(ся)**
развраща́ть(ся), разврати́ть(ся) to corrupt
развяза́ть *see* **развя́зывать**
развя́зно free and easy
развя́зность undue familiarity
развя́зывать, развяза́ть to untie
разга́дывать, разгада́ть to solve/guess
разгиба́ть, разогну́ть to unbend, straighten; **—ся, разогну́ться** to straighten oneself up
разгля́дывать to examine, to be able to make out
разгова́ривать to talk, speak, converse
разгово́р talk, conversation
разговори́ться to get into conversation, warm up to one's topic
разгово́рчивый talkative
разго́н at full speed; **со всего́ разго́на** at full speed
разгора́ться, разгоре́ться to flame/flare up
разгоре́ться *see* **разгора́ться**

разгорячи́ть (*see* **горячи́ть**): **—ся** to be blushed, get excited
разгружа́ть, разгрузи́ть to unload
разгу́ливать to stroll about, walk about
раздава́ть, разда́ть to distribute
раздава́ться, разда́ться to be heard; to resound
раздава́ться, разда́ться to expand, put on weight
раздави́ть to crush, squash
разда́ривать, раздари́ть to give away (to)
раздари́ть *see* **разда́ривать**
разда́ть(ся) *see* **раздава́ть(ся)**
раздвига́ть, раздви́нуть to move/slide apart
раздева́ть, разде́ть to undress; **—ся, разде́ться** to undress
разде́л division
разде́лать(ся) *see* **разде́лывать(ся)**
раздели́ть *see* **дели́ть** and **разделя́ть**
разде́лывать, разде́лать to cut, (*substandard*) bash up; **—ся, раз + де́латься** to have done (with), be through (with); to settle accounts (with)
разделя́ть, раздели́ть to divide
разде́ть(ся) *see* **раздева́ть(ся)**
раздира́ть, разодра́ть to lacerate
раздобыва́ть, раздобы́ть to procure, get
раздобы́ть *see* **раздобыва́ть**
раздража́ть, раздражи́ть to irritate, annoy
раздража́ющий irritating
раздраже́ние irritation
раздражённый angry, irritated
раздражи́ть *see* **раздража́ть**
раздробля́ть(ся), раздроби́ть(ся) to break, smash, splinter
раздува́ть, разду́ть to fan, blow, swell; **—ся, разду́ться** to swell
разду́мывать to meditate, ponder, consider
разду́тый inflated
разду́ть *see* **раздува́ть**
разжире́ть (*see* **жире́ть**) to become fat, grow fat
раззадо́ривать, раззадо́рить to provoke
раззадо́рить(ся) *see* **раззадо́ривать(ся)**
разла́д discord, dissension

разлета́ться, разлете́ться to fly away, scatter (*in the air*)
разли́в flood, overflow
разлива́ть, разли́ть to spill, pour out; —ся, разли́ться to overflow, spread
разли́ть(ся) *see* разлива́ть(ся)
различа́ть, различи́ть to distinguish; to make out; —ся to differ
разли́чный different, various
разложи́ть *see* раскла́дывать
разлуча́ть, разлучи́ть to separate, part
разма́хивать to swing; —ся, размахну́ться to swing
разма́чивать, размочи́ть to soak, steep
разме́р dimension, scale
размина́ть, размя́ть to knead, mash; —ся, размя́ться to stretch one's legs
размори́//ть: жара́ его́ совсе́м —ла he was worn out by the heat
размя́ть(ся) *see* размина́ть(ся)
ра́зница difference
разнообра́зить to diversify
разнообра́зный various, diverse
разноречи́вый contradictory, contrasting
разноси́ть, разнести́ to deliver, carry, serve (*food*)
разноси́ться, разнести́сь to spread, resound
ра́зность difference
разноцве́тный multicolored
ра́зные all sorts of things
ра́зный different, various
разобра́ть(ся) *see* разбира́ть(ся)
разогну́ть(ся) *see* разгиба́ть(ся)
разогрева́ть, разогре́ть to warm up; —ся, разогре́ться to warm, grow warm
разодра́ть *see* раздира́ть
разойти́сь *see* расходи́ться
ра́зом at once, together
разопре́ть to stew up
разо́рванный torn
разорва́ться *see* разрыва́ться
разори́ть(ся) *see* разоря́ть(ся)
разоружа́ть, разоружи́ть to disarm
разоруже́ние disarmament
разоря́ть, разори́ть to ravage, ruin; —ся, разори́ться to ruin oneself
разостла́ть(ся) *see* расстила́ть(ся)

разочарова́ние disappointment
разре́зывание cutting
разреза́ть, разре́зать to cut
разреша́ть, разреши́ть to allow, permit
разреше́ние permission
разреши́ть *see* разреша́ть
разрисова́ть *see* разрисо́вывать
разрисо́вывать, разрисова́ть to ornament, paint
разруга́ть to scold; —ся to quarrel
разруша́ть, разру́шить to demolish, destroy; —ся, разру́шиться to go to ruin; to fall to the ground
разруши́тельный destructive
разру́шить(ся) *see* разруша́ть(ся)
разры́в break, explosion
разрыва́ться, разорва́ться to break, burst, go off, explode
разува́ть, разу́ть to take off (someone's) shoes; —ся, разу́ться to take off one's own shoes
разузнава́ть, разузна́ть to find out, make inquiries (about)
разузна́ть *see* разузнава́ть
ра́зум reason, mind
разуме́ется of course
разу́мно reasonably, sensibly
разу́мный wise
разу́ть(ся) *see* разува́ть(ся)
разъедине́ние separation
разъединя́ться, разъедини́ться to separate, part
разыма́ться (*substandard*) to quiver
разы́скивать, разыска́ть to look (for), search
рай paradise
райо́н region, district
раке́та skyrocket
ра́ковина shell
ра́ма frame; око́нная р. window frame
ра́на wound
рандеву́ meeting
ра́нее = ра́ньше
ране́н//ие injury; —ый injured
ра́нец satchel
ра́нить to wound
ра́нний early
ра́но early
рань early/ungodly hour
ра́ньше earlier, before, formerly, previously

ра́са race
раскалённый (burning) hot
раскали́ть *see* раскаля́ть
раска́лывать(ся), расколо́ть(ся)   to cleave, chop, break
раскаля́ть, раскали́ть to make burning hot
раска́пывать, раскопа́ть to dig out, unearth
раска́тистый rolling
раска́чивать, раскача́ть to swing, move, stir; —ся, раскача́ться to swing to and fro
раска́яние repentance
раски́дывать, раскида́ть to scatter
раски́дывать(ся), раски́нуть(ся)   to spread, stretch; to pitch, set up; —ся, раскину́ться to spread out, stretch out
раскла́дывать, разложи́ть to lay out
раскла́ниваться, раскла́няться to exchange greetings
раскла́няться *see* раскла́ниваться
расколо́ть(ся) *see* раска́лывать(ся)
раскопа́ть *see* раска́пывать
раскоря́чивать to sprawl
раскоря́ченный sprawled out
раскрыва́ть, раскры́ть to open, discover; —ся, раскры́ться to open, uncover oneself
раскры́ть(ся) *see* раскрыва́ть(ся)
раскупа́ть, раскупи́ть to buy up
распа́ивать, распая́ть to unsolder; —ся, распая́ться to get/come unsoldered
распали́ть(ся) *see* распаля́ть(ся)
распаля́ть, распали́ть to inflame, excite; —ся, распали́ться to be incensed
распа́рывать, распоро́ть to unrip, rip open
распа́хивать, распахну́ть to throw open
распая́ть(ся) *see* распа́ивать(ся)
распева́ть to sing
распина́ть, распя́ть to crucify
расписа́ние schedule
расписа́ть(ся) *see* распи́сывать(ся)
распи́ска receipt
расписно́й decorated with design
распи́сывать, расписа́ть to paint a picture; —ся, расписа́ться to be married at the registry

распласта́ть(ся) *see* распла́стывать(ся)
распла́стывать, распласта́ть to spread; —ся, распласта́ться to spread, lie flat
распла́т//а payment
расплати́ться *see* распла́чиваться
расплыва́ться, расплы́ться to run, diffuse
расплыва́ться, расплы́ться (*colloq.*) to grow fat
расплы́вчатый diffused, dim
располага́ть, расположи́ть to arrange, place, be situated; to gain
располза́ться, расползти́сь to fall to pieces, diffuse
расположи́ть *see* располага́ть
распоро́ть *see* распа́рывать
распоряди́ться *see* распоряжа́ться
распоряжа́ться, распоряди́ться to give orders
распоряже́н//ие order; быть в —ии кого́-л. to be at somebody's disposal
распоя́саться *see* распоя́сываться
распоя́сываться, распоя́саться to let oneself go
распра́вить *see* расправля́ть
расправля́ть, распра́вить to straighten, smooth; р. скла́дки to smooth out wrinkles
распродава́ть, распрода́ть to sell off/out
распуска́ть, распусти́ть to spread, let out; to blossom out
распу́тать *see* распу́тывать
распусти́ть *see* распуска́ть
распу́тство debauchery
распу́тывать, распу́тать to unravel
распу́щенный (*participle of* распуска́ть) dissolute, loose, spoiled
распя́ть *see* распина́ть
рассве́т dawn, daybreak
рассвета́ть, рассвести́ to dawn
рассерди́ть to make angry; —ся to become/get angry
рассе́янно absent-mindedly
расска́з story, tale
рассказа́ть *see* расска́зывать
расска́зывать, рассказа́ть to tell, recount, narrate
расслабля́ть, рассла́бить to weaken

расслы́шать to catch, hear

рассма́тривать, рассмотре́ть to examine, look (at)

рассмея́ться to begin to laugh

рассмотре́ть *see* рассма́тривать

рассо́л brine

расспра́шивать, расспроси́ть to question

расспро́сы questions

рассро́чивать, рассро́чить to arrange on installment, arrange on the installment plan

рассро́чить *see* рассро́чивать

расстава́ние parting

расстава́ться, расста́ться to part (with), leave

расставля́ть, расста́вить to place, arrange

расста́ться *see* расстава́ться

растаять *see* та́ять

расстега́й small fish and rice pie

расстёгивать, расстегну́ть to unbutton

расстегну́ть(ся) *see* расстёгивать(ся)

расстила́ть, разостла́ть to spread out; —ся, разостла́ться to spread

расстоя́ние distance

расстра́ивать, расстро́ить to disturb; —ся, расстро́иться to get out of tune, feel upset

расстре́ливать, расстреля́ть to shoot

расстро́йство disorder

расстро́ить(ся) *see* расстра́ивать(ся)

рассуди́тельный reasonable

рассу́док reason

рассужда́ть to reason, discuss; to ponder

рассужде́ние reasoning, argument

рассу́чивать, рассучи́ть to untwist

рассчи́тывать, рассчита́ть, расче́сть to count, calculate; to depend (on)

рассыпа́ть(ся), рассы́пать(ся) to spill

расте́рянн//ость confusion; —ый confused, embarrassed, perplexed

растеря́ть (*pf.*) to lose, spill; —ся to lose one's head, be taken aback

расти́ to grow

растормоши́ть (*see* тормоши́ть) to pull (at, about)

растро́гать to touch, move

растыкать (*see* тыкать) to poke, jab

растя́гивать, растяну́ть to stretch; —ся, растяну́ться to stretch

растя́жка stretching; в —у drawlingly, slowly

растяну́ть(ся) *see* растя́гивать(ся)

расхо́д expense, expenditure

расходи́ться, разойти́сь to go away, disperse, part, break up; ту́чи разошли́сь the clouds dispersed

расхо́довать, израсхо́довать to spend

расчеса́ть(ся) *see* расчёсывать(ся)

расче́сть *see* рассчи́тывать

расчёсывать(ся), расчеса́ть(ся) to comb; to scratch raw

расчёт calculation, account

расчётливо economically

расчи́стить(ся) *see* расчища́ть(ся)

расчища́ть(ся), расчи́стить(ся) to clear

расшива́ть, расши́ть to embroider

расшире́ние broadening

расши́ть *see* расшива́ть

расщепи́ть(ся) *see* расщепля́ть(ся)

расщепля́ть(ся), расщепи́ть(ся) to split, splinter

рва́ный torn

рва́ться to break, burst, tear

реаги́ровать to react, respond

ребёнок child, infant

ребро́ rib

ребя́та children

реве́ть to roar, howl

ревмати́зм rheumatism

ревни́вый jealous

ре́вность jealousy

револьве́р revolver

регистрату́ра registry

регистри́ровать to register

регули́ровать to regulate

ре́дк//ий thin, sparse, rare; —о seldom, rarely; —ость rarity, rare

режиссёр producer

ре́зать, заре́зать, сре́зать to stab, cut, kill, knife

ре́звый sportive, playful

ре́зк//ий sharp, harsh, abrupt; —о sharply

результа́т result

ре́йс trip, voyage

рейту́зы breeches

река́ river

рели́гия religion

рельс rail

реме́нь strap, belt

ресни́ца eyelash

респу́блика republic
рестора́н restaurant
речно́й river
речь speech
реша́ть, реши́ть, пореши́ть to decide, resolve, make up one's mind
реша́ться, реши́ться to decide, resolve
реше́ние decision, determination
решётка grating, railing
реши́тельн//о resolutely, positively, absolutely; —ость resoluteness
реши́ть(ся) *see* реша́ть(ся)
ржа́вый rusty
ри́га threshing barn
ри́нуться to rush, dash, dart
рискова́ть, рискну́ть to risk, take the risk
рисова́ть, нарисова́ть to draw; to depict; —ся, нарисова́ться to be silhouetted; (*colloq.*) to show off, pose
ритм rhythm
робе́ть to be timid
ро́бкий timid
ров ditch
рове́сница coeval (*f.*)
ро́вн//о exactly, absolutely, equally; —ый even, equitable
рог horn, hunting horn
рого́жа bast mat/matting
род birth, origin, kind
роди́мый = родно́й
ро́дина native land, homeland
роди́тели parents
роди́тель parent
роди́ть to give birth; —ся to be born, come into being
родни́ться, породни́ться to become related (with)
родно́й kindred, own, relative, dear
родня́ relatives, kinsfolk
родово́й family
ро́ды childbirth, delivery
ро́жа (*slang*) ugly mug (*face*)
рожда́ть, роди́ть to give birth; —ся, роди́ться to be born, occur, arise, flourish, thrive
рожде́ние birth
рожь rye
розове́ть, порозове́ть to turn pink
ро́зовый pink
ро́йться to swarm

роль role, part
рома́н novel, romance, love affair
рома́нс song, romance
рома́шка daisy
роня́ть, урони́ть to drop, let fall, shed
ро́пот grumble
рос//а́ dew; —и́стый dewy
ро́скошь luxury
рост height, growth
рости́ grow
рот mouth
ро́та company
ро́ща grove
роя́ль piano
руба́ха shirt, chemise
рубе́ц scar
руби́ть to fell, chop
ру́бка deck-cabin, wheelhouse
рубль ruble
руга́ть, вы́ругать, ругну́ть to scold, abuse, criticize; —ся, вы́ругаться, ругну́ться to swear, curse, abuse each other
руже́йный gun
ружьё gun
рука́ hand, arm; лома́ть ру́ки to wring one's hands
рука́в sleeve
руководи́ться to follow
руково́дствоваться to follow, be guided by
ру́копись manuscript
руль rudder, steering wheel
румя́нец (high) color, blush
румя́ный rosy, ruddy
рунду́к chest, large trunk
ру́сский Russian (*adj.*); Russian (*m. n., decl. as adj.*)
ру́сые blond, fair
руче́й brook, stream
ры́ба fish
рыба́к fisherman
ры́бий (*attrib.*) fish
рыбкомбина́т fishery, fish cannery
рыборазде́лка fish-processing plant
рыво́к jerk; (*sport*) dash
рыда́ние sobbing
ры́жий red, red-haired
ры́нок marketplace
ры́скать to rove, roam
ры́сью at a trot

рыть(ся), порыть(ся) to dig (in), rummage
рыхлый friable, crumbly, crumb
рыцарь knight
рычаг lever
рычание growl, snarl
рычать to growl
рюкзак rucksack
рюмка wineglass
рябина ashberry
рябчик hazel grouse
ряд row; р. автомашин line of vehicles
рядом (adv.) side by side, besides

С

с with; со сна half-awake; с ходу right away
сабля saber
сад garden
садить, посадить to plant
садиться, сесть to sit down; to board, take (conveyances); to set (sun, etc.)
садиться, сесть to shrink
садовник gardener
садок fishpond
сажа soot
сажать, посадить to seat, offer a seat
салат lettuce, salad
салон saloon
сам, сама himself, herself; само собой certainly
самец male (with a name of an animal)
самка female
самовар samovar; —ный (adj.)
самодельный homemade
самодовольный self-satisfied
самокритика self-criticism
самолёт airplane
самолюбивый proud
самолюбие self-respect, pride
самопроизвольн//ость spontaneity; —ый spontaneous
саморазрушение self-destruction
самородный virgin, native
самородок native/virgin metal
самосохранение self-preservation
самостоятельность independence
самострельщик = самострел man with a self-inflicted wound

самоубийство suicide
сам//ый the very, most; в —ом деле indeed
санбат (санитарный батальон) medical battalion
сангвиник sanguine person
сани sledge, sleigh
санитар hospital attendant; —ный sanitary, medical
сапог boot
сарай shed, hayloft
сарпинка printed calico
сатана Satan
сатирик satirist
сахарный (adj. of сахар); с. завод sugar refinery
сбегать, сбежать to run down (from above)
сбежать see сбегать
сбивать, сбить to knock down, push back; с. самолёт to bring down a plane; —ся, сбиться to lose one's way, go astray; шляпа сбилась на бок the hat sits awry; с. с ног to be exhausted
сбирать(ся) see собирать(ся)
сбить see сбивать
сближать, сблизить to draw/bring together; —ся, сблизиться to draw together; to become good friends
сближение intimacy
сблизиться see сближаться
сбоку on one side, at the side
сбрасывать, сбросить to throw down, throw off
сбросить see сбрасывать
сбывать, сбыть to sell off; to dispose
сбываться, сбыться to come true, be realized
свадьб//а wedding; справлять —у to celebrate one's wedding
сваливать, свалить to dump, knock down/over; —ся, свалиться to fall down
свалить see сваливать and валить
свалка dump
сват father of a son-in-law, daughter-in-law
сватать, посватать, сосватать to ask in marriage; to propose somebody to somebody for marriage
сватовство matchmaking, courtship

сва́ха matchmaker

све́дение reduction, contraction

све́дение information

све́жий fresh

свёкла beet; **с. выходна** well-mar-keted beets

свекло́вица sugar beet

сверка́ние sparkling, twinkling, glitter

сверка́ть to sparkle, twinkle, glitter

сверкну́ть (*pf.*) to flash

сверну́ть *see* **свёртывать**

свёртывать, сверну́ть to roll up, turn

свёртываться = **свора́чиваться**

сверх over, besides; **с. всего́** to crown all

све́рху from above, on top

све́сить *see* **све́шивать**

свести́(сь) *see* **своди́ть(ся)**

свет light; **представля́ть что-л. в вы́годном —е** to show something to the best advantage

свет world

свет//а́ть: начина́ет с. the day is dawn-ing; **—а́ет** it is dawning

свети́ть(ся) to shine

светле́ть, посветле́ть to brighten, grow lighter

светло́ it is light

све́тлый light

светофо́р signal/traffic light

свеча́ candle

све́шивать, све́сить to let down, lower; **—ся, све́ситься** to lean over, hang over

свива́ть, свить to wind, twist; **с. верёвку** to twine/twist a rope

свида́ние meeting, rendezvous

свиде́тельствовать, освиде́тельство-вать to testify, witness

свини́на pork

свинцо́вый leaden

свинья́ pig

свиса́ть, сви́снуть to hang over, dangle; **—ся** to hang down

свиста́ть, свисте́ть to whistle

сви́стнуть to whistle, steal (*colloq.*)

свить *see* **вить** and **свива́ть**

свобо́д//а freedom; **—но** easily, free-ly; **—ый** free

своди́ть, свести́ to take (down); **глаз не с. с кого́-л.** not take/tear one's eyes off somebody

своди́ться, свести́сь to come (to)

свой my, our, etc.

сво́йственн//ый peculiar; **это ему́ —о** that's his way/nature

сво́йство characteristics, tendency

сво́лочь scum, scoundrel

свора́чивать, свороти́ть to remove, turn

свора́чиваться = **свёртываться** to pack up

свояк brother-in-law

связа́ть *see* **вяза́ть** and **свя́зывать**

свя́зка bunch

свя́зывать, связа́ть to tie, bind, con-nect; **свя́занный с кем-л.** to be con-nected with somebody

свя́зываться, связа́ться to bind, have to do (with)

связь bond, connection, relationship, liaison, connections

свято́й holy, sacred, saint; **—а́я не-де́ля** Easter week

святота́тствовать to commit sacrilege

святы́ня sacred/holy thing

свяще́нный sacred

сгиба́ть, согну́ть to bend, crook; **—ся, согну́ться** to bend (down), stoop (to)

сгова́риваться, сговори́ться to ar-range things, come to an agreement

сгоня́ть, согна́ть to drive away

сгора́ть, сгоре́ть to burn down/out; to burn (with **от** + *gen.*)

сгоре́ть *see* **сгора́ть**

сгреба́ть, сгрести́ to rake up/together

сгущ//а́ть, сгусти́ть to thicken, con-dense; **—а́ющиеся су́мерки** the clos-ing dusk

сдава́ть, сдать to hand in; **с. экза́мен** to take an examination, pass an exam-ination

сдава́ться, сда́ться to surrender

сда́вленный (*participle of* **сда́вливать**) constrained; **с. го́лос** constrained voice

сдать(ся) *see* **сдава́ть(ся)**

сдвига́ть, сдви́нуть to move

сде́лать(ся) *see* **де́лать(ся)**

сде́ржанн//о with restraint; **—ый** re-strained, reserved

сде́рживать, сдержа́ть to hold in, keep back, restrain; **—ся, сдержа́ться** to control oneself

сдира́ть, содра́ть to strip, strip off

сдо́бн//ый rich; —ая бу́лка bun

сдо́хнуть to croak, to die (*of animals or contemptuously*)

себя́ myself

се́вер north; на с. northward; —ный north

сего́дня today

седе́ть, поседе́ть to go/grow/turn gray

седина́ gray hair

седло́ saddle

седоборо́дый gray-bearded

седо́й (*lit.*) gray; *see* се́рый

сезо́н season

сезо́нница a worker (*f.*) in a seasonal job; seasonal, temporary (*f.*)

сейча́с now, right now; то́лько с. just, just now

секре́т secret

секу́нда second

селёдка = сельдь

сели́ться to settle, take up one's residence

село́ village

сельдь herring

се́льск//ий rural; —ое хозя́йство agriculture, rural economy

сельскохозя́йственный agricultural

семе́й//ный domestic, family; —ство family

се́мечк//о seed; —и подсо́лнуха sunflower seeds

семиле́тка 7-year school

семья́ family

се́мя seed

се́ни passage

сенно́й hay

се́но hay

сенова́л hayloft

сентя́брь September

сервирова́ть to serve; с. стол to set the table

серде́чный hearty, affectionate

серди́ться (на кого́-л.) to be angry (with somebody)

серди́ть to make angry, anger; —ся (на кого́-л.) to be angry (at/about/with somebody)

сердобо́//лие tenderheartedness; —льный tenderhearted

се́рдц//е heart; в —а́х (*colloq.*), с —ем in anger, angrily; (в) —е держа́ть to bear a grudge against

серебри́стый silvery, silver; с. звук silver(y) sound

серебро́ silver

сере́бряный silver

середи́н//а middle; в —е in the middle

серена́да serenade

се́ренький (*dim., fam.*) gray

сержа́нт sergeant

се́рый gray; (*fig.*) dull; (*fig., obs.*) ignorant; *see* седо́й

серьга́ earring

серьёзный serious

сестра́ sister, nurse

сестри́ца = сестра́

сесть *see* сади́ться

се́тка net, netting; про́волочная wire net

сечь, вы́сечь to flog, whip, cut (up)

се́ять, посе́ять to sow

сжа́тый (*see* жать) pressed, squeezed

сжа́ть(ся) *see* сжима́ть(ся)

сжечь *see* сжига́ть

сжига́ть, сжечь to burn (down)

сжима́ть, сжать to squeeze, compress; с. ру́ки, зу́бы, кулаки́ to clench one's hands, teeth, fists; —ся, сжа́ться to shrink, clench, contract

сза́ди from behind, from the end

сзыва́ть *see* созыва́ть

сига́ра cigar

сигна́л signal, call

сигнализи́ровать, сигна́лить to signal(s), signal

сигна́лить *see* сигнализи́ровать

сигна́льный signal

сиде́ть to sit; to be (*to be found some condition or position*); to (на + *prep.*) (*in clothes*), sit (on)

си́зый dove-colored, warm gray, ish

си́ла strength, force; изо все́х with all one's might; с. во́ли power

сило́к noose, snare

силуэ́т silhouette

си́льно greatly; с. би́ться to p с. пить to drink hard/heavily

си́льный strong

синаго́га synagogue
синева́ (the) blue color
сине́ть, посине́ть to turn/grow/become blue; (*impf. only*) to show blue
си́ний blue, dark blue
си́плый husky, hoarse; —ота hoarseness
сире́невый lilac color
сире́нь lilac
сиро́п syrup; вода́ с —ом syrup and water
си́тец cotton (print)
си́то sieve
си́филис syphilis
сия́ние radiance, aureole; се́верное с. northern lights
сия́ть to shine, beam
сия́ющий shining, beaming
сказа́ть (*see* говори́ть): так с. so to say; ска́зано-сде́лано no sooner said than done
сказа́ться *see* ска́зываться
сказ//ка tale, fairy tale, story; —оч-ный fairy tale, fantastic
ска́зываться, сказа́ться to tell (on, upon), express (itself)
ска́лить, оска́лить *see* оска́ливать
ска́лывать, сколо́ть to cleave off, chop off
скамья́ bench
ска́пливать, скопи́ть to store (up), save; —ся, скопи́ться gather, crowd
ска́терть tablecloth
ска́тка military overcoat
ска́шивать, скоси́ть to mow (down)
скве́р public garden
скве́рн//о badly; —ый bad, nasty
сквози́ть to be seen through
сквозно́й through
сквозня́к draft
сквозь through
скворе́чник small wooden box for starlings
ски́дывать, ски́нуть to throw off, take off
ски́нуть *see* ски́дывать
скирд, —а stack, rick
скита́лец wanderer
скита́ние wandering
скита́льчество *see* скита́ние
склад storehouse
складѝ *substandard* for сложѝ

скла́дка fold, crease
скла́дно well
склады́ syllables; чита́ть по —а́м to spell out
скла́дывать, сложи́ть to turn out, take shape
скла́дывать, сложи́ть to take off, put up
склоня́ть(ся), склони́ть(ся) to bend
сковорода́ frying pan
сколо́ть *see* ска́лывать
скользи́ть to slide, slip; (*running*) to float, glide
ско́льзкий slippery
скользну́ть (*pf.*) to slip, slide
ско́лько how much/many
сконфу́женный abashed
скопи́ть *see* ска́пливать
ско́рбный sorrowful, mournful
скорбь sorrow, grief
скоре́е rather, sooner
скоре́я *dialectal* for скоре́е
ско́ро quickly, fast, soon
ско́рость (*f.*) speed, rate, velocity; со —ю at the rate of
ско́рчить(ся) *see* ко́рчить(ся)
ско́рый quick, fast; в —ом вре́мени before long, in the near future
скоси́ть *see* ска́шивать
скоси́ться (*see* коси́ться) to look askance
скот cattle; —и́на cattle; —ник stockyard; worker, ranch hand
скотобо́йня slaughterhouse
скребо́к scraper
скре́жет gnashing/gritting of teeth
скрежета́ть to grit teeth; с. зуба́ми to grind/gnash one's teeth
скрести́сь to scratch
скрип squeak, creak
скрипе́ть to creak
скри́пка violin
скрипу́чий squeaking, crunching
скро́мн//о modestly; —ый modest
скрути́ть *see* скру́чивать
скру́чивать, скрути́ть to twist, roll
скрыва́ть, скры́ть to hide, conceal; —ся, скры́ться to hide, conceal, avoid, pass out of sight
скры́ть *see* скрыва́ть
ску́дный scanty, poor, meager
ску́ка boredom

скула́ cheekbone

скули́ть to whine, whimper

скуча́ть to be bored, have a tedious time; to miss

ску́чно it is dull/boring

ску́чный dull, boring

слабе́ть, ослабе́ть to grow weaker

сла́бо faintly, feebly, weakly; poorly

сла́бость weakness

сла́бый weak, faint; poor (*not with respect to money*); с. дождь a slight rain

сла́ва glory, fame

сла́вить to glorify, sing the praises (of)

сла́вный glorious, famous, nice

слага́ть, сложи́ть to compose

сла́дить, сла́живать to manage, cope with

сла́диться to agree upon

сла́дкий sweet, honeyed

сла́достный sweet, delightful

сладостра́ст//ие voluptuousness; —ник voluptuary; —ный voluptuous

сла́дость sweetness, delight

сла́живать *see* сла́дить

сле́ва on the left

слегка́ slightly

след track, footstep, scent; сби́ться со —á to put off the scent

следи́ть to watch, follow

сле́дователь inspector

сле́довательно therefore, hence

сле́довать, после́довать to follow; сле́дует по́мнить it should be remembered

сле́дом immediately (after), follow closely

сле́дственно = сле́довательно therefore

сле́дствие inquest, inquiry

сле́дуемый due (to)

сле́дующ//ее the following; —ий next, following; на —ий день the next day

слежа́ться *see* слёживаться

слёживаться, слежа́ться to be/become caked/compressed; to deteriorate in store

слеза́ tear

слеза́ть, слезть to dismount, alight (from), get off (from)

слеп//о́й blind; —ота́ blindness

слета́ть, слете́ть to fly down, fall down

сли́вки cream

сли́шком too

сло́вно as if

сло́во word; с. в с. word for word; одни́м —м in a/one word

сло́вом (*parenthetical exp.*) in short

сложе́ние adding, construction (of the body)

сложи́ть *see* скла́дывать and слага́ть and класть

сло́жный complicated, complex

слой layer, stratum

слом tearing down

сломи́ть to break the resistance; subdue

слон elephant

слоня́ться to loaf

слу́жба service, work; принима́ть кого́-л. на —у to take somebody into service, give somebody a job

служе́бный official

служ//е́ние service, devotion to a cause; —и́тель servant, attendant

служи́ть, послужи́ть to serve, be devoted

слух rumor

слу́чай case; occasion, chance, opportunity event; по —ю чего́-л. on the occasion of something; воспо́льзоваться удо́бным с. to seize an opportunity

случа́йно by chance

случа́йн//ость chance; по несча́стной —ости as ill luck would have it; —ый accidental, casual

случа́ться, случи́ться to happen, come about, befall

случи́ться *see* случа́ться

слу́шать, послу́шать to listen (to), hear; —ся, послу́шаться to obey

слыха́ть to hear (about, of)

слы́шать, услы́шать to hear

слы́шаться, послы́шаться to be heard

слы́шимый audible

слышн//о one can hear; —ый audible

слюна́ saliva

сляпо́й *dialectal* for слепо́й

сма́тывать, смота́ть to wind, reel; с. у́дочку to get off, take to one's heels

сма́чивать, смочи́ть to moisten, wet

сма́чно with relish

сме́л//о fearlessly, bravely; **—ость** boldness, courage; **—ый** bold, courageous

сме́на change, replacement; **на —у кому́-л.** to replace somebody

сме́ртный mortal, death

смерть (*f.*) death

смесь (*f.*) mixture

сметь, посме́ть to dare

смех laughter

смеша́ть(ся) *see* **сме́шивать(ся)**

смеше́ние confusion

сме́шивать, смеша́ть to mix up; **—ся, смеша́ться** to mix, mix-up, blend, merge; to become confused

смешно́ it is ridiculous

смешн//о́ in a funny manner; **—о́й** droll, funny, odd

смешо́к (*colloq.*) chuckle, short laugh

смея́ться to laugh, make fun (of)

смире́нно humbly, meekly

сми́рн//о quietly; **—ый** quiet, gentle

смола́ resin

смолка́ть, смо́лкнуть to grow silent, fall into silence

смо́лоду in one's youth, from one's youth up

сморка́ться, вы́сморкаться to blow one's own nose

сморо́дин//а currant; **—ный** (*adj.*)

смо́рщиться (*see* **мо́рщиться**) to knit one's brow; to shrivel

смота́ть *see* **сма́тывать**

смотре́ть, посмотре́ть to look, look (at), stare (at), gaze, see; **смотря́ по** according to

смочи́ть *see* **сма́чивать**

смочь (*see* **мочь**) to be able

сму́глый swarthy, dark

сму́та disturbance

смути́ть(ся) *see* **смуща́ть(ся)**

сму́тн//о vaguely; **—ый** vague

смуща́ть, смути́ть to confuse, embarrass, disturb, trouble

смуща́ться, смути́ться to be confused, be embarrassed

смуще́ние confusion, embarrassment

смущённый embarrassed

смыка́ть, сомкну́ть to close

смысл sense

смяте́ние disarray, confusion, perturbation

смя́ться to get/become creased

снару́жи on the outside

снаря́д shell

снача́ла at first, from/at the beginning

снег snow

снегозадержа́ние snow retention

снеда́ть to consume, gnaw

снедь food, eatables

снежный snowy

снести́ to take, carry; **с. яйцо́** to lay an egg

снижа́ть, сни́зить to lower, reduce; **—ся, сни́зиться** to descend

сни́зу from below; **с. вверх** upwards

снима́ть, снять to take off, take down; to rent, remit, take; **—ся, сня́ться** to have one's photograph taken

сни́ться, присни́ться to dream

сно́ва again

сновиде́ние dream

сноро́вка skill

сноси́ть, снести́ to blow off, carry away

сно́сно tolerably

сноха́ daughter-in-law

снять(ся) *see* **снима́ть(ся)**

соба́ка dog

собесе́дник interlocutor

собира́ть, собра́ть to gather, pick, collect; **—ся, собра́ться** to gather (together), assemble; **он собира́ется е́хать** he intends to go; **собира́ться в путь** to prepare/make all ready for a journey

собла́зн temptation

соблазни́тель tempter; **—ный** tempting

соблазни́ть(ся) *see* **соблазня́ть(ся)**

соблюда́ть, соблюсти́ to observe, keep

соблюсти́ *see* **соблюда́ть** *and* **блюсти́**

собра́ние meeting, gathering

собра́ть(ся) *see* **собира́ть(ся)**

со́бственничество proprietary tendencies

со́бственно proper; **с. говоря́** as a matter of fact, strictly speaking

со́бственность property

со́бственный own

собы́тие event

сова́ть, су́нуть to poke, slip, meddle, interfere; **—ся, су́нуться** to poke one's nose (into)

совершáть, совершѝть to commit; —ся, совершѝться to happen, be performed

совершённ//о absolutely, totally, perfectly; —ый absolute; —ство perfection

совершѝть(ся) *see* совершáть(ся)

сóвестно: ему с. сдéлать э́то he would be ashamed to do it

сóвесть (*f.*) conscience

совéт advice

совéтовать, посовéтовать to advise, counsel; —ся, посовéтоваться to consult, ask advice (of)

совéтский Soviet

совéтч//ик, —ица adviser, counselor

совпадáть, совпáсть to coincide

совращáть, совратѝть to seduce

современный contemporary

совсéм quite, entirely; с. не тó nothing of the kind

соглáсие consent

согласѝться *see* соглашáться

соглáсно (*adv. & prep.*) in accord, in harmony; according to (+*dat.*); in accordance (with +*instr.*)

соглáсный agreeable, concordant, harmonious

соглашáться, согласѝться to consent, agree

согнáть *see* сгонять

согнýть *see* гнуть and сгибáть; —ся *see* гнýться and сгибáться

согревáться, согрéться to grow/get warm

согревáющий: с. компрéсс compress; warming

согрéться *see* согревáться

содержáние maintenance, contents

содержáть to maintain, support

содóм uproar

содрáть *see* сдирáть

содрогáться, содрогнýться to shudder

соединѝть(ся) *see* соединять(ся)

соединять, соединѝть to unite, connect; —ся, соединѝться to unite

сожалéть to pity, be sorry for

созвáть *see* созывáть *and* сзывáть

созвéздие constellation

создавáть, создáть to create

созерцáтельный contemplative, meditative

созерцáть to contemplate

сознавáть, сознáть to be conscious, realize; —ся, сознáться to confess, admit

сознáние consciousness, sense

сознáтельно consciously

сознáть(ся) *see* сознавáть(ся)

созревáть, созрéть to ripen, mature

созывáть, созвáть to call (together)

сойтѝсь *see* сходѝться

сок juice

сокровéнн//ость secrecy; —ый secret

сокрóвище treasure

сокрушáть, сокрушѝть to distress

солдáт soldier; —ка soldier's wife; –ский soldier; —чина conscription

солѝдный solid, reliable, sedate

сóлнечный sunny

сóлнце sun

солóма straw

сомкнýть *see* смыкáть

сомневáться to doubt, have doubts

сомнéние doubt

сомнѝтельный doubtful

сон sleep; dream; как во снé as if dreaming

сóнный sleepy, drowsy

соображáть, сообразѝть to consider, ponder, think about, understand

соображéние consideration, reason

сообразѝть *see* соображáть

сообщáть, сообщѝть to report, let know, communicate, inform; —ся to be communicated

соотвéтственно accordingly, in accordance/conformity with

соотвéтственный corresponding (to), conformable (to)

сопéние sniff(ing)

сóпка knoll, hill

соприкасáться, соприкоснýться to come into contact (with)

соприкосновéние contiguity, contact

соприкоснýться *see* соприкасáться

сопровождáть to accompany, attend, escort; —ся to be accompanied

сопýтствовать to accompany

сорвáть(ся) *see* срывáть(ся)

сорт sort, kind

сосáть to suck

сосвáтать *see* свáтать

сосе́д neighbor; —ний neighboring; —ский (*adj. of* сосе́д) neighborly
соска́кивать, соскочи́ть to jump off, spring down
соскочи́ть *see* соска́кивать
соску́читься to miss, to be homesick
сосна́ pine tree
сосно́вый pine
сосо́к nipple
сосредото́ченный concentrated
сосредото́ч//ивать, сосредото́чить to concentrate; —иваться, сосредото́читься to concentrate (upon/on); be concentrated (upon/on)
соста́вить(ся) *see* составля́ть(ся)
составля́ть, соста́вить to make up; form, present; —ся, соста́виться to form
соста́рить(ся) *see* ста́рить(ся)
состоя́н//ие state; condition; быть в —ии to be able (+ *inf.*)
состоя́ние fortune
состоя́ть to be; to consist (in something); to consist (of), include; —ся (*pf.*) to take place
сострада́ние compassion
сосу́д vessel
сотворе́ние creation
сотка́ть (*see* ткать) to weave
сотряса́ть(ся), сотрясти́(сь) to shake, tremble; to bring to a commotion
сотрясти́(сь) *see* сотряса́ть(ся)
сохране́ние preservation
сохрани́ть(ся) *see* сохраня́ть(ся)
сохраня́ть, сохрани́ть to keep, preserve; —ся, сохрани́ться to remain, be well preserved
социали́зм socialism
сочини́ть *see* сочиня́ть
сочиня́ть, сочини́ть to invent, make up
со́чный juicy
сочу́вственн//о with sympathy; —ый sympathetic
сочу́вствие sympathy
сою́з alliance
спа́льня bedroom
спа́рхивать, спорхну́ть to fly away, flutter away
спаса́ть, спасти́ to save, rescue
спасе́ние escape, salvation
спасти́(сь) *see* спаса́ть(ся)

спать to sleep, be asleep; пора́ идти́ с. it is time to go to bed; —ся: ему́ не спи́тся he cannot sleep
спева́ться, спе́ться rehearse (a chorus, a part, a song)
спектро́граф spectrograph
спектро́метр spectrometer
спекуля́нт speculator
спе́лый ripe
сперва́ at first; с. на́перво at first
спереди́ in front
спере́ть *see* спира́ть
спеть (*see* петь) to sing
спе́ться *see* спева́ться
специали́ст specialist, expert
специа́льн//ость speciality; —ый special, especial
спеши́ть, поспеши́ть to hurry, make haste; не спеша́ leisurely
спина́ back
спира́ть, спере́ть: у него́ дыха́ние спёрло it took his breath away; с. to steal (*slang*)
спирт alcohol
списа́ть *see* спи́сывать
спи́сок list
спи́сывать, списа́ть to copy (from); to copy off; to write off; —ся, списа́ться to exchange letters (with); to settle by letter (with)
спи́хивать, спихну́ть to push down
спи́чка match
сплав float
спла́вщик raftsman, wood floater
сплёвывать, сплю́нуть to spit out
сплести́ *see* плести́
сплошно́й continuous, entire; sheer
сплы́ть: было́ да сплы́ло it was a short-lived joy, it's all gone
сплю́нуть *see* сплёвывать
споко́й//ный quiet, tranquil, composed; —ствие tranquillity; душе́вное —ствие peace of mind
сполза́ть, сползти́ to slip down
спор argument, discussion
спо́рить, поспо́рить to argue, dispute
спорхну́ть *see* спа́рхивать
спо́соб way, method
способн//ость ability, aptitude; —ый gifted, capable
спотыка́ться, спотыкну́ться to stumble (over)

спохвати́ться *see* спохва́тываться
спохва́тываться, спохвати́ться to re-collect suddenly
спра́во to the right
справедли́в//ость justice, fairness; —ый true, fair, just
спра́виться *see* справля́ться
справля́ться, спра́виться to cope (with); to manage; *pf. only*, to get the better (of)
спра́шивать, спроси́ть to ask, demand, inquire
спрессова́ть (*see* прессова́ть) to press
спроекти́ровать *see* проекти́ровать
спроси́ть *see* спра́шивать
спры́гивать, спры́гнуть to jump down
спры́гнуть *see* спры́гивать
спры́скивать, спры́снуть to celebrate
спря́тать(ся) *see* пря́тать(ся)
спу́гивать, спугну́ть to frighten off/away
спуск losing height, descent
спуска́ть, спусти́ть to lower, pull/draw down; —ся, спусти́ться to descend, come down
спусти́ть(ся) *see* спуска́ть(ся)
спустя́ after, later
спу́танно confusingly
спу́тать(ся) *see* спу́тывать(ся)
спу́тник companion, fellow-traveler, satellite
спу́тывать, спу́тать to entangle; —ся, спу́таться to become entangled
спя́щий *participle of* спать
сра́внивать, сравни́ть (с) to compare (with)
сра́внивать, сравня́ть to equal; —ся *only* to come up (with, in)
сравни́тельно comparatively
сравни́ть *see* сра́внивать
сравня́ть *see* сра́внивать
сравня́ть(ся) *see* равня́ть(ся)
сража́ть, срази́ть to smite, overwhelm; —ся, срази́ться to fight, join battle
сра́зу at once
срами́ть, осрами́ть to shame, put to shame; —ся, осрами́ться to bring shame upon oneself
срамн//и́к shameless person; —о́й shameless
среди́ among, in the middle

сре́дний middle, medium
сре́дство means, remedy; ме́стные —а local resources
сре́зать *see* среза́ть and ре́зать
среза́ть, сре́зать to cut (off, down)
сробе́ть to get frightened, (*colloq.*) funk
срок date, period
срыва́ть, сорва́ть to tear away, tear off
срыва́ться, сорва́ться to break away; с. на друго́й го́лос to switch to another key/voice
ссо́ра quarrel
ссо́риться, поссо́риться to quarrel
ста́вить, поста́вить to put, place, set; to put on, apply; to take (someone's temperature); to produce; to raise; с. отме́тку to give a mark
ста́вка rate, stake
ста́до herd, flock
стака́н glass
ста́лкиваться, столкну́ться collide (with)
ста́ло быть so, thus, therefore, consequently
стально́й steel
станда́рт standard; —ный standard, prefabricated (*houses*)
станови́ться, стать to become, get, grow; —ему́ стано́вится не по себе́ he begins to feel uncomfortable
станови́ться, стать to stand, take one's stand; to camp, encamp
станово́й district policeman
ста́нция station
ста́птывать, стопта́ть to tread/wear shoes down at the heels
стара́ние effort, diligence
стара́ться, постара́ться to try, endeavor; с. изо все́х сил to do one's utmost
старе́ть, постаре́ть to grow old
ста́р//ец old/aged man, elder; —и́к old man
старик//а́шка (*m.*) little old man; —о́вский senile
стар//ина́ (*f., only sing.*) olden times, antiquity; —и́нный old-fashioned, ancient, antique
старина́ (*m., colloq.*) old man/boy/chap/fellow
ста́рить, соста́рить to look old, age; —ся, соста́риться to get/grow old

старожи́л old resident
ста́роста (*m.*) village elder/headman (*of a group*)
ста́рость (*f.*) old age
стару́ха old woman
ста́рший elder, older
старшина́ (*m.*) foreman, head (+*gen.*)
ста́рый old
ста́скивать, стащи́ть to drag/pull off/down
стасова́ть (*see* тасова́ть) to shuffle
ста́тный stately
стать (*pf.*) to begin (+*inf.*), start (+*inf.*); become; —ся (*impers.*) to become, to happen
стать (*see* станови́ться): с. женихо́м и неве́стой to become engaged
статья́ article, point
стащи́ть *see* ста́скивать
ство́рка leaf, fold
сте́бель (*m.*) stem, stalk
стега́ть, отстега́ть, стегну́ть to whip, lash
стека́ть, стечь to flow down, trickle down
стеклене́ть, остеклене́ть to become glassy, dull
стекло́ glass, windowpane
стекля́нный glass
стели́ть(ся) = стла́ть(ся)
стемне́ть (*see* темне́ть) to become/grow dark
стена́ wall
сте́нка wall
степе́нно gravely, sedately
сте́пень (*f.*) degree, extent
степь (*f.*) steppe
стервь (*vulgar*) cadaver
стере́ться *see* стира́ться
стерля́дь (*f.*) sterlet
стесни́ть(ся) *see* стесня́ть(ся) and тесни́ть(ся)
стесня́ть, стесни́ть to restrain, hinder, hamper; —ся, стесни́ться, постесня́ться to restrict oneself
стече́ние influence; с. обстоя́тельств coincidence
стиль (*m.*) style; —ный stylish
стира́ть, вы́стирать to wash, launder
стира́ться, стере́ться to be obliterated/effaced

сти́скивать, сти́снуть to squeeze; с. зу́бы to clench one's teeth
стих verse
стиха́ть, сти́хнуть to calm down, subside, quiet down
стлать to spread; с. посте́ль to make the bed; —ся to spread, creep
стог rick, stack
сто́ик stoic
сто́ить to cost, be worth; ему́ сто́ит то́лько he has only to
сто́йкий steadfast
стоймя́ upright
стол table
столб post, column, pole
столе́тие century
столи́ца capital, metropolis
столкну́ться *see* ста́лкиваться
столо́вая dining-room, eating house, dining hall
столпотворе́ние: вавило́нское с. babel
сто́лько so much
стон moan, groan
стона́ть to moan, groan
стоп stop
стопта́ть *see* ста́птывать
сто́рож watchman, guard; лесно́й с. forest warden
сторо́жка lodge
сторона́ side, direction, on the side of (somebody)
сторони́ться, посторони́ться to stand/step aside
стоя́ть to stand, be; to stop; —ли бе́лые но́чи the white nights persisted
сто́ячий standing
страда́льческий: с. вид the air of martyrdom
страда́ние suffering
страда́ть, пострада́ть to suffer
страна́ country, land; четы́ре —ы све́та the four cardinal points
страни́ца page
стра́нно strangely, it is strange; —ость strangeness; —ый strange, queer, odd
стра́стно passionately; —ость passion; —ый passionate
страсть (*f.*) passion (for); (*colloq.*) horror
страх fear
страхово́й insurance

страши́ть to frighten
стра́шно it is terrible
стра́шн//о terribly, awfully; —ый terrible, frightful, fearful
стрекача́: дать с. (*slang*) to escape
стрекота́ние chirring
стрела́ arrow
стрело́к shot; (soldier) rifleman; отли́чный с. expert shot/rifleman
стрельба́ shooting, firing
стреля́ть, вы́стрелить to shoot (at), fire
стремгла́в headlong
стреми́тельный impetuous
стремле́ние aspiration
стро́гий strict, severe
стро́го strictly, severely; с.-на́строго emphatically
стро́гость strictness
строево́й officer with troops; с. офице́р combatant officer
строи́тельство construction, building
стро́ить, постро́ить to build, construct, plan; —ся, постро́иться to build (*a house, etc.*) for oneself
строй formation, line
стро́йка construction (*of a building*)
стро́йный slender, harmonious
строка́ line
строфа́ stanza
строчи́ть, настрочи́ть to rattle, scribble
струна́ string
стру́сить (*see* тру́сить) to be afraid, dread
струя́ jet, spurt, stream
стрю́цкий base, mean
стря́хивать, стряхну́ть to shake off
студе́нт student
стук knock
сту́кать, сту́кнуть to give a knock/tap; —ся, сту́кнуться to knock/bump (against)
ступа́ть, ступи́ть to step, take/make a step; ступа́йте сюда́ come here
ступе́нь (*f.*) step, footstep
ступи́ть *see* ступа́ть
ступня́ foot
стуча́ть to knock; to make a noise; to chatter (*about teeth*); to patter; дождь стучи́т в окно́ the rain is beating against the window
стушева́ться *see* стушёвываться

стушёвываться, стушева́ться to efface oneself, retire to the background;
стыд shame; —и́ться to be ashamed (of)
сты́дно (*impers.*) it is a shame
стя́гивать, стяну́ть to tighten, pull off
суббо́та Saturday
субъе́кт subject, fellow
сугро́б snowdrift
суд court of law
суда́к pike perch
суде́йский judicial
суди́мость (*f.*) convictions
суди́ть to try, put on trial; —ся to take (somebody) into court
су́дно bedpan
су́доро//га cramp, convulsion; —жный convulsive
судьба́ fate
судья́ (*m.*) judge
суета́ fuss, bustle
суети́ться to fuss, bustle
су́етный vain
суждено́ predestined, destined
сук bough
су́ка bitch
сукно́ broadcloth
сули́ть, посули́ть to promise
сумасше́дший mad, insane; с. дом lunatic asylum
сумасше́ствие madness, insanity
су́мер//ечный twilight; —ки (*pl.*) twilight (*sing.*), dusk (*sing.*)
суме́ть (*pf.*) to be able (+ *inf.*); succeed (+ *gerund*)
су́мка bag
су́мма sum
су́мрак dusk, twilight
су́мрачный gloomy
сунду́к trunk
су́нуть(ся) *see* сова́ть(ся)
суп soup
супру́//г husband; —га wife; —ги spouses; —жеский conjugal, matrimonial
су́тки (*pl.*) 24 hours
суту́лый round-shouldered
суха́рь (*m.*) dried crust; (*colloq.*) a dry old stick
су́хо (*impers.*) it is dry
сухо́й dry
сучи́ть to spin; to twist; to throw

су́ша dryland
су́шка small ring-shaped cracker
существо́ being, creature
существова́ние existence
существова́ть to exist
су́щность essence, main point; с.
  де́ла the point of the matter
схвати́ть *see* хвата́ть *and* схва́тывать
схва́тки (*pf.*) fit (*sing.*) (*of pain*)
схва́тывать, схвати́ть to grip, grab,
  catch; —ся, схвати́ться to seize,
  join; to grapple (with), come to blows
  (with), skirmish (with)
схитри́ть *see* хитри́ть
схлестну́ться to pick a fight with (*slang*)
сходи́ть, сойти́ to get off; to leave; to
  descend; с. с ума́ to go crazy
сходи́ться, сойти́сь to meet, gather;
  to become intimate (with)
схо́дка meeting, gathering
схорони́ть(ся) *see* хорони́ть(ся)
счастли́вый happy, fortunate
сча́стье happiness, luck
счёт account
счи́стить(ся) *see* счища́ть(ся)
счита́ть, счесть to count, compute; to
  consider, think
счита́ться, посчита́ться to consider,
  reckon; to be considered
счища́ть, счи́стить to clear away,
  brush off; —ся, счи́ститься to come
  off
сшиба́ть, сшиби́ть to knock down;
  —ся, сшиби́ться to collide
сшива́ние sewing together
сшива́ть to sew together
съеда́ть, съесть to eat, eat up
съёживаться, съёжиться to shrivel,
  shrink
съе́здить (*pf.*) to go; с. ненадо́лго to
  make a short trip
съесть *see* съеда́ть
сыгра́ть (*see* игра́ть): с. шу́тку to play
  a trick/a practical joke (on somebody)
сы́змала (*colloq.*) from/ever since one's
  childhood
сы́змальства = сы́змала
сын son
сыпь rash
сыр cheese
сыре́ть, отсыре́ть to grow/become
  damp

сыро́й damp, raw, uncooked
сы́рость dampness
сыска́ть (*pf., colloq.*) to find, search
  out; —ся (*pf., colloq.*) to be found
сы́тость repletion, satiety
сы́тый satisfied, to have one's full
сюда́ here
сюрту́к frock coat
сяк: и так и с. this way and that way

Т

та *see* тот
таба́к tobacco
таба́чный tobacco
та́бель (*m.*) table (*list*); —щик (*m.*),
  —щица (*f.*) timekeeper
табли́ца list
табуре́тка stool
тайнственный mysterious, enigmatic
таи́ть to hide, conceal; —ся to be
  hidden/concealed
тайга́ taiga (dense forests of the North)
тайко́м secretly
та́йна mystery, secret
та́йно (*see* тайко́м) secretly
та́йный secret
так so, thus; т. как as, since
та́кже also
тако́в such
тако́й such, so; —им о́бразом thus,
  in that way; т. же the same; т. же
  как the same as
такси́ taxicab
та́кт tact
та́лый melting
там there
та́нец dance
танк tank
танцева́ть to dance
таранта́с springless carriage
таска́ть, (*directed motion*) тащи́ть, (*pf.*)
  потащи́ть to carry, drag, pull, lug
тасова́ть, стасова́ть to shuffle; —ся
  to shuffle
тата́р//ин, —ка Tatar
тата́рский Tatar
та́ять, раста́ять to thaw, pine/lan-
  guish (with), melt away/with
твёрдо firmly, strongly
твёрд//ость solidity; —ый hard,
  firm, strong

твой yours
творе́ц author
теа́тр theater
театра́льный theatrical
теле́га cart
телегра́ф telegraph; —ный telegraphic, telegraph (*attrib. adj.*)
телёнок calf
телеско́п telescope
тели́ться, отели́ться to give birth to a calf
те́ло body
тельня́шка undershirt
те́льник sweat shirt
те́льце small body, corpuscle
теля́та *see* телёнок
тем: т. не ме́нее nevertheless
темне́ть, потемне́ть, стемне́ть to grow/get/become dark
темно́ dark, it is dark
темноволо́сый dark-haired
темнота́ darkness
тёмный dark, swarthy, gloomy, ignorant
температу́ра temperature
те́нор tenor
те́нь shade, shadow
тепе́решний present
тепе́рь now, at present; —ича (*substandard*)
тепли́ться to glimmer, gleam; свеча́ т. the candle flickered
тепло́ heat, warmth
тепло́ warm, it is warm
теплу́шка shelter, heated-goods van
тёплый warm, mild
тере́ть to rub
терза́ть, истерза́ть to torment
тёрка grater
терни́стый thorny, prickly; т. путь thorny path
терпе́ть to suffer, endure
терра́са terrace
теря́ть, потеря́ть to lose; —ся, потеря́ться to be/get lost
тёс boards
тесни́ть, стесни́ть, потесни́ть to press, crowd; —ся to crowd, cluster; to be squeezed; to sit close
те́сно crowded, it is crowded
теснота́ narrowness, tightness, closeness

те́сный cramped, close, compact
те́сто dough; меси́ть т. to knead dough
те́терев blackcock
тетра́дка, тетра́дь notebook
те́хника technics, technique
тече́ние flow, current, course
течь to flow, run, pour; у него́ кровь —ёт he is bleeding
течь (*f.*) leak
те́шить = потеша́ть
тёща mother-in-law
ти́кать to tick
ти́кнуть *see* ти́кать
тип type, character, strange/queer fellow
ти́хий quiet, silent, gentle, calm
ти́хо (*adj.*) calm, quiet; (*impers.*) it is calm, it is quiet
ти́хо (*adv.*) quietly, softly, gently, silently, calmly, slowly
тихо́нько (*adv., colloq.*) quietly, gently, softly
тишина́ silence, peace
тка́ть, сотка́ть to weave; т. паути́ну to spin a web
ткну́ть, ты́кать to poke
то (*see* тот): то́ есть that is
то then
то и де́ло constantly
това́рищ comrade, friend
това́рка (*substandard*) friend (*f.*)
тогда́ then
тогда́шний of that time
то́же also, as well, too
токова́ть to utter mating calls
толк sense, use, talk, rumor
толка́ть, толкну́ть to push, shove; —ся, толкну́ться to hang around (*slang*); to push one another, to try to get at somebody
толкну́ть(ся) *see* толка́ть(ся)
толкова́ть to interpret, discuss
толо́чь, растоло́чь to pound (the air, wind); —ся (*colloq.*) to hang around
толпа́ crowd
толпи́ться to crowd
то́лстенький (*colloq.*) plump, stoutish
то́лстый thick, stout, fat
толчо́к push, bump
толщина́ thickness, corpulence
то́лько only, merely

тома́т tomato

томи́тельный painful, trying

томи́ть to torment; **—ся** to languish, pine (for), feel miserable

то́мный languid

тон tone; **хоро́ший, дурно́й т.** good, bad form

то́ненький thin

то́нкий thin, fine, slender; subtle

то́нкость thinness, fineness; subtlety

то́нна ton

тону́ть, потону́ть, утону́ть to sink, be drowned, be lost

то́пать, то́пнуть to stamp (*feet*)

топи́ть to heat; to melt; to melt down; **—ся** to burn; to melt

топи́ть, потопи́ть to sink

топи́ть, утопи́ть to drown, ruin; **—ся** to drown oneself

топлён//ый: —ое молоко́ baked milk

то́пнуть *see* **то́пать**

топо́граф topographer

топогра́фия topography

топо́р axe

то́пот tramp; **торопли́вый т. шаго́в** patter of feet

топта́ть trample down; to make dirty with one's feet; to knead clay; **—ся** stamp, stamp about; **—ся на ме́сте** to mark time

то́рба bag

торг haggle

торгова́ть sell, trade (with somebody), trade (in something); **—ся сторгова́ться** to bargain (with)

торго́вец merchant

то́ра Torah

торже́ственн//ый solemn, festive; **—ое собра́ние** ceremonial/grand meeting

торжество́ triumph; fete; celebration

торжествова́ть to celebrate, triumph

то́рмоз brake

тормоши́ть (*colloq.*) to pull (at, above)

тороп//и́ть, поторопи́ть to hurry, hasten; **—ся, поторопи́ться** to hurry, be in a hurry, hasten

торопли́в//о hurriedly, hastily; **—ый** hasty

торше́р floor lamp on a high stand

торча́ть (*colloq.*) to protrude, stick up, stick out, stand around (*slang*)

торчко́м, торчмя́ (*colloq.*) erect, upright

тоска́ melancholy, depression, anguish; longing; ennui

тоскли́в//о (*adv. & impers.*) sadly; **—ый** dreary, sad; **—ость** dreariness, sadness

тоскова́ть to be sad, long (for); to be bored; to grieve

тост toast, drink to the health (of)

тот that

то́тчас immediately, at once

то́чка point, spot; **т.!** (that's) enough!

то́чно exactly, precisely, punctually

то́чно as though, as if, like

точн//ость exactness, accuracy; **в —ости** exactly, precisely; **—ый** exact, precise, accurate

тошн//и́ть to feel nauseous; **его́ —и́т** he feels sick; **его́ —и́т от э́того** it makes him sick, it disgusts him

то́шно: т. смотре́ть (на) it is sickening to see

трава́ grass

трави́ть to poison, exterminate

традицио́нный traditional

тра́ктор tractor

тра́ли-ва́ли: всё э́то т. it's all a lot of nonsense

трамва́й streetcar; **—ный** (*adj.*): **т. биле́т** streetcar ticket

транзи́т transit

транше́я trench

трап ladder

тре́бование demand

тре́бовать, потре́бовать to demand, need

требуха́ (*f., only sing.*) entrails (*pl.*); (*colloq.*) tripe, rubbish

требуши́на *see* **требуха́**

трево́га anxiety, uneasiness

трево́жить, встрево́жить to worry, trouble, harass, make uneasy; **—ся, встрево́житься** to be anxious/uneasy/worried (about)

трево́жить, потрево́жить to disturb, harass; **—ся, потрево́житься** to worry/bother/trouble oneself

трево́жный anxious, perturbed, alarming, disturbing

трезве́ть, отрезве́ть

трепа́ть, потрепа́ть to pull about, worry (a dog), tousle, pat; —ся, потрепа́ться to jabber, twaddle, flutter
тре́пет trepidation
трепета́ть to tremble
тре́петный palpitating
трепыха́ться to flutter, quiver
треск noise, crackle
тре́скаться, потре́скаться to crack, chap
тре́снуть to crack
тре́тий: —тре́тьего дня the day before yesterday
трёхдне́вный three days
треу́х warm cap with ear flaps
тре́щина crack, split
трихи́на trichina
тро́гательно touching, it is touching
тро́гать, тро́нуть to touch, move, affect; —ся, тро́нуться to start (for); to start to move, move; —ся в путь to set out, start on a journey; лёд тро́нулся the ice has broken/began to move
Тро́ица Whitsunday
тролле́йбус trolley bus, trolley car
тро́нуть(ся) see тро́гать(ся)
тропа́ path
тропи́нка path, track
трос rope, line
тротуа́р pavement, sidewalk
труба́ pipe, chimney, trumpet
тру́бка (tobacco) pipe
труд labor, work, trouble; с —о́м with difficulty, hardly
труди́ться to work, toil, labor
тру́дно difficult/hard, it is difficult/hard
тру́дно with difficulty, difficult; —ость difficulty; —ый difficult, hard
трудов//о́й working, laboring; —ые рубли́ hard-earned rubles
труп corpse, dead body
тру́сить, стру́сить to be afraid, dread
труси́ть to trot (on horseback)
труха́ trash
тря́пка rag
тряс//ти́ to shake; т. голово́й to shake/toss one's head; —сь to shake, tremble, shiver
тряхну́ть to give a jolt; т. голово́й to shake/toss one's head

туале́т lavatory
ту́го tightly, with difficulty, slowly; —о́й tight, stiff
туда́ there
тужи́ть to grieve
ту́лка bung
тулу́п sheepskin coat
тума́н mist, fog, haze
тума́нить to dim, obscure
тума́нно: т. пы́хающий breathing with fog
тума́нный foggy, hazy, lustreless
ту́мба pedestal
ту́мбочка night table
тунея́дец sponger, idler
тупо́й stupid, slow-witted
ту́рман tumbler pigeon
турнике́т turnstile, tourniquet
ту́скл//о dimly, wanly; —ый dim, dull
тут here
ту́фля shoe
ту́хлый rotten
ту́хнуть to go out, die out
ту́ча cloud, swarm, host
туши́ть, потуши́ть to extinguish, put out, suppress
тщеду́ш//ие feebleness, frailty; —ный feeble, frail, weak
ты́кать, ты́кнуть to poke, stick (into)
ты́кв//а pumpkin; —енный pumpkin
тыл home front
тысячеле́тие millennium
тьма́ dark, darkness
тьфу́ pah!
тю́кнуть to kill off, finish (somebody) (substandard)
тюрьма́ prison
тя́га hunt, draft
тяга́ться to measure one's strength (with)
тяга́ч tractor
тя́гостн//ый painful, distressing; —ое впечатле́ние painful impression
тяжело́ it is difficult, it is hard; difficult, hard
тяжело́ heavily, seriously, with difficulty
тя́жёл//ый heavy, difficult, gloomy; —ая артилле́рия heavy artillery
тя́жесть (f.) burden

тя́жкий heavy, grave

тяну́ть, потяну́ть to pull, draw, haul, drag; **тя́нет хо́лодом от окна́** the cold is coming from the window; **его́ тя́нет** he longs

тяну́ться, потяну́ться to stretch, extend, reach (for)

У

у by

убега́ть, убежа́ть to run away, make off

убеди́ть(ся) *see* **убежда́ть(ся)**

убежа́ть *see* **убега́ть**

убежда́ть, убеди́ть to convince; **—ся, убеди́ться** to be convinced (of)

убежде́ние belief, persuasion, conviction

убеждённо with conviction

убива́ть, уби́ть to kill, murder

убийство murder

убира́ть, убра́ть to take away; to tidy; to gather in; to put away, store; to adorn, decorate; **у. те́ло** to prepare somebody for burial; **—ся, убра́ться** (*colloq.*) to tidy/clean up; to clear off; beat it

уби́тый brokenhearted

уби́ть *see* **убива́ть**

ублаготвори́ть, ублаготворя́ть to humor, indulge

убо́рка harvesting; putting in order

убра́нство attire, decoration

убра́ть(ся) *see* **убира́ть(ся)**

уважа́емый dear (*in a letter*)

уважа́ть to respect, esteem

уваже́ние respect, esteem

увезти́ *see* **увози́ть**

увели́чивать(ся), увели́чить(ся) to enlarge

увели́чить(ся) *see* **увели́чивать(ся)**

уве́ренн//о with confidence; **—ость** certitude; **—ый** confident, positive

уве́рить(ся) *see* **уверя́ть(ся)**

уверя́ть, уве́рить to assure; to make believe (that); to try to convince/persuade; **—ся, уве́риться** to be convinced

увести́ *see* **уводи́ть**

увида́ть (*pf.*) (*colloq.*) to see; **—ся** to see each other

уви́деть *see* **ви́деть**

увлажня́ться, увлажни́ться to become moist/damp/wet

увлека́ть, увле́чь to carry along/away; captivate; **—ся, увле́чься** to be captivated (by)

уводи́ть, увести́ to take away, lead away

увози́ть, увезти́ to drive/take away

увяда́ние fading, withering

увяза́ть(ся) *see* **увя́зывать(ся)**

увя́зывать, увяза́ть to tie up, pack up; **—ся, увяза́ться** to insist on accompanying (somebody)

угада́ть *see* **уга́дывать**

уга́дывать, угада́ть to guess

уга́р intoxication

угаса́ть, уга́снуть to go out, become extinct, die away

уга́снуть *see* **угаса́ть**

углова́тый angular, awkward

углубля́ться, углуби́ться to become deeper, become more profound

угова́ривать, уговори́ть to try to persuade, talk (into)

угово́р agreement

уговори́ть *see* **угова́ривать**

уго́дник saint

уго́дно: как вам у. as you please

уго́дно: кто у. anybody; **что у.** anything; **где у.** anywhere

у́гол corner

уголёк a small piece of coal

уголо́к a small corner

у́голь coal

угости́ть(ся) *see* **угоща́ть(ся)**

угоща́ть, угости́ть to treat, entertain

угоще́ние treating (to something), entertainment (with something); refreshments (*coll.*), a meal

угрожа́ть to threaten (with)

угрю́мый gloomy

удава́ться, уда́ться to turn out well, succeed, be a success

удали́ть(ся) *see* **удаля́ть(ся)**

удало́й daring, bold

удаля́ть, удали́ть to send away, remove; **—ся, удали́ться** to withdraw

уда́р blow, stroke

уда́рить(ся) *see* **ударя́ть(ся)**

ударя́ть, уда́рить to strike, hit; **у. по рука́м** to strike a bargain; **—ся, уда́риться** to hit, strike (against)

удáться *see* удавáться
удáча success
удéл lot, destiny
ýдерж: без —у without restraint
удержáть(ся) *see* удéрживать(ся)
удéрживать, удержáть to retain, not let go, retain in one's memory; to hold back; to suppress; to deduct; —ся, удержáться to hold out, refrain (from)
удивúтельн//о astonishingly; —ый astonishing, surprising, striking
удивúть(ся) *see* удивлять(ся)
удивлéние astonishment, amazement
удивлённый surprised
удивля́ть, удивúть to astonish; amaze; —ся, удивúться to wonder at, be astonished/amazed at
удóбный convenient
удовлетворённо with satisfaction
удовлетворúть(ся) *see* удовлетворя́ть(ся)
удовлетворя́ть, удовлетворúть to satisfy, content, comply (with); to supply/stock (with); to answer, meet; —ся, удовлетворúться to content oneself
удовóльствие pleasure
удостовéриться *see* удостоверя́ться
удостоверя́ться, удостовéриться to make sure, make certain
ýдочка fishing rod
удýмать (*substandard*) = придýмывать to think up
удýшливый stifling
уезжáть, уéхать to leave, go away/depart (from . . . to)
уéхать *see* уезжáть
уж = ужé already
ýжас terror, horror
ужасáть, ужаснýть to terrify; —ся, ужаснýться to be terrified/horrified
ужáсно (*impers.*) it is terrible/horrible; (*adv.*) terribly, awfully
ужаснýть(ся) *see* ужасáть(ся)
ужáсный terrible
ужé already
уживáться, ужúться to get on (with), get along together (with)
ýжин supper
ýжинать, поýжинать to have supper; to be finished eating

ужúться *see* уживáться
ýзел knot, bundle, pack
ýзкий narrow
узнавáть, узнáть to know, recognize; to learn, get to know; to find out
узнáть *see* узнавáть
узóр design
уйтú *see* уходúть
указáние indication; (*coll.*) instructions
указáтель indicator
указáть *see* укáзывать
укáзывать, указáть to show, point out; to point (to, at)
укатúться *see* укáтываться
укáтываться, укатúться to roll away
укáчивать, укачáть to rock to sleep; to cause sea sickness, car sickness, etc.
уклáдывать, уложúть to lay, put (to), pack up; —ся, уложúться to pack/be packing (up); to go (into); to keep (within), confine oneself (to)
уклáдываться, улéчься to lie down; to settle; to calm down
уклонúться *see* уклоня́ться
уклóнчиво evasively
уклоня́ться, уклонúться to deviate, avoid
уключина rowlock
укóл prick, injection
уколóть to prick, sting; у. когó-л. замечáнием to hurt somebody's pride with a comment
укорúзненный reproachful
укрáсть *see* крáсть
укрепля́ться, укрепúться to become stronger
укрóп dill
укрощáть, укротúть to tame, subdue; —ся, укротúться to calm down; to become tame
укрывáть, укрыть to cover, conceal; —ся, укры́ться to cover/wrap oneself
укры́ть(ся) *see* укрывáть(ся)
укупúть (*substandard*) = купúть to buy
укýс bite, sting
укусúть to bite
улетáть, улетéть to fly away
улéчься (*pf. of* уклáдываться) to lie down, settle, calm down
улúка evidence

у́лица street
у́личный street
уложи́ть(ся) *see* укла́дывать(ся)
улуч//а́ть, улучи́ть to find, seize; —й
мину́тку try to find a minute
улучи́ть *see* улуча́ть
улыба́ться, улыбну́ться to smile
улы́бка smile
улыбну́ться *see* улыба́ться
ум mind, intellect
умали́ть(ся) *see* умаля́ть(ся)
умаля́ть, умали́ть to belittle, depreci-
ate; —ся, умали́ться to diminish
ума́щиваться, умости́ться to settle
down
уме́нье ability, skill
умере́ть *see* умира́ть
уме́рить *see* умеря́ть
уме́рший (*participle of* умира́ть) the
dead, the deceased
умеря́ть, уме́рить to abate, moderate
уме́ть to be able (to), to know how
(+ *inf*.)
уме́ючи skillfully
умиле́ние tender emotion
умили́ть(ся) *see* умиля́ть(ся)
уми́льный sweet, touching
умиля́ть, умили́ть to touch, move;
—ся, умили́ться to be touched/
moved
умина́ть, умя́ть to tread down; to
knead; (*colloq*.) to eat heartily
умира́ть, умере́ть to die, to die away/
down/off; to die (of)
умира́ющий dying (*participle & adj*.);
у. dying man
умножа́ть(ся), умно́житься to increase,
multiply, augment
умно́житься *see* умножа́ться
у́мный clever, intelligent
у́молк: без —у without stopping
умолка́ть, умо́лкнуть to fall/become
silent, stop
умоля́ть entreat, implore
умо́ра it's enough to make one's sides
split with laughter
у́мственный mental, intellectual
у́мысел design, intention
умя́ть *see* умина́ть
унести́(сь) *see* уноси́ть(ся)
университе́т university; —ский university

унижа́ть, уни́зить to humiliate, abase;
—ся, уни́зиться to abase oneself,
stoop (to)
униже́ние humiliation
унизи́тельный humiliating, degrading
уни́зить(ся) *see* унижа́ть(ся)
унима́/ть, уня́ть to quiet, calm, stop;
—ся, уня́ться to stop
уничтожа́ть, уничто́жить to destroy,
annihilate
уничтоже́ние destruction, annihilation
уничто́жить *see* уничтожа́ть
уноси́ть, унести́ to take, carry away;
—ся, унести́сь to speed away, pass
away
уны́л//о despondently; —ый sad,
despondent; —ый вид gloomy/
downcast appearance
уны́ние despondency, dejection
уня́ть(ся) *see* унима́ть(ся)
упа́вшее: у. хозя́йство shattered/finan-
cially unsuccessful estate
упа́док decline, decay
упа́сть *see* па́дать
упере́ть(ся) *see* упира́ть(ся)
упива́ться, упи́ться to feast one's eyes
(upon, on)
упира́ть, упере́ть to rest/set (against);
(*colloq*) to pilfer; —ся, упере́ться to
rest/set (against); to rest (on); to turn
(on)
упи́ться *see* упива́ться
упла́та payment
уполномо́ченный commissioner, authorized agent
уполномо́чивать, уполномо́чить to
authorize, empower
упомина́ть, упомяну́ть to mention
упоминове́ние, упомина́ние mention,
mentioning
упомяну́ть *see* упомина́ть
упо́р//но persistently; —ный persist-
ent; —ство persistence
употреби́ть *see* употребля́ть
употребля́ть, употреби́ть to make use
(of)
упра́ва board, council
управля́ть to govern, manage
управля́ющий manager
упраздни́ть *see* упраздня́ть
упраздня́ть, упраздни́ть to abolish

упра́шивать, упроси́ть to entreat, beseech

упрёк reproach

упроси́ть *see* упра́шивать

упру́гий elastic, resilient

упря́жка team

упря́мый obstinate, stubborn

упуска́ть, упусти́ть to let escape, let slip

упусти́ть *see* упуска́ть

ура́ hurrah!

уре́зка reduction

у́ровень level, standard

уроди́//ть to bear

уро́дливый deformed, ugly

уро́довать, изуро́довать to disfigure, make ugly

уро́к lesson

урони́ть (*see* роня́ть) to drop, let fall

урча́ние rumbling

урча́ть rumble

ус whisker

уса́дьба farmstead, countryseat

уса́живаться, усе́сться to take a seat, seat oneself; to settle (down), set (to)

усе́рдие zeal, diligence

усе́сться *see* уса́живаться

уси́ленно ardently

уси́ленн//ый (*see* уси́ливать): —ые заня́тия strenuous work

уси́ливать, уси́лить to strengthen, intensify; —ся, уси́литься to become stronger, swell, grow louder

уси́лие effort

уси́лить(ся) *see* уси́ливать(ся)

ускольза́ть, ускользну́ть to slip away, escape

ускоря́ть, уско́рить to hasten, accelerate, speed up

усла́ть *see* усыла́ть

усло́ви//е condition, term; ни при каки́х —ях under no circumstances

усло́вливаться, усло́виться to arrange, agree

усло́вн//о on/under conditions; —ый conditional, relative

услыха́ть (*pf.*)=услы́шать

услы́шать (*see* слы́шать) to hear

усмеха́ться, усмехну́ться to smile (ironically), grin

усомни́ться to doubt

успева́ть, успе́ть to have time; не успе́л он отве́тить before he had time to answer

успе́ть *see* успева́ть

успе́х success, progress

успока́ивать, успоко́ить to reassure, set somebody's mind at rest; —ся, успоко́иться to calm/quiet down, become composed

успоко//е́ние comfort, calming; —и́тельный quieting, soothing

успоко́ить(ся) *see* успока́ивать(ся)

устава́ть, уста́ть to get/be tired

уста́вить(ся) *see* уставля́ть(ся)

уставля́ть(ся), уста́вить(ся) to stare (at), fix one's eyes (on); to set (with); —ся to find/have room/place

уста́л//ость tiredness, weariness; —ый weary, fatigued

у́стал//ь=уста́лость; без —и (*colloq.*) untiringly, unceasingly

устана́вливать, установи́ть to place, install, establish; —ся, установи́ться to be settled, become stable

установи́ть(ся) *see* устана́вливать(ся)

уста́ть *see* устава́ть

устила́ть, устла́ть to cover

устла́ть *see* устила́ть

усто́йчивый steady, firm, stable

устоя́ть to withstand, stand up (against)

устра́ив//ать, устро́ить to arrange, establish; to settle; to fix up, set up; to suit; —ся, устро́иться to arrange, settle; to come right; устро́иться на рабо́ту to find a position/job; —ся поудо́бнее to make oneself comfortable

устрани́ть(ся) *see* устраня́ть(ся)

устраня́ть, устрани́ть to remove, eliminate; —ся, устрани́ться (от) to keep (from)

устраша́ть, устраши́ть to frighten; —ся, устраши́ться to be frightened (at), fear

устро́ить(ся) *see* устра́ивать(ся)

устро́йство arrangement, organization

уступа́ть, уступи́ть to give in; to be inferior (to, in); to abate, take off

усыла́ть, усла́ть to send away

усыпа́ть, усы́пать to strew, bestrew

(with); не́бо усы́пано звёздами the sky is studded with stars

ута́пливать, утопи́ть to countersink

ута́птывать, утопта́ть to trample down

утверди́тельно affirmatively

утвержда́ть, утверди́ть to affirm, assert; —ся, утверди́ться to strengthen oneself, become firmly convinced

утвержде́ние assertion

утеря́ть to lose

утиха́ть, ути́хнуть to cease, quiet down

у́тка duck; ди́кая у. wild duck

уткну́ть to bury, hide; —ся to bury oneself, hide (one's face)

утомля́ть, утоми́ть to tire, fatigue, weary; —ся, утоми́ться to get tired/fatigued

утону́ть (see утопа́ть and тону́ть) to drown, be lost

утопи́ть see топи́ть and ута́пливать

утопта́ть see ута́птывать

утра́та loss

утра́тить see утра́чивать

утра́чивать, утра́тить to lose

у́тренний morning

у́тр//о morning; по —а́м in the morning(s)

утро́б//а womb; —ный uterine

у́тром in the morning

уха́ fish soup

уха́б: —ы pits and bumps

ухвати́ть to catch, hold; —ся to hold, grasp

ухмыльну́ться see ухмыля́ться

ухмыля́ться, ухмыльну́ться to grin

у́хо ear; он и —м не ведёт he doesn't care a bit

ухо́д leaving, departure

уходи́ть, уйти́ to leave, go away; to elapse; to depart; to recede

уча́ствовать to take part (in)

уча́стие participation; share; sympathy, concern

уча́стливый sympathetic

уча́стник participant; accomplice; member

уча́сток police station; lot, plot, strip; section; district; area, constituency

уче́бник textbook

уче́ние studies; teaching; exercise; doctrine

учёный learned, erudite; scientific; trained, performing

уче́сть see учи́тывать

учи́тель teacher; —ский институ́т teachers' college

учи́тывать, уче́сть to take into account

учи́ть to teach, study

учу́ять (pf.) (see чу́ять and почу́ять) to smell

уша́т tub

уши́б injury, bruise

ушиба́ть(ся), ушиби́ть(ся) to hurt; bruise, contuse

ушиби́ть(ся) see ушиба́ть(ся)

ущипну́ть (pf.) (see щипа́ть and щипну́ть) to pinch

ую́т coziness

Ф

фа́брика factory

фаза́н pheasant

факульте́т faculty, department

фальце́т falsetto

фальши́вый false, artificial

фами́лия surname, family name

фантасти́ческий fantastic, fabulous

фат fop

февра́ль February

фе́льдшер surgeon's/doctor's assistant

феномена́льный phenomenal

фе́ска fez

фестива́ль festival, fete

фигу́ра figure

физи́ческий physical

фило́лог philologist

филосо́фствовать to philosophize, be philosophical

фи́льм film

фити́ль (m.) wick

флаг flag

фланг flank, wing

фле́йта flute

фли́гель (m.) wing, outbuilding

флот fleet

фля́га, фля́жка flask

фон background

фона́рь (m.) lantern, lamp

фонта́н fountain

фо́р//а (*f., only sing*) odds (given); дать —у to give odds

фо́рма form, uniform, mold; оде́тый не по —e not properly dressed

форма́льный formal

фо́рменн//ый (*adj. of* фо́рма): —ая оде́жда uniform

форпо́ст outpost

фосфори́т phosphorite

фотоаппара́т camera

фото́граф photographer

фотогра́фия photography

фотока́рточка photograph

фра́за phrase

франт dandy

францу́з Frenchman

францу́зский French

фронт front

фу́кать, фу́кнуть to huff

фунт pound

фура́жка cap, service cap

фы́ркать, фы́ркнуть to snort, sniff, chuckle

фы́ркнуть *see* фы́ркать

X

ха́кать (*substandard*) = ка́шлять to cough

хала́т dressing gown

халу́па hut

хандри́ть, захандри́ть to have a fit, be blue (*mood*)

хара́ктер disposition, temper, nature

характе́рн//ый typical, characteristic; —ый та́нец character dance

хаси́дские Hasidim (*members of Jewish religious sect*)

ха́та hut

хвали́ть, похвали́ть to praise

хвальби́шка braggart

хвастли́вый boastful

хвастовство́ boasting, bragging

хвасту́н boaster, braggart

хвата́ть, схвати́ть to catch hold (of), grasp, snap (at); хвата́ть за се́рдце heart wringing

хвата́ть, хвати́ть to suffice, be sufficient/enough

хвата́ться, схвати́ться to snatch (at), grip; to take up

хвати́ть *see* хвата́ть

хвора́ть (*colloq.*) to be ill

хвост tail, train, brush (of a fox), end

хи́лый sickly

хи́мик chemist

хитри́ть, схитри́ть to use cunning, be crafty; to dodge (somebody)

хитро́ cunningly

хи́трый sly, cunning

хи́щный rapacious

хлеб bread, grain

хлеба́ть to gulp, eat (noisily)

хле́бец small loaf of bread

хле́бный *adj. of* хлеб

хлеборо́дный fertile in grain/corn

хлеста́ть lash

хлестну́ть to give a lashing, switch

хли́пкий (*substandard*) sickly

хло́пать, похло́пать, хло́пнуть to flap, clap, slam, crack; х. по коле́ну to tap on the knee

хлопота́ть, похлопота́ть to bustle about; to solicit; to intercede (for)

хлопотли́вый bustling, fussy

хло́поты (*pl.*) trouble (*coll.*), cares

хлы́нуть to gush out, spout

хлыст whip

хмеле́ть to grow/become tipsy

хмельно́й intoxicated

хму́рить, нахму́рить: х. лицо́ to frown; х. бро́ви to knit one's brows; —ся, нахму́риться to frown; to be overcast

хму́рый gloomy, sullen

ход motion, run, course, speed, entrance; на —у́ at full speed; с —у (*colloq.*) at once

ходи́ть, идти́, пойти́ to come, go, walk, tramp; х. за ней to follow her

ходя́чий walking

хожде́ние walking, attending

хозя́ин master, owner, proprietor, landlord, host

хозя́йка owner, hostess, landlady

хозя́йничать to keep house, manage a household

хозя́йство economy, household, estate

хозя́юшка (kind) hostess

холм hill

хо́лод cold

холодéть, похолодéть to grow cold
хóлодно cold, it is cold
хóлодно coldly
холóдный cold, cool
холодóк chill; **ýтренний х.** chilly morning air
холостóй unmarried, single
хомýт horse's collar, yoke
хор chorus
хоровóд dance in the round
хоронúть, схоронúть, похоронúть to bury; **—ся, схоронúться** to hide/conceal oneself
хорóшенький pretty
хорошéнько thoroughly
хорóший good, beautiful, fine
хорошó good, well, nice, it is nice
хорошó (*adv.*) well
хорýгвь gonfalon
хотéние desire
хотéть, захотéть to want, like, desire; **—ся, захотéться** to want, like; **стрáшно х.** to want very much
хоть at least, although, though
хотя́ though, although
хохотáть to laugh (loudly, boisterously)
хрáбрый brave
храм temple
храп snore, snoring; the snort or snorting of a horse
хрен: **ни хренá** (*substandard*) never mind, makes no difference
хрипéть, захрипéть, прохрипéть to wheeze, speak hoarsely
хрúплый hoarse
хромáть to limp
хромóй (*adj.*) lame, (*n.*) lame man
хронúческий chronic
хрýпкий fragile, frail
хруст crunch, crackle
хрустéть, хрýстнуть to crackle, crunch
хрýстко crunchingly
хрýстнуть *see* хрустéть
хýденький slender, slim
худéть, похудéть to lose weight, grow thin
хýдо badly
худóжественный artistic
худóжник artist
худóй thin

худóй bad
хýже worse
хулигáнить to behave like a hooligan, make a row
хýтор farmstead

Ц

царáпать(ся), царáпнуть(ся) to scratch
цáрский czar's, royal
Цáрствие Бóжее Kingdom of Heaven; **Цáрствие Небéсное** Kingdom of Heaven
цáрств//о kingdom
царь czar
цáцкаться = возúться to busy oneself (with, over), spend much time (over)
цвестú to bloom
цвет color
цветó//к flower; **—чный** (*adj.*)
цветы́ *pl. of* цветóк
целикóм as a whole, wholly
целкóвый one rouble
целовáть, поцеловáть to kiss, give a kiss; **—ся, поцеловáться** to kiss
цéлое the whole; **в óбщем и —ом** on the whole, taken/viewed as a whole
цéлость integrity, wholeness, preservation
цéлый whole, entire
цель (*f.*) goal, purpose
цéльный whole, unbroken; undiluted; wholehearted
цена́ price, worth; **знать себé цéну** to know one's own value
цензýр//а censorship; **—ный** censorial
ценúть, оценúть to value, estimate, think highly (of); **—ся** to be valued/estimated
цéнный valuable
центр center
центрáльный central
цепля́ться (за) to clutch (at), cling (to)
цепóчка chain, watch chain
церкóвный *adj. of* цéрковь
цéрковь (*f.*) church
цибик a box containing up to 2 poods of tea (1 pood = 36.113 lbs. = 16.38 kg.)

цивИльный civil
цигАрка cigarette
цикАд//а cicada, cicala; крик —ы the chirp of a cicada
цыгАн, —ка, —ский Gypsy
цЫпочк//и: на —ах (on) tiptoe

Ч

чАвкать to champ
чАй tea
чАй methinks, maybe
чАйка seagull
чАйник teakettle
час hour
часовОй sentry
чАстный private
чАсто frequently, often
частУшка type of popular verse (humorous and often sung)
часть (f.) part, share, unit
часЫ (pl.) timepiece, wrist watch, watch
чАшка cup
чАща thicket
чвАниться to swagger, boast
челО brow
человЕк man, person
человЕческий human
человЕч//ество humanity, mankind; —ий human
чЕлюсть jaw
чемодАн trunk, suitcase
чемпионАт championship
чепЕц cap
чепухА (f., only sing., colloq.) nonsense, rubbish
червь (m.) worm
чердА//к garret; —чный (adj.)
черЁд (colloq.) turn
чЕрез over, across, through, in; ч. день in a day, a day after
черЁмуха bird-cherry tree
черенОк cutting, graft, handle
чЕреп skull
чернЕть, почернЕть to turn/become/ grow black
чернИльница inkwell
чернозЁм black earth
чернотА blackness
чЁрный black, gloomy

чЁрт = чорт devil
чертА line, trait; —ы лицА features (of the face)
чЁсаный combed
чесОтка itch, scab
чЕстно honestly
честн//Ой: вся —Ая компАния the whole lot of them
чЕстный honest, fair
честолюбИвый ambitious
честь (f.) honor
чЁткий clear, clear-cut, legible
четырёхугОльный quadrangular
чехОл case, cover
ЧечЕно-ИнгУшская АССР Chechen-Ingush Autonomous Soviet Socialist Republic
чешуЯ scale
чИн rank, grade; ч. —ом (colloq.) in good order, properly; ч.-чИнарем (slang) shipshape
чинИть, починИть to repair, mend
чИнный sedate, decorous, ceremonious
чинОвник official
числО number
чИстить, почИстить to clean, scrub
чИсто cleanly
чистокрОвный pure-blooded
чистосердЕчный open, openhearted
чистотА cleanliness, purity
чИстый clean, neat, pure
читАть, прочитАть, прочЕсть to read, read through, aloud
чмОканье smacking sounds
чмОкать, чмОкнуть (colloq.) to smack one's lips; to give smacking kisses
чорт (see чЁрт) devil; ч. возьмИ deuce take it!; ч. те что (American equivalent) God knows what!
чрезвычАйн//о extremely, utterly; —ый extraordinary
что what
что if
что-лИбо, что-нибУдь (pron.) anything; something
что-то (pron.) something
чуб forelock; —Атый (adj.)
чувствИтельность sensitivity, sensitiveness
чУвство sense, feeling, instinct
чУвствовать, почУвствовать to feel, have a sensation; —ся to be felt

чугу́н (cast-iron) kettle/pot; —ный cast-iron
чуда́к funny fellow
чуде́сный wonderful, marvellous
чу́диться, почу́диться to seem, appear
чу́дный wonderful, beautiful, lovely
чу́до miracle
чудо́вище monster
чужа́к (*colloq.*) stranger
чу́ждый alien (to); stranger (to something)
чужезе́мный alien, outlandish
чужо́й (*m. n., declined as an adj.*) somebody else's, another's, stranger, foreigner
чума́ plague
чу́тк//ий sensitive, tactful; —о keenly, tactfully; —ость sensitiveness, keenness, delicacy
чуть hardly, slightly; ч.-ч. a little, slightly; ч. не nearly, almost; ч. свет at daybreak
чутьё scent, flair
чу́чело stuffed animal, dummy
чу́ять, почу́ять to feel, understand, smell, scent

Ш

шаг step, footsteps; в двух —а́х a few steps away
шага́ть to walk, pace
шагну́ть to take/make a step
шала́ш hut
шали́ть to play pranks, be naughty
шаль shawl
шампа́нское champagne
ша́пка cap
шараба́н charabanc, chariot
шара́хаться, шара́хнуться to dash aside (*said of horses*), to shy
ша́рить to fumble/rummage (in, about)
ша́ркать, ша́ркнуть to shuffle; ш. нога́ми to scrape/shuffle one's feet
шарф scarf
шата́ться to be/get loose, reel, stagger; (*colloq.*) to lounge about, roam, loaf
ша́хта mine, pit
ша́шни (*pl., colloq.*) intrigues; trick, pranks
швейца́р hall porter, doorman

швея́ seamstress
швыря́ть, швырну́ть to fling
шебарши́ть нога́ми to swing one's legs
шевели́ть, шевельну́ть to move; —ся, шевельну́ться, пошевели́ться to move, stir
шевельну́ть(ся) *see* шевели́ть(ся)
шёл *see* идти́
ше́лест rustle, rustling
шелесте́ть to rustle
шёлк (*m., only sing.*) silk
шёлковый (*attrib. adj.*) silk
шелохну́ться (*pf.*) to stir, move
шелуха́ (*f., only sing.*) husk
шепну́ть *see* шепта́ть
шёпот whisper
шепта́ть, шепну́ть, прошепта́ть to whisper; —ся to whisper
шере́нга rank; —ами in ranks
шерсть (*f.*) hair (*of an animal*)
шерстяно́й woolen
шерша́вый rough
шест pole
ше́ствие procession, train
шестёрка six (*in a deck of cards*)
шесто́к hearth
шеф chief, patron, chef
ше́я neck
ши́бко (*adv., colloq.*) very, hard; он ш. скуча́ет he is very lonely
ши́ворот collar
ши́на tire; (*med.*) splint
шине́ль (*f.*) overcoat
шипе́ть, прошипе́ть to hiss; (*impf. only*) to spit, sizzle, sputter
шипо́вник sweetbrier
шипу́чий sparkling, fizzing
широ́к//ий wide, broad; жить на —ую но́гу to live in (*grand*) style
широко́ wide, widely; жить ш. to live in grand style
шить, сшить to sew; to have/get something made; (*only impf.*) to embroider (with, in)
шитьё sewing, needlework; embroidering
ши́фер (*min.*) slate
шифо́н chiffon
шифонье́рка chiffonier
ши́шка cone
шкап = шкаф
шкату́лка box, casket

шкаф cupboard; кни́жный ш. book-case

шко́ла school

шко́льница schoolgirl

шко́льный school

шку́ра skin, hide

шку́рник self-seeker

шлёпать, шлёпнуть to slap, smack; ш. нога́ми to drag one's feet; ш. по воде́, гря́зи to splash through the water/the mud; —ся, шлёпнуться to fall down

шлёпнуть(ся) see шлёпать(ся)

шлея́ breeching, hipstrap in Russian harness

шля́па hat, bonnet

шнуро́к lace

шов seam; ру́ки по швам! attention!

шо́пот = шёпот

шо́рох rustle

шоссе́ highway

шофёр chauffeur, driver

шпиль (m.) spire

шпи́лька hairpin

шпио́н spy

шпиц Pomeranian

штаб headquarters

шта́бель stack, pile

штабно́й staff

штаке́тник wooden fence

штанда́рт standard

штани́на trouser leg

штаны́ trousers

штат staff

шток piston rod

што́пор corkscrew

што́ра blind

шторм (strong) gale, storm; —ово́й (adj.)

штос a card game

штраф fine

штрафова́ть, оштрафова́ть to fine

шту́ка piece, thing, trick

штукату́рить to plaster

штык bayonet

шу́ба fur coat

шум noise, hubbub, sound; ш. ли́стьев rustle of leaves; наде́лать —у to cause a sensation; с —ом tumultuously

шуме́ть to make a noise; мо́ре —и́т one can hear the noise of the sea

шу́мный noisy, tumultuous

шурша́ть, зашурша́ть to rustle

шу́стрый bright, smart

шути́ть, пошути́ть to joke

шу́тка joke, prank

шутли́вый playful

Щ

щаве́ль (m.) sorrel

щёголь (m.) dandy, fop

щегольва́тый dandyish, somewhat dandified

щека́ cheek

щекота́ние tickling

щекота́ть, пощекота́ть to tickle

щеко́тно ticklish

щёлк (colloq.) crack (in earth also); snap of the fingers

щёлка (f.) a narrow opening, crack

щёлканье snapping (a noise by tongue, locks, fingers, etc.)

щёлкать, щёлкнуть to click, fillip

щёлкнуть see щёлкать

щель (f.) crack

щено́к puppy

ще́пка chip, sliver

щи cabbage soup

щипа́ть, щипну́ть, ущипну́ть (pf.); see ощи́пывать and ощипа́ть to pinch

щи́пчики (pl.) (pair of) tweezers

щу́ка pike

щу́пать, пощу́пать to feel

щу́рить(ся): щ. глаза́ to squint

щу́ч//ий (adj. of щу́ка): по —ьему веле́нию by a wave of the wand; at the point of a pike

Э

эвакуа́ция evacuation

эвакуи́ровать to evacuate

экза́мен examination; держа́ть э. to take an exam

экземпля́р copy, specimen

экипа́ж carriage

экипа́ж (personnel) crew; (naut.) officers and crew

э́ко ди́во what a wonder

эконо́мия economy

экску́рсия excursion, trip
экспорти́ровать to export
э́кстренно special, extraordinary
эле́ктрик electrician
электроста́нция electric-power station
эма́ль (*f.*) enamel
энерги́чный energetic
энтузиа́зм enthusiasm
энтузиа́ст enthusiast
эпо́ха epoch, era
эскадро́н (*cavalry*) squadron
эстра́д//а stage; —ный vaudeville
эта́ж floor, story
э́такий (*colloq.*) such, what (a)
э́то that, it
э́тот this
э́хо echo
эшело́н: боево́й э. (*mil.*) attack echelon

Ю

юбиле́й anniversary
ю́бка skirt
ювели́р//ный (*attrib.*) jewelry; —ский minutely intricate
ю́нкер cadet
ю́ность (*f.*) youth
юны//й youthful; с —х лет from youth
юриди́ческ//ий juridical; ю. факульте́т faculty/department of law
ю́ркий brisk, nimble

юркну́ть (*pf.*) to whisk, plunge, disappear (into)
юро́дивый God's fool

Я

я́блоко apple
яви́ться *see* явля́ться
явле́ние occurrence
явля́ться, яви́ться to appear, arrive, occur
я́вно evidently, clearly, obviously
я́вный evident, obvious
я́года berry
яд poison
ядови́тый venomous
язы́к tongue (*anat.*), language; war prisoner
яйцо́ egg
я́ма pit, hole
япо́нский (*adj.*) Japanese
я́рк//ий bright, brilliant, vivid; —о brightly, strikingly
я́рость fury
я́рочка young, spring lamb
я́рус circle, deck
я́сно clearly, distinctly
яснови́дение clairvoyance
яснгла́зый clear-eyed
я́сн//ость clearness; —ый clear
ястребо́к Soviet fighter plane
я́щик box; chest; drawer

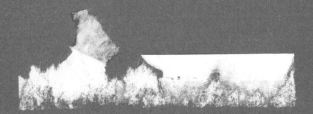